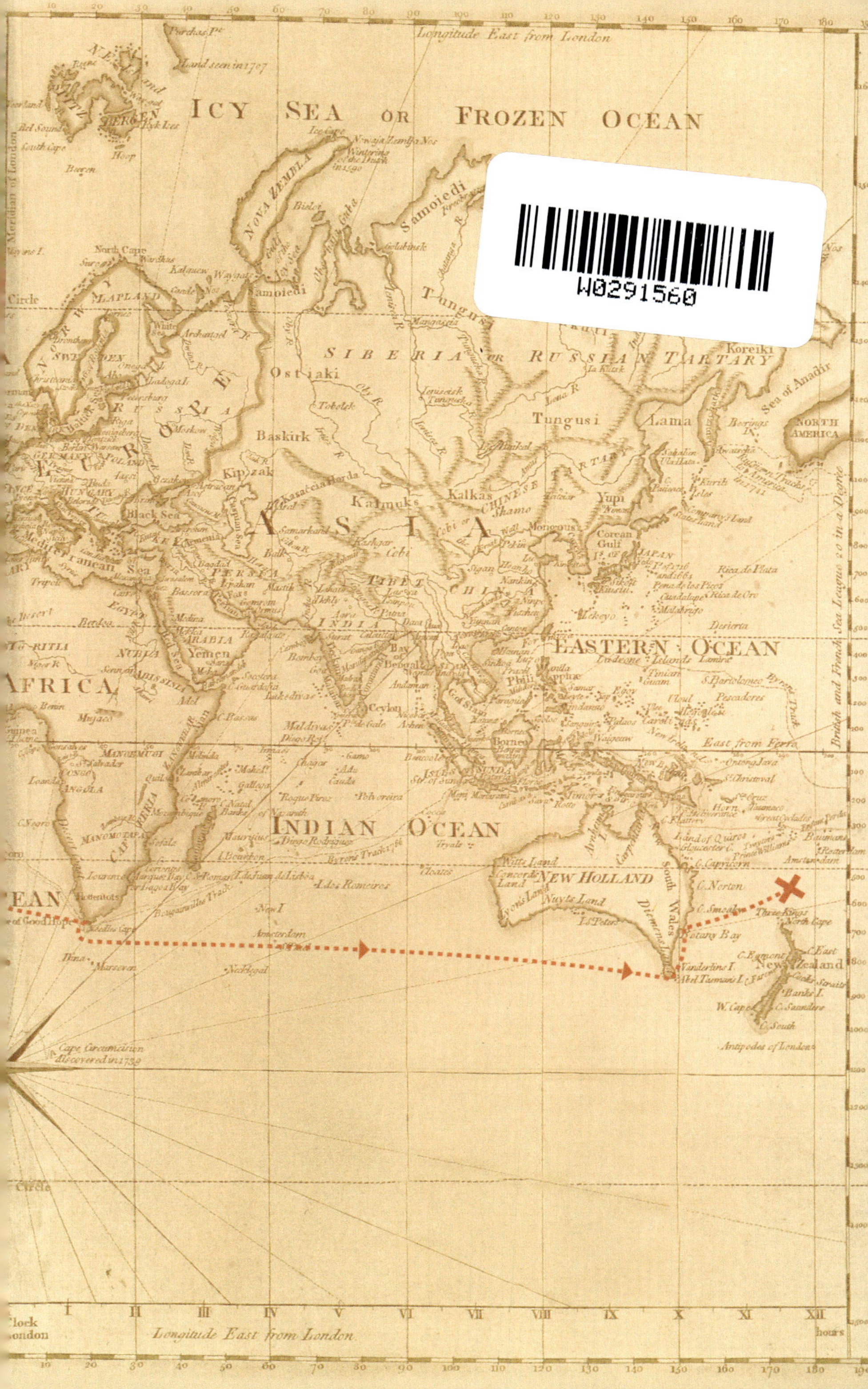
Longitude East from London
ICY SEA OR FROZEN OCEAN
Nova Zembla
Samoiedi
Tungusi
SIBERIA or RUSSIAN TARTARY
Ostiaki
Baskirk
Lapland
Lama
Sea of Anadir
North America
Koreiki
Russia
Europe
Black Sea
Mediterranean Sea
Kalmuks
Kalkas
Chinese Tartary
ASIA
Tibet
China
India
Arabia
Yemen
Persia
Bay of Bengal
Ceylon
Japan
Corean Gulf
EASTERN OCEAN
Philippine
Borneo
Sunda
AFRICA
Abissinia
Nubia
Congo
Angola
Caffraria
Monomotapa
Mauritius
Madagascar
INDIAN OCEAN
Amsterdam
Cape of Good Hope
NEW HOLLAND
South Wales
Botany Bay
Van Diemens Land
New Zealand
North Cape
Three Kings
Antipodes of London
Cape Circumcision discovered in 1739
British and French Sea Leagues 20 in a Degree
I
II
III
IV
V
VI
VII
VIII
IX
X
XI
XII
hours
Clock
London
Longitude East from London

Colleen McCullough

# Insel der Verlorenen

Colleen McCullough

# Insel der Verloren

Roman

Deutsch von Renate Weitbrecht,
Werner Roller
und Cäcilie Plieninger

LIMES

Die Originalausgabe erschien unter dem Titel
»Morgan's Run«
bei Simon & Schuster, Inc., New York.

*Umwelthinweis:*
Dieses Buch und der Schutzumschlag wurden auf
chlorfrei gebleichtem Papier gedruckt.
Die Einschrumpffolie zum Schutz vor Verschmutzung ist aus
umweltverträglichem und recyclingfähigem PE-Material.

Der Limes Verlag ist ein Unternehmen der
Verlagsgruppe Random House

1. Auflage

Satz: Uhl + Massopust, Aalen
Druck und Bindung: GGP Media, Pößneck
Printed in Germany
ISBN 3-8090-2459-7
www.limes-verlag.de

*Für Ric, Bruder John, Wayde, Joe, Helen*
*und all die anderen vielen hundert Menschen,*
*die in direkter Linie von Richard Morgan abstammen.*

*Vor allem aber ist dieses Buch für meine geliebte Linda,*
*Nachfahrin Richard Morgans der siebten Generation.*

# Teil Eins

August 1775 bis Oktober 1784

Wir haben Krieg!«, rief Mr James Thistlethwaite.

Alle außer Richard Morgan hoben die Köpfe und sahen zur Tür. Dort stand eine massige Gestalt und schwenkte eine Zeitung. Einen Augenblick lang hätte man eine Stecknadel fallen hören können, dann redeten alle aufgeregt durcheinander. Nur am Tisch von Richard Morgan blieb es ruhig. Richard hatte kaum hingehört. Was war schon ein Krieg mit den dreizehn amerikanischen Kolonien, verglichen mit dem Schicksal des Kindes, das er auf dem Schoß hielt? Vetter James, der Apotheker, hatte das kleine Kerlchen vor vier Tagen gegen die Pocken geimpft. Jetzt wartete Richard Morgan in panischer Angst darauf, dass die Impfung anschlug.

»Komm rein, Jem, lies uns das vor«, rief Dick Morgan, der Wirt und Richards Vater, über den Schanktisch.

Obwohl von draußen die Mittagssonne durch die dicken Butzenscheiben des Cooper's Arms schien, war der große Raum düster. Mr James Thistlethwaite marschierte also zum Schanktisch, auf dem eine Öllampe stand, und lehnte sich dagegen. Die großen Sattelpistolen in den Taschen seines schweren Mantels schlugen an das abgenutzte, fleckige Eichenholz. Mit der Brille auf der Nasenspitze begann er laut zu lesen.

Seine Stimme, ein beeindruckendes Organ, hob und senkte sich in dramatischen Kadenzen, und einiges von dem, was er sagte, drang sogar durch den Nebel von Richard Morgans Sorgen – Wortfetzen wie »in offener Rebellion« und »größte Anstrengungen, diese Rebellion niederzuschlagen und die Verräter ihrer gerechten Strafe zuzuführen«.

Richard spürte die Verachtung im Blick seines Vaters und versuchte krampfhaft zuzuhören. Das Fieber hatte sicher schon angefangen. Bestimmt? Wenn ja, dann hatte die Impfung angeschlagen. Aber wenn sie angeschlagen hatte, dann gehörte William Henry vielleicht zu denen, bei denen die Krankheit sich voll entfaltete. Würde er trotz der Impfung sterben? Gütiger Gott, nein!

Mr James Thistlethwaite kam zum Schluss der Rede des Königs.

»Die Würfel sind gefallen!«, donnerte er. »›Die Kolonien müssen sich entweder unterwerfen oder triumphieren!‹«

»Was für eine seltsame Ausdrucksweise für einen König«, sagte der Wirt.

»Seltsam?«

»Es klingt so, als ob der König einen Triumph der Kolonien für möglich hält.«

»Oh, das bezweifle ich sehr, Dick. Sein Redenschreiber – vermutlich ein obskurer Staatssekretär seines Günstlings Lord Bute – hat sich von seiner Formulierungskunst mitreißen lassen. Dick?« Mr Thistlethwaite deutete mit dem Zeigefinger auf seinen Mund.

Der Wirt grinste und füllte einen kleinen Zinnbecher mit Rum. Dann drehte er sich um und machte mit Kreide einen Strich auf die Schiefertafel an der Wand.

»Dick! Meine Neuigkeiten sind einen Schluck auf Kosten des Hauses wert!«

»Nein, wir hätten sie früher oder später sowieso gehört. Ich betreibe ein anständiges Wirtshaus, keine Säuferhöhle für Presspatrouillen.«

»Das ist ein *non sequitur*«, erwiderte Mr Thistlethwaite, setzte sich an Richards Tisch und fasste dem Baby zärtlich unters Kinn. »Das eine folgt nicht aus dem anderen.«

»Lass die gelehrten Floskeln, Jem. Wir sind einfache Leute aus Bristol, keine Horace Walpoles.« Der Wirt stützte sich mit den Ellenbogen auf den Schanktisch, der an den entsprechenden Stellen bereits zwei kleine Vertiefungen aufwies, und starrte Mr Thistlethwaite in seinem schweren Mantel mit den Pistolen an. Der war doch total übergeschnappt! Es war ein drückend heißer Sommertag. »Im Ernst, Jem, so ganz überraschend kommt das nicht, aber ein Schock ist es natürlich trotzdem.«

Niemand sonst mischte sich in ihre Unterhaltung ein. Dick Morgan hatte ein gutes Verhältnis zu seinen Stammgästen, und Jem Thistlethwaite war in Bristol schon lange als exzentrischer Intellektueller bekannt. Die anderen Gäste begnügten sich daher mit der Zuhörerrolle und verleibten sich währenddessen das Getränk ihrer Wahl ein – Rum, Gin, Bier und Bristol-Milch.

Die beiden Morgan-Frauen waren im Schankraum unterwegs, sammelten leere Gläser ein und brachten sie Dick zum Nachfüllen. Die Strichliste auf der Schiefertafel wuchs. Bald war Essenszeit. Der Geruch frischen Brotes, das Peg Morgan von Bäcker Jenkins mitgebracht hatte, überlagerte die anderen Gerüche, die bei Niedrigwasser zu einem Wirtshaus in unmittelbarer Nachbarschaft des Bristoler Hafens gehörten. Die meisten anwesenden Männer, Frauen und Kinder würden bleiben, um sich an ebendiesem frischen Brot gütlich zu tun. Dazu gab es einen Klumpen Butter, einen Kanten Somerset-Käse und einen dampfenden Zinnteller mit Rindfleisch und Kartoffeln, die in einer dicken Soße schwammen.

Dick Morgan sah seinen Sohn finster an. Richard wusste, dass sein Vater ihn für zu weich und sentimental hielt. Unglücklich suchte er nach Worten. »Wahrscheinlich haben wir gehofft, die anderen Kolonien würden Massachusetts nach ihrer anfänglichen Warnung nicht beistehen«, sagte er unsicher. »Wie konnten sie glauben, der König würde sich dazu herablassen, ihren Brief zu lesen? Oder, selbst wenn er es getan hätte, ihren Forderungen nachgeben? Sie sind doch Engländer! Der König ist auch ihr König.«

»Geschwätz, Richard!«, sagte Mr Thistlethwaite scharf. »Die überspannte Sorge um dein Kind verwirrt deinen Denkapparat zusehends! Der König und seine scheinheiligen Minister sind gerade dabei, unsere schöne Insel in eine Katastrophe zu stürzen. *Achttausend* Tonnen Fracht aus Bristol sind in weniger als einem Jahr ungelöscht aus den dreizehn Kolonien zurückgekommen! Die Sergestoffmanufaktur in Redcliff ist pleite, und die vierhundert Seelen, die dort Arbeit hatten, fallen jetzt der Gemeinde zur Last. Ganz zu schweigen von der Fabrik beim Port Wall, die bemalte Leinwandteppiche für Carolina und Georgia herstellt, und von den Pfeifenmachern, Seifensiedern, Flaschenmachern, Zucker-

und Rumfabrikanten – um Gottes willen, meine Herren! Der größte Teil unseres Handels geht über den Atlantik und kein geringer Teil davon in die dreizehn Kolonien! Ein Krieg mit den Kolonien ist wirtschaftlicher Selbstmord!«

Der Wirt hatte die Zeitung genommen und überflogen. »Ich sehe hier, dass Lord North eine – eine ›Proklamation zur Niederschlagung der bewaffneten Rebellion‹ veröffentlicht hat. Das heißt vermutlich, dass es beim Heer wieder Arbeit gibt. Gott habe Mitleid mit den armen Soldaten und beschütze sie.«

Von der Marine sagte er nichts. In Bristol kannte und fürchtete jedermann den gefräßigen Schlund, der Männer verschluckte, meist ohne sie lebendig und bei guter Gesundheit wieder auszuspucken. Und die Kapitäne der Handelsflotte waren um kein Haar anständiger, noch pressten sie weniger rücksichtslos. Sie bezahlten ihre Matrosen genauso schlecht und peitschten sie genauso oft aus. Besonders auf Sklavenschiffen starben die Matrosen schneller als die Schwarzen, wenn das überhaupt möglich war.

»Wir können diesen Krieg gar nicht gewinnen«, sagte Mr Thistlethwaite und streckte Mag Morgan seinen Becher entgegen.

Richard wollte das nicht unwidersprochen lassen. »Aber sieh mal, Jem, wir haben nach sieben Kriegsjahren Frankreich geschlagen – wir sind das größte und tapferste Land der Welt. Der König von England verliert seine Kriege nicht.«

»Wenn er sie gegen unsere unmittelbaren Nachbarn führt oder gegen Heiden oder ungebildete Wilde, die von ihren eigenen Herrschern verkauft werden. Aber die Einwohner der amerikanischen Kolonien sind, wie du ganz richtig sagst, Engländer. Sie sind zivilisiert und mit unserer Lebensart vertraut. Sie sind Blutsverwandte.« Mr Thistlethwaite lehnte sich zurück, seufzte und zog die vom Grog prächtig zum Blühen gebrachte Knollennase kraus. »Sie fühlen sich nicht ernst genommen, Richard. Ausgenutzt, bespuckt, mit Herablassung behandelt. Engländer sind sie, ja, aber doch nicht gleichberechtigt. Und sie sind sehr weit weg, eine Schwierigkeit, die der König und seine Minister noch gar nicht erkannt haben. Man könnte natürlich sagen, die Marine gewinnt unsere Kriege – wie lange ist es her, dass unser Schicksal von einem

Heer abhing, das außerhalb der britischen Inseln kämpfte? Aber wie können wir einen Seekrieg gegen einen Feind gewinnen, der keine Schiffe hat? Wir werden zu Land kämpfen müssen. In dreizehn verschiedenen Kolonien, zwischen denen es kaum Verbindungen gibt. Und gegen einen Feind, der im Grunde gar keine richtige Armee hat.«

»Du hast gerade dein eigenes Argument entkräftet, Jem«, sagte der Wirt lächelnd, aber ohne nach der Kreide zu greifen, als er Mag einen frischen Becher mit Rum gab. »Unsere Armeen sind haushoch überlegen. Die Kolonisten werden ihnen nicht standhalten können.«

»Einverstanden, vollkommen einverstanden!«, rief Jem. Er hob den Becher und prostete dem Wirt zu, der nur selten etwas spendierte. Dick Morgan war wie die meisten Bürger Bristols ein hart kalkulierender Geschäftsmann. »Die Kolonisten gewinnen vielleicht keine Schlacht, aber das müssen sie ja auch gar nicht, Dick. Sie müssen nur *durchhalten*. Weil sie im eigenen Land kämpfen, nicht in England.« Jem fasste in die linke Tasche seines Mantels. Heraus kam die schwere Pistole und landete polternd auf dem Tisch. Die anderen Gäste schrien entsetzt auf – und Richard, der seinen kleinen Sohn auf dem Schoß hielt, schob die Mündung blitzschnell zur Seite. Die Pistole war, wie jedermann wusste, geladen. Ohne die Bestürzung wahrzunehmen, die er verursacht hatte, wühlte Mr Thistlethwaite in den Tiefen seiner Tasche und zog schließlich einen Stoß zusammengefalteter Zeitungen heraus. Nacheinander blätterte er sie durch. Seine blassblauen, blutunterlaufenen Augen erschienen durch die Brille vergrößert, seine dunkel gelockten Haare hatten sich aus dem Band gelöst, mit dem er sie achtlos zurückgebunden hatte. Denn Mr James Thistlethwaite trug weder Perücke noch Zopf.

»Aha!«, rief er schließlich und schwenkte ein Nachrichtenblatt aus London. »Vor siebeneinhalb Monaten, meine Damen und Herren hier im Cooper's Arms, fand eine Debatte im Oberhaus statt, bei der der große alte William Pitt eine Rede hielt, die als seine bedeutendste gilt. Er verteidigte die Kolonisten, die er …, ja, hier steht's, ›loyale und ehrbare Menschen‹ nannte. Aber es sind nicht seine Worte, die ich zitieren will.« Mr Thistlethwaite schenkte Richard einen freundlichen Blick, der schützend die Arme um seinen Sohn gelegt hatte. Richard war immer noch über die geladene Pistole empört. »Es sind die Worte des Herzogs von Richmond, die mich begeistern. Ich zitiere: ›Sie können Tod und Elend verbreiten, aber das hat mit Regieren nichts zu tun!‹ Wie wahr, wie grundwahr! Und jetzt kommt eine Stelle, die ich für eine große philosophische Wahrheit halte, obwohl die Lords schnarchten, als der Herzog sie vortrug. ›Kein Volk kann dazu gezwungen werden, sich einer Staatsform zu unterwerfen, die es nicht haben will.‹«

Jem sah sich um und nickte. »Deshalb sage *ich*, dass alle Schlachten, die wir gewinnen, nichts nützen und am Ausgang des Krieges nichts ändern werden. Wenn die Kolonisten durchhalten, *müssen* sie gewinnen.« Er faltete das Blatt zusammen und schob es mit den anderen Papieren in die Manteltasche zurück. Zuletzt stopfte er noch die Sattelpistole hinein. »Du hast zu viel mit Pistolen zu tun, Richard, das ist dein Problem. Das Kind war nicht in Gefahr, und auch niemand sonst.« Ein Rülpser stieg in seiner Kehle auf und entwich durch die geschürzten Lippen. »Ich habe mein ganzes Leben in diesem stinkenden Loch namens Bristol verbracht und dabei wenigstens für etwas Unterhaltung gesorgt, indem ich einige der schlimmsten Torys der Regierung zum Gegenstand meiner Satiren gemacht habe, egal ob Shaker, Quäker oder Verräter.« Er kicherte und kam auf ein anderes seiner Lieblingsthemen zu sprechen. »Ja, die Scheinheiligkeit! Du schrecklichschönes Ungeheuer Scheinheiligkeit, Muse der Nonkonformisten, von denen es in Bristol so viele gibt!«

»Jem«, sagte der Wirt freundlich, »hör auf. Es mag in Bristol genauso viele Nonkonformisten wie Mitglieder der anglikanischen Kirche geben, aber im Wirtshaus wirst du nur wenige finden, also spar dir deine bissigen Bemerkungen.«

»Wie wahr, wie grundwahr.« Mr James Thistlethwaite schwenkte seinen ramponierten Dreispitz in die Richtung der Zuhörer und schloss die Augen. »Wenn die Kolonisten durchhalten, müssen sie gewinnen«, wiederholte er. »Jeder, der hier in Bristol lebt, kennt tausend Kolonisten – sie huschen durch die Stadt wie Fledermäuse im letzten Tageslicht. Das ist das Ende des Empires, Dick! Das erste Röcheln in unseren englischen Kehlen. Ich kenne die Kolonisten, und ich sage: Sie werden gewinnen.«

Erregtes Stimmengewirr drang von draußen herein, und die verzerrten Schatten der Passanten vor den Fenstern begannen plötzlich zu rennen.

»Aufrührer!« Richard sprang auf und drückte seiner Frau das Kind in die Arme. »Peg, geh mit William Henry nach oben! Mama, du begleitest sie.« Er sah Mr Thistlethwaite an. »Jem, willst du beidhändig schießen oder kann ich die zweite Pistole haben?«

»Immer mit der Ruhe!« Dick kam hinter dem Schanktisch hervor. Er hatte eine ähnliche Statur wie Richard – größer als die meisten und kräftig. »In diesem Teil der Broad Street gibt es keine Aufrührer, selbst wenn die Bergleute aus Kingswood in die Stadt kämen und sich den alten Brickdale schnappten. Was immer da draußen gerade vorgeht, es ist kein Aufruhr.« Er ging zur Tür. »Aber ich will nachsehen, was da im Gange ist.« Er trat hinaus. Die Gäste des Cooper's Arms folgten ihm, darunter auch Richard und Jem Thistlethwaite, dessen Sattelpistolen noch in den Manteltaschen steckten.

Menschen drängten sich auf der Straße und streckten neugierig die Hälse aus den Fenstern der Häuser. Weder das Straßenpflaster noch die Platten des neu angelegten Bürgersteigs auf beiden Seiten der Broad Street waren noch zu sehen. Die drei Männer ließen sich von der Menge auf die Kreuzung von Wine und Corn Street zuschieben. Nein, es handelte sich hier nicht um Aufrührer, sondern um vermögende und im Augenblick sehr zornige Gentlemen, die ohne Frauen und Kinder unterwegs waren.

Auf der gegenüberliegenden Seite der Broad Street, in Richtung Geschäftszentrum und Börse, stand das White Lion Inn, das Hauptquartier der Steadfast Society. Die Steadfast Society war der Club der Torys, die Seiner Britannischen Majestät König Georg III. in blinder Treue folgten. Das Zentrum der Unruhe war das Amerikanische Kaffeehaus daneben. Über dem Eingang prangte ein Wirtshausschild mit der rotweiß gestreiften Flagge, die die meisten amerikanischen Kolonisten benutzten, wenn die Fahne einer einzelnen Kolonie wie etwa Connecticut oder Virginia unpassend erschien. Das Schild mit seinen satten Farben hing an einem eisernen, mit Schnörkeln und vergoldeten Blättern verzierten Pfosten.

Dick Morgan hatte sich auf die Zehen gestellt, doch vergeblich. »Ich glaube, vom ersten Stock des Cooper's Arms sehen wir mehr als hier.«

Sie kehrten also zurück, stiegen die baufällige Treppe am anderen Ende des Schanktisches hinauf und traten an die Flügelfenster im ersten Stock, der gefährlich weit über die darunter gelegene Broad Street hinausragte. Im Hinterzimmer derselben Etage weinte der kleine William Henry. Mutter und Großmutter beugten sich gurrend und gluckend über sein Bettchen. Der Tumult draußen auf der Straße war ihnen gleichgültig, solange William Henry so schrecklichen Kummer litt. Richard wollte sich den Frauen anschließen.

»Richard, dein Sohn stirbt nicht in den nächsten Minuten«, rief Dick ihm hinterher. »Komm zurück und sieh dir das an, verdammt noch mal!«

Widerwillig kehrte Richard zurück und lehnte sich aus dem offenen Fenster. Erstaunt hielt er den Atem an. »Yankees, Vater! Meine Güte, was machen sie mit den Dingern da?«

Bei den »Dingern« handelte es sich um zwei mit Stroh ausgestopfte und mit Lumpen bekleidete Puppen, über und über mit noch rauchendem Pech beschmiert, auf das man Federn gestreut hatte. Auf den Köpfen saßen die Erkennungszeichen der Kolonisten – ihre abgrundtief unmodischen, aber sehr praktischen Hüte. Die Hüte wurden in kleinen Manufakturen in den nahe gelegenen Mendip Hills hergestellt und über Bristol in die Kolonien verschifft. Die Krempe war mit Nadeln aufgesteckt wie bei Dreispitzen üblich, die Ränder waren mit Borten gesäumt, um zu verhindern, dass der Filz ausfranste. Und was tat ein Yankee, sobald er einen neuen Hut gekauft hatte? Er zog die Hutnadeln heraus und bog die Krempe rundherum nach unten, sodass die niedrige, runde Krone aussah wie das Eigelb eines Spiegeleis! Dann brachte er üblicherweise noch ein Hutband an und steckte eine Adlerfeder hinein. Manchmal steckte er die Krempe auch über einem Ohr hoch. Deshalb, so spotteten die Bristoler, musste ein hutloser Mann mit einem Sonnenbrand auf einem Ohr ein Yankee sein.

Der Gestank nach brennenden Lumpen und brennenden Federn zog durch die Straße und fügte dem Geruchscocktail von Bristol eine neue Komponente hinzu.

»Hallo!«, brüllte Jem Thistlethwaite. Er hatte ein stadtbekanntes Gesicht erspäht, das zu einem stadtbekannten, teuer gekleideten Herrn gehörte, der auf einem mit großen Fässern beladenen Pferdefuhrwerk stand. »Master Harford, was geht hier vor?«

»Die Steadfast Society will John Hancock und John Adams hängen!«, rief der reiche Quäker.

»Warum denn? Weil General Gage sich nach Concord geweigert hat, die beiden zu begnadigen?«

»Ich weiß es nicht, Master Thistlethwaite.« Offenbar erschreckt von der Vorstellung, auch er könnte auf unschmeichelhafte Weise zum Gegenstand einer von Thistlethwaites Schmähschriften werden, stieg Joseph Harford von seinem Aussichtspunkt herunter und verschwand in der Menge.

»Heuchler!«, schimpfte Mr Thistlethwaite leise.

»Samuel Adams, nicht John Adams«, sagte Richard, dessen Interesse erwacht war. »Er meint doch sicher Samuel Adams?«

»Wenn die Steadfast Society die reichsten Kaufleute Bostons hängen will, dann ja, dann müsste es Samuel sein«, sagte Mr Thistlethwaite. »Aber John ist der produktivere Schriftsteller und Redner.«

In einer Stadt am Meer stellte die Beschaffung zweier Stricke mit zwei sauber geknüpften Schlingen keine Schwierigkeit dar. Zwei solche Stricke tauchten wie durch Zauberei auf, und die stoppeligen, mannsgroßen Puppen wurden am Hals zum Schild des Amerikanischen Kaffeehauses hochgezogen. Dort drehten sie sich rauchend um die eigene Achse. Der Rachedurst der Menge war befriedigt, und die Mitglieder der Steadfast Society verschwanden hinter den einladend toryblauen Türen des White Lion Inn.

»Pack!«, sagte Mr Thistlethwaite und stieg die Treppe hinunter, einen gut gefüllten Becher mit Rum vor Augen.

»Du gehst jetzt, Jem!«, befahl der Wirt und schob ihn hinaus. Dann verriegelte er die Tür, um abzuwarten, bis sich draußen alles beruhigt hatte.

Richard war seinem Vater nicht nach unten gefolgt, wie es seine Pflicht gewesen wäre. Schließlich stand sein Name jetzt neben dem von Dick im Handelsregister der Stadt. Richard Morgan, Gastwirt mit Schankkonzession, war nach Entrichtung einer Gebühr als »freier Mann« eingetragen worden, als wahlberechtigter Bürger einer Stadt, die sich selbst verwaltete, der zweitgrößten Stadt von England, Wales, Schottland und Irland. Nur 7000 der 50 000 Seelen, die hier auf engstem Raum lebten, waren wahlberechtigte freie Männer.

»Wirkt die Impfung schon?«, fragte Richard seine Frau und beugte sich über das Kinderbettchen. William Henry war still geworden und in einen unruhigen Schlummer verfallen.

»Ja, Liebling.« Pegs sanfte braune Augen füllten sich plötzlich mit Tränen, und ihre Lippen zitterten. »Jetzt ist es Zeit zu beten, dass die Pocken nicht in voller Stärke bei ihm ausbrechen, Richard. Obwohl er nicht so fiebert wie Mary damals.« Sie schob Richard sanft zur Tür. »Mach einen langen Spaziergang. Geh spazieren und bete. Bitte, Richard, geh! Wenn du hier bleibst, schimpft Vater nur.«

Eine seltsame Starre hatte sich über die Broad Street gelegt, das Ergebnis der Panik, die sich in wenigen Minuten über die ganze Stadt auszubreiten schien, wann immer Unruhen drohten. Vor dem Amerikanischen Kaffeehaus blieb Richard einen Augenblick stehen, um die an der Stange baumelnden Puppen von John Hancock und John oder Samuel Adams zu betrachten. Aus dem Speisesaal des White Lion drang in Schüben lautes Gelächter und Geschrei. Dort zechten die Mitglieder der Steadfast Society. Richard verzog verächtlich die Mundwinkel. Die Morgans waren standhafte Whigs. Sie hatten mit ihren Stimmen bei der Wahl im vergangenen Jahr zum Erfolg von Edmund Burke und Henry Cruger beigetragen – was für ein Zirkus das gewesen war! Und wie beleidigt Lord Clare gewesen war, als er kaum eine Stimme bekommen hatte!

Richard beschleunigte seine Schritte. Er ging die Corn Street entlang, vorbei an John Weeks legendärem Bush Inn, dem Hauptquartier der Whigs. Dann bog er nach Norden ab, in die Small Street. Auf der Höhe der steinernen Brücke kam er auf die Straße am Hafen. Von hier bot sich ein spektakulärer Blick nach Süden. Schiff lag an Schiff, wie eine breite Straße voller Schiffe, ein Meer von Masten, Rahen, Stagen und Wanten über breiten, eichenen Bäuchen. Vom Froom, dem Fluss, in dem die Schiffe ankerten, war nichts zu sehen. Zwanzig Wochen lagen die Schiffe hier zwischen Ankunft und Abfahrt. Niemand hatte es eilig in Bristol, nicht einmal ein Handelskapitän. Die Fracht wurde quälend langsam gelöscht, die neue Ladung im selben Schneckentempo an Bord gebracht.

Die Ebbe hatte den Tiefststand erreicht, und das Wasser lief mit verblüffender Geschwindigkeit wieder auf. Der Wasserspiegel im Froom wie auch im Avon stieg in etwa sechseinhalb Stunden um dreißig Fuß. Bei Ebbe lagen die Schiffe im Schlamm auf der Seite. So mancher Kiel hatte sich vom vielen Auf-der-Seite-Liegen im Schlamm von Bristol schon verzogen. Zuweilen sprachen Rat und Kaufleute der Stadt davon, den Dreißig-Fuß-Tidenhub durch bauliche Maßnahmen zu mildern, die gleichzeitig großen Schiffen freie Fahrt den Avon hinauf bis zu den Hafenanlagen hinter dem Anleger von Bristol ermöglichen sollten. Baupläne wurden angefertigt, doch dann schreckten die Behörden aus Kostengründen davor zurück, und es wurde wieder still um die Pläne, während Liverpool, ideal am Mersey gelegen, beständig an Bristols Seehandel knabberte. Und der gesamte Handel der Stadt wurde per Schiff abgewickelt, denn auf Grund des bergigen Umlands und der entsetzlich schlechten Straßen mussten alle Güter die Stadt auf dem Seeweg verlassen – Schnupftabak, Gebrauchsgegenstände aus Messing und Kupfer, Kalk, Porzellan, Glas, Stoffe, raffinierter Zucker, Rum, Seife und vieles mehr.

Den Bürgern von Bristol bereitete all dies erhebliches Kopfzerbrechen. Auch in Richard kamen beim Anblick der vielen Schiffe instinktiv alte Sorgen hoch, doch wandte er sich in Gedanken bald wieder den Problemen zu, die ihn vordringlich beschäftigten.

Herr im Himmel, erhöre mein Gebet! Behüte meinen Sohn. Nimm ihn nicht von uns …

Richard Morgan war nicht der einzige Sohn seines Vaters. Er hatte einen jüngeren Bruder, William, Betreiber eines Sägewerks drunten am St.-Philips-Ufer des Avon, und drei Schwestern, die alle eine gute Partie gemacht hatten und mit angesehenen Bürgern verheiratet waren. Morgans gab es in verschiedenen Stadtteilen, aber die Morgans von Richards Familie, ursprünglich vielleicht Einwanderer aus Wales, waren inzwischen so lange in der Stadt ansässig, dass sie eine gewisse gesellschaftliche Bedeutung erlangt hatten. Wichtige Mitglieder der Sippe wie Vetter James, der Apotheker, standen großen Unternehmen vor, gehörten bedeutenden Handelsgesellschaften an oder saßen in der Stadtverwaltung. Sie spendeten erhebliche Summen an die Armenhäuser und hofften, eines Tages Bürgermeister zu werden.

Richards Vater gehörte nicht zu den bedeutenden Familienmitgliedern, er machte der Familie aber auch keine Schande. Nach einer einfachen Schulbildung hatte er eine Lehrzeit als Gastwirt absolviert. Dann, nach Abschluss seiner Ausbildung und als freier Mann, der seine Gebühr bezahlt hatte, hatte er nur noch ein Ziel vor Augen: ein eigenes Wirtshaus. Eine standesgemäße Heirat wurde arrangiert. Margaret Biggs kam aus einer Familie braver Bauern und konnte sogar lesen, allerdings nicht schreiben. Die Kinder kamen in kurzen Abständen, was darüber hinweghalf, dass nicht alle überlebten. Das erste Kind war ein Mädchen, zuletzt waren es zwei Söhne und drei Töchter, gesunde Kinder und nicht so viele, dass das Essen nicht für alle gereicht hätte. Zumindest ein Sohn sollte lesen und schreiben können. Als klar wurde, dass William, zwei Jahre jünger als sein Bruder, kein guter Schüler war, konzentrierte Dick seine Hoffnungen auf Richard.

Im Alter von sieben Jahren wurde Richard in Colstons Knabenschule gegeben. Er trug jetzt den berühmten blauen Mantel, der allen Bristolern anzeigte, dass sein Vater arm, aber rechtschaffen war und ein treuer Anhänger der anglikanischen Kirche. Im Lauf der nächsten fünf Jahre bekam er Lesen, Schreiben und Rechnen eingebläut. Er erlernte eine saubere Handschrift und das Kopfrechnen und arbeitete sich durch Cäsars *Gallischen Krieg*, Ciceros Reden und Ovids *Metamorphosen*, angetrieben durch den pfeifenden Rohrstock und den beißenden Spott des Lehrers. Richard war ein guter, wenn auch kein glänzender Schüler und obendrein von ruhigem, einnehmendem Wesen, deshalb überstand er die philantropische Einrichtung des verstorbenen Mr Colston unbeschadeter als manch anderer und mit mehr Gewinn.

Mit zwölf Jahren war es Zeit, die Schule zu verlassen und ein Gewerbe oder Handwerk zu wählen, das seiner Schulbildung entsprach. Sehr zur Überraschung der Verwandtschaft schlug Richard einen Weg ein, den bisher noch kein Morgan gegangen war. Er hatte eine besondere Begabung für mechanische Dinge, für das Zusammensetzen der Teile eines Puzzles. Damit einher ging eine für einen so jungen Menschen bemerkenswerte Geduld. Auf eigenen Wunsch wurde er Lehrling bei Senhor Tomas Habitas, dem Büchsenmacher.

Sein Vater war darüber insgeheim erfreut. Ihm gefiel die Vorstellung eines Morgan, der einmal kein Kaufmann oder Gastwirt war, sondern Handwerker. Außerdem gehörte der Krieg zum Leben, und Gewehre gehörten zum Krieg. Wer Gewehre herstellen und reparieren konnte, war weniger gefährdet, Kanonenfutter auf dem Schlachtfeld zu werden.

Sieben Jahre dauerte die Lehrzeit. Richard fand Gefallen an der Arbeit, auch wenn er mit einigen Entbehrungen vorlieb nehmen musste. Er wohnte wie alle Lehrlinge im Haus des Meisters, bediente diesen bei Tisch, ernährte sich von den Essensresten und schlief auf dem Fußboden. Glücklicherweise war Senhor Tomas Habitas ein verständnisvoller Lehrherr und ein hervorragender Büchsenmacher. Er verstand prachtvolle Duellpistolen und Jagdgewehre herzustellen, hatte sich aber auf die Herstellung der Militärmuskete spezialisiert, von Infanteristen und Seesoldaten liebevoll »Brown Bess« genannt, weil sie über ihre ganze Länge von 46 Zoll so braun wie eine Nuss war – das Holz des Schaftes ebenso wie der stählerne Lauf.

Mit neunzehn, nach Abschluss der Lehre, zog Richard aus dem

Habitas-Haushalt aus, nicht aber aus der Habitas-Werkstatt. Er baute dort weiter die Brown Bess. Und er tat etwas, was er als Lehrling noch nicht hatte tun dürfen, er heiratete. Seine Frau war die Tochter des Bruders seiner Mutter, also eine Base ersten Grades. Die anglikanische Kirche hatte dagegen nichts einzuwenden, und so ehelichte er seine Braut in der St.- James-Kirche, an der sein Vetter James Pfarrer war. Obwohl arrangiert, war es eine Liebesheirat, und die Liebe des Paares wuchs im Lauf der Jahre noch. Nur um die Namen gab es einige Verwirrung, denn Richard Morgan, der Sohn des Richard Morgan und der Margaret Biggs, hatte seinerseits eine Margaret Biggs zur Frau genommen.

Solange das Geschäft der Habitas-Büchsenmacherei blühte, hatte das keine Rolle gespielt, denn das junge Paar lebte in einer Zweizimmermietwohnung in der Temple Street am anderen Ufer des Avon, gleich um die Ecke der Habitas-Werkstatt und der Synagoge.

Die Hochzeit hatte im Jahr 1767 stattgefunden, drei Jahre nachdem der Siebenjährige Krieg gegen Frankreich mit einem unpopulären Frieden zu Ende gegangen war. Trotz des Sieges hoch verschuldet, musste England durch zusätzliche Steuern für neue Einnahmen sorgen und die Ausgaben für Heer und Marine durch massive Einsparungen senken. Gewehre wurden nicht mehr benötigt. Senhor Habitas musste seine Handwerker und Lehrlinge nacheinander entlassen, bis der Betrieb nur noch aus ihm und Richard bestand. Zuletzt, kurz nach der Geburt der kleinen Mary im Jahr 1770, musste Habitas gegen seinen Willen auch Richard entlassen.

»Arbeite doch für mich«, hatte Dick Morgan seinem Sohn angeboten. »Gewehre mögen kommen und gehen, aber der Rum ist absolut unvergänglich.«

Also hatte Richard angefangen, bei seinem Vater im Cooper's Arms zu arbeiten.

Es stellte sich heraus, dass Peg, die liebenswerte, anschmiegsame Peg, nicht leicht empfing. Mary, ihr erstes Kind, kam fast drei Jahre nach der Hochzeit. Am guten Willen fehlte es nicht. Natürlich hatten beide Eltern einen Sohn erhofft und waren zunächst enttäuscht, dass sie jetzt einen Mädchennamen suchen mussten. Richard fand Gefallen an Mary, einem in der Familie unüblichen Namen, dem, wie sein Vater erklärte, ein papistischer Makel anhaftete. Trotzdem. In dem Augenblick, in dem Richard seine neugeborene Tochter auf den Arm nahm und scheu auf sie niederblickte, entdeckte er in sich eine Liebe, die ihn selbst überraschte. Vielleicht weil er so geduldig war, hatte er Kinder immer gemocht und war gut mit ihnen zurechtgekommen, doch hatte ihn das nicht auf das vorbereitet, was er beim Anblick der kleinen Mary empfand. Sie war Blut von seinem Blut, Fleisch von seinem Fleisch.

Und jetzt, da er ein Kind hatte, gefiel Richard sein neuer Beruf als Wirt viel besser als die Büchsenmacherei. Ein Wirtshaus war ein Familienbetrieb. Richard konnte ständig in der Nähe seiner Tochter sein, sie mit ihrer Mutter zusammen sehen und das Wunder erleben, wie Pegs schöne Brust als Kissen für den Kopf des Babys diente, während der kleine Mund Milch saugte. Milch hatte Peg überreichlich. Sie fürchtete den Tag, an dem Mary abgestillt und langsam an Dünnbier gewöhnt werden sollte. Wasser durften die Kinder in Bristol nicht trinken, genauso wenig wie die Kinder in London. Dünnbier wiederum enthielt zwar nicht viel Alkohol, aber etwas doch. Kinder, die es zu früh bekamen, wurden nach Meinung der Bauerntochter Peg später unweigerlich Trinker. Mag pflichtete ihr darin bei. Auch Dick Morgan, der sonst nicht viel auf die Meinung von Frauen gab, stimmte ihr von Herzen zu. Er war seit vierzig Jahren Gastwirt. Die kleine Mary wurde deshalb erst mit über zwei Jahren abgestillt.

Die Morgans bewirtschafteten damals noch die Bell, Dicks erstes eigenes Wirtshaus. Es stand in der Bell Lane und war Teil eines verschlungenen Komplexes von Mietshäusern, Lagergebäuden und unterirdischen Geschäftsräumen im Besitz von Vetter James, dem Apotheker. Vetter James teilte die südliche Hälfte der engen Gasse mit dem ähnlich ausladenden Komplex der amerikanischen Wollehändler Lewsley & Co. Vetter James betrieb in der Corn Street ein vorzügliches Einzelhandelsgeschäft für den lokalen Bedarf. Das meiste Geld verdiente er jedoch mit der Herstellung und dem Export von Arzneimitteln und Chemikalien, von Quecksilbersublimat für die Behandlung von Syphilisgeschwüren bis zu Laudanum und anderen Opiaten.

Als im vergangenen Jahr die Konzession für das Cooper's Arms in der Broad Street zu haben gewesen war, hatte Dick Morgan sofort zugegriffen. Ein Wirtshaus in der Broad Street! Selbst wenn 21 Pfund Jahresmiete an die Stadtverwaltung zu entrichten waren, machte der Betreiber eines Wirtshauses in der Broad Street noch 100 Pfund Gewinn im Jahr! Die Geschäfte gingen gut, denn die Morgans schreckten vor harter Arbeit nicht zurück. Dick Morgan streckte seinen Rum und Gin nicht mit Wasser, und das Essen, das mittags um zwölf und abends um sechs aufgetragen wurde, schmeckte ausgezeichnet. Mag verstand es hervorragend, einfache Gerichte zuzubereiten, und die vielen kleinlichen Vorschriften, denen die Wirte von Bristol unterworfen waren und die noch aus der Zeit Elisabeths I. stammten – Brot durfte nicht im Haus gebacken, Tiere durften nicht geschlachtet werden, um den Einkauf beim Fleischer zu umgehen –, waren nach Dick Morgans Überzeugung in Wirklichkeit Vorteile. Wer seine Rechnungen pünktlich bezahlte, bekam beim Lieferanten immer günstige Konditionen, auch in schweren Zeiten.

Ich bitte dich, Gott, betete Richard, wende deinen Zorn von mir ab. Denn er trifft oft jene, die dich nicht gelästert haben. Beschütze meinen Sohn, ich bitte dich …

Um Richard schwamm die Stadt inmitten der Hügel und Marschen in dichten Rauchschwaden. Der Sommer war ungewöhnlich heiß und trocken gewesen, und auch die letzten Augusttage hatten keine Erleichterung gebracht. Die Blätter der Ulmen und Linden des College Green im Westen der Stadt und des Queen Square im Süden hingen schlaff herunter und waren vom Ruß geschwärzt. Überall spuckten Schornsteine schwarze Rauchfahnen aus, die alles einhüllten – die Gießereien in Friers und Castle Green, die Zuckerraffinerien in Lewin's Mead, Frys Schokoladefabrik, die großen Kegel der Glashütten und die gedrungenen Kalkbrennöfen.

Hätte der Wind nicht aus Westen geweht, wäre zu Hitze und Rauch noch der Gestank aus Kingswood dazugekommen, einem Ort, den kein Bristoler freiwillig aufsuchte. Die Kohlengruben und großen Metallfabriken brachten einen halbwilden Menschenschlag hervor, aufbrausend und besessen von Hass auf Bristol, was angesichts der giftigen Dämpfe und Ausdünstungen von Kingswood nicht verwundern konnte.

Richard war jetzt nur noch von Schiffen umgeben. Er kam an Trockendocks mit unfertigen Schiffsrümpfen vorbei, die aussahen wie der Brustkorb gargantuesker Tiere. Der beißende Geruch heißen Pechs stieg ihm in die Nase.

In Canon's Marsh ging er die Seilerbahn entlang, statt den feuchten Fußweg zu nehmen, der sich am Ufer des Avon entlangwand. Er nickte den Seilern zu, die ihre Drittelmeilen abschritten und dabei unermüdlich Hanf- und Leinenstränge, die schon mindestens einmal zusammengedreht worden waren, zu Kabeln, Trossen oder Seilen zusammendrehten. Ihre sehnigen Arme und Schultern sahen aus wie die Seile, die sie drehten, ihre Hände waren schwielig und ohne jedes Gefühl – wie konnten sie noch Lust empfinden, wenn sie die Haut einer Frau berührten?

Richard ging an der einzigen Glashütte am unteren Ende der Back Lane und an einigen Kalkbrennöfen vorbei und kam zu den ersten Häusern von Clifton. Im Hintergrund ragte der kahle Brandon Hill auf, direkt vor ihm, in einem Gewirr bewaldeter Hügel, das zum Avon hin steil abfiel, lag der Ort seiner Träume, Clifton. Hier war die Luft rein und der Wind fuhr in Wellen durch Frauenhaarfarn und Augentrost, durch purpurn blühendes Heidekraut, Majoran und wilde Geranien. Das Laub der Bäume glänzte, zwischen ihnen sah man weiter droben große Herrenhäuser inmitten parkartiger Gärten – Manilla House, Goldney House, Cornwallis House, Clifton Hill House …

Vier Leichter, angetrieben von schwer arbeitenden Ruderern, zogen ein Schiff zum Hafen von Bristol – eine kleine Brigg, wahrscheinlich aus Cornwall, die Erz geladen hatte und an Deck außerdem Gemüse. Sie würde zunächst am Walisischen Anleger die verderbliche Ware löschen. Anschließend wurde das Erz für die lange

Treidelfahrt flussaufwärts zu William Champions Schmelzhütten auf flache Lastschiffe umgeladen. Quäker, friedliche Leute, aber trotzdem so geldgierig und ehrgeizig. Die Champions und Harfords, Frys und Farleys, Teasts und Blannins, Callowhills und Goldneys. William Penn hatte eine Callowhill geheiratet. Die Bristoler Quäkergemeinde hatte ihm Geld geliehen, als ein Angestellter ihn durch Unterschlagungen in Schwierigkeiten gebracht hatte. Jetzt gehörte die Kolonie, die seinen Namen trug, Pennsylvania, zu den dreizehn Kolonien, denen der König den Krieg erklärt hatte. Quäker, die mit der Brown Bess hantierten. Seltsam.

Es gibt so viele seltsame Dinge auf Erden, Gott. Nimm mir nicht meinen Sohn!

Richard wünschte sich sehnlichst, in Clifton zu leben. Dort erkrankten die Menschen nicht an der Schwindsucht, an der Ruhr und an bösartigen Halsentzündungen, Fieber oder Pocken, weder die einfachen Leute in den Hütten und Verschlägen drunten an der Straße nach Hotwells noch die hochmögenden Herrschaften droben in den säulengeschmückten Palästen. In Clifton hatten die Kinder eine Chance, zu überleben.

Mary war sein täglicher Sonnenschein gewesen. Sie hatte seine graublauen Augen und seine gewellten dunklen Haare geerbt, dazu die wohlgeformte Nase ihrer Mutter und die reine Haut beider Eltern. Das Beste von beiden, wie Richard zu sagen pflegte. Dabei hatte er gelacht und das kleine Wesen an sich gedrückt, und Mary hatte ihn entzückt mit ihren Augen – *seinen* Augen – angesehen. Mary war Papas Liebling, daran gab es keinen Zweifel. Sie konnte nicht genug von ihm bekommen, und ihm ging es mit ihr genauso. Die beiden klebten förmlich aneinander, stellte Dick Morgan leicht missbilligend fest. Die stets beschäftigte Peg hatte sich nur lächelnd damit abgefunden. Nie machte sie ihrem geliebten Richard Vorhaltungen, dass er den Teil der Zuneigung des Kindes, der eigentlich ihr, der Mutter, gebührte, ebenfalls für sich beanspruchte. Spielte es denn eine Rolle, von wem die Liebe kam, solange sie da war? Nicht alle Männer waren gute Väter, und bei den meisten setzte es allzu schnell Prügel: Richard erhob nie die Hand gegen seine Tochter.

Nach drei Jahren war Peg endlich wieder schwanger. Die Nachricht versetzte beide Eltern in freudige Erregung. Sie hatten sich schon Sorgen gemacht. Jetzt würden sie endlich einen Jungen bekommen!

»Ganz bestimmt ist es diesmal ein Junge«, sagte Peg, als ihr Bauch anschwoll. »Es fühlt sich anders an.«

Dann brachen die Pocken aus. Seit undenklichen Zeiten lebten die Menschen mit dieser Geißel. Allerdings war die Zahl der Todesfälle wie bei der Pest langsam zurückgegangen. Nur noch ganz schlimme Epidemien forderten viele Opfer. Auf der Straße begegnete man oft von Pockennarben entstellten Gesichtern – hässlich zwar, aber wenigstens waren die Menschen mit dem Leben davongekommen. Auch Dick Morgan hatte im Gesicht einige leichte Narben. Mag und Peg dagegen hatten als Mädchen nur Kuhpocken gehabt. Der Aberglaube auf dem Lande wollte, dass, wer die Kuhpocken gehabt hatte, niemals die Pocken bekam. Mag hatte Richard deshalb mit fünf Jahren auf den Hof ihres Vaters in der Nähe von Bedminster gebracht, als dort die Kuhpocken umgingen. Sie hatte den kleinen Burschen so lange zum Melken mitgenommen, bis sich bei ihm die gutartige, immunisierende Variante der Pocken zeigte.

Richard und Peg hatten mit Mary dasselbe vorgehabt, doch gab es in Bedminster zu dieser Zeit keine Kuhpocken. Noch nicht vier Jahre alt, bekam Mary plötzlich schreckliches Fieber. Sie krümmte sich vor Schmerzen und schrie immerzu in panischer Angst nach ihrem Vater. Als Vetter James, der Apotheker, kam – die Morgans wussten, dass er ein besserer Arzt war als alle offiziellen Ärzte von Bristol –, schaute er sehr ernst drein.

»Wenn das Fieber zurückgeht, sobald sich die Flecken zeigen, wird sie überleben«, sagte er. »Es gibt keine Arznei, die Gottes Willen ändern kann. Haltet sie warm, lasst keine Zugluft an sie heran.«

Richard pflegte seine Tochter aufopferungsvoll. Stunde um Stunde saß er an ihrem Bettchen, das er selbst gezimmert und kunstvoll mit Kardanringen versehen hatte, sodass es sanft schaukelte und nicht knarrte wie andere Wiegen. Am vierten Tag nach Beginn des Fiebers zeigten sich die Flecken, graublaue Pusteln, die aussahen, als ob Blei in ihre Mitte injiziert worden wäre. Sie bedeckten Gesicht, Unterarme und Hände, Unterschenkel und Füße. Richard sprach mit Mary, sang ihr leise vor, hielt ihre unruhigen Hände, während Peg und Mag die Laken wechselten, und wusch ihr kleines Gesäß, das so runzlig und ausgetrocknet war wie bei einer alten Frau. Das Fieber ging nicht zurück. Als die Pusteln schließlich aufplatzten und zu Wunden wurden, erlosch Mary sanft und leise wie eine Kerze.

Vetter James, der Kirchenmann, war pausenlos mit Beerdigungen beschäftigt. Doch die Morgans genossen verwandtschaftliche Vorrechte, und so beerdigte er die dreijährige Mary Morgan trotz seiner knappen Zeit mit allem Pomp, den die anglikanische Kirche zu bieten hatte. Am Ende ihrer Kräfte und kurz vor der Niederkunft stehend, stützte Peg sich auf ihre Tante und Schwiegermutter. Richard schluchzte hemmungslos und erlaubte niemandem, sich ihm zu nähern. Seinem Vater, der selbst Kinder verloren hatte – und wer hatte das nicht? –, war der maßlose Kummer, das unschickliche, unmännliche Verhalten seines Sohnes peinlich, doch Richard kümmerte das nicht, er merkte es nicht einmal. Seine kleine Mary war tot, und er, der gerne an ihrer Stelle gestorben wäre, lebte. Gott war nicht gut, nicht freundlich und gnädig. Gott war ein Ungeheuer, schlimmer noch als der Teufel, der wenigstens nicht so tat, als sei er gut.

Es war ein Glück, dass Peg bald ihr zweites Kind bekommen würde, darin waren sich Dick und Mag Morgan einig. Die einzige Abhilfe für Richards Kummer war ein neues Baby, das er lieben konnte.

»Vielleicht lehnt er es ab«, meinte Mag besorgt.

»Richard doch nicht!«, sagte Dick verächtlich. »Der ist viel zu weich.«

Dick behielt Recht. Zum zweiten Mal tauchte Richard Morgan in ein Meer von Liebe ein. Diesmal allerdings kannte er dessen ungeheure Tiefen, die Gewalt seiner Stürme und seine endlose Weite. Bei diesem Kind, hatte er sich geschworen, würde er den Dingen ihren Lauf lassen, würde er seine Kraft nicht in nutzlosen Kämpfen verausgaben. Ein Vorsatz, der freilich nicht länger währte als bis zu jenem ewigen Augenblick, in dem er das Gesicht und die unschuldigen kleinen Händchen seines Sohnes zum ersten Mal sah – dieses quicklebendigen neuen Wesens auf der traurigen alten Erde. Blut von seinem Blut, Fleisch von seinem Fleisch.

Nicht die Frauen gaben den Kindern die Namen. Diese Aufgabe fiel Richard zu.

»Nenne ihn Richard«, sagte Dick. »Das ist Tradition.«

»Nein, wir haben schon einen Dick und einen Richard, was sollen wir da noch mit einem Dickon oder Rich?«

»Mir gefällt Louis gut«, sagte Peg ruhig.

»Noch ein papistischer Name!«, brüllte Dick. »Und ein Name für einen Franzmann!«

»Ich werde ihn William Henry nennen«, sagte Richard.

»Bill, wie sein Onkel«, sagte Dick erfreut.

»Nein, Vater, nicht Bill und nicht Will, auch nicht Willy oder Billy oder William. Er heißt William Henry, und so werden ihn alle nennen.« Richard hatte es so entschieden gesagt, dass die anderen verstummten.

Die ganze Familie freute sich über den Namen. Wer von allen William Henry genannt wurde, musste ein bedeutender Mann werden. Richard erzählte Mr Thistlethwaite davon, als er ihm seinen neugeborenen Sohn vorstellte. Mr Thistlethwaite schnaubte verächtlich.

»Genau wie Lord Clare, der eigentlich Robert Nugent heißt«, sagte er. »Begann als Schulmeister, heiratete drei dicke, hässliche alte Witwen, die alle schwerreich waren, hatte, äh, das Glück, sie alle schnell wieder loszuwerden, wurde Parlamentsabgeordneter für Bristol und begegnete in dieser Funktion dem Prinzen von Wales. Der simple Robert Nugent, er schwamm nur so im Geld, das er dann großzügig an unseren aufgeschwemmten Thronerben verlieh. Keine Zinsen und keine Tilgung durch den Prinzen, bis nicht einmal mehr der König die Schulden ignorieren konnte. So wurde der simple Robert Nugent zum Viscount Clare befördert, und jetzt ist eine Straße in Bristol nach ihm benannt. Er wird noch als Graf enden. Meine Londoner Informanten berichten mir, dass sein Geld nach wie vor in großer Menge dem Prinzen zufließt. Du musst zugeben, mein lieber Richard, der Schulmeister macht Karriere.«

»Das macht er in der Tat«, sagte Richard, überhaupt nicht beleidigt. »Obwohl es mir lieber wäre, wenn William Henry Erster Seelord würde und sich den Adelsstand verdiente. Generäle sind immer adlig, weil sich Armeeoffiziere ihre Beförderungen erkaufen müssen, aber Admiräle können durch Prisengelder und ähnliche Dinge zu Vermögen kommen.«

»So spricht ein echter Bürger Bristols! Er denkt immer zuerst an Schiffe. Obwohl du sie nur vom Anschauen kennst, Richard.« Mr Thistlethwaite nippte an seinem Rum und wartete mit einem Gefühl wonnigen Behagens darauf, dass die Wärme sich in seinem Körper ausbreitete.

»Beim Anschauen bin ich den Schiffen nahe genug«, sagte Richard Wange an Wange mit William Henry.

»Sehnst du dich nie nach fernen Ländern? Nicht einmal nach London?«

»Nein. Ich bin in Bristol geboren und ich werde in Bristol sterben. Weiter als Bath und Bedminster will ich gar nicht reisen.« Er hielt William Henry von sich weg und sah ihm in die Augen. Der kleine William Henry erwiderte den Blick in Anbetracht seines Alters erstaunlich ruhig. »Na, William Henry? Vielleicht wird aus dir einmal der Weltreisende der Familie.«

Doch das waren müßige Spekulationen. Richard genügte es vollkommen, dass er ihn zum Sohn hatte.

Die Angst war freilich nie fern. Peg und Richard registrierten besorgt die kleinste Veränderung. War der Stuhlgang des kleinen William Henry nicht zu dünn? War seine Stirn etwa zu heiß? Hinkte er in der Entwicklung seinen Altersgenossen nach? In den ersten sechs Monaten von William Henrys Leben mochte das noch verzeihlich sein, aber seine Großeltern sorgten sich, wie es weitergehen würde, wenn er begann, seine Umwelt wahrzunehmen, zu krabbeln, zu sprechen und – zu denken! Die abgöttisch liebenden

Eltern würden das Kind verziehen! Beide nahmen begierig alles auf, was Vetter James, der Apotheker, zu Themen zu sagen hatte, über die sich nur wenige Bristoler – oder andere Menschen in England – den Kopf zerbrachen. Etwa zum Zustand der Kanalisation, zum fauligen Wasser von Froom und Avon, zu den ungesunden Dämpfen, die im Winter wie im Sommer gleichermaßen über der Stadt lagen. Eine Bemerkung von Vetter James über den öffentlichen Abtritt in der Broad Street führte dazu, dass Peg mit Lappen, Bürste und Teeröl in das Klosett unter der Treppe einrückte und den alten Steinsitz und den Boden erbarmungslos schrubbte. Richard begab sich unterdessen zum Rathaus und verursachte dort einen solchen Aufruhr, dass tatsächlich ein vielköpfiger Putztrupp in der Broad Street eintraf, um den Abtritt zu leeren, einige Male durchzuspülen und das Ergebnis dieser Aktivitäten beim Key Head direkt neben dem Fischmarkt in den Froom zu kippen.

Doch als William Henry ein halbes Jahr alt war und anfing, eine eigene Persönlichkeit zu entwickeln, stellten seine Großeltern erleichtert fest, dass er zu den Kindern gehörte, die man nicht verderben konnte. Der Junge hatte ein so einnehmendes, bescheidenes Wesen, dass er die ihm entgegengebrachte Aufmerksamkeit zwar dankbar akzeptierte, sich aber nie beklagte, wenn sie ausblieb. Er weinte, wenn ihm etwas wehtat oder ein Narr im Wirtshaus ihn erschreckte, obwohl er vor Mr Thistlethwaite, dem bei weitem Furcht erregendsten Stammgast des Cooper's Arms, nicht die geringste Angst hatte, egal wie laut Mr Thistlethwaite brüllte. William Henry hatte eine nachdenkliche, stille Natur. Er lächelte bereitwillig, aber er lachte nicht. Umgekehrt wirkte er auch nie traurig oder übel gelaunt.

»Für mich hat er was von einem Klosterbruder«, erklärte Mr Thistlethwaite. »Womöglich habt ihr euch da einen Katholiken ins Nest gesetzt.«

Fünf Tage zuvor war im Cooper's Arms eine schreckliche Nachricht eingetroffen. Es hatte einige Pockenfälle gegeben, leider zu weit voneinander entfernt, um an Quarantäne denken zu können, die erste und letzte verzweifelte Hoffnung einer jeden Stadt.

Pegs Augen wurden schreckensstarr: »Nein, Richard, nicht schon wieder!«

»Wir lassen William Henry impfen«, erwiderte Richard. Sofort schickte er eine Nachricht an Vetter James, den Apotheker.

Der schaute entsetzt, als er hörte, was von ihm verlangt wurde. »Ausgeschlossen, Richard! Für die Impfung muss er älter sein! Ich habe noch nie gehört, dass ein so kleines Kind geimpft wurde! Es würde ihn umbringen! Schickt ihn lieber aufs Land oder behaltet ihn hier und isoliert ihn, so gut ihr könnt. Und egal was ihr tut, betet.«

»Impfe ihn, Vetter James, bitte.«

»Das werde ich nicht!« Vetter James wandte sich an Dick, der mit grimmiger Miene zuhörte. »Dick, sag doch was! Tu was! Ich flehe dich an!«

Doch wenigstens dieses eine Mal teilte Dick die Meinung seines Sohnes. »Wir können William Henry weder aufs Land schicken noch isolieren, Jim. Um ihn aus Bristol herauszubringen – nein, lass mich ausreden –, müsste man eine Pferdedroschke mieten, aber wer weiß, wer zuletzt darin gesessen hat? Oder wer in Rownham Meads an Bord der Fähre ist? Und wie könnten wir ihn in einem Wirtshaus isolieren? Das ist hier nicht die St.-James-Kirche an einem Sonntag, obwohl es auch dort sehr lebhaft zugehen kann. Hier gehen alle möglichen Leute ein und aus. Nein, Jim, du musst ihn impfen.«

»Aber auf eure Verantwortung!«, rief Vetter James und schlug die Hände über dem Kopf zusammen. Dann stolperte er zur Tür hinaus, um bei einem befreundeten Arzt nachzufragen, wo er ein Opfer der Pocken finden konnte, das bereits an offenen Pusteln litt. Ein solcher Patient war schnell gefunden, denn immer mehr Menschen erkrankten an der Seuche. Die meisten waren unter fünfzehn. Erwachsene hatten die Krankheit meist schon gehabt, manche in ihrer schweren, andere in der milden Ausprägung. Nie wusste man vorher, wer leiden und Narben davontragen würde und wer nicht.

»Bete für mich«, sagte Vetter James zu dem befreundeten Arzt. Dann legte er eine gewöhnliche Stopfnadel auf eine nässende

Wunde im Gesicht eines zwölfjährigen Mädchens. Er drehte die Nadel mehrfach, um sie ganz mit Eiter zu bedecken. Das arme Mädchen! Nie wieder würde sein schönes Gesicht aussehen wie früher. »Bete für mich«, sagte er noch einmal. Er stand auf und legte die eitergetränkte Nadel auf ein Polster aus Scharpie in einer kleinen Blechdose. »Bete, dass ich nicht im Begriff bin, einen Mord zu begehen.«

Den kurzen Weg von der Wohnung des Pockenopfers in der Trover's Lane zum Cooper's Arms legte er im Laufschritt zurück. Dort angekommen, nahm er, den knienden, halb nackten William Henry vor sich, die Stopfnadel aus der Dose, richtete die Spitze auf – auf – wo sollte er den Mord begehen? Einen *öffentlichen* Mord inmitten der Stammgäste, die auf ihren gewohnten Plätzen saßen. Mr Thistlethwaite gefiel sich darin, immer wieder betont gleichgültig an seinen Zähnen zu saugen, und die Morgans umringten den Vetter, als wollten sie ihn am Fliehen hindern, sollte er auch nur die leisesten Anstalten dazu machen. Doch dann ging alles ganz schnell. Er drückte das Fleisch von William Henrys Arm direkt unterhalb der linken Schulter zusammen, stach die Nadel tief hinein und zog sie einen Zoll daneben an der Spitze wieder heraus.

William Henry zuckte nicht zusammen und weinte nicht. Er richtete nur fragend seine großen, außergewöhnlichen Augen auf Vetter James' schweißnasses Gesicht. Warum hast du das getan? Es tat weh!

Ja, warum, warum habe ich das getan?, dachte Vetter James. Noch nie hatte er solche Augen gesehen! Nicht die Augen eines Tieres, aber auch nicht die eines Menschen. Ein seltsames Kind.

Er küsste William Henry über das ganze Gesicht, wischte seine eigenen Tränen ab, legte die Nadel in die Dose zurück, um sie später mitsamt der Dose in seinem heißesten Ofen zu verbrennen, und gab William Henry seinem Vater zurück.

»Hier, es ist getan. Jetzt werde ich beten. Nicht für William Henrys Seele – welches Kind muss schon einen Makel auf seiner Seele fürchten? –, sondern für mein eigenes Seelenheil und dafür, dass ich keinen Mord begangen habe.« Jetzt, danach, war ihm schon ein wenig besser zu Mute, er verspürte sogar eine gewisse Zuversicht. Wer weiß, vielleicht waren die Aussichten bei ganz kleinen Patienten sogar noch besser. »Hast du Essig und Teeröl? Ich will mir die Hände waschen.«

Mag stellte einen kleinen Krug Essig, eine Flasche Teeröl und eine Zinnschüssel vor ihn hin und legte ein sauberes Tuch daneben.

»Drei oder vier Tage lang wird nichts geschehen«, sagte Vetter James, während er sich gründlich die Hände wusch. »Dann, wenn die Impfung anschlägt, wird der Junge Fieber bekommen. Wenn wir Glück haben, ist das Fieber nicht bösartig. Dann eitert nur die Impfstelle. Eine Pustel bildet sich und platzt auf. Wenn alles gut geht, bleibt es bei dieser einen Pustel. Aber mit Gewissheit kann ich es nicht sagen, und ich habe es nicht gern getan.«

»Du bist der beste Mensch von ganz Bristol, Vetter James!«, rief Mr Thistlethwaite vergnügt.

Vetter James blieb auf der Türschwelle stehen. »Ich bin nicht dein Vetter, Jem Thistlethwaite – du hast keine Verwandten! Nicht einmal eine Mutter«, fügte er kalt hinzu. Er schob seine Perücke zurecht und verschwand.

Der Wirt schüttelte sich vor Lachen. »Jetzt weißt du Bescheid, Jem!«

»Jawohl«, grinste Mr Thistlethwaite unbeeindruckt. Und zu Richard sagte er: »Mach dir keine Sorgen wegen deinem Jungen. Gott würde es nie wagen, Vetter James Kummer zu bereiten.«

Richard ging viel länger spazieren, als er betete. Dann kehrte er gerade rechtzeitig ins Cooper's Arms zurück, um beim Servieren des Abendessens zu helfen. An diesem Abend gab es Gerstensuppe mit runden Speckknödeln und, wie an jedem Tag, Brot, Butter, Käse, Kuchen und Getränke.

Die Aufregung hatte sich gelegt und in der Broad Street war wieder der Alltag eingekehrt. Nur John – oder Samuel – Adams und John Hancock baumelten noch am Schild des Amerikanischen Kaffeehauses. Wahrscheinlich, dachte Richard, bleiben sie dort hängen, bis Wind und Wetter die Füllung in alle Richtungen verstreut haben und nur noch ein paar verschlissene Lumpen von ihnen übrig sind.

Er nickte im Vorbeigehen seinem Vater zu und stieg die Treppe hinauf, zur hinteren Hälfte des ersten Stocks, die sein Vater in der üblichen Weise abgetrennt hatte – mit ein paar groben Brettern, die vom Boden bis knapp unter die Decke reichten und nicht fest verzapft waren wie die Planken eines Schiffes, sondern nur hier und da durch eine Strebe notdürftig zusammengehalten. Die Wand hatte viele Risse, einige davon so breit, dass man bequem hindurchschauen konnte. Dieser Mangel an Privatsphäre machte Richard oder Peg allerdings nichts aus. Selbst in den vornehmen Häusern der Ratsherren und reichen Kaufleute waren die Zwischenwände keineswegs besser gebaut. Benötigte man dort für einen Empfang oder Ball einen großen Raum, wurden sie einfach für einen Nachmittag oder Abend entfernt, um am nächsten Tag auf die gleiche provisorische Art wieder angebracht zu werden.

In Richards und Pegs rückwärtiger Hälfte der Etage standen ein schönes Doppelbett mit dichten Leinenvorhängen, die sich an Schienen zwischen den Bettpfosten ringsherum zuziehen ließen, mehrere Kleiderkommoden, ein Schrank für Schuhe und Stiefel und William Henrys Bettchen. An der Wand hing ein Spiegel, vor dem sich Peg frisieren konnte, daneben waren ein Dutzend Haken angebracht. Die Wände waren nackt, ohne Tapeten zu fünfzehn Schilling den Meter oder Wandteppiche aus Damast, und auch auf den Eichendielen des Bodens, die so alt waren, dass sie sich schon vor zweihundert Jahren schwarz verfärbt hatten, lagen keine Teppiche. Doch der Raum war nicht schlechter eingerichtet als die Zimmer in anderen bürgerlichen Häusern.

Peg stand am Bettchen und schaukelte es sanft hin und her.

»Wie geht es ihm, Schatz?«

Sie sah auf und lächelte. »Die Impfung hat angeschlagen. Er hat ein leichtes Fieber, aber es verzehrt ihn nicht. Vetter James kam vorbei, als du spazieren warst. Er wirkte sehr erleichtert. Er glaubt, dass William Henry sich erholen wird, ohne die richtigen Pocken zu bekommen.«

William Henry schlief auf der rechten Seite, den linken Arm

hatte er über die Brust gelegt, wahrscheinlich weil er ihm wehtat, vermutete Richard. Dort, wo die Nadel durch das Fleisch gedrungen war, war ein großer, roter Striemen zu sehen. Richard hielt die Hand daran und spürte, wie heiß die Stelle war.

»Das geht aber früh los!«, rief er.

»Vetter James sagt, das sei nach einer Impfung oft so.«

Sein Sohn hatte die Impfung überlebt! Richards Knie zitterten vor Erleichterung. Er ging zu einem der Haken an der Wand und griff nach seinem groben Leinenschurz. Er zog sich die Schlinge des Brustlatzes über den Kopf und verknotete die Bändel auf dem Rücken. »Ich muss Vater helfen. Gott sei Dank!« Er dankte Gott immer noch, als er die Treppe hinuntereilte. Dass er Gott schon fast aufgegeben hatte, daran dachte er nicht mehr.

Die langen Sommerabende mit ihrer geselligen Atmosphäre belebten das Geschäft im Cooper's Arms. Die Stammgäste, darunter vor allem Kaufleute und Handwerker in Begleitung ihrer Frauen und Kinder, verdienten mehr, als sie zum Leben brauchten. Sie bezahlten drei bis vier Pennys pro Person für ein reichhaltiges, schmackhaftes Essen und einen großen Krug Dünnbier. Wer richtiges Bier, Rum, Gin oder Bristol-Milch bevorzugte, einen Sherry, dem vor allem Frauen zusprachen, konnte sich für weitere sechs Pennys gute Laune und die nötige Bettschwere antrinken, um zu Hause sofort ins Bett zu fallen und einzuschlafen. Auf dem Heimweg brauchte er keine Angst vor Straßenräubern und Presspatrouillen zu haben. Die späte Abenddämmerung hielt ihm die dunklen Gestalten vom Leib.

Der Gastraum, in den Richard jetzt hinabstieg, wurde um diese Zeit nicht nur von den Öllampen, sondern auch noch von der tief im Westen stehenden Sonne in goldenes Licht getaucht. Die Öllampen hingen an den Balken der Wände, die sich schwarz vom weißen Putz abhoben. Die einzige tragbare Lampe brannte am Platz des Wirtes hinter dem Schanktisch. Am anderen Ende des Tisches stand Ginger, die berühmteste Attraktion des Cooper's Arms.

Ginger war eine große, hölzerne Katze, die Richard nach dem berühmten Vorbild Old Tom in London geschnitzt hatte. Dabei hatte er das Original zu seinem Stolz noch deutlich übertroffen.

Die Katze stand mit dem Hinterteil zur Kundschaft diagonal auf dem Tisch, orange gestreift, mit lachend aufgerissenem Maul und keck erhobenem Schwanz. Wenn ein Gast einen Becher Rum wollte, legte er eine Münze auf die bewegliche Zunge, die daraufhin mit hörbarem Klicken nach unten klappte. Dann hielt er seinen Becher unter die naturgetreu nachgebildeten Hoden und zog am Schwanz. Prompt pinkelte die Katze genau ein halbes Pint Rum in den Becher.

Natürlich waren die älteren Kinder die eifrigsten Benutzer. So mancher Papa und manche Mama wurden beschwatzt, mehr zu trinken, als sie eigentlich wollten, nur des Vergnügens wegen, das es bereitete, eine Münze in Gingers Maul zu stecken und dann am Schwanz zu ziehen und zu beobachten, wie er einen Strahl aus Rum pinkelte.

Die Gäste schwitzten und stanken nach schweißgetränkten Kleidern aus Wolle, Baumwolle und Leinen, die kaum je gewaschen wurden. Mäntel wurden nie gewaschen, weil sie dann einliefen und sich verzogen. Schon ein Regenguss bekam ihnen schlecht. Der Geruch, der vom Abort in die Wirtsstube wehte, war in diesen Tagen nicht so schlimm, weil die dazugehörige Sickergrube unter der Broad Street geleert worden war. Den Gästen stand der Abort nicht zur Verfügung. Sie mussten sich ihre Bedürfnisse verkneifen oder einen dunklen Winkel in der Bell Lane finden. Die roh gezimmerten Tische und hölzernen Bänke oder Stühle konnte man mit Wasser abwaschen, wenn jemand sich übergeben hatte. Der Fußboden war zwei Zoll hoch mit Sägespänen bedeckt, die Richard und Dick jede Woche mit einem Handwagen von Williams Sägewerk in Cuckold's Pill holten. Der Handwagen war auf dem Hin- und auf dem Rückweg beladen. Die alte, säuerlich riechende und mit Erbrochenem getränkte Streu wurde auf dem Hinweg in den Avon gekippt.

Die Arme gefährlich hoch mit Holzschüsseln voll dampfender Suppe beladen, ging Richard zwischen den Tischen hindurch und wechselte mit den Gästen ein paar Worte. Seine Augen strahlten, wenn er von William Henrys Aussichten auf Genesung erzählte.

Mr Thistlethwaite war nicht da. Er kam um elf Uhr morgens

und saß dann bis um fünf am Fenster an »seinem« Tisch mit dem eingelassenen Tintenfass und den bereitgelegten Schreibfedern – das Papier muss er selbst kaufen, pflegte Dick trocken zu bemerken – und verfasste seine Satiren. Gedruckt wurden seine Schriften von Sendalls Buchhandlung in der Wine Street, verkauft ebenfalls dort und an einigen Ständen im Pie Powder Court und auf dem Pferdemarkt, die weit genug von Sendall entfernt waren, um dessen Absatz nicht zu beeinträchtigen. Die Satiren verkauften sich hervorragend, denn Mr Thistlethwaite schrieb eine spitze und dazu noch äußerst treffende Feder. Meist nahm er Mitglieder der Stadtverwaltung wie den Bürgermeister, den Leiter der Zollbehörde und den Sheriff aufs Korn, daneben aber auch religiöse Vereinigungen oder Richter.

Das Abendessen nahm seinen Gang, und eine zufriedene Sattheit machte sich unter den Gästen breit. Sobald die alte Uhr neben der Schiefertafel acht zeigte, rief Dick: »Bitte bezahlen, meine Herren!« War die blecherne Kasse ordentlich gefüllt, geleitete er den letzten schwankenden Zecher zur Tür hinaus und verriegelte sie fest. Die Kasse nahm er mit nach oben und stellte sie unter sein Bett. An den Griff band er eine Schnur, das andere Ende der Schnur befestigte er an seinem großen Zeh. In Bristol gab es viele Diebe, darunter wahre Künstler. Am nächsten Morgen schüttete Dick die Münzen in eine Tasche aus Segeltuch und brachte sie zur Bristol Bank in der Small Street, die unter anderem von den Quäkern Harford, Ames und Deane geleitet wurde. Es spielte allerdings keine Rolle, zu welcher der drei Bristoler Banken man sein Geld brachte – es wurde stets von Quäkern verwaltet.

William Henry schlief fest auf der rechten Seite. Richard hob das Kinderbettchen näher an sein Bett heran, zog den Schurz aus, dann das weit geschnittene weiße Baumwollhemd, die Leinenhosen, die Schuhe samt der dicken weißen Baumwollstrümpfe und die Flanellunterhosen. Dann schlüpfte er in das baumwollene Nachthemd, das Peg über sein Kissen gelegt hatte, knüpfte das Band auf, das seine langen Locken zusammenhielt, und zog die Nachtmütze fest über die Haare. Mit einem Seufzer stieg er ins Bett.

Zwei ganz verschiedene Geräusche drangen durch die Ritzen der Trennwand zum Vorderzimmer, in dem Dick und Mag schliefen. Die beiden schnarchten um die Wette. Dick erzeugte ein volltönendes Rumpfeln, Mag ein pfeifendes Keuchen. Richard lächelte in sich hinein, drehte sich auf die Seite. Peg kuschelte sich an ihn, obwohl die Nacht warm war, und begann ihn auf die Wange zu küssen. Behutsam schob Richard sein und ihr Nachthemd hoch, dann presste er seinen Körper an ihren und nahm ihre hohen, festen Brüste in die Hände.

»Ich liebe dich, Peg!«, flüsterte er. »Kein Mann hatte je eine bessere Frau.«

»Und keine Frau einen besseren Mann, Richard.«

Sie tauschten leidenschaftliche Küsse. Peg drückte ihren Schoß gegen Richards sich aufrichtendes Glied und schnurrte vor Behagen.

»Vielleicht«, murmelte er danach, unfähig, die Augen offen zu halten, »haben wir ein Geschwisterchen für William Henry gezeugt.« Dann war er auch schon eingeschlafen.

Obwohl Peg genauso müde war wie er, zog sie an seinem Nachthemd, bis es seinen Körper bedeckte und das Leintuch schützte, dann tat sie dasselbe bei sich und steckte sich einen Hemdzipfel zwischen die Beine, um die Feuchtigkeit in ihrem Schritt aufzunehmen. Wenn nur Mutter und Vater nicht so schnarchen würden!, dachte sie. Richard schnarcht nicht, und ich, wie er mir versichert, auch nicht. Obwohl, wenn sie schnarchen, schlafen sie und hören uns nicht. Und ich danke dir dafür, lieber Gott, dass du meinen Sohn beschützt hast. Ich weiß, er ist so gut, dass du ihn am liebsten gleich zu dir nehmen würdest, aber wir haben ihn so lieb und er soll doch leben dürfen. Aber, lieber Gott, warum habe ich das Gefühl, dass ich keine Kinder mehr bekommen werde?

Denn dieses Gefühl hatte sie tatsächlich, und sie litt darunter. Drei Jahre lang hatte sie auf die erste Schwangerschaft warten müssen und dann noch einmal drei Jahre auf die zweite. Nicht, dass es besonders komplizierte Schwangerschaften gewesen wären, dass sie sich unwohl gefühlt oder unter Krämpfen und Zuckungen gelitten hätte. Trotzdem spürte sie in ihrem Innersten, dass ihr Schoß nicht mehr fruchtbar war. Es lag auch nicht an Richard. Sobald sie ihn nur einladend von der Seite ansah, kam er zu ihr, und er versäumte auch nie mit ihr zu schlafen, wenn sie zu Bett gingen, es sei denn, ein Kind war krank. Ein so gütiger, rücksichtsvoller Liebhaber war er, ein so gütiger, rücksichtsvoller Mann. Seine eigenen Wünsche bedeuteten ihm weniger als die der ihm wichtigen Menschen, darunter vor allem sie und William Henry. Und Mary. Eine Träne tropfte auf das Kopfkissen, weitere Tränen folgten. Warum müssen unsere Kinder vor uns sterben? Das ist nicht gerecht. Ich bin fünfundzwanzig, Richard ist siebenundzwanzig, und schon haben wir unsere Erstgeborene verloren. Ich vermisse sie so sehr! Ach, wie ich sie vermisse!

Endlich versiegte Pegs Tränenstrom. Morgen, dachte sie schläfrig, gehe ich zum St.-James-Friedhof und lege Blumen auf Marys Grab. Bald ist Winter, und dann gibt es keine Blumen mehr.

Der Winter senkte sich über Bristol, die übliche trübe Mischung aus Nebel, Nieselregen und feuchter Kälte, die durch jedes Kleidungsstück drang. Auf dem Avon schwamm kein Eis wie oft auf der Themse und anderen Flüssen im Osten Englands. Mit derselben Regelmäßigkeit und Vorhersagbarkeit wie im Sommer stiegen und fielen die Gezeiten im Avon um dreißig Fuß.

Neuigkeiten vom Krieg in den Kolonien trafen ein, doch hinkten sie den Ereignissen weit hinterher. General Thomas Gage, der Oberkommandierende Seiner Britannischen Majestät, war durch Sir William Howe abgelöst worden, und der Kontinentalkongress der Aufständischen umwarb auf der Suche nach Verbündeten und Geld die Franzosen, Spanier und Holländer. Die Vergeltung des Königs war ausgefallen wie erwartet: Zu Weihnachten verbot das Parlament jeglichen Handel mit den Kolonien und entzog ihnen den Schutz der Krone. Für Bristol waren es schlimme Nachrichten.

Einige einflussreiche Bürger Bristols wollten Frieden um jeden Preis, unter Erfüllung sämtlicher Forderungen der amerikanischen Rebellen. Andere glaubten zwar, dass den Rebellen Unrecht geschehe, sie traten aber für den Erhalt des englischen Imperiums ein, aus Angst, die Franzosen und nach ihnen die Spanier könnten zurückkehren, wenn England eine tausend Meilen lange Küste schutzlos preisgab. Wieder andere verurteilten die Rebellen als Verräter, die nichts anderes verdient hätten, als gehängt und dann gestreckt und gevierteilt zu werden. Sie wollten auch von kleinsten Zugeständnissen nichts wissen.

Diese letzte Gruppe von Honoratioren hatte am Gerichtshof von St. James den größten Einfluss, doch alle drei Gruppen jammerten und wehklagten in den Salons der vornehmen Häuser und saßen mit grimmigen Mienen im White Lion, im Bush Inn und im Plume of Feathers bei Portwein und Schildkrötensuppe.

Die große Mehrheit der Bevölkerung unter der dünnen Oberschicht bemerkte nur, dass es immer schwerer wurde, Arbeit zu finden, dass immer mehr Schiffe immer länger an den Anlegern lagen und dass jetzt nicht die Zeit war, für eine Lohnerhöhung von einem Penny pro Tag zu streiken. Das Parlament wusste zwar, wie man Geld ausgab, verteilte es aber nicht an die Bedürftigen. Die Fürsorge für die steigende Zahl von Arbeitslosen oblag deshalb den Pfarrgemeinden, die gleichermaßen durch Tradition wie durch Gesetz zur Hilfe verpflichtet waren – vorausgesetzt, die Bedürftigen waren im Kirchenbuch eingetragen. Jede Gemeinde erhielt pro Jahr und Gebäude sieben Pfund aus den Einkünften der Stadtverwaltung, und aus diesem Topf kamen die Mittel für die Armenhilfe wie auch für alles andere.

In einer Hinsicht unterschied sich Bristol von allen anderen englischen Städten, ohne dass dies leicht zu erklären gewesen wäre: Die reichen Bürger der Stadt neigten in beeindruckendem Ausmaß zur Philantropie, und zwar genauso zu ihren Lebzeiten wie in testamentarischen Verfügungen. Ein Grund mochte sein, dass ein nach dem Stifter benanntes Arbeits- oder Armenhaus, eine Schule oder ein Krankenhaus dem Stifter eine Art von Unsterblichkeit verlieh. Adlig waren diese Stifter nie. Was Herkunft und Familienstammbaum betraf, war Bristols Oberschicht absolut mittelmäßig. Lord Clare, vormals Schulmeister Robert Nugent, verkörperte exemplarisch den Edelmann, den die feine Gesellschaft Bristols hervorbringen konnte. Die Macht der Stadt gründete fest auf dem Geld.

So nahte das Jahr 1776 wie ein drückender, aus den Augenwinkeln wahrgenommener Schatten. Man vermutete, dass Marine und Heer des Königs inzwischen den letzten Funken der Revolution zwischen New Hampshire und Georgia ausgetreten hatten. Doch traf keine entsprechende Nachricht ein, obwohl die Lesekundigen – und davon gab es im bildungs- und wohltätigkeitsbeflissenen Bristol viele – regelmäßig die Gasthäuser der Poststationen aufsuchten, um dort auf die Kutsche und die Zeitungen und Zeitschriften aus London zu warten. Auch im Cooper's Arms musste man den Gürtel enger schnallen. Es war traurig zu sehen, wie mit jeder neuen Woche neue Lücken in den Reihen der Stammgäste klafften. Mit der Kundschaft gingen freilich auch die Ausgaben zurück. Mag kochte weniger, Peg holte weniger Brotlaibe vom Bäcker Jenkins und Dick kaufte mehr billigen Gin an Stelle des aromatischen Cave-Rums.

Im Januar blieb der Schiffsverkehr hinter den Erwartungen zurück. Die Stimmung in der Stadt schlug um. Aus der Sympathie für die Rebellen wurde heftige Ablehnung. Im White Lion begannen die Torys kritische Fragen zu Edmund Burke und Henry Cruger zu stellen, den Whig-Abgeordneten, die für Bristol im Parlament saßen.

Am Abend des 16. Januar zündete jemand bei Niedrigwasser die *Savannah La Mar* an, die am Broad Quay für eine Fahrt nach Jamaika beladen wurde. Der Schiffsrumpf war mit Pech, Öl und Terpentin getränkt worden, und dass das Schiff nicht verbrannte, war pures Glück. Als die beiden einzigen städtischen Feuerwehrleute mit ihrem Vierzig-Gallonen-Spritzenwagen ankamen, hatten bereits hunderte von Seeleuten und Anwohner der Docks die Flammen niedergekämpft.

Am Morgen entdeckten die Hafenverwaltung und die Beamten des Sheriffs, dass die *Fame* und die *Hibernia*, die nördlich beziehungsweise südlich der *Savannah La Mar* ankerten, ebenfalls mit brennbaren Flüssigkeiten getränkt und angezündet worden waren. Niemand konnte sich erklären, warum keines der beiden Schiffe Feuer gefangen hatte.

»Brandstiftung in Bristol!«, sagte Dick bei seiner Rückkehr vom Schauplatz des Verbrechens zu Richard. »Der Anleger hätte abbrennen können und die Hafenanlagen und dann die ganze Stadt. Bei Niedrigwasser greift ein Feuer sofort auf die anderen Schiffe über – mein Gott, Richard, es hätte so schlimm werden können wie beim großen Stadtbrand von London!« Er erschauerte.

Nichts versetzte die Menschen so sehr in Furcht und Schrecken wie ein Feuer. So schlimm konnten nicht einmal die Bergleute von Kingswood mit tausend Brown-Bess-Musketen wüten. Selbst der wütende Mob war nichts im Vergleich zu Feuer. Der Mob – das waren Männer und Frauen, die Kinder hinter sich herzogen. Ein Feuer dagegen war eine Geißel Gottes, das Tor zur Hölle.

Am 18. Januar trat Vetter James, der Apotheker, aschfahl im Gesicht mit seiner weinenden Frau und den Kindern, die noch bei den Eltern zu Hause wohnten, durch die Tür des Cooper's Arms.

»Können Ann und die Mädchen hier wohnen?«, fragte er mit zitternder Stimme. »Sie glauben mir nicht, dass unser Haus sicher ist.«

»Du lieber Himmel, Jim, was ist los?«

»Feuer.« Vetter James stolperte zum Schanktisch und hielt sich daran fest.

»Hier, nimm.« Richard gab ihm einen Becher vom besten Rum, während Mag und Peg sich um die jammernde Ann kümmerten. Mr Thistlethwaite ließ seinen manisch kritzelnden Federkiel sinken und trat zu ihnen.

»Gib Ann auch einen Becher«, sagte Dick. »Und jetzt erzähl schon, Jim.«

Es bedurfte eines ganzen Bechers, bis sich Vetter James so weit beruhigt hatte, dass er sprechen konnte. »Mitten in der Nacht brach jemand die Tür meines Hauptlagers auf – du weißt, wie stabil sie ist, Dick, und wie viele Ketten und Vorhängeschlösser an ihr hängen! Der Einbrecher ging zu einem Fass mit Terpentin, tauchte eine große Kiste hinein und füllte die Kiste mit ebenfalls in Terpentin getränktem Werg. Dann stellte er sie an einige Fässer mit Leinöl und zündete das Ganze an. Um diese Zeit war natürlich niemand sonst da. Niemand sah ihn kommen oder gehen.«

»Das verstehe ich nicht!«, rief Dick. Er war so blass wie sein Vetter geworden. »Wir wohnen doch gleich an der Ecke zur Bell Lane, und ich schwöre dir, auch wir haben nichts gesehen und nichts gehört – und nichts *gerochen*!«

»Die Kiste brannte ja nicht«, sagte Vetter James mit seltsam gebrochener Stimme. »Sie brannte nicht, Dick, dabei hätte sie doch brennen müssen! Ich entdeckte sie, als ich zur Arbeit kam. Als ich die aufgebrochene Tür sah, dachte ich zuerst, jemand habe nach Opiaten oder dringend benötigten Medikamenten gesucht, aber in dem Augenblick, in dem ich hineinging, roch ich das Terpentin.« Seine graublauen Augen begannen zu glänzen. »Ein Wunder!«, rief er. »Ein Wunder ist geschehen! Der Herr hat seine Hand über mich gehalten. Ich werde der St.-James-Gemeinde tausend Pfund für die Armenkasse spenden.«

Sogar Mr Thistlethwaite war beeindruckt. »Bei so viel Geld wünschte ich mir, ich könnte Lobeshymnen schreiben, Vetter James. Dann könnte ich dich in gedruckter Form preisen.« Er runzelte die Stirn. »Aber ich spüre, es ist etwas faul in Bristol, jawohl. Die *Savannah La Mar*, die *Hibernia* und die *Fame* gehören alle Lewsley, einer amerikanischen Firma. Lewsley ist dein unmittelbarer Nachbar in der Bell Lane. Vielleicht hat der Brandstifter die falsche Tür aufgebrochen. Ich an deiner Stelle würde Lewsley Bescheid geben.« Er grinste. »Und dann würde ich mich bei der New Bristol versichern. Oder, wenn du eine modernere Firma bevorzugst, die willens ist, die Unkosten für deine chemischen Apparaturen zu übernehmen, versichere dich bei der Bristol Universal.«

Mr Thistlethwaite hatte eigentlich erwartet, für seine Worte von Vetter James getadelt zu werden, doch blieb alles still. Thistlethwaite sah nur noch einen leeren Stuhl und einen Rest Rum in Vetter James' Becher, den er sofort in seinen eigenen Becher kippte. »Ich nehme an, Vetter James hat sich bereits aufgemacht, um meinem Rat zu folgen. Du solltest das übrigens auch, Dick. Dies ist eine Tory-Verschwörung mit dem Ziel, das amerikanische Geld aus Bristol zu vertreiben.« Er kehrte zu seinem Tisch zurück.

»Du siehst überall nur Torys am Werk, Jem«, sagte Richard lächelnd.

»Die Torys sind jedenfalls bei jeder Gemeinheit dabei.« Mr Thistlethwaite setzte sich wieder an seinen Tisch und verdrehte mit einem Nicken zu den hysterisch schluchzenden Frauen die Augen. »Scheuch sie wieder nach Hause, Dick. Richard soll sie begleiten und eine meiner Sattelpistolen mitnehmen – hier, nimm sie, Richard! Für mich reicht eine. Aber jetzt brauche ich wirklich Ruhe. Die Muse hat gerufen, und ich habe ein neues Thema, über das es zu schreiben gilt.«

Die ersten Stammkunden trafen zum Mittagessen ein, und die Schar der Neugierigen, die wissen wollten, was in Vetter James' Arzneimittellager geschehen war, wurde immer größer. Richard beschloss, Mr Thistlethwaites Vorschlag zu folgen. Mit einer Sattelpistole in der einen und einem Dutzend Papierkartuschen in der anderen Manteltasche geleitete er Ann Morgan und ihre beiden bedrückend hässlichen Töchter zu ihrem stattlichen Haus in St. James's Barton zurück. Dort nahm er auf einem Stuhl in der Diele Platz, um etwaige Brandstifter zu vertreiben.

Innerhalb von zwei Tagen, von Donnerstag bis Samstag, steigerte sich ganz Bristol in eine haltlose Panik hinein. Zusätzliche Polizisten patrouillierten durch die Straßen. Die Laternen der wenigen Viertel, die das Glück hatten, über eine Straßenbeleuchtung zu verfügen, wurden um fünf Uhr nachmittags angezündet, und die Anzünder kletterten zu den Laternen hinauf, um die Ölvorräte aufzufüllen, was sie sonst nur selten taten. Die Menschen eilten früh nach Hause und verfluchten den Winter, jene Jahreszeit, in der der Rauch der Holzfeuer die Luft erfüllte. Kaum jemand schlief in jener Samstagnacht.

Am 19. Januar, einem Sonntag, waren die Kirchen der Stadt von Whitesons Bethaus über Wesleys Versammlungshaus bis zur Mayor's-Kapelle in College Green zum Bersten voll. Bristol beherbergte seit je Scharen ernsthafter Kirchgänger aller Spielarten des Protestantismus, aber an jenem besonderen Sonntag waren außer den Juden alle auf den Beinen, um Gott zu bitten, er möge sich gnädig zeigen und den teuflischen Brandstifter seiner gerechten Strafe zuführen. Vetter James, der Kirchenmann, ein exzellenter Prediger selbst dann, wenn er nicht in Hochform war, gab an diesem Tag sein Bestes. Einige Gemeindemitglieder von St. James sprachen danach erschrocken von eindeutig jesuitischen Gedanken, andere waren über seine methodistischen Argumente entsetzt.

»Was mich angeht«, sagte Dick, daraufhin angesprochen, »so ist mir völlig egal, ob der Pfarrer jesuitisch oder methodistisch argumentiert. Wenn wir ruhig in unseren Betten schlafen wollen, dann muss der Brandstifter zuvor mit den Füßen zappeln und dabei den Hals in der Schlinge haben.«

»Die Steadfast Society gibt den amerikanischen Kolonisten die Schuld.«

»Wenig wahrscheinlich! Die amerikanischen Kolonisten sehen eher wie die Opfer aus.« Damit war das Thema für Dick erledigt.

In den frühen Morgenstunden der Nacht zum Montag fuhr Richard aus einem unruhigen Schlummer hoch.

»Papa!«, rief der kleine William Henry laut. »Papa!«

Richard sprang aus dem Bett, nahm eine Kerze aus der Zunderbüchse, zündete sie an und beugte sich mit klopfendem Herzen über das Kind, das aufrecht in seinem Bett dasaß. »Was ist los, William Henry?«, flüsterte er.

»Feuer«, sagte William Henry klar und deutlich.

Nur Richards Besessenheit mit der Gesundheit seines Sohnes konnte seinen Geruchssinn blockiert haben – der Raum war voller Rauch. In Notfällen handelte Richard stets geschickt und schnell. Er fuhr in seine Kleider und Stiefel und weckte seinen Vater mit lauten Rufen. Fertig angezogen, rannte er die Treppe hinunter, ohne auf Dick zu warten, griff nach zwei Eimern, entriegelte die Wirtshaustür und wäre fast auf dem Pflaster ausgerutscht, das durch einen leichten Nieselregen glitschig geworden war. Er bog in die Bell Lane ein und blieb entgeistert stehen. Der Lagerhauskomplex von Lewsley & Co. stand in hellen Flammen. Das Feuer schlug bereits durch Lücken in den Schieferdächern. Die enge, schmutzige Gasse war in zuckendes Rot getaucht, ein Brausen und Zischen erfüllte die Luft. Die spanische Wolle, das Getreide und die Olivenölfässer nährten das Feuer besser als Werg und Terpentin.

Mit Eimern bewaffnete Männer kamen von überall herbeigeeilt, lange Ketten bildeten sich vom Froom bis zum Lagerhaus. Die Flut hatte noch nicht den Höchststand erreicht, aber es war genug Wasser da. Die Eimer wurden gefüllt und von Hand zu Hand weitergegeben. In den folgenden drei Stunden arbeiteten die Männer so hart, wie sie noch nie gearbeitet hatten. Zum Glück konnte das Feuer auf Lewsley & Co. und ein halbes Dutzend alter Mietshäuser begrenzt werden. Der direkt daneben gelegene Komplex von Vetter James blieb völlig unbeschädigt. Niemand kam ums Leben. Offenbar war es dem Brandstifter wichtiger, Eigentum zu zerstören, als Menschen zu töten. Die Bewohner der niedergebrannten Mietshäuser hatten sich rechtzeitig in Sicherheit bringen können. Ihre wenigen Habseligkeiten und ihre weinenden Kinder trugen sie auf den Armen.

Endlich erklärten der Sheriff und seine Gehilfen die Bell Lane für nicht mehr gefährdet, und Richard kehrte rußverschmiert ins Cooper's Arms zurück. Seine beiden Eimer waren weg, Gott allein wusste, wo oder bei wem sie gelandet waren. Sein Vater und Vetter James saßen an einem Tisch. Beide wirkten mitgenommen. Sie waren eine Generation älter als Richard und hatten versucht, beim Tempo der anderen mitzuhalten, dann allerdings ihre Eimer dankbar an jüngere Männer weitergegeben, die aus weiter entfernten Stadtteilen herbeigeeilt waren.

»Morgen wird es eine große Nachfrage nach Eimern geben, Richard«, sagte Dick und zapfte seinem Sohn ein Bier. »Ich gehe deshalb bei Tagesanbruch zum Böttcher und kaufe noch ein Dutzend. In was für einer Welt leben wir!«

»Dick«, sagte Vetter James. Auf seinem Gesicht lag wieder ein verzückter Ausdruck. »Zum zweiten Mal innerhalb von zwei Tagen hat Gott mich und die Meinen verschont! Mir ist zu Mute wie – Paulus auf dem Weg nach Damaskus.«

»Das verstehe ich nicht«, sagte Richard. Er trank durstig. »Du hast doch nie Christen verfolgt, Vetter James.«

»Nein, Richard, aber mir ist eine Offenbarung zuteil geworden. Als Dank werde ich jedem Häftling von Bristol Newgate und Bristol Bridewell ein Pfund geben.«

»Hm!«, brummte Dick. »Tu das unbedingt, Jim, aber sei dir darüber im Klaren, dass die Häftlinge das Geld in der Gefängnisschänke versaufen werden.«

Ihre Unterhaltung war nach oben gedrungen. Mag und Peg kamen die Treppe herunter, Peg mit William Henry auf dem Arm. Sie strahlte.

»Gott sei Dank, es ist vorbei, und dir ist nichts passiert!«

Richard setzte seinen Becher ab und trat zu seiner Frau, um das Kind zu nehmen. Es klammerte sich sofort an ihn. »Vater, es war William Henry, der mich geweckt hat. Er sagte ›Feuer‹, als ob er wüsste, was das bedeutet.«

Vetter James betrachtete William Henry nachdenklich. »Er ist nicht ganz normal. Die Feen haben ihn verzaubert.«

Peg schnappte nach Luft. »Vetter James, das darfst du nicht sagen! Sonst holen sie ihn eines Tages noch!«

Dummer ländlicher Aberglaube, dachte Vetter James. Er stand ächzend auf. Immerhin, William Henrys Mutter schien bemerkt zu haben, dass etwas an dem Jungen seltsam war. Sonst hätte er die Impfung ja auch nicht überlebt.

Der Brandstifter gab auch nach der Zerstörung von Lewsley & Co. keine Ruhe. Am Montag nach dem Feuer wurden noch andere Brandsätze gefunden, und zwar in einem Dutzend weiterer in amerikanischem Besitz befindlicher oder mit Amerika verbundener Lagerhäuser und Faktoreien. Am Dienstag schlugen Flammen aus der Zuckerraffinerie von Alderman Barnes. Ihr Besitzer hatte enge Geschäftsverbindungen nach Amerika. Doch inzwischen war ganz Bristol auf den Beinen und patrouillierte in Erwartung eines Feuers durch die Straßen. Der Brand konnte deshalb rechtzeitig gelöscht werden, bevor allzu viel Schaden entstanden war. Drei Tage später brannte die Zuckerraffinerie erneut, und wieder wurde sie gerettet.

In politischer Hinsicht waren beide Parteien bemüht, aus der Sache Kapital zu schlagen. Die Torys beschuldigten die Whigs und die Whigs die Torys. Edmund Burke setzte 50 Pfund für sachdienliche Hinweise aus, die Kaufleute der Stadt stockten um 500 Pfund auf, der König um weitere 1000. Da 1550 Pfund mehr waren, als die meisten Bewohner der Stadt in mehreren Lebensspannen verdienen konnten, verwandelte sich die ganze Bevölkerung in ein Heer von Detektiven, die jedem möglichen Verdächtigen hinterherschnüffelten – doch niemand bekam die Belohnung. Ein Schotte, bekannt als Maler Jack, der in verschiedenen Häusern in der Pithay gewohnt hatte, einer heruntergekommenen Straße, die beim St.-James-Hafenbecken den Froom überquerte, war nach dem zweiten Brandanschlag auf Alderman Barnes' Zuckerraffinerie plötzlich verschwunden. Obwohl es keinen wirklichen Anhaltspunkt für seine direkte Verwicklung in die Anschläge gab, war ganz Bristol davon überzeugt, dass er der Brandstifter sei. Eine Verbrecherjagd begann, angespornt von Zeitungen aus London und allen Landesteilen. Vom Tyne bis zum Ärmelkanal wollte niemand einen Pyromanen auf freiem Fuß wissen. Beim Versuch, das Haus eines schwerreichen Bürgers von Liverpool auszurauben, wurde der Flüchtige verhaftet und gegen eine Unkostenerstattung von 128 Pfund durch die Stadtverwaltung und Kaufmannschaft von Bristol in Ketten zum Verhör nach Bristol überstellt. Dort tat sich eine unerwartete Schwierigkeit auf. Niemand verstand ein Wort von dem, was der Schotte sagte, mit Ausnahme seines Namens, James Aiten. Also wurde er mit dem Schiff nach London gebracht. In der großen Metropole würde es bestimmt jemanden geben, der den schottischen Dialekt verstand. Was auch der Fall war. James Aiten alias Maler Jack gestand, die Feuer in Bristol gelegt zu haben – und außerdem noch eins in Portsmouth, bei dem die Seilerei der Königlichen Marine bis auf die Grundmauern niedergebrannt war. Dieses letzte Verbrechen wog besonders schwer, denn Schiffe brauchten für ihre Segel ungeheure Mengen von Tauen.

»Ich verstehe nur eins nicht«, sagte Dick Morgan zu Jem Thistlethwaite. »Wie kann Maler Jack in Bristol *und* Portsmouth Verbrechen begangen haben? Die Seilerei wurde im Dezember angezündet, aber im Dezember war er ganz bestimmt in Bristol.«

Mr Thistlethwaite reagierte mit einem Achselzucken. »Er ist nur der Sündenbock, Dick. Die Bevölkerung muss zur Ruhe kommen, und welches Mittel taugt dazu besser als ein Sündenbock, noch dazu ein Schotte? Ich weiß nichts über den Brand in Portsmouth, aber die Feuer in Bristol wurden von den Torys gelegt, darauf wette ich mein Leben.«

»Du glaubst also, dass es noch mehr Feuer geben wird?«

»Nein! Sie haben ihren Zweck erfüllt. Es gibt kein amerikanisches Geld mehr in Bristol. Die Torys können sich auf ihren Lorbeeren ausruhen und den armen Maler Jack alles büßen lassen.«

So kam es denn auch. James Aiten alias Maler Jack wurde wegen Brandstiftung vor das Schwurgericht von Hampshire gestellt und zum Tode verurteilt. Anschließend brachte man ihn nach Portsmouth, wo man für die Hinrichtung, ein gut besuchtes Großereignis, einen besonderen Galgen errichtet hatte. Die Fallhöhe betrug volle 67 Fuß. Das bedeutete, dass dem armen Jack, nachdem man ihn vom Stuhl gestoßen und auf die Reise in die Ewigkeit geschickt hatte, am Ende des Falls der Kopf abgeschnitten wurde, und zwar sauberer, als eine Axt es vermocht hätte. Der Kopf wurde auf den Zinnen von Portsmouth öffentlich zur Schau gestellt. England konnte aufatmen.

Jack, der Maler, hatte in den Verhören stets beteuert, er sei allein für alle Feuer verantwortlich gewesen.

»Mir leuchtet das zwar nicht ein«, sagte Vetter James, der Apotheker, »aber inzwischen ist Ostern vorbei und es hat keine weiteren Feuer gegeben, also warum noch weiter darüber nachdenken? *Mich* hat Gott jedenfalls verschont.«

Ein Schatten erschien in der Tür des Cooper's Arms. Senhor Tomas Habitas, der Büchsenmacher, trat ein.

»Sir!«, rief Richard und begrüßte ihn mit einem Lächeln und einem herzlichen Händedruck. »Setzen Sie sich doch! Ein Glas Bristol-Milch?«

»Danke, Richard.«

Die Gaststube war leer bis auf Mr Thistlethwaite, denn die Geschäfte gingen immer schlechter, und so stand der unerwartete Gast im Mittelpunkt der Aufmerksamkeit – ein Umstand, der ihm zu schmeicheln schien.

Senhor Tomas Habitas, ein vor dreißig Jahren eingewanderter portugiesischer Jude, war klein, schmächtig, hatte eine olivfarbene Haut und dunkle Augen, ein langes Gesicht, eine große Nase und einen kräftigen Mund. Er wirkte ähnlich wie ein Quäker stets leicht reserviert, vielleicht weil er wusste, dass er in Bristol zu fremd war, um jemals Zugang zu bürgerlichen Kreisen zu finden. Die Stadt behandelte ihn gut wie alle Juden. Die Juden durften im Unterschied zu den Papisten Gott auf ihre Art dienen. Sie hatten einen Friedhof in der Jacob Street und zwei Synagogen auf der anderen Seite des Avon. Die prominenteste jüdische Familie der Stadt waren die Eltons, und verschiedene Abrahams, Isaacs und Jacobs waren Bürgermeister und wichtige Kaufleute gewesen. Einer, Sir Abraham Elton, war sogar zum Baronet ernannt worden. Offenbar behinderte der jüdische Glaube den sozialen und wirtschaftlichen Erfolg weit weniger als das römisch-katholische Bekenntnis, was sich vor allem daraus erklärte, dass es unter den Juden keine Anwärter auf den Thron Seiner Britannischen Majestät gab.

»Was führt Sie den weiten Weg hierher, Sir?« Dick Morgan reichte dem Gast ein großes, von der jüdischen Firma Jacobs hergestelltes Glas mit bernsteinfarbenem süßen Sherry.

Habitas' schmale schwarze Augen flogen durch die leere Stube, dann sah er Richard an. »Die Geschäfte gehen schlecht«, sagte er mit einer überraschend tiefen Stimme und einem leichten Akzent.

»So ist es, Sir«, erwiderte Richard und setzte sich dem Besucher gegenüber.

»Das tut mir Leid für euch.« Senhor Habitas machte eine kurze Pause. »Vielleicht kann ich helfen.« Er legte seine langen, feinen Hände auf den Tisch und faltete sie. »Der Krieg mit den amerikanischen Kolonien ist daran schuld, ich weiß. Aber anderen hat der Krieg Arbeit gebracht, insbesondere mir. Ich brauche dich, Richard. Willst du wieder für mich arbeiten?«

Richard wollte schon etwas sagen, doch da mischte sich sein Vater ein. »Zu welchen Bedingungen, Senhor Habitas?«, fragte er grob. Er kannte seinen Richard. Der war zu gutmütig, um zu verhandeln, bevor er zusagte.

Die unergründlichen Augen des sanften Gesichts blieben unbewegt. »Zu guten Bedingungen, Mister Morgan. Zwei Schillinge pro Muskete.«

»Abgemacht!«, sagte Dick sofort.

Mr Thistlethwaite sah Richard mitleidig an. Wann würde Richard denn einmal selbst über sein Schicksal entscheiden? Richards blaugraue Augen und ebenmäßige Gesichtszüge ließen freilich weder Ärger noch Unzufriedenheit erkennen. Mein Gott, war dieser Mann geduldig! Geduldig mit seinem Vater, seiner Frau, seiner Mutter, den Gästen, Vetter James, dem Apotheker – einer endlosen Liste von Menschen. William Henry schien der einzige Mensch, für den Richard zu kämpfen bereit war, und selbst das nur auf seine ruhige, beharrliche Art. Wer bist du eigentlich, Richard Morgan? Weißt du es selbst? Wenn Dick mein Vater wäre, würde ich ihm jetzt eine Ohrfeige verpassen, dass er umfällt. Stattdessen erträgst du seine Launen, seine Wutanfälle, seine Kritik, ja sogar seine kaum verhüllte Verachtung stumm. Woher nimmst du deine innere Stärke? Denn stark bist du, das weiß ich. Ist es Resignation? Nein, wohl nicht. Du bist mir ein Rätsel, dabei bedeutest du mir mehr als alle anderen, und ich habe Angst um dich. Warum? Weil ich spüre, dass Gott dein Übermaß an Geduld und Nachsicht auf die Probe stellen wird.

Richard wusste von diesen Sorgen nichts. Er kehrte in die Habitas-Werkstatt zurück und begann, für die in Amerika kämpfenden Soldaten die Brown Bess zu bauen.

Ein Büchsenmacher stellte ein Gewehr her, nicht aber dessen einzelne Komponenten. Sie kamen aus verschiedenen Orten: der stählerne Lauf und die stählernen Teile des Steinschlosses aus Birmingham, der Kolben aus Walnussholz aus einem Dutzend über ganz England verstreuter Orte und die Beschläge aus Messing oder Kupfer aus Bristol und Umgebung.

»Ich habe eine gute Nachricht«, sagte Habitas, als Richard zu seinem ersten Arbeitstag erschien. »Wir haben den Auftrag erhalten, die kurze Infanteriemuskete zu bauen. Sie ist etwas leichter und einfacher zu handhaben als das alte Modell.«

Die neue Muskete war mit 42 Zoll etwa vier Zoll kürzer als das alte, lange Infanteriegewehr, das noch im Siebenjährigen Krieg benutzt worden war, und stellte aus der Sicht des Infanteristen eine deutliche Verbesserung dar. Bei gleicher Zielgenauigkeit wog sie ein halbes Pfund weniger und war besser zu handhaben.

Richard setzte sich auf den hohen Hocker an der Werkbank. Was er für die Arbeit brauchte, war rings um ihn angeordnet. Die polierten, aus einem Stück gedrechselten Kolben mit der langen, halbmondförmigen Aussparung für den Lauf standen links in einer Halterung. Rechts standen die Läufe mit den gelochten Zapfen auf der Unterseite. In Kästchen auf der Werkbank lagen die verschiedenen Teile für das Steinschloss – Federn, Hähne, Abzugsstollen, Zündpfannendeckel, Abzüge, Nüsse, Schrauben und Zündsteine – und die Messingbänder, Röhrchen, Flansche und Streben, die das Gewehr zusammenhielten. Zwischen die Kästchen legte Richard seine eigenen Werkzeuge, die er jeden Tag in einer schweren Mahagonikiste zur Arbeit mitbrachte. In ein Messingplättchen an der Kiste war sein Name eingraviert. Die Kiste enthielt Dutzende Feilen und Schraubenzieher; Zangen, Blechscheren, Pinzetten, Hämmerchen, einen Bohrer mit verschiedenen Einsätzen und zahlreiche Holzwerkzeuge. Schmirgelpapier stellte Richard selbst her. Er bestrich Leinen mit einem starken Fischleim, auf den er dann die schwarzen Scheuerpartikel streute. Mit der gleichen Technik produzierte er verschiedene Arten von Schmirgelstäbchen, einige davon spitz, andere abgerundet, wieder andere kurz und stumpf. Das Feilen und Schmirgeln machte fünfzig Prozent der Kunst des Büchsenmachers aus. Richard war darin so geschickt, dass sein Bruder William niemand anders die Zähne seiner Sägen schärfen ließ, wenn sie stumpf geworden waren.

Richard nahm den ersten Lauf in die Hand, um den Rost zu entfernen und den Stahl mit Antimonfett einzureiben. Erst jetzt wurde ihm bewusst, wie sehr er seinen Beruf vermisst hatte. Sechs Jahre! Eine lange Zeit. Doch seine Hände waren sicher, und er freute sich auf das vor ihm liegende Geduldsspiel. Dass die Waffe dazu diente, Menschen zu töten, daran dachte Richard in diesem Augenblick nicht.

Er kannte die Brown Bess in- und auswendig und wusste, dass

man mit ihr auf Entfernungen von bis zu 40 Metern am besten traf. Auf Entfernungen von über 100 Metern dagegen nützte sie so gut wie nichts. Man musste dem Gegner sehr nahe kommen, bevor man feuerte, und auch ein guter Schütze konnte höchstens zwei Schüsse anbringen, bevor er entweder zum Bajonett greifen oder sich zurückziehen musste. Eine Brown Bess wurde in einer Schlacht selten öfter als zwanzigmal abgefeuert. Pro Schuss brauchte man nur 70 Gran Schießpulver – weniger als eine fünftel Unze. Richard wusste auch, wie man Schießpulver herstellte, denn er hatte einen Teil seiner Lehrzeit in der Pulverfabrik von Tower Harratz in Temple Meads am Avon verbracht. Er wusste außerdem, dass wahrscheinlich nur jede dritte von ihm angefertigte Muskete jemals im Kampf eingesetzt wurde. Das Kaliber der Muskete entsprach in etwa dem von französischen, portugiesischen und spanischen Waffen, sodass auch Kartuschen aus diesen Ländern verwendet werden konnten. Und wer von einer Musketenkugel getroffen wurde, hatte nur geringe Überlebenschancen. Bei einem Brust- oder Bauchschuss wurden die inneren Organe zerfetzt. Traf der Schuss einen Arm oder ein Bein, wurden die Knochen so zerschmettert, dass nur noch die Amputation blieb.

Zwei Stunden brauchte Richard, um die erste Brown Bess zusammenzubauen. Doch dann hatte er seinen Arbeitsrhythmus wieder gefunden, und gegen Ende des Arbeitstages brauchte er nur noch eine Stunde dafür. Für ihn waren die zwei Schillinge pro Muskete ein fabelhafter Lohn, aber Senhor Tomas Habitas verdiente daran noch mehr. Nach Abzug der Unkosten für die Bauteile und für Richards Lohn blieben ihm noch zehn Schillinge pro Muskete. Es gab billigere Büchsenmacher, aber ein Produkt der Habitas-Werkstatt funktionierte zuverlässig. Wurde die Brown Bess richtig bedient, gab es kein Nachbrennen und keine Blitze auf der Pulverpfanne. Senhor Habitas war persönlich zugegen, wenn seine Büchsenmacher die von ihnen hergestellten Musketen zur Probe abfeuerten.

»Ich beschäftige in der Produktion keine Lehrlinge, sondern nur ausgebildete Büchsenmacher«, sagte er auf dem Weg zum Schießstand zu Richard. Sie wollten das verbleibende Tageslicht nutzen, um die neuen Waffen zu testen. »Und am liebsten nur welche, die ich selbst ausgebildet habe.« Er wurde plötzlich ernst. »Der Krieg ist eines Tages wieder aus, lieber Richard. Ich gebe ihm noch drei bis vier Jahre, und danach werden die Franzosen so schnell keinen mehr gegen uns führen. Deshalb haben wir jetzt zwar reichlich Arbeit, aber sie wird abnehmen, und dann muss ich dich wieder entlassen. Deshalb zahle ich dir zwei Schillinge pro Muskete. Ich habe nie jemand besser arbeiten sehen, und du bist schnell.«

Richard schwieg, doch entsprach das so sehr seiner Natur, dass Tomas Habitas gar keine Antwort erwartet hatte. Richard war ein Zuhörer. Er nahm in sich auf, was man zu ihm sagte, sagte aber nie selbst etwas nur um des Redens willen. Das Gesagte speicherte er in seinem Gedächtnis, um es im Bedarfsfall von dort wieder hervorzuholen. Vielleicht, dachte Habitas, habe ich ihn deshalb so gern, von seiner guten Arbeit einmal abgesehen. Er ist ein wahrhaft friedlicher Mensch, der ganz in sich selbst ruht.

Die zehn Musketen, die Richard zusammengebaut hatte, standen in einem Gewehrständer bereit. Gebracht hatte sie der zehnjährige Junge, den Habitas als Laufburschen beschäftigte. Richard nahm die erste Waffe, zog den Ladestock aus der Halterung unter dem Kolben und holte aus einem Karton eine Kartusche. Kugel und Pulver waren in einem Papierbehälter zusammengepresst. Richard sammelte Speichel im Mund, dann biss er kräftig in das Papier. Das Papier wurde feucht und riss auf. Richard schüttete das Pulver in den Lauf, zerknüllte das Papier und drückte es dem Pulver hinterher, dann schob er die Kugel nach. Ein geschickter Stoß mit dem Stock, und die Ladung saß sauber in der Zündkammer am Ende des Laufes. Richard hob die Muskete an die Schulter und klopfte zugleich auf die Zündpfanne, um Pulverreste aus dem Zündloch zu entfernen. Dann drückte er ab. Der Hahn mit dem Feuerstein schnappte hinunter und schlug auf den Zündpfannendeckel. Funken sprühten, das Pulver explodierte, und eine mächtige Qualmwolke stieg auf. Eine Flasche, die in knapp vierzig Metern Entfernung auf einem Brett vor der Wand des Schießstands stand, zersprang.

»Du hast immer noch eine sichere Hand«, sagte Senhor Habitas anerkennend, während der barfüßige Junge mit einem Besen die Scherben zusammenkehrte und eine neue Flasche aufstellte.

»Sagen Sie das, wenn ich mit allen zehn durch bin.« Richard grinste. Neun Musketen funktionierten perfekt. Bei der zehnten musste die Feder des Zündpfannendeckels nachgestellt werden, eine einfache Sache, weil die Feder außerhalb des Zündschlossmechanismus angebracht war.

Bei seiner Rückkehr in das Cooper's Arms nahm Richard den kleinen William Henry aus seinem Hochstuhl und drückte ihn fest an sich. Er musste sich beherrschen, dass er das Kind nicht erdrückte. William Henry, wie sehr ich dich liebe! Ich liebe dich so sehr wie das Leben, wie die Luft, wie die Sonne, wie Gott im Himmel! Er drückte die Wange an die Locken seines Sohnes und schloss die Augen. Auf einmal lief ein ganz leichtes, krampfartiges Zittern durch den kleinen Körper, unsichtbar wie das Schnurren einer Katze. Richard spürte es nur mit den Fingerspitzen. Etwas quälte seinen Sohn. Quälte ihn? Richard riss die Augen auf und hielt William Henry auf Armeslänge von sich weg. Das Gesicht des Kindes wirkte verschlossen, in sich gekehrt.

»Er hat dich überhaupt nicht vermisst«, sagte Dick.

»Und er hat alles bis auf den letzten Krümel aufgegessen«, fügte Mag stolz hinzu.

»Er war so lieb zu mir«, sagte Peg mit stiller Genugtuung.

Richard bekam weiche Knie. Er sank in einen Stuhl vor dem Schanktisch und schmiegte sich wieder an seinen Sohn. Das Zittern war vergangen. An was denkst du jetzt, William Henry? Dachtest du, dein Papa würde nie mehr zurückkommen? Bis jetzt war er nie länger als eine oder zwei Stunden weg. Haben die anderen dir nicht gesagt, dass ich bis zur Abenddämmerung wieder da bin? Nein. Ich habe ja auch nicht daran gedacht. Du hast nicht geweint oder das Essen verweigert. Aber du dachtest, ich würde nicht mehr zurückkommen und nicht mehr für dich da sein. »Ich werde immer für dich da sein«, flüsterte er in William Henrys Ohr. »Immer und ewig.«

Tränen stiegen ihm in die Augen. Er spürte, dass Dick ihn anstarrte, als sei er verrückt geworden. Er schnaubte und wischte sich mit dem Handrücken über die Augen.

»Wie ist es dir ergangen?«, fragte Peg. Sie staunte immer noch über ihren Mann. Warum Tränen? War das Schwäche? Weichheit? Es ist nicht normal, dachte sie. Er braucht das Kind aus einem Grund, von dem ich keine Ahnung habe. Dabei liebe ich William Henry genauso wie er! Jetzt habe ich meinen Sohn endlich für mich, Gott sei Dank.

»Gut«, antwortete Richard, dann sah er Dick an. Er wirkte etwas verlegen. »Ich habe heute ein Pfund verdient, Vater. Zehn Schillinge für dich, zehn für mich.«

»Nein«, sagte Dick schroff. »Fünf für mich, fünfzehn für dich. Das reicht mir, selbst wenn den ganzen Tag lang kein einziger Gast erscheint. Zahl mir noch zwei Schillinge Essensgeld für deine Familie und behalte die übrigen dreizehn Schillinge. Senhor Habitas bezahlt doch hoffentlich jeden Samstag und nicht erst am Monatsende oder nachdem er bezahlt worden ist?«

»Jeden Samstag, Vater.«

Als Richard sich in jener Nacht auf Pegs Seite drehte und behutsam ihr Nachthemd hochschieben wollte, schlug sie ihm auf die Hand.

»Nein, Richard«, flüsterte sie böse. »William Henry schläft noch nicht, und er ist alt genug, um zu verstehen, was vor sich geht!«

Verwirrt drehte Richard sich zurück und hörte dem Schnarchen aus dem Vorderzimmer zu. Er war hundemüde von der ungewohnten Arbeit und doch hellwach. Heute hatte ein neuer Lebensabschnitt begonnen. Er arbeitete wieder in seinem Beruf, der ihm so viel bedeutete, und er war tagsüber von seinem Kind getrennt, das er liebte, und von seiner Frau, die er ebenfalls liebte. Und er wusste jetzt, dass er, ohne es zu wollen, geliebte Menschen verletzen konnte. Dabei war doch eigentlich alles ganz einfach. Er handelte nur aus Liebe – er musste arbeiten, um seine Familie zu ernähren, um sicherzustellen, dass sie keinen Mangel litt. Doch Peg hatte ihn auf die Hand geschlagen, zum ersten Mal seit sie verheiratet waren, und William Henry hatte gezittert.

Was kann ich tun? Wie finde ich einen Ausweg? Heute habe ich unwissentlich eine Kluft aufgerissen, obwohl ich die besten Absichten hatte. Ich habe nie viel vom Leben verlangt oder erwartet. Ich will nur mit meiner Familie zusammen sein, dann bin ich glücklich. Ich gehöre zu ihnen, und sie gehören zu mir, jedenfalls habe ich das bisher immer angenommen. Tut sich eine solche Kluft immer auf, wenn sich etwas ändert? Wie tief ist sie? Wie breit?

»Senhor Habitas«, sagte Richard gleich zu Beginn seines zweiten Arbeitstages, »wie viele Musketen erwarten Sie täglich von mir?«

Tomas Habitas sah ihn unbewegt an. Er ließ sich selten etwas anmerken. »Warum fragst du, Richard?«

»Ich will nicht den ganzen Tag bleiben, Sir. Es ist nicht mehr wie früher. Auch meine Familie braucht mich jetzt.«

»Das verstehe ich«, sagte Senhor Habitas freundlich. »Das Problem ist unlösbar. Man arbeitet, um Geld zu verdienen und seiner Familie ein angenehmes und sorgenfreies Leben zu ermöglichen, doch die Familie braucht mehr als nur Geld, und man kann nicht gleichzeitig an zwei Orten sein. Ich zahle dich pro Muskete, Richard. Das bedeutet, du verdienst so viel oder so wenig, wie du Musketen fertig stellst.« Er zuckte die Achseln, eine ungewohnte Geste bei ihm. »Natürlich hätte ich gerne fünfzehn oder zwanzig am Tag, ich bin aber auch mit einer zufrieden. Entscheide das selbst.«

»Zehn am Tag, Sir?«

»Zehn genügen vollkommen.«

Richard kehrte bereits am Nachmittag nach Hause zurück, nachdem er zehn Musketen gebaut und erfolgreich getestet hatte. Senhor Habitas war zufrieden, und er selbst würde genug Zeit für William Henry und Peg haben. Er würde genug Geld sparen können, um den Traum vom Haus auf dem Clifton Hill zu verwirklichen. Sein Sohn konnte jetzt schon gehen. Bald würden die Verlockungen der Broad Street durch die offene Wirtshaustür dringen, und William Henry würde zu eigenen Abenteuern aufbrechen. Dann war es viel besser, wenn ihn seine Schritte über nach Blumen duftende Wege führten statt zum stinkenden Froom.

Er betrat den Schankraum, doch noch bevor er Peg oder William Henry begrüßen konnte, sprang Mr James Thistlethwaite von seinem Tisch auf und umarmte ihn heftig.

»Lass mich los, Jem! Deine Pistolen werden losgehen!«

»Richard! Ich dachte schon, ich würde dich nicht wieder sehen!«

»Nie wieder sehen? Warum denn? Selbst wenn ich von morgens bis abends arbeiten würde – was, wie du siehst, nicht der Fall ist – hättest du mich doch noch im Winter gesehen.« Richard löste sich aus der Umarmung und streckte die Arme nach William Henry aus, der unsicher auf ihn zugelaufen kam, gefolgt von Peg, die Richard mit einem entschuldigenden Lächeln und einem Kuss auf die Lippen begrüßte. Anschließend setzte Richard sich zu James Thistlethwaite an den Tisch. Seine Welt, so kam es ihm vor, war wieder in Ordnung. Die Kluft war verschwunden.

Er nippte an dem Bier, das Dick vor ihn hinstellte. Er mochte den leicht bitteren Geschmack, war aber nicht danach süchtig. Als Sohn eines nur mäßig trinkenden Gastwirts trank er selbst nur wenig. Er trank nur Bier und niemals so viel, dass er den Alkohol spürte. Auch das schätzte Tomas Habitas an Richard. Die Arbeit verlangte ruhige, geschickte Hände und sehr viel Konzentration, und Männer, die wenig tranken, waren selten. Die meisten tranken zu viel, und dann meist Rum oder Gin. Für drei Pennys bekam man ein halbes Pint Rum oder, je nach Qualität, sogar ein ganzes Pint Gin. Es gab keine Gesetze gegen übermäßiges Trinken, dafür Gesetze für fast jede andere Verfehlung. Der Staat verdiente viel zu viel an der Branntweinsteuer, um gegen das Trinken vorzugehen.

In Bristol wurde mehr Rum erzeugt und verbraucht als Gin. Gin war ein Getränk für die Ärmsten der Armen. Bristol als wichtigster Zuckerimporthafen der Britischen Inseln war fast zwangsläufig die Hauptstadt des Rums. Was den Alkoholgehalt betraf, unterschieden sich die beiden Getränke kaum, doch war Rum schwerer. Er blieb länger im Kreislauf und war am Morgen danach leichter zu verkraften.

Mr Thistlethwaite trank nur allerbesten Rum. Das Cooper's Arms hatte er zu seiner zweiten Wohnstube gemacht, weil Dick

Morgan seinen Rum bei Thomas Cave in Redcliff kaufte. Und Caves Rum war einzigartig.

Als Richard an diesem Tag nach Hause kam, hatte Mr Thistlethwaite aus Kummer über Richards Abwesenheit schon ordentlich getrunken, mehr als sonst um drei Uhr nachmittags. Er hatte angenommen, dass Richard von nun an nie mehr vor fünf Uhr zurück sein würde. Um fünf aber musste er gehen, das sagte ihm ein letzter Rest von Selbsterhaltungstrieb. Er wusste genau, dass er, wenn er auch nur eine Minute länger bliebe, endgültig in der Gosse landen würde, die in der Mitte der Broad Street verlief.

Mr Thistlethwaite stand unsicher auf und machte Anstalten zu gehen. »Es ist früher als sonst, ich weiß, aber dein Anblick, Richard, hat mich schlicht überwältigt«, rief er. Schwankend steuerte er auf die Tür zu. »Obwohl ich gar nicht weiß, warum«, kam seine Stimme von der Broad Street herein. »Denn wer bist du schon? Der Sohn meines Wirts. Es ist ein Rätsel.« Der Kopf mit dem zerknitterten Dreispitz erschien noch einmal in der Tür. »Ist es denn möglich, dass die Augen eines Betrunkenen die Zukunft sehen? Glaube ich an Vorahnungen? Ha! Nennt mich Kassandra, denn ich schwöre, ich bin eine verrückte alte Frau!« Damit verschwand er.

»Übergeschnappt«, sagte Dick. »Vollkommen übergeschnappt.«

Die Engländer eilten im Krieg gegen die dreizehn amerikanischen Kolonien von Sieg zu Sieg, zumindest hatten die Bürger von Bristol diesen Eindruck. Deshalb musste die Nachricht von der amerikanischen Kapitulation eigentlich jeden Tag eintreffen. Zur Verblüffung der Bristoler Bürger traf sie nie ein.

Im August 1776 meldeten die Nachrichtenblätter, der Kontinentalkongress habe Thomas Jeffersons umstrittene Unabhängigkeitserklärung angenommen und unterzeichnet, nur New York habe sich der Stimme enthalten. John Hancock, der Präsident des Kongresses, hatte als Erster schwungvoll unterschrieben. Auch General Washingtons zerlumpte Truppen begrüßten die Erklärung mit Beifall, und daraufhin wurde sie auch von New York gebilligt. Damit hatten sich alle zur Unabhängigkeit bekannt, auch wenn das Gebiet von Manhattan königstreu blieb. Und die Flagge des Kontinentalkongresses bestand jetzt aus dreizehn abwechselnd weißen und roten Streifen.

Die Friedensverhandlungen auf Staten Island scheiterten, nachdem die Kolonisten sich weigerten, die Unabhängigkeitserklärung zurückzunehmen. Sir William Howe marschierte daraufhin mit seinen englischen Truppen und 10 000 hessischen Söldnern in New Jersey ein. Die Kolonisten wichen vor ihm zurück. Washington überquerte den Delaware nach Pennsylvania, kehrte im tiefsten Winter zurück und brachte den Hessen, die bei Trenton lagerten, eine vernichtende Niederlage bei. Nach einem zweiten, kleineren Sieg bei Princeton zog sich die Rebellenarmee in das Bergland um Morristown zurück. General Howe kehrte verwirrt mit Lord Cornwallis, seinem ebenso ratlosen Stellvertreter, nach Manhattan zurück. Den Cornwallis gehörte Cornwallis House in Clifton Hill, deshalb waren sie in Bristol beliebt.

Richard hatte im Jahr 1776 viele Musketen gebaut und dabei gut verdient. Er hatte 265 Pfund bei der Bristol Bank deponiert, und das Cooper's Arms blieb dank der fünf oder sieben Schillinge, die Dick täglich von Richard bekam, geöffnet. Viele andere Wirtshäuser hatten bereits für immer geschlossen. Die Not traf Reiche und Arme gleichermaßen. Es waren schreckliche Zeiten.

Die Zahl der Verbrechen hatte drastisch zugenommen. Damit einher ging eine weitere Folge des bitteren amerikanischen Krieges: Häftlinge und obdachlose Arme konnten nicht mehr wie bisher mit Schiffen in die dreizehn Kolonien gebracht werden. Diese altehrwürdige und bequeme Praxis hatte es den Behörden bisher ermöglicht, die härtesten Strafgesetze Europas zu praktizieren und gleichzeitig die Zahl der Häftlinge niedrig zu halten. Auf jeden gehängten Franzosen kamen zehn gehängte Engländer, auf jeden gehängten Deutschen fünfzehn gehängte Engländer. Ab und zu wurde auch eine Frau gehängt. Die weitaus meisten der wegen geringerer Verbrechen als Straßenraub, Mord oder Brandstiftung Verurteilten wurden allerdings an Unternehmer verkauft, die sie in die dreizehn Kolonien verschifften – die Schiffe liefen oft in Bristol aus – und dort Gewinn bringend als weiße Sklaven weiterverkauften. Ein Unterschied zu den schwarzen Sklaven bestand darin, dass ihre Knechtschaft zumindest theoretisch zeitlich begrenzt war. Oft traf das allerdings nicht zu, zumal wenn die Sklaven Frauen waren.

Jetzt konnten keine Deportationen mehr durchgeführt werden, doch die englischen Kriminal- und Geschworenengerichte verhängten deshalb keine weniger harten Strafen selbst für geringfügige Vergehen. Nicht nur die Rechte einiger weniger Adliger sollten geschützt werden, sondern die Rechte aller Menschen, die es zu einem gewissen Wohlstand gebracht hatten, und sei er noch so bescheiden. Die Gefängnisse füllten sich mit atemberaubender Schnelligkeit. Burgen und andere alte Gemäuer wurden als provisorische Gefängnisse requiriert und sofort mit neuen Gefangenen gefüllt.

Dann kam Duncan Campbell, ein Londoner Unternehmer und Spekulant schottischer Herkunft, auf die Idee, ausgemusterte Kriegsschiffe zu Gefängnissen umzubauen. Er kaufte ein solches Schiff, die *Censor*, vertäute es in der Themse auf der Höhe des Königlichen Zeughauses und füllte es mit 200 Gefangenen. Ein neues Gesetz ermöglichte es, Gefangene für öffentliche Arbeiten einzusetzen. Die Häftlinge von der *Censor* mussten den Fluss ausbaggern, einen außerordentlich wichtigen Seeweg, und außerdem neue Docks anlegen, Arbeiten, für die man freie Männer nur bei sehr guter Bezahlung bekam. Sträflinge dagegen kosteten nur Unterkunft und Verpflegung, und für beides sorgte Mr. Duncan Campbell auf der *Censo*r. Am Anfang gab es ein paar Pannen. Hängematten, stellte Mr. Campbell schnell fest, waren für Sträflinge nicht zum Schlafen geeignet, weil die Ketten der Gefangenen sich in den Seilen verwickeln konnten. Also führte er regalähnliche Holzfächer als Betten ein und steigerte damit die Besatzung der *Censor* auf 300 Gefangene. Die Behörden Seiner Britannischen Majestät waren höchst erfreut und bezahlten Campbell für seine Mühe gerne. Überzählige Verbrecher wurden jetzt auf abgetakelten Schiffen zusammengepfercht. Sobald der Krieg zu Ende war, sollten die Deportationen erneut beginnen. Was für eine Erleichterung!

Gastwirte konnten sich die Zunahme an kleineren Delikten leicht erklären. Die meisten gingen auf das Konto Betrunkener. Es gab nur wenig Arbeit, und Rum und Gin wurden für die Menschen, die alle Hoffnung verloren hatten, immer wichtiger. Nur wohlhabendere Leute konnten sich seidene Kleider, Taschentücher und allerlei Flitterkram leisten. Wer dagegen zum Bettler abgestiegen war, lebte seine Wut und Enttäuschung im Alkohol aus, sobald er etwas Geld in die Finger bekam, und stahl dann in betrunkenem Zustand seidene Kleider, Taschentücher und Flitterkram, Dinge, die für ihn unerschwinglich waren und die man – zumindest in London und Bristol – an Hehler verkaufen konnte. Vom Erlös betrank er sich wieder, verschaffte sich einige wenige Stunden rauschhaften Wohlgefühls. Wer geschnappt wurde, kam vor Gericht und wurde zum Tod oder zu vierzehn oder noch häufiger sieben Jahren Gefängnis mit dem Zusatzvermerk »Deportation« verurteilt. Deportation wohin? Eine nicht zu beantwortende Frage, die auch nie gestellt wurde.

Auch in Bristol gab es Arme, Betrunkene und Verbrecher. Als selbstständige Grafschaft verfügte die Stadt über eigene Gerichte. Außerhalb der Stadtgrenzen begangene Verbrechen wurden in Gloucestershire oder Somersetshire verhandelt.

Richard hatte angenommen, 1777 würde werden wie das Jahr zuvor: Er würde weiter Musketen bauen und Geld verdienen. Aber früh im neuen Jahr, während General Washington und die Reste seiner Truppen bei Morristown einen furchtbaren Winter durchlitten, traf die Morgans im Cooper's Arms eine schlimme Nachricht. Mr James Thistlethwaite kündigte überraschend an, er werde Bristol verlassen.

Dick, der sonst immer am Schanktisch lehnte, ließ sich auf einen Stuhl fallen. »Verlassen?«, fragte er ungläubig. »Das ist nicht wahr!«

»Doch«, sagte Mr Thistlethwaite heftig, »verdammt noch mal. Verlassen!«

Peg und Mag fingen an zu weinen, und Richard scheuchte sie zusammen mit dem verwirrten William Henry nach oben. Dann wandte er sich an den sichtlich erregten Mr Thistlethwaite. »Jem, du gehörst hier zum Inventar! Du kannst nicht weggehen!«

»Ich gehöre nicht zum Inventar, und ich gehe!«

»Jetzt setz dich doch erst einmal«, sagte Richard streng. »Hör auf, herumzutrippeln wie ein Preisboxer! Wir sind nicht deine Gegner. Setz dich, Jem, und sag, warum du gehen willst.«

»Aha!«, brummte Thistlethwaite und tat, worum er gebeten worden war. »Du bist also nicht immer so schüchtern. Findest du es so schlimm, dass ich gehe?«

»Schlimm genug«, sagte Richard. »Vater, gib mir ein Bier und Jem ein Glas von Caves bestem Rum.«

Dick gehorchte.

»Also, was ist los?«, fragte Richard.

»Ich habe die Nase voll, Richard, das ist alles. Meine Zeit hier ist abgelaufen. Wen kann ich noch verspotten? Den alten Bischof Newton? Wie kann ich das, wenn er so geistreich ist, den Methodismus einen entarteten Papismus zu nennen? Nein, ich habe hier meine Pfeile verschossen und will mich nach saftigeren Weiden umsehen. Ich gehe nach London.«

Wie sagt man taktvoll, dass ein Licht, das in Bristol strahlend hell leuchtet, in einer zwanzigmal größeren Stadt womöglich im Nebel verschwindet?, überlegte Richard. »London ist eine furchtbar große Stadt«, sagte er.

»Ich habe dort Freunde«, erwiderte Mr Thistlethwaite. »Du bist fest entschlossen?«

»Fest.«

»Dann trinke ich auf deine Zukunft und Gesundheit, Jem«, sagte Dick. Er hatte sich wieder etwas gefasst und grinste. »Wenigstens spare ich dann das Geld für Schreibfedern und Tinte.«

»Wirst du uns auch schreiben, wie es dir geht?«, fragte Richard etwas später, als sich Mr Thistlethwaites wilde Entschlossenheit bereits in weinerliches Selbstmitleid verwandelt hatte.

»Wenn ihr mir auch schreibt.« Der Barde von Bristol schnaubte und wischte sich eine Träne ab.

Später am Abend setzte Richard sich William Henry mit dem Gesicht zu ihm auf den Schoß. Der Zweieinhalbjährige war kräftig gebaut und groß für sein Alter und hatte, jedenfalls nach Meinung seines Vaters, das Gesicht eines strengen Engels. Was natürlich vor allem an seinen Augen lag. Sie waren groß und einzigartig, wirklich einzigartig. Niemand konnte sich erinnern, je eine solche bier- und pfefferfarbene Mischung gesehen zu haben. Und dazu kamen die ebenmäßigen Glieder und die makellose Haut. Überall drehten die Leute sich nach dem Jungen um und bewunderten seine Schönheit. Alle, nicht nur der Vater, waren entzückt.

»Mr Thistlethwaite geht fort«, sagte Richard zu seinem Sohn.

»Fort?«

»Ja, nach London. Wir werden ihn nicht mehr oft sehen, vielleicht sogar überhaupt nicht mehr, William Henry.«

Die Augen des Jungen füllten sich nicht mit Tränen, aber ihr Ausdruck veränderte sich auf eine Weise, die, wie Richard inzwischen wusste, inneren Kummer anzeigte. »Mag er uns nicht mehr, Papa?«

»Doch, aber er braucht mehr Platz, als er in Bristol finden kann. Das hat nichts mit uns zu tun.«

Peg hörte den beiden zu, doch war sie dabei mit ihren eigenen Gedanken beschäftigt, Gedanken, die nicht weniger verborgen abliefen als die des kleinen William Henry. Nach der Auflehnung gegen Richards Recht, sie zu berühren, hatte Peg zu ehelichem Gehorsam zurückgefunden. Wenn Richard merkte, dass sie nicht mehr so leidenschaftlich auf seine Zärtlichkeiten reagierte wie früher, sagte er jedenfalls nichts. Sie liebte ihn auch gar nicht weniger. Ihr emotionaler Rückzug lag in ihren Schuldgefühlen begründet, in ihrer Unfruchtbarkeit. Denn ihr Schoß war ausgetrocknet und leer, unfähig zu empfangen. Dabei war sie mit einem Mann verheiratet, der seine Kinder fast zu sehr liebte, der eigentlich viele Kinder gebraucht hätte, damit er William Henry nicht mit seiner Zuneigung erstickte.

»Liebster«, sagte sie zu Richard, als sie im Bett lagen. Vom Vorderzimmer kam monotones Schnarchen, der kleine William Henry atmete tief und gleichmäßig. »Ich fürchte, dass ich nie wieder schwanger werden kann.« Endlich war es heraus.

»Hast du mit Vetter James, dem Apotheker, gesprochen?«

»Das brauche ich gar nicht, und er wüsste auch gar nicht, was er sagen sollte. Gott hat mich so erschaffen, ich weiß einfach, dass es so ist.«

Richard sah sie überrascht an. »Gut, wir haben William Henry.«

»Ich weiß. Und er ist gesund, kerngesund sogar.« Sie setzte sich im Bett auf. »Aber Richard, genau darüber möchte ich mit dir sprechen.«

Richard setzte sich ebenfalls auf und schlang die Arme um die Knie. »Dann sprich, Peg.«

»Ich will nicht nach Clifton ziehen.«

Er lehnte zur Seite und zündete mit etwas Zunder eine Kerze an, sodass er ihr Gesicht sehen konnte. Es war rund, von sanfter Schönheit, aber jetzt von Angst gezeichnet. Die großen braunen Augen blickten ihn gequält an. »Aber wir müssen nach Clifton ziehen, Peg, unserem Kind zuliebe!«

Sie presste die Hände fest zusammen, und plötzlich ähnelte sie ihrem Sohn – unfähig, die richtigen Worte für ihre Gefühle zu finden. »Auch ich denke an William Henry. Ich weiß, du hast genug Geld für ein schönes kleines Häuschen. Aber ich wäre dort mit William Henry allein und hätte im Notfall keine Hilfe.«

»Ich habe dir doch gesagt, dass wir uns einen Diener leisten können, Peg.«

»Schon, aber ein Diener ist nicht dasselbe wie eine Familie. Hier habe ich deine Eltern. Wir können uns zu dritt um William Henry kümmern.« Sie sah ihn flehend an. »Ich habe Albträume. Ich sehe vor mir, wie William Henry zum Avon hinuntergeht und hineinfällt, während ich mit Brotbacken beschäftigt bin und der Diener Wasser vom Jakobsbrunnen holt. Dieses Bild verfolgt mich!«

Im Kerzenlicht glitzerte ein plötzlicher Tränenstrom. Richard stellte die Kerze auf die Kleiderkommode neben dem Bett und nahm seine Frau in die Arme. »Peg, meine liebe Peg... Das sind Träume. Ich habe auch Albträume. Aber in meinen Albträumen wird William Henry von Pferdehufen zermalmt oder von der Ruhr hinweggerafft oder er fällt in einen offenen Schacht. Das alles kann in Clifton nicht passieren. Wenn du solche Angst hast, stellen wir noch ein Kindermädchen für ihn ein.«

»Du hast verschiedene Albträume«, schluchzte Peg, »meiner ist immer gleich. William Henry springt bei der Schlucht in den Avon, aus Angst vor etwas, das ich nicht sehen kann.«

Richard tröstete seine Frau, bis sie sich beruhigte und schließlich in seinen Armen einschlief. Er selbst blieb wach. Die Kerze tropfte, Kummer erfüllte ihn. Die ganze Familie hatte sich gegen ihn verschworen, er wusste es. Seine Eltern hatten Peg in ihrem Sinn beeinflusst, Mag, weil sie William Henry vergötterte und ihre Nichte wie eine Tochter liebte, Dick, weil er, na ja, vielleicht weil er insgeheim fürchtete, dass das Geld nicht reichen würde, wenn Richard erst in Clifton wohnte. Denn wer im eigenen Haus wohnt, hat viele zusätzliche Ausgaben. Am liebsten hätte Richard den ganzen Druck ignoriert und Frau und Kind einfach in die frische Luft und auf die grünen Hügel von Clifton mitgenommen. Doch was Dick Morgan bei Richard für Weichheit hielt, war in Wirklichkeit Einfühlungsvermögen in andere, besonders Mitglieder der eigenen Familie. Wenn er auf dem Haus in Clifton bestand – er hatte es bereits gefunden, ein geräumiges, strohgedecktes Haus, nicht zu alt, mit einer separaten Küche im Hinterhof als Schutz gegen Feuer und einer Mansarde für die Diener –, wenn er also auf diesem Haus bestand, dann, das wusste er jetzt, würde Peg sich darin nicht wohl fühlen. Sie hatte beschlossen, das Haus zu hassen. Wie seltsam für die Tochter eines Bauern! Nie hätte er gedacht, dass sie sich nicht ebenso wie er, der in der Stadt geboren und aufgewachsen war, für ein Leben auf dem Lande begeistern würde. Seine Lippen bebten, aber er weinte nicht. Er machte sich nur darauf gefasst, dass er nicht nach Clifton ziehen würde.

Gott im Himmel, meine Frau glaubt, dass William Henry im Avon ertrinken wird, wenn wir nach Clifton ziehen. Und ich habe die schreckliche Vorahnung, dass ihn Bristol umbringen wird. Ich bitte Dich, ich flehe Dich an: Beschütze meinen Sohn! Lass mir dieses eine Kind! Seine Mutter sagt, dass sie keins mehr haben wird, und ich glaube ihr.

»Wir bleiben im Cooper's Arms«, sagte er zu Peg, als sie kurz vor der Morgendämmerung aufstanden.

Ihr Gesicht leuchtete auf, als sei eine zentnerschwere Last von ihr abgefallen, und sie umarmte ihn. »Danke, Richard, danke!«

In Bristol verschlimmerte sich die wirtschaftliche Lage zunehmend. Französische und amerikanische Freibeuter machten die Meere unsicher und waren dabei erfolgreicher als ihre englischen Kollegen, denn die Königliche Marine kreuzte am anderen Ende des Atlantiks. Reiche Bürger der Stadt sammelten Geld, um Handelsschiffe zu schwer bewaffneten schwimmenden Festungen für Freibeuter umzubauen. Englische Freibeuter waren während des Siebenjährigen Krieges gegen Frankreich äußerst erfolgreich gewesen, deshalb kam niemand in den Sinn, dass es in diesem Krieg anders sein könnte.

In einem Brief an Mr James Thistlethwaite in der zweiten Jahreshälfte 1778 schrieb Richard:

> Unsere Investoren haben katastrophale Verluste erlitten. Bristol hat 21 Freibeuterschiffe losgeschickt, aber nur die zwei Sklavenschiffe *Tartar* und *Alexander* hatten Erfolg. Sie kaperten ein französisches Ostindienschiff, das 100 000 Pfund wert sein soll.
> Der Seehandel ist so stark zurückgegangen, dass die Hafengebühren in diesem Jahr angeblich nicht einmal das Bürgermeistergehalt decken.
> Auf den Straßen wimmelt es vor Straßenräubern. Selbst das White Ladys Inn an der Aust-Mautstraße gilt jetzt als zu gefährlich für einen Sonntagsausflug. Mr und Mrs Maurice Trevillian, Angehörige der berühmten kornischen Familie dieses Namens, wurden vor ihrem Landsitz an der Park Street in ihrer Kutsche festgehalten und ausgeraubt! Sie büßten dabei eine goldene Uhr ein, einige sehr teure Juwelen und eine beträchtliche Geldsumme. Kurz gesagt, Jem, wir leben in schrecklichen Zeiten.

Mr Thistlethwaites Antwort kam bemerkenswert schnell.

> Richard, wie ich mich gefreut habe, von dir zu hören! Ich vermisse den Anblick deines schönen Gesichts, aber dein Brief ruft es mir ins Gedächtnis zurück.

Der einzige Unterschied zwischen einem Piraten und einem Freibeuter ist der Kaperbrief Seiner Majestät, die auch einen großen Anteil des Gewinns kassiert. Was als örtlicher Großbrand begonnen hat, ist zu einem Weltkrieg geworden. An allen Ecken des Globus – kann ein Globus eckig sein? – werden englische Niederlassungen angegriffen.
Es überrascht mich nicht, dass nur zwei Sklavenschiffe ein Schiff gekapert haben. Zumal die *Alexander* und die *Tartar*. Sie haben genau die richtige Größe. 120 Mann Besatzung und 16 Kanonen, perfekt. Außerdem sind Sklavenschiffe hervorragende Segler. Schnell und gut zu manövrieren. Und da Sklavenhandel zurzeit so gut wie unmöglich ist, können sie ebenso gut etwas anderes tun.
Die Not in Bristol mag groß sein, doch Liverpool steht am Rande einer Katastrophe. Die Stadt ist fast so groß wie Bristol, hat aber nur ein Viertel der Wohlfahrtseinrichtungen von Bristol. Tausende sind dort auf die Fürsorge der Gemeinden angewiesen, die Gemeinden können sie aber nicht ernähren, weil es an Spenden von Wohltätern fehlt. Die Menschen verhungern im wahrsten Sinne des Wortes. Lord Penrhyn und Leute seines Schlages in Liverpool haben das Wort »Philanthropie« noch nie gehört. So ist das in einer Stadt, deren Geldadel durchweg im Sklavenhandel aktiv ist. London ist zwar nach Osten orientiert, doch leiden die eine Million Menschen dort auch, Richard. Sogar die Ostindische Kompanie spürt die Not und fürchtet sich sehr vor den Franzosen, die mit Unterstützung ihrer Yankee-Verbündeten einigen Erfolg haben. Die Vereinigten Staaten von Amerika! Ein großartiger Name für ein loses Bündnis einiger kleiner Kolonien, die die Not zusammengeführt hat. Die Not ist eines Tages vorbei, und dann gehen die Kolonien wieder eigene Wege. Die Vereinigten Staaten von Amerika werden sich zu einem unerreichbaren Ideal verflüchtigen, das nur in den Köpfen einer Hand voll aufgeklärter, intelligenter Menschen existiert. Die amerikanischen Kolonisten werden den Krieg gewinnen, daran habe ich nie gezweifelt. Aber sie werden als dreizehn ver-

schiedene Staaten daraus hervorgehen, verbunden lediglich durch einen Beistandsvertrag.

Folgendes kleine Gerücht wird dir sicher gefallen. Von Mr Henry Cruger, dem Parlamentsabgeordneten für Bristol und gebürtigen Amerikaner, heißt es, er bekomme vom König für Informationen über die Yankees eine jährliche Pension von mindestens 1000 Pfund. Ist das nicht ein guter Witz? In Bristol hält man Cruger für einen Spion der Yankees, dabei spioniert er die ganze Zeit für England.

Ich schließe mit dem Satz, dass auch die Londoner Luft meiner Muse nicht bekommt. Sonst geht es mir freilich gut, wenn ich auch oft und viel trinke. Der Rum hier kann sich allerdings nicht mit dem von Thomas Cave messen.

Armer Jem! Bristol hatte enge Grenzen, und er hatte gehofft, im gewaltigen London würde es für ihn keine mehr geben. Doch London war mit eigenen Satirikern gut versorgt und brauchte keine Importe aus Bristol.

Die Briefe, mit denen Mr Thistlethwaite Richard weiterhin überschwemmte, enthielten Neuigkeiten, die dieser schon kannte. Richard brachte es in seinen Antwortbriefen allerdings nicht übers Herz, dies zu sagen.

»Ach Jem!«, rief er Ende 1780 nach der Lektüre eines neuen Briefes von Mr Thistlethwaite. »Du hast deinen Biss verloren!«

Die Welt steht Kopf, Richard. Sir William Clinton, unser neuer Oberkommandierender, hat Philadelphia aufgegeben, um wenigstens Manhattan und die benachbarten Gebiete New Yorks unter Kontrolle zu behalten. Das sieht mir ein bisschen nach einem Fuchs aus, der in seinem Bau verschwindet, noch bevor die Hunde ihn gestellt haben. Die Franzosen haben die Vereinigten Staaten von Amerika offiziell anerkannt und machen sich vor Botschafter Benjamin Franklin mit seiner mottenzerfressenen Pelzmütze zum Hanswurst. In Europa ist man inzwischen so besorgt, dass Katharina, die Kaiserin aller Reußen, mit Dänemark, Schweden, Preußen, Österreich und

Sizilien ein Bündnis zum Zweck bewaffneter Neutralität ausgehandelt hat. Das Einzige, was diese Länder verbindet, ist die Angst vor den Engländern und den Franzosen.
Ich habe einen brillanten – und sehr gut aufgenommenen! – Artikel über die 5500 amerikanischen Söhne der Freiheit geschrieben, die bei der Eroberung von Charlestown durch Sir Henry Clinton in Gefangenschaft gerieten. Sie wurden für unsere Marine zwangsrekrutiert! Nette Idee, nicht wahr? Mein Artikel handelte vor allem davon, dass amerikanische Offiziere es nicht wagen, ihre Soldaten und Matrosen auspeitschen zu lassen! Stell dir vor, wie den Söhnen der Freiheit zu Mute sein muss, wenn die gute alte neunschwänzige Katze ihnen die Haut von Rücken und Hintern reißt!
Ich habe 100 Pfund zehn zu eins auf den Sieg der Rebellen gewettet. Das bedeutet, dass ich zum guten Schluss um 1000 Pfund reicher sein werde. Heiliger Strohsack, Richard, wie lange dieser elende Krieg dauert! Der König und das Parlament ruinieren England.

Doch Richard beschäftigten Sorgen, die sehr viel näher lagen als ein fünftausend Kilometer entfernter Krieg. Peg zog sich immer mehr in sich selbst zurück.

Und dafür gab es Gründe. Sie konnte keine Kinder mehr haben. William Henry war ihre einzige Hoffnung, und Richard war nicht mehr den ganzen Tag im Haus, um sie in ihren wechselhaften Stimmungen zu trösten.

Welken unsere Jugendträume, nur weil wir älter werden?, dachte Richard. Macht das Leben selbst sie zunichte? Ist es das, was in Peg vorgeht? Was mit mir geschieht? Ich hatte immer so wunderbare Träume – das Haus in Clifton inmitten eines prächtigen Blumengartens, ein schönes Pony für den Ritt nach Bristol und einen Einspänner, in dem ich mit meiner Familie nach Durdham Down zum Picknick fahre, angenehme Gespräche mit den Nachbarn, ein Dutzend Kinder und die ganze Aufregung, die dazugehört, wenn man sie heranwachsen sieht. Doch hier bin ich nun, gerade zweiunddreißig Jahre alt geworden, und nichts davon ist

Wirklichkeit. Ich habe ein kleines Vermögen auf der Bristol Bank und ein einziges Kind, und ich bin dazu verdammt, für immer im Haus meines Vaters zu leben. Ich werde nie mein eigener Herr sein, denn meine Frau, die ich zu sehr liebe, um sie zu kränken, hat vor jeder Veränderung Angst. Sie hat Angst, ihr einziges Kind zu verlieren. Wie kann ich ihr verständlich machen, dass diese ständige Angst bedeutet, Gott zu versuchen? Vor langer Zeit habe ich gelernt, dass die Sorgen nicht ausbleiben, wenn man zu viel Aufhebens um sich selbst macht. Am wenigsten Sorgen hat der, der still hält und keine Aufmerksamkeit auf sich lenkt.

Richards Liebe zu William Henry hatte sich als Folge von Pegs besessener Fürsorge für das Kind unmerklich gewandelt. Was einst Angst vor Krankheit oder einem Unfall seines Sohnes gewesen war, war jetzt zu Mitleid geworden. Denn wenn das Kind rannte, statt zu gehen, war Peg sofort hinter ihm her und fragte, warum er denn renne. Wenn Dick den Jungen auf seinen täglichen Spaziergang mitnahm, bestand Peg darauf, sie zu begleiten. Der Junge musste immer an der Hand gehen. Wagte er es, sich an die vorderste Uferkante zu stellen, um Schiffe zu zählen – er konnte schon bis hundert zählen –, hielt Peg ihn sofort fest und tadelte Dick scharf für seine Achtlosigkeit. Das Schlimmste dabei war, dass William Henry keine trotzige Person war und seine Unabhängigkeit nicht ständig unter Beweis stellen musste wie die meisten anderen Sechsjährigen.

»Ich habe mit Senhor Habitas gesprochen«, sagte Richard eines langen Sommerabends, nachdem das Cooper's Arms geschlossen hatte. »Er ist überzeugt, dass er noch eine ganze Zeit lang Aufträge bekommen wird. In der Werkstatt geht es inzwischen aber so ruhig zu, dass wir eine ungelernte Kraft einarbeiten könnten.« Er holte tief Luft und sah Peg über den Tisch hinweg an. »Von jetzt an nehme ich William Henry zur Arbeit mit.«

Er hatte weiterreden und erklären wollen, dass er nur an eine kürzere Zeit dachte, dass der Junge aber dringend Anregungen von außen bräuchte und dass er dieselbe Geduld habe wie sein Vater, dasselbe handwerkliche Geschick und dieselbe Begeisterung für das Zusammenfügen eines Puzzles. Doch Richard schwieg.

Peg begann zu schreien. »Nein, nein, nein!« So schrecklich waren ihre spitzen Schreie, dass William Henry zusammenzuckte, zu zittern begann, von seinem Stuhl herunterkletterte, zu seinem Vater rannte und seinen Kopf in dessen Schoß barg.

Dick ballte die Fäuste, senkte den Kopf und schwieg; Mag stand auf, nahm einen Krug mit Wasser vom Schanktisch und schüttete es Peg ins Gesicht. Peg hörte auf zu schreien und begann zu heulen.

»Es war nur ein Vorschlag«, sagte Richard zu seinem Vater.

»Kein guter, Richard.«

»Ich dachte nur – komm her, William Henry!« Richard legte die Arme um den Jungen und hob ihn auf seinen Schoß. Seinem Vater warf er dabei einen finsteren Blick zu, der sich jeden Kommentar verbat. Dick glaubte, dass sein Enkel für das Schmusen mit seinem Vater zu alt sei.

»Ist ja gut, William Henry, ist ja gut.«

»Mama?«, fragte das Kind kreidebleich und mit schreckgeweiteten Augen.

»Mama fühlt sich gerade nicht wohl, aber bald geht es ihr wieder besser. Siehst du? Großmutter weiß, was man da tun muss. Ich habe nur etwas gesagt, das ich nicht hätte sagen sollen.« Richard rieb seinem Sohn den Rücken und sah Dick an. Er verspürte auf einmal das schreckliche Bedürfnis zu lachen. Nicht aus Belustigung, sondern aus Wut. »Ich kann nichts recht machen, Vater«, sagte er. »Ich habe es nicht böse gemeint.«

»Ich weiß«, sagte Dick. Er stand auf. »Hier, nimm einen Schluck.« Er gab Richard einen Becher. »Ich weiß, du magst keinen Rum, aber manchmal ist eine starke Medizin das Beste.«

Richard spürte zu seiner eigenen Überraschung, wie ihm der Rum gut tat, wie er seine Nerven beruhigte und seinen Schmerz betäubte. »Vater, was soll ich tun?«, fragte er dann.

»Auf keinen Fall William Henry mit zu Habitas nehmen.«

»Peg ist nicht nur unwohl. Sie leidet an etwas Schlimmerem, nicht wahr?«

»Ich fürchte ja, Richard. Aber das Schlimmste ist, dass es ihm nicht gut tut, so verhätschelt zu werden.«

»Wen meint ihr?«, fragte William Henry.

Die Männer sahen ihn an, dann tauschten sie einen kurzen Blick.

»Dich, William Henry«, sagte Richard entschlossen. »Du bist alt genug, um zu erfahren, dass sich deine Mama viel zu viele Sorgen um dich macht.«

»Das weiß ich, Papa«, sagte William Henry. Er kletterte von Richards Knien, ging zu seiner Mutter hinüber und streichelte ihre zuckenden Schultern. »Mama, du darfst dir keine solchen Sorgen machen. Ich bin jetzt schon ein großer Junge.«

Richard brachte Peg nach oben und legte sie auf ihr Bett. »Aber er ist doch noch so klein!«, jammerte sie. »Richard, wie konntest du das vorschlagen? Ein kleines Kind in der Werkstatt eines Büchsenmachers!«

»Peg, wir bauen die Gewehre doch nur, wir schießen nicht damit«, sagte Richard geduldig. »William Henry ist jetzt alt genug, um« – er suchte verzweifelt nach passenden Worten – »auswärts Erfahrungen zu sammeln.«

Sie drehte sich von ihm weg. »Das ist lächerlich! Wer in einem Wirtshaus lebt, kommt genug mit Dingen von auswärts in Berührung.«

»In einem Wirtshaus erlebt ein Kind nichts als Torheiten«, sagte Richard, bemüht, nicht zornig zu klingen. »William Henry hat in seinem jungen Leben schon vieles erlebt – Trunkenheit, Selbstmitleid, lose Reden, Handgreiflichkeiten und unanständiges Benehmen. Du glaubst, deine Anwesenheit bewahre ihn vor Schaden, aber ich war selbst das Kind eines Wirtes, und ich erinnere mich gut, was das Wirtshausleben für mich bedeutete. Ich war ganz offen gesagt froh, als ich zu Colston ins Internat kam, und noch viel mehr freute ich mich, als ich keine Wirtslehre machen musste. Umgang mit vernünftigen Menschen wäre das Beste, was William Henry auf dieser Welt passieren könnte.«

»Du nimmst ihn nicht mit zu Habitas!«, fauchte Peg.

»Das habe ich schon verstanden, Peg, du musst es mir nicht noch einmal sagen.« Er setzte sich aufs Bett und legte ihr die Hand auf die Schulter. »Aber mir ist klar geworden, dass wir unbedingt miteinander reden müssen. Du kannst William Henry nicht für den Rest seiner Kindheit in Windeln wickeln, nur weil er unser einziges Kind ist. Heute habe ich begriffen, dass es höchste Zeit ist, unserem Sohn ein bisschen mehr Freiheit zu lassen. Du musst lernen, William Henry loszulassen, denn nächstes Jahr kommt er in Colstons Knabenschule, darauf bestehe ich.«

»Ich kann ihn nicht loslassen!«, rief Peg.

»Du musst. Wenn du es nicht tust, Peg, dann ist nicht er der Grund, sondern du selbst.«

»Ich weiß doch, ich weiß!« Sie schlug die Hände vors Gesicht und heftiges Schluchzen erschütterte sie. »Aber was soll ich tun? Er ist alles, was ich habe, alles, was ich jemals haben werde!«

»Du hast mich.«

Einen Augenblick lang schwieg sie. »Ja«, sagte sie schließlich, »ich habe dich. Aber das ist nicht dasselbe, Richard. Wenn William Henry etwas zustößt, es wäre mein Tod.«

Draußen war es fast dunkel. Durch einen Riss in der Trennwand fiel ein dünner, grauer Lichtstrahl wie ein Spinnenfaden auf Richards Gesicht. Stumm saß er da und betrachtete seine Frau. Nein, dachte er, es ist nicht dasselbe.

In Colstons Knabenschule hatten viele Söhne der etwas wohlhabenderen einfachen Leute von Bristol Lesen und Schreiben gelernt. Sie war keineswegs die einzige Einrichtung ihrer Art. Jede Konfession mit Ausnahme der römisch-katholischen hatte Schulen mit Freiplätzen, besonders die anglikanische Kirche. Nur zwei Schulen jedoch hatten eigene Uniformen. In Colstons Knabenschule trug man blaue Mäntel, die Roten Maiden hatten rote Kleider. Beide Schulen wurden von der anglikanischen Kirche betrieben, aber die Roten Maiden hatten weniger Glück. Sie lernten zwar lesen, aber nicht schreiben, und die meiste Zeit verbrachten sie damit, seidene Westen und Jacken für reiche Leute zu besticken, eine Arbeit, für die nur ihre Lehrerinnen bezahlt wurden. Die Schülerinnen gingen leer aus. In Bristol konnten mehr Männer lesen und rechnen als in jeder anderen englischen Stadt, sogar mehr als in London. Anderswo waren diese Kenntnisse eher ein Zeichen für Reichtum.

Colstons hundert Schüler mit Freiplätzen lebten natürlich im Internat, ein Los, das auch Richard geteilt hatte. Er hatte seine Eltern während seiner Schul- und Lehrzeit vom siebten bis zum neunzehnten Lebensjahr nur an Sonntagen und in den Ferien gesehen. Für Peg wäre das erst recht unvorstellbar gewesen! Glücklicherweise konnte man in Colston auch noch anders lernen: Gegen eine saftige Gebühr durfte das Kind eines wohlhabenden Mannes die Schule von Montag bis Samstag von morgens um sieben bis nachmittags um zwei Uhr als Tagesschüler besuchen. Natürlich gab es auch lange Ferien. Kein Lehrer wollte mehr arbeiten, als es die anglikanische Kirche und das Testament des verstorbenen Mr Colston vorschrieben.

William Henry machte sich am ersten Schulmorgen an der Seite seines Großvaters auf den Weg zur Schule. Mag hatte entschieden darauf gedrängt, dass Peg zu Hause blieb. Für William Henry öffnete sich mehr als nur ein Tor zur Schule und zum Lernen. Dies war der erste Tag eines neuen Lebens, und er kam fast um vor Neugier. Hätte er mit Richard in die Büchsenmacherei gehen und sich dort umsehen dürfen, die Sehnsucht wäre weniger stark gewesen. Die Gefängnismauern, die seine Mutter um ihn herum errichtet hatte, ragten freilich immer noch um ihn auf. Er hatte sein bisheriges Leben gründlich satt. Ein leidenschaftliches, impulsives Kind hätte sich heftiger gegen seine Mutter aufgelehnt, aber William Henry war so geduldig und beherrscht wie sein Vater. Seine Losung hieß: »Warte«. Jetzt war die Wartezeit endlich vorbei.

Colstons Knabenschule lag jenseits des Froom in der Horse Street, gleich hinter dem St.-Augustin-Hafenbecken, und unterschied sich kaum von den zwei Dutzend anderen öffentlichen Gebäuden, die als Schule oder Armenhaus, Krankenhaus oder Arbeitshaus dienten. Das Haus war ungepflegt, mit schmutzigen Fensterscheiben, bröckelndem Verputz und schiefem Fachwerk. Feuchtigkeit durchdrang das ganze Gemäuer vom Fundament bis zu den Tudorschornsteinen. Die Räume waren nicht als Klassenzimmer geplant worden, und den Gestank des nahe gelegenen Froom ertrugen nur die abgehärteten Bristoler Nasen.

Die Schule hatte ein Tor und einen Hof, auf dem es vor Schülern wimmelte. Höchstens die Hälfte von ihnen trug den berühmten blauen Mantel. William Henry musste ihn wie die anderen Schulgeld zahlenden Tagesschüler nicht tragen. Einige Tagesschüler waren immerhin die Söhne von Ratsherren oder Kaufleuten, die nicht wollten, dass ihrem Nachwuchs der Makel der Armut anhaftete.

Ein großer, spindeldürrer Mann im schwarzen Anzug und mit dem gestärkten weißen Kragen des geistlichen Standes kam Dick und William Henry entgegen. Er lächelte und entblößte dabei gelbliche, verfaulende Zähne.

»Reverend Prichard«, sagte Dick und verbeugte sich.

»Mister Morgan.« Die dunklen Augen wandten sich William Henry zu und weiteten sich. »Ist das Richards Sohn?«

»Ja, das ist William Henry.«

»Dann komm, William Henry.« Reverend Prichard machte kehrt und schritt über den Hof, ohne sich noch einmal umzusehen.

William Henry folgte ihm, ebenfalls ohne sich umzusehen. Er war völlig damit beschäftigt, das Chaos in sich aufzunehmen, das auf einem Schulhof voller Jungen herrschte.

»Du hast Glück«, sagte der Aufseher der Tagesschüler, »dass dein Geburtstag mit dem Beginn deiner Schulzeit zusammenfällt, Master William Henry Morgan. Du wirst beginnen mit A für Apfel und mit dem Zweier-Einmaleins. Ich sehe, dass du deine Schiefertafel dabeihast. Gut.«

»Ja, Sir«, sagte William Henry artig.

Das waren die letzten Worte, die er bis zum Mittagessen im Refektorium unaufgefordert sagen sollte. Er war reichlich durcheinander. Alles war so verwirrend! Es gab so viele Regeln, und alle erschienen ihm sinnlos. Stehen. Sitzen. Knien. Beten. Worte wie ein Papagei nachplappern. Wie man auf eine Frage antwortete und wie nicht. Wer was mit wem anstellte. Wo dies war und wo das.

Der Unterricht wurde in einem riesigen Raum abgehalten, in dem die hundert jüngeren Colston-Schüler versammelt waren. Mehrere Lehrer wechselten von einer Gruppe zur anderen, oder sie schikanierten eine Gruppe ohne Rücksicht auf das Wohlergehen der anderen Gruppen. Deshalb war es ein großer Vorteil für

William Henry, dass ihm sein Großvater in seinen Mußestunden beigebracht hatte, wie man zählte. Der Junge kannte das ABC und wusste auch, wie man einfache Additionsaufgaben löste. Sonst wäre er von all dem Neuen vielleicht überwältigt worden.

Reverend Prichard war zwar stets präsent, er erteilte aber keinen Unterricht. Diese Aufgabe oblag für William Henrys Gruppe einem Mr Simpson, und bald war offensichtlich, dass Mr Simpson einige seiner Schützlinge deutlich gegenüber anderen bevorzugte. Er war klapperdürr, hatte eine blasse Haut und sah so aus, als ob er sich jeden Augenblick übergeben müsste. Deshalb war es keine Überraschung, dass er die Jungen nicht leiden konnte, die sich ausgiebig schnäuzten oder in der Nase bohrten oder deren klebrige braune Finger verrieten, dass sie sich mit bloßen Händen den schmutzigen Hintern wischten.

Es fiel William Henry nicht weiter schwer, zu tun, wie ihm geheißen wurde: Sitz still! Zappel nicht herum! Tritt nicht gegen die Bank! Bohr nicht in der Nase! Schnäuz dich nicht! Und vor allem sei still! Deshalb schien Mr Simpson keine Notiz von ihm zu nehmen, abgesehen von der Frage nach seinem Namen und der Information, dass er, weil es bereits zwei Morgans in Colston gebe, »Morgan der Dritte« gerufen würde. Ein anderer Junge war so dumm, zu protestieren und zu sagen, dass er nicht »Carter der Jüngere« genannt werden wolle. Das brachte ihm vier schmerzhafte Stockhiebe ein. Einen, weil er nicht »Sir« gesagt hatte, einen wegen Aufsässigkeit und zwei auf Vorrat.

Der Rohrstock war ein furchtbares Zuchtmittel, ein Instrument, das William Henry noch nicht kennen gelernt hatte. Er hatte sieben Jahre lang ohne einen einzigen Klaps gelebt! Deshalb schwor er sich, er würde keinem Lehrer in Colstons Schule einen Grund geben, ihn mit dem Stock zu züchtigen. Als sich zur Essenszeit um elf die ganze Schule auf Bänken an den Tischen im Speisesaal versammelte, hatte William Henry bereits herausgefunden, wer den Stock zu spüren bekam. Die Quassler, die Nasenbohrer, die Zappler, die Schnäuzer, die Dummköpfe, die Frechdachse und ein paar Jungen, die stets zu Streichen aufgelegt waren.

Es war ihm ziemlich egal, wer im Klassenzimmer oder im Speisesaal neben ihm saß, aber der Junge, der beim Essen sein übernächster Nachbar war, gefiel ihm. Er war fröhlich, doch nicht so lebhaft, dass er Schläge bekommen hätte. William Henry warf ihm einen Blick zu und lächelte schüchtern. Sogleich atmete ein Lehrer am Tisch des Schulleiters tief durch und wurde vor Strenge stocksteif.

Im selben Augenblick, in dem der Junge William Henrys Blick bemerkte, schubste er seinen Nebensitzer von der Bank. Das arme Opfer fiel polternd zu Boden und wurde an einem Ohr zum Schulleitertisch auf einem Podium an der Stirnseite des Saals gezerrt.

»Monkton der Jüngere«, sagte der neue Nachbar grinsend und zeigte dabei eine Zahnlücke. »Seit Februar hier.«

»Morgan der Dritte, heute angefangen«, flüsterte William Henry.

»Es ist erlaubt, leise zu reden, sobald das Tischgebet gesprochen worden ist. Du musst einen reichen Vater haben, Morgan.«

William Henry sah sehnsüchtig auf Monktons blauen Mantel. »Ich glaube nicht, Monkton, jedenfalls nicht schrecklich reich. Er ging hier zur Schule und trug den blauen Mantel.«

»Ach so.« Monkton dachte kurz nach, dann nickte er. »Lebt dein Vater noch?«

»Ja. Und deiner?«

»Nicht mehr. Meine Mutter ist auch tot. Ich bin Waise.«

Monkton beugte sich näher zu ihm. Seine hellen, blauen Augen funkelten. »Wie heißt du mit Vornamen, Morgan?«

»Ich habe zwei. William Henry. Und du?«

»Johnny.« Monktons Blick wurde verschwörerisch. »Ich nenne dich William Henry, und du sagst Johnny zu mir. Aber nur, wenn uns niemand hört.«

»Ist das eine Sünde?«, fragte William Henry, der Missetaten immer noch unter dieser Bezeichnung registrierte.

»Nein, es gehört sich einfach nicht. Aber ich will nicht ›der Jüngere‹ genannt werden!«

»Und ich nicht ›der Dritte‹.« William Henry wandte den Blick von seinem neuen Freund ab und sah schuldbewusst zum Tisch des Schulleiters auf dem Podium. Dort erlebte der gestürzte Banknachbar gerade eine Variante der Prügelstrafe, die viel schlimmer war als nur ein paar Stockhiebe. Sie dauerte erstens länger, zweitens musste man absolut stillstehen, bis alles vorbei war – wollte man nicht den Rest des Tages auf einem Stuhl stehend verbringen. William Henry begegnete dem Blick eines Lehrers neben Mr Simpson und sah sofort zur Seite, ohne zu wissen, warum. »Wer ist das, Johnny?«

»Neben dem Direktor? Der alte Doom und Froom.« Das war Mr Prichard.

»Nein, einer weiter. Neben Simp.«

»Mr Parfrey. Er unterrichtet Latein.«

»Hat er auch einen Spitznamen?«

Monkton machte eine Schnute, bis seine Lippen die Spitze seiner Stupsnase berührten. »Wenn er einen hat, dann kennen wir Jüngeren ihn nicht. Latein haben nur die älteren Schüler.«

Während die beiden Jungen über die Lehrer sprachen, unterhielten sich Mr Parfrey und Mr Simpson angeregt über William Henry.

»Ich sehe schon, Ned, du hast einen Ganymed unter deinen Schweinen.«

Mr Edward Simpson verstand die Bemerkung ohne weitere Erklärungen. »Morgan der Dritte? Du solltest seine Augen sehen!«

»Die sehe ich mir noch an. Aber selbst aus der Ferne betrachtet ist er entzückend. Ein echter Ganymed – ah, ein Zeus müsste man sein!«

»Aber wenn er dann zwei Jahre älter ist, George, und mit *amo, amas* beginnt, dann ist er genauso rotzfrech wie die andern«, sagte Mr Simpson. Er stocherte unschlüssig in seinem Essen herum, obwohl es sehr viel schmackhafter war als das, was den Jungen vorgesetzt wurde. Aber Simpson kränkelte ständig und hatte wenig Hoffnung, dass sich das jemals ändern würde. Seine ganze Familie kränkelte, und ihre Mitglieder wurden nicht alt.

Die beiläufige Unterhaltung der beiden entsprang nicht geheimen Begierden, sie war lediglich Symptom eines wenig beneidenswerten Schicksals. Schulmeister waren zwangsläufig arme Schlucker. Für Mr Simpson und Mr Parfrey war Colstons Knabenschule so etwas wie der Gipfel ihrer Laufbahn. Sie verdienten ein Pfund pro Woche, allerdings nur während der Schulzeit, und konnten ganzjährig kostenlos wohnen und essen. Da das Essen bei Colston sehr gut war – der Schulleiter war ein Genussmensch – und jeder Lehrer ein eigenes kleines Zimmer hatte, gab es kaum einen Grund, die Schule zu verlassen, es sei denn, man bekam ein Angebot von Eton, Harrow oder der Lateinschule in Bristol. Eine Heirat kam allerdings erst in Frage, wenn man entweder in den geistlichen Stand eintrat oder eine kräftige Beförderung erfuhr. Es war zwar keineswegs verboten zu heiraten, aber mit Frau und Kindern in einem kleinen Zimmer zu leben, war eine abschreckende Perspektive. Außerdem waren Mr Simpson und Mr Parfrey für die Reize des weiblichen Geschlechts unempfänglich. Sie zogen das eigene Geschlecht vor, besonders einander. Die Liebe ging dabei allerdings einseitig von dem armen Ned Simpson aus.

»Wir könnten nach dem Gottesdienst am Sonntag nach Hotwells spazieren«, sagte Mr Simpson hoffnungsvoll. »Das Heilwasser der dortigen Quellen tut mir gut.«

»Wenn ich meine Aquarellfarben mitbringen darf«, antwortete Mr Parfrey. Er starrte immer noch William Henry Morgan an, der mit jedem Augenblick lebhafter und noch schöner wurde. Parfrey schnitt eine Grimasse. »Ich verstehe zwar nicht, wie einem der Schlamm des Avon gut tun kann, aber wenn du dich mit der Idee eines Zwischenaufenthalts bei den St.-Vincent-Felsen anfreunden kannst, dann komme ich mit.« Ein Seufzer entfuhr ihm. »Wie gerne würde ich dieses göttliche Kind malen!«

Mit trockenem Mund betrat Richard die Schule, um seinen Sohn abzuholen. Was sollte er tun, wenn sein Sohn ihn unglücklich anflehte, nie wieder in diese Schule gehen zu müssen?

Seine Sorgen erwiesen sich als überflüssig. Er sah seinen Sohn übermütig über den Hof rennen, immer vor einem gleichaltrigen, flachsblonden und erschreckend mageren Jungen her, der ihn zu fangen versuchte.

»Papa!« Schon sprang William Henry an Richard hoch. Sein Spielkamerad blieb neben ihm stehen. »Papa, das ist Monkton der

Jüngere, aber wenn uns niemand hört, nenne ich ihn Johnny. Er ist Waise.«

»Wie geht's, Monkton?«, fragte Richard. Die Erinnerung an seine eigene Schulzeit bei Colston kehrte zurück. Er war Morgan der Jüngere gewesen und erst nach seinem elften Geburtstag zu Morgan dem Älteren geworden. Und nur sein bester Freund hatte ihn Richard genannt. »Ich werde Reverend Prichard fragen, ob du nach dem Gottesdienst am Sonntag bei uns zu Mittag essen darfst.«

Richard machte sich mit William Henry auf den Heimweg. Der Junge war wie verwandelt. Er ging nicht ruhig an seiner Seite, sondern sprang und hüpfte und summte dabei eine Melodie.

»Offenbar gefällt dir die Schule«, sagte Richard lächelnd.

»Es ist prima dort, Papa! Ich kann rennen und darf auch laut sein.«

Richard stiegen Tränen in die Augen. Er zwinkerte sie weg. »Aber doch bestimmt nicht im Klassenzimmer.«

William Henry warf ihm einen vernichtenden Blick zu. »Papa, im Klassenzimmer bin ich ein Engel! Nicht einen Stockhieb habe ich bekommen. Viele Jungen bekommen dauernd Prügel, und einer wurde sogar ohnmächtig, weil er dreißig Schläge bekam. Das ist wirklich eine Menge. Aber ich weiß, was man tun muss, wenn man keine Prügel bekommen will.«

»Ja? Was denn?«

»Man muss den Mund halten und seine Schreib- und Rechenaufgaben ordentlich machen.«

»Stimmt, William Henry, jetzt fällt es mir auch wieder ein. Haben die großen Jungen euch drangsaliert, als ihr draußen spielen durftet?«

»Du meinst, als sie uns zwangen, uns nebeneinander im Klo aufzustellen?«

»Tun sie das immer noch?«

»Na ja, mit uns schon. Aber ich habe das große Stück Kacke, das mir Jones der Ältere auf die Hand machte, einfach an die Klowand geschmiert. Das meiste ging sowieso daneben. Und dann haben sie mich in Ruhe gelassen. Johnny sagt, sie schnappen sich die Jungen, die heulen, und quälen sie immer weiter.« Wieder sprang William Henry ausgelassen hoch. »Ich habe mir die Finger am Mantel abgewischt. Siehst du?«

Richard betrachtete den braunen Streifen, der sich quer über den Schoß von William Henrys neuem Mantel zog. Er schluckte mehrmals krampfhaft und presste die Lippen aufeinander, um nicht laut herauszulachen. Nicht lachen, Richard, um Himmels willen, nicht lachen! »Ich an deiner Stelle würde Mama nichts von der Kacke erzählen«, sagte er, sobald er sich wieder unter Kontrolle hatte. »Ich würde ihr auch nicht zeigen, wo ich sie abgewischt habe. Ich frage Großmutter, ob sie den Flecken wegmacht.«

Mit seinem Sohn an der Hand betrat Richard das Cooper's Arms. Nur sein Vater bemerkte seine triumphierende Miene. Peg riss den bis dahin so fügsamen William Henry mit einem Schrei an sich, um sein Gesicht mit Küssen zu bedecken, sie wurde jedoch zurückgestoßen.

»Lass das, Mama! Ich bin jetzt ein großer Junge! Es war ganz toll in der Schule, Opa! Ich bin zehnmal um den Schulhof gerannt, und dann bin ich hingefallen und habe mir das Knie aufgeschlagen. Auf meiner Schiefertafel habe ich eine ganze Zeile voller As geschrieben. Mr Simpson sagt, ich sei für mein Alter schon so weit, dass er mich bald in die nächste Klasse schickt. Er unterrichtet nämlich auch die nächste Klasse, im selben Zimmer. Mama, die anderen Jungen haben auch aufgeschlagene Knie! Das ist doch nicht schlimm!«

Richard verbrachte den Rest des Nachmittags damit, William Henry mit einigen Brettern einen eigenen Schlafplatz am anderen Ende des Zimmers abzutrennen. Der Junge schlief ohnehin bereits in einem Bett. Die Arbeit war beruhigend und lenkte Richard von der ständigen Unruhe im Erdgeschoss ab. Über die Treppe hörte er, wie William Henry jeden Neuankömmling mit einer zensierten Version seines ersten Schultags beglückte. Der Junge redete pausenlos – er, der sonst nie mehr als zwei zusammenhängende Worte sagte.

Richard hatte Mitleid mit Peg, doch zugleich musste er nüchtern feststellen, dass William Henry flügge geworden war. Niemals mehr würde der Junge sich zu Hause einsperren lassen. Wie viel von dem, das sich an diesem einen, erstaunlichen Tag Luft verschafft hatte, war jahrelang in ihm verschlossen gewesen? An einem kurzen Tag konnte doch unmöglich so viel Neues entstanden sein. Trotzdem, das ganze Verhalten des Jungen hatte sich von Grund auf geändert. William Henry war also doch nicht der Heilige, für den Richard ihn gehalten hatte. William Henry, Gott segne ihn, war ein ganz normaler Junge.

Richard versuchte das auch Peg zu erklären, allerdings vergeblich. Egal wie er es anstellte, Peg weigerte sich zur Kenntnis zu nehmen, dass ihr Sohn quicklebendig und gesund war und wie berauscht vor Freude an einer ganz neuen Welt. Sie flüchtete sich in Weinkrämpfe und litt an so schweren Depressionen, dass Richard, der ständigen Tränen überdrüssig, schier verzweifelte. Er hatte keine Vorstellung von der Heftigkeit ihrer Schuldgefühle und wusste nicht, wie schwer sie an dem Bewusstsein litt, bei der einzigen Aufgabe versagt zu haben, die Frauen hatten, nämlich Kinder zu gebären. Seine Geduld mit ihr war unerschöpflich. An dem Tag, an dem er Peg mit einem Becher Rum in der Hand erwischte, wurde sie freilich auf eine schwere Probe gestellt.

»Hier ist nicht der richtige Ort für dich«, sagte er liebevoll. »Bitte lass mich das Haus in Clifton kaufen.«

»Nein, nein!«, schrie sie.

»Liebes, wir sind jetzt über vierzehn Jahre verheiratet. Du bist mir Freundin und Frau, aber das jetzt geht zu weit. Ich weiß nicht, was dein Herz bedrückt, aber Rum ist keine Arznei dafür.«

»Lass mich in Ruhe!«

»Das kann ich nicht, Peg. Vater wird langsam ärgerlich, und, schlimmer noch, William Henry ist alt genug zu bemerken, dass seine Mama sich seltsam benimmt. Ich bitte dich um seinetwillen, nicht zu trinken.«

»Aber ich bin William Henry gleichgültig, warum sollte ich etwas um seinetwillen tun?«

»Ach Peg, das ist doch nicht wahr!«

So drehten sie sich immer und immer wieder im Kreis. Weder gutes Zureden und Appelle an die Vernunft noch Richards Geduld noch Dicks Verärgerung, nichts konnte die Dämonen bändigen, die Peg peinigten. Sie gab allerdings den Rum auf, als William Henry sie einmal ganz direkt fragte, warum sie so sturzbetrunken sei. Die Direktheit seiner Frage erschreckte sie.

»Obwohl ich nicht weiß, warum«, sagte Dick danach zu Richard. »Schließlich ist William Henry das Kind eines Gastwirts.«

Ende Februar 1782 erhielt Richard per Eilboten einen Brief von Mr James Thistlethwaite.

> Ich schreibe diese Zeilen am Abend des 27., lieber Freund, und ich bin um 1000 Pfund reicher. Bezahlt per Scheck von meinem unglücklichen Opfer. Es ist jetzt amtlich! Heute hat das Parlament dafür gestimmt, den Angriffskrieg gegen die dreizehn Kolonien zu beenden. Bald wird der Abzug unserer Truppen beginnen.
>
> Schuld daran ist für mich Franklins Pelzmütze. Die Franzmänner haben sich als zuverlässige Verbündete erwiesen, Admiral de Grasse ebenso wie General de Rochambeau. Was beweist, dass dem, der die Franzosen mit ihrem Sinn für Mode beeindrucken kann, alles möglich ist. George Washington und die Franzmänner haben uns in Yorktown eingekesselt. Ausschlaggebend war für das Parlament meiner Meinung nach allerdings die Tatsache, dass Lord Cornwallis *kapitulierte*. Ich weiß natürlich, dass Clinton sich in New York viel zu wohl fühlte, um nach Yorktown zu fahren und Cornwallis zu entsetzen. Und ich weiß auch, dass erst die französische Marine es Washington und den Franzmännern an Land ermöglichte, Yorktown einzuschließen. Das schmälert aber nicht die Bedeutung der Kapitulation. London schämt sich zu Tode.
>
> Erzähle es weiter, Richard, denn in Bristol weiß es noch niemand, und vergiss nicht hinzuzufügen, dass deine Quelle James Thistlethwaite ist, vormals Einwohner von Cornwallis' Bristol. Höre ich dich etwa fragen, was ich mit den 1000

Pfund zu tun gedenke? Ich kaufe davon eine Pipe Rum aus Mr Thomas Caves Brennerei – in vollem Bewusstsein, dass ein solches Fass 105 Gallonen enthält! Ich werde mich auch zum Green Canister in der Half Moon Street begeben und dort von Mrs Phillips einen Packen Kondome der besten Qualität kaufen. Unter den Londoner Huren gehen Syphilis und Tripper um, aber Mrs Phillips hat die wichtigste Erfindung seit dem Rum gemacht. Ich werde meine gut verpackte Zuckerstange sauber halten.

Ein weiteres Jahr verging, bis Senhor Tomas Habitas Richard wieder entlassen musste. Man schrieb den Monat März des Jahres 1783. Auf der Bristol Bank lagen inzwischen 3000 Pfund, und kaum je war ein Penny abgehoben worden. Wofür hätte Richard etwas ausgeben sollen? Peg wollte nicht nach Clifton ziehen, und sein Vater beteuerte, dass er im Cooper's Arms glücklich sei, und ließ sich nicht dazu überreden, das Black Horse Inn in Clifton Hill zu übernehmen. Nicht alle Fünfzehnschilling-Tagesmieten, die ihm Richard seit über sieben Jahre zahlte, seien aufgezehrt, erklärte Dick offen. Er könne es sich leisten, die harten Zeiten dort auszusitzen, wo er war, in der Broad Street mitten in der Stadt.

Unter den Bristoler Matrosen brachen Hungerrevolten aus. Sie verdienten 30 Schillinge im Monat, allerdings nur auf See. Während der Wartezeit im Heimathafen gab es keinen Penny. Die Lage war so verzweifelt, dass der Bürgermeister die Reeder schließlich dazu bringen konnte, den Matrosen für die Zeit an Land fünfzehn Schillinge pro Monat zu bezahlen. 1775 hatten 529 Schiffe Hafengebühren bezahlt, 1783 war die Zahl auf 102 zurückgegangen. Die meisten dieser am Anleger, in den Hafenbecken oder flussabwärts in der Gegend von Pill ankernden Schiffe hatten Bristol als Heimathafen, und einige tausend untätiger Matrosen waren eine nicht zu vernachlässigende Kraft.

»Hast du das gelesen, Dick?«, fragte Vetter James, der Apotheker, als er auf dem Nachhauseweg von seinem Geschäft in der Corn Street hereinschaute. Er schwenkte eine Zeitung. »Die Häftlinge vom Newgate-Gefängnis inserieren in der Zeitung! Sie geben bekannt, dass die zwei Pennys, die sie pro Tag bekommen, nicht für das Essen reichen. Es ist eine Schande! Schon das Vierpfundbrot kostet sechzehn Pennys.«

»Und Häftlinge, die noch auf ihren Prozess warten, bekommen nur einen Penny pro Tag«, sagte Dick.

»Ich werde mit Bächer Jenkins sprechen und ihnen so viel Brot schicken, wie sie brauchen. Und dazu Käse und Ochsenfleisch.«

Dick grinste listig. »Und diesmal kein Geld in die ausgestreckten Hände, Jim?«

Vetter James errötete. »Ja, du hattest Recht, Dick. Sie haben das Geld tatsächlich vertrunken.«

»Sie werden es immer vertrinken. Ihnen Brot zu schicken, ist vernünftig. Sorge dafür, dass deine Philanthropenfreunde es genauso halten.«

»Wie geht es Richard jetzt, wo er keine Arbeit hat? Ich sehe ihn gar nicht mehr.«

»Es geht ihm den Umständen entsprechend«, erwiderte Dick kurz. »Der Grund dafür, dass man ihn nicht sieht, liegt oben im Bett.«

»Betrunken?«

»Nein, *damit* hat sie aufgehört, als William Henry sie fragte, warum sie sich ständig betrinke.« Dick zuckte die Achseln. »Wenn William Henry nicht da ist, liegt sie auf dem Bett und starrt ins Leere.«

»Und wenn er da ist?«

»Dann reißt sie sich zusammen.« Dick räusperte sich und spuckte auf den mit Sägemehl bedeckten Boden. »Frauen! Das sind schon seltsame Wesen, Jim.«

Vor Vetter James' geistigem Auge erschienen seine schwermütige Frau und die beiden altjüngferlichen Töchter mit ihren spitzen Gesichtern. Er lächelte gequält und nickte.

Dick lachte dröhnend. »Denkst du an deine Mädchen, Jim?«

»Leider sind das keine Mädchen mehr. Da ist Hopfen und Malz verloren.« Vetter James erhob sich. »Es tut mir Leid, dass ich Richard verpasst habe. Ich hatte gehofft, ihn wie in den alten Zeiten vor Habitas hier anzutreffen.«

»Die alten Zeiten sind vorbei, muss ich dir das eigens sagen? Sieh dich um! Mein Wirtshaus ist leer, und drunten am Hafen lungern in Scharen arbeitslose Matrosen herum. Wie tugendhaft sind doch unsere offiziell in den Gemeinden registrierten Armen, und wie ungnädig! Sie werfen mit Steinen nach ihren verarmten Brüdern, statt Mitleid zu zeigen.« Dick schlug mit der Faust auf den Tisch. »Warum haben wir diesen Krieg in dreitausend Meilen Entfernung überhaupt angefangen? Warum haben wir den Kolonisten nicht einfach die heiß begehrte Freiheit gegeben, ihnen alles Gute gewünscht und dann weitergeschlafen oder mit den Franzosen gekämpft? Das Land ist ruiniert, und das nur wegen einer Idee, die obendrein gar nicht von uns stammt.« Und wie um sich zu rechtfertigen, fügte der Wirt hinzu: »Der letzte Gedanke ist übrigens nicht von mir, sondern von Jem Thistlethwaite.«

»Typisch für ihn, ja. Aber zurück zu Richard. Wenn er keine Arbeit hat, wo steckt er? Und wo ist William Henry?«

»Sie gehen zusammen spazieren, Jim. Immer nach Clifton raus. Sie gehen die Pipe Lane hoch, die Frog Lane hinunter und dann den Weg am Brandon Hill entlang bis nach Clifton Hill. Dort scheuchen sie eine Weile Kühe und Schafe über die Weide, dann kommen sie am Avon entlang zurück. Sie werfen Steine ins Wasser und lachen die ganze Zeit.«

»So erzählt es William Henry, aber sicher nicht Richard.«

»Richard sagt gar nichts«, sagte Dick verdrossen.

»Ihr zwei seid sehr verschieden«, sagte Vetter James. Er ging zur Tür. »So was kommt vor. Danke lieber Gott dafür, dass Richard und William Henry sich gleichen wie ein Ei dem andern.« Er holte tief Luft. »Das ist doch wunderbar.«

Am darauf folgenden Sonntag spazierten Richard und William Henry nach dem Gottesdienst und einer erfrischenden Predigt von Vetter James, dem Kirchenmann, durch Clifton in Richtung Hotwells.

Noch vor zehn, zwanzig Jahren war Bristols Kurort drauf und dran gewesen, Bath als Heilbad für die feine Gesellschaft Konkurrenz zu machen. In den Gästehäusern am Dowry Place, am Dowry

Square und an der Hotwells Road logierten elegante Besucher in teuren Kleidern, Herren mit hohen Perücken und bestickten Mänteln, die mit geschmacklos herausgeputzten Damen am Arm auf hochhackigen Schuhen dahertrippelten. Es gab Bälle und Soirees, Konzerte und Unterhaltung aller Art, sogar Theatervorstellungen im alten Schauspielhaus von Clifton an der Wood Wells Lane. Es hatte Intrigen und Skandale gegeben, Romanautoren hatten ihre Heldinnen nach Hotwells geschickt, und die Ärzte der Reichen hatten die Heilkraft der Quellen gepriesen.

Und dann war plötzlich verschwunden, was die Faszination dieses Ortes ausgemacht hatte. Die Mode hatte den Ort gemacht, die Mode stieß ihn wieder in die Bedeutungslosigkeit zurück. Die eleganten Besucher kehrten nach Bath zurück oder zogen gleich nach Cheltenham weiter, das Wasser von Hotwells wurde hauptsächlich zum Exportartikel. Mit dem Wasser gefüllte Flaschen gelangten bis nach China, Kalifornien und Calabar, nur Hotwells selbst war als Kurort Geschichte.

Richard und William Henry war das nur recht, denn das bedeutete, dass sie bei einem Sonntagsausflug nur eine Hand voll anderer Spaziergänger von weitem sahen. Mag hatte ihnen ein Essenspaket mitgegeben. Es enthielt gebratenes Hühnerfleisch, Brot, Butter, Käse und ein paar Frühäpfel, die ihr Bruder von seinem Hof in Bedminster geschickt hatte. Richard trug das Essen zusammen mit einer Flasche Dünnbier in einem Tornister auf dem Rücken. Hinter dem klobigen Kasten des Kurhauses, das auf einer Felsplatte stand, direkt über der Hochwassermarke, bei der die Avon-Schlucht endete, fanden sie ein geeignetes Plätzchen für ihr Picknick.

Die Aussicht war grandios. Die St.-Vincent-Felsen und die Felsen der Schlucht leuchteten in den verschiedensten Tönen von Rot, Pflaumenblau, Rosa, Rostrot, Grau und Weiß, der Fluss war ein stahlblaues Band, und die Bäume wuchsen so üppig, dass sie sogar die Schornsteine von Mr Codringtons Messinggießerei verdeckten.

»Kannst du schwimmen, Papa?«, fragte William Henry.

»Nein«, sagte Richard. »Deshalb sitzen wir hier und nicht direkt am Ufer.«

William Henry sah nachdenklich in den dahinströmenden Fluss. Die Flut lief immer noch auf, und die Wirbel und Strudel des Wassers waren deutlich zu sehen. »Das Wasser bewegt sich, als sei es lebendig.«

»Das ist es ja im Grunde auch. Und es ist hungrig, vergiss das nie. Es würde dich hinunterziehen und mit Haut und Haaren verschlingen. Du würdest nie mehr auftauchen. Also keine unvorsichtigen Sprünge am Ufer, hast du mich verstanden?«

»Ja, Papa.«

Nach dem Essen streckten die beiden sich auf dem Gras aus. Die zusammengerollten Mäntel dienten als Kopfkissen. Richard schloss die Augen.

»Simp ist fort«, sagte William Henry unvermittelt.

Sein Vater öffnete belustigt ein Auge. »Kannst du denn nie für eine Weile still sein?«

»Nicht oft, und jetzt auch nicht. Simp ist fort.«

»Du meinst, er unterrichtet dich nicht mehr? Aber jetzt hat ja auch schon dein drittes Schuljahr bei Colston begonnen, das war also zu erwarten.«

»Nein, Papa, ich meine, er ist überhaupt nicht mehr an der Schule! Seit den Sommerferien. Johnny meint, er sei zu krank gewesen, um weiterzuarbeiten. Der Schulleiter fragte den Bischof, ob er in einem Armenhaus untergebracht werden könnte, aber der Bischof sagte, Armenhäuser seien nicht für Kranke da, sondern für Be – Be – jetzt fällt mir das Wort nicht ein.«

»Bedürftige?«

»Ja genau, für Bedürftige! Deshalb hat man ihn mit einer Sänfte ins St.-Peter-Krankenhaus gebracht. Johnny sagt, er habe schrecklich geweint.«

»Das würde ich auch, wenn man mich ins St. Peter tragen müsste«, sagte Richard mitfühlend. »Der arme Kerl. Warum sagst du mir das erst jetzt?«

»Ich hatte es vergessen«, sagte William Henry abwesend. Er rollte zweimal um die eigene Achse, stieß die Absätze heftig ins Gras, seufzte tief, klatschte in die Hände und rollte wieder zurück.

»Lass uns aufbrechen, mein Sohn.« Richard stand auf, stopfte die Mäntel in den Tornister und schulterte ihn. »Sollen wir den Granby Hill hinaufsteigen und Mr Goldneys Grotte anschauen?«

»Au ja, bitte!«, rief William Henry und hüpfte los.

Sie sahen aus, als hätten sie keine Sorge auf der Welt, dachte Mr George Parfrey, der oberhalb der beiden Ausflügler auf einem von Gebüsch überwachsenen Felssims saß. Wahrscheinlich hatten sie das auch nicht. Der Junge zahlte Schulgeld, und Vater und Sohn waren zwar nicht auffällig gekleidet, doch Mr Parfrey hatte das feine Tuch ihrer Kleider bemerkt, die weder geflickt noch abgenutzt waren, die glänzenden, mit Silberschnallen verzierten Schuhe und die Unabhängigkeit, die beide ausstrahlten.

Natürlich wusste Parfrey alles über den Vater von Morgan dem Dritten. Colston war eine kleine Schule, und über die zahlenden Schüler wurde im Lehrerzimmer besonders eingehend gesprochen, denn in einem ärmlichen Leben gab es so wenig anderen Gesprächsstoff. Ein Büchsenmacher und Angestellter eines *Juden*, der im amerikanischen Krieg ein kleines Vermögen verdient hatte. Einen so hübschen Jungen wie Richards Sohn gab es selten, und noch seltener kam es vor, dass ein solcher Junge so natürlich und unverdorben war wie Morgan der Dritte. Allerdings war der Junge auch noch nicht alt genug, um zu wissen, was für Kapital er aus seiner Schönheit schlagen konnte.

Der Mann in seiner Begleitung musste sein Vater sein. Die beiden waren einander zu ähnlich, um nicht eng verwandt zu sein. Auf Parfreys Knien lag ein Skizzenblock. Aufgeschlagen war eine von ihm angefertigte Zeichnung des am Avon ruhenden Paares. Eine gelungene Zeichnung. George Parfrey war selbst ein gut aussehender Mann, doch hatte dies, als er noch jünger war, jede Hoffnung auf eine Anstellung als Zeichenlehrer in einem reichen Hause zunichte gemacht. Kein wohlhabender Mann, der bei Verstand war, stellte einen hübschen jungen Mann ein, um seiner Tochter das Zeichnen beizubringen. Schließlich bestand die Gefahr, dass sich die Tochter und Erbin in den jungen Mann verliebte. Zeichenlehrer waren verkrüppelt, hässlich und hatten verfaulte Zähne, sodass schon ein leichter Hauch aus ihrem Mund einen

Ohnmachtsanfall auslöste. Wer dagegen aussah wie George Parfrey – groß und dunkelhaarig, fast wie ein Abenteurer –, war dazu verdammt, in der Schule zu unterrichten, genauer in einer Jungenschule oder, schlimmer noch, einer Schule mit Freiplätzen. Die gab es an den meisten Schulen.

Obwohl Parfrey keine tiefen Gefühle für den armen Ned Simpson gehabt hatte, vermisste er ihn doch mehr, als er zuvor gedacht hatte. Die anderen Lehrer an Colstons Schule, die ihre Neigungen teilten, hatten feste Partnerschaften und dachten nicht an einen Wechsel. Nach Neds Weggang – Ned war bald nach seiner Einweisung ins St. Peter gestorben – brauchte ihn niemand mehr. Weder der Schulleiter noch der Bischof noch Reverend Prichard billigten die griechische Liebe. Sie hatten Frauen, die zu ihnen passten, und außerdem wichtigere Dinge zu tun. Die heimlichen Liebschaften innerhalb der Schule waren deshalb mit tausenderlei Spannungen belastet. Schullehrer gab es zuhauf, denn bei der Auswahl scherte sich niemand auch nur im Geringsten darum, ob sie unterrichten konnten oder nicht. Sie wurden nach den Empfehlungen eines Ausschusses, eines kirchlichen Komitees, eines prominenten Klerikers, eines Ratsherrn oder eines Parlamentariers ausgewählt. Keiner dieser Herren billigte Homosexualität, egal wie diskret sie gelebt wurde. Das Angebot bestimmte auch hier die Nachfrage. Matrosen konnten sich besaufen bis zur Verblödung, sie konnten fluchen, sich prügeln und allen möglichen geschlechtlichen Neigungen nachgehen und doch immer noch als tüchtige Matrosen gelten. Kein Reeder zerbrach sich über derlei Exzesse den Kopf. Ähnliches mochte für Rechtsanwälte oder Buchhalter gelten. Lehrer dagegen gab es im Dutzend billiger. Sie durften nicht trinken, sich nicht prügeln und – Gott behüte! – keinen perversen sexuellen Praktiken anhängen.

Mr Parfrey hätte sich gerne beruflich verändert, doch wusste er, dass seine Chancen gering waren. Zu klein war seine Welt, zu abgeschottet. Also würde er bis zum Ende seiner Laufbahn in Colston bleiben. Und danach würde der Bischof vielleicht gnädigerweise seiner Unterbringung in einem Armenhaus zustimmen. Fünfundvierzig Jahre zählte er jetzt, und Colston war die Endstation.

Er legte den Skizzenblock in eine Mappe und verließ den Aussichtsfelsen über dem Avon, in Gedanken immer noch bei Morgan dem Dritten und seinem Vater. Merkwürdig, dass der Vater genauso gut aussah wie der Sohn, aber trotzdem niemand war, nach dem man sich umdrehte.

Jetzt, da William Henry wieder in die Schule ging, hatte Richard genügend Muße, um eine Freundschaft zu pflegen und gleichzeitig einem interessanten Vorschlag nachzugehen. Vetter James, der Apotheker, hatte ihn gedrängt, mehr aus seinen 3000 Pfund zu machen, als sie nur auf einer Quäkerbank zu deponieren, deren Inhaber mehr damit verdienten als er selbst. »Investiere zu drei Prozent Zinsen oder investiere wenigstens überhaupt einmal!«, lautete der dringende Rat des geschäftstüchtigsten Mitglieds der Familie.

Den Handwerker Mr Thomas Latimer hatte Richard bei einem Besuch mit William Henry in der Habitas-Werkstatt kennen gelernt. Die sieben Jahre, in denen Senhor Habitas Brown-Bess-Musketen für Tower Arms hergestellt hatte, waren einträglich genug gewesen, um Senhor Habitas einen angemessenen Ruhestand zu sichern. Doch niemand, der sein Handwerk so liebte wie Tomas Habitas, ging freiwillig in den Ruhestand. Stattdessen hatte er in Felix Farleys Bristol Journal annonciert, er werde ab jetzt auch Jagdgewehre herstellen, und es hatten sich genügend Kunden gemeldet, um ihn angemessen zu beschäftigen.

Mr Latimer war, wie Habitas ausführte, nachdem er ihn mit Richard bekannt gemacht hatte, ein ganz besonderer Handwerker: Er stellte Pumpen her.

»Meistens Handpumpen, aber die Schiffe werden gerade auf Kettenpumpen umgestellt, und ich habe einen Liefervertrag mit der Admiralität für die Herstellung der Ketten«, sagte Mr Latimer fröhlich. »Die Handpumpe oder die Pfahlpumpe schafften bestenfalls eine Tonne Bilgenwasser pro Woche, die Kettenpumpe schafft dagegen eine Tonne pro *Minute*. Ganz zu schweigen davon, dass jeder Schiffszimmermann die einfache Holzkonstruktion zusammenbauen kann. Für die fertige Pumpe braucht er dann nur noch eine Messingkette.«

Richard fand Mr Thomas Latimer sofort sehr sympathisch. Der Mann entsprach ganz und gar nicht dem verbreiteten Klischee eines Ingenieurs. Er war klein, rundlich, lächelte ununterbrochen und erinnerte in nichts an einen finster blickenden Vulkan oder kraftstrotzenden Schmied.

»Ich habe Wasboroughs Messinggießerei in der Narrow Wine Street gekauft«, sagte er. »Der einzige Grund dafür war, dass dort eine von Wasboroughs drei Dampfmaschinen steht.«

Natürlich wusste Richard, was eine Dampfmaschine war. Seit sein Sohn wieder zur Schule ging und er die Zeit zwischen sieben Uhr morgens und zwei Uhr nachmittags zur freien Verfügung hatte, blieb ihm auch genug Zeit, um mehr über diese faszinierende Maschine herauszufinden.

Newcomen hatte zu Beginn des Jahrhunderts die atmosphärische Dampfmaschine erfunden. Sie pumpte das Wasser aus dem Kingswood-Bergwerk und trieb die Mühlräder in William Champions Kupfer- und Messingwerk am Avon an. Dann hatte James Watt den getrennten Dampfkondensator erfunden. Er verbesserte den Wirkungsgrad von Newcomens Maschine drastisch, und Watt konnte den Eisen- und Stahlmagnaten Matthew Bolton aus Birmingham für seine Idee interessieren. Watt war mit Bolton eine Geschäftspartnerschaft eingegangen, und die beiden sicherten sich das Monopol auf die Herstellung von Dampfmaschinen. Durch eine Reihe von Gerichtsverfahren wurden alle Vorstöße möglicher Konkurrenten abgewehrt. Kein anderer Erfinder schaffte es, bei seinem eigenen Gerät ohne Watts vielfach patentierten getrennten Dampfkondensator auszukommen.

Dann hatte Matthew Wasborough, ein Mann Mitte zwanzig, ein System von Transmissionsscheiben mit einem Schwungrad entwickelt und sich mit einem anderen jungen Bristoler namens Pickard zusammengetan, der eine Kurbel erfunden hatte. Die Verbindung der drei neuen Verfahren verwandelte die vertikale Bewegung der Dampfmaschine in eine Kreisbewegung.

»Wasserräder drehen sich und können auch Maschinen in Drehbewegungen versetzen«, sagte Mr Latimer, als er den schwitzenden Richard durch eine Werkhalle führte, die mit Schmelzöfen,

Schmiedeherden, Drehbänken und Pressen voll gestellt und von Dampfschwaden und Lärm erfüllt war. »Aber das da«, er zeigte auf ein schnaufendes, tuckerndes Monstrum, »bringt Maschinen ganz von alleine in Schwung.« Richard starrte das Monstrum an, das inmitten einer Reihe von Drehbänken einen herausragenden Platz einnahm. Die Drehbänke verwandelten Messing in allerlei auf Schiffen benötigte Dinge. Eisen war auf Schiffen keine gute Wahl, weil es durch das Salzwasser schnell rostete.

»Können wir nach draußen gehen?«, brüllte Richard.

Sobald sie draußen am Ufer des Froom standen, direkt unterhalb des Weare, wo sich die Waschfrauen zur Arbeit trafen, fuhr Latimer fort. »Als Wasborough seine Transmissionsscheiben und das Schwungrad mit der Pickard-Kurbel verband, bedeutete dies das Ende des Wasserrads. Das ist natürlich wunderbar, denn es bedeutet, dass eine Fabrik nicht mehr direkt am Fluss gebaut werden muss. Wo Kohle billig ist wie in Bristol, ist Dampf besser als Wasser – vorausgesetzt, die Maschine arbeitet mit einer Kreisbewegung.«

»Warum habe ich dann nie von Wasborough und Pickard gehört?«

»Wegen James Watt, der die beiden verklagte, weil ihre Dampfmaschine seinen patentierten getrennten Dampfkondensator enthielt. Außerdem beschuldigte er Pickard, ihm die Idee der Kurbel gestohlen zu haben, was völliger Unsinn ist. Watts Lösung für das Problem der Kreisbewegung ist ein Zahnstangengetriebe – er nennt es ›Sonnen- und Planetenbewegung‹ –, aber dieses Getriebe ist unglaublich langsam und kompliziert. Als er das Patent für Pickards Kurbel sah, erkannte er sofort, dass dies die richtige Lösung war, er konnte es nur nicht ertragen, übertroffen worden zu sein.«

»Ich wusste gar nicht, dass die Konkurrenz unter Maschinenbauern so mörderisch ist. Wie ging es weiter?«

»Wasborough hatte eine Menge Kummer und starb dann aus schierer Verzweiflung. Er war erst achtundzwanzig. Pickard floh nach Connecticut. Ich habe jetzt herausgefunden, wie ich ohne Watts Kondensator auskommen kann, und will die Maschine von

Wasborough und Pickard bauen, bevor die Patente auslaufen und Watts sie sich unter den Nagel reißt.«

»Schwer zu glauben, dass ein so genialer Kopf ein Schurke ist«, sagte Richard.

»James Watt ist ein schottischer Eigenbrötler«, sagte Thomas Latimer ernst. »Im Grunde kein schlechter Mensch, aber unglaublich eingebildet. Er bildet sich ein, alles erfunden zu haben. Hört man ihm zu, gewinnt man den Eindruck, Gott sei sein Lehrling. Pah!«

Richard schaute auf den träge dahinfließenden Froom, auf dem Baumstämme, Metallspäne, Tierkadaver und anderes Treibgut schwammen. Wie leicht solche Sachen ein Wasserrad blockieren, dachte er. »Die Vorteile von Dampf gegenüber Wasser leuchten mir ein. Wir können nicht unentwegt im Herzen der Städte neue, auf Wasserkraft angewiesene Industrien aufbauen. Dampfmaschinen mit Kreisbewegung sind die Zukunft, Mr Latimer.«

»Nenn mich Tom. Noch eine Überlegung, Richard! Wasborough träumte davon, eine seiner Dampfmaschinen auf einem Schiff zu installieren. Das Schiff könnte damit ohne Rücksicht auf Seegang und Strömungen und ohne komplizierte Manöver auf Grund bestimmter Windverhältnisse einen pfeilgeraden Kurs steuern. Die Dampfmaschine würde die Schaufeln eines umgebauten Wasserrades auf beiden Seiten des Schiffes antreiben. Genial!«

»Das wäre es wirklich, Tom.«

Zurück im Cooper's Arms erzählte Richard seinem Vater und Vetter James, dem Apotheker, von dem Gespräch.

»Latimer sucht nach Investoren«, sagte er schließlich. »Ich spiele mit dem Gedanken, meine dreitausend Pfund in dieses Unternehmen zu stecken.«

»Du wirst das Geld verlieren«, sagte Dick grimmig.

Vetter James war anderer Meinung. »Mr Latimers Pläne sind in Bristol auf großes Interesse gestoßen, Richard. Seine Referenzen sind ausgezeichnet, obwohl er in Bristol neu ist. Ich überlege selbst, tausend Pfund zu investieren.«

»Dann seid ihr beide Narren«, sagte Dick, und bei diesem Standpunkt blieb er.

Den Kopf über die Bücher gebeugt, saß William Henry an Mr James Thistlethwaites altem Tisch und machte Hausaufgaben. Er hatte von der Schiefertafel zu Feder und Papier gewechselt. Er hatte Richards Sorgfalt und Geduld geerbt und schrieb eine gestochene Handschrift ohne die Schmierereien und Tintenkleckse, die den anderen Knaben so viel Kummer bereiteten.

Ich werde genug Geld verdienen, um William Henry zuerst auf die höhere Schule und dann auf die Universität zu schicken, dachte Richard. Er soll nicht mit zwölf bei einem Rechtsanwalt oder Apotheker – oder Büchsenmacher! – anfangen und dort sieben Jahre lang als unbezahlter Sklave dienen. Ich hatte mit Habitas Glück, aber wie viele junge Lehrlinge können sagen, dass sie einen guten Lehrherrn haben? Nein, ich will nicht, dass mein einziges Kind ihr Schicksal teilt. Von Colston muss er aufs Bristoler Gymnasium wechseln und dann nach Oxford oder Cambridge. Er macht seine Schularbeiten gern, und das Lesen bereitet ihm wie mir keine Mühe. Er lernt gern.

In der Küche stand Peg neben Mag. Beide Frauen waren mit den letzten Vorbereitungen für das Abendessen beschäftigt, während Richard zwischen den besetzten Tischen hin und her ging, leere Gläser mitnahm und volle Gläser hinstellte. Die Stimmung in der Familie hatte sich gegenüber früher deutlich gehoben. Peg schien endlich auf dem Wege der Besserung zu sein. Sie brachte gelegentlich sogar ein Lächeln zu Stande, machte nicht mehr so viel Aufhebens um William Henry, und im Bett wandte sie sich Richard manchmal aus freien Stücken zu, freilich nicht mehr mit der Liebe von einst, nein. Jene Liebe war der Stoff gewesen, aus dem die Träume gemacht sind, und Richards Träume verflüchtigten sich zunehmend. Nur junge Leute haben die Kraft zu träumen, dachte Richard. Mit fünfunddreißig Jahren bin ich nicht mehr jung. Mein Sohn ist neun, und ich gebe meine Träume an ihn weiter.

Gemeinsam mit einem Dutzend anderer Männer überwies Richard Mr Latimer sein Geld. Mr Latimer sollte damit, so wurde ausdrücklich festgehalten, eine neue Dampfmaschine entwickeln. Keiner der Investoren, zu denen auch Vetter James, der Apotheker, gehörte, erhielt Anteile an der Messinggießerei selbst, die die Spezialketten für die Admiralität und deren neue Bilgenpumpen herstellte.

Richard war so fasziniert von Latimers Plänen, dass er die Messinggießerei fast täglich besuchte. »Ich schließe über Weihnachten«, sagte Latimer eines Tages gegen Ende des neblig-grauen Herbstes.

»Wie ungewöhnlich«, kommentierte Richard.

»Die Arbeiter erhalten in dieser Zeit natürlich keinen Lohn! Ich habe festgestellt, dass in der Weihnachtszeit ohnehin nicht sauber gearbeitet wird. Zu viel Rum im Spiel. Obwohl ich nicht weiß, was die armen Teufel zu feiern haben!« Latimer seufzte. »Die Zeiten sind nicht besser geworden, auch nicht mit dem jüngeren Pitt als Schatzkanzler.«

»Das ist ja auch gar nicht möglich, Tom. Pitt kann den Krieg mit Amerika nur durch Steuererhöhungen und neue Steuern finanzieren.« Richard lächelte verschmitzt. »Natürlich könntest du deinen Arbeitern ein fröhliches Weihnachtsfest bereiten, indem du sie für die Urlaubszeit bezahlst.«

Mr Latimer ließ sich die gute Laune nicht verderben. »Unmöglich. Wenn ich das täte, würden mich die anderen Arbeitgeber von Bristol boykottieren.«

Richard freute sich, dass er über Weihnachten mehr Zeit im Cooper's Arms verbringen konnte. William Henry hatte ebenfalls Ferien, und im Wirtshaus wurde munter gezecht. Mag und Peg hatten köstliche Pasteten zubereitet, die mit reichlich Weinbrandsoße übergossen wurden. Ein großes Stück Wildkeule briet an einem Spieß, und Dick kochte seinen Festtagspunsch aus süßem, gewürztem Wein. Richard teilte Geschenke aus: eine grau getigerte zweite Katze für Dick, die Gin ausschenken sollte, je einen Schirm aus grüner Seide für Mag und Peg und für William Henry ein Päckchen mit Büchern, einen Stapel allerbesten Schreibpapiers, einen prächtigen, lederbezogenen Korkball und nicht weniger als sechs Schreibstifte aus Cumberland-Graphit.

Dick war entzückt über seine Ginkatze, Mag und Peg waren regelrecht überwältigt.

»Ein solcher Luxus!«, rief Mag begeistert. Sie öffnete ihren Schirm und bestaunte die Farbeffekte, die sich ergaben, wenn man das Lampenlicht durch den dünnen jadegrünen Stoff betrachtete. »Wie elegant wir damit aussehen werden, Peg! Damit stellen wir sogar Base Ann in den Schatten.« Sie drehte sich übermütig um sich selbst, dann schloss sie den Schirm hastig wieder. »William Henry, untersteh dich, hier drinnen mit diesem Ball zu werfen!«

Für William Henry war natürlich der Ball das Beste aller Geschenke, freilich dicht gefolgt von den Stiften. »Papa, du musst mir zeigen, wie man sie anspitzt. Sie sollen so lange wie möglich halten«, sagte er freudestrahlend. »Wie Mr Parfrey mich darum beneiden wird! Nicht einmal er hat solche Stifte.«

Inzwischen wussten alle, dass Mr Parfrey bei William Henry in größtem Ansehen stand. Der Junge hatte ihn immer wieder in den höchsten Tönen gepriesen, seit Anfang Oktober der Lateinunterricht begonnen hatte. Offenbar verstand Mr Parfrey etwas vom Unterrichten. Er hatte William Henrys Interesse schon am ersten Tag geweckt und auch andere Kinder wie Johnny Monkton für sich begeistern können.

»Er darf deine Stifte bewundern, solange er sie dir nicht wegnimmt«, sagte Richard. Er drückte William Henry ein kleines Päckchen in die Hand. »Hier, das ist ein Geschenk für Johnny. Schade, dass die Internatsschüler am Weihnachtstag in der Schule bleiben müssen. Es wäre schön gewesen, ihn hier bei uns zu haben. Aber ein Geschenk soll er doch bekommen.«

»Da sind Bleistifte drin«, sagte William Henry sofort.

»Stimmt genau.«

Peg schloss William Henry in die Arme und drückte ihre Lippen auf seine hohe Stirn. William Henry ließ alles über sich ergehen, als ob er wüsste, dass er seiner Mutter so ein Geschenk machen konnte, und er küsste sie sogar zurück.

»Ist Papa nicht der allerbeste Vater?«, fragte er sie.

»Ja«, antwortete Peg. Vergebens wartete sie auf den Zusatz, dass sie die allerbeste Mutter sei. Noch vor einem Jahr hätte die Gleichgültigkeit ihres Sohnes, verbunden mit einer Bemerkung dieser Art, eine Welle des Hasses auf Richard in ihr aufsteigen lassen. Aber Peg hatte inzwischen begriffen, dass Hass auf Richard nichts änderte. Es war besser, mit ihm auszukommen, nett zu ihm zu sein. Ihr Sohn verehrte ihn so sehr. Was konnte eine Frau auch anderes erwarten? Die beiden waren Männer.

Zu Beginn des neuen Jahres 1784 begab Richard sich in die Narrow Wine Street, um Mr Latimer in Wasboroughs Gießerei zu besuchen. Von der Straße aus sah man ein scheunenartiges Gebäude aus Kalksteinen, die vom Ruß der Kamine pechschwarz waren. An der Fassade befanden sich eine Reihe großer, hölzerner, schon ziemlich ramponierter Türen, die immer offen standen und zeigten, was drinnen vor sich ging, und aus denen Hitze und Lärm schlugen.

Doch merkwürdig, diesmal waren die Türen zu. Latimers arme Arbeiter mussten wirklich lange Urlaub machen. Seit Weihnachten hatten sie keinen Lohn mehr erhalten. Richard ging an den Türen entlang und probierte eine nach der anderen, doch alle waren abgesperrt. Vielleicht war hinten offen. Er nahm die Abkürzung durch eine enge Gasse, um auf die dem Froom zugewandte Seite des Gebäudes zu kommen. Dort fand er eine offene Tür. Stille empfing ihn, als er eintrat. Die Schmelzöfen waren kalt, die Herde leer, die Dampfmaschine stand stumm inmitten der Drehbänke.

Richard verließ das Gebäude wieder und ging zum Ufer des Froom, der Hochwasser führte und so kalt und grau wie der Himmel war.

»Richard! Ach Richard!«

Er wandte sich um und sah Vetter James, den Apotheker, händeringend aus der Gasse kommen.

»Dick sagte mir, du seist hier. Ach Richard, es ist furchtbar!«

Richard ahnte bereits, was passiert war, aber er fragte trotzdem. »Was ist denn so furchtbar, Vetter James?«

»Latimer! Er ist fort! Durchgebrannt mit all unserem Geld!«

Am Flussufer stand ein alter eichener Pfosten, an dem womöglich schon in römischer Zeit Schiffe vertäut worden waren. Richard lehnte sich dagegen und schloss die Augen. »Dann ist dieser Mann ein Narr. Er wird gefasst werden.«

Statt einer Antwort begann Vetter James leise zu weinen.

»Aber Vetter James, davon geht die Welt nicht unter.« Richard legte James den Arm um die Schulter und führte ihn zu einer verrosteten Eisenplatte, auf die sie sich setzen konnten. »Hör doch bitte auf zu weinen!«

»Ich kann nicht! Es ist meine Schuld! Hätte ich dich nicht ermutigt, dann hättest du dein Geld jetzt noch. Ich kann es mir leisten, für meine eigene Dummheit zu bezahlen, Richard, aber dass du all dein Geld verlierst, ist ungerecht.«

Richard empfand nichts außer der Sorge um den innig geliebten Menschen. Er starrte auf den Froom, ohne ihn wahrzunehmen. Der Tod der kleinen Mary hatte ihn ganz anders getroffen. Geld war etwas Äußerliches und sein Verlust nichts im Vergleich zum Tod eines Kindes.

»Ich entscheide selbst, was ich will, Vetter James, und du solltest mich gut genug kennen, um zu wissen, dass man mich nicht zu etwas überreden kann, das ich nicht will. Deshalb ist niemand schuld, am allerwenigsten du oder ich. Wisch dir die Tränen ab und erzähl mir, was passiert ist.« Richard bot dem Vetter sein gebrauchtes Taschentuch an.

Vetter James zog ein sauberes Taschentuch aus der Hosentasche und tupfte sich die Tränen ab. Dabei beruhigte er sich nach und nach. »Wir sehen unser Geld nicht wieder, Richard«, sagte er. »Latimer hat es mitgenommen und ist nach Connecticut verschwunden, wo er und Pickard Dampfmaschinen bauen wollen. Watts Patente sind dort seit dem Krieg nichts mehr wert.«

»Ganz schön durchtrieben, dieser Mr Latimer!«, sagte Richard. »Können wir nicht Wasboroughs Gießerei pfänden und unser Geld zurückbekommen, indem wir Ketten für die Admiralität herstellen?«

»Leider nein. Wasborough gehört gar nicht Latimer, sondern seiner Frau. Sein Schwiegervater, ein reicher Käsereibesitzer aus Gloucester, hat die Fabrik als Mitgift für sie gekauft. Ihr oder besser gesagt ihrem Vater gehört auch das Haus in der Dove Street.«

»Dann lass uns nach Hause gehen«, sagte Richard. »Ins Cooper's Arms. Du kannst bestimmt einen Schluck Cave-Rum vertragen, Vetter James.«

Dick empfing sie nicht mit Vorwürfen. Er gab keinerlei Kommentar ab, auch nicht etwas in der Art von »Ich habe dich gewarnt!«. Er ließ nur den Blick von Richards gelassener Miene zu dem völlig zerknirschten Vetter James schweifen und behielt für sich, was er dachte.

»Der Verlust des Geldes schmerzt mich nur aus einem einzigen Grund«, sagte Richard später zu seinem Vater. »Ich habe kein Geld mehr für William Henrys Ausbildung.«

»Bist du nicht wütend?«, fragte Dick mit gerunzelter Stirn.

»Nein, Vater. Wenn der Verlust meines Vermögens mein Anteil an den Sorgen der Welt ist, dann will ich mich glücklich schätzen. Was wäre, wenn ich Peg verloren hätte?« Er hielt den Atem an. »Oder William Henry?«

»Gut, ich verstehe das. Ich verstehe es wirklich.« Dick langte über den Tisch und ergriff den Arm seines Sohnes. »Was William Henrys Ausbildung betrifft, so müssen wir eben beten, dass sich eine Lösung findet. Colstons Knabenschule kann er beenden, dafür habe ich genug auf die Seite gelegt. Also brauchen wir uns erst in drei Jahren Sorgen zu machen.«

»Und ich muss jetzt eine Arbeit finden. Das Cooper's Arms wirft nicht genug ab, um unsere beiden Familien zu ernähren.« Richard nahm Dicks Hand von seinem Arm und hob sie an seine Wange. »Ich danke dir, Vater, ich danke dir so sehr.«

»Ach übrigens«, unterbrach ihn Dick, peinlich berührt von diesen so unmännlich zur Schau gestellten Gefühlen, »mir ist gerade etwas eingefallen! Der alte Tom Cave braucht jemanden in seiner Brennerei. Jemanden, der löten und schweißen kann. Geh hin und sprich mit ihm, Richard. Es ist vielleicht nicht das, wovon du träumst, aber ein Pfund pro Woche bringt es ein, und das reicht, bis sich etwas Besseres findet.«

Nachdenklich verließ Richard Caves Brennerei in der Redcliff Street Nr. 137. Wenn man ihn gefragt hätte, welchem der beiden Männer er nicht traute, Tom Latimer oder Tom Cave, hätte er gesagt, Tom Cave. Inzwischen wusste er, dass sich hinter Latimers ewigem Lächeln sein Hass auf die ganze Welt verbarg und dass seine Referenzen gefälscht waren, aber Tom Cave sah trotzdem aus wie ein Insasse aus dem Gefängnis von Bristol und sein Vorarbeiter William Thorne noch viel mehr. Aber Richards Vater kannte Cave schon seit seiner Jugend, also musste Richard sich irren. Abgesehen davon zahlte Cave doppelt so viel, wie Richard erwartet hatte. Zwei Pfund pro Woche. Das war nicht zu verachten.

Der Besitz einer Rumbrennerei in Bristol kam einer Lizenz zum Gelddrucken gleich. Egal, wie hart die Zeiten waren und wie viele Arbeitslose es gab, Rum blieb eine krisenfeste Ware. Rum war nicht nur das beliebteste Getränk in Bristol, er wurde auch von jedem Schiff geladen, damit die Matrosen nicht meuterten. Solange sie nur ihre Tagesration Rum bekamen, aßen sie verschimmelten Schiffszwieback und Pökelfleisch, das so alt war, dass es beim Kochen zu nichts zusammenschrumpfte.

Mr Caves Anwesen wirkte wie eine Festung. Es nahm den größten Teil einer kurzen Häuserzeile in der Redcliff Street nahe dem Redcliff-Hafenbecken ein. Vom Hafen holte Cave den von den Westindischen Inseln importierten Zucker, und dorthin brachte er den fertigen Rum zur weiteren Verschiffung, sobald der Kunde bezahlt hatte. Die Brennerei verfügte über ausgedehnte, stabil gemauerte Keller. Sie lagen wie die meisten Keller in Bristol unter öffentlichen Straßen. So sehr waren die Straßen von Bristol unterhöhlt, dass auf ihnen keine schweren Fahrzeuge mehr verkehren durften. Alle Waren wurden mit Pferdeschlitten transportiert, deren Kufen das Gewicht gleichmäßiger verteilten als Räder. Droschken und leichte Kutschen waren die einzigen von den Ordnungsbehörden noch zugelassenen Fahrzeuge.

Die Brennerei befand sich in einem gewaltigen, nahezu ungegliederten Raum im Erdgeschoss, der meist nur vom Widerschein der Heizkessel erhellt wurde. Das Ganze sah aus wie ein Wald kupferner, in Schamottesteine gepflanzter Stämme, deren Laub grob gezimmerte Fässer waren, geformt wie Tannenzapfen ohne Spitzen. Es stank nach Rauch, gärender Maische, Melasse und Rum. Richard ekelte sich davor. Der Rumgestank, den er jetzt täglich einatmen musste, brachte ihn jedenfalls nicht in Versuchung, von Bier zu Caves Bestem zu wechseln.

Cave selbst zeigte sich nur selten. An seiner Stelle herrschte der Vorarbeiter William Thorne. So unterwürfig er Cave begegnete, so grausam behandelte er seine Untergebenen. Leute wie Thorne gehörten auf Sklavenschiffe wie die *Alexander*, dachte Richard. Thorne liebte es, die Lehrlinge mit Tauenden zu verprügeln. Es bereitete ihm ein heimtückisches Vergnügen, möglichst vielen Beschäftigten von Mr Cave das Leben so schwer zu machen, wie er nur konnte. Richard allerdings ließ er nach einem kurzen, prüfenden Blick in Ruhe. Er erteilte ihm lediglich eine Reihe barscher Anweisungen.

»Im hinteren Teil des Raumes hast du nichts zu suchen«, sagte er zum Schluss. »Was dort ist, geht dich nichts an, und ich mag keine Schnüffler.«

Also blieb Richard dem hinteren Teil des Raumes fern, allerdings mehr um des Friedens willen und nicht, weil Thorne ihn eingeschüchtert hätte. Die Kolben der Destillierapparate bestanden aus Kupfer, ebenso die zahlreichen ineinander verschlungenen und sich verzweigenden Röhren. Ventile, Hähne und Streben dagegen waren aus Messing. Deshalb brauchte man jemand, der Schwachstellen entdeckte, bevor sie zu Lecks wurden, und der solche Schwachstellen reparieren konnte, während die Destillierapparate weiterliefen. Sie waren paarweise angeordnet, und ein Paar war immer für größere Reparaturen an den Metallteilen stillgelegt. Auch solche Reparaturen gehörten zu Richards Arbeit.

Am ersten Arbeitstag wurde er gleich mit dem schlimmsten Ausdruck in Thornes Wortschatz vertraut gemacht: Branntweinsteuer. Importierte Spirituosen waren von den Behörden Seiner Britannischen Majestät schon immer besteuert worden. Sie brachten Importsteuern in die Staatskasse. Auf Schmuggel, der an den Küsten von Cornwall, Devon und Dorset weit verbreitet war, stand der Tod am Galgen. Dann erkannte man, dass mit Steuern auf in England hergestellte Spirituosen noch mehr Geld zu verdienen war. Also wurden auch sie besteuert. Gin und Rum durften nur in Betrieben mit einer entsprechenden Konzession produziert werden. Diese Betriebe wurden von einem Steuereinnehmer streng kontrolliert, denn für jeden Tropfen, den eine Brennerei aus den Fässern mit gärender Maische herausquetschte, musste Steuer bezahlt werden.

»Und der ganze Aufwand nur deshalb, damit die Matrosen auf den Schiffen nicht meutern und die Menschen an Land ihre Sorgen vergessen«, sagte Richard am Ende der ersten Arbeitswoche. »Was für ein wunderlich Ding ist doch der menschliche Verstand. So viel Verstand wird darauf verwendet, den Verstand zu betäuben.«

»Richard«, sagte Dick ungeduldig, »im Grunde deines Herzens bist du ein Quäker. Immerhin verdienen wir mit dem Zeug unseren Lebensunterhalt!«

»Ich weiß, Vater, aber ich kann doch denken, was ich will, und ich glaube, der Staat will, dass wir uns betrinken, damit er Geld verdienen kann.«

»Wenn dich Jem Thistlethwaite hören könnte!«

»Ich weiß schon.« Richard grinste. »Er würde mein Argument im Handumdrehen auseinander nehmen. Beruhige dich, Vater! Ich meine es nicht ernst.«

»Peg, ruf deinen Mann zur Ordnung!«, sagte Dick.

Peg drehte sich um und lächelte so strahlend, dass Richard der Atem stockte. Es ging ihr so viel besser! Hatte sie nur darauf gewartet, auf das endgültige Ende der Bedrohung, die sie mit einem Umzug nach Clifton verband? Jetzt, da ganz sicher war, dass sie im Cooper's Arms bleiben würden, weil Richard sein Geld verloren hatte, fühlte sie sich vollkommen geborgen.

Sie ließ den leeren Becher fallen, den sie in der Hand hielt, und bückte sich rasch, um ihn aufzuheben. Ein entsetzlicher Schrei gellte durch die Wirtsstube. Allen standen die Haare zu Berge. Peg richtete sich auf, fasste sich mit beiden Händen an den Kopf und brach wie vom Blitz getroffen zusammen. Sofort drängten sich die anwesenden Gäste um sie. Dick musste die meisten von ihnen gewaltsam beiseite schieben, erst dann konnte er neben Richard niederknien, der Pegs Kopf im Schoß hielt. Auf der anderen Seite kniete Mag mit William Henry, der nach der Hand seiner Mutter griff.

»Es hat keinen Sinn, Richard. Sie ist tot.«

»Nein, das ist sie nicht!« Richard nahm Pegs andere Hand und rieb sie heftig. »Peg, Liebes! Wach auf! Peg, wach auf!«

»Mama, wach auf!«, rief auch William Henry. Er war zu erschrocken, um weinen zu können. »Mama, wach auf, und ich küsse und umarme dich! Bitte, bitte, wach doch auf!«

Aber Peg lag völlig bewegungslos da, und nichts konnte sie wieder ins Leben zurückrufen.

»Es war ein Schlaganfall«, sagte der eilig herbeigerufene Vetter James.

»Unmöglich!«, rief Richard. »Sie ist doch noch so jung!«

»Auch junge Leute haben Schlaganfälle, und sie verlaufen immer gleich – ein plötzlicher Schmerzensschrei, dann Bewusstlosigkeit und Tod.«

»Sie kann nicht tot sein«, sagte Richard starrköpfig. Wie konnte Peg tot sein? Sie war ein Teil seiner selbst. »Ausgeschlossen.«

»Glaub mir, Richard, sie ist tot. Ich habe einen Spiegel an ihren Mund gehalten, und er hat sich nicht beschlagen. Ich habe mein Hörrohr auf ihre Brust gesetzt und keinen Herzschlag mehr gehört. Ihre Augen sind erloschen. Füge dich Gottes Willen, Richard. Lasst sie uns nach oben bringen, dort mache ich sie zurecht.«

Und das tat er dann auch mit Mags Hilfe. Die beiden wuschen Peg, kleideten sie in ihr Sonntagsgewand aus rosa Kambrik mit Lochstickerei. Sie schminkten ihr Wangen und Lippen, frisierten ihr die Haare nach der neuesten Mode und zogen ihr Strümpfe an und ihre besten, hochhackigen Sonntagsschuhe. Ihre Hände lagen gefaltet auf ihrer Brust, die Augen hatte sie selbst noch geschlossen. Peg sah aus, als ob sie friedlich schliefe, als sei sie kaum zwanzig Jahre alt.

Richard saß neben ihr, William Henry so an seiner Seite, dass er sein Gesicht nicht sehen konnte. Hätte er es sehen können, er wäre vollends zusammengebrochen, und das hätte niemandem etwas genutzt. Lampen und Kerzen beleuchteten den Raum. Sie würden brennen, bis Peg übermorgen in den Sarg gelegt und mit dem Bestattungswagen zum Trauergottesdienst in die St.-James-Kirche gebracht würde. Die Verwandten kamen, um der Toten die letzte Ehre zu erweisen, den kalten Mund zu küssen und gemeinsam mit dem Witwer zu trauern. Anschließend gingen sie in die Wirtsstube hinunter, um etwas zu trinken. Einen so schaurigen und rückständigen Brauch wie die Totenwache gab es in dieser Stadt nicht mehr. Im protestantischen Bristol ging man mit dem Tod nüchtern und sachlich um.

Richard blieb Tag und Nacht wach, die Familienmitglieder abwechselnd neben sich. Dies eine Mal hörte man kein Schnarchen durch die Trennwand, nur unterdrücktes Schluchzen, Seufzen und leise Worte des Trostes. Niemand schlief, nur William Henry weinte sich in einen ruhelosen Schlaf. Pegs Tod war so plötzlich gekommen, dass Richard ihn noch gar nicht fassen konnte. Aber zu seinem eigenen Entsetzen spürte er unter der Oberfläche von Schmerz und Trauer bitteren Groll aufsteigen: Wenn du schon sterben musstest, Peg, warum bist du dann nicht gestorben, bevor ich mein Geld investiert habe? Dann hätte ich mit William Henry nach Clifton ziehen können und wäre den Gestank des Rums los gewesen. Ich wäre jetzt mein eigener Herr.

In der zweiten Nacht kam William Henry früh am Morgen barfuß und im Nachthemd und setzte sich zu seinem Vater. Sie hielten das Zimmer so kühl, wie es bei den vielen Kerzen und Lampen nur möglich war. Die reglose Gestalt auf dem Bett wirkte immer noch unverändert heiter und schön. Richard stand auf, um eine dicke Decke und zwei Paar Strümpfe zu holen. Er wickelte die Decke um seinen Sohn und zog ihm die Strümpfe an.

»Sie sieht glücklich aus«, sagte William Henry und wischte sich die Tränen ab.

»Sie war sehr glücklich, als sie starb«, sagte Richard leise, seine Tränen zurückhaltend. »Sie lächelte, William Henry.«

»Dann muss ich auch versuchen, glücklich zu sein, ihretwegen, nicht wahr, Papa?«

»Ja, mein Sohn. Ein so glücklicher Tod hat nichts Furchtbares. Mama ist in den Himmel gekommen.«

»Sie fehlt mir, Papa.«

»Mir auch. Das ist ganz normal. Sie ist ja immer bei uns gewesen. Jetzt müssen wir uns daran gewöhnen, ohne sie zu leben, und das wird schwer sein. Aber vergiss nie, wie glücklich sie jetzt aussieht. Als ob ihr nichts Böses widerfahren wäre. Und so ist es auch gewesen, William Henry.«

»Und ich habe immer noch dich, Papa.« Die Gestalt in der Decke drückte sich an ihn und legte den Kopf auf seinen Arm. Das Schluchzen war in einen Schluckauf übergegangen. »Ich habe immer noch dich. Ich bin kein Waise.«

Am Vormittag bestattete Vetter James, der Kirchenmann, Margaret Morgan, die innig geliebte Frau von Richard Morgan und Mutter von William Henry, geboren im Jahr 1750, neben ihrer Tochter Mary. Weil es Ende Januar war, gab es keine Blumen, nur immergrüne Pflanzen. Richard zeigte keine unmännlichen Regungen. Er weinte nicht. Und William Henry schien sich nach den vielen Tränen mit dem Geschehenen abgefunden zu haben. Nur Mag schluchzte, sie trauerte um ihre Nichte ebenso wie um ihre Schwiegertochter. Der Herr gibt und der Herr nimmt. So ist das Leben.

Der Tod der Mutter verband William Henry noch fester mit dem Vater. Richard freilich musste sechs Tage in der Woche von morgens bis abends arbeiten und hatte nur ein paar kurze Minuten vor dem Einschlafen und sonntags für William Henry Zeit. Die Brennerei war nicht die Büchsenmacherwerkstatt und Thomas Cave nicht Tomas Habitas. Nur William Thorne hatte besondere Privilegien. Er verschwand immer wieder für einige Stunden, und wenn er zurückkam, wirkte er sehr zufrieden. Richard fiel auf, dass Thomas Cave jedes Mal zur Stelle war, wenn Thorne ging, und ängstlich, aber keineswegs wütend auf dessen Rückkehr wartete. Cave wirkte eher angespannt und besorgt. Warum? Hätten Richard nicht eigene Sorgen beschäftigt, wäre ihm mit Sicherheit mehr aufgefallen. Doch die Arbeit konnte ihn nur dann trösten, wenn er ganz und gar darin aufging.

Ab und zu erhielt die Brennerei Besuch von einem Steuerinspektor. William Thorne führte ihn stets persönlich durch die Fabrik. Zaungäste duldete er dabei nicht.

Der zweite regelmäßige Besucher schien nur ein Freund Thornes zu sein, was insofern befremdete, als die beiden Männer wenig gemeinsam hatten. Ceely Trevillian war reich, eitel und unglaublich dumm.

Seine Perücken waren schneeweiß gepudert, und er band sie nur mit schwarzem Samt. Sein ausdrucksloses Gesicht war geschminkt und zurechtgemacht. Er trug bestickte Samtmäntel und prächtige Westen. Die Absätze seiner Schuhe waren so hoch, dass er sich auf einen bernsteinfarbenen Stock stützen musste, und sein Parfüm roch so stark, dass es sogar den Gestank des Rums überlagerte.

Natürlich stellte Thorne den Besucher nicht vor, als dieser zum ersten Mal nach Richards Arbeitsantritt bei Cave erschien. Ceely, wie Thorne ihn nannte, blieb selbst vor dem neuen Angestellten stehen und starrte ihn mit unverhohlenem Begehren an. Anscheinend gefallen ihm nackte Unterarme, dachte Richard mürrisch, als Mr Trevillian genug gesehen hatte und in Thornes Gefolge davontrippelte. Richard wusste genau, wer Ceely Trevillian war: der ältere Sohn von Mr und Mrs Maurice Trevillian aus der Park Street, ebenjenem reichen Paar, das vor seinem eigenen Anwesen von Straßenräubern überfallen worden war. Die Trevillians kamen aus Cornwall, hatten bedeutende Geschäftsinteressen in Bristol und waren mit einer uralten Londoner Kaufmannsdynastie namens Ceely verwandt. Dieser Ceely hier war, wie ganz Bristol wusste, ein Junggeselle mit zweifelhaften sexuellen Vorlieben, ein fauler und dummer Taugenichts. Sein jüngerer Bruder stach ihn in allen Belangen des praktischen Lebens aus.

Einige weitere Besuche von Mr Trevillian ließen Richard allerdings am Urteilsvermögen der Bristoler zweifeln: Hinter Mr Trevillians dummem und läppischem Auftreten verbarg sich ein scharfer Verstand. Trevillian verstand eine Menge vom Schnapsbrennen und eine Menge vom Geschäftemachen. Die Tarnung als Idiot war dabei nur nützlich: Wenn er wie ein Einfaltspinsel in der Börse herumstand, bemühten sich seine Nachbarn erst gar nicht, ihre geschäftlichen Pläne vor ihm geheim zu halten, und das ließ sie zuletzt womöglich den Kürzeren ziehen.

Im April schließlich erschien Ceely Trevillian Arm in Arm mit Mr Thomas Cave. Aha!, dachte Richard, Ceely ist an der Brennerei finanziell beteiligt – nur das kann das unterwürfige Benehmen des alten Tom Cave erklären. Allerdings konnte Ceely kein offizieller Partner sein, Dick hätte das schon längst einmal erwähnt. Also war er ein stiller Teilhaber, der im Bedarfsfall Kapital besorgte und auf diese Weise Steuern sparte.

Richard hatte sich in seinen neuen Alltag eingelebt. Traurig war er nur darüber, so wenig Zeit für William Henry zu haben. Die Sonntage waren unendlich wertvoll. Richard führte seinen Sohn immer wieder auf neue Spazierwege, sodass William Henry nach und nach jeden Winkel Bristols kennen lernte. Clifton blieb allerdings ihr Lieblingsziel. Dort stand wie zum Hohn das Haus, das Richard einmal fast gekauft hätte. William Henry war ganz vernarrt in den Ort.

»Mr Parfrey war gestern wieder sehr lustig im Unterricht«, sagte er und hüpfte übermütig neben Richard her.

Richard unterdrückte einen Seufzer und machte sich auf eine neue Lobeshymne auf den vorbildlichen Lehrer gefasst, der es offenbar fertig brachte, ein langweiliges Fach wie Latein unterhaltsam zu unterrichten. William Henry war in Latein sehr viel weiter, als Richard in seinem Alter gewesen war.

»Er bringt uns so oft zum Lachen, dass es dem Schulleiter und Mr Prichard missfällt. Ich glaube, ihnen gefällt auch nicht, dass Mr Parfrey niemals den Rohrstock benutzt.«

»Da wundert mich nur, dass Mr Parfrey immer noch bei Colston arbeitet«, sagte Richard trocken.

»Wir sind alle gut in Latein«, erklärte William Henry. »Das müssen wir auch sein! Sonst bekommt Mr Parfrey Ärger mit dem Schulleiter. Ich mag ihn, Papa. Er ist immer gut gelaunt.«

»Dann hast du mit diesem Lehrer wirklich Glück, William Henry.«

Ende Mai war das Rätsel um Caves Brennerei gelöst: Plötzlich passte alles zusammen.

William Thorne war wieder einmal verschwunden, ebenso die Hilfsarbeiter an den Destillierapparaten, die sich, sobald der Vorarbeiter weg war, über den Rum hermachten. Nicht den guten Rum, der direkt in Fässer wanderte und von Mr Cave persönlich verschnitten wurde, sondern das unreine zweite Destillat aus dem zweiten Auffangbehälter. Niemand bemerkte es, wenn ein bisschen davon abgezweigt wurde.

Richard brauchte weder Rum noch Gesellschaft, deshalb arbeitete er weiter. Der riesige Raum hatte so viele Winkel und Ecken, dass es schwierig war, eine Vorstellung des Ganzen zu entwickeln. Das galt besonders für den hinteren Teil, der Richard ausdrücklich verboten war. Er hätte ihn auch nicht betreten, hätte er nicht deutlich das Zischen einer unter Druck entweichenden Flüssigkeit gehört. Trotz einer sorgfältigen Prüfung der Apparate und des verwirrenden Röhrensystems fand er nichts. Als er sich freilich dem letzten Paar näherte, bemerkte er, dass das Geräusch von weiter hinten kam. Er stieg also auf die unangenehm heißen Schamottesteine und quetschte sich zwischen den beiden Kolben durch. Er bückte sich, um nicht gegen die Auffangwannen zu stoßen.

Erst jetzt bemerkte er einige Röhren, die hier gar nichts zu suchen hatten. Er erstarrte. Eine ganze Minute lang stand er reglos da, bis seine Augen sich an das Dämmerlicht gewöhnt hatten. Dann sah er nach oben und entdeckte einige hinter dichten Spinnweben verborgene Röhren. Jede dieser illegalen Röhren kam aus einem Auffangbehälter mit dem fertigen Destillat. Die Röhren zweigten nicht vom Boden ab, sondern von weiter oben – von einer Stelle, die einen Überlauf nur ermöglichte, wenn der Behälter nahezu voll war. Keine der Röhren hatte ein Ventil. Stieg der Flüssigkeitsspiegel bis zur Abzweigung, lief der Rum automatisch ab.

Die Röhren verschwanden in einer wandähnlichen Abtrennung, hinter der zwei Reihen mit 240-Liter-Fässern versteckt waren. Richard pfiff leise durch die Zähne und überschlug in Gedanken, wie viel steuerfreier Rum Tag für Tag auf diese Weise abfloss. Wie klug, dass William Thorne das fertige Destillat aus dem Auffangbehälter abzapfte! Nur ein erfahrener Brenner hätte sich über die Langsamkeit von Mr Caves Anlage gewundert, und solche Männer gab es in der Redcliff Street nicht. Mit Ausnahme von William Thorne. Und Thomas Cave. Steckte der auch mit drin?

Richard fand die Ursache des Zischens, als er wieder auf das Dach des Ofens stieg: Aus einem kleinen Loch in der abgenutzten Kupferhülle des rechten Destillierkolbens schoss ein feiner Strahl. Er hockte sich hin, um das Loch zu flicken. In diesem Augenblick kam Thorne herein.

»He du! Was machst du da oben?«, wollte er wütend wissen.

»Ich mache meine Arbeit«, erwiderte Richard ruhig. »Aber das hier wird nicht lange halten. Ich glaube, Sie müssen schon bald beide Apparate stilllegen.«

»Verdammte Scheiße! Ich sage dem alten Tom schon lange, er soll einen Teil des Gewinns in neue Apparate stecken, aber er findet immer eine Ausrede.« Thorne drehte sich um und brüllte nach seinen Gehilfen, die eilends an ihre Plätze huschten. Der Vorarbeiter war früher zurückgekehrt als erwartet.

Richard sagte Dick nichts von seiner Entdeckung, als er am Abend ins Cooper's Arms zurückkehrte. Dazu war noch Zeit, wenn er mehr wusste. Zum Beispiel, wer hinter dem Steuerbetrug steckte. Thorne natürlich. Vielleicht auch Cave. Und Ceely Trevillian? Aber warum sollte ein Müßiggänger aus gutem Hause sich in Gefilden tummeln, in denen ein so feiner Herr wirklich nichts zu suchen hatte? Ceelys Revier war das White Ladys, der White Lion, das Bush und die Park Street. Nicht Caves Brennerei.

Wann wurde der illegale Rum aus dem Haus geschafft? Bestimmt nachts, vielleicht Sonntagnacht. Dann waren die Straßen menschenleer. Nicht einmal Matrosen und Presspatrouillen waren um diese Zeit unterwegs.

Richard hatte keine Mühe, sich am nächsten Sonntag nachts aus dem Cooper's Arms zu schleichen. Er schlief allein, Dick und Mag schnarchten laut, und William Henry wachte nie auf, nicht einmal bei Gewitter. Es war Vollmond, der Himmel wolkenlos – was für ein Glück! Eine einsame Glocke schlug Mitternacht, als Richard in der Redcliff Street ankam. Er duckte sich in den Schatten eines Kranes, der zum Betrieb des benachbarten Röhrenherstellers gehörte, und stellte sich auf eine lange Wartezeit ein.

Zwei Uhr nachts. Viel Zeit haben sie nicht mehr, dachte er, in zwei Stunden beginnt die Dämmerung. Dann kamen sie. Sie waren zu dritt: Thorne, Cave und Ceely Trevillian, der sich freilich völlig verwandelt hatte. Aus dem affektierten Stutzer war ein schlanker, schwarz gekleideter, tatkräftiger Mann mit kurzen Haaren geworden.

Cave kam auf seinem alten Wallach, Thorne und Ceely fuhren mit einem von zwei kräftigen Pferden gezogenen Schlitten vor. Zu dritt machten sie sich daran, vier Dutzend offenbar leere 240-Liter-Fässer vom Schlitten abzuladen. Cave schloss eine nicht mehr benutzte Tür zum hinteren Teil des Destillierraumes auf, und die Fässer verschwanden dort. Als Thorne wieder auftauchte, rollte er ein volles Fass vor sich her. Cave eilte zum Schlitten und ließ an dessen hinterem Ende eine Laderampe herab. Mit vereinten Kräften rollten Thorne und Trevillian die schweren Fässer auf den Schlitten. Droben richteten sie sie mit einer Geschicklichkeit auf, die lange Übung verriet.

Innerhalb einer Stunde war die ganze Arbeit erledigt. Drinnen in der Brennerei standen jetzt wieder leere Fässer an den illegalen Ablaufröhren. Wie oft taten sie das? Nicht jeden Sonntag, sonst wären sie schon längst aufgefallen. Aber wenn Richards Schätzung stimmte, wiederholte sich dieser Vorgang zumindest alle drei Wochen.

Thomas Cave bestieg sein Pferd und entfernte sich über die Redcliff Street, die beiden anderen setzten sich auf den Schlitten und fuhren geräuschlos nach Osten zum Temple-Hafenbecken. Richard folgte dem Schlitten. Am Fluss wurden die Fässer auf einen flachen Lastkahn geschafft, dessen Kapitän Richard nicht kannte. Als die Männer fertig waren, spannten sie eines der Pferde aus und banden es mit einem Zugseil an den Kahn. Der Fremde kletterte auf den breiten Rücken des Pferdes und trat es hart in die Flanken. Das Pferd trottete den holprigen Treidelpfad in Richtung Bath entlang. Die schwimmende Fracht samt Ceely, der an Bord gegangen war, zog es hinter sich her. Sobald William Thorne sah, dass alles nach Plan verlief, fuhr er mit dem Schlitten davon.

Jetzt weiß ich alles, dachte Richard. Der Rum wird an einen Ort in der Nähe von Bath gebracht, wo ihn Ceely und der Fremde entweder verkaufen oder nach Salisbury oder Exeter weiterbefördern. Und dann wird ein dicker steuerfreier Gewinn durch vier geteilt. Aber ich wette darauf, dass Ceely Trevillian am meisten kassiert.

Was sollte er tun? Richard dachte auf dem Heimweg lange nach, dann beschloss er, seinem Vater alles zu erzählen.

Dick und Mag waren schon auf den Beinen, als Richard ins Cooper's Arms zurückkehrte, William Henry schlief noch. Richards Eltern tauschten verstohlene Blicke. Sie hatten beim Aufstehen gesehen, dass Richards Bett leer war. Wie gab man einem frisch Verwitweten zu verstehen, dass man für einen gelegentlichen nächtlichen Ausflug Verständnis hatte?

»Lass uns allein, Mutter«, sagte Richard ohne Einleitung. »Ich muss mit Vater unter vier Augen sprechen.«

Dick machte sich auf die Geschichte eines hübschen Mädchens gefasst, das Richard am Sonntagmorgen in der St.-James-Kirche gesehen hatte. Stattdessen hörte er von einer dreisten Schurkerei.

»Was soll ich tun, Vater?«

Ein Schulterzucken, eine gequälte Miene. »Ein ehrlicher Mann hat nur eine Wahl. Geh sofort, aber ohne dass jemand es bemerkt, zum Leiter der Steuerbehörde. Er heißt Benjamin Fisher.«

»Aber dein Geschäft, Vater, deine Freundschaft mit Thomas Cave – alles wäre ruiniert!«

»Unsinn«, sagte Dick entschieden. »Es gibt auch noch andere Rumbrenner in Bristol, die guten Rum machen. Ich kenne sie und stehe mit ihnen auf gutem Fuß. Tom Cave ist mehr ein alter Bekannter als ein Freund, Richard. Du hast ihn noch nie bei mir essen sehen, und ich habe ihn noch nie besucht. Außerdem«, Dick grinste, »wusste ich schon immer, dass er ein durchtriebener Bursche ist. Man sieht es an seinen Augen. Sie weichen einem immer aus.«

»Stimmt«, sagte Richard, »das habe ich bemerkt. Aber Cave tut mir immer noch mehr Leid als Thorne. Was Ceely betrifft« – er machte eine Handbewegung, als wollte er etwas Unangenehmes von sich wegschieben –, »der Mann ist ein Teufel. Was für ein Schauspieler! Der vermeintliche Trottel ist ein gerissener Hund.«

»Du arbeitest heute nicht«, sagte Dick und schob Richard in Richtung Treppe. »Zieh deine Sonntagskleider an, nimm meinen neuen Hut, und ab zum Steueramt. Und kein Wort zu irgendjemand, hörst du? Mach nicht so ein verdrießliches Gesicht. Wenn diese Kerle nur halb so viel Rum abgezweigt haben, wie du vermutest, wirst du für deine Mühe reichlich belohnt werden. So reichlich, dass William Henrys Ausbildung gesichert ist.«

Der Gedanke daran veranlasste Richard schließlich, zum Queen Square aufzubrechen. Er trug seine dunklen Sonntagskleider und hatte Dicks besten Hut aufgesetzt. Das Steueramt war am Ende eines Häuserblocks zwischen dem Queen Square und der Princes Street untergebracht, einer vornehmen Straße, in der auch das Haus von Mr Thomas Cave stand. Richard bemerkte schnell, dass es einen großen Unterschied zwischen den Beamten der Behörde und den Steuerinspektoren vor Ort gab. Die Beamten schliefen – besonders an Montagen – auf ihren Schreibtischen den Rausch des Vortags aus. Sie waren schlecht organisiert, gleichgültig und faul. Richard brauchte einige Stunden, um sich in der Behördenhierarchie nach oben durchzuarbeiten. Jedes Mal, wenn er in eines der gelangweilten Gesichter sah, musste er sich beherrschen, damit er nicht ausfällig wurde.

Um drei Uhr nachmittags war er endlich am Ziel. Er hatte nicht zu Mittag gegessen und war mit seiner sprichwörtlichen Geduld am Ende.

»Sie haben fünf Minuten Zeit, Mr Morgan«, sagte Mr Fisher, der hinter seinem Schreibtisch sitzen blieb.

Mr Fisher musterte Richard durch seine kleinen runden Brillengläser. Für das Studium der ordentlich auf seinem Schreibtisch aufgestapelten Akten brauchte er die Brille nicht. Er war kurzsichtig. Sein Platz war immer am Schreibtisch gewesen. Das hatte zur Folge, dass sein Sachverstand sich grundlegend von dem seiner Mitarbeiter im Außendienst unterschied. Es kann allerdings auch bedeuten, dass er keine Bestechungsgelder annimmt, dachte Richard. Denn die Steuereintreiber draußen tun das mit Sicherheit. Deshalb bin ich ja hier.

Richard erzählte seine Geschichte in wenigen Worten.

»Wie viel Rum bringen diese Leute Ihrer Schätzung nach wöchentlich auf die Seite?«, fragte Mr Fisher, als Richard fertig war.

»Wenn sie alle drei Wochen tätig werden, Sir, über 3600 Liter pro Woche.«

Das gab der Sache ein anderes Gewicht! Mr Fisher richtete sich auf, legte seine Schreibfeder nieder und schob das Blatt Papier, auf dem er sich Notizen gemacht hatte, zur Seite. Die Brille saß wieder auf seiner Nase. Seine Augen, zwei blasse Murmeln, die hinter dem dicken Glas verschwammen, starrten Richard an.

»Mr Morgan, das wäre ein gewaltiger Betrug! Könnten Sie sich bei Ihren Schätzungen getäuscht haben?«

»Ja, Sir, das wäre natürlich möglich. Aber wenn die Männer wirklich alle drei Wochen eine Ladung Fässer verschieben, dann sind es 3600 Liter pro Woche. Gestern war der 1. Juni, und ich kann bezeugen, dass die Fässer, die die drei Männer in die Brennerei gebracht haben, ganz leer waren. Sie konnten die Fässer wie Bälle durch die Gegend treten. Die Fässer, die sie holten, waren dagegen so voll, dass sie sie nur zu zweit eine flache Laderampe hinaufrollen konnten. Ich vermute, dass sie am Sonntag in drei Wochen wiederkommen, am 22. Juni. Wenn Ihre Männer sich ab Mitternacht in der Nähe bereithalten, erwischen sie alle drei auf frischer Tat.«

»Danke, Mr Morgan. Ich schlage vor, Sie kehren an Ihren Arbeitsplatz zurück. Benehmen Sie sich unauffällig, bis wir Sie benachrichtigen. Ich spreche Ihnen im Namen Seiner Majestät den verbindlichen Dank der Steuerbehörde für Ihre Aufmerksamkeit aus.«

Richard war schon auf dem Weg zur Tür, als der oberste Steuerbeamte noch etwas hinzufügte. »Wenn der Betrug tatsächlich das von Ihnen geschätzte Ausmaß hat, wird es eine Belohnung von 800 Pfund geben. 500 Pfund davon gehören Ihnen, natürlich erst nach Ihrer Aussage vor Gericht.«

»Wer bekommt die restlichen 300?«, entfuhr es Richard.

»Die Männer, die die Täter verhaften, Mr Morgan.«

Damit war Richard entlassen. Er kehrte nach Hause zurück.

»Du hattest Recht, Vater«, sagte er zu Dick. »Wenn alles eintritt, wie ich es erwarte, dann bekomme ich 500 Pfund von einer Belohnung in Höhe von 800 Pfund.«

Dick sah ihn an. »Sind 300 Pfund nicht etwas übertrieben für ein Dutzend Steuereintreiber, die drei Leute verhaften?«

Richard musste lachen. »Vater, ich hätte dich nicht für so naiv gehalten! Die Steuerbeamten, die die Verhaftung vornehmen, bekommen zusammen wahrscheinlich 50 Pfund. Die restlichen 250 wandern ohne jeden Zweifel in Mr Benjamin Fishers Tasche.«

Am Sonntag, dem 22. Juni, brachen zwölf Steuerbeamte die Hintertür der Cave-Brennerei auf. Mit Knüppeln in der Hand drangen sie in das leere Gebäude ein. Dort fanden sie vier Dutzend 240-Liter-Fässer mit illegalem Rum vor. Die Fässer waren durch nachträglich und illegal eingebaute Röhren mit den Destillierapparaten verbunden.

Als Mr Thomas Cave um zwei in der Nacht zum Montag eintraf, und kurz darauf Mr William Thorne und Mr Ceely Trevillian mit ihrem Lastschlitten vorfuhren, begriffen sie sofort, was vorgefallen war. Die Überreste der Tür und das Siegel der Steuerbehörde auf dem gesamten Inventar ließen keine Zweifel zu.

»Jemand hat uns verraten«, sagte Mr Thorne und bleckte die Zähne.

Cave fröstelte vor Entsetzen. »Was tun wir jetzt, Ceely?«

»Der Rum ist weg, also schlage ich vor, wir gehen nach Hause«, sagte Ceely gelassen.

»Warum ist niemand hier, um uns festzunehmen?«, fragte Cave.

»Weil die Behörde keinen Ärger will, Tom. Die Menge illegalen Rums hat ihnen klargemacht, dass hier skrupellose Leute am Werk sind – für ein solches Verbrechen wird man gehängt. Ein Steuereintreiber verdient nicht genug, um eine Kugel zu riskieren.«

»Unsere Informanten hätten uns warnen müssen!«

»Stimmt«, sagte Ceely grimmig. »Ich vermute deshalb, dass die Durchsuchung von ganz oben angeordnet wurde und dass man Leute von außerhalb eingesetzt hat.«

»Richard Morgan!«, knurrte Thorne und schlug sich mit der geballten Faust in die Hand. »Der Mistkerl hat uns verpfiffen!«

»Richard Morgan?« Trevillian runzelte die Stirn. »Meinst du diesen attraktiven Kerl, der die Lecks flickt?«

Thorne hob seine Laterne an Ceelys Gesicht und musterte ihn erstaunt. »Du bist mir ein Rätsel, Ceely«, sagte er gedehnt. »Wen bevorzugst du, Frauen oder Männer?«

»Das ist doch unwichtig, Bill. Überleg dir lieber, was du dem Leiter der Steuerbehörde erzählen willst. Denn dich wird man fragen.«

»Was heißt mich? Wir sind alle dran.«

»Das glaube ich nicht.« Ceely Trevillian sprang auf den Kutschbock. »Hast du es ihm nicht gesagt, Tom?«

Mr Cave war wie gelähmt. Er konnte nur zittern und den Kopf schütteln.

»Tom hat die Konzession auf dich überschrieben«, sagte Ceely. »Übrigens schon vor einiger Zeit. Ich hielt das für eine gute Idee, und er begriff sofort, warum. Was mich betrifft: Ich habe keinerlei Verbindung zu Caves Brennerei.« Er nahm die Zügel auf.

William Thorne stand da, unfähig, sich zu rühren. »Wohin fährst du?«, fragte er tonlos.

Ceely lachte und zeigte dabei seine blendend weißen Zähne. »Zum Temple-Hafenbecken natürlich, um unseren Verbündeten zu alarmieren.«

»Warte auf mich!«

»Du kannst zu Fuß gehen, Bill.«

Der Schlitten glitt davon. Thorne wandte sich Cave zu.

»Wie konntest du mir das antun, Tom?«

Cave befeuchtete seine Lippen. »Ceely bestand darauf«, sagte er weinerlich. »Gegen ihn komme ich nicht an, Bill!«

»Aber du hast sofort begriffen, warum er es tat, du Memme!«, sagte Thorne verbittert.

»Ceely ist schuld«, beharrte Thomas Cave. »Ich lasse dich nicht im Stich, das verspreche ich dir. Ich helfe dir, wo ich kann.« Keuchend vor Anstrengung hievte er sich in den Sattel. Thorne machte keine Anstalten, ihm zu helfen.

»Ich nehme dich beim Wort, Tom. Aber noch viel wichtiger ist, dass wir Richard Morgan umlegen.«

»Nein!«, schrie Cave. »Was immer du tust, das nicht! Die Steuerbehörde weiß Bescheid, du Narr! Bring ihren Informanten um, und wir hängen alle!«

»Damit kannst du mich nicht schrecken. Wenn es zum Prozess kommt, hänge ich sowieso.« Thorne schrie jetzt auch. »Dann sorge eben dafür, dass es gar nicht zum Prozess kommt, Tom! Wenn ich hängen muss, dann nehme ich dich und Ceely mit. Dann sind wir alle drei dran! Hörst du mich? Alle drei!«

Mr Benjamin Fisher bestellte Richard am frühen Morgen des folgenden Tages, dem 23. Juni, in das Steueramt.

»Ich rate Ihnen, nicht an Ihren Arbeitsplatz zurückzukehren, Mr Morgan«, sagte er. Auf seinen Wangen brannten zwei rote Flecken. »Die Dummköpfe, die ich losgeschickt habe, haben die Razzia in Caves Brennerei am helllichten Tag veranstaltet. Niemand wurde verhaftet, nur der Schnaps wurde beschlagnahmt.«

Richard starrte ihn mit offenem Mund an. »Um Gottes willen!«

»Ganz meine Meinung, Sir. Ich teile Ihre Gefühle, aber es ist nichts mehr zu ändern. Die Steuerbehörde kann nur den Konzessionsinhaber belangen, weil in seinen Räumen illegaler Rum gefunden wurde.«

»Den alten Tom Cave? Aber er ist gar nicht der Hauptschuldige!«

»Thomas Cave ist nicht Inhaber der Konzession. Das ist William Thorne.«

Wieder starrte Richard ihn an. »Und Ceely Trevillian?«

Mr Fisher drückte mit einem Ausdruck größten Bedauerns die Hände aneinander und beugte sich vor. »Wir können nur gegen William Thorne vorgehen, Mr Morgan, ansonsten sind uns die Hände gebunden.« Er setzte seine Brille auf und schnitt eine Grimasse. »Mr Trevillian verfügt über hervorragende Beziehungen und gilt hier in der Stadt als liebenswürdiger und harmloser Einfaltspinsel. Ich werde ihn verhören, aber ich muss Sie warnen: Käme der Fall vor Gericht, stünde Ihre Aussage gegen seine. Es tut mir sehr Leid, aber wenn keine weiteren Beweise auftauchen, kann Mr Trevillian nicht angeklagt werden.« Er seufzte tief. »Ich bin mir nicht einmal sicher, ob wir genug in der Hand haben, um William Thorne zu hängen. Für sieben Jahre Deportation dürfte es dagegen auf jeden Fall reichen.«

»Warum haben Ihre Leute nicht gewartet, bis sie die drei auf frischer Tat ertappen konnten?«

»Aus Feigheit, Sir. Es ist immer dasselbe.« Mr Fisher nahm die Brille ab und putzte sie heftig. »Drunten wartet schon Mr Cave, obwohl es noch früh am Morgen ist. Ich nehme an, wir werden uns mit ihm auf die Zahlung einer saftigen Strafe einigen. Dann haben wir wenigstens Geld. Ich bin nicht blind und weiß ganz genau, dass William Thorne ein Strohmann ist. Von ihm wird die Steuerbehörde nichts bekommen, vielleicht aber vom Eigentümer. Das betrifft auch Sie, ich meine Ihre Belohnung.«

Richard ging. In der Eingangshalle begegnete er Thomas Cave, er war aber klug genug zu schweigen. Zur Brennerei zu gehen war sinnlos, also kehrte er in das Cooper's Arms zurück.

»Jetzt bin ich arbeitslos, und mindestens zwei der drei Täter werden ihrer gerechten Strafe entgehen«, sagte er zu Dick. »Wenn ich das nur vorher gewusst hätte.«

»Ich habe den Eindruck, Tom Cave will Thorne freikaufen«, sagte Dick. Seine Miene hellte sich auf. »Dann sind dir wenigstens die 500 Pfund sicher, Richard.«

Das stimmte zwar, aber für Richard war es nur ein geringer Trost. Er wollte Ceely Trevillian auf der Anklagebank sehen, er wusste selbst nicht genau, warum. Vielleicht weil Ceely ihn bei ihrer ersten Begegnung mit solcher Gier angestarrt hatte. Für diesen Fatzke bin ich weniger wert als der Dreck auf der Straße, dachte Richard. Ich hasse ihn. Ja, ich hasse ihn. Zum ersten Mal in meinem Leben verspüre ich Hass. Was bisher nur ein Wort war, ist jetzt Wirklichkeit geworden.

Peg fehlte ihm in dieser schweren Zeit. Ihr Tod hatte ihn schwer getroffen, doch machten die Entfremdung der letzten Jahre, Pegs ständige Vorhaltungen, das Trinken und ihre Perioden geistiger Abwesenheit die Trauer erträglich. Im Lauf der Zeit freilich, während er in Bristol eine neue Arbeit suchte, verblasste dieses Bild und an seine Stelle trat die Peg, die er vor siebzehn Jahren geheiratet hatte. Er sehnte sich nach ihrer Wärme, nach den im Flüsterton geführten abendlichen Unterhaltungen, nach einer geschlechtlichen Beziehung, in der Liebe und Freundschaft mit Leidenschaft verschmolzen waren. Richard hatte niemand mehr, mit dem er reden konnte. Sein Vater hielt zwar fest zu ihm, hielt ihn aber immer noch für zu weich und zu nachgiebig. Und seine Mutter war seine Mutter – Köchin und Küchenmädchen in einem. In wenigen Jahren würde ihm William Henry ein gleichwertiger Partner sein. Dann fehlte ihm selbst nur noch die geschlechtliche Befriedigung, aber sie, hatte Richard beschlossen, musste warten, bis William Henry erwachsen war. Er wollte seinem geliebten Sohn keine Stiefmutter vorsetzen.

Im Morgengrauen des 30. Juni brach Richard auf, um durch hügeliges Land zum acht Meilen entfernten Keynsham zu marschieren, einem Weiler am Avon, der durch Unternehmer wie den Messingfabrikanten William Champion sehr viel größer und schmutziger geworden war. Champion besaß ein Patent auf ein geheimes Herstellungsverfahren, durch das aus Zinkspat und Erzabfällen Zink gewonnen werden konnte. Richard hatte gehört, dass Champion einen tüchtigen Mitarbeiter suchte, der etwas von Zink verstand. Warum sollte er nicht dort vorsprechen? Das Schlimmste, was ihm passieren konnte, war eine Ablehnung.

William Henry ging wie gewohnt um Viertel vor sieben zur Schule. Er murrte zwar, weil er zur Schule musste, obwohl der 30. Juni, der letzte Tag vor den Ferien, auf einen Montag fiel, doch auf einen aufmunternden Klaps Mags hin machte er sich doch auf den Weg. Am nächsten Tag würden für alle Schüler die zweimonatigen Sommerferien beginnen. Wer Eltern hatte, zog den blauen Mantel aus und verließ die Schule bis zum Schulbeginn Anfang September. Wer dagegen wie Johnny Monkton weder Eltern noch Zuhause hatte, blieb in Colston, allerdings unter einem gelockerten Regiment.

Sein Vater hatte ihm erklärt, warum er ihm in den Ferien keine Gesellschaft leisten konnte, und William Henry hatte ihn verstanden. Er wusste, dass sein Vater nur für ihn arbeitete, und dieses Wissen ruhte schwer auf seinen jungen Schultern, auch wenn er es gar nicht merkte. Wenn er besonders eifrig lernte – und das tat er –, dann seinem Vater zuliebe. Richard legte mehr Wert auf eine gute Ausbildung, als einem Neunjährigen zu vermitteln war.

Am Eingangstor von Colston blieb William Henry verwundert stehen. Es war mit Trauerflor geschmückt! Gleich dahinter stand Mr Hobson, ein junger Lehrer. Er legte eine Hand auf William Henrys Arm.

»Geh wieder nach Hause, Junge«, sagte er und drehte William Henry um.

»Nach Hause, Mr Hobson?«

»Ja. Der Schulleiter ist gestern Nacht gestorben, deshalb fällt die Schule heute aus. Deine Eltern werden wegen der Beerdigung benachrichtigt. Jetzt geh.«

»Kann ich Monkton den Jüngeren sprechen, Sir?«

»Heute nicht. Auf Wiedersehen.« Mr Hobson schob William Henry weg.

Bei der steinernen Brücke blieb der Junge unglücklich stehen. Zu dumm! Der Vater war in Keynsham, die Großeltern hatten im Cooper's Arms zu tun. Was sollte er ohne Johnny den ganzen Tag lang anfangen?

Zum ersten Mal in seinem Leben konnte William Henry tun, was er wollte, ohne dass jemand wusste, wo er war. Im Cooper's Arms glaubte man, er sei in der Schule, doch dort hatte man ihn nach Hause geschickt. Sich hier die Beine in den Bauch zu stehen machte allerdings keinen Spaß. William Henry rannte über die Brücke, aber nicht nach Hause, sondern in Richtung Clifton.

Der steile Kegel des Brandon Hill war sein erstes Ziel. Er kletterte bis zum höchsten Punkt und ließ den Blick über die Schornsteine der Kalkbrennöfen und das Marschland bis hinüber zu den Ruinen des Royalistenforts auf St. Michael's Hill schweifen. Danach sprang er von Fels zu Fels bergab, bis er den Fußweg erreichte. Von dort rannte und hüpfte er weiter bis zum Jakobsbrunnen, der früher einmal die einzige Wasserversorgung Cliftons gewesen war. Um den Brunnen standen jetzt Häuser, aber keines davon interessierte den Jungen, also hüpfte er weiter, vorbei an der St.-Andrews-Kirche und dann in Purzelbäumen über den weichen Rasen des kleinen Parks. Dort beschloss er, zum Manilla-Haus zu gehen, dem letzten in einer Reihe von Herrenhäusern oben auf dem Berg.

»Hallo, du junger Spund!«, sagte eine freundliche Stimme. Ein Mann stand vor dem Stall eines größeren Anwesens.

»Hallo, Sir.«

»Keine Schule heute?«

»Der Schulleiter ist gestorben.« William Henry setzte sich auf den Torpfosten. »Wer sind Sie?«

»Richard, der Stallbursche.«

»Mein Papa heißt auch Richard. Ich bin William Henry.«

Der Mann streckte ihm eine schwielige Hand entgegen. »Schön, dich kennen zu lernen.«

Zwei Stunden lang folgte William Henry dem Stallburschen durch das Anwesen. Er tätschelte einige Pferde, schaute in zumeist leere Boxen, holte Wasser aus dem Brunnen, brachte den Tieren ihr Heu und plauderte die ganze Zeit munter mit dem Stallburschen. Zum Schluss versorgte ihn Richard noch mit einem Humpen Dünnbier, einem Kanten Brot und etwas Käse. Solchermaßen gestärkt winkte William Henry ihm noch einmal fröhlich zu, dann stieg er weiter hangaufwärts.

Das Manilla-Haus lag so verlassen da wie das Freemantle-, das Duncan- und das Mortimer-Haus. Wohin jetzt?

William Henry überlegte noch, was er als Nächstes tun sollte, als er hinter sich Hufgetrappel hörte. Er drehte sich um und stellte fest, dass er den Reiter kannte. »Mr Parfrey!«, rief er begeistert.

»Du lieber Gott!«, sagte George Parfrey. »Was machst du denn hier, Morgan der Dritte?«

William Henry errötete. »Ich gehe spazieren, Sir«, sagte er verlegen. »Heute ist schulfrei, und mein Papa ist nach Keynsham gegangen.«

»Darfst du überhaupt hier sein, Morgan der Dritte?«

»Bitte, Sir, ich heiße William Henry.«

Mr Parfrey runzelte die Stirn, dann zuckte er die Achseln und streckte die Hand aus. »Ich sehe mehr, als du glaubst, William Henry. So sei es denn. Steig auf und reite ein Stück mit, und dann bringe ich dich nach Hause.«

Es war wie ein Rausch! Nie zuvor hatte Henry William auf einem Pferd gesessen! Jetzt saß er vor Mr Parfrey im Sattel, so hoch über dem Boden, dass ihm ganz schwindlig wurde, wenn er hinuntersah. Ihm war, als säße er in der Krone eines laufenden Baumes! Sanft und gleichmäßig bewegten sich die Muskeln des Pferdes unter ihm. Und er durfte das alles mit einem Freund erleben, der ihm fast so nahe stand wie sein Vater. William Henry schwebte im siebten Himmel.

Sie galoppierten nach Durdham Down. Unterwegs scheuchten sie einige Schafherden auf, und sie lachten über alles, was ihnen begegnete. Mr Parfrey zeigte, wenn William Henry ihn zu Wort kommen ließ, dass er über viele Dinge Bescheid wusste, nicht nur über Latein. Am Rand der Avon-Schlucht zeigte Mr Parfrey auf das verschiedenfarbige Gestein und erklärte dem wissbegierigen Jungen, wie Eisen dem ansonsten grauen und weißen Kalkstein die kräftige rosafarbene und pflaumenblaue Tönung verlieh. Dann wies er mit der Reitpeitsche auf blühende Pflanzen und nannte ihre Namen. Wenig später fragte er William Henry dann im Scherz, wie die Pflanzen hießen.

Der Saumpfad, der oben an der Schlucht verlief, senkte sich zum Kurhaus hinunter, das auf einem Felsvorsprung direkt am Avon stand.

»Vielleicht bekommen wir hier ein Mittagessen«, sagte Mr Parfrey. Er half dem Jungen aus dem Sattel, dann stieg er selbst ab. »Hungrig?«

»Ja, Sir!«

»Wenn ich dich außerhalb der Schule William Henry nennen soll, dann musst du Onkel George zu mir sagen.«

In der Brunnenstube saßen nur einige wenige Leute, die hier eine Trinkkur machten – ein paar schwindsüchtige, zuckerkranke oder gichtige Männer, eine sehr alte Dame und zwei verkrüppelte jüngere Frauen. Das Haus hatte bessere Tage gesehen. Die Goldfarbe war verblasst, die Tapeten fielen von den Wänden, die Vorhänge waren ausgefranst und verstaubt, die Stühle mussten dringend neu gepolstert werden. Immerhin brachte der mürrische Pächter – er stritt immer noch wegen des Preises für das Heilwasser mit der Stadt – ein einigermaßen anständiges Mittagessen auf den Tisch. William Henry schmeckte es wie Nektar und Ambrosia, obwohl er vom Cooper's Arms viel besseres Essen gewohnt war. Das Essen hier schmeckte einfach anders, und er teilte es mit einem faszinierenden Gefährten. Der schlug nach dem Essen einen Spaziergang vor, bevor sie in die Stadt zurückritten. Als sie aufbrachen, umgurrten die alte Dame und die beiden verkrüppelten Frauen William Henry. Er ertrug ihr Geschwätz und Tätscheln mit derselben Geduld, die er seiner verstorbenen Mutter entgegengebracht hatte. George Parfrey war fasziniert.

Auch er fühlte sich in Gesellschaft des Jungen außerordentlich wohl. Es war überhaupt ein wunderbarer Tag gewesen, trotz der morgendlichen Nachricht vom Tod des Schulleiters. Reverend Prichard hatte wie immer ernst dreingeblickt und durch nichts verraten, dass er sich Hoffnung machte, der neue Schulleiter zu werden. Er war an diesem Morgen zu beschäftigt, um von den Lehrern weiter Notiz zu nehmen, und so hatte er ihnen lediglich mitgeteilt, was geschehen war. Harry Hobson erhielt die Aufgabe, die Schüler wieder nach Hause zu schicken, die anderen konnten tun und lassen, was sie wollten.

Mr Parfrey hatte den Tag kurzerhand zum Urlaubstag erklärt. Wenn er blieb, bekam er vielleicht doch noch eine Aufgabe zugeteilt, wenn er dagegen verschwand, war er damit zugleich aus Reverend Prichards Gedächtnis gelöscht.

Mr Parfreys einziger Luxus war ein Pferd. Kein eigenes Pferd natürlich, was jenseits seiner bescheidenen finanziellen Möglichkeiten gelegen hätte. Nein, er mietete sich sonntags manchmal eines in einem Reitstall in der Nähe des Galgens auf St. Michael's Hill. Montags war die Auswahl viel größer, bemerkte er sofort, als er mit Aquarellfarben und Skizzenblock am Reitstall ankam. Der schöne schwarze Wallach, den er sich schon immer gewünscht hatte, fraß gemächlich sein Heu. Zweifellos rechnete er nach den anstrengenden Sonntagsausflügen heute mit einem Ruhetag. Doch daraus wurde nichts. Zehn Minuten später saß Mr Parfrey im Sattel und lenkte das Pferd über Kingsdown in Richtung Aust Road. Er war ein ausgezeichneter Reiter und brachte das anfangs unwillige Pferd rasch unter Kontrolle.

Einen kurzen Augenblick lang schienen ihn die alten Sorgen einzuholen, doch der Tag war einfach zu schön, um nicht in vollen Zügen genossen zu werden. Also verdrängte er die Gedanken an seine Einsamkeit und das Alter. Als er den Clifton Hill in Richtung Durdham Down hinaufritt, sah er vor sich Morgan den Dritten. Gesellschaft! Der Schlingel hatte sich ebenfalls einen freien Tag genehmigt. Warum sollten sie den Tag nicht gemeinsam genießen? Dann konnte er zugleich auf den Jungen aufpassen.

William Henry. Ein schöner Name, der zu dem Jungen passte. Alle Lehrer hatten die Begabung von Morgan dem Dritten erkannt, obwohl seine Schönheit bei manchen das Urteilsvermögen trübte. Das galt auch für Parfrey, bis er den jungen Morgan in Latein unterrichtete und feststellte, dass das schöne Gesicht eine schöne Seele widerspiegelte. Den frechen kleinen Bengel dagegen hatte er bis dahin noch nicht kennen gelernt. Im Klassenzimmer benahm William Henry sich wie ein Engel. Den Grund dafür erklärte ihm das Kind mit ernsten Worten, als sie über Durdham Down galoppierten. William Henry wollte nicht verprügelt werden und deshalb nicht auffallen.

Wie konnte er dem Jungen klarmachen, dass er immer und überall auffallen würde? Interessant war auch, dass der Vater dem Jungen so ähnlich sah, doch nicht dessen sprühendes Leben hatte. Nach Richard drehte sich niemand um, nach William Henry alle Welt. William Henry redete wie andere Jungen seines Alters, aber man hörte ihm auch die sorgfältige Erziehung an. Wenn das Gespräch auf das Leben im Wirtshaus kam, zeigte sich, dass ihm nichts Menschliches fremd war, auch nicht so niedere Dinge wie Messerstechereien und Prügeleien. Doch hatte ihm das alles nichts anhaben können, und er wirkte völlig unverdorben.

Sie verließen das Kurhaus und lenkten ihre Schritte wie selbstverständlich zu der Wiese, auf der William Henry mit seinem Vater gepicknickt hatte. Parfrey hatte die beiden dort von oben beobachtet. Die Wiese war nur ein etwa zwanzig Fuß breiter Streifen zwischen den St.-Vincent-Felsen und einem anderen, niedrigeren Felsen.

Obwohl seit dem Picknick neun Monate vergangen waren, war alles merkwürdig unverändert. Der Wasserstand des Avon war genau gleich, wieder näherte die Flut sich dem Höchststand. Das

Gras hatte dieselbe Farbe wie damals, die Felsen leuchteten mit derselben Intensität. Die Zeit schien stehen geblieben.

William Henry setzte sich, George Parfrey holte seinen Skizzenblock und ein Stück Zeichenkohle heraus.

»Darf ich zusehen, Onkel George?«

»Nein, denn ich will dich porträtieren. Halte also still und denke nicht daran, was ich tue. Zähle meinetwegen die Gänseblümchen. Wenn ich fertig bin, darfst du das Bild sehen.«

William Henry blieb also sitzen, wo er war, und George Parfrey begann zu zeichnen.

Am Anfang glitt die Zeichenkohle rasch und von sicherer Hand geführt über das Blatt. Doch dann wurden die Striche langsamer, und schließlich hörten sie ganz auf. Parfrey hatte nur noch Augen für den Jungen vor ihm, geblendet von seiner Schönheit, zugleich aber auch voller böser Vorahnungen.

Es ist der falsche Zeitpunkt, der ganz und gar falsche Zeitpunkt. Ich bin bis über beide Ohren verliebt in einen unschuldigen Jungen, von dem mich fünfunddreißig Jahre trennen. Bis ich die Liebe in ihm erwecken könnte, würde er nichts Liebenswertes mehr an mir finden. Das ist eine Tragödie, die das Schreiben lohnte, William Shakespeare. Wenn er Hamlet ist, dann bin ich Lear.

William Henrys Haarband hatte sich gelöst. Die dunklen, vollen Locken umstanden sein Gesicht wie schwarzer, vom Wind aufgewirbelter Rauch. Die Haut glänzte weich und glatt wie Satin, nein wie ein Pfirsich – wie Elfenbein. Die schmale Adlernase und hohen Wangen verliehen dem Gesicht eine aristokratische Note. Der Mund war voll und sinnlich, die Mundwinkel wie zu einem heimlichen Lächeln verzogen. Und dann erst die Augen!

Als hätte er Parfreys Stimmungswandel gespürt, blickte William Henry auf und sah seinem Gegenüber direkt in die Augen. Das geheimnisvolle Lächeln erschien dem hingerissenen Parfrey plötzlich wie eine Einladung, ausgesprochen von einem William Henry, den der Junge selbst nicht kannte. Die Augen des Jungen leuchteten, die dunklen Pupillen tanzten auf einem goldenen Hintergrund.

Da überkam es George Parfrey, noch ehe er einen klaren Gedanken fassen konnte. Er ließ Block und Stift fallen, beugte sich vor und küsste William Henry auf den Mund. Und dann musste er den Jungen festhalten, er konnte ihn nicht mehr loslassen, musste ihn überallhin küssen, auf Augenbrauen, Wangen und Hals, und er musste den kleinen Körper streicheln, der vibrierte wie der Körper einer schnurrenden Katze.

»Du bist so schön!«, flüsterte er. »So wunderschön!«

Der Junge riss sich verzweifelt von ihm los, sprang auf und sah sich mit aufgerissenen Augen um. In welche Richtung sollte er rennen? Angst empfand er noch keine. Er dachte nur an Flucht.

Schlagartig fiel der Wahnsinn von Parfrey ab. Er stand auf und streckte die Hand aus. Dass er William Henrys einzigen Fluchtweg blockierte, merkte er nicht.

»William Henry, es tut mir so Leid! Ich wollte dir nichts Böses antun! Das würde ich nie! Es tut mir so Leid!« Um Verzeihung bittend breitete er die Arme aus. Sein Atem ging schwer.

Plötzlich war die Panik da. William Henry sah nur Hände auf sich zukommen, er begriff nicht, warum. Wohin konnte er fliehen? Unter ihm schäumte der Avon. Mr Parfrey kam immer näher, seine Arme wollten ihn packen und festhalten, und sein Lächeln war falsch. William Henry wusste aus dem Cooper's Arms, was dieses Lächeln bedeutete. Wenn sein Vater und Großvater weggesehen hatten, hatten andere Männer ihm so zugelächelt und ihn flüsternd gelockt. William Henry wusste, dieses Lächeln war falsch, auch wenn er es missverstand.

Er blickte nach oben, direkt in die Sonne. Geblendet schloss er die Augen.

»Papa!«, schrie er verzweifelt und sprang über den Felsen, in den Fluss.

Niemand konnte sich in der reißenden Strömung über Wasser halten, und Parfrey war Nichtschwimmer. Dennoch rannte er wie ein Besessener auf dem schmalen Uferstreifen auf und ab und starrte in das Wasser. Wenn er etwas gesehen hätte, eine Hand, einen Arm, egal was, wäre er sofort ins Wasser gesprungen. Aber er sah nichts. Kein Blatt, keinen Zweig, keinen Ast, von William Henry ganz zu schweigen. Der Junge war untergegangen wie ein Stein.

Was war in ihm vorgegangen? Was hatte er vor sich gesehen? Woher dieses blanke Entsetzen? Hatte er ins Wasser springen wollen? Wusste er, was er tat, als er sprang? Oder war er völlig von Sinnen? Er hatte nach seinem Vater gerufen. Dann war er gesprungen. Nicht gestolpert oder hingefallen. Gesprungen.

Eine halbe Stunde später gab Parfrey auf. William Henry Morgan würde nicht mehr auftauchen. Er war tot.

Der Junge ist tot, und ich habe ihn umgebracht, dachte Parfrey. Ich habe nur an mich gedacht, ich wollte von ihm geliebt werden und bildete mir ein, er hätte mir ein Zeichen gegeben. Dabei war er erst neun Jahre alt. *Neun*. Was bin ich für ein Scheusal, ein Ungeheuer. Ich habe ein Kind ermordet.

Er bestieg sein Pferd und ritt langsam am Kurhaus vorbei in Richtung Bristol. Die neugierigen Blicke der alten Dame und der beiden verkrüppelten Frauen beachtete er nicht. Wie seltsam! Dort ritt der Mann, aber wo war der süße kleine Junge?

An der Schule angelangt, ließ Parfrey das Pferd vor dem Tor stehen und ging hinein, ohne jemanden wahrzunehmen. Wer ihn sah, erschrak. In seiner Schlafkammer legte er den Skizzenblock auf den Tisch und schlug die Seite mit William Henrys Porträt auf. Dann holte er einen kleinen Schlüssel aus der Uhrtasche seiner Hose und öffnete ein Kästchen, in dem er Dinge aufbewahrte, die Schnüffler wie Reverend Prichard nicht zu Gesicht bekommen sollten. In dem Kästchen befand sich eine kunterbunte Sammlung verschiedener Erinnerungsstücke – zwei Haarlocken, ein polierter Achat, ein zerlesenes Buch, ein Miniaturgemälde – und ein zweites Kästchen. Es enthielt eine kleine Pistole samt Zubehör. Eine Damenpistole.

Parfrey lud sie sorgfältig, dann kehrte er zum Tisch zurück, setzte sich auf den schmalen Stuhl, tauchte die Schreibfeder ein, streifte mit einer automatischen Bewegung die überschüssige Tinte ab und schrieb unter die Skizze: »Ich bin schuld am Tod von William Henry Morgan.«

Er unterschrieb mit seinem Namen, dann schoss er sich in die Schläfe.

Normalerweise kam William Henry um Viertel nach zwei von der Schule zurück, doch an diesem Tag herrschte im Cooper's Arms schon lange vorher helle Aufregung. Die Neuigkeit vom Tod des Schulleiters hatte sich blitzschnell in der Stadt verbreitet. Die Schule war geschlossen, doch William Henry war nicht nach Hause gekommen. Als Richard um drei Uhr nachmittags niedergeschlagen und erschöpft zur Tür hereinkam, empfingen ihn die besorgten Großeltern mit der Nachricht, sein Sohn werde vermisst.

Richard brachte zunächst kein Wort heraus, aber seine körperliche Erschöpfung war schlagartig verschwunden. Er öffnete und schloss mehrmals den Mund, dann flüsterte er schließlich heiser, er werde sofort nach William Henry suchen.

»Geh du in Richtung Colston«, sagte Dick und nahm seine Schürze ab. »Ich gehe in Richtung Redcliff. Mag, du machst den Laden zu.«

Inzwischen konnte Richard wieder reden. »Er ist bestimmt nach Clifton gegangen, Vater. Ich gehe über den Brandon Hill, und du nimmst den Weg an der Seilerei vorbei. Wir treffen uns beim Kurhaus.«

Richards Herz raste und sein Mund war völlig ausgetrocknet. Unterwegs begegnete er nur noch wenigen Leuten, die er fragen konnte. Er klopfte an die Türen der Häuser am Jakobsbrunnen. Nein, niemand hatte einen herumstreunenden kleinen Jungen gesehen.

Etwas weiter hatte er erstmals Erfolg. Richard, der Stallbursche, war noch immer vor dem Stall beschäftigt.

»Ja, Sir, er kam am Vormittag vorbei – ein süßer Kerl! Er half mir beim Füttern der Pferde, und ich gab ihm etwas zu essen und zu trinken. Dann ging er den Clifton Hill hinauf.«

Der Mann sagte offenbar die Wahrheit. Er gehörte zu den gutmütigen Menschen, die sich freuen, wenn ein kleiner Junge ihnen Gesellschaft leistet, und die nicht daran denken, dass sie den Jungen eigentlich ausschimpfen und mit einem Tritt in den Hintern nach Hause hätten schicken sollen.

Richard murmelte einen flüchtigen Dank und eilte mit noch

schnelleren Schritten den Berg hinauf, bis er nach allen Seiten sehen konnte. Doch er sah nur weidende Schafe, keinen William Henry.

Um sechs Uhr betrat er das Kurhaus. Dort erwartete ihn schon aufgeregt Dick.

»Er war zum Mittagessen hier, Richard! Er kam mit dem Pferd, zusammen mit einem gut aussehenden Mann um die vierzig, sagt Mrs Harris, eine alte Dame, die zur selben Zeit hier einkehrte. Sie sagt, die beiden hätten sich gut verstanden. Sie hätten gelacht und gescherzt, als ob sie sich gut kennen würden. Nach dem Essen seien sie in Richtung der St.-Vincent-Felsen gegangen. Etwa eine Stunde später sahen Mrs Harris und zwei andere Frauen den Mann allein wegreiten. Er wirkte niedergeschlagen, und William Henry war nicht mehr bei ihm.«

Der Pächter war äußerst beunruhigt. Das Letzte, was er zu diesem Zeitpunkt brauchen konnte, war ein Skandal. Er drückte Richard ein großes Glas Mineralwasser in die Hand und setzte sich in einiger Entfernung, um den weiteren Gang der Dinge abzuwarten.

Richard trank das Glas in einem Zug leer, ohne den bitteren Geschmack und den Geruch nach faulen Eiern wahrzunehmen. Er zitterte am ganzen Körper, seine Kleider waren völlig durchgeschwitzt, seine Augen flackerten. Dann stand er auf. »Komm«, sagte er kurz zu seinem Vater und ging los.

Auf der Wiese, die Richard von dem früheren Ausflug kannte, hatten William Henry und sein Begleiter Spuren hinterlassen. Das Gras war niedergetrampelt, Gänseblümchen waren abgepflückt worden, ein kleiner, bereits welkender Strauß lag im Gras. Die Männer riefen unentwegt nach dem Jungen, bekamen aber keine Antwort. Sie kletterten die Felsen hinauf, sahen in jede Spalte, hinter jeden Vorsprung, in jede kleine Höhle. Niemand. Das Wasser im Avon fiel, der Fluss verschwand wieder in der Schlucht.

Dick begleitete Richard, bis die Abenddämmerung hereinbrach. Dann fasste er ihn am Arm. »Es ist Zeit, nach Hause zu gehen«, sagte er. »Morgen früh kommen wir mit mehr Leuten zurück und suchen weiter.«

»Er ist bestimmt hier, Vater, er ist nicht von hier weggegangen!« Mühsam unterdrückte Richard ein Schluchzen.

Kein Wort vom Fluss! Bring ihn nicht auf diesen Gedanken! »Wenn er hier ist, dann finden wir ihn morgen früh. Jetzt komm mit nach Hause.«

Sie kehrten nach Bristol zurück. Keiner der beiden Männer sagte etwas. Richard versank in quälenden Gedanken, Dick war durchgefroren bis auf die Knochen.

An der Tür des Cooper's Arms informierte ein Schild darüber, dass das Wirtshaus geschlossen sei. Dennoch saßen drinnen an einem Tisch drei Männer mit gesenkten Köpfen: Vetter James, der Kirchenmann, Vetter James, der Apotheker, und Reverend Prichard. Auf dem Tisch lag umgedreht ein Skizzenblock.

»William Henry!«, rief Richard angstvoll. »Wo ist William Henry?«

»Setz dich, Richard«, sagte Vetter James, der Apotheker, der als Familienältester stets auch der Überbringer schlechter Nachrichten war. Vetter James, der Kirchenmann, assistierte ihm dabei, bereit zu übernehmen, sobald die Nachricht ausgesprochen war.

»Was ist los?«, schrie Richard. »Ich will es wissen.«

»William Henry hat einen Lateinlehrer namens George Parfrey«, sagte Vetter James ruhig und sah Richard, der wie von Sinnen war, unverwandt an. »Parfrey hat sich heute Nachmittag erschossen. Das hier lag auf seinem Schreibtisch.« Er drehte den Block um.

Die abgebildete Person war trotz der Blutflecken gut zu erkennen. »Ich bin schuld am Tod von William Henry Morgan.«

Richards Beine versagten. Er fiel auf die Knie, kreideweiß im Gesicht. »Das ist nicht wahr. Ausgeschlossen!«

»Es ist wahr, Richard. Der Mann hat sich erschossen.« Vetter James, der Apotheker, kniete sich neben Richard und strich ihm über die Haare.

»Nein, er hat sich das ausgedacht! Vielleicht ist William Henry fortgelaufen.«

»Das glaube ich nicht. Parfreys Worte bedeuten, dass er William Henry – getötet hat. Wenn ihr das Kind nicht gefunden habt, dann hat er William Henry vielleicht in den Avon gestoßen.«

»Nein, nein, nein!« Richard schlug die Hände vors Gesicht und schwankte kniend hin und her.

»Was sagen *Sie* denn dazu?«, fragte Dick Mr Prichard heftig.

Prichard fuhr sich mit der Zunge über die Lippen und wurde grau im Gesicht. »Wir hörten den Schuss und fanden Parfrey in seinem Blut. Die Zeichnung lag neben ihm. Ich ging sofort zu Reverend Morgan«, er zeigte auf Vetter James, den Kirchenmann, »und dann kamen wir hierher. Ich bin – ich weiß nicht – Worte genügen hier nicht ... Mr Morgan, wenn Sie wüssten, wie sehr ich dies alles bedaure! Aber Mr Parfrey unterrichtet schon seit zehn Jahren in Colstons Schule. Er machte stets einen anständigen Eindruck, und seine Schüler liebten und verehrten ihn. Was hier vorging, ist mir ein völliges Rätsel.«

Richard kniete noch immer. Die Stimmen um ihn nahm er wie aus großer Entfernung wahr. Dick berichtete von ihrer Suche in Clifton und im Kurhaus, von dem niedergetrampelten Gras und den verwelkten Gänseblümchen auf dem kleinen Rastplatz in der Nähe des Avon.

»William Henry muss in den Fluss gefallen und ertrunken sein«, sagte Mr Prichard. »Wir haben schon überlegt, warum Parfrey den Satz so formuliert hat. Der Satz klingt, als ob Parfrey nur Augenzeuge von William Henrys Tod gewesen sei und nicht William Henrys Mörder.«

»Aber er war *schuld* daran«, sagte Vetter James, der Kirchenmann, heftiger, als es sich für einen Geistlichen gehörte. »Möge er in der Hölle schmoren!«

Die Stimmen schwollen an und ab. Mag saß schluchzend in einer Ecke, die Schürze vor dem Gesicht.

»William Henry ist nicht tot«, sagte Richard schließlich, und es schien, als seien inzwischen Stunden vergangen. »Ich weiß es.«

»Morgen wird halb Bristol nach ihm suchen, das verspreche ich dir, Richard«, sagte Vetter James, der Apotheker. Er verschwieg, dass man vor allem an den Ufern von Avon und Froom suchen würde. Bei Ebbe wurden dort oft Tierkadaver angeschwemmt, manchmal aber auch die Leiche eines Ertrunkenen, eines Mannes, einer Frau oder eines Kindes.

Man brachte Richard nach oben, legte ihn aufs Bett und entkleidete ihn. Seine Schuhsohlen waren löchrig, denn er war an diesem Tag fast dreißig Meilen marschiert. Als Vetter James ihm allerdings eine Dosis Laudanum verabreichen wollte, stieß er das Glas zur Seite.

Nein, William Henry war nicht tot. Er wäre nie so nahe an den Fluss herangegangen, dass er hätte hineinfallen können. Richard hatte ihn doch immer wieder vor dem Fluss gewarnt. Richard wusste so gut wie Dick, wie die Vettern James und wie Mr Prichard, was zwischen dem Jungen und seinem Lehrer vorgefallen sein musste: Parfrey hatte William Henry Avancen gemacht, und William Henry war weggerannt. Aber doch nicht zum Fluss! Ein aufgeweckter Junge wie William Henry doch nicht! Nein, er war die Felsen hochgeklettert und querfeldein geflohen. Jetzt lag er schlafend unter einem schützenden Baum oder Felsen. Und morgen würde er sich auf den weiten Heimweg machen. Zu Tode erschrocken, aber am Leben.

So tröstete sich Richard in den Schlaf, versuchte der Wahrheit auszuweichen, die den anderen so deutlich vor Augen stand. Über eines war er freilich froh: dass Peg das nicht mehr erleben musste. Ein gütiger Gott hatte sie vorher zu sich genommen.

Am folgenden Tag versammelten sich mit Genehmigung des Bürgermeisters einige tausend Menschen, um nach William Henry zu suchen. Matrosen auf Wache suchten den Schlamm in ihrer unmittelbaren Umgebung ab, ab und zu sprang auch einer hinein, etwa um einen schmierigen, grauen Klumpen zwischen vierbeinigen Kadavern und dem Abfall von 50 000 Menschen näher anzusehen. Die Suche blieb freilich ohne Ergebnis. Wer sich ein Pferd leisten konnte, ritt zu entfernteren Orten wie Pill, Blaize Castle oder Kingswood und in die Dörfer, die von Clifton und Durdham Down aus zu Fuß zu erreichen waren. Wieder andere streiften am Ufer entlang, sahen in Fässern, unter lockeren Grassoden und überall nach, wo eine Leiche versteckt sein konnte. Aber niemand fand William Henry.

»Wir suchen jetzt seit einer Woche«, sagte Dick mit rauer

Stimme, »und ohne Erfolg. Der Bürgermeister sagt, es hat keinen Sinn mehr.«

»Ich verstehe schon, Vater. Aber ich werde niemals aufgeben. Niemals.«

»Du musst dich mit dem Tod des Jungen abfinden! Denk an deine Mutter, an das, was sie durchmacht.«

»Ich kann und will mich nicht damit abfinden.«

War der blinde Starrsinn besser für ihn als das Meer von Tränen, das er bei Marys Tod geweint hatte? Das Weinen hatte seinen Kummer wenigstens gemildert. William Henrys Verschwinden traf ihn furchtbar, noch furchtbarer als der Tod Pegs oder der kleinen Mary.

»Wenn Richard keine Hoffnung mehr hätte, William Henry lebend zu finden, hätte er nichts mehr, für das sich zu leben lohnte«, sagte Vetter James, der Apotheker. »Seine ganze Familie ist tot, Dick! So bleibt ihm noch eine kleine Hoffnung. Ich bete darum, dass die Leiche nie gefunden wird. Dann wird Richard weiterleben.«

»Aber das ist kein Leben«, antwortete Dick. »Es ist die Hölle auf Erden.«

»Für dich vielleicht und für Mag. Für Richard besteht das Leben in der Hoffnung. Lass ihm diese Hoffnung.«

Richard hatte keine Arbeit gefunden, doch konnte er immer im Cooper's Arms mitarbeiten. Seit zehn Jahren betrieb Dick das Cooper's Arms jetzt schon. Er war länger im Geschäft als die meisten anderen Wirte für die weniger anspruchsvolle Kundschaft. Natürlich würde er nie mit zahlungskräftigen Gästen wie der Steadfast Society oder dem Union Club rechnen können, aber das Cooper's Arms hatte trotz der schrecklichen Krisenjahre nach wie vor seine Kundschaft. Sobald ein ehemaliger Stammgast wieder arbeiten konnte oder eine neue Arbeit gefunden hatte, kehrte er mit der ganzen Familie an den alten Futtertrog zurück. Dick konnte deshalb im Sommer 1784 nicht klagen, auch wenn das Geschäft nicht so glänzend lief wie noch zehn Jahre zuvor. Dick, Mag und Richard hatten jedenfalls genug zu tun. Und für William Henry musste ja kein Schulgeld mehr aufgebracht werden.

Zwei Monate vergingen. Im September begann bei Colston das neue Schuljahr. Der neue Schulleiter hieß allerdings nicht Mr Prichard. William Henry Morgans Verschwinden und der Selbstmord des Lateinlehrers George Parfrey hatten seine Hoffnungen auf das angesehene Amt zunichte gemacht. Da der alte Schulleiter für das Geschehene nicht mehr zur Verantwortung gezogen werden konnte, blieb der Makel an Mr Prichard haften.

Etwa zur gleichen Zeit, als die Schule ihre Pforten wieder öffnete, erhielt Richard von Mr Benjamin Fisher von der Steuerbehörde eine dringende Vorladung.

»Sie fragen sich vielleicht, warum wir William Thorne noch nicht verhaftet haben«, eröffnete Mr Fisher das Gespräch, als Richard in sein Büro trat. »Bis jetzt haben wir unsere Ermittlungen auf Mr Thomas Cave konzentriert, in der Hoffnung, dass er die Strafe von 1600 Pfund zahlt, mit der die Sache ohne Gerichtsverhandlung beigelegt werden könnte. Inzwischen ist freilich Beweismaterial aufgetaucht, das die Sache in einem etwas anderen Licht erscheinen lässt. Setzen Sie sich, Mr Morgan.« Er räusperte sich. »Ich habe vom Verschwinden Ihres kleinen Sohnes gehört. Mein herzliches Beileid.«

»Danke«, sagte Richard hölzern und setzte sich.

»Mr Morgan, sagen Ihnen die Namen William Insell und Robert Jones etwas?«

»Nein, Sir«, sagte Richard.

»Das ist bedauerlich. Beide Männer arbeiteten zeitgleich mit Ihnen in Caves Brennerei.«

Richard runzelte die Stirn und versuchte sich an die acht oder neun Gesichter zu erinnern, die er in dem düsteren Saal gesehen hatte. Er bedauerte jetzt, sich während Thornes Abwesenheit nicht mit diesen Männern näher bekannt gemacht zu haben. Nein, er hatte keine Ahnung, wer Insell oder Jones waren. »Tut mir Leid, ich erinnere mich nicht an die beiden.«

»Macht nichts. Insell kam gestern zu mir und gestand, er habe einige Dinge verschwiegen, offenbar aus Angst vor Thornes Rache. Etwa zu der Zeit, als Sie die illegalen Fässer entdeckten, hörte Insell eine Unterhaltung zwischen Thorne, Cave und Mr Ceely

Trevillian mit. Die drei sprachen ganz offen über den illegalen Rum. Insell begriff sofort, um was für betrügerische Machenschaften es sich handelte. Ich habe jetzt also vor, sowohl Cave und Trevillian als auch Thorne anzuklagen. Die Steuerbehörde wird sich ihr Geld durch die Pfändung von Caves Besitz sichern.«

In Richard regte sich zum ersten Mal seit langer Zeit wieder ein Gefühl. Er lehnte sich zurück. »Das sind ausgezeichnete Neuigkeiten, Sir.«

»Tun Sie nichts, bis es zur Verhandlung kommt, Mr Morgan. Wir müssen noch weiter ermitteln, bevor wir die drei festnehmen, aber festnehmen werden wir sie bestimmt.«

Noch zwei Monate zuvor wäre Richard mit dieser Nachricht freudig ins Cooper's Arms zurückgekehrt. Jetzt hielt die Hochstimmung nicht lange an.

»Ich kann mich nicht an Insell oder Jones erinnern«, sagte er zu seinem Vater. »Wenigstens ist meine Aussage jetzt bestätigt worden.«

Dick zeigte in eine Ecke der Gaststube. »Dort drüben sitzt William Insell. Er kam während deiner Abwesenheit und wollte dich sprechen.«

Ein Blick auf Insells Gesicht half Richards Gedächtnis auf die Sprünge. Insell, ein gutmütiger und tüchtiger junger Bursche, war Thornes bevorzugtes Opfer gewesen. Zweimal hatte er das Tauende zu spüren bekommen. Beide Male hatte er die Prügel weggesteckt, ohne sich zu wehren, was freilich nicht ungewöhnlich war. Wer zurückschlug, verlor seine Arbeit, und in harten Zeiten wie diesen riskierte man so etwas nicht. Richard hätte nicht einmal die Androhung von Prügeln hingenommen, aber er war auch noch nie in eine solche Situation gekommen. Wie sein Sohn hatte er die Gabe, Körperstrafen aus dem Weg zu gehen, ohne sich anbiedern zu müssen. Außerdem war er ein ausgebildeter Handwerker, kein ungelernter Arbeiter. Insell war ein ideales Opfer, der arme Kerl. Es war nicht seine Schuld.

Richard trug zwei halbe Pints Rum zum Tisch in der Ecke und setzte sich. Er trank neuerdings Rum, und zwar von Tag zu Tag mehr.

»Wie geht's, Willy?« Er schob dem blassen Mr Insell den mit Rum gefüllten Becher hin.

»Ich musste kommen!«, stieß Insell hervor.

»Was ist los?«, fragte Richard. Er trank und wartete darauf, dass die brennende Flüssigkeit seinen Schmerz betäubte.

»Thorne! Er hat herausgefunden, dass ich zum Steueramt gegangen bin.«

»Das überrascht mich nicht, wenn du es allen Leuten erzählst. Jetzt beruhige dich erst mal und nimm einen Schluck.«

Insell trank gierig, dann hustete er und erbrach sich fast, so stark war Dicks bester, unverdünnter Rum, aber er hörte auf zu zittern. Richard füllte ihre Becher wieder auf.

»Ich habe meine Arbeit verloren«, sagte Insell schließlich.

»Warum hast du dann Angst vor Thorne?«

»Thorne ist ein Mörder! Er wird mich suchen und umbringen!«

Richard traute eher Ceely Trevillian einen Mord zu, aber er sagte nichts.

»Wo wohnst du, Willy?«

»In Clifton, am Jakobsbrunnen.«

»Und was hat Robert Jones mit der Sache zu tun?«

»Ich erzählte ihm, was ich gehört habe. Mr Fisher vom Steueramt wollte das zwar auch wissen, er meinte aber, ich sei der wichtigere Zeuge.«

»Das stimmt auch. Weiß Thorne, wo du wohnst?«

»Ich glaube nicht.«

»Weiß es Jones?« Richard erinnerte sich plötzlich wieder an Robert Jones. Jones war ein Duckmäuser, der zu Thorne aufsah. Von ihm hatte Thorne bestimmt alles erfahren.

»Ich habe es ihm nicht gesagt.«

»Dann beruhige dich, Willy. Wenn du nichts Besseres zu tun hast, komm tagsüber hierher. Im Cooper's Arms wird Thorne dich nicht suchen. Nur was du an Rum trinkst, musst du bezahlen.«

Insell schob den zweiten Becher erschrocken von sich weg. »Dafür auch?«

»Diese beiden gehen auf meine Kosten. Kopf hoch, Willy. Gauner wie Thorne sind meiner Erfahrung nach nicht die Hellsten. Hier bist du sicher.«

Die Tage wurden allmählich kürzer und mit ihnen die Zeit, die Richard William Henry täglich suchen konnte. Er begann stets an dem kleinen Rastplatz am Avon. Von dort kletterte er die Felsen hoch und rief William Henrys Namen. Oben angekommen, ging er über Durdham Down zu dem kleinen Park in Clifton. Der Heimweg führte ihn an dem Haus vorbei, in dem William Insell wohnte. Auf dem Fußweg über den Brandon Hill begegnete er dann meist Insell, der stets in Eile war, weil er noch vor Einbruch der Dunkelheit zu Hause sein wollte. Andererseits hatte er Angst, das Cooper's Arms vor Sonnenuntergang zu verlassen.

Richard hatte bereits zwei Paar Schuhe durchgelaufen, aber niemand machte ihm deshalb Vorhaltungen. Je mehr er suchte, desto weniger Zeit blieb ihm zum Trinken. Sein Bruder William brauchte plötzlich öfter jemand, der ihm die Sägen einstellte und schärfte – er machte dafür eine neue Holzsorte aus Westindien verantwortlich. Richard musste also auch noch zu ihm marschieren. Aber wer weiß, vielleicht war der kleine William Henry ja bis nach Cuckold's Pill gekommen, und dann waren die Fußmärsche zu Williams Sägerei nicht ganz umsonst. Und Rum konnte Richard nicht trinken, wenn er eine Säge richtig einstellen wollte.

Geweint hatte er nicht, er konnte nicht weinen. Mit dem Rum betäubte er seinen Schmerz, den Schmerz der Hoffnung, dass William Henry eines Tages zur Tür hereinkommen könnte, aber auch den Schmerz der Hoffnungslosigkeit.

»Ich hätte nicht gedacht, dass es je so weit kommen würde«, sagte Richard Mitte September zu Vetter James, dem Apotheker, »aber langsam wünsche ich mir, ich hätte William Henrys Leiche gefunden. Dann hätte ich keine Hoffnung mehr. Jetzt dagegen muss ich annehmen, dass William Henry irgendwo lebt, und diese Vorstellung ist eine Qual. Wie lebt er denn, wenn er nicht nach Hause kommen kann? Ich leide an beidem, an Hoffnung und an Hoffnungslosigkeit.«

Vetter James musterte ihn traurig. Richard hatte abgenommen, doch das Wandern und Klettern hatte seinen schon immer kräftigen Körper noch mehr gestählt. Wie alt war er jetzt? Sechsunddreißig. Die Morgans wurden alt, und wenn Richard seine Leber nicht durch den Rum ruinierte, konnte er neunzig werden. Aber wozu? Ich werde dafür beten, dass er über diesen furchtbaren Schicksalsschlag hinwegkommt. Dass er wieder heiratet und eine neue Familie gründet. »Es ist besser, alles zu wissen, Richard, als nichts zu wissen«, sagte er sanft.

»Zweieinhalb Monate, Vetter James! Und kein Lebenszeichen von ihm!« Richard erschauerte. »Vielleicht hat das Scheusal seine Leiche versteckt.«

»Bitte denk nicht daran, mein lieber Junge.«

»Ich kann nicht anders.«

Am folgenden Tag kam William Insell nicht ins Cooper's Arms. Dankbar für die Entschuldigung, früher als sonst nach Clifton aufbrechen zu können, setzte Richard den Hut auf und ging zur Tür.

»Jetzt schon?«, fragte Dick überrascht.

»Insell ist nicht gekommen, Vater.«

»Das ist kein Verlust«, brummte Dick. »Ich habe ihn lange genug mit seiner Leidensmiene da in der Ecke sitzen sehen. Er vertreibt mir nur die Kundschaft.«

»Stimmt«, sagte Richard und grinste halbherzig, »aber ich mache mir Sorgen um ihn. Ich will nachsehen, warum er nicht gekommen ist.«

Der Fußweg über den Brandon Hill war ihm mittlerweile so vertraut, dass er ihn auch mit verbundenen Augen hätte gehen können. Schon nach einer Viertelstunde stand er vor Insells Haus.

Auf der Eingangstreppe hockte eine junge Frau. Richard nahm sie nur flüchtig wahr und wollte schon um sie herumgehen, da streckte sie den Fuß aus.

»*Bon jour*«, sagte sie.

Verblüfft starrte er auf das bezauberndste weibliche Gesicht hinunter, das ihm je begegnet war. Große, schwarze Augen, ernst und frech zugleich, lange Wimpern, rosige Wangen mit Grübchen, volle, ungeschminkte Lippen, eine makellose Haut und ein wilder Schopf glänzend schwarzer Locken. Mein Gott, war sie schön!

»Guten Tag«, sagte er, lüftete den Hut und verbeugte sich.

»Auch Ihnen einen guten Tag, Monsieur«, antwortete sie mit französischem Akzent. »Für den armen Willy 'at der Tag leider sähr schlecht angefangen.«

»Willy Insell?«

»*Oui.*« Sie stand auf und zeigte dabei, dass ihr Körper ähnlich wohlgeformt war wie ihr Gesicht. Sie trug Kleider aus rosa Seide, die ihr vortrefflich standen, Kleider, die ein Vermögen gekostet haben mussten. »Ja, Willy«, fügte sie hinzu, und sie sprach den Namen mit solcher Bewunderung aus, dass Richard lächeln musste.

»Sie sind ein schöner Mann, Monsieur«, stieß sie etwas atemlos hervor.

Richard war Fremden gegenüber sonst eher schüchtern, nicht jedoch bei ihr, trotz ihrer Direktheit. Er spürte, dass er rot wurde, und wollte seine Augen von ihr abwenden, aber er konnte nicht. Sie war wirklich erstaunlich schön. Ihr Dekolleté mit den weichen, weißen Brüsten verwirrte ihn noch mehr als ihr Gesicht.

»Ich heiße Richard Morgan«, sagte er.

»Und ich Annemarie Latour. Ich bin Mrs Bartons Dienstmädchen. Ich wohne 'ier.« Sie kicherte. »Nicht bei Willy!«

»Sie sagten, er sei krank?«

»Kommen Sie 'erein und sehen Sie selbst.« Sie stieg ihm voraus die enge Treppe hinauf. Unter ihrem Kleid wurden mehrere Rüschenunterröcke sichtbar und darunter zwei äußerst wohlgeformte Knöchel. »Willy!«, rief sie. »Willy! Du 'ast Besuch!«

Richard trat in Insells Zimmer. Insell lag im Bett. Sein Gesicht war grün. »Was hast du, Willy?«

»Ich habe verdorbene Austern gegessen«, stöhnte Insell.

Annemarie war Richard ins Zimmer gefolgt und musterte Willy interessiert, aber mitleidlos. »Er musste unbedingt die Austern essen, die mir Mrs Barton gegeben hat. Ich 'abe ihm gesagt, die alte Schachtel würde mir niemals frische Austern geben. Aber Willy roch daran und meinte, sie seien in Ordnung, also aß er sie. *Et voilà!*« Sie zeigte mit einer dramatischen Geste auf das Bett.

»Dann geschieht es dir recht, Willy. Ist schon ein Arzt da gewesen? Brauchst du etwas?«

»Nur Bettruhe«, ächzte der Kranke. »Ich habe schon so viel gespuckt, dass der Doktor meint, Austern könnten in meinem Magen keine mehr sein. Ich fühle mich schrecklich.«

»Aber du lebst, das ist das Wichtigste. Nur wenn du meine Aussage bestätigst, kann Mr Fisher vom Steueramt Anklage erheben. Ich sehe morgen wieder vorbei.«

Richard stieg die Treppe hinunter. Annemarie Latour folgte so dicht hinter ihm, dass er die feine Bristoler Seife roch. Kein Parfüm, sondern Seife, Lavendelseife. Wie kam es, dass ein solches Mädchen allein in einem Mietshaus in Clifton wohnte? Dienstmädchen wohnten doch normalerweise bei der Herrschaft. Außerdem hatte Richard noch nie ein Dienstmädchen in Seide gesehen. Waren das vielleicht abgelegte Sachen von Mrs Barton? Wenn ja, dann musste Mrs Barton, die Annemarie eine »alte Schachtel« genannt hatte, eine ausgezeichnete Figur haben.

»*Bon jour*, Monsieur Richard«, sagte Annemarie Latour. »Wir sehen uns morgen, *non*?«

Richard nickte, setzte den Hut auf und machte sich auf den Rückweg.

In seinem Kopf herrschte ein einziges Durcheinander, denn er wollte zwei Dinge gleichzeitig: Einerseits musste die Suche nach William Henry weitergehen, andererseits konnte er Annemarie Latour nicht vergessen. Sie hatte sich in ihm eingenistet wie ein zerstörerischer Wurm. Denn so sah er sie mit untrüglichem Instinkt, sein verräterischer Körper mochte noch so sehr in Wallung geraten. Zu oft hatte er in Wirtshäusern erlebt, wie Männer beim Anblick eines Weiberrocks den Verstand verloren.

Aber warum passierte ihm das jetzt und warum ausgerechnet mit dieser Frau? Peg war erst seit neun Monaten tot und die offizielle Trauerzeit noch nicht zu Ende. An körperliche Bedürfnisse durfte er nicht einmal denken. Er hatte seinen körperlichen Bedürfnissen auch nie große Bedeutung eingeräumt. Seine Frau war seine einzige Liebe gewesen, nie hatte er eine andere Frau ernsthaft begehrt.

Weder Zeit noch Ort passen, dachte er beim Weitergehen. Wenn es nicht diese Frau wäre, diese Annemarie Latour. Egal zu welcher Zeit und wo, ob zu Pegs Lebzeiten oder danach, sie hätte bei ihm dieselbe körperliche Reaktion hervorgerufen, das spürte er. Gott sei Dank war Peg tot. Von Annemarie Latour ging eine unwiderstehliche Verlockung aus, sie war eine Sirene, deren größtes Vergnügen in der Verführung lag. Und ich bin nicht wie Odysseus an den Mast gefesselt, und meine Ohren sind auch nicht mit Wachs verstopft. Ich bin ein einfacher Mann aus einfachsten Verhältnissen. Ich liebe sie nicht, bei Gott, aber ich begehre sie!

Wieder meldeten sich Schuldgefühle. Peg war tot, er war immer noch in Trauer, William Henrys Verschwinden lag noch keine drei Monate zurück. Jetzt an körperliche Liebe zu denken war pietätlos, abstoßend, unnatürlich. Er begann zu rennen, er schrie den Namen seines Sohnes in die gleichgültige Natur um ihn hinaus. William Henry, rette mich!

Doch am nächsten Morgen stand er wieder um acht vor Willy Insells Tür, verlegen den Hut in der Hand drehend. Vergeblich sah er sich nach Annemarie Latour um. Sie saß nicht auf der Treppe und war auch nicht drinnen. Leise klopfte er an und drückte die Tür zu Insells Zimmer auf. Insell lag schlafend im Bett. Seine Brust hob und senkte sich gleichmäßig. Auf Zehenspitzen schlich Richard wieder hinaus.

»*Bon jour*, Monsieur Richard.«

Da stand sie! Auf der Treppe, die ins Dachgeschoss führte.

»Er schläft«, sagte Richard lahm.

»Ich weiß. Ich habe ihm Laudanum gegeben.«

Sie war sehr viel leichter bekleidet als am Vortag, aber vielleicht war sie gerade erst aufgestanden. Sie trug einen spitzenbesetzten rosa Morgenrock, darunter ein dünnes rosa Nachthemd. Die ungebändigten Haare fielen ihr üppig auf die Schultern.

»Entschuldigen Sie. Habe ich Sie aufgeweckt?«

»Nein.« Sie legte den Finger an die Lippen. »Pst! Kommen Sie ’erauf.«

Im Nu war er oben, ihr Anblick zog ihn wie magisch an. Er folgte ihr in eine kleine Dachkammer, hielt sich verlegen den Hut vor die Lenden und stierte herum wie ein Bauerntölpel. Base Ann besaß sehr viel teurere Möbel, doch Frau Annemarie hatte den besseren Geschmack. Das Zimmer war sauber, roch nach Lavendel statt nach verschwitzten Kleidern und war ganz in strahlendem Weiß gehalten.

»Richard?«, sagte sie. »Ich darf dich doch Richard nennen?« Sie nahm ihm den Hut weg und starrte ihn ungeniert an. »Oh, là, là«, rief sie und half ihm aus dem Mantel.

Richard war, was die Liebe anging, Dunkelheit und Nachthemden gewöhnt, aber Annemarie hielt von beidem nichts. Sie ließ nicht zu, dass er das Hemd anbehielt, und zog es ihm über den Kopf. Nackt und schutzlos war er ihren Blicken preisgegeben.

»Du bist wirklich ein schöner Mann«, sagte sie. Es klang überrascht. Sie ging um ihn herum und ließ dabei zuerst ihren Morgenrock fallen, dann das rosa Nachthemd. »Ich bin auch schön, wie?«

Er nickte nur stumm und wusste, was als Nächstes geschehen würde. Sie verfügte vollkommen über ihn, was ihr offenbar auch recht war. Ein weniger bescheidener Mann hätte sich gegen die Bevormundung gesträubt, doch Richard wusste, dass er in solchen Dingen unerfahren war. Wenn er ihr die Initiative überließ, konnte er sich nicht vor ihr lächerlich machen oder sie verletzen.

In den vornehmeren Gegenden Bristols, vor der Mayor's Chapel am Sonntag oder bei Empfängen im Ballsaal in der Princes Street, promenierten viele schöne Damen. Doch die weiten Röcke verbargen vielfach spindeldürre Beine oder wahre Hammelkeulen, und in Korsette gezwängte Brüste wollten schlecht zu ausladenden Hüften und wabbelnden Bäuchen passen. Nichts von dem traf auf Annemarie Latour zu! Sie war, wie sie selbstbewusst angekündigt hatte, in der Tat eine schöne Frau. Die Brüste waren so straff und fest wie die von Peg, ihre Taille noch schmaler, Hüften und Oberschenkel rund, die Beine schlank und wohlgeformt, der Bauch flach.

Sie umrundete ihn noch einmal, dann drückte sie sich von hinten an ihn, rieb sich an ihm und schnurrte und flüsterte dazu. Er spürte ihre weichen Schamhaare an seinen Beinen und zuckte zusammen, als sie die manikürten Fingernägel in seine Schultern krallte und sich an ihm hochzog. Wollüstig glitt ihr Schoß über seine Gesäßbacken. Er biss die Zähne zusammen, denn er hatte Angst, auf der Stelle zu kommen. Vollkommen bewegungslos stand er da, während sie sich um ihn herumarbeitete, sich an ihm rieb und zärtliche Worte flüsterte. Dann sank sie vor ihm auf die Knie und drückte ihre Schultern nach hinten, sodass ihre Brüste wie kegelförmige Pyramiden mit roten Spitzen emporragten. Sie warf die Haare zurück und grinste schelmisch.

»Ich spiele jetzt auf dieser stummen Flöte«, sagte sie heiser.

»Tun Sie das, Madame«, keuchte er, »und die Melodie wird augenblicklich erstickt werden.«

Sie umfasste seine Hoden mit beiden Händen. »Macht nichts, *cher* Richard. In dieser schönen Flöte stecken viele Melodien.«

Das Gefühl war – sensationell. Mit geschlossenen Augen konzentrierte er sich mit allen Fasern seines Körpers darauf, die Lust bis zum Äußersten zu genießen und so viele verschiedene Nuancen wie nur möglich in seinem Gedächtnis zu speichern. Dann ergab er sich und kam unter heftigen Zuckungen. Er krallte sich in ihre Haare, während sie gierig saugte und schluckte.

Und sie hatte Recht: Kaum waren die Zuckungen vorüber, stand der Tyrann zwischen seinen Beinen schon wieder und verlangte nach mehr.

»Jetzt bin ich an der Reihe«, sagte sie. Wie auf hochhackigen Schuhen trippelte sie zum Bett und streckte sich darauf aus. Ihre Schamlippen glänzten tiefrot. »Zuerst die Zunge mit einem Lalala, dann die Flöte mit einem Marsch und jetzt die Tarantella! Bum, bum, bum schlägt der Trommelstock den Rhythmus!«

Das wollte sie, und das bekam sie auch. Alle Hemmungen waren verschwunden. Wenn Madame eine ganze Symphonie verlangte, bitte sehr.

»Du bist ein musikalisches Frauenzimmer«, sagte er einige Stunden später völlig verausgabt. »Nein, lass gut sein. Die Flöte hat ausgespielt.«

»Und du steckst voller Überraschungen, mein Lieber.« Sie schnurrte immer noch.

»Du auch. Obwohl ich bezweifle, dass du ein so vielseitiges musikalisches Repertoire nur mit einem einfachen Instrument wie meinem Trommelstock erlernt hast. Dazu hat es bestimmt Flöten gebraucht, Klarinetten, Oboen, ja sogar Fagotte.«

»Du bist sähr gebildet, *cher* Richard.«

»Ich habe fünf Jahre Colstons Knabenschule besucht. Aber das meiste habe ich während meiner Lehrzeit gelernt.«

»Lehrzeit?«

»Ja, bei einem portugiesischen Gentleman jüdischen Glaubens, einem Büchsenmachermeister.« Richard war so erschöpft, dass ihn das Sprechen anstrengte. Annemarie dagegen schien sich nach dem Konzert gern zu unterhalten. »Er spielte Geige, seine Frau Cembalo und seine drei Töchter Harfe, Cello und – Flöte. Sieben Jahre habe ich in ihrem Haus gewohnt, und ich habe gesungen, weil ihnen meine Stimme gefiel. Meine Vorfahren kamen wahrscheinlich aus Wales, und die Waliser lieben den Gesang ganz besonders.«

»Und du 'ast auch Sinn für 'umor«, sagte sie. Ihre Haare streiften über sein Gesicht. »Das ist sehr erfrischend bei einem Bristoler. Ist der 'umor auch walisisch?«

Richard stand auf, zog die Unterhose an und setzte sich auf die Bettkante, um die Strümpfe anzuziehen. »Ich verstehe nur nicht, warum du als Dienstmädchen arbeitest, Annemarie. Du müsstest die Geliebte eines reichen Mannes sein.«

Sie machte eine wegwerfende Handbewegung. »Es gefällt mir eben.«

»Und die Seidenkleider? Und dieses… dieses *keusche* Zimmer?«

»Mrs Barton ist ein Luder«, schimpfte sie.

»Das sagt man nicht!«, sagte er heftig. »Es gehört sich nicht.«

»Luder, Luder, Luder! So, jetzt 'ast du's. Jetzt 'abe ich dich richtig schockiert, *cher* Richard.« Sie setzte sich auf. »Ich betrüge Mrs Barton, Richard. Ich betrüge sie nach Strich und Faden. Aber sie hält sich für schlau, weil sie mich 'ier unterbringt, weit weg von ihrem dummen alten Mann.« Annemarie verzog den Mund. »Und sie kann durch Clifton promenieren und überall damit angeben, dass sie ein echtes französisches Dienstmädchen 'at. Pah!«

Richard hatte sich inzwischen angezogen. Er musterte Annemarie mit einem ironischen Lächeln. »Willst du mich etwa wieder sehen?«, fragte er.

»Oh ja, Richard, ganz bestimmt.«

»Wann?«

»Morgen um dieselbe Zeit. Mrs Barton steht erst spät auf.«

»Du kannst Willy nicht immer Laudanum geben.«

»Muss ich ja auch nicht. Ich 'abe dich ja jetzt. Was sollte Willy dagegen 'aben?«

»Ganz recht! Dann bis morgen.«

An diesem Tag war William Henry zwar nicht vergessen, aber in den Hintergrund getreten. Richard kehrte auf dem kürzesten Weg in das Cooper's Arms zurück, stieg wortlos die Treppe hinauf und warf sich angezogen aufs Bett. Dann schlief er bis zum Morgengrauen. Ganz ohne Rum.

»Dein Fisch 'ängt jetzt am 'aken«, sagte Annemarie Latour zu Ceely Trevillian.

»Wenn du nur dieses affektierte französische Getue ablegen könntest«, seufzte Mr Trevillian. »War es sehr schlimm, Liebling?«

»Ganz im Gegenteil, *cher* Ceely. Seine Kleider waren sauber, und sauber war auch der ganze Mann. Keine Nissen, keine Läuse, keine Filzläuse. Er wäscht sich.« Ein grausames Lächeln spielte um ihren Mund. »Er hat einen schönen Körper. Und er ist ein richtiger *Mann.*«

Die Spitze saß und würde ihr Gift verbreiten, doch Ceely war zu schlau, um seine Gefühle zu zeigen. Stattdessen tätschelte er Annemarie den Hintern, gab ihr zwanzig Goldguineen und schickte sie fort. Er erwartete Mr Cave und Mr Thorne, die er schon länger nicht mehr gesehen hatte. Für jemand, der bei seiner Mama in der Park Street wohnte, war es nicht empfehlenswert, allzu oft in so gewöhnlicher Gesellschaft gesehen zu werden.

»Am besten schnappen wir uns Insell und stecken ihn als Matrosen auf ein Sklavenschiff«, sagte William Thorne, nachdem die beiden eingetroffen waren.

»Lieber nicht«, entgegnete Ceely. »Man würde uns als Mörder verdächtigen, und wir würden den Verdacht nicht mehr los.«

»Ich sorge dafür, dass es aussieht, als sei er einem Presskommando in die Hände gefallen.«

»Auch Richard Morgan muss aus dem Weg«, sagte Trevillian.

»Lieber nicht!«, jammerte Thomas Cave. »Richard Morgan hat gute Beziehungen – der andere ist ein Niemand. Bill soll dafür sorgen, dass Insell auf einem Sklavenschiff landet, und dann lass mich bitte zum Steueramt gehen. Du musst die Strafe ja nicht bezahlen, Ceely, aber solange sie nicht bezahlt ist, droht uns allen der Prozess. Man beobachtet uns.«

»Jetzt hör mir mal gut zu«, sagte Ceely Trevillian. »Ich bin von zu vornehmer Herkunft, um für meinen Lebensunterhalt zu arbeiten, doch mein verstorbener Vater, der Teufel soll ihn holen, hat mich enterbt. Ich wusste also, dass ich meinen Verstand zum Leben brauche, und das hat ihn geschärft. Meine Mutter hilft mir, wo sie kann. Sie lässt mich bei sich wohnen und gibt mir Geld, wann immer mein Bruder es nicht sieht. Aber ich brauchte auch das Geld aus dem Rumverkauf, und es gefällt mir überhaupt nicht, dass diese Quelle versiegt ist. Noch weniger würde es mir gefallen, wenn man mich einsperrte oder mir einen Strick um den Hals legte. Morgan und Insell haben mir meine Geldquelle genommen, und das zahle ich ihnen heim.« In seinem Gesicht zuckte es. »Insell ist ein Niemand, das stimmt. Wenn wir verurteilt werden, dann wegen Morgan. Und diesen Morgan mache ich fertig.«

Nach dem Aufwachen sah Richard wie immer zuerst in William Henrys Schlafecke. Das Bett war leer. In Richards Augen standen Tränen, zum ersten Mal seit William Henrys Verschwinden, aber die Tränen wollten nicht fließen. Er hatte lange geschlafen und war völlig ausgeruht. Nur sein Penis fühlte sich wund an, und er spürte noch Annemaries Bisse und Kratzer. Luder! Ein schockierendes Wort, aber Annemarie Latour war wirklich ein mit allen Wassern gewaschenes Luder.

Die frühmorgendliche Haushaltsroutine war älter als Richards früheste Erinnerungen. Dick holte einen Kessel mit heißem und einen Eimer mit kaltem Wasser aus der Küche und füllte damit die kleine Zinkwanne, in der Mag sich wusch. Zu Pegs Lebzeiten hatten die beiden Frauen sich die Wanne geteilt, und nach ihnen hatte noch das Dienstmädchen das Wasser benutzt. Die Frauen wuschen sich oben, die Männer unten im Erdgeschoss. Einer der Vorzüge des Wirtshauslebens war der schwere, eiserne Kohlenofen, den man zum Kochen für die vielen Gäste brauchte. Er sorgte morgens immer für warmes Wasser.

Dick brachte Mag das Wasser und warf Richard im Hinausgehen einen kurzen Blick zu. Endlich war sein Sohn aufgewacht. Richard ließ die Kleider, in denen er geschlafen hatte, für das Dienstmädchen auf dem Bett liegen, holte sich frische Kleider aus der Kommode und sprang nackt die Treppe hinab. Unten gesellte er sich zu seinem Vater, der bereits rasiert war, sich in dem kleinen Bad mit einer Schöpfkelle Wasser über den Kopf goss und dann zur Seife griff.

Dick starrte ihn an. »Du meine Güte! Wo bist du denn gewesen?«

»Bei einer Frau«, antwortete Richard und langte nach dem Rasiermesser.

»War ja auch Zeit.« Dick wusch die Seife ab. »Bei einer Hure?«

Richard lachte. »Wenn sie eine Hure ist, Vater, dann eine ganz besondere. So einer Frau bin ich noch nie begegnet.«

»Das will etwas heißen für einen Gastwirt.« Dick stieg aus der großen Schüssel und trocknete sich mit einem alten Leintuch ab. Richard stieg in das Waschwasser seines Vaters und seifte sich gründlich ein.

»Seid ihr fertig?«, rief Mag von oben.

»Noch nicht!«, erwiderte Dick und zog Richard, der sich inzwischen abtrocknete, zum Fenster, wo es etwas heller war. Dort besah er sich seinen Sohn genau. »Ich hoffe, du hast dir weder Tripper noch Syphilis geholt.«

»Bestimmt nicht. Die Dame ist etwas Besonderes.«

»Wo hast du sie kennen gelernt?«

»Bei Insell.«

»Sie ist Insells abgelegte Freundin?«

»Nein! Eher würde sie sich umbringen.« Richard runzelte die Stirn, schüttelte den Kopf. »Um die Wahrheit zu sagen, ich weiß gar nicht, was sie an mir findet. Heute Morgen um acht bin ich wieder mit ihr verabredet.«

Dick pfiff durch die Zähne. »Ist es so dringend?«

»So dringend, wie es nur sein kann.« Richard kämmte sich die nassen Haare. »Es ist seltsam, Vater: Eigentlich mag ich sie überhaupt nicht, aber ich kann nicht genug von ihr kriegen. Soll ich überhaupt wieder hingehen? Oder für immer von ihr wegbleiben?«

»Geh hin, Richard! Wenn es so dringend ist, musst du mitten durch. Nur so kannst du hoffen, die Leidenschaft hinter dir zu lassen.«

»Und wenn sie mich verschlingt?«

»Ich werde dafür beten, dass das nicht passiert.«

Wenigstens habe ich die Billigung meines Vaters, dachte Richard, als er die Tür des Cooper's Arms hinter sich zuzog. Nie hätte ich gedacht, dass er mich verstehen würde. Ob er etwas Ähnliches erlebt hat?

Richard überlegte, warum er zu Annemarie ging. War er ihr schon sexuell hörig oder war er einfach nur ausgehungert? In Bristol sprach man natürlich niemals von »Sex«. Das war für eine gottesfürchtige Kleinstadt, in der man sonst nicht um die Dinge herumredete, zu brutal und direkt. »Sex« nahm dem Liebesakt jegliche Liebe oder Moral und verwandelte ihn in etwas Tierisches. Doch genau deswegen ging er zu Annemarie.

Er dachte an William Henry. Der irgendwo lebte, aber nicht heim konnte, vielleicht weil er als Schiffsjunge auf ein Schiff verschleppt worden war. So etwas passierte, vor allem bei hübschen Jungen. Lieber Gott, nicht so ein Leben für meinen Jungen! Bitte, lieber Gott, lass ihn vorher sterben! Und ich gehe jetzt zu diesem Luder, das mich hypnotisiert hat wie eine Schlange eine Ratte.

Jedes Mal, wenn Richard zu Annemarie ging – und eine Woche lang ging er täglich –, loderte das Feuer noch heftiger. Doch Scham und das schmerzliche Gefühl, William Henry im Stich zu lassen, trieben ihn zum Rum zurück. Alles ging in ihm durcheinander, ein Bild jagte das andere. Annemarie, das besorgte Gesicht seines Vaters, William Henry, der ihn von weit draußen auf dem Meer rief, Sex, Musik, Schlangen und Rum. Rum, um die Begegnungen mit Annemarie vergessen zu können. Er hasste sie, die französische Nutte, und konnte doch nicht genug von ihr bekommen. Schlimmer noch, er hasste sich selbst.

Dann ließ sie ihm durch Willy Insell überraschend ausrichten, sie könne ihn einige Zeit nicht sehen. Sie nannte keinen Grund. Insell hatte auch keine Erklärung dafür. Er wusste nur, dass die Dame zurzeit nicht in ihrer Dachstube wohnte, und vermutete, sie sei bei Mrs Barton. Annemarie auch noch zu verlieren, ertrage ich nicht, dachte Richard niedergeschlagen. Aber meine Gefühle für sie sind schwer, dumpf und dunkel wie Blei. Warum setzt es mir dann so zu, sie zu verlieren? Die Leidenschaft brennt immer noch in mir.

Er gab die Suche nach Annemarie und nach seinem Sohn auf, saß den ganzen Tag im Cooper's Arms und tröstete sich mit Rum. Er sprach mit niemandem, und die Feder, mit der er an Mr James Thistlethwaite hatte schreiben wollen, lag unbenutzt vor ihm.

Dick wandte sich an Vetter James um Rat. »Jim, sag du mir, was ich tun soll.«

»Ich bin Apotheker und kein Seelendoktor. Richards Seele ist krank, nicht sein Körper. Aber diese Frau ist nicht der Grund. Sie ist nur ein Symptom der Krankheit, die nach William Henrys Tod ausgebrochen ist.«

»Glaubst du fest daran, dass William Henry ertrunken ist?«

Vetter James nickte entschieden. »Ich habe nicht den geringsten Zweifel.« Er seufzte. »Anfangs glaubte ich, es sei besser, wenn Richard weiter hofft, aber dann fing er an zu trinken, und ich änderte meine Meinung. Er braucht einen Arzt für seine Seele. Rum ist jedenfalls nicht die richtige Medizin.«

»Leider hat Reverend James manchmal so feste Prinzipien«, sagte Dick. »Du bist der Mann mit dem gesunden Menschenverstand und dem sicheren Urteil, nicht dein Namensvetter. Stell dir vor, du würdest ihm von dieser französischen Hure erzählen. Er würde sofort mit Gebetbuch und Kruzifix herbeieilen, um den Kampf mit dem höllischen Weib aufzunehmen! Denn als solches würde er sie ansehen. Während sie in Wirklichkeit wohl nur eine vergnügungssüchtige Frau ist, die einen Narren an Richard gefressen hat. Warum merkt Richard eigentlich nie, dass Frauen ihn mögen? Denn das tun sie, Jim! Du hast es sicher auch bemerkt.«

Vetter James nickte ein weiteres Mal entschieden und ohne zu zögern. Schließlich waren seine beiden altjüngferlichen Töchter jahrelang in Vetter Richard verliebt gewesen. »Aber ich fürchte, er muss aus diesem Feuer allein herausfinden.«

Am 27. September erhielt Richard wieder eine Nachricht von Annemarie Latour. Sie schrieb, sie sei in ihre Dachkammer zurückgekehrt und sehne sich danach, ihn zu sehen. Richard war sturzbetrunken, dennoch stand er schwankend auf und machte sich auf den Weg.

»Richard! Wie wunderbar, dich wieder zu sehen! *Mon cher! Mon cher!*« Sie zog ihn ins Zimmer, bedeckte sein Gesicht mit Küssen und nahm ihm Hut und Mantel ab. Sie schnurrte, flüsterte und säuselte.

»Wo warst du?«, fragte er und entzog sich ihr. Wenigstens auf diese Frage wollte er eine Antwort. »Warum habe ich dich eine Woche lang nicht gesehen?«

»Weil Mrs Barton krank war und ich ihr Gesellschaft leisten musste. Hat Willy es dir nicht gesagt? Ich bat ihn darum.«

»Bis jetzt hast du noch kein einziges h ausgelassen«, sagte Richard.

»Weil ich bei Mrs Barton war, und sie 'asst… *hasst* meinen französischen Akzent. Ich musste sie pflegen.« Annemarie sah ihn gekränkt an.

Richard ließ sich auf das Bett fallen. Er spürte den Rum. »Zum Teufel damit, ist doch egal, Mädchen. Ich habe dich vermisst und bin froh, dass ich wieder hier bin. Küss mich.«

Und dann spielten sie mit Lippen, Zungen und Händen miteinander und fielen stundenlang schamlos und in ungezügelter Ekstase übereinander her, mal er obenauf, dann wieder sie. Sie wies mit ihrer unerschöpflichen Phantasie den Weg, er folgte ihr leidenschaftlich.

»Du bist ein erstaunlicher Mann«, sagte sie schließlich, als sie am Ende angelangt waren.

Richard wollten die Augen zufallen. Nur mit äußerster Anstrengung schaffte er es, sie offen zu halten. »Inwiefern?«

»Du stinkst nach Rum, aber du kannst immer noch ficken – was für ein schönes Wort – wie ein Neunzehnjähriger.«

»Du musst es ja wissen.« Er grinste und schloss die Augen. »Es braucht schon mehr als ein paar Pints Rum, um mich umzuhauen.« Annemarie sank in die weichen Kissen zurück und starrte an die Decke. Wie würde ihr zu Mute sein, wenn die Affäre mit Richard vorbei war? Als Ceely sie mithilfe einiger Rollen Goldguineen beauftragt hatte, Richard Morgan zu verführen, hatte sie zuerst einen Seufzer unterdrücken müssen. Sie hatte das Geld genommen und sich auf einige langweilige Wochen gefasst gemacht. Doch dann hatte sie sich gar nicht gelangweilt. Zunächst einmal war Richard unzweifelhaft ein Gentleman, was man von dem zwielichtigen Ceely nicht behaupten konnte. Ceely hielt sich auf Grund seiner Abstammung zwar für einen Gentleman, doch hätte er einen echten Gentleman nicht erkannt, wäre er ihm auf der Straße begegnet. Trotzdem faszinierte Ceely sie. Er war ein Stutzer mit Geheimnissen.

Sie hatte nicht mit der Attraktivität, ja Schönheit des Opfers gerechnet. Oberflächlich gesehen war Richard ein eher unauffälliger Mensch, ein Bristoler Bürger ohne modische Ambitionen, nach dem sich niemand umdrehte. Als er ihr dann aber zum ersten Mal zugelächelt hatte, schien ein Vorhang vor seinem Gesicht aufzugehen, und er sah bemerkenswert gut aus. Unter seinen Kleidern – Kleidern, die alle Männer dick aussehen ließen und ihnen hängende Schultern und eine gebeugte Haltung verliehen – kam der Körper einer griechischen Statue zum Vorschein. Richard stellte sein Licht unter den Scheffel. Nur wer genau hinsah, erkannte seine Qualitäten. Schade, dass er sich all die Jahre so versteckt hatte. Ein außergewöhnlicher Liebhaber war er. Außergewöhnlich!

Wie würde ihr zu Mute sein, wenn alles vorbei war? Es würde nicht mehr lange dauern, je nachdem wie gefügig Richard war. Ceely drängte auf einen baldigen Abschluss, und der Rum erleichterte Annemarie natürlich die Arbeit. Ihr eigener Beitrag war vermutlich eher gering, und wie die Sache ausging, würde sie nie erfahren. Wenn sie ihre Arbeit getan hatte, konnte sie jedenfalls Ceely und England den Rücken kehren. Sie war noch immer schön, und man sah ihr nicht an, dass sie schon dreißig war. Mit dem Geld, das sie von Ceely noch bekam, und dem Geld, das er ihr in den vergangenen vier Jahren gezahlt hatte, konnte sie das schreckliche Land verlassen, in ihre geliebte Gironde zurückkehren und dort wie eine richtige Dame leben!

Sie schlief eine Stunde. Dann setzte sie sich auf und rüttelte Richard wach. »Richard! Richard! Ich 'abe eine Idee!«

Richard hatte einen schweren Kopf, und sein Mund war ausgetrocknet. Er stand auf und ging zu dem weißen Krug, in dem Annemarie Dünnbier bereithielt. Ein tüchtiger Schluck, und er fühlte sich etwas besser. Er wusste, es würde einige Tage dauern, bis er den Rum nicht mehr spürte. Wenn er überhaupt mit dem Rum aufhörte. Wollte er es?

»Was für eine Idee denn?« Er setzte sich wieder auf das Bett und legte das Gesicht in die Hände.

»Warum ziehen wir nicht einfach zusammen? Mrs Hale im Erdgeschoss zieht aus, und die Miete für beide Stockwerke kostet nur eine halbe Krone pro Woche. Wir könnten das Schlafzimmer unten einrichten, dann müssten wir nicht immer Treppen steigen, und Willy hier oben oder im Keller unterbringen. Er zahlt einen Schilling pro Woche, der ginge dann von unserer Miete ab. Es wäre so schön, richtig zusammenzuwohnen. Bitte sag Ja, Richard!«

»Ich habe keine Arbeit, Liebling«, sagte er durch seine Hände.

»Aber ich 'abe … *habe* die Arbeit bei Mrs Barton, und du findest auch bald eine«, tröstete sie ihn. »Bitte, Richard! Was ist, wenn hier irgendein schrecklicher Mann einzieht? Wie soll ich mich vor ihm schützen?«

Er nahm die Hände vom Gesicht und sah sie an.

»Wir könnten sagen, wir seien verheiratet, das macht einen soliden Eindruck.«

»Verheiratet?«

»Nur um die Nachbarn zu beruhigen, *cher* Richard. Bitte!« Richard konnte keinen klaren Gedanken fassen, und vom Dünnbier war ihm etwas übel geworden. Er versuchte über den Vorschlag nachzudenken. Vielleicht war es tatsächlich die beste Lösung. Seinen Eltern im Cooper's Arms wollte er nicht länger zur Last fallen, oder vielleicht hielt er es dort auch einfach nicht mehr aus. »Na gut«, sagte er.

Freudestrahlend hüpfte Annemarie im Bett auf und ab. »Morgen! Heute hilft Willy Mrs Hale beim Umzug, und dann kann er mir helfen. Morgen!«

Richards Eltern waren von seinen Umzugsplänen völlig überrascht. Sie tauschten einen Blick und beschlossen dann, nichts zu sagen. An diesem Abend trank Richard mehr Rum als jemals zuvor. Wenn er nach Clifton zog, würde er für seinen Alkoholkonsum zumindest teilweise bezahlen müssen.

»Vielleicht ist es gut so«, meinte Dick. »Hier kann ich meinem Sohn das Trinken nicht verbieten.«

Mag nickte. »Du hast Recht. Der Rum steht ja offen herum.«

Dick lieh seinem Sohn den Handwagen, mit dem sie sonst Sägemehl und Lebensmittel holten. Dann sah er zu, wie Richard grimmig-entschlossen zwei Kleiderkisten auflud. »Und deine Werkzeuge?«

»Behalte sie«, sagte Richard kurz angebunden. »In Clifton brauche ich sie nicht.«

Das Haus, in dem Annemarie Latour und Willy Insell wohnten, war das mittlere von drei aneinander gebauten Häusern in der Clifton Green Lane unweit des Jakobsbrunnens. Man konnte noch deutlich erkennen, dass die drei Häuser ursprünglich ein einziges Haus gewesen waren. Die engen Treppen verrieten, dass nachträglich Wände eingezogen worden waren, um drei getrennte Wohneinheiten zu schaffen und dadurch die Mieteinnahmen zu steigern. Die Bretter der Trennwände reichten zwar bis zur Decke, waren aber schlampig eingebaut worden und voller Risse und so dünn, dass man die Stimmen der Nachbarn teilweise hören konnte. Nur Annemaries Dachstube erhob sich wie eine einzelne Augenbraue über den Rest des Gebäudes und bot dadurch sehr viel mehr Privatsphäre. Das fiel Richard allerdings erst auf, als Annemaries Bett schon eine Etage tiefer stand.

»Wenn wir uns lieben, bekommen das jetzt alle Nachbarn mit«, sagte er trocken.

Annemarie zuckte die Achseln. »Alle Welt liebt sich doch, *cher* Richard.« Sie hielt plötzlich inne und langte in ihre Handtasche. »Das 'abe ich ganz vergessen. Ich 'abe einen Brief für dich.«

Richard nahm den zusammengefalteten Bogen und betrachtete neugierig das Siegel. Er kannte es nicht. Der Brief trug freilich eindeutig und in der gestochenen Handschrift eines Schreibers seine Adresse. Richard brach das Siegel auf und begann zu lesen.

Sehr geehrter Herr, Mrs Herbert Barton hat mich freundlicherweise auf Sie aufmerksam gemacht. Meines Wissens sind Sie von Beruf Büchsenmacher. Sollte dies zutreffen und sollten Sie in der Lage sein, gute Referenzen beizubringen und Ihre Fähigkeiten in meiner Gegenwart zu demonstrieren, dann habe ich möglicherweise Arbeit für Sie. Bitte finden Sie sich am 30. September um neun Uhr in meinen Geschäftsräumen in den Westgate Buildings Nr. 10 in Bath ein.

Unterschrieben hatte den Brief mit ungeübter Hand ein gewisser Horatio Middler. Wer um alles in der Welt war Horatio Middler? Richard hatte geglaubt, die Namen aller Büchsenmacher zwischen Reading und Weymouth zu kennen, aber Mr Middler war ihm kein Begriff.

»Was ist das?«, fragte Annemarie und versuchte ihm über die Schulter zu sehen. »Wer hat dir geschrieben?«

»Ein Büchsenmacher namens Horatio Middler. Er bietet mir Arbeit an«, antwortete Richard. »Ich soll mich am 30. September um neun Uhr morgens vorstellen. Das heißt, ich muss mich morgen auf den Weg machen.«

»Ach der«, rief Annemarie und klatschte aufgeregt in die Hände. »Das ist der Freund von Mrs Barton.« Sie ließ den Kopf sinken, bis ihre langen schwarzen Wimpern Schatten auf die Wangen warfen. »Ich 'abe ihr von dir erzählt, *cher* Richard. Das ist dir doch recht?«

»Wenn es mir Arbeit bringt«, sagte Richard, »dann darfst du auch dem Teufel persönlich von mir erzählen.« Er umarmte sie und hob sie hoch.

»Zu schade, dass du schon morgen gehen musst«, schmollte sie. »Ich habe allen Leuten 'ier… *hier* erzählt, dass wir verheiratet sind und du jetzt eingezogen bist. Viele haben uns eingeladen.« Sie wurde noch trauriger. »Vielleicht musst du am Freitag noch einmal in Bath übernachten. Dann sehe ich dich erst am Samstag wieder.«

»Halb so schlimm, wenn ich die Arbeit bekomme«, sagte Richard. Er hob eine der Kleiderkisten hoch und stellte sie in eine noch freie Ecke. »Ich finde es übrigens immer noch schade, dass du das Bett nach unten geschafft hast. Es wäre gar nicht nötig gewesen, denn Willy hat sich für den Keller entschieden.«

»Was macht das schon, Richard, wenn du die Arbeit in Bath bekommst?«, erwiderte sie mit unbestreitbarer Logik. »Dann müssen wir sowieso noch einmal umziehen.«

»Stimmt.«

»Außerdem habe ich jetzt ein eigenes Zimmer für meinen Schreibtisch. Ich schreibe gerne Briefe, und das Dachzimmer war so eng.«

Richard ging in das Zimmer hinter dem Schlafraum und betrachtete den einsamen Schreibtisch. »Wir müssen Möbel kaufen, damit er nicht so verloren herumsteht. Seltsam! Ich habe in meinem ganzen Leben noch keine Wohnung einrichten müssen, nicht einmal, als ich mit Peg in der Temple Street wohnte.«

»Peg?«

»Meine Frau. Sie ist tot.« Richard brauchte plötzlich etwas zu trinken. »Ich gehe spazieren, solange du Briefe schreibst.«

Doch Annemarie folgte ihm nach unten, wo sich Wohnzimmer und Küche befanden. Im Wohnzimmer standen vier Holzstühle um einen Tisch, die Kücheneinrichtung bestand aus einem Arbeitstisch und einem Kamin mit offenem Feuer. Konnte Annemarie kochen? Hatte sie überhaupt Zeit dazu, wenn sie die Nachmittage und Abende bei der Spätaufsteherin Mrs Barton verbrachte?

An der Haustür stellte Annemarie sich auf die Zehenspitzen und küsste ihn.

»Nein!«, rief eine affektierte Stimme. »Ist das nicht Mr Morgan?«

Richard riss sich von Annemarie los und fuhr herum. Hinter ihm stand Ceely Trevillian. Er trug einen prachtvollen, schwarzweiß bestickten Samtrock. Richards Nackenhaare sträubten sich, aber aus Rücksicht auf Annemarie blieb er stehen und tat nicht, was er am liebsten getan hätte, nämlich grußlos an Ceely Trevillian vorbeizugehen.

»Sieh an, Mr Trevillian«, sagte er.

»Ist das die Frau, von der ich so viel gehört habe?«, flötete der Geck und spitzte bewundernd die Lippen. »Bezaubernd!«

»Was machen Sie hier?«, fragte Richard barsch.

»Ich war beim Friseur, lieber Freund. Mr Joice wohnt gleich nebenan. Von ihm habe ich erfahren, dass Sie verheiratet sind und jetzt hier wohnen.« Ceely zog ein Spitzentaschentuch heraus und wischte sich die Stirn. »Für Ende September ist es ziemlich warm, finden Sie nicht auch?«

»Bitte kommen Sie doch herein, Sir«, sagte Annemarie und machte einen Knicks. Ihre Unterröcke raschelten. »Eine kurze Verschnaufpause in unserem Wohnzimmer. Dort ist es kühl, und es wird Ihnen bald besser gehen.« Sie führte den unwillkommenen Besucher hinein und bot ihm einen Stuhl an. Dann fächelte sie ihm mit ihrer Schürze Luft zu. »Richard, Liebling, können wir dem 'errn denn etwas anbieten?« Offensichtlich war sie von Ceelys weltmännischem Auftreten beeindruckt.

»Dazu müsste ich erst im Black Horse Bier und Rum holen«, antwortete Richard ungnädig.

»Warte, ich hole dir schnell einen Krug für Bier und einen für Dünnbier«, sagte sie zu Richard und eilte mit wehenden Röcken in die Küche. Dabei achtete sie darauf, dass Ceely ihre Knöchel zu sehen bekam.

»Sie haben mir recht übel mitgespielt, Morgan«, sagte Ceely, sobald sie allein waren. »Auf Grund der Lügen, die Sie sich über mich ausgedacht haben, hatte ich einige äußerst unangenehme Gespräche mit dem Leiter der Steuerbehörde. Ich weiß nicht, was ich Ihnen getan habe, als Sie damals bei Mr Cave arbeiteten. Aber es war mit Sicherheit nicht so schlimm, dass ich das Lügengespinst verdient hätte, mit dem Sie mich beim Steuereinnehmer in Verruf gebracht haben.«

»Das waren keine Lügen«, sagte Richard ruhig. »Ich habe Sie bei der Arbeit beobachtet. Es war Vollmond, eine wolkenlose Nacht, und auch Ihr Name fiel.« Er lächelte. »Und weil Sie so dumm waren, sich offen mit Mr Cave und Mr Thorne zu unterhalten, während Ihnen jemand zuhörte, werden bald alle wissen, was für ein Schurke Sie sind, Mr Ceely Trevillian.«

Annemarie kam zurück, in jeder Hand einen leeren weißen Krug. »Trinken Sie überhaupt Bier?«, fragte sie den Besucher.

»Zu dieser Tageszeit schon«, antwortete Mr Trevillian.

Mit den Krügen in der Hand machte sich Richard auf den Weg zum Black Horse. Annemarie setzte sich solange auf einen Stuhl, um dem vornehmen Herrn Gesellschaft zu leisten.

Bei seiner Rückkehr sah Richard, dass er umsonst Bier geholt hatte. Mr Trevillian stand bereits auf der Treppe und küsste Annemarie die Hand.

»Ich 'offe, Sie besuchen uns wieder, Monsieur«, sagte sie höflich.

»Aber gewiss doch!«, rief er mit seiner Falsettstimme. »Sie wissen doch, mein Friseur wohnt gleich nebenan.«

Annemarie fuhr erschrocken zusammen. »Mrs Barton! Ich komme zu spät!«

Mr Trevillian bot ihr seinen Arm an. »Ich kenne die Dame sehr gut, Mrs Morgan. Erlauben Sie mir, Sie zu Mrs Barton zu begleiten?« Und so gingen sie Arm in Arm. Ceely Trevillian plapperte artige Belanglosigkeiten, Annemarie kicherte unentwegt. Richard sah, wie sie in eine von halbfertigen Häusern gesäumte Gasse einbogen. Er knurrte ärgerlich und holte den Handwagen seines Vaters, den er zurückbringen musste. Annemarie war doch ein Luder! Machte Kerlen wie diesem Ceely Trevillian den Hof und schäkerte mit ihm herum, nur weil er geblümten Samt trug, den Kinder aus dem Armenhaus bestickt hatten, ohne dafür einen roten Heller zu bekommen.

Die Postkutsche nach Bath fuhr täglich zur Mittagszeit am Lamb Inn ab. Für die Fahrt brauchte sie vier Stunden. Ein Sitzplatz in der Kutsche kostete vier Schillinge, ein luftiger Platz auf dem Kutschbock die Hälfte. Obwohl Richard während des halben Jahres bei Thomas Cave eisern gespart hatte, hatte er so gut wie kein Geld. Die Reise nach Bath kostete ihn mindestens zehn Schillinge, eine Ausgabe, die er sich kaum leisten konnte. Außerdem hatte er mit Annemarie noch nicht besprochen, von was sie ihren Lebensunterhalt bestreiten würden. Gestern hatten sie zwei Mahlzeiten im Black Horse eingenommen. Annemarie hatte nicht angeboten, die Zeche zu bezahlen, und sie hatte offenbar auch nichts gegen Richards Rumkonsum einzuwenden. Sie selbst trank am liebsten Portwein.

Richard brach früh auf und durchquerte die Stadt zu Fuß, um sich rechtzeitig vor der Abfahrt einen Platz auf dem Kutschbock für zwei Schillinge zu sichern. Dort war er zwar Wind und Wetter ausgesetzt, aber der Himmel sah viel versprechend aus. Regen war wenig wahrscheinlich.

In der Poststation herrschte Hochbetrieb. Im großen Innenhof wimmelte es von Pferdeknechten. Überall wurden Pferde angeschirrt oder ausgespannt, Stallburschen rannten hektisch durcheinander, Kellner brachten Getränke für die Passagiere, die meist zu Zielen in der näheren Umgebung wollten. Die sechs Pferde für die Kutsche nach Bath waren noch nicht bereitgestellt. Richard bezahlte die zwei Schillinge für seinen Platz, dann lehnte er sich an eine Mauer, um den Aufruf zum Einsteigen abzuwarten.

Plötzlich stürzte Willy Insell durch das Tor und sah sich suchend um. Er atmete schwer.

»Willy!«

Insell eilte zu ihm. »Gott sei Dank!«, japste er. »Ich hatte Angst, du seist schon fort.«

»Was ist los? Annemarie? Ist sie krank?«

»Nicht krank, nein.« Insell starrte ihn mit aufgerissenen Augen an. »Viel schlimmer!«

»*Schlimmer?*« Richard packte ihn am Arm. »Ist sie tot?«

»Nein, nein! Sie hat heute Abend ein Stelldichein mit Ceely Trevillian!«

Warum überraschte ihn das nicht? »Erzähl weiter.«

»Er wollte zu seinem Friseur, gleich nebenan. Das behauptete er jedenfalls, aber zuerst klopfte er bei uns. Ich war noch nicht die Kellertreppe hinauf, da hatte Annemarie ihm schon aufgemacht.« Er wischte sich den Schweiß von der Stirn und sah Richard bittend an. »Ich habe einen wahnsinnigen Durst! Ich bin den ganzen Weg gerannt.«

Richard gab Insell einen Penny für einen Humpen Dünnbier, und der leerte den Humpen in einem Zug. »Ah, jetzt geht's mir besser!«

»Erzähl mir alles, Willy, aber schnell! Meine Kutsche wird jeden Augenblick aufgerufen.«

»Die beiden versuchten nicht einmal leise zu reden. Als ob sie völlig vergessen hätten, dass ich im Haus war. Annemarie fragte Trevillian, ob er ihre Dienste in Anspruch nehmen wolle, und er bejahte. Dann zierte sie sich plötzlich und sagte, jetzt sei der falsche Moment, du könntest zurückkommen, er solle um sechs heute Abend wiederkommen und über Nacht bleiben. Anschließend verschwand Trevillian zum Friseur – ich hörte sein wieherndes Lachen durch die Trennwand. Ich wartete noch, bis Annemarie nach oben ging, dann rannte ich los, um dich noch zu erreichen.« Er sah Richard treuherzig an. Offenbar wollte er gelobt werden.

»Bath!«, rief jemand über den Hof. »Bath!«

Richard überlegte fieberhaft, was er tun sollte. Er brauchte diese Arbeit, verdammt noch mal! Doch gleichzeitig fühlte er sich in seiner Ehre als Mann gekränkt, weil Annemarie ihm offenbar Trevillian vorzog. Ausgerechnet Trevillian! Eine unerträgliche Demütigung! Richard drückte sich von der Wand ab. »Ich fahre nicht nach Bath«, sagte er. »Lass uns ins Cooper's Arms gehen und dort warten. Um sechs werden Frau Latour und Ceely Trevillian eine nette kleine Überraschung erleben. Vielleicht kommt Trevillian ja gar nicht vor Gericht, aber diesen Abend wird er nicht vergessen, das schwöre ich.«

Dick spürte, dass etwas Schreckliches in der Luft lag, fand aber nicht heraus, was. Warum erzählte Richard ihm nichts? Insell, dieser Duckmäuser, schwänzelte um ihn herum. Er war harmlos, aber kein guter Freund für Richard. Wenn Richard bloß nicht so viel Rum trinken würde!

Kurz vor sechs standen Richard und Insell auf. Mag traf gerade die letzten Vorbereitungen für das Abendessen. Die Gaststube war gut besucht. Richard ging zur Tür, gefolgt von Insell. Er ist betrunken, dachte Dick besorgt, und Ärger liegt in der Luft, aber ich kann nichts dagegen tun!

Es war ein schöner Tag gewesen. Die Dämmerung war hereingebrochen, am Horizont im Westen verglühte das letzte Abendrot. Richard ging so schnell, dass Insell kaum mithalten konnte. Mit jedem Schritt wuchs Richards Wut.

Die Haustür war nicht abgeschlossen. Richard ging hinein. »Bleib draußen, bis ich dich rufe«, flüsterte er Willy zu. »Mit Ceely! *Ceely!* Dieses Luder!« Er knirschte mit den Zähnen, ballte die Fäuste und stieg die Treppe hinauf.

Die Szene im Schlafzimmer schien einem klassischen Schwank zu entstammen. Richards Geliebte lag mit wollüstig gespreizten Beinen im Bett, auf ihr lag Ceely, nur mit einem Spitzenhemd bekleidet, und es ging in der altbewährten Weise auf und ab. Annemarie stöhnte leise vor Lust, Ceely grunzte.

Richard hatte geglaubt, er sei auf diesen Anblick vorbereitet, trotzdem wurde ihm jetzt vor Wut schwarz vor Augen. In die Wand war ein offener Kamin eingebaut, und dort stand auch ein Kohlenkasten mit einem Hammer, mit dem man größere Brocken zerkleinern konnte. Schneller als das Liebespaar reagieren konnte, war Richard am Kamin, hatte den Hammer geschnappt und stand vor den beiden.

»Komm rauf, Willy!«, brüllte Richard. »Nein, keine Bewegung! Mein Zeuge soll euch genau so sehen, wie ihr jetzt daliegt!«

Insell kam herein und glotzte auf Annemaries Brüste.

»Mr Insell, können Sie bezeugen, dass Sie meine Frau beim Beischlaf mit Mr Ceely Trevillian gesehen haben?«

»Ja!«, flüsterte Mr Insell zitternd.

Annemarie hatte Trevillian berichtet, dass Richard viel trank. Trevillian hatte sich zwar in Gedanken auf diesen Moment vorbereitet, er hatte aber unterschätzt, wie der Anblick eines großen, kräftigen, vor Zorn bebenden Mannes auf ihn wirken würde. Der gerissene Steuerbetrüger spürte, wie das Blut aus seinem Gesicht wich. Allmächtiger! Morgan würde sie beide umbringen!

»Du Luder!«, brüllte Richard. Er starrte Annemarie an, die wie Trevillian vor Angst zitterte und zur Wand zurückwich. »Elendes Luder! Hure!« Er sah zum Fenstersims. Dort lagen Trevillians Portemonnaie und seine Uhr samt Kette. »Wo ist denn deine Kerze, Annemarie?«, zischte er. »Huren stellen für ihre Kunden doch eine Kerze ins Fenster, aber ich sehe keine!« Er taumelte und schwankte, ließ sich schwer auf das Bett fallen und hielt Trevillian den Hammer an die Stirn. »Und was Sie betrifft, Ceely, Sie bringe ich wegen Ehebruchs vor Gericht!«

Trevillian wollte aufstehen, doch Richard packte ihn grob an der Schulter und drückte ihm den Hammer auf die schweißnasse Stirn. »Nein, Ceely, keine Bewegung. Sonst spritzt Ihr Blut über die schöne weiße Decke.«

»Was hast du vor?«, fragte Annemarie ängstlich. »Richard, du bist betrunken. Ich flehe dich an, begehe keinen Mord!« Ihre Stimme wurde schrill. »Leg den Hammer weg, Richard! Leg ihn weg! Kein Mord! Leg ihn weg!«

Richard gehorchte mit einem verächtlichen Schulterzucken, behielt den Hammer aber in Reichweite.

Trevillians Gedanken rasten. Morgan sah mordlustig aus, war aber kein Mörder. Er musste mit Morgan reden, ihn beruhigen, damit alles wie geplant weitergehen konnte. »Bitte lass mich am Leben!«, jammerte er.

»Halt den Mund, vermaledeiter Schurke!« Richard nahm den Hammer und schob damit Trevillians Hemd hoch. Annemarie schrie entsetzt auf, doch Richard sah sie nur erstaunt an. »Das bedeutet dir mehr als ich? Mein Gott, musst du hinter dem Geld her sein!« Blitzschnell riss er Trevillian hoch und zwang ihn, sich auf das Bett zu knien. »Ich habe hier einen Zeugen dafür, dass Sie mit meiner Frau geschlafen haben, Sir. Ich gedenke Sie auf…« – er überlegte kurz – »… tausend Pfund Schmerzensgeld zu verklagen. Ich lass mich nicht gern betrügen, vor allem nicht von einem Hanswurst wie Sie. Sie waren bereit, für die Dienste meiner Frau zu bezahlen – tja, jetzt müssen Sie eben etwas mehr berappen.«

Ceely schöpfte Hoffnung. Morgan redete mehr und sah weniger gewalttätig aus. Der Rum ließ ihn endlich langsamer werden. Ceely fuhr sich mit der Zunge über die Lippen. Die einstudierten Worte fielen ihm ein. »Morgan, ich gebe zu, dass Sie ein Recht haben, mich zu verklagen. Bestimmt würden Sie vor Gericht auch eine kleine Entschädigung bekommen. Aber lassen Sie uns das doch außergerichtlich regeln. Denken Sie an meine Mutter und meinen Bruder… ! Und an Ihre Frau… an Ihren Ruf.« Ceelys Blick wanderte zu Annemarie, die sich immer noch ängstlich an die Wand drückte. »Das arme Mädchen hat es als Dienstmädchen schwer genug. Sie selbst haben ja keine Arbeit, Ihre Frau muss für Sie beide verdienen. Würde sie durch eine Gerichtsverhandlung ins Gerede kommen, bekäme sie keine Stellung mehr.«

Ja, Morgans Zorn verebbte. Er sah plötzlich krank aus, verwirrt und verunsichert. »Mrs Latour ist Ihre Frau, Morgan, und muss auch Sie versorgen. Da war mein Angebot einfach zu verlockend. Ich bot ihr mehr, als sie in einem ganzen Monat verdient. Das können Sie einer Frau doch nicht übel nehmen. Frauen sind schwach.«

Richard wollte schon sagen, dass diese Nutte nicht seine Frau sei, da sah er Annemaries tränenfeuchte, große Augen. Augenblicklich wechselte seine Stimmung. Aus Wut wurde Mitgefühl.

Trevillian plapperte inzwischen unverdrossen weiter. »Ich gebe meine Schuld ja offen zu, aber lassen Sie mich das jetzt gleich an Ort und Stelle regeln – ohne Gericht, Morgan! Tausend Pfund bekommen Sie von keinem Richter, aber vielleicht fünfhundert. Ich stelle Ihnen einen Schuldschein auf fünfhundert Pfund aus. Bitte, Morgan! Das schafft die Sache aus der Welt.«

Richard zögerte. Die Kutsche nach Bath war fort und mit ihr die neue Arbeit. Wie lange würde es dauern, bis er wieder ein Angebot bekam? Er schloss kurz die Augen, doch dabei wurde ihm so schwindlig, dass er sie schnell wieder öffnete.

»Es ist ein gutes Angebot«, sagte Willy Insell zaghaft.

»Na gut«, sagte Richard barsch und stand auf. »Ziehen Sie sich an, Ceely. Sie sehen lächerlich aus mit Ihren Spinnenbeinen.«

Trevillian zog seinen jadegrünen Anzug an, folgte Richard in das hintere Zimmer und setzte sich an Annemaries Schreibtisch. Willy Insell schlich hinterher, in der Hoffnung, an dem Geldsegen irgendwie teilhaben zu können. Er wusste nicht, dass Richard nicht entfernt daran dachte, den Schuldschein einzulösen. Er wollte Ceely Trevillian nur eine deftige Lektion erteilen, damit er nie mehr in seinem Revier wilderte. Je mehr der Bursche in den nächsten Tagen schwitzte, desto besser.

Ceely stellte einen Schuldschein auf fünfhundert Pfund aus, zahlbar an Richard Morgan aus Clifton, und unterschrieb mit »Trevillian«. Richard sah sich das Schriftstück kurz an und riss es in Stücke. »Noch mal, Ceely«, befahl er. »Unterschreiben Sie mit Ihrem ganzen Namen, nicht nur mit der Hälfte.«

Auf dem oberen Treppenabsatz gab Richard der übermächtigen Versuchung nach, sein Opfer in den mageren Hintern zu treten. Trevillian purzelte kopfüber die Stufen hinunter und schlug dabei immer wieder donnernd gegen die Trennwand. Als er drunten im Flur gelandet war, schrie er aus Leibeskräften. Von dem kaltblütigen Steuerbetrüger war in diesem Augenblick nichts übrig! Trevillian riss die Tür auf und stolperte heulend und schreiend zugleich auf die Gasse hinaus.

Richard verriegelte die Tür hinter ihm, dann kehrte er ins Schlafzimmer zu Annemarie zurück. Willy Insell hatte sich inzwischen in den Keller verzogen.

Annemarie hatte sich nicht von der Stelle gerührt. Sie folgte Richard mit den Augen, als er zum Bett ging und den Hammer nahm.

»Am liebsten würde ich dich umbringen«, sagte er erschöpft. In der Ferne waren Trevillians Geschrei und besorgte Stimmen zu hören.

Annemarie zuckte mit den Schultern. »Das tust du nicht, Richard. Du bist kein Mörder, auch wenn du noch so viel Rum trinkst.« Sie lächelte kaum merklich. »Ceely hat allerdings um sein Leben gefürchtet. Damit hat er nicht gerechnet, obwohl er sonst so selbstbewusst ist und vor keiner Intrige zurückscheut.«

Diese Bemerkung hätte Richard eigentlich misstrauisch machen müssen. Schließlich verriet sie eine genauere Kenntnis von Ceely Trevillians Charakter, die nicht von einer flüchtigen Bettbekanntschaft herrühren konnte. Doch Richard wurde abgelenkt. Drunten schlugen Fäuste an die Tür. Er stieg die Treppe hinunter. »Ja?«, fragte er durch die geschlossene Tür.

»Mr Trevillian will seine Uhr wieder«, sagte eine Männerstimme.

»Richten Sie Mr Trevillian aus, er bekommt sie, sobald ich Genugtuung erhalten habe!«, brüllte Richard und stampfte die Treppe hinauf. »Er will seine Uhr«, sagte er droben zu Annemarie.

Die Uhr lag immer noch dort, wo sie gelegen hatte, als Richard in das Zimmer gestürmt war: auf dem Fenstersims. Portemonnaie und Uhrenkette waren verschwunden.

»Gib sie ihm, mon *cher*«, sagte Annemarie plötzlich. »Wirf sie aus dem Fenster.«

»Einen Teufel werde ich! Er bekommt sie wieder, aber erst, wenn es mir passt.« Richard nahm die Uhr und betrachtete sie genauer. »Was für ein eingebildeter Affe! Eine Uhr aus Stahl. Der letzte Schrei!« Er steckte die Uhr zu dem Schuldschein in die Manteltasche.

Er fühlte sich hundeelend. »Ich gehe jetzt«, sagte er.

Annemarie sprang aus dem Bett, zog sich ein Kleid über und schlüpfte barfuß in ihre Schuhe. »Warte, Richard! Willy, hilf mir!«

Hintereinander stiegen sie die Treppe hinunter. Drunten stand Willy. Er sah Richard alarmiert an. »Richard, was hast du vor? Lass ihn in Ruhe!«

»Falls ihr euch um Ceely sorgt, keine Angst.« Richard trat auf die Gasse hinaus und sog die frische Luft tief ein. »Der ist fort. Die Vorstellung war bereits vor zwei Minuten beendet.«

Er marschierte in Richtung Brandon Hill. Annemarie und Willy gingen rechts und links neben ihm her. Es war dunkel, denn in dieser Gegend gab es keine Straßenlaternen.

»Richard, was soll aus mir werden, wenn du gehst?«, fragte Annemarie.

»Das ist mir egal. Ich habe dir zuliebe Ceely im Glauben gelassen, wir seien verheiratet, aber jemand wie dich wollte ich nicht zur Frau. Für dich bleibt alles beim Alten. Du hast ja deine Arbeit. Ceely und ich haben aufgepasst, dass dein tadelloser Ruf keinen Schaden nimmt.« Richard lachte freudlos. »Von wegen tadellos. Eine ganz gewöhnliche Hure bist du.«

»Und ich?«, fragte Willy, der an die fünfhundert Pfund dachte.

»Ich werde wieder im Cooper's Arms wohnen. Der Steuerprozess steht noch an, deshalb müssen wir in Kontakt bleiben.«

»Wir begleiten dich noch ein Stück«, bot Willy an.

»Nein. Bring diese Dame nach Hause. Hier ist sie nicht sicher.«

So trennten sie sich. Willy und Annemarie kehrten in die Clifton Green Lane zurück, Richard schritt auf dem Weg über den Brandon Hill zügig aus und verschwand rasch in der Dunkelheit.

Am liebsten hätte Richard sich übergeben, aber sein Magen war leer. Er spürte den Rum auf einmal viel mehr als zuvor während der hitzigen Auseinandersetzung mit Ceely. Was für eine elende Geschichte! Und was sollte er seinem Vater sagen?

Am folgenden Tag, dem 30. September 1784, schrieb er Mr Thistlethwaite einen Brief.

Zumindest eines kann ich sagen: Das Feuer ist erloschen. Ich weiß nicht, was mich überkam, Jem, außer dass ich den Kerl nicht mag, den ich im Schlafzimmer vorfand. Ich kann nur mit bitteren Gefühlen an ihn denken. Und nicht nur das, ich besitze jetzt zwei Gegenstände, die mir weniger bedeuten als irgendetwas sonst auf dieser Welt: eine stählerne Uhr und einen Schuldschein über fünfhundert Pfund. Die Uhr gebe ich zurück, sobald ich Ceely Trevillians Anblick ertragen kann, den Schuldschein werde ich seiner Bank niemals zur Auszahlung vorlegen. Wenn ich ihm die Uhr zurückgebe, werde ich sie vor seinen Augen zertrümmern. Und ich verfluche den Rum.

Vater hat jemand nach Clifton geschickt, um meine Sachen zu holen. Annemarie habe ich nicht wieder gesehen und werde sie auch niemals wieder sehen. Sie ist grundfalsch, von den Haaren auf ihrem Kopf bis zu den Haaren auf ihrem… ich sag's nicht. Was für ein Narr bin ich doch gewesen! Und das mit sechsunddreißig Jahren. Mein Vater sagt, so etwas wie das mit Annemarie hätte ich mit einundzwanzig durchmachen sollen. Je älter der Narr, desto schlimmer, so hat er es auf seine übliche direkte Art ausgedrückt. Er ist trotzdem ein wundervoller Mensch.

In den letzten Tagen ist mir auch einiges über mich selbst klar geworden, von dem ich bisher keine Ahnung hatte. Am meisten schäme ich mich, dass ich meinen kleinen Sohn verraten habe. Von dem Augenblick an, in dem ich Annemarie kennen lernte, habe ich kein einziges Mal mehr an ihn und sein Schicksal gedacht. Erst als ich heute Morgen aufwachte, war Annemaries Bann über mich gebrochen. Vielleicht muss man das einmal erlebt haben. Aber was für eine Sünde habe ich begangen, dass Gott mich nach all den Schicksalsschlägen auf so schreckliche Weise prüfen muss?

Bitte schreib uns, Jem. Ich verstehe, wenn dir das nach der Nachricht über William Henry sehr schwer fällt, aber wir alle würden gerne von dir hören und machen uns Sorgen, weil du schweigst.

Doch selbst wenn James Thistlethwaite gleich geantwortet hätte, wäre sein Brief am 8. Oktober noch nicht im Cooper's Arms gewesen. An diesem Tag betraten zwei ernst aussehende Männer in grau-braunen Anzügen das Wirtshaus.

»Richard Morgan?«, fragte einer von ihnen.

»Ja«, antwortete Richard und kam hinter dem Schanktisch hervor.

Der Mann trat näher und legte die rechte Hand auf Richards

linke Schulter. »Richard Morgan, Mr Ceely Trevillian hat gegen Sie Anklage erhoben. Ich verhafte Sie hiermit im Namen Seiner Majestät des Königs.«

»William Insell?«, fragte er dann.

»Oje, oje!«, quiekte Willy aus seiner Ecke.

Auch ihm legte der Mann die Hand auf die Schulter. »William Insell, ich verhafte auch Sie im Namen Seiner Majestät, König George. Bitte machen Sie keine Schwierigkeiten und kommen Sie mit. Draußen warten sechs weitere Polizisten.«

Richard stand da wie vom Donner gerührt. Er streckte die Hand nach seinem Vater aus und wollte etwas sagen, aber sein Kopf war völlig leer.

Der Beamte stieß Richard derb zwischen die Schultern. »Schweigen Sie, Morgan.« Er sah sich in der Gaststube um, in der plötzlich Totenstille herrschte. »Wenn jemand Morgan und Insell besuchen will, muss er ins Bristol Newgate kommen.«

# Teil Zwei

Oktober 1784 bis Januar 1786

Das Bristol Newgate lag in der Narrow Wine Street, zwei Gebäude hinter der Wasborough-Messinggießerei. Die acht Polizisten nahmen Richard und Willy Insell in die Mitte und marschierten mit ihnen auf dem kürzesten Weg zum Gefängnis. Sie betraten es durch ein Tor aus dicken Eisenstäben, das an ein Fallgitter erinnerte. Drinnen sah Richard als Erstes einen engen Korridor mit einer Türöffnung auf jeder Seite. Der Anführer der Polizisten schob die beiden durch die linke Tür, die anderen halfen mit einem Stoß von hinten nach, blieben aber selbst draußen.

»Die Gefangenen Morgan und Insell!«, bellte er. »Bitte unterschreiben!«

An einem Tisch saß mit ausgestreckten Beinen ein Mann. Träge griff er nach den beiden Schriftstücken, die der Polizist ihm vorlegte. »Und wo soll ich die beiden unterbringen?«, fragte er, während er zwei große Kreuze auf die Papiere malte.

»Das ist deine Sache, Walter«, sagte der Polizist kurz und ging.

Willy weinte hemmungslos, Richard stand ruhig und ungerührt da. Der Schock ließ allmählich nach, und er konnte wieder fühlen und denken. Im Grunde war er nicht überrascht. Mit Annemarie Latour hatte das Verhängnis begonnen, mit Ceely Trevillian nahm es seinen Lauf. Was wurde ihm vorgeworfen? Wann würde er es erfahren? Gewiss, er hatte die Uhr und den Schuldschein Ceelys, doch er hatte dem Mann in der Clifton Green Lane gesagt, Ceely würde seine Uhr zurückbekommen, und er hatte den Schuldschein nicht auf Ceelys Bank eingelöst. Warum hatte er sich nicht besser überlegt, was er tat?

Das Gefängnis war überfüllt, und das würde ihm helfen, freizukommen. Die praktisch denkende Richterschaft von Bristol war inzwischen gegen Zahlung einer Extrasumme zu einem Vergleich mit Gefangenen bereit. Richard würde dann zwar sein Leben lang Schulden haben, die er nur zurückzahlen konnte, wenn ein weiterer Krieg den Bedarf an Waffen erhöhte, doch er wusste, dass seine Familie ihn nicht im Stich lassen würde.

»Brot kostet einen Penny täglich bis zur Verhandlung«, sagte der Gefängnisaufseher, der Walter hieß. »Wenn du verurteilt wirst, erhöht sich der Betrag auf zwei Pennys.«

»Ich soll wohl verhungern«, entfuhr es Richard.

Der Aufseher kam hinter seinem Schreibtisch hervor und schlug Richard so heftig ins Gesicht, dass seine Lippe aufplatzte. »Keine frechen Bemerkungen, Morgan! Hier drinnen wird nach meinen Regeln gelebt und gestorben.« Er sah zur Tür. »Bewegt euch, ihr Trantüten!«

Zwei Männer mit Knüppeln stürmten ins Zimmer.

»Legt sie in Ketten!« Walter rieb sich die Hand.

Richard stillte das Blut mit seiner Hemdmanschette und folgte dem heulenden Willy über den Korridor in den gegenüberliegenden Raum, der an eine Sattlerei erinnerte, nur dass an den Wänden statt Lederriemen Eisenketten hingen.

Im Bristol Newgate galten Fußeisen als ausreichend. Ein zerlumpter Kerl, der für diese Gerätschaften des Elends zuständig war, legte Richard die Fesseln an. Die zwei Zoll breiten Eisen um seine Knöchel waren nicht vernietet, sondern mit Schlössern versehen und durch eine zwei Fuß lange Kette miteinander verbunden, sodass Richard zwar gehen, aber keine großen Schritte machen oder gar rennen konnte. Willy geriet in Panik und versuchte sich freizukämpfen. Sofort wurde er mit Knüppeln zu Boden geschlagen. Richard, dessen geplatzte Lippe immer noch blutete, sah stumm zu. Er hatte sich nach seiner Bemerkung zum Gefängnisaufseher geschworen, nie wieder jemanden zur Gewalt zu provozieren. Er fühlte sich an die Tage in Mr Colstons Schule erinnert – schweigend Platz nehmen, schweigend aufstehen, schweigend tun, was einem befohlen wurde, keine Aufmerksamkeit erregen.

Am Ende des Korridors kam ein zweites Gittertor. Ein Wärter öffnete es mit einem riesigen Schlüssel, dann wurden die beiden neuen Gefangenen Morgan und Insell in die »Hölle« dahinter gestoßen. Die »Hölle« war ein großer Raum, dessen Steinwände unaufhörlich Feuchtigkeit ausschwitzten. An vielen Stellen hatten sich lange Tropfsteine gebildet, die schwarz waren vom Ruß der Fabriken am Ufer der Froom. Möbel gab es keine, der geflieste Boden starrte vor jahrzehntealtem Dreck. Die Gefangenen, die den Raum bevölkerten, waren ausschließlich männlich und alle mit Fußeisen gefesselt. Die meisten saßen mit ausgestreckten Beinen auf dem Boden. Einige schlurften ziellos herum, zu entkräftet, um die mit Eisen beschwerten Füße über die Beine eines Leidensgenossen zu heben, der apathisch sitzen blieb, als hätte er den Schlag der Kette nicht gespürt. Wer aus der Gosse von Bristol kam, kannte den Gestank nach Fäulnis und Kot. Mangels Belüftung stank es hier allerdings noch viel schlimmer.

Nur an einer Türöffnung am anderen Ende des Raumes herrschte rege Betriebsamkeit. Richard hatte das Bristol Newgate zwar noch nie von innen gesehen, aber er vermutete, dass dahinter der Schankraum des Gefängnisses lag. Wer über das nötige Kleingeld verfügte, bekam dort Rum, Gin oder Bier. Bemerkungen von Dick und Vetter James, dem Apotheker, hatten Richard eine Vorstellung von den Zuständen im Newgate vermittelt. Er hatte sich vorgestellt, dass dort ständig um Geld, Schnaps, Brot und andere Dinge gekämpft wurde. Jetzt begriff er, dass die Wärter zu klug waren, um es so weit kommen zu lassen. Den Häftlingen fehlte die Kraft zum Kämpfen. Sie waren vom Hunger geschwächt, und viele von ihnen hatten auf leeren Magen getrunken. Sabbernd und misstönend vor sich hin summend lehnten sie mit ausgestreckten Beinen an der Wand und nahmen nichts mehr wahr.

Willy wich Richard nicht von der Seite. Er hing an ihm wie eine Klette. Wohin Richard auch ging, Willy folgte ihm heulend. Ich werde noch verrückt, dachte Richard. Das halte ich nicht aus. Trotzdem, ich betrinke mich nicht wieder mit Rum oder dem billigeren Gin. Schließlich ist der Albtraum hier in ein paar Monaten vorbei – eben dann, wenn die Gerichte sich mit mir und Willy befassen. Warum heult Willy bloß die ganze Zeit so jämmerlich? Was nützt ihm das?

Nach einer Stunde wurde Richard müde. Die Eisen um seine Knöchel begannen zu schmerzen. Er suchte sich ein freies Stück Wand, das breit genug für ihn und seinen Schatten war, setzte sich hin und streckte mit einem Seufzer der Erleichterung die Beine aus. Nun verstand er, warum alle Gefangenen so dasaßen. Wenn die Fußfesseln auf dem Boden auflagen, war ihr Gewicht nicht mehr zu spüren. Richard stellte fest, dass seine dicken Stricksocken vom Laufen mit den Fesseln bereits zerschlissen waren. Auch das war ein Grund, warum die meisten sich nicht von der Stelle bewegten.

Er hatte Durst. Aus der Wand, hinter der die Froom vorbeifloss, ragte ein Rohr, aus dem ein dünner Wasserstrahl in einen Pferdetrog plätscherte; ein zinnerner Schöpflöffel diente als Trinkgefäß. Richard starrte den Trog an, und im selben Augenblick blieb eine zerlumpte Gestalt davor stehen, um hineinzupinkeln. Richard sah, dass der Trog direkt neben vier unverkleideten Aborten stand, die für die Bedürfnisse von über zweihundert Männern ausreichen mussten. Wenn Vetter James, der Apotheker, Recht hat, dann sterbe ich, wenn ich dieses Wasser trinke, dachte Richard. Die Männer hier sind alle krank.

In diesem Augenblick erschien wie durch Richards Gedanken beschworen Vetter James im Tor zum Korridor. Einige Schritte hinter ihm folgte Dick.

»Vater!«, rief Richard. »Vetter James!«

Die beiden steuerten auf ihn zu. Das Entsetzen stand ihnen ins Gesicht geschrieben.

Zum ersten Mal sah Richard Dick auf die Knie fallen und zusammenbrechen. Richard strich beruhigend über die zuckenden Schultern seines Vaters und blickte über sie hinweg den Apotheker an.

»Wir haben euch einen Krug Dünnbier mitgebracht«, sagte Vetter James. Er zog den Krug aus einem Beutel. »Und etwas zu essen.«

Willy hatte sich in den Schlaf geweint, er wachte jedoch sofort auf, als Richard ihn schüttelte. Nie hatte etwas so gut geschmeckt wie dieses Bier! Richard reichte Willy den entstöpselten Krug, dann griff er in den Beutel. Im Beutel befanden sich Brot, Käse und ein Dutzend frische Äpfel. Richard befürchtete schon, die apathischen Gefangenen könnten sich beim Anblick der Köstlichkeiten in eine zähnebleckende, rasende Meute verwandeln, doch die Gefangenen blieben ruhig. Sie hatten jede Hoffnung aufgegeben.

Dick erlangte die Fassung wieder und wischte sich Augen und Nase am Hemd ab. »Das ist ja furchtbar! Einfach furchtbar!«

»Es wird nicht ewig dauern, Vater«, sagte Richard, ohne zu lächeln. Er wollte nicht, dass seine Lippe wieder aufplatzte und Dick sich noch mehr Sorgen machte. »Irgendwann wird mein Fall verhandelt und dann komme ich frei.« Er zögerte. »Kann ich gegen Kaution entlassen werden?«

»Das weiß ich noch nicht, aber morgen früh gehe ich als Erstes zu Vetter Henry, dem Anwalt, und dann begeben wir uns in die Höhle des Löwen, in das Büro der Staatsanwaltschaft«, sagte Vetter James eifrig. »Sei guten Mutes, Richard. Die Morgans sind in Bristol bekannt. Du bist ein unbescholtener Bürger aus guter Familie. Ich kenne den Laffen, der Anzeige gegen euch erstattet hat – er treibt sich gewöhnlich in der Nähe des Tolzey herum und schreit iah!, weil er so ein Esel ist.«

»Ich weiß ja nicht, wie die Nachricht sich so schnell verbreiten konnte«, sagte Dick, »aber noch bevor wir zu unserem Besuch hier aufbrachen, erschien Senhor Habitas. Seine älteste Tochter ist mit einem Elton verheiratet, und Sir Abraham Isaac Elton ist ein sehr guter Freund. Senhor Habitas meinte, du könntest sicher sein, dass Sir Abraham Isaac der Richter sein wird, der bei deiner Verhandlung den Vorsitz führt. Er wird dir zwar eine fürchterliche Moralpredigt über die Versuchungen der Lilith halten, doch es fehlt an Beweisen. Alles hängt davon ab, was der Richter seinen Geschworenen rät. Und dieser Ceely Trevillian ist doch eine verächtliche Kreatur – die Geschworenen werden ihn sofort durchschauen und auslachen.«

Die beiden Morgans blieben nicht lange, und wenig später war Richard heilfroh darüber. Die Anspannung und das Dünnbier hatten eine fatale Wirkung auf seine Gedärme. Er musste sich mit heruntergelassenen Hosen auf eine verdreckte Kloschüssel setzen, vor aller Augen, auch wenn das niemanden außer ihn selbst kümmerte. Es war auch kein Lappen da, den er zum Abwischen benutzen und anschließend in einen Waschzuber mit Seifenwasser hätte werfen können. Verschmiert wie er war, musste er aufstehen und die Unterhosen hochziehen. Mit geschlossenen Augen kämpfte er gegen die tiefste Scham, die er je empfunden hatte. Von da an roch er sich selbst stärker als den Gestank seiner Umgebung.

Bei Einbruch der Dunkelheit wurden die Gefangenen von der Gemeinschaftszelle in den Männerschlafsaal verlegt, zu dem eine Treppe hinaufführte. Die Pritschen in dem ebenfalls riesigen Raum reichten längst nicht für alle Insassen. Einige waren mit Kranken belegt, die offenbar den ganzen Tag dort zugebracht hatten. Sie wanden sich in Fieberkrämpfen oder bewegten sich überhaupt nicht mehr. Da Richard und Willy noch neu und deshalb schnell waren, ergatterten sie zwei freie Pritschen. Es gab keine Matratzen, keine Leintücher, keine Kissen und keine Decken, und überall klebten die angetrockneten Spuren von Durchfall und Erbrochenem.

Hier zu schlafen schien unmöglich. Es war eiskalt und feucht, und Richard hatte nur seinen Mantel zum Zudecken. Willy war vom Weinen so erschöpft, dass ihn nicht einmal die Schrecken des Bristol Newgate wach halten konnten. Richard dankte einem mitleidlosen Gott für diese kleine Gnade. Er lag da und lauschte auf das Schnarchen und Stöhnen, ein gelegentliches trockenes Husten, das Würgen von jemandem, der sich erbrach, und das herzzerreißende Weinen eines kleinen Jungen. Nicht alle Gefangenen waren Erwachsene. Richard hatte etwa zwanzig Jungen gezählt, die zwischen sieben und dreizehn Jahre alt sein mochten. Keins dieser Kinder erschien ihm besonders verdorben oder verbrecherisch veranlagt, auch wenn über die Hälfte von ihnen betrunken waren. Sie hatten irgendwo einen Becher Gin oder ein Taschentuch geklaut, und das zornige Opfer hatte sie angezeigt. Im Cooper's Arms kam es nie so weit, weil Dick es schlicht nicht zuließ. Wenn dort ein Kind von der Straße hereinkam und einem vor sich hin träumenden Gast einen Becher Rum vor der Nase wegstahl, konnte Dick die Gemüter immer beschwichtigen, indem er den Bengel zur Tür hinauswarf und dem Geschädigten einen Rum spendierte. Außerdem kam so etwas höchstens ein- oder zweimal im Jahr vor. In der Broad Street wurden gewöhnlich nur Brieftaschen geklaut oder Verleumdungen eingefädelt.

Im Grunde hatten Dick und Vetter James eine gute Nachricht überbracht. Senhor Habitas war ein unverhoffter Verbündeter – gewiss machte er sich immer noch Vorwürfe, weil er es gewesen war, der Richard Thomas Latimer vorgestellt hatte. Der Arme! Was konnte er dafür? Solche Dinge passieren, dachte Richard schläfrig. Er schloss die Augen und fiel sofort in einen traumlosen Schlaf.

Am späten Nachmittag des folgenden Tages erschien Dick allein. Über der Schulter trug er einen Beutel mit Essen und Dünnbier.

»Jim ist immer noch in der Kanzlei von Vetter Henry«, erklärte er. Er hockte sich dicht neben Richard auf den Boden, damit kein anderer außer dem gespannt lauschenden Willy ihn hören konnte.

»Es ist anders gekommen als erwartet«, sagte Richard ausdruckslos.

»Ja.« Dick ballte die Fäuste und biss die Zähne zusammen. »Dein Prozess wird nicht in Bristol stattfinden, Richard. Ceely Trevillian hat seine Klage bei den Behörden von Gloucester eingereicht, mit der Begründung, die Straftat sei in Clifton begangen worden, also außerhalb Bristols. Du bist nur vorübergehend in Newgate in Haft – bis die Klage offiziell angenommen ist und die Zeugenaussagen vorliegen, was immer das bedeutet.« Er gestikulierte aufgebracht mit den Händen. »Mir dröhnt der Kopf vor juristischen Phrasen! Ich verstehe sie nicht, habe sie nie verstanden und werde sie auch nie verstehen!«

Richard lehnte den Kopf an die rußgeschwärzte Wand und starrte über die gebeugte Gestalt seines Vaters weg zu dem verseuchten Pferdetrog und den verdreckten Kloschüsseln. »Egal, Vater«, sagte er schließlich mit zugeschnürter Kehle. »Im Augenblick habe ich sowieso andere Probleme.« Er deutete auf seine Füße. »Vor allem brauche ich dringend Lappen, um diese Eisen zu polstern. Meine Strümpfe sind jetzt, nach einem Tag, schon durchgescheuert. Morgen wird es meine Haut sein und übermorgen mein Fleisch. Wenn ich hier rauskommen will – und ich schwöre dir, ich werde rauskommen! –, muss ich gesund bleiben. Und solange ich Dünnbier trinke und Brot, Käse, Fleisch und Obst oder grünes Gemüse esse, bleibe ich das.«

»Du wirst nach Gloucester Castle verlegt«, sagte Dick. Seine Lippen zuckten. »In Gloucester kenne ich niemanden.«

»Die anderen Morgans kennen wahrscheinlich auch niemanden. Ein durchtriebener Bursche, dieser Ceely Trevillian! Wie er darauf brennt, mich zu vernichten. Warum? Wegen des Steuerbetrugs? Will er seinen Hals retten? Oder weil ich ihn als Mann gedemütigt habe?« Richard schüttelte lächelnd den Kopf. »Wahrscheinlich wegen beidem.«

»Mir kam ein Gerücht zu Ohren«, sagte Dick zögernd.

»Erzähle, Vater«, sagte Richard leise. »Ich bin kein Kind mehr. Du brauchst keine Angst zu haben, dass ich dir Schande bereite.«

Sein Vater wurde rot. »Ich habe das Gerücht von Davy Evans, meinem neuen Rumbrenner – er brennt einen köstlichen Tropfen, Richard! In seiner Branche heißt es, Cave und Thorne seien sofort zu Trevillian gegangen, als sie von deinem Streit in Clifton erfuhren, und hätten ihn gebeten, dich und Willy zu verklagen. Wir beide wissen, dass Trevillian an dem Steuerbetrug beteiligt ist, doch die Spirituosenhändler haben keine Ahnung davon. Sie stellten die Verbindung auf andere Weise her. Laut Davy Evans wollen Cave und Thorne, dass ihr beide verurteilt werdet, bevor die Steuersache zur Verhandlung kommen kann. Dann gibt es keine Verhandlung, weil verurteilte Straftäter nicht aussagen können. Außerdem war Cave beim Leiter der Steuerbehörde, bei John Fisher, dem Bruder deines Benjamin Fisher – es bleibt wie immer in der Familie –, und bot ihm eine Nachzahlung von 1600 Pfund an. Die Fisher-Brüder haben natürlich von deiner und Willys Verhaftung erfahren und wissen ganz genau, was Trevillian damit bezweckt, doch können sie leider nichts beweisen.«

»Wir sollen also verurteilt werden, damit wir nicht aussagen können.«

Willy begann wieder zu heulen wie ein Schlosshund. Richard fuhr zu ihm herum und packte ihn so fest am Arm, dass er einen schrillen Schmerzensschrei ausstieß.

»Schluss jetzt, Willy! Sei endlich still! Noch eine Träne und ich befördere dich trotz meiner Fesseln mit den Füßen ans andere Ende des Raumes. Dann kannst du dort am Fieber verrecken!«

Dick starrte Richard mit offenem Mund an. Willy verstummte.

Vom Eingang steuerte Vetter James auf sie zu. Hinter sich zog er eine Holzkiste von der Größe eines Schrankkoffers her. Gut, dass Vetter James gerade jetzt kommt, dachte der fassungslose Dick. Was hätte er diesem Fremden sonst sagen sollen?

»Hier sind ein paar Sachen für dich, Richard, aber dazu später«, sagte Vetter James und setzte ächzend die Kiste ab. In seinen Augen schimmerten Tränen. »Es sieht immer schlechter für dich aus.«

»Das überrascht mich nicht, Vetter James.«

»Die Gesetze sind so unbegreiflich, Richard! Ich gestehe, dass ich nur die wenigen kenne, die meinen kleinen Bereich betreffen, und ich schätze, das geht allen so, auch den armen Teufeln, die in deine missliche Lage geraten.« Er streckte Richard die Hand hin. Richard ergriff sie und spürte, wie sie sich um seine klammerte. »Du hast kaum Rechte, schon gar nicht außerhalb der Stadtgrenzen. Vetter Henry hat alles versucht, und Reverend James und ich waren bei allen einflussreichen Männern, die wir kennen, aber das Gesetz besagt, dass wir weder Ceelys eidliche Aussage lesen noch die Namen seiner Zeugen erfahren dürfen. Es ist furchtbar, unfassbar! Ich hatte gehofft, Kaution stellen zu können, doch bei schweren Straftaten ist das nicht möglich, und man beschuldigt dich …« – er stockte und schluckte – »… des schweren Diebstahls und der Erpressung! Das sind Kapitalverbrechen und – Richard, du kannst dafür gehängt werden!«

»Ich habe mir das alles selbst zuzuschreiben«, sagte Richard müde.

»Trotzdem wäre es interessant, zu erfahren, was für eine Erpressung Ceely meint. Schließlich hat er einem betrogenen Ehemann als außergerichtlichen Vergleich einen Schuldschein angeboten. Oder behauptet er jetzt, ich sei nicht mit Annemarie verheiratet und hätte ihn unter Vorspiegelung falscher Tatsachen erpresst? Wenn ich Annemarie meine Frau nenne, dann ist sie das nach herkömmlichem Recht auch, sofern ich nicht schon eine Frau habe, und das habe ich nicht. So viel verstehe ich immerhin vom Recht.«

»Leider wissen wir nicht, was er unter Eid ausgesagt hat«, sagte Dick gequält.

»Als Erstes müssen wir Annemarie Latour finden. Sie kann meine Version vor Gericht bestätigen.«

»Du darfst nicht in eigener Sache aussagen, Richard«, sagte Vetter James leise. »Der Angeklagte hat zu schweigen. Er darf zu seiner Verteidigung lediglich Leumundszeugen beibringen und sich einen Anwalt nehmen, der die Zeugen der Anklage ins Kreuzverhör nimmt – wenn er sich einen leisten kann. Sein Anwalt kann ihn weder zur Sache befragen noch neue Beweise vorlegen. Und was die Frau betrifft – sie ist verschwunden. Eigentlich sollte sie als Mitangeklagte im Frauentrakt von Newgate sitzen, aber dort ist sie nicht. Ihre Zimmer in Clifton wurden geräumt, und niemand scheint zu wissen, wohin sie verschwunden ist.«

»Was ist das für ein seltsames Land«, sagte Richard. »Wir lernen die Gesetze, die hier herrschen, erst kennen, wenn wir von ihnen betroffen sind. Darf mein Anwalt den Geschworenen wenigstens eine eidliche Aussage vorlesen?«

»Nein. Du darfst nur reden, wenn der Richter dir eine Frage stellt, und dann darfst du nur die Frage beantworten.«

»Können wir Annemarie nicht über Mrs Barton ausfindig machen?«

»Es gibt gar keine Mrs Barton.«

Willy schluchzte laut auf.

»Nicht doch, Willy«, sagte Richard leise. »Bitte.«

»Das ist ja furchtbar!«, rief Dick.

»Wir wissen also nicht, wie Ceely gerichtlich gegen mich vorgehen will, wer seine Zeugen sind und was sie aussagen werden«, fasste Richard ruhig zusammen. »Und der Prozess findet in Gloucester statt, vierzig Meilen von hier.«

»So sieht es aus«, sagte Vetter James.

Richard saß eine Weile schweigend da und kaute auf seiner Lippe. Er wirkte eher nachdenklich als beunruhigt. Dann zuckte er die Achseln. »Das ist alles noch weit weg«, sagte er. »Bis dahin habe ich ein paar dringende Bedürfnisse. Ich brauche Lappen, um meine Fußfesseln zu polstern, Lappen, um mich zu waschen, und Lappen, um mir den Hintern abzuwischen.« Er machte eine Grimasse. »Letztere werde ich unter dem Wasserrohr waschen und notfalls feucht benutzen. Unsere bedauernswerten Mithäftlinge haben zwar kaum noch die Kraft zum Stehlen, doch wenn ich die Lappen zum Trocknen aufhänge, sind sie wahrscheinlich bald verschwunden. Ich werde einen der Wärter bezahlen müssen, damit er mir die Haare abschneidet. Ich brauche Seife, alle paar Tage etwas Wäsche zum Wechseln – Hemden, Strümpfe, Unterhosen – und saubere Lappen, jede Menge saubere Lappen. Und Geld für Dünnbier. Ich wette, das Wasser da drüben kommt aus der Leitung von Pugsley's Well und ist ungenießbar. Hier sind so viele krank.« Er holte tief Luft. »Ich weiß, dass ich euch Geld koste, aber ich schwöre euch, sobald ich frei bin, fange ich an, es euch zurückzuzahlen.«

Vetter James öffnete die Holzkiste. »Ich habe bereits an Lappen gedacht«, sagte er und kramte sie hervor. »Pass auf die Kiste auf, so gut es geht. Setz dich drauf oder mach's wie Dick und binde sie an deinem großen Zeh fest. Der Wärter hat sie natürlich gründlich durchsucht, bevor er mich hereinließ.« Er kicherte. »Keine Feilen oder Metallsägen, das war seine einzige Sorge. Ich finde es zwar befremdlich, aber ein Rasiermesser und eine Schere darfst du haben. Offenbar kümmert es die Wärter nicht, ob ihr euch die Kehlen durchschneidet. Außerdem ein Streichriemen und ein Wetzstein.« Er nahm die Schere heraus und reichte sie Dick. »Fang an zu schneiden, Vetter.«

»Ich soll Richard die Haare abschneiden?«, rief Dick entsetzt. »Das kann ich nicht.«

»Du musst. An Orten wie diesem wimmelt es von Ungeziefer aller Art. Kurze Haare bieten zwar keinen völligen Schutz, aber sie dämmen die Plage zumindest ein. Ich habe auch einen Kamm mit ganz feinen Zähnen mitgebracht, Richard. Schneide auch deine Körperhaare oder zupfe sie aus.«

»Ich habe nur sehr wenige, deshalb wird Schneiden genügen.« Vetter James durchsuchte die Kiste weiter. Er packte einen schweren, sperrigen Gegenstand und zog ihn mühsam heraus. Triumphierend stellte er ihn auf den Boden. »Ist das nicht ein kleines Wunder?«

Richard, Dick und Willy starrten das Ding verständnislos an.

»Bestimmt, Vetter James«, sagte Richard, »aber *was* ist es denn?«

»Ein Filterstein«, erwiderte Vetter James stolz. »Der unten spitz zulaufende Teil aus Stein bildet, wie du siehst, eine Schale, die ungefähr drei Pint Wasser fasst. Das Wasser sickert durch den Stein und tropft in die Messingschale darunter. Ich weiß nicht, welche magischen Kräfte dem Stein innewohnen, aber das Wasser in der Auffangschale ist so rein und frisch wie das beste Quellwasser.«

»Vetter James«, sagte Richard mit einem Lächeln, aus dem eine tiefe Zuneigung sprach. »Ich könnte dir vor Freude die Hände und die Füße küssen.«

»Nicht notwendig, Richard.« Der Apotheker stand auf und klatschte sich den Staub von den Händen. Dann sagte er ernst: »Ich habe dir die Kiste heute gebracht, weil niemand mir sagen will, wann du nach Gloucester verlegt wirst. Da die nächste Sitzung des Geschworenengerichts nicht vor der Fastenzeit stattfindet, kann das noch dauern. Es kann aber auch schon morgen so weit sein. Vetter James, der Kirchenmann, lässt dir übrigens ausrichten, dass er dich besuchen will.«

»Ich freue mich schon darauf, ihn zu sehen«, sagte Richard und stand auf. Dick hockte noch auf dem Fußboden und klaubte die abgeschnittenen Haare zusammen. »Vater, wasch dir die Hände mit Essig und Teeröl, wenn du heimkommst. Vorher darfst du dir nicht ins Gesicht fassen. Und bring mir bitte saubere Unterhosen und Seife!«

Richard wurde nicht am folgenden Tag verlegt. Er und Willy blieben bis Anfang 1785 im Bristol Newgate. Das war einerseits ein

Segen – seine Familie konnte ihn mit allem Lebensnotwendigen versorgen –, andererseits ein Fluch – seine Familie bekam das ganze Elend mit, in das er geraten war.

Auch Mag wollte Richard unbedingt besuchen. Doch als sie ihn mit geschorenem Haupt inmitten der zerlumpten Gestalten sah, die mehr tot als lebendig waren, wurde sie vor Schreck ohnmächtig.

Es sollte noch schlimmer kommen. Nach Weihnachten erschien Vetter James, der Apotheker, allein. »Dein Vater hatte einen Schlaganfall, Richard.«

Die Augen, mit denen Richard ihn ansah, waren nicht wieder zu erkennen. Nach dem Tod von William Henry hatten sie noch ab und zu humorvoll aufgeblitzt. Jetzt nicht mehr. Es war zwar noch Leben in ihnen, doch sie nahmen nur noch passiv wahr. »Wird er sterben, Vetter James?«

»An diesem Schlaganfall nicht. Ich habe ihn auf eine strenge Diät gesetzt und hoffe, dass ich einen zweiten und dritten verhindern kann. Sein linker Arm und sein linkes Bein sind in Mitleidenschaft gezogen, doch kann er noch sprechen und klar denken. Er lässt dich grüßen, aber wir sind der Meinung, dass ein Besuch in Newgate ihm nicht gut täte.«

»Was wird nun aus dem Cooper's Arms? Es wird ihn umbringen, das Lokal aufgeben zu müssen!«

»Das braucht er nicht. Dein Bruder hat seinen ältesten Sohn hingeschickt. Er soll dort Gastwirt lernen – ein tüchtiger Junge und nicht so geldgierig wie William. Ich glaube, der Junge ist froh, sein Elternhaus verlassen zu können. Du weißt ja, wie streng und herrschsüchtig Williams Frau ist.«

»Ich könnte mir vorstellen, dass sie Will strengstens verboten hat, mich im Gefängnis zu besuchen. Sicher bedauert er, dass ihm nun keiner mehr kostenlos die Sägen schränkt.« Richard sagte es ohne Groll. »Und Mutter?«

»Mag ist Mag. Ihre Antwort auf alles ist Arbeit.«

Richard schwieg. Mit ausgestreckten Beinen saß er auf den Fliesen, Willy wie einen Schatten neben sich. Vetter James kämpfte mit den Tränen. Er versuchte sich Richard als Fremden vorzustellen –

was ihm in letzter Zeit gar nicht so schwer fiel. Wie war es möglich, dass Richard jetzt so viel besser aussah als früher? Oder war es ihm bisher nur nicht aufgefallen? Die kurz geschorenen Haare, die sich zu kräuseln versuchten, obwohl sie nicht mehr als einen halben Zoll lang waren, brachten den wohlgeformten Schädel und das ebenmäßige, faltenlose Gesicht mit den hervortretenden Backenknochen und der markanten Adlernase stärker zur Geltung. Wenn sich etwas verändert hatte, dann der Mund. Er wirkte trotz der sinnlichen Unterlippe jetzt härter und fester, weniger verträumt. Die schmalen schwarzen Brauen hatten schon immer dicht über den Augen gelegen, doch jetzt wirkten sie geradezu wie ein Teil der Augen, als seien sie eingraviert worden, um die Augen zu betonen.

Richard ist sechsunddreißig, dachte Vetter James, und Gott prüft ihn, wie er Hiob geprüft hat, doch irgendwie dreht Richard den Spieß um, ohne sich von Gott abzuwenden oder ihn zu verfluchen. Im vergangenen Jahr hat er nicht nur seine Frau und sein einziges Kind verloren, sondern auch sein Vermögen, seinen guten Ruf und den Kontakt zu Angehörigen wie seinem egoistischen Bruder. Doch sich selbst hat er nicht verloren. Wie wenig wir doch über Menschen wissen, die wir zu kennen glauben, weil wir das ganze Leben mit ihnen zusammen waren.

Plötzlich leuchteten Richards Augen auf und er lächelte strahlend. »Mach dir um mich keine Sorgen, Vetter James. Das Gefängnis kann mich nicht zerstören. Ich werde es überstehen.«

Vielleicht weil nur wenige Sträflinge von Bristol nach Gloucester verlegt wurden, erfuhren Richard und Willy den Termin erst zwei Tage vorher, in der ersten Januarwoche.

»Ihr dürft mitnehmen, was ihr tragen könnt, mehr nicht«, sagte Walter, der Gefängnisaufseher, als sie ihm vorgeführt wurden. »Einen Karren dürft ihr nicht benutzen.«

Er teilte ihnen nicht mit, von wo aus und mit welchem Verkehrsmittel sie aufbrechen würden, und Richard fragte ihn auch nicht danach. Willy hätte gerne gefragt, doch noch bevor er den Mund aufmachen konnte, trat Richard ihm auf den Fuß und er zuckte vor Schmerzen zusammen.

In Wahrheit bedauerte Walter es sehr, dass Richards Zeit in Newgate zu Ende ging. Der Gefangene hatte ihm während seiner dreimonatigen Haft ein hübsches Sümmchen eingebracht. Richards Verwandten versorgten Richard und Insell mit Essen, was für Walter einen Extraverdienst von zwei Pennys am Tag bedeutete. Richards Vater schickte einmal die Woche eine Gallone guten Rum in Walters Büro, und sein Vetter, der Apotheker, drückte Walter regelmäßig eine Krone in die aufgehaltene Hand. Ohne diese Sonderzuwendungen hätte Walter Richard bis zu seiner Verlegung nach Gloucester zur Sicherheit ins St. Peter's Hospital sperren lassen, denn er hielt ihn für einen unberechenbaren Irren!

Richard wusch sich täglich am ganzen Körper mit Seife und eiskaltem Leitungswasser. Er hielt seinen Hintern über die Kloschüssel, statt sich draufzusetzen, und wischte ihn mit einem Lappen ab, den er anschließend auswusch. Er schnitt sich regelmäßig die Haare ab, ging nie in den Schankraum und las die meiste Zeit Bücher, die sein Vetter, der Pfarrer der St.-James-Kirche, ihm brachte. Doch seine verrückteste Angewohnheit war, dass er jeden Tag eine dicke Steinschale mit Wasser aus der Leitung füllte und nur das trank, was aus dem Stein in die Messingschale darunter tropfte. Als Walter ihn neugierig fragte, was er da mache, antwortete er, er verwandle Wasser in Wein wie Jesus bei der Hochzeit zu Kana. Der litt wirklich unter Wahnvorstellungen!

In den verbleibenden zwei Tagen traf Richard Vorbereitungen, sich den Aufenthalt im Gefängnis von Gloucester zu erleichtern.

Vetter James, der Kirchenmann, brachte ihm einen neuen Mantel. »Wie du siehst, Richard, hat deine Base Elizabeth« – James' Frau – »ein dickes Wollfutter in den Mantel genäht und dir zwei verschiedene Paar Handschuhe mitgegeben. Die ledernen sind an den Fingerspitzen offen, die gestrickten nicht. Und ich habe die Taschen des Mantels gefüllt.«

Kein Wunder, dass der Mantel so schwer war. Beide Taschen waren mit Büchern voll gestopft.

»Ich habe die Bücher über Sendall in London bestellt«, erklärte Vetter James, der Kirchenmann. »Sie sind auf ganz dünnes Papier gedruckt, und ich habe darauf geachtet, dir nicht zu viel Theologisches zuzumuten. Nur eine Bibel ist dabei und das Gebetbuch der anglikanischen Kirche.« Er zögerte. »Bunyan ist ein Baptist, wenn man das eine Religion nennen kann, aber ich halte Die *Pilgerreise* für ein großartiges Buch, deshalb habe ich es auch dazugepackt. Und Milton.«

Richard fand außerdem einen Band mit Shakespeares Tragödien, einen zweiten mit seinen Komödien und John Donnes Übersetzung von Plutarchs *Heldenleben*. Er nahm Reverend James' Hand und drückte sie mit geschlossenen Augen an seine Wange. Sieben Bücher von handlichem Format, gebunden in biegsames Leinen und gedruckt auf extradünnes Papier. »Mit dem Mantel, den Handschuhen, der Bibel, Bunyan, Shakespeare und Plutarch hast du für meinen Körper, meine Seele und meinen Geist gesorgt. Ich kann dir gar nicht genug danken.«

Vetter James, der Apotheker, nahm sich Richards Gesundheit an. »Hier ist ein neuer Stein für deinen Filterapparat. Wechsle ihn aber erst, wenn es nötig ist – Gott sei Dank ist der Stein kaum schwerer als Bimsstein. Hier haben wir Teeröl und eine neue, besonders ergiebige Seife. Du verbrauchst deine Seife viel zu schnell, Richard! Hier ist etwas von meiner Asphaltspezialsalbe – sie heilt alles vom Geschwür bis zur Schuppenflechte. Tinte und Papier – ich habe den Korken mit Draht festgebunden, damit die Flasche nicht auslaufen kann. Und schau dir das an, Richard!« Die Begeisterung über die neue Erfindung ließ ihn seinen Kummer für einen Augenblick vergessen. »Das sind so genannte ›Schreibfedern‹, weil sie dieselbe Funktion erfüllen wie die Spitze eines angeschnittenen Federkiels. Man steckt sie in die stählerne Fassung am Ende dieses Holzstiels. Ich habe die Federn aus Italien kommen lassen, obwohl sie in Arabien hergestellt werden – Gänse scheint es in Arabien kaum zu geben. Noch ein Rasiermesser, für alle Fälle. Eine große Büchse Malz, falls du zu wenig Obst oder Grüngemüse bekommst – Malz ist gut gegen Skorbut. Und Lappen, jede Menge Lappen. Meine Frau und deine Mutter haben den Stoffhändlern der Nachbarschaft alle Leintücher abgekauft, die sie vorrätig hatten. Dazu eine Mullbinde und ein blutstillendes Mittel. Und eine Flasche von meinem patentierten Stärkungsmittel, dem ich ein Dram Gold beigefügt habe, damit du keine Furunkel bekommst. Falls du Furunkel oder Karbunkel bekommst, wenn du das Stärkungsmittel aufgebraucht hast, dann kaue ein paar Tage lang etwas Schrot. Was nicht mit Lappen ausgestopft ist, ist mit Kleidern ausgestopft.«

Vetter James hatte fast alles in der Kiste untergebracht. Jetzt runzelte er die Stirn. »Ich fürchte, du wirst ein paar Sachen in die Manteltaschen stecken müssen, Richard.«

»Die sind schon voll«, sagte Richard bestimmt. »Reverend James hat mir Bücher gebracht, und auf *die* kann ich nicht verzichten. Wenn mein Geist verkümmert, nutzt mir ein gesunder Körper nichts mehr, Vetter James. Was meinen Geist in den letzten drei Monaten gesund erhalten hat, war die Möglichkeit zu lesen. Das Schlimmste an der Gefangenschaft ist die erzwungene Untätigkeit. Zu Bunyans Zeit – ja, Bunyans *Pilgerreise* habe ich dabei – durfte ein Häftling nützliche Arbeiten verrichten und das, was er herstellte, sogar verkaufen, um seine Frau und seine Kinder zu unterstützen, so wie Bunyan es zwölf Jahre lang tat. In Newgate stört es die Wärter schon, wenn wir herumlaufen. Ohne Bücher wäre ich verrückt geworden. Deshalb muss ich sie behalten.«

»Verstehe.«

Nach vielem Ein-, Aus- und Umpacken war schließlich doch alles in der Kiste verstaut, allerdings war sie so voll, dass die beiden massiven Schnappschlösser erst zugingen, als Willy sich auf den Deckel setzte. Den Schlüssel hängte Richard sich an einem Lederriemen um den Hals. Er hob die Kiste hoch. Sie wog mindestens fünfundzwanzig Kilo.

Willy hatte auch eine Kiste erhalten, die allerdings kleiner und leichter war.

»Ich kann nicht in Worte fassen, wie dankbar ich dir bin«, sagte Richard zu Vetter James. Seine Augen strahlten vor Freude und Liebe.

»Ich danke Ihnen ebenfalls«, sagte Willy zu Tränen gerührt.

Dann nahmen sie Abschied voneinander. Sie würden sich erst um die Fastenzeit vor dem Geschworenengericht wieder sehen.

Am frühen Morgen des 6. Januar schlurften Richard und Willy mit ihren Kisten durch das Gittertor auf den Korridor. Dort holten Walter und ein Fremder mit einem Knüppel sie ab und stießen sie in den Raum mit den Eisenketten an den Wänden. Richard dachte schon, die Fußfesseln würden ihnen für die Reise abgenommen, und stieß einen Seufzer der Erleichterung aus. Die Kiste war schon schwer genug. Doch er hatte sich zu früh gefreut. Der zerlumpte Verwalter der Schreckenskammer legte ihm ein zwei Zoll breites Eisenband um die Taille und schloss es vorne ab. Außerdem verpasste er ihm Handschellen, die er durch zwei Fuß lange Ketten mit dem Schloss auf Richards Bauch verband. Dann entfernte er die Kette zwischen Richards Füßen und kettete die Fußschellen ebenfalls an den Eisengürtel. An dem Schloss über Richards Bauchnabel liefen damit vier Ketten zusammen. Richard konnte jetzt zwar größere Schritte machen, doch die Ketten schränkten seine Bewegungsfreiheit derart ein, dass er nie hätte fliehen können.

Irgendwie gelang es ihm, seine Kiste hochzuheben. Mit einem seltsamen Gefühl der Genugtuung stellte er fest, dass die Ketten zwischen seinen Handgelenken und dem eisernen Gürtel eine Art Netz bildeten, das die Kiste hielt und ihr Gewicht auf seine Arme und seinen Oberkörper verteilte.

»Wenn du die Kiste so hältst, Willy, lässt sie sich leichter tragen«, sagte er zu seinem Schatten.

»Mund halten!«, bellte Walter.

Die schneidend kalte Luft draußen tat gut und roch himmlisch. Tief einatmend und mit weit offenen Augen schritt Richard vor ihrem Bewacher her, der bisher noch kein Wort gesagt hatte. War er ein Hilfspolizist aus Bristol?

Was für eine Wohltat, aus dem stinkenden Verlies, herauszukommen! Das Gefängnis von Gloucester, einer kleinen Provinzstadt, war vermutlich erträglicher als das von Bristol. Schließlich stand in allen Zeitungen zu lesen, dass auf dem Land viel weniger Straftaten begangen wurden als in den Großstädten. Richard konnte sich auch damit trösten, dass er den größeren Teil seiner Haft bereits hinter sich hatte. Zur Fastenzeit, Ende März, fanden in Gloucester die nächsten Gerichtstage statt.

Endlich frische Luft! Der bedrohlich finstere Himmel verhieß Schnee, doch Richard fror nur an den Ohren, die nicht mehr von Haaren bedeckt wurden. Sein Dreispitz mit der nach oben gebogenen Krempe schützte nur seinen Kopf. Aber was machte das schon? Mit leuchtenden Augen stapfte er die Narrow Wine Street entlang. Bei jedem Schritt klirrten seine Ketten.

Es war noch früh am Morgen, doch die Bürger von Bristol standen zeitig auf. Sie mussten kurz nach Tagesanbruch an ihrer Arbeitsstätte sein. Dort arbeiteten sie im Winter acht, im Frühjahr und Herbst zehn und im Sommer zwölf Stunden. Deshalb sahen viele Menschen die drei Männer durch die Stadt laufen, die beiden Gefangenen voran, der Bewacher hinterher. Erschrecken malte sich auf Gesichtern, Passanten wechselten schnell die Straßenseite – niemand wollte einen Verbrecher streifen.

Die Tore der Wasborough-Messinggießerei standen weit offen. Drinnen herrschte ein Inferno aus Flammen und Lärm – offenbar bekam die Königliche Marine jetzt die flachen Messingketten, die sie für ihre neuen Bilgenpumpen brauchte. Seit Richard sein Geld verloren hatte, war er nicht mehr dort gewesen.

»Dolphin Street«, brummte der Hilfspolizist kurz, als sie die Straßenecke erreichten. Sie gingen also nicht in Richtung Cooper's Arms, sondern nach Norden, über die Froom. Natürlich, denn an der Kreuzung von Kingsdown Street und Horsefield Street begann die Mautstraße nach Gloucester.

Von der Dolphin Street gelangten sie in deren neu gebaute Verlängerung, die dreißig Fuß breite Union Street. Sie kamen an großen glitzernden Schaufenstern und kunstvoll geschnitzten Türen mit funkelnden Messingbeschlägen vorbei. Der neue Boulevard war dreimal so breit wie die Narrow Wine Street, sodass die Passanten, die vor ihnen auf die andere Straßenseite flohen, sich dreimal so sicher fühlen konnten – vielleicht war das auch gut so, denn hier wohnten feinere Leute.

Schließlich bogen sie nach links ab, in die Broadmead und den Fuhrpark von Michael Henshaw, der mit seinen Pferdefuhrwerken Fracht nach Gloucester, Monmouth, Wales, Oxford, Birmingham und sogar Liverpool beförderte. Dort wurden sie in einen Winkel voller Pferdeäpfel gestoßen und durften ihre Kisten absetzen. Willy keuchte vor Erschöpfung.

Wenigstens haben drei Monate ohne Bewegung mich nicht ganz entkräftet, dachte Richard. Der arme Willy ist völlig erledigt. In drei Monaten bin ich sicher genauso schwach, es sei denn, ich kann im Gefängnis von Gloucester arbeiten und ich bekomme genug zu essen, um arbeiten zu können. Aber wenn ich arbeiten darf, wer bewacht dann meine Kiste vor Dieben? Um Sachen wie das Teeröl und den Filterstein brauche ich mir keine Sorgen zu machen, aber die Lappen und Kleider wären bestimmt schnell weg. Außerdem könnte jemand das Geheimfach mit den Goldstücken entdecken. *Und meine Bücher könnten wegkommen!* Ich bin sicher nicht der einzige Gefangene in England, der Bücher liest.

Der große Wagen, in den Willy und Richard schließlich stiegen, hatte eine über Eisenbügel gespannte Plane aus Segeltuch. So waren sie vor Wind und Wetter einigermaßen geschützt, auch vor dem aufkommenden Schneesturm, der ihnen außerhalb Bristols mit seinen vielen heißen Schloten sicher heftiger zusetzen würde. Die acht vor den Planwagen gespannten Pferde schienen kräftig genug, um sich durch den Morast der ungepflasterten Mautstraße zu kämpfen. Der Wagen selbst war mit so vielen Fässern und Gepäck beladen, dass die beiden Gefangenen nicht wussten, wo sie ihre Füße hinstellen sollten. Der Fuhrmann wollte ihre Kisten nicht mitnehmen.

»Die Kisten kommen mit, das ist Vorschrift«, beendete der Hilfspolizist die Debatte. Er kletterte in den Wagen, um die Ketten zwischen den Fußfesseln und den Eisengürteln der Gefangenen zu entfernen und die Gefangenen stattdessen an die Eisenbügel der Plane zu ketten. Die beiden konnten sich nur mit ausgestreckten Beinen zwischen die Fracht quetschen. Der Hilfspolizist sprang von der Ladefläche. Richard dachte schon, er würde sie verlassen, doch als der Wagen mit einem Ruck anfuhr, saß ihr Bewacher neben dem Fuhrmann auf dem Kutschbock, über den ebenfalls ein Schutzdach gespannt war.

»Hilf mir mal, Willy«, sagte Richard zu seinem Gefährten, der den Tränen schon wieder gefährlich nahe war. »Lass uns meine

Kiste gegen diesen Sack schieben. Dann machen wir dasselbe mit deiner. So können wir uns anlehnen. Und wehe, du heulst! Eine Träne und du bist tot.«

Der Wagen kam auf der völlig aufgeweichten Landstraße nur mühsam voran und versank von Zeit zu Zeit bis zu den Achsen im Matsch. Dann wurden Richard und Willy losgekettet und vom Wagen gescheucht und mussten graben und schieben – zu Richards Belustigung musste auch der entrüstete Hilfspolizist helfen. Es schneite heftig, doch war es nicht so kalt, dass der Matsch gefror. Ohne etwas zu essen oder zu trinken außer ein paar Hand voll Schnee hatten sie gegen Ende des ersten Tages acht der vierzig Meilen zurückgelegt.

Der Fuhrmann war sehr zufrieden. In Almondsbury hielt er vor einer Herberge an.

»Ihr habt euch ein Bett und Decken verdient«, sagte er sehr viel besser gelaunt als am Morgen zu den Gefangenen. »Ohne eure Hilfe hätten wir den Wagen nicht ein halbes Dutzend Mal wieder flottmachen können. Und du, Tom, bekommst einen Quartkrug Ale – das Bier ist gut hier, der Wirt braut es selbst.«

Der Fuhrmann und Tom, der Hilfspolizist, verschwanden, Richard und Willy blieben verwirrt im Wagen zurück. Nach einer Weile kehrte der Hilfspolizist zurück. Er legte den Knüppel in Reichweite auf den Boden, entfernte die Ketten, mit denen er die Gefangenen an die Eisenbügel gefesselt hatte, und führte sie zu einer steinernen Scheune, in der Stroh lag. Dort kettete er sie an einen dicken Balken, in den in Bodennähe einige Eisenkrampen geschlagen waren, dann verschwand er wieder.

»Ich habe solchen Hunger«, wimmerte Willy.

»Dann bete, Willy, aber fang bloß nicht wieder an zu heulen!«

Der Stall roch sauber und das Stroh war trocken. Seit drei Monaten hatten sie kein so ordentliches Lager gehabt. Richard schob das Stroh zurecht. In diesem Augenblick kamen der Wirt und ein stämmiger Bauernbursche herein. Der Wirt trug ein Tablett mit zwei Humpen, Brot, Butter und zwei großen Schalen dampfender Suppe. Der Bauernbursche ging zu einer leeren Pferdebox und kam mit Decken zurück.

»John sagt, ihr hättet ihm auf der Fahrt geholfen«, sagte der Wirt. Er setzte das Tablett in ihrer Reichweite ab und trat schnell einen Schritt zurück. »Habt ihr Geld, um mehr zu zahlen als den Penny, den mir der Hilfspolizist für jeden von euch gibt? Sonst komme ich nicht auf meine Kosten und muss Johns Firma den Rest berechnen. John sagt ja, ihr hättet einen Lohn verdient.«

»Wie viel?«, fragte Richard.

»Mit dem Bier drei Pennys für jeden.«

Richard zog ein Sixpencestück aus seiner Westentasche.

Bei Tagesanbruch erhielten er und Willy für weitere drei Pennys Brot und Dünnbier. Dann ging die Reise weiter. Wieder mussten sie unterwegs aussteigen, um zu graben und den Wagen aus dem Schlamm zu schieben und zu ziehen. Doch ein paar Stunden seliger Schlaf zwischen Stroh und Decken und die nahrhafte warme Mahlzeit hatten Wunder gewirkt und Richard neue Kraft verliehen, auch wenn seine Glieder vor Anstrengung schmerzten. Selbst Willy war munterer und packte beherzter mit an. Es hatte aufgehört zu schneien und war kälter geworden, doch nicht so kalt, dass der Boden gefror. Sie schafften auch am zweiten Tag nur acht Meilen, doch John, der Fuhrmann, war damit vollauf zufrieden, wahrscheinlich weil er bei diesem Reisetempo abends seine gewohnten Nachtquartiere ansteuern konnte.

Richard rechnete sich aus, dass sie am Abend des fünften Tages im Gefängnis von Gloucester eintreffen würden. Doch als sie den Stadtrand von Gloucester erreichten, hielt der Fuhrmann vor einem Gasthaus namens Harvest Moon.

»Ich setze euch doch nicht im Dunkeln an diesem verrufenen Ort ab«, erklärte er. »Ihr habt eure Reisekosten wie Ehrenmänner beglichen, und ihr tut mir wirklich Leid. Das wird jetzt für weiß Gott wie lange die letzte Nacht sein, in der ihr einen anständigen Schlafplatz und ein anständiges Essen im Magen habt. Ich kann nicht glauben, dass ihr Verbrecher seid. Ich wünsche euch viel Glück.«

Am frühen Morgen des folgenden Tages rollte der Wagen über die Zugbrücke zum anderen Ufer des Severn und durch das Westtor nach Gloucester hinein. Gloucester erinnerte in vielem an eine mittelalterliche Kleinstadt. Ein Großteil der alten Mauern, Gräben, Zugbrücken und Klöster stand noch. Die größeren Gebäude waren vierstöckige, schwarz-weiße Fachwerkhäuser. Einige Dächer waren mit Schiefer gedeckt, die meisten zu Richards Entsetzen allerdings noch mit Stroh. Richard hatte wie alle Leute aus Bristol Angst vor durch Stroh ausgelösten Feuersbrünsten. Er sah nicht allzu viel von dem Städtchen, da der Planwagen nur hinten offen war. Doch was er sah, bestätigte ihm, dass Gloucester im Vergleich zu Bristol ein Provinznest war.

Der Wagen fuhr auf ein Tor in einer dicken alten Mauer zu. Richard und Willy wurden vom Wagen geholt und zusammen mit Tom, dem Hilfspolizisten, auf ein großes, offenbar bestelltes Feld geführt. Was dort angebaut wurde, würde sich erst im Frühjahr zeigen. Vor ihnen ragte die Burg von Gloucester auf, die gleichzeitig das Gefängnis der Stadt war, ein finsteres Gemäuer mit großen und kleinen Türmen und vergitterten Fenstern, umgeben von einer Mauer und einem Graben. Die Burg hatte zur Zeit Oliver Cromwells zum letzten Mal als Festung gedient und war seitdem stetig verfallen.

Sie gingen nicht zum Eingang der Burg, sondern zu einem großen Steinhaus an der Außenmauer, in dem der Oberaufseher des Gefängnisses wohnte.

Dort kam Richard der Verdacht, dass der Hilfspolizist ihn und Willy nicht deshalb von Bristol nach Gloucester begleitet hatte, um ihre Flucht zu verhindern, sondern um ihre Fesseln und Ketten wieder nach Bristol zurückzubringen. Denn Tom griff nach jedem Stück Eisen, das ihnen abgenommen wurde, wie eine Mutter nach ihrem Neugeborenen und verstaute es sofort in einem Sack. Endlich war alles geregelt und unterzeichnet, und er entfernte sich mit seinem Sack, um mit einer Kutsche nach Bristol zurückzukehren. Ein Wärter legte Richard und Willy ein neues Paar Fußeisen mit einer zwei Fuß langen Kette an – den Oberaufseher sahen sie nicht – und eskortierte sie zur Burg. Ihre kostbaren Kisten trugen sie vor sich her.

Der kleine noch bewohnbare Teil der Burg war so überfüllt mit

Häftlingen, dass keiner die Beine ausstrecken konnte. Wer sich hinsetzte, musste die Knie unters Kinn ziehen. Die Gemeinschaftszelle maß genau zwölf auf zwölf Fuß und war mit ungefähr dreißig Männern und zehn Frauen belegt. Der Wärter, der sie hergebracht hatte, brüllte einen unverständlichen Befehl, woraufhin alle, die einen Platz zum Sitzen gefunden hatten, aufstanden. Dann marschierten die Häftlinge und Richard und der heulende Willy mit ihren Kisten im Gänsemarsch auf einen eisigen Hof, auf dem bereits zwanzig andere Männer und Frauen warteten.

Es war Sonntag. Gleich würde Reverend Evans den Insassen des Gefängnisses von Gloucester die Botschaft Gottes verkünden. Die schwache Stimme des betagten Gefängnisgeistlichen wurde vom Wind übertönt, der durch den rechteckigen Hof pfiff, sodass seine Worte über Reue, Glaube und Hoffnung – oder was auch immer – nicht zu verstehen waren. Glücklicherweise betrachtete er eine zehnminütige Andacht und eine zwanzigminütige Predigt als ausreichende Gegenleistung für die vierzig Pfund, die er als Gefängnispfarrer im Jahr verdiente. Schließlich predigte er nicht nur sonntags, sondern auch mittwochs und freitags.

Danach wurden sie in die Gemeinschaftszelle der Sträflinge zurückgescheucht, die viel kleiner war als die der Schuldner, obwohl es doppelt so viele Strafgefangene gab wie Schuldner. Richard schob einen Mithäftling beiseite, um seine Kiste abstellen zu können, und setzte sich darauf.

»So schlimm wie heute ist es unter der Woche nicht«, sagte eine Stimme neben ihm. »Du bist ein stattlicher Mann!«

Eine magere, sehnige Frau von ungefähr dreißig Jahren schaffte sich mit den Ellbogen Platz und ließ sich zu seinen Füßen nieder. Richard fiel auf, dass ihre Kleider zwar vielfach geflickt, aber einigermaßen sauber waren. Die Frau trug einen schwarzen Rock, einen roten Unterrock, eine rote Bluse, eine schwarze Weste und schräg auf dem Kopf einen merkwürdig extravaganten schwarzen Hut mit einer breiten Krempe und einer scharlachrot gefärbten Gänsefeder.

»Gibt es hier keine Kapelle, in der man den Pfarrer versteht?«, fragte Richard mit einem leichten Lächeln. Die Frau hatte etwas

Liebenswertes, und solange er sich mit ihr unterhielt, musste er nicht dem jammernden Willy zuhören.

»Doch, aber sie ist nicht groß genug für alle. Das Gefängnis ist zurzeit wirklich voll – es müsste mal wieder Fleckfieber ausbrechen, damit es leerer wird. Ich bin Lizzie Lock.« Sie streckte ihm die Hand hin.

Richard schüttelte sie. »Richard Morgan. Und das ist Willy Insell, mein Schatten, der mich noch um den Verstand bringen wird.«

»Tag, Willy, wie geht's?«

Wieder strömten die Tränen über Willys Wangen.

»Das geht wie ein Wasserfall«, sagte Richard müde. »Eines Tages erwürge ich ihn noch.« Er sah sich um. »Warum sind Männer und Frauen hier nicht getrennt?«

»Das Gefängnis hat keinen Frauentrakt, Schätzchen. Und auch keinen eigenen Trakt für Schuldner. Deshalb wurden wir vor ungefähr fünf Jahren in John Howards Bericht über die englischen Gefängnisse erwähnt. Deshalb bauen wir gerade ein neues Gefängnis und deshalb ist diese Zelle von Montag bis Samstag nicht so überfüllt wie jetzt, weil die Männer dann auf dem Bau sind.« Lizzie hatte gesprochen, ohne Luft zu holen.

»Wer ist John Howard?«

»Er hat diesen Bericht über die Gefängnisse geschrieben. Das hab ich doch gerade gesagt. Mehr weiß ich nicht, also frag auch nicht weiter. Und das weiß ich auch nur, weil ganz Gloucester sich darüber aufgeregt hat – vor allem der Bischof und sein ehrenwertes Kollegium. Schließlich stimmte das Parlament einem Gesetz über den Bau eines neuen Gefängnisses zu. Es soll in drei Jahren fertig sein, aber da bin ich schon weg.«

»Du rechnest mit einem Freispruch?« Richards Lächeln wurde breiter. Er fand die Frau überhaupt nicht attraktiv, trotzdem mochte er sie, einfach weil in ihren wachen schwarzen Augen noch keine Resignation lag.

»Großer Gott nein!«, erwiderte Lizzie belustigt. »Ich wurde vor zwei Jahren zu sus. per coll. verurteilt.«

»Zu was?«

»Zum Tod durch den Strang, Schätzchen. Sus. per coll., schreibt der Kerl, der dich hängt, in sein offizielles Buch, sobald du aufgehört hast zu strampeln.«

»Doch wie ich sehe, bist du noch am Leben.«

»Ich wurde vorletzte Weihnachten begnadigt. Zu Deportation für sieben Jahre. Noch bin ich hier, aber wahrscheinlich nicht mehr lange.«

»Wie es aussieht, gibt es kein Land, in das man dich deportieren könnte, Lizzie. Obwohl in Bristol Afrika im Gespräch war.«

»Du bist aus Bristol! Das dachte ich mir. Du nuschelst nicht, sondern du näselst.«

»Willy ist auch aus Bristol. Wir kamen heute mit einem Fuhrwerk.«

»Und du bist ein Gentleman«, sagte sie verwundert.

»Nur so etwas Ähnliches, Lizzie.«

Sie zeigte mit dem Finger auf die Holzkiste. »Was ist da drin?«

»Meine Habseligkeiten, aber wer weiß, wie lange noch. Einige hier sehen zwar krank aus, aber die meisten wirken viel munterer als die Häftlinge im Bristol Newgate.«

»Weil sie das neue Gefängnis bauen und wegen der Gemüsebeete des alten Hubbard. Wer arbeitet, bekommt anständig zu essen. Es ist billiger, Häftlinge arbeiten zu lassen, als Arbeiter aus Gloucester anzuheuern – und ein neues Gesetz erlaubt das offenbar. Wir Frauen arbeiten auch, meist im Garten.«

»Wer ist Hubbard?«

»Der Oberaufseher. Hauptsache, man wird nicht krank – dann bekommt man nämlich nur noch eine Viertelration. Besonders gefährlich ist das Fleckfieber. Und über Weihnachten sind acht von dreiundachtzig Häftlingen Opfer der Pocken geworden.« Lizzie strich über die Holzkiste. »Keine Bange, Schätzchen, ich pass auf deine Kiste auf – für eine Gegenleistung.«

»Was für eine Gegenleistung?«, fragte Richard argwöhnisch.

»Schutz. Ich verdiene mir mit Stopfen und Flicken volle Essensrationen und außerdem ein paar Pennys. Ich biete Dienste an, gegen die der Pfarrer nichts einzuwenden hat. Aber die Männer sind dauernd hinter mir her, besonders Isaac Rogers.« Sie deutete auf einen großen kräftigen Burschen mit einem verschlagenen Gesicht. »Ein übler Kerl!«

»Weswegen sitzt er?«

»Straßenraub. Brandy und Tee.«

»Und was hast du verbrochen?«

Lizzie kicherte und tippte an ihren Hut. »Ich habe den tollsten Seidenhut der Welt geklaut. Ich kann nicht anders, Richard – ich *liebe* Hüte!«

»Soll das heißen, man hat dich zum Tod verurteilt, nur weil du einen Hut gestohlen hast?«

Die schwarzen Augen funkelten. Lizzie senkte den Kopf. »Nicht nur einen. Ich sagte doch, ich liebe Hüte!«

»So sehr, dass du für sie Kopf und Kragen riskierst, Lizzie?«

»An den Galgen dachte ich beim Klauen nicht.«

Richard streckte ihr zum zweiten Mal die Hand hin. »Abgemacht, Mädel. Ich werde dich beschützen. Dafür erwarte ich von dir, dass du meine Kiste mit deinem Leben verteidigst. Und versuche nicht, die Schlösser zu knacken, Lizzie Lock! Ich schwöre dir, es sind keine Hüte drin.« Er drängelte einige Häftlinge zur Seite und stand auf. »Ich würde mich hier gern etwas umsehen, wenn ich in diesem Gedränge überhaupt vom Fleck komme. Pass auf meine Kiste auf.«

Seine Runde dauerte nur eine Viertelstunde. Von der Gemeinschaftszelle gingen ein paar unbeleuchtete kleine Zellen ohne Fenster ab, die leer waren, obwohl in zwei von ihnen Kloschüsseln standen. Eine bröckelnde Treppe führte zu einer Gittertür hinauf, die den Zugang zum oberen Stockwerk versperrte. Eine weitere Gittertür trennte die Gemeinschaftszelle der Sträflinge von der der Schuldner, die zehn auf zwanzig Fuß groß war, aber wie die kleineren Zellen weder Fenster noch Lüftungslöcher hatte und stockfinster gewesen wäre, hätten die Insassen nicht unterhalb der Decke ein Stück Wand herausgebrochen, um etwas Licht und frische Luft hereinzulassen. Dahinter lag der Hof. Obwohl die Schuldner mehr Platz hatten, ging es ihnen schlechter als den Sträflingen. Da sie nicht arbeiteten, mussten sie mit Viertelrationen auskommen.

Sie waren wie die Häftlinge im Bristol Newgate abgemagert und apathisch und teilweise nur mit Lumpen bekleidet.

Bei seiner Rückkehr sah Richard, wie Lizzie Lock seine Kiste energisch gegen Isaac Rogers, den Straßenräuber, verteidigte.

»Nimm die Finger von Lizzie und meinen Sachen weg«, sagte er barsch.

»Na los, zeig's mir doch!«, knurrte Rogers und baute sich kampfbereit vor ihm auf.

»Verschwinde lieber! Einen Dickwanst wie dich lege ich mit einem Schlag um«, entgegnete Richard unbeeindruckt. »Fort mit dir! Ich bin Richard Morgan, ein friedliebender Mensch, und diese Dame steht unter meinem Schutz.« Er legte den Arm um Lizzie, die sich schadenfroh grinsend an ihn lehnte. »Es gibt hier noch andere Frauen. Belästige doch eine von denen.«

Rogers musterte Richard eingehend und beschloss, sich lieber nicht mit ihm anzulegen. Hätte Morgan nur eine Spur von Angst gezeigt, die Sache wäre anders ausgegangen, doch schien der Neue keine Angst zu kennen. Er wirkte vollkommen ruhig und beherrscht. Burschen wie der kämpften verbissen wie Katzen. Rogers zuckte also nur die Achseln und schlurfte davon. Richard hockte sich auf seine Kiste, Lizzie setzte sich auf sein Knie.

»Wann bekommen wir etwas zu essen?«, fragte Richard. Eine gewiefte Frau, diese Lizzie! Sie würde seine Ritterlichkeit ganz gewiss nicht missverstehen. Ein Beschützer, der sie nicht begehrte, kam ihr sehr gelegen.

»Bald ist Mittag«, antwortete sie. »Weil heute Sonntag ist, bekommen wir frisches Brot, Fleisch, ein Stück Käse, Rüben und Kohl. Nicht Butter oder Marmelade, aber genug zu essen. Die Sträflinge haben ihre eigene Küche, dort drüben.« Sie deutete zum anderen Ende des Raumes. »Der Koch gibt jedem ein Holzbrett und einen Zinnbecher. Zum Abendessen gibt es dann noch mal Brot, Dünnbier und Krautsuppe.«

»Gibt es einen Schankraum?«

»Hier drinnen? Du besäufst dich wohl gerne, Schätzchen.«

»Ich trinke nichts außer Dünnbier oder Wasser. Ich wollte es nur wissen.«

»Simmons, ein Wärter – sein Spitzname ist Selig – verkauft Schnaps für einen Penny. Dann musst du dich vor Isaac in Acht nehmen. Ike ist unberechenbar, wenn er getrunken hat.«

»Betrunkene Männer sind ungeschickt. Ich hatte mein Leben lang mit ihnen zu tun.«

Ende Februar wusste Richard alles über das Gefängnis von Gloucester und seine Mithäftlinge, mit denen er auf engstem Raum zusammenlebte. Vierzehn von ihnen warteten wie er auf ihre Verhandlung während der Gerichtstage in der Fastenzeit. Die Übrigen waren bereits abgeurteilt, größtenteils zur Deportation. Unter diesen vierzehn befanden sich drei Frauen – Mary Harding, genannt Maisie, die der Hehlerei bezichtigt wurde, Betty Mason, der man vorwarf, aus einem Haus in Henbury eine Geldbörse mit fünfzehn Guineen gestohlen zu haben, und Bess Parker, die in North Nibley in ein Haus eingebrochen und zwei Leinenhemden entwendet haben sollte. Bess Parker hatte inzwischen ein festes Verhältnis mit einem Häftling namens Ned Pugh, der seit 1783 einsaß. Betty Mason hatte einem Wärter namens Johnny den Kopf verdreht. Beide Frauen waren hochschwanger.

Wie schön wir es hier haben!, dachte Richard bitter. Eine Gemeinschaftszelle, in der man kaum aufrecht stehen konnte, und für die Männer ein vor Schmutz starrender Schlafsaal, zu dem einem erst ein Wärter die Tür über der Treppe aufschließen musste. Inzwischen war er allerdings einigermaßen abgebrüht. Er entkleidete und wusch sich vor einer Pumpe in einer fensterlosen Zelle, ohne auf die Frauen zu achten, wusch mit stoischer Ruhe die Lappen aus, mit denen er sich den Hintern abwischte, und filterte weiterhin sein Trinkwasser, unbeirrt von über drei Dutzend Augenpaaren, die ihn und seinen Stein skeptisch beobachteten. Er hatte auch einen gewissen Egoismus entwickelt, denn er bot weder Lizzie noch Willy gefiltertes Wasser an. Der Stein brauchte eine ganze Stunde, um zwei Pints zu produzieren. Auch die Seife und die Lappen teilte er nicht. Die wenigen Pennys, die er ausgab, gingen an Maisie, die ihm dafür seine Unterhosen, Hemden und Socken wusch. Seine übrigen Kleidungsstücke stanken nach Schweiß.

Maisie, die Wäscherin, war die einzige Frau, die keinen Beschützer hatte und nichts von den Männern verlangte, denen sie ihre Gunst gewährte. Zwei oder drei andere Frauen waren für einen Becher Gin zu haben. Wenn die Begierde ein Paar übermannte und es kein freies Plätzchen auf dem Fußboden fand, stellte es sich einfach an die Wand. Es war kein besonders erotischer Akt, da beide die Kleider anbehielten und Neugierige bestenfalls einen flüchtigen Blick auf ein entblößtes Glied und einen behaarten Schamhügel erhaschten. Zu Richards Erstaunen trieben die Paare es nie in einer der angrenzenden kleinen Zellen. Anscheinend graute allen vor der Dunkelheit.

Anfang März wurden Bess Parker und Betty Mason zur Entbindung in den Frauenschlafsaal getragen, nachdem ihnen in der Gemeinschaftszelle das Fruchtwasser abgegangen war. Zwei andere Frauen stillten bereits Babys, die im Gefängnis zur Welt gekommen waren, und Maisie hatte ein kleines Kind ins Gefängnis mitgebracht. Die meisten Säuglinge starben bei oder kurz nach der Geburt. Wenn eines überlebte, war das ein Wunder.

Zum Glück gab es wenigstens genug Arbeit. Richard wurde dazu eingeteilt, Kalksteinblöcke vom Anlegeplatz zum neuen Gefängnis zu schleppen. So kam er an die frische Luft und konnte sich draußen umsehen. Der kleine Hafen von Gloucester lag im Norden des Burggeländes am Ufer des Severn, der bis dorthin für kleine Briggs und große Flussboote befahrbar war. Es gab zwei Gießereien in der Stadt, von denen die eine Kirchenglocken und die andere kleine Eisenartikel für den lokalen Markt herstellte. Der Rauch, der aus ihren Schloten aufstieg, reichte nicht aus, um die Luft zu verpesten. Richard empfand sie als sauber und frisch. Der Severn sah ebenfalls sauber aus, auch wenn das Auftreten von Fleckfieber unter den Gefangenen vermuten ließ, dass die Wasserquelle des Gefängnisses verseucht war. Vielleicht wurde die Krankheit aber auch durch Flöhe oder Läuse übertragen. Richard bekämpfte diese Parasiten, indem er seinen Körper und seine Kleider ständig nach ihnen absuchte und seine verdreckte Pritsche mit Teeröl einrieb. Wie er sich danach sehnte, sauber zu sein, in einer sauberen Umgebung zu leben und nach der Arbeit seine wohlverdiente Ruhe zu haben!

Wenige Tage nach Richards und Willys Ankunft war wieder das Fleckfieber ausgebrochen und hatte die Zahl der Sträflinge von vierzig auf zwanzig reduziert. Da einige wenige Häftlinge neu dazukamen, waren es inzwischen wieder vierzehn, die auf ihre Verhandlung warteten.

Richard hatte die anderen Männer im Lauf der Zeit und durch die gemeinsame Arbeit besser kennen gelernt. Mit drei von ihnen – William Whiting, James Price und Joseph Long – hatte er sich sogar angefreundet. Sie sollten wie er zur Fastenzeit vor Gericht gestellt werden.

Whiting wurde beschuldigt, ausgerechnet aus dem Stall der Herberge in Almondsbury, in der Richard und Willy unterwegs übernachtet hatten, einen Hammel gestohlen zu haben.

»Blödsinn!«, sagte Whiting. Er war ein Spaßvogel, bei dem man nie wusste, ob man ihm glauben sollte. »Warum sollte ausgerechnet ich ein Schaf stehlen? Ich wollte es doch nur ficken. Ich hätte es am nächsten Morgen in den Stall zurückgebracht, und niemand hätte was gemerkt. Aber leider schlief der Schäfer nicht.«

»War es denn so dringend, Bill?«, fragte Richard, ohne zu lächeln.

»Nicht dringend, aber – ich ficke einfach gern, und der Arsch eines Schafs fühlt sich fast so an wie die Möse einer Frau«, erwiderte Whiting vergnügt. »Jedenfalls riecht er genauso und ist sogar noch ein bisschen enger. Außerdem brauchst du mit einem Schaf nicht lange zu diskutieren. Du steckst einfach seine Hinterbeine in deine Stiefel und legst los.«

»Ob es nun Sodomie oder Viehdiebstahl war, ist doch ganz egal, Bill. Dir droht der Strick. Warum musste es gerade Almondsbury sein? Acht Meilen weiter, in Bristol, hättest du tausend Huren beiderlei Geschlechts finden können – mit denen brauchst du auch nicht zu diskutieren.«

»Ich konnte einfach nicht länger warten. Das Schaf hatte ein so liebes Gesicht – es erinnerte mich an einen Pfarrer, den ich kannte.«

Richard gab auf.

Jimmy Price war ein Bauer aus Somerset mit einer Schwäche für

Rum. Er war mit einem Kameraden in drei Häuser in Westbury-upon-Trim eingestiegen und hatte große Stücke Rind-, Schweine- und Hammelfleisch, drei Hüte, zwei Mäntel, eine bestickte Weste, Reitstiefel, eine Muskete und zwei grüne Seidenschirme gestohlen. Sein Komplize, den er Peter nannte, war inzwischen am Fleckfieber gestorben. Jimmy empfand keine Reue, weil er sich keiner Schuld bewusst war. »Ich wollte das nicht – ich kann mich auch an nichts mehr erinnern«, erklärte er. »Was soll ich mit zwei grünen Seidenschirmen anfangen? In Westbury kann man die doch nirgends verkaufen. Hunger hatte ich auch nicht, und keins der Kleidungsstücke hätte mir oder Peter gepasst. Und Schießpulver oder Munition für die Muskete habe ich ja gar nicht mitgenommen.«

Der Dritte des Trios war viel reumütiger. Richard bedauerte ihn zutiefst. Der willensschwache, etwas einfältige Joey Long hatte in Slimbridge eine silberne Uhr gestohlen. »Ich war betrunken und die Uhr gefiel mir so gut«, sagte er nur.

Natürlich wurde auch Richard nach dem Grund seiner Verhaftung gefragt. In der Gemeinschaftszelle der Sträflinge waren vor allem Diebe versammelt. Er gab deshalb immer nur dieselbe kurze Erklärung ab: »Erpressung und schwerer Diebstahl. Ein Schuldschein über fünfhundert Pfund und eine Uhr aus Stahl.« Diese Antwort verschaffte ihm großen Respekt, selbst bei Isaac Rogers.

»Ein vielseitiger Begriff, schwerer Diebstahl«, sagte Richard zu Bill Whiting, während sie Kalksteinblöcke zur Baustelle schleppten. Whiting konnte lesen und schreiben und war intelligent. »Bei mir war es eine Uhr aus Stahl und bei der armen Bess Parker waren es einfache Leinenhemden, die höchstens sechs Pennys wert sind, bei Rogers dagegen vier Gallonen Brandy und fünfundvierzig Kisten mit jeweils über hundert Pfund bestem Hyson-Tee, der im Laden ein Pfund pro Pfund kostet – über 5000 Pfund Beute. Trotzdem werden wir alle wegen schweren Diebstahls angeklagt. Das ist doch absurd.«

»Rogers wird hängen«, lautete Whitings Kommentar.

»Lizzie bekam dieselbe Strafe, weil sie drei Hüte gestohlen hat.«

»Sie ist eine Wiederholungstäterin«, sagte Whiting lachend.

»Sie hätte sich bessern müssen, stattdessen ist sie rückfällig geworden. Die meisten von uns waren betrunken. Der Alkohol ist schuld.«

Am Montag, dem 21. März, trafen die beiden Vettern James mit einer Mietkutsche in Gloucester ein. Da sie in der Stadt selbst keine anständige Unterkunft fanden, stiegen sie schließlich im Harvest Moon ab, in dessen Stall Richard und Willy die letzte Nacht vor ihrer Einlieferung ins Gefängnis von Gloucester verbracht hatten.

Die Vettern erwarteten wie seinerzeit Richard, dass die Verhältnisse in diesem Gefängnis sehr viel besser sein würden als im vorherigen. Ein übleres Verlies als das Bristol Newgate konnten sie sich gar nicht vorstellen. Entsprechend groß war ihr Entsetzen, als sie die Gemeinschaftszelle für die Sträflinge betraten.

»Zur Zeit ist es hier eigentlich ganz erträglich«, sagte Richard überrascht. »Das Fleckfieber hat für Platz gesorgt.« Er hatte die beiden flüchtig auf den Mund geküsst, wollte sich jedoch nicht von ihnen umarmen lassen. »Ich stinke«, erklärte er.

Nach dem Gottesdienst am Sonntag hatten plötzlich ein Tisch und Bänke in der Zelle gestanden. Der Oberaufseher war gewarnt worden: Die Richter des Bezirksfinanzgerichts wünschten sein Gefängnis womöglich zu besichtigen. Das Parlament beschäftigte sich immer noch eingehend mit John Howards Bericht über die Haftbedingungen von Schuldnern in englischen Gefängnissen. Daraufhin hatte der Aufseher getan, was er konnte.

»Wie geht es Vater?«, fragte Richard als Erstes.

»Schon besser, aber noch nicht gut genug für die Reise hierher«, sagte Vetter James, der Apotheker. »Er wünscht dir alles Gute und Gottes Segen.«

»Und Mutter?«

»Gut. Auch sie lässt dich herzlich grüßen und betet für dich.«

Die Vettern staunten über Richards gutes Aussehen. Sein Mantel, seine Weste und seine Hosen mochten zerschlissen sein und stinken, aber sein Hemd, seine Socken und die Lappen, die er in die Fußfesseln gestopft hatte, waren sauber. Die Haare trug er immer noch kurz, graue Haare hatte er keine. Seine Fingernägel waren gepflegt, sein Gesicht frisch rasiert und faltenlos. Nur sein abwesender, strenger Blick machte den Vettern ein wenig Angst.

»Habt ihr inzwischen etwas von William Henry gehört?«

»Überhaupt nichts, Richard.«

»Dann ist das alles bedeutungslos.«

»Aber nein, keineswegs!«, widersprach Vetter James, der Kirchenmann, energisch. »Wir haben dir einen Anwalt besorgt, leider nicht aus Bristol – Fremde sind bei den Bezirksgerichten nicht gern gesehen. Vetter Henry der Anwalt hat uns beauftragt, einen in Gloucester bekannten Kollegen ausfindig zu machen. Es werden zwei Richter anwesend sein, Sir James Eyre vom Königlichen Finanzgericht und Sir George Nares vom Königlichen Gerichtshof.«

»Habt ihr Ceely Trevillian gesehen?«

»Nein«, sagte Vetter James, der Apotheker, »aber ich hörte, dass er sich im besten Gasthaus der Stadt einquartiert hat. Wie mir erzählt wurde, sind die Gerichtstage für Gloucester ein großes Ereignis, das gebührend gefeiert wird, zumindest an dem Tag, an dem alle durch die Stadt zum Rathaus marschieren, das gleichzeitig das Gericht ist. Die zwei Richter wohnen in besonderen Unterkünften in der Nähe des Rathauses, doch die meisten der Gerichtsdiener, Barrister und Protokollführer steigen in Gasthäusern ab. Morgen tagt das Große Geschworenengericht, aber das ist lediglich eine alte Sitte. Dein Anwalt sagt, dass ihr alle drankommt.«

»Wer ist mein Anwalt?«

»James Hyde aus der Chancery Lane in London, ein Barrister, der mit den Richtern Eyre und Nares den Gerichtsbezirk Oxford bereist.«

»Wann sucht er mich auf?«

»Gar nicht, Richard. Seine Arbeit beschränkt sich auf den Gerichtssaal. Vergiss nicht, dass er deine Version der Geschichte nicht vortragen darf. Er hört sich die Aussagen der Zeugen an, in der Hoffnung, Schwachpunkte darin zu finden, die er im Kreuzverhör aufzeigen kann. Da er die Zeugen nicht kennt und nicht weiß, was sie sagen werden, hätte es keinen Sinn, dich aufzusuchen. Wir haben ihm den Sachverhalt in allen Einzelheiten dargelegt. Er ist sehr erfahren und tüchtig.«

»Was verlangt er?«

»Zwanzig Guineen.«

»Und ihr habt ihn bereits bezahlt?«

»Ja.«

Das Ganze ist eine Farce, dachte Richard, rang sich jedoch ein Lächeln ab und drückte den beiden Vettern freundschaftlich den Arm. »Ihr seid so gut zu mir. Ich kann euch gar nicht sagen, wie sehr ich euch für eure Hilfe danke.«

»Du gehörst doch zur Familie, Richard«, sagte Vetter James, der Kirchenmann, etwas verwundert.

»Ich habe dir einen neuen Anzug und ein neues Paar Schuhe mitgebracht«, verkündete James, der Apotheker. »Und eine Perücke. Du kannst nicht mit geschorenem Schädel vor Gericht erscheinen. Die Frauen – deine Mutter, Arm und Elizabeth – haben mir eine ganze Kiste voller Unterhosen, Hemden, Strümpfe und Lappen für dich mitgegeben.«

Richard schwieg. Seine Familie schien mit dem Schlimmsten zu rechnen, auch wenn sie das Beste hoffte. Denn wenn er in zwei Tagen freigesprochen wurde, wozu brauchte er dann eine ganze Kiste mit neuen Sachen?

Am folgenden Tag feierte Gloucester den Beginn der Gerichtstage. Beim Steineschleppen hörte Richard deutlich das Schmettern von Trompeten und Hörnern, Trommelwirbel, begeistertes Klatschen, die Musik eines Spielmannszuges und den sonoren Singsang von Stimmen, die in fließendem Latein Reden hielten. Ganz Gloucester war in Feststimmung.

Die Stimmung im Gefängnis war gedrückt. Richard konnte den sechzehn anderen Angeklagten – die Zahl war wieder gestiegen – von den Gesichtern ablesen, dass sie einen Schuldspruch erwarteten. Außer ihm konnten sich nur zwei einen Anwalt leisten: Bill Whiting und Isaac Rogers. Ihr Verteidiger war ebenfalls James Hyde, was Richard vermuten ließ, dass gar kein anderer Anwalt zur Wahl stand.

»Hofft denn keiner, dass er freikommt?«, fragte Richard Lizzie.

Seine Freundin, die schon drei Verhandlungen vor dem Bezirksgericht hinter sich hatte, sah ihn verständnislos an. »Wir kommen nicht frei, Richard. Wie sollte das denn gehen? Der Staatsanwalt und die Zeugen liefern die Beweise, und die Geschworenen glauben, was sie hören. Fast alle von uns sind schuldig, obwohl ich auch einige kenne, die Opfer von Verleumdungen wurden. Trunkenheit ist keine Entschuldigung, und wenn wir hochgestellte Freunde hätten, säßen wir nicht in diesem Gefängnis.«

»Gibt es überhaupt keine Freisprüche?«

»Höchstens wenn viele Fälle verhandelt werden.« Lizzie saß auf seinem Knie und strich ihm über die Haare wie einem Kind. »Mach dir keine Hoffnungen, Schätzchen. Dass du als Angeklagter vor ihnen stehst, reicht den Geschworenen schon für eine Verurteilung. Aber setz bitte deine Perücke auf.«

An Händen und Füßen gefesselt schlurfte Richard am frühen Morgen des 23. März aus der Gemeinschaftszelle. Er trug seinen neuen Anzug – eine einfache schwarze Jacke, eine schwarze Weste und eine schwarze Hose – und neue schwarze Schuhe. Hand- und Fußfesseln waren mit sauberen Lappen gepolstert. Nur die Perücke hatte er nicht auf; das Ding hatte sich zu scheußlich angefühlt. Sieben andere brachen mit ihm auf: Willy Insell, Betty Mason, Bess Parker, Jimmy Price, Joey Long, Bill Whiting und Sam Day, ein Siebzehnjähriger aus Dursley, der beschuldigt wurde, einem Weber zwei Pfund Garn gestohlen zu haben.

Die Angeklagten wurden durch eine Hintertür ins Rathaus gebracht und hastig eine Treppe in den Keller hinuntergeführt, ohne einen Blick in den Saal werfen zu können, in dem zwar nur mit Worten gefochten wurde, doch womöglich mit tödlichen Folgen.

»Wie lange dauert das denn?«, fragte Bess Parker Richard flüsternd und mit ängstlich aufgerissenen Augen. Ihr Kind, ein Junge, war zu ihrem großen Kummer zwei Tage nach der Geburt am Fleckfieber gestorben.

»Wahrscheinlich nicht lange. Das Gericht arbeitet höchstens sechs Stunden am Tag und wir sind zu acht. Sie müssen ihre Urteile so schnell produzieren wie ein Metzger seine Würstchen.«

»Ich habe solche Angst!«, heulte Betty Mason. Sie trauerte immer noch um ihr tot geborenes Töchterchen.

Jimmy Price wurde als Erster abgeholt. Er war noch nicht zurück, als Bess Parker an die Reihe kam. Erst als auch Betty Mason nicht mehr erschien, begriffen die anderen, dass die Angeklagten nach der Verhandlung offenbar direkt ins Gefängnis zurückgebracht wurden.

Dann ging Sam Day. Jetzt warteten nur noch Richard, Willy, Joey Long und Bill Whiting. Einige Stunden vergingen.

»Die Herren Richter machen Mittagspause«, sagte Whiting mit unverwüstlichem Humor. Er leckte sich die Lippen. »Gänsebraten, Rinderbraten, Hammelbraten, Flammeris, Kuchen, Torten, Pasteten und Puddings – wir haben Glück, Richard! Die Bäuche der Herren Richter werden voll sein und ihre Köpfe von Bordeaux und Portwein benebelt.«

»Ich glaube nicht, dass das gut ist«, sagte Richard, dem nicht nach Scherzen zu Mute war. »Die Gicht wird ihnen zusetzen und die Verdauung ebenfalls.«

»Du bist ein schöner Tröster in der Not!«

Richard und Willy wurden als Letzte hinaufgebracht, der Uhr an der Wand des Gerichtssaals zufolge um halb vier. Die Treppe führte direkt zur Anklagebank, nur dass dort keine Bank stand und die Angeklagten stehen mussten. Das helle Licht blendete sie. Ein mit einer Hellebarde bewaffneter Mann in mittelalterlicher Aufmachung bewachte sie mit teilnahmsloser Miene. Der Raum war nicht sonderlich groß, hatte aber auf halber Höhe Zuschauergalerien. Die Leute unten im Saal schienen alle irgendwie am Prozess beteiligt. Die beiden Richter trugen pelzbesetzte karmesinrote Roben und Allongeperücken und thronten auf einem hohen Podest. Um sie und unterhalb von ihnen saßen weitere Gerichtsbeamte, andere Amtspersonen liefen im Saal umher. Richard wusste nicht, wer von ihnen sein Anwalt James Hyde war. Die zwölf Geschworenen standen in einer Art Pferch und traten verstohlen von einem Fuß auf den anderen, um ihre müden Beine zu entlasten. Richard wusste, dass die freien Männer vom Tweed bis zum Kanal das Amt des Geschworenen schon deshalb nur ungern ausübten, weil man im Gerichtssaal den ganzen Tag stehen musste und für den Verdienstausfall nicht entschädigt wurde. Das verleitete die Geschworenen dazu, ihre Aufgabe so schnell wie möglich hinter sich zu bringen.

Ceely Trevillian saß neben einem streng dreinblickenden Mann, an dessen Tracht zu erkennen war, dass er ebenfalls in dem Schauspiel mitwirkte – er trug eine Robe, eine Perücke mit nach hinten frisierten Haaren und verschiedene Spangen und Abzeichen. Ceely sah ganz anders aus, als Richard ihn kannte. Er trug einen schlichten Anzug aus feinstem, schwarzem Tuch, eine konservative Perücke und schwarze Glacéhandschuhe und hatte die Miene eines liebenswürdigen Trottels aufgesetzt. Der Ceely, der im Rathaus von Gloucester saß, hatte nichts mehr mit dem affektierten Gockel und dreisten Steuerbetrüger von einst gemein. Er war ganz das naive Opfer eines Verbrechens. Bei Richards Erscheinen war er mit einem ängstlichen Aufschrei näher an seinen Anwalt gerückt. Danach vermied er es, in Richards Richtung zu blicken. Vor Gericht war zwar Ceely der Ankläger, doch überließ er es seinem Anwalt, ihn zu vertreten. Dieser wandte sich nun an die Geschworenen, um ihnen das abscheuliche Verbrechen zu schildern, das die beiden Angeklagten begangen hätten. Richard legte die gefesselten Hände auf das Geländer und stellte sich breitbeinig auf die alten Dielen. Er hörte, wie der Anklagevertreter die Tugenden Mr Trevillians pries und von den Dummheiten sprach, die der harmlose Mann begangen habe, und er begriff, dass heute in Gloucester keine Wunder geschehen würden.

Dann erhielt Ceely das Wort. Er zitterte vor Aufregung, schluchzte und schluckte, machte lange Pausen, um die richtigen Worte zu finden, verdrehte die Augen und schlug immer wieder die Hände vors Gesicht. Endlich war er mit seiner Darstellung fertig. Die Geschworenen, von seiner geistigen Armut nicht weniger beeindruckt als von seinem materiellen Reichtum, schienen fest davon überzeugt, dass er das Opfer einer lasterhaften Frau und ihres wütenden Ehemannes war. Das hieß allerdings noch nicht unbedingt, dass er vorsätzlich betrogen und tatsächlich erpresst worden war, auch wenn er sich genötigt gesehen hatte, einen Schuldschein über fünfhundert Pfund auszuschreiben.

Den Beweis dafür sollten die beiden Zeugen erbringen – die Frau des Friseurs Joice, die an der Wand gelauscht hatte, und Mr Dangerfield aus dem Haus auf der anderen Seite, der durch einen Spalt in der Wand gesehen hatte. Mrs Joice verfügte offenbar über ein phänomenales Gehör, und Mr Dangerfield wollte durch eine Ritze von nur einem Viertelzoll Breite einen Blickwinkel von 360 Grad gehabt haben! Mrs Joice hatte Sätze wie »Du Hure, wo ist denn deine Kerze?« und »Ich schlag dir den Schädel ein, Schurke!« gehört. Mr Dangerfield hatte gesehen, wie Morgan und Insell Ceely mit einem Hammer bedroht und ihn gezwungen hatten, an einem Schreibtisch etwas zu schreiben.

Mr James Hyde, der Richard vertrat, war ein hoch gewachsener, hagerer Mann, der große Ähnlichkeit mit einem Raben hatte. Bei seinem geschickt geführten Kreuzverhör wollte er vor allem darauf hinaus, dass das dreigeteilte Haus in der unmittelbaren Nachbarschaft des Jakobsbrunnens ein Nest von Klatschmäulern beherbergte, die in Wirklichkeit kaum etwas gesehen und gehört hatten und stattdessen Geschichten erfanden, die auf dem beruhten, was Ceely ihnen erzählt hatte. Die Dangerfields hatten Ceely nach dem Streit bei sich aufgenommen, und bei ihnen hielt sich zufällig auch Mrs Joice auf.

In einem Punkt konnte Ceely sich keinen Glauben verschaffen. Beide Zeugen sagten aus, Richard habe durch die Tür geschrien, er werde Mr Trevillian die Uhr zurückgeben, sobald er Genugtuung erhalten habe. Das klang selbst für die Geschworenen sehr nach einem betrogenen Ehemann.

Das ist doch lachhaft!, dachte Richard, als die Zeugen seinen Besuch im Black Horse, wo er etwas zu trinken geholt hatte, auf den darauf folgenden Tag verlegten. Dürften Willy und ich für uns selbst sprechen, dann könnten wir den Beweis erbringen, dass wir zu dieser Zeit beide im Hof des Lamb Inn waren. Es geht nur eine Kutsche nach Bath, und zwar um die Mittagszeit. Selbst Ceely sagt, dass ich nach Bath wollte. Trotzdem behaupten jetzt alle, ich sei in Clifton gewesen!

Mrs Joice wollte außerdem gehört haben, dass Richard und Annemarie im Hausflur Annemaries Verabredung mit Ceely planten – als ob jemand mit kriminellen Absichten solche Gespräche ausgerechnet an einer dünnen Trennwand führen würde. Das Wort »planen« freilich ließ Richter und Geschworene gleichermaßen aufhorchen.

Doch so viel Mühe der Anklagevertreter sich auch gab, die Geschworenen waren immer noch unschlüssig, ob die Tat geplant oder von einem gehörnten Ehemann im Affekt begangen worden war. Ein schwacher Hoffnungsstrahl begann Richards düstere Stimmung aufzuhellen.

Vetter James, der Apotheker, und Vetter James, der Kirchenmann, wurden als Leumundszeugen für Richard aufgerufen. Auch wenn der Anklagevertreter wiederholt auf ihre engen verwandtschaftlichen Beziehungen zum Angeklagten verwies, machten die beiden grundsoliden Männer doch unübersehbar tiefen Eindruck auf die Geschworenen. Unglücklicherweise zog sich Richards Verhandlung, da er von einem Anwalt verteidigt wurde, nun schon fast eine Stunde hin, und die Geschworenen konnten kaum noch stehen. Keiner hatte am Ende eines langen Gerichtstages noch Lust auf ein ewiges Hin und Her, auch die Richter nicht.

Mr Hyde rief Robert Jones als Leumundszeugen auf.

Richard zuckte zusammen. Robert Jones sagte für ihn aus? Der Schleimer, der William Thorne die ganze Zeit hofierte und ihm von Willys Besuch beim Steueramt erzählt hatte?

»Kennen Sie die Angeklagten, Mr Jones?«, fragte Mr Hyde.

»Jawohl, beide.«

»Sind sie ehrbare und gesetzestreue Männer, Mr Jones?«

»Jawohl, in jeder Beziehung.«

»Sind sie, soweit Sie es beurteilen können, je mit dem Gesetz in Konflikt gekommen?«

»Nein, nie.«

»Wissen Sie etwas über die Vorfälle in der Nähe des Jakobsbrunnens am 30. September letzten Jahres – abgesehen von dem Klatsch, der hier verbreitet wurde?«

»Jawohl, Sir.«

»Worauf beziehen sich Ihre Informationen?«

»Wie?«

»Was wissen Sie, Mr Jones?«

»Also, erstens ist Mrs Joice nicht die Frau von Mr Joice, sondern nur eine Nutte, die bei Mr Joice eingezogen ist.«

»Mrs Joice steht nicht unter Anklage. Beschränken Sie sich bitte auf die besagten Vorfälle.«

»Ich habe mit Mrs Joice und mit Mr Dangerfield gesprochen. Mr Dangerfield führte mich in das Zimmer mit der Ritze in der Wand, sagte aber, er hätte nichts hören können und auch kaum etwas gesehen. Mrs Joice sagte, sie hätte überhaupt nichts gehört oder gesehen.«

Der Anklagevertreter runzelte die Stirn. Mr Trevillian, der offizielle Ankläger, blickte drein, als sei das alles viel zu hoch für seinen so jämmerlich beschränkten Verstand.

Der Anklagevertreter nahm Mr Jones ins Kreuzverhör.

»Wann fand Ihr Gespräch mit Mrs Joice und Mr Dangerfield statt, Mr Jones? Seien Sie bitte präzise.«

»Wie?«

»Seien Sie genau.«

»Ach so, ja. Also das war am nächsten Tag, als ich Willy – das heißt Mr Insell, den Angeklagten – besuchte. Er erzählte mir, was passiert war, und ich fragte die Nachbarn, was sie gesehen und gehört hätten. Mrs Joice – die wirklich nicht die Frau von Mr Joice ist – meinte, sie hätte nichts gesehen und gehört. Mr Dangerfield zeigte mir das Zimmer mit der Ritze, aber als ich durchschaute, konnte ich nichts erkennen.«

Mrs Joice wurde erneut in den Zeugenstand gerufen und erklärte, natürlich habe sie bestritten, nebenan etwas gesehen oder gehört zu haben – sie lasse sich doch nicht von Schnüfflern ausfragen!

Auch Mr Dangerfield wurde noch einmal befragt und sagte, er habe nie behauptet, etwas gehört zu haben, er habe nur etwas gesehen.

»Rufen Sie Mr James Hyde in den Zeugenstand!«, rief der Anklagevertreter. Richards Anwalt schreckte hoch. »Nicht Sie, verehrter Herr Kollege. Ich meine Mr James Hyde, den Hausdiener von Mr Trevillians Mutter.«

Dieser James Hyde war ein kleiner rotblonder Mann in den Fünfzigern mit der zurückhaltenden, leicht unterwürfigen Art eines älteren Hausangestellten. Er gab an, Mr Dangerfield habe ihn am ersten Oktober besucht und gesagt, ein gewisser Robert Jones könne ihm für die Summe von fünf Guineen beweisen, dass Morgan und seine Frau geplant hätten, Mr Trevillian auszunehmen.

Die Geschworenen wurden unruhig. Sir James Eyre setzte sich aufrechter hin.

»Er sprach von einem Plan, Mr Hyde?«

»Ja, Sir.«

»War Mr Insell an dem Plan auch beteiligt?«

»Ihn erwähnte Mr Dangerfield nicht, nur Morgan und seine Frau.«

Nochmals befragt, bestätigte Mr Dangerfield, dass er seinen Freund Mr James Hyde in Mrs Maurice Trevillians Haus besucht und ihm von Robert Jones' Angebot erzählt habe.

Daraufhin wurde auch Mr Robert Jones noch einmal in den Zeugenstand gerufen. Er gab zu, das Angebot gemacht zu haben. Er habe gewusst, dass Mr Dangerfield freundschaftliche Beziehungen zum Personal der Trevillians habe, und da er etwas knapp bei Kasse gewesen sei …

»Und der Plan Morgans und seiner Frau, Mr Trevillian auszunehmen? Gab es ihn?«, fragte der Anklagevertreter.

»Ja sicher«, erwiderte Robert Jones munter. »Aber Willy hatte nichts damit zu tun, das kann ich beschwören.«

»Sie stehen bereits unter Eid, Mr Jones.«

»Ach ja, natürlich!«

»Wie erfuhren Sie von dem Plan?«

»Mrs Morgan erzählte mir davon.«

Wieder horchten die Geschworenen und Richter auf.

»Wann?«

»Um die Mittagszeit oder besser am frühen Nachmittag des Tages, an dem er ausgeführt wurde. Ich wollte Willy besuchen. Er war nicht da, dafür lief mir Mrs Morgan über den Weg. Sie sagte, sie erwarte Mr Trevillian, er würde allerdings erst später kommen, wenn Morgan nach Bath gefahren sei. Sie war richtig gut gelaunt. Sie sagte, wenn Mr Trevillian käme, würde Morgan über ihn herfallen, weil Mr Trevillian ein kleines Techtelmechtel mit ihr hätte – wie eben ein Ehemann, der gerade gemerkt hat, dass er Hörner trägt. Sie sagte, ihr Mann meine, sie könnten aus dem lächerlichen Fatzke fünfhundert Pfund rausholen. Der sei so dämlich.«

Sir James Eyre sah zur Anklagebank. »Morgan, was haben Sie zu dem gemeinsam mit Ihrer Frau ausgeheckten Plan zu sagen?«

»Es gab keinen solchen Plan, Euer Ehren«, beteuerte Richard. »Ich bin unschuldig.«

Der Richter zog die Mundwinkel nach unten. »Wo ist Mrs Morgan?«, fragte er. Die Frage schien an alle Anwesenden gerichtet. »Sie sollte als Angeklagte dort neben Ihrem Mann stehen, so viel ist klar.« Er warf Richard einen grimmigen Blick zu. »Wo ist Ihre Frau, Morgan?«

»Ich weiß es nicht, Euer Ehren«, antwortete Richard mit fester Stimme. »Ich habe sie seit jenem Tag nicht mehr gesehen.«

Der Anklagevertreter kam noch einmal ausführlich auf den angeblichen Plan zu sprechen, ohne sich zur Abwesenheit der Komplizin Mrs Morgan zu äußern. Dann wandte Sir James Eyre sich an die Geschworenen. Auch er maß dem Plan große Bedeutung bei.

Die zwölf ehrbaren Männer sahen einander erleichtert an. Jetzt konnten sie gleich heimgehen. Es war ein langer, anstrengender Tag gewesen. In Gloucester gab es bei weitem nicht genug freie Männer, um für jede Verhandlung eine andere Jury einzuberufen. Eine Beratung fand nicht statt. Richard Morgan wurde von dem Vorwurf freigesprochen, eine Uhr gestohlen zu haben, doch im Hinblick auf die Erpressung des schweren Diebstahls für schuldig erklärt. William Insell wurde in allen Anklagepunkten freigesprochen.

Sir James Eyre fixierte die Angeklagten. Willy Insell war weinend auf die Knie gesunken, der kahl geschorene Richard Morgan – sah er nicht aus wie ein Schurke? – stand regungslos da und starrte auf einen fernen Punkt weit jenseits des Rathauses von Gloucester.

»Richard Morgan, hiermit verurteile ich Sie zu sieben Jahren Deportation nach Afrika. William Insell, Sie sind frei.« Der Richter ließ seinen Hammer niedersausen, um Sir George Nares zu wecken. »Das Gericht tritt morgen Vormittag um zehn Uhr wieder zusammen. Gott schütze den König.«

»Gott schütze den König«, wiederholten die Anwesenden pflichtschuldig.

Der Wächter versetzte den Gefangenen einen Stoß mit der Hellebarde. Richard drehte sich um und stieg die Treppe hinunter, ohne noch einmal in Mr Trevillians Richtung zu blicken. Ceely war für immer aus seinem Leben verschwunden. Die Ceelys waren nicht von Bedeutung.

Auf dem Rückweg zum Gefängnis überkam ihn plötzlich Erleichterung. Ihm war eingefallen, dass er die Heulsuse Willy bald für immer los hatte.

Die Sonne stand tief über dem westlichen Horizont, als Richard und Willy, der vermutlich vor Freude immer noch weinte, in Begleitung zweier Gefängniswärter durch das Burgtor marschierten. Drinnen wurde Richard angehalten, Willy durfte weitergehen. War das der erste Unterschied zwischen einem Untersuchungshäftling und einem verurteilten Straftäter? Sein Bewacher deutete zum Haus des Oberaufsehers. Richard setzte sich ohne jeden Protest in Bewegung wie immer, wenn eine Amtsperson etwas von ihm wollte. Er war jetzt seit drei Monaten in Gloucester und kannte alle Wärter, die freundlichen, die unfreundlichen und die gleichgültigen. Er vermied jeden näheren Kontakt mit ihnen und sprach keinen mit seinem Namen an.

Richard wurde in einen Raum geführt, der für gesellige Zusammenkünfte behaglich hergerichtet worden war. An einem Tisch saßen drei Leute: Sein Anwalt Mr Hyde, Vetter James, der Apotheker, und Vetter James, der Kirchenmann. Beide Vettern waren in Tränen aufgelöst, Mr Hyde machte einen niedergeschlagenen Eindruck. Der Wärter verließ das Zimmer und machte die Tür hinter sich zu. Sie sehen schlimmer aus, als ich mich fühle, dachte Richard. Ich war nicht überrascht. Im Grunde meines Herzens wusste ich, dass es so kommen würde. *Justitia* ist blind, doch nicht in einem romantischen Sinn, wie man es uns in Colstons Schule lehrte. Sie ist blind gegenüber dem einzelnen Menschen und seinen Motiven. Richter und Geschworene glauben das Nächstliegende. Sie sind unfähig, kompliziertere Zusammenhänge zu durchschauen. Die Zeugenaussagen der Anwohner beruhen alle auf Klatsch. Ceely hat lediglich Gerüchte geschürt und sein Scherflein beigesteuert. Robert Jones hat er bezahlt – er hat natürlich alle bezahlt, doch außer im Fall von Jones konnte er seine Zuwendungen als kleine Aufmerksamkeiten und Geschenke an Leute tarnen, die ihn, seine Familie und das Personal kannten. Natürlich begriffen diese Leute, dass er sie bestach! Aber unter Eid befragt, hätten sie es abstreiten können. Jones dagegen war eindeutig gekauft worden. Oder Annemarie hatte ihm das mit der Geschichte gesagt. Dann hätte sie von Anfang an zu Ceely gehört und wäre an der Verschwörung beteiligt gewesen. Sie hätte mich ganz bewusst in eine Falle gelockt, und alles zwischen uns wäre eine einzige Lüge gewesen. Ich wurde auf Grund der Aussage einer Zeugin verhaftet, die gar nicht erschien: Annemarie Latour. Doch der Richter ließ es dabei bewenden, mich zu fragen, wo sie sei.

Während Richard schwieg, hatten seine Vettern Zeit, sich die Tränen abzuwischen und ihre Fassung wiederzuerlangen. Und Mr Hyde hatte Gelegenheit, Richard aus größerer Nähe zu betrachten, als es ihm im Gerichtssaal möglich gewesen war. Ein stattlicher Bursche, groß und schlank – schade, dass er keine Perücke getragen hatte, er hätte vor Gericht einen besseren Eindruck gemacht. In der Verhandlung war es letztlich darum gegangen, ob der Angeklagte ein ehrbarer Mann war, der die Untreue seiner Frau als unerträgliche Beleidigung empfunden hatte, oder ob er aus der Untreue seiner Frau sozusagen Kapital geschlagen hatte. Natürlich wusste Mr Hyde von den Vettern James, dass Annemarie Latour nicht die Frau seines Klienten war, doch hatte er darauf verzichtet, dies vor Gericht richtig zu stellen. Wenn bekannt geworden wäre, dass Annemarie eine Hure war, hätte das Richards Lage nur verschlimmert. Was Richard zum Verhängnis geworden war, war sein angeblicher Vorsatz. Richter waren notorisch voreingenommen gegen Angeklagte, die ihre Straftaten vorsätzlich begingen, und die Geschworenen fällten das Urteil, das der Richter ihnen nahe legte.

Vetter James, der Apotheker, steckte sein Taschentuch ein und brach das lange Schweigen. »Wir haben diesen Raum gemietet und können hier bleiben, solange wir wollen«, sagte er. »Es tut mir so Leid, Richard! Das Ganze war ein abgekartetes Spiel. Die Zeugen gehörten alle zum Kreis um Ceely.«

»Ich wüsste nur gern, warum Mr Benjamin Fisher vom Steueramt nicht als Leumundszeuge für mich auftrat«, sagte Richard. »Dann wäre der Prozess vielleicht ganz anders ausgegangen.«

Der Mund von Reverend James wurde zu einem Strich. »Mr Fisher sagte, er habe keine Zeit für eine Reise von acht Meilen. In Wahrheit ist er damit beschäftigt, mit Thomas Cave einen Handel abzuschließen und schert sich nicht um das Schicksal seines Hauptzeugen.«

»Doch seien Sie versichert, Mr Morgan«, sagte Mr Hyde, der ohne seine Anwaltskluft längst nicht so imposant aussah, »dass ich, wenn ich beim Innenminister Lord Sydney Einspruch gegen das Urteil einlege, ein Schreiben von Mr Fisher beifügen werde.«

»Kann ich denn nicht bei einem Gericht Einspruch einlegen?«, fragte Richard.

»Nein, Sie können nur ein Gnadengesuch an den König richten. Ich werde das Schreiben aufsetzen, sobald ich wieder in London bin.«

»Trinke ein Glas Portwein, Richard«, sagte Vetter James, der Apotheker.

»Lieber nicht, ich habe heute noch nichts gegessen.«

Die Tür ging auf, und eine Frau trug ein Tablett mit Brot, Butter, gegrillten Würstchen, Pastinaken, Kohl und einem großen Humpen herein. Sie setzte es mit ausdruckslosem Gesicht ab, machte einen Knicks vor den Herren und ging wieder.

»Iss, Richard. Der Oberaufseher sagte mir, im Gefängnis sei das Abendessen bereits ausgegeben worden, daher bat ich ihn, etwas zu essen bringen zu lassen.«

»Danke, Vetter James, danke«, sagte Richard gerührt und

langte zu. Er schnupperte allerdings lange an dem ersten Stückchen Wurst, das er auf sein Messer spießte, bevor er es vorsichtig probierte. Dann nickte er zufrieden, schluckte und schnitt sich das Nächste ab. »Würste, die für Häftlinge bestimmt sind, werden gewöhnlich aus verdorbenem Fleisch hergestellt«, sagte er mit vollem Mund.

Nach dem Essen nippte Richard an einem Glas Portwein. Er verzog das Gesicht. »Ich habe schon so lange nichts Süßes mehr gegessen oder getrunken, dass ich offenbar den Appetit darauf verloren habe. Wir bekommen keine Butter zum Brot, geschweige denn Marmelade.«

»Ach Richard!«, seufzten die Vettern unisono.

»Ihr braucht mich nicht zu bedauern. Mein Leben ist nicht vorbei, nur weil ich die nächsten sieben Jahre im Gefängnis verbringen muss.« Richard stand auf. »Ich bin jetzt sechsunddreißig und werde nach Verbüßung meiner Strafe dreiundvierzigeinhalb sein. Die Männer unserer Familie leben lange, und ich will gesund und bei Kräften bleiben.« Er wandte sich an Vetter James, den Apotheker. »Die fünfhundert Pfund Belohnung des Steueramts gehören mir, egal was passiert. Ich werde dem gleichgültigen Mr Fisher schreiben, dass er sie an dich auszahlen soll, Vetter James. Nimm dir, was ich dich gekostet habe, und verwende den Rest, um mich weiterhin mit Filtersteinen, Lappen, Kleidern und Schuhen zu versorgen. Und gib Reverend James etwas für Bücher, auch für die, die er mir bereits gebracht hat. Ich arbeite viel, denn das bedeutet, dass ich genug zu essen bekomme. Aber sonntags kann ich lesen. Das ist ein Segen!«

»Denk immer daran, wir lieben dich von Herzen, Richard«, sagte Vetter James, der Apotheker, und umarmte und küsste ihn.

»Und wir beten für dich«, fügte Vetter James, der Kirchenmann, hinzu und umarmte und küsste ihn ebenfalls.

Willy Insell war der einzige Angeklagte, der bei den Gerichtstagen in Gloucester im März 1785 freigesprochen wurde. Sechs wurden zum Tod durch den Strang verurteilt: Maisie Harding wegen Hehlerei, Betty Mason wegen Diebstahls von fünfzehn Guineen, Sam

Day wegen Diebstahls von zwei Pfund Garn, Bill Whiting wegen Diebstahls eines Schafes, Isaac Rogers wegen Straßenraubs und Joey Long wegen Diebstahls einer silbernen Uhr. Die restlichen zwölf wurden zu sieben Jahren Deportation nach Afrika verurteilt, einem Kontinent, in dem Seine Britannische Majestät offiziell keine Kolonie besaß. Richard wusste, dass auch er zum Tod durch den Strang verurteilt worden wäre, wenn seine beiden Vettern nicht als Leumundszeugen für ihn ausgesagt hätten. Bristol war zwar weit weg, doch konnten Richter und Jury zwei angesehene Bürger dieser Stadt nicht einfach ignorieren.

Das Problem, wie alle Verurteilten in die winzige Zelle passen sollten, löste sich eine Woche später von selbst: Neun der zu sieben Jahren Deportation verurteilten Häftlinge starben an einer heimtückischen Halsentzündung, und mit ihnen die restlichen Kinder und zehn Schuldner aus der Nachbarzelle.

Die Zustände in den englischen Gefängnissen waren eine Katastrophe, was die für Gloucester zuständigen Richter allerdings nicht davon abhielt, drakonische Strafen zu verhängen.

Zwischen 1782 und 1784 hatte man außerdem dreimal versucht, verurteilte Straftäter nach Amerika abzuschieben. Die *Swift* wurde auf ihrer ersten Reise in Amerika zur Umkehr gezwungen, einigen Deportierten gelang jedoch mithilfe der Amerikaner die Flucht. Im August 1783 brach das Schiff mit 143 Häftlingen an Bord zu einer zweiten Reise auf. Ziel war Neuschottland, doch kam die *Swift* nur bis Sussex, wo die menschliche Fracht meuterte und das Schiff in der Nähe von Rye auf den Strand setzte. Anschließend zerstreuten die Häftlinge sich in alle Winde. Nur neununddreißig wurden wieder gefasst. Sechs davon wurden gehängt, die Übrigen zu lebenslänglicher Deportation nach Amerika verurteilt, als hätte immer noch die Möglichkeit bestanden, Sträflinge nach Amerika zu deportieren. Die Mühlen der staatlichen Behörden und besonders der Justiz mahlten langsam.

Im März 1784 kam es zum dritten Versuch, Sträflinge nach Amerika zu transportieren. Diesmal hieß das Schiff *Mercury*, Ziel der Reise war Georgia, das zusammen mit den anderen zwölf seit kurzem vereinigten Staaten in einer an England gerichteten Botschaft unmissverständlich erklärt hatte, dass es unter keinen Umständen bereit sei, deportierte Sträflinge aufzunehmen. Die *Mercury* brach mit 179 Gefangenen an Bord von London auf. Unter den Gefangenen befanden sich Männer, Frauen und Kinder. Nach einer Meuterei vor der Küste von Devon landete das Schiff in der Nähe von Torbay. Einige Sträflinge wurden noch an Bord wieder gefangen genommen, doch die meisten waren bereits geflohen. Insgesamt 108 wurden wieder gefasst; einige waren bis Bristol gekommen. Viele wurden zum Tod durch den Strang verurteilt, allerdings nur zwei tatsächlich gehängt. Das politische Klima begann sich zu verändern.

Mit der *Recovery* wurde im Januar 1785 ein letzter planloser Versuch unternommen, in den überfüllten Gefängnissen Englands Platz zu schaffen. Eine Ladung Sträflinge wurde nach Äquatorialafrika verschifft und an einer sumpfigen Küste ausgesetzt – ohne für sie verantwortliche Aufseher und ohne die nötigen Vorräte und Ausrüstungsgegenstände, um in der Wildnis zu überleben. Alle starben auf grauenvolle Weise. Das afrikanische Experiment löste einen Sturm der Entrüstung aus und wurde nie wiederholt. Das neue Kabinett von Premierminister William Pitt dem Jüngeren gelangte zu der Einsicht, dass andere, weniger anstößige Wege gefunden werden mussten, um zur Deportation verurteilte Straftäter loszuwerden. Angesichts der Forderungen John Howards und Jeremy Benthams nach Reformen des Strafvollzugs, der Kampagne der Quäker gegen die Sklaverei und die britische Expansion in Afrika und des wachsenden Einflusses von Thomas Clarkson und William Wilberforce, der wie Bentham ein wichtiger Mann der Whigs in Westminster war, hielt die Regierung es für klüger, diesen und anderen Streitern für soziale Reformen keine weitere Munition zu liefern. Die zusätzlich erhobenen Steuern, notwendig gemacht durch die schlechte Wirtschaftslage, sorgten schon für genug Unzufriedenheit. Und in einem stimmte Mr Pitt mit dem Sträfling Richard Morgan überein: Er wollte noch lange leben. So durfte Jeremy Bentham an den Plänen für das neue Gefängnis in Gloucester mitwirken, und Innenminister Lord Sydney bekam den Auftrag, einen Ort zu finden – ganz egal wo –, an den die vielen überzähligen englischen Sträflinge deportiert werden konnten.

Doch noch hatte sich im Gefängnis von Gloucester nichts verändert. Die Häftlinge litten weiterhin unter der Enge und allen möglichen Krankheiten.

Willy Insell, der immer noch bei jeder Gelegenheit heulte, wurde am 5. April entlassen. Am selben Tag schickte Mr James Hyde das Gnadengesuch Richard Morgans zusammen mit einem Schreiben von Mr Fisher, dem Leiter der Steuerbehörde von Bristol, an Lord Sydney. Lord Sydneys fleißiger und gewissenhafter Sekretär Mr Evan Nepean überstellte es am 15. April in das Büro von Sir James Eyre in der Bedford Row. Sir James Eyre, der bei Richards Verhandlung den Vorsitz geführt hatte, sollte den Fall noch einmal überprüfen und Lord Sydney mitteilen, ob Richard Morgan die Gnade des Königs verdiene. Bisher war alles recht schnell gegangen; schließlich hatte die Verhandlung erst am 23. März stattgefunden. Doch in der Bedford Row verstaubte das Gnadengesuch. Richter Eyre war zu beschäftigt, um für derlei Dinge Zeit zu haben.

Ende Juli kam ein Brief von Jem Thistlethwaite, der London um dieselbe Zeit verlassen hatte, zu der William Henry verschwunden war. Richard wurde das Herz schwer, als Hubbard ihm den Brief aushändigte. Die alte Wunde öffnete sich wieder, und der ganze Schmerz der Vergangenheit fiel ihn an. Nach seiner Einlieferung ins Bristol Newgate hatte er alle Erinnerungen an William Henry verdrängt. Nur so hatte er, ohne dass es ihm bewusst war, den unbändigen Überlebenswillen aufbringen können und die Disziplin, die Rituale zu befolgen, die er für sich eingeführt hatte – Rituale der Reinigung, durch die er sich von seinen Mithäftlingen absetzte und für sie zu einem Zwischending zwischen einem Heiligen und einem Verrückten wurde. Warum wollte er um jeden Preis überleben und gesund bleiben? Um anschließend die Suche nach William Henry fortsetzen zu können, der tief in seinem Herzen weiterlebte.

Richard, soeben habe ich einen Brief deines Vaters erhalten. Ich bin von der schlimmen Nachricht völlig niedergeschmettert. Vom Rum benebelt, glaubte ich, ich hätte dir von meiner geplanten Flucht geschrieben, aber der Brief wurde entweder nie verfasst oder er ging verloren. Ich war seit Juni letzten Jahres im Ausland – das schöne Italien lockte und ich beeilte mich, dem Lockruf zu folgen. Zum Glück konnte ich nach meiner Rückkehr vor knapp einer Woche wieder mein altes Zimmer mieten, sodass die Zeilen deines Vaters mich erreichten.

Ich habe immer gewusst, dass dein Leben nicht so verlaufen würde, wie du dachtest – erinnerst du dich noch? Du sagtest: »Ich bin in Bristol geboren und ich werde in Bristol sterben.« Schon damals, als du das sagtest – mit dem kleinen William Henry auf dem Schoß –, ahnte ich, dass es anders kommen würde. Ich hatte Angst um dich. Und ich, der ich völlig unfähig bin zu lieben, liebte dich damals, wie ich dich heute liebe, ohne dass ich wüsste, warum – vielleicht weil ich etwas in dir sehe, das du nicht siehst. Über William Henry will ich nicht mehr sagen, als dass du ihn nie finden wirst. Er war nicht für diese Welt bestimmt, aber wo immer er auch ist, Richard, er ist glücklich und hat seinen Frieden. Die wirklich Guten haben auf dieser Welt nichts zu suchen, sie können hier nichts lernen. Also freue dich für Henry.

Blind vor Tränen legte Richard den Brief nieder. Zum ersten Mal konnte er um William Henry weinen. Die anderen Sträflinge, Lizzie eingeschlossen, machten keinen Versuch, sich ihm zu nähern. Stundenlang hockte er auf seiner Kiste und ließ den lange unterdrückten Tränen endlich freien Lauf. Es war schon seltsam, dass ausgerechnet Jem Thistlethwaite den Damm gebrochen hatte. Dabei hatte er Unrecht. William Henry würde eines Tages zurückkommen; er hatte diese Welt nicht für immer verlassen.

Am Abend des folgenden Tages hatte Richard immer noch kein Wort gesagt, und niemand hatte ihn angesprochen. Zur Essenszeit nahm er den Brief wieder zur Hand.

Ich habe unter dem neuen Schlag von Whigs, der sich unter der Regierung eines jungen Mannes wie Pitt herausbilden konnte, eine Nische für mich gefunden. Das Oberhaus wird immer eine Oligarchie bleiben, aber das Unterhaus ist keine mehr. Es gibt dort zurzeit so viele Männer mit neuen Ideen, und Pitt würde alle fördern, wenn er das Geld dazu hätte.

Doch um auf dich zurückzukommen: mit deiner Deportation ist nicht zu rechnen. Das afrikanische Experiment war ein Desaster, deshalb hat niemand in Westminster den Mut – oder die Dummheit, so unglaublich es klingt –, es in irgendeiner Form zu wiederholen. Indien wurde vorgeschlagen, doch so schnell wieder verworfen, wie man sich eines Hemdes aus Schlangen entledigen würde. Unsere wenigen Stützpunkte dort sind gefährliche Orte. Doch der eigentliche Grund für die Entscheidung gegen Indien war der Widerstand der Ostindienkompanie. Sie will nicht, dass Sträflinge ihre Unternehmungen in Bengalen und China gefährden. Auf den westindischen Inseln will man nur Schwarze als Arbeiter oder Sklaven, und die Situation in von England beanspruchten Gebieten wie Neuschottland und Neufundland lässt keine Deportation zu. Dort treiben sich die Franzosen herum und weiter südlich die Spanier.

Wie es aussieht, musst du deine Zeit in Gloucester absitzen. Aber ich verspreche dir, ich werde dich unterrichten, sobald ich etwas Neues höre. Dick sagt, du hättest dich in dein Schicksal gefügt – mit »kaltem Zorn«, wie Vetter James, der Apotheker, es ausdrückte.

Richard konnte den Brief erst am Sonntag beantworten. Dazu nahm er das Ende des großen Tisches in Beschlag, den Hubbard kurz vor den Gerichtstagen in die Gemeinschaftszelle gestellt und danach nicht entfernt hatte. Hubbard hatte die Idee gehabt, dass der Tisch sich als zusätzliche Etage nutzen ließ, auf der einige Häftlinge Platz finden konnten, wenn die Zelle überfüllt war. Als ob sie je unterbesetzt gewesen wäre.

Ich wäre lieber in Italien als im Gefängnis von Gloucester, Jem, das kann ich dir versichern.
Über Ceely Trevillian und die Machenschaften in der Rumbrennerei kann ich nicht mehr sagen, als dass ich mich unglücklicherweise mit einem intelligenten Mann aus gutem Hause anlegte, der seine Talente leider für Intrigen und Komplotte missbraucht. Trevillian gehört auf die Bühne, wo er Kemp, Mrs Siddons und Garrick an die Wand gespielt hätte. Mein einziger Trost ist, dass ich meine Schulden zurückzahlen kann, sobald Cave und Thorne sich mit dem Steueramt geeinigt haben. Dann können die Vettern James mit dem Geld mir weitere Sachen kaufen. Ich bin nie ohne ein Buch, auch wenn das Lesen mancher Bücher schmerzhaft ist, weil ich dabei immer wieder an Clifton und die Hotwells denken muss, Orte, an die ich lieber nicht erinnert werden möchte. Weniger wegen William Henry oder Ceely als wegen Annemarie Latour, mit der ich schlimm gesündigt habe. Ich sehe dir von hier aus an, wie du dich über meine Prüderie ärgerst, aber du warst damals nicht da und du hättest den Mann, der ich damals war, bestimmt nicht gemocht. Ich ließ mich zu sehr von meinen Trieben beherrschen. Kannst du das verstehen? Wenn nicht, wie kann ich es dir begreiflich machen? Ich liebte Annemarie nicht, ich besprang sie wie ein brünftiger Stier oder Hengst. Ich verabscheute das Objekt meiner tierhaften Begierde, das auch ein Tier war. Im Gefängnis von Gloucester sind alle zusammengesperrt – Männer, Frauen und Kinder. Allerdings wird hier mehr gevögelt als gestillt. Die meisten Säuglinge sterben, die armen kleinen Geschöpfe. Genauso bedauernswert sind die Mütter, die sie austragen und gebären, nur um sie zu verlieren. Zuerst war ich über die Anwesenheit der Frauen entsetzt. Doch im Laufe der Zeit wurde mir klar, dass sie das Gefängnis von Gloucester erträglich machen. Ohne sie wären wir keine Menschen mehr, sondern rohe Bestien.
Meine Frau heißt Lizzie Lock. Sie sitzt seit Anfang 1783 ein, weil sie Hüte gestohlen hat. Wenn sie einen Hut sieht, der ihr gefällt, klaut sie ihn. Uns verbinden weder romantische Ge-

fühle noch animalische Begierden. Wir führen eine rein platonische Freundschaft. Ich beschütze sie vor den anderen Männern und sie bewacht die Kiste mit meinen Sachen, während ich arbeite. Jem, könntest du, wenn deine finanziellen Mittel es erlauben, einen großen Hut für Lizzie besorgen? Rot oder rot-schwarz und möglichst mit Federn? Sie wäre im siebten Himmel.

Irgendwie sind wir verlorene Seelen aus dem Gefängnis von Gloucester eine Familie. Wir haben ja sonst niemand. Wer verurteilt ist und die vielen Krankheiten überlebt hat, gehört dazu und genießt zur Verblüffung unserer Wärter sogar ein gewisses Ansehen. Es geht hier eben zu wie in einer Kleinstadt. Hubbard, der Oberaufseher, macht ein gutes Geschäft, da der Staat ihm für die arbeitenden Häftlinge dreißig Pennys pro Woche bezahlt. Auch die Frauen arbeiten. Sie bauen Gemüse an, halten Vieh und Geflügel, flicken Kleider und waschen. Andere Häftlinge sind nur vierzehn Pennys wert, wie die Schuldner in der Nachbarzelle. Etwas stimmt nicht an einem Rechtssystem, das einen Menschen ins Gefängnis bringt, weil er einem anderen weniger als ein Pfund schuldet, und ihn dann dort verrotten lässt, weil er nicht arbeiten kann, um das Geld zurückzuzahlen. Dank der Anstrengungen der Frauen sind wir gut genährt, sodass wir Hubbard wenig kosten. In Wirklichkeit verdient er nicht zehn, sondern hundert Pfund im Jahr, selbst nach Abzug der kleinen Zuwendungen an seine Günstlinge.

Ich muss Schluss machen. Selbst mein besonderer Status hier drinnen verleiht mir nicht das Recht, den Tisch einen ganzen Sonntagnachmittag lang in Beschlag zu nehmen. Das ist überhaupt das Komischste, Jem. Ich merke, dass ich in dieser kleinen Welt aus irgendeinem Grund Respekt genieße – vielleicht weil ich als verrückt gelte und mangels besserer Vorbilder. Bitte schreib mir ab und zu.

Im August kam Vetter James, der Apotheker, zu Besuch, bepackt mit einem neuen Filterstein, Lappen, Kleidern, Medikamenten und Büchern.

»Aber benutze den alten Filterstein ruhig weiter, Richard, er sieht noch nicht verbraucht aus. Je mehr Steine du in Reserve hast, desto besser. Ich habe dir einen stabilen Sack für die Ersatzsteine mitgebracht. Das Wasser in Gloucester ist viel sauberer als alles, was in Bristol aus der Leitung kommt.« Vetter James war sichtlich unbehaglich zu Mute. Er erzählte alles Mögliche, nur um etwas zu sagen, und wich Richards Blick aus.

»Aber deshalb hättest du doch bei dieser Hitze nicht eigens herkommen müssen, Vetter James«, sagte Richard freundlich. »Lass mich bitte die schlechte Nachricht wissen.«

»Wir haben endlich von Mr Hyde aus der Chancery Lane gehört. Am Neunten des letzten Monats konnte Sir James Eyre sich endlich mit deinem Gnadengesuch befassen. Dieses Datum trägt zumindest sein Schreiben an Lord Sydney. Sir James Eyre sprach sich entschieden dagegen aus, dir Gnade zu gewähren. Für ihn besteht kein Zweifel, dass du zusammen mit dieser Frau geplant hast, Ceely Trevillian auszurauben, auch wenn die Frau seitdem verschwunden ist.«

»Die Belastungszeugin war nicht da«, sagte Richard leise. »Trotzdem glaubte man ihr.«

»So steht es also, mein armer Richard. Wir haben alle Rechtsmittel ausgeschöpft. Die Belohnung ist dir allerdings sicher. Sie kann nicht gepfändet werden, weil sie nichts mit der Straftat zu tun hat, für die du verurteilt wurdest. Ich weiß, dass du noch ein paar Guineen hast, aber bei meinem nächsten Besuch bringe ich dir eine neue Kiste mit, bei der das Geheimfach in die Längsseite eingebaut ist – man sagte mir, dass Deckel und Böden eher überprüft werden als Seitenwände. Das Fach wird in Baumwolle verpackte Goldmünzen enthalten, die nicht klimpern, auch wenn die Kiste noch so gründlich geschüttelt oder abgeklopft wird. Auf Grund der Baumwolle klingt die Seitenwand auch nicht hohl.«

Richard ergriff die Hände von Vetter James und hielt sie fest. »Ich weiß, dass ich mich wiederhole, aber ich kann dir gar nicht genug danken, Vetter James. Was wäre ohne dich aus mir geworden?«

»Ohne ihn wärst du jedenfalls viel dreckiger, Schätzchen«, sagte

Lizzie Lock, nachdem Vetter James gegangen war. »Er bringt dir Filtersteine, Seifen, Teeröl und den ganzen Krimskrams für deine Rituale. Du erinnerst mich an einen Priester, der die Messe zelebriert.«

»Sauberkeit geht ihm wirklich über alles«, fügte Bill Whiting neckend hinzu. »Das ist doch gar nicht nötig, Richard, Schätzchen – sieh uns an.«

»Ach übrigens, Bill, ich sah dich neulich um meine Schafe herumschleichen«, sagte Betty Mason, die für Hubbard eine Herde hütete. »Lass sie gefälligst in Ruhe.«

»Ich habe doch sonst niemanden außer Jimmy und Schätzchen Richard.« Schätzchen war inzwischen Richards Spitzname. »Und die wollen nicht mit mir schlafen. Übrigens habe ich gehört, dass unsere ganze Steineschlepperei wohl umsonst ist – der alte Hubbard sagt, es gäbe ganz neue Pläne für das neue Gefängnis.«

»Das habe ich auch gehört.« Richard tunkte ein Stück altbackenes Brot in den Rest seiner Suppe.

Jimmy Price seufzte. »Wir sind wie der Dingsda – wie heißt er gleich? –, der den Felsbrocken immer wieder den Berg hinaufrollen musste, weil er jedes Mal wieder herunterkam. Herrgott, es wäre schön, wenn unsere Plackerei wenigstens einen Sinn hätte.« Er sah zum anderen Ende des Tisches hinüber, den die Alten zäh gegen die Neuen verteidigten. Dort saß in sich zusammengesunken Ike Rogers. »Ike, du musst etwas essen. Sonst bekommt der hungrige Richard deine Suppe. Mir ist nicht aufgefallen, dass die anderen fünf Galgenvögel ebenfalls den Appetit verloren hätten oder sich große Sorgen machen. Iss, Ike, iss! Du wirst nicht hängen, das schwöre ich dir.«

Ike gab keine Antwort. Von dem großmäuligen Rabauken von früher war nichts übrig geblieben. Straßenräuber galten als die Helden unter den Verbrechern, doch Ike konnte sich offenbar weder mit seinem Schicksal abfinden noch die trotzige Haltung der fünf anderen Todeskandidaten teilen.

Richard setzte sich neben ihn auf die Bank und legte ihm den Arm um die Schultern. »Iss, Ike«, sagte er aufmunternd.

»Ich hab keinen Hunger.«

»Jimmy hat Recht. Du endest nicht am Galgen. Seit über zwei Jahren wird in Gloucester keiner mehr gehängt, obwohl viele zum Galgen verurteilt wurden. Hubbard braucht Häftlinge, die für zwei Schillinge und sechs Pennys die Woche arbeiten. Freie Arbeiter aus Gloucester kosten zwölf Schillinge.«

»Ich will nicht sterben!«

»Das wirst du auch nicht, Ike. Jetzt trink deine Suppe.«

»Was für ein Pessimist Ike ist«, sagte Bill Whiting am nächsten Tag beim Steineschleppen. »Er stolziert die ganze Zeit in seinen Reitstiefeln herum, nur damit niemand sie ihm klaut. Herrje, seine Füße müssen vielleicht stinken! Er schläft sogar in ihnen.« Bill fröstelte plötzlich. »Wenn er hängt, dann hänge ich auch. Eigentlich ungerecht, oder? Seine Beute war fünftausend Pfund wert, mein Schaf nur zehn Schillinge.«

Acht der Häftlinge bildeten inzwischen eine verschworene Gemeinschaft: die vier Frauen, Bill, Richard, Jimmy und der einfältige Joey Long. Bei dem Gedanken, dass vier von ihnen den Jahreswechsel vielleicht nicht mehr erleben würden, lief auch Richard ein Schauer über den Rücken.

Doch drei Tage nach Weihnachten wurden alle sechs zum Tode Verurteilten begnadigt. Ihre Strafen wurden in vierzehn Jahre Deportation umgewandelt – nach Afrika, wohin auch sonst? Die Häftlinge brachen in Freudengeschrei aus, doch Ike Rogers war nie wieder der Alte.

Richard hatte das Jahr 1785 von Anfang bis Ende im Gefängnis verbracht. An Silvester erhielt er einen Brief von Mr James Thistlethwaite.

> Es tut sich was in Westminster, Richard. Es kursieren alle möglichen Gerüchte. Das hartnäckigste, das deine Zukunft betrifft, besagt Folgendes: Zur Deportation nach Afrika verurteilte Häftlinge der Gefängnisse außerhalb Londons sollen auf die Gefangenenschiffe in der Themse verlegt und so bald wie möglich nach Übersee transportiert werden, aber nicht über den Großen Teich, den Oceanus Atlanticus der Land-

karten. Stattdessen ist in Gerüchten, die jeden Tag lauter werden, vom östlichen Ozean die Rede – dem so genannten Oceanus Pacificus, von dem es kaum Karten gibt.
Vor gut zehn Jahren schickten die Königliche Akademie der Wissenschaften und die britische Admiralität einen Kapitän namens James Cook nach Tahiti, um den Durchgang der Venus vor der Sonne zu beobachten. Dieser Cook entdeckte auf seinen Forschungsreisen ein Paradies nach dem andern. Für seine Neugier wurde er schließlich auf den nach Lord Sandwich benannten Inseln von Eingeborenen erschlagen. Das Paradies, von dem ich jetzt sprechen will, erinnerte Captain Cook an die Küste von Südwales, daher nannte er es Neusüdwales. Wirklich sehr phantasievoll! Auf Karten ist es als »Terra Incognita« oder »Terra Australis« verzeichnet. Wie weit es sich von Osten nach Westen erstreckt, weiß niemand genau, doch von Norden nach Süden sind es 2000 Meilen.
Auf ungefähr demselben Breitengrad, auf dem der neue amerikanische Staat Georgia liegt, allerdings nicht nördlicher, sondern südlicher Breite, entdeckte der ehrgeizige Kapitän eine Bucht, die er »Botany Bay« nannte, weil der Präsident der Königlichen Akademie Sir Joseph Banks dort mit Dr. Solander, einem Schüler des Linnaeus, an Land ging, um für botanische Studien Pflanzen zu sammeln.
Ein Herr korsischer Abstammung namens James Maria Matra hat unsere Behörden als Erster auf die Idee gebracht. Es folgten zahllose Unterredungen mit Sir Joseph Banks, der Autorität auf allen Gebieten von der Geburt Christi bis zur Sphärenmusik – mit dem Ergebnis, dass Mr Pitt und Lord Sydney nun davon überzeugt sind, die Antwort auf die drängende Frage, was mit deinesgleichen geschehen soll, gefunden zu haben: Ihr sollt in die Botany Bay gebracht werden. Allerdings sollt ihr nicht einfach an der Küste ausgesetzt werden, wie es in Afrika geschah. Ihr sollt ein fruchtbares Land, das bisher weder Franzosen noch Holländer noch Spanier betreten haben, mit Engländern bevölkern. Ich habe noch nie gehört, dass ein Land von Sträflingen besiedelt wurde, doch ge-

nau das scheint die Regierung Seiner Majestät in der Botany Bay vorzuhaben. Ich bin allerdings nicht sicher, ob »besiedeln« in diesem Zusammenhang das richtige Wort ist. Mr Pitts Wort meint wohl eher »abladen«. Wenn das Experiment funktioniert, kann England die Botany Bay in Zukunft als Sträflingsdeponie benutzen und zwei Ziele gleichzeitig erreichen. Das Erste und weitaus Wichtigere ist, mit der Deportation englischer Sträflinge ans andere Ende der Welt auch die Probleme, die sie hier verursachen, ein für alle Mal loszuwerden. Das Zweite ist die Gründung einer neuen Kolonie, über der der Union Jack weht, auch wenn sie keinen wirtschaftlichen Gewinn verspricht – ein Schachzug, der die Bedenken unserer vielen Weltverbesserer zerstreuen soll.

Sei also darauf gefasst, dass du nicht mehr lange in Gloucester bist, Richard. Ich habe bereits Vetter James, dem Apotheker, geschrieben, dass er dich bald besuchen und mit allem versorgen soll, was du dort zum Leben brauchst. Und mach dich auf einen Schock gefasst. Sobald du die in der Nähe des Königlichen Zeughauses in Woolwich vertäuten Gefangenenschiffe betrittst, bist du in *London*! Es gibt mehrere solche Schiffe auf der Themse, doch nur drei davon kommen für euch in Frage: die *Censor* und die *Justitia*, die schon seit zehn Jahren dort liegen und oft von Mr John Howard inspiziert und beanstandet wurden, und die *Ceres*, die erst jetzt in Dienst gestellt wird. Die Aufsicht über die Schiffe wurde einem Londoner Spekulanten namens Duncan Campbell übertragen – einem geschäftstüchtigen Schotten natürlich.

Leider muss ich dir mitteilen, dass es auf diesen Schiffen keine Frauen gibt, die für das leibliche Wohl der Männer sorgen und einen besänftigenden Einfluss auf sie ausüben könnten. Die Schiffe sind schwimmende Höllen! Ich weiß, das ist eine Hiobsbotschaft, aber du bist ein Hiob, Richard, und besser ein Hiob, der weiß, was ihn erwartet. Gib gut auf dich Acht.

»Ich habe Neuigkeiten«, sagte Richard und legte den Brief hin.

»Was denn für welche?«, fragte Lizzie, die friedlich einen

Strumpf stopfte. Es konnten keine schlechten Neuigkeiten sein, denn Richard wirkte ganz ruhig.

Sie ließ den Strumpf sinken und betrachtete Richard liebevoll. Sie wusste nichts über ihn, denn er hatte nichts von sich erzählt. Nur den Grund seiner Verhaftung hatte er genannt. Sie liebte ihn, doch würde sie nie mit ihm schlafen. Sie hatte Angst, schwanger zu werden, denn sie wusste, sie würde es nicht ertragen, ihr Kind sterben zu sehen.

Der neue Hut, eine atemberaubende Kreation aus schwarzer Seide und scharlachroten Straußenfedern, saß schräg auf ihrem Kopf. Richard hatte ihn ihr an Weihnachten überreicht, aber dazu gesagt, das Geschenk sei nicht von ihm, sondern von einem Mr James Thistlethwaite aus London, einem alten Freund. Der Mann sei Satiriker, also jemand, der unbeliebte Politiker, Prälaten und Beamten allein durch die Macht des geschriebenen Wortes klein und lächerlich machen konnte. Lizzie glaubte Richard aufs Wort. Da sie weder lesen noch schreiben konnte, kamen Leute, die mit diesen Fähigkeiten ihren Lebensunterhalt bestreiten konnten, für sie gleich nach Gott.

Sie wandte sich wieder dem Loch in einem Strumpf von Hubbard zu und nahm die Stopfnadel auf.

»Mein Satirikerfreund aus London schreibt, dass alle, die zur Deportation nach Afrika verurteilt wurden, von den Bezirksgefängnissen in die Gefangenenschiffe auf der Themse verlegt werden sollen. Das heißt, nur die männlichen Häftlinge. Er sagt nicht, was mit den Frauen geschehen soll.«

Die Zelle war seit einiger Zeit unterbelegt. Das Scharlachfieber hatte so viele Opfer gefordert, dass um Michaelis keine Gerichtstage abgehalten worden waren. Die nächsten sollten im Januar 1986 um Dreikönig stattfinden – wenn bis dahin genügend Fälle zur Verhandlung anstanden.

So hörten nur ungefähr zwanzig Leute Richards Neuigkeiten. Alle waren wie vom Donner gerührt. Wer noch auf seine Verhandlung wartete, hatte sich bald wieder gefasst, doch die anderen brauchten dazu eine Weile. Sie starrten Richard mit großen Augen an und wollten mehr wissen.

»Warum?«, fragte Bill Whiting.

»Irgendwo auf der Welt – ich weiß nicht genau, wo – gibt es einen Ort mit Namen Botany Bay. Dorthin sollen wir deportiert werden, vermutlich von London aus, weil man uns auf die Gefangenenschiffe in der Themse bringt und nicht nach Portsmouth oder Plymouth. Nur die Männer, wohlgemerkt. Obwohl offenbar auch Frauen in die Botany Bay geschickt werden sollen.«

Bess Parker drückte sich an Ned Pugh, der weiß geworden war, und weinte. »Ned! Man will uns trennen! Was sollen wir bloß tun?«

Alle taten, als hätten sie Bess nicht gehört, denn niemand fiel eine tröstliche Antwort ein. »Liegt die Botany Bay in Afrika?«, fragte Jimmy Price, um das Schweigen zu brechen.

»Nein«, sagte Richard. »Es liegt weiter weg als Afrika oder Amerika. Irgendwo im Osten.«

»Ostindien«, sagte Ike Rogers und schnitt eine Grimasse. »Heiden.«

»Nein, nicht Ostindien. Die Botany Bay liegt tief im Süden und wurde erst vor ein paar Jahren von einem Captain Cook entdeckt. Jem schreibt, es sei ein Paradies, also kann es nicht so schlimm sein.« Richard überlegte. »Es muss auf dem Weg nach Tahiti liegen. Das war Cooks Ziel.«

»Wo liegt Tahiti?«, fragte Betty Mason, die genauso unglücklich war wie Bess. Johnny, der Wärter, würde nicht in die Botany Bay deportiert werden.

»Ich weiß es nicht«, gestand Richard.

Am folgenden Tag, dem Neujahrstag 1786, wurden die bereits verurteilten Männer und Frauen in die Gefängniskapelle abkommandiert. Dort warteten bereits der alte Hubbard, Reverend Evans und drei Männer, die sie vom Sehen kannten, weil sie gelegentlich die Handwerksmeister aus London begleiteten, die die Bauarbeiten überwachten. John Nibbet war der Sheriff von Gloucester, die anderen beiden hießen John Jefferies und Charles Cole und wurden als Hilfssheriffs vorgestellt.

Nibbet sprach für die anderen. »Das Innenministerium und

Innenminister Lord Sydney haben der Stadt Gloucester in Gloucestershire mitgeteilt, dass einige der Häftlinge, die zur Deportation nach Afrika verurteilt wurden, anderswohin deportiert werden sollen!«

»Er hat kein einziges Mal Luft geholt«, murmelte Whiting.

»Sei still, sonst kriegst du Prügel«, flüsterte Jimmy.

Nibbet fuhr ohne Pause fort. Offenbar brauchte er zum Reden keine Luft. »Darüber hinaus wurde der Stadt Gloucester in Gloucestershire mitgeteilt, dass sie als Sammelstelle für zur Deportation verurteilte Häftlinge aus Bristol, Monmouth und Wiltshire zu dienen habe. Zu den Häftlingen aus vorgenannten Städten stoßen nach ihrer Ankunft bei uns folgende Häftlinge aus dem hiesigen Gefängnis: Joseph Long, Richard Morgan, James Price, Edward Pugh, Isaac Rogers und William Whiting. Sie werden alle nach London und Woolwich verlegt und bleiben bis auf weiteres dort.«

Ein verzweifelter Schrei beendete die Erklärung des Sheriffs. Bess Parker stolperte in ihren Fesseln auf Nibbet zu, warf sich ihm zu Füßen, rang die Hände und schluchzte gottserbärmlich. »Sir, bitte, ich flehe Sie an! Ned Pugh ist mein Mann! Sehen Sie meinen Bauch? Ich erwarte ein Kind von ihm. Es kann jeden Tag kommen! Bitte, Sir, nehmen Sie ihn mir nicht weg!«

»Hör auf mit dem Gewinsel, Frau!« Nibbet wandte sich mit finsterer Miene an Hubbard. »Hat der Häftling Pugh eine feste Beziehung mit der heulenden Frau da?«

»Ja, Mr Nibbet, seit einigen Jahren. Sie hatten schon ein Kind zusammen, aber es starb.«

»Meine Anweisungen von Staatssekretär Nepean lauten, dass nur männliche Häftlinge ohne Frauen oder Lebensgefährtinnen, die mit ihnen inhaftiert sind, nach Woolwich geschickt werden sollen. Also wird Edward Pugh zusammen mit den zur Deportation verurteilten Frauen in Gloucester bleiben.«

»Das ist wirklich sehr rücksichtsvoll«, sagte Hilfssheriff Charles Cole, »auch wenn ich keine Notwendigkeit dafür sehe.«

Hubbard murmelte Nibbet etwas ins Ohr.

»Häftling Morgan, haben Sie eine feste Beziehung mit einer gewissen Elizabeth Lock?«, bellte der Sheriff.

Richard wünschte sich von ganzem Herzen, er hätte die Frage bejahen können, doch würde man seine Papiere überprüfen und feststellen, dass er bereits eine Frau hatte, nämlich Annemarie Latour. Sie beeinflusste sein Schicksal immer noch. »Ich habe eine feste Beziehung mit Elizabeth Lock, Sir, aber sie ist weder meine Ehefrau noch meine Lebensgefährtin. Ich bin bereits verheiratet.«

Lizzie Lock wimmerte.

»Dann kommst du nach Woolwich, Morgan.«

Reverend Evans beendete die Versammlung mit einem Gebet, dann eskortierte Johnny die Häftlinge in die Gemeinschaftszelle zurück. Dort zerrte Lizzie Lock Richard in eine ruhige Ecke.

»Warum hast du mir nicht gesagt, dass du verheiratet bist?«, fragte sie. Die Federn auf ihrem Hut nickten.

»Weil ich gar nicht verheiratet bin.«

»Warum hast du das dann zum Sheriff gesagt?«

»Weil es in meinen Papieren steht.«

»Wie kann das sein?«

»Es ist eben so.«

Lizzie packte Richard an den Schultern und schüttelte ihn. »Verdammt noch mal, Richard, warum erzählst du mir nie etwas? Warum bist du so zugeknöpft?«

»Nicht mit Absicht, Lizzie.«

»Doch! Du sagst mir nie etwas!«

»Du hast nicht gefragt.« Er wirkte überrascht.

Sie schüttelte ihn erneut. »Dann frage ich dich jetzt! Erzähl mir alles über dich, Richard Morgan, alles. Ich will wissen, wie du gleichzeitig verheiratet und nicht verheiratet sein kannst!«

»Dann kann ich es ja gleich allen erzählen.«

Sie versammelten sich um den Tisch und bekamen eine stark gekürzte Version der Geschichte von Annemarie Latour, Ceely Trevillian und der Rumbrennerei zu hören. Von Peg, der kleinen Mary, William Henry und dem Rest seiner Familie sagte Richard nichts. Es hätte zu viele schmerzliche Erinnerungen wachgerufen.

»Dein Freund Willy war gesprächiger«, bemerkte Lizzie anschließend enttäuscht.

»Mehr will ich nicht erzählen«, sagte Richard gequält und

wechselte schnell das Thema. »Es sieht so aus, als würden wir schon bald verlegt. Ich hoffe nur, dass mein Vetter James es noch schafft, hierher zu kommen.«

Am 4. Januar stieg die Zahl der Männer in der Gemeinschaftszelle wieder. Vier Männer aus Bristol und zwei aus Wiltshire waren hinzugekommen. Zwei der Häftlinge aus Bristol waren noch sehr jung, die anderen beiden Anfang dreißig und seit ihrer Kindheit eng befreundet.

»Neddy und ich haben uns abends im Swan in der Temple Street betrunken«, erzählte William Connelly und klopfte Edward Perrott freundschaftlich auf die Schulter. »Was dann geschah, weiß ich nicht mehr genau. Jedenfalls landeten wir im Bristol Newgate und wurden vergangenen Februar vom Kriminalgericht zu sieben Jahren Deportation nach Afrika verurteilt. Wir sollen Kleider gestohlen haben.«

»Dafür, dass ihr ein Jahr in diesem Loch zugebracht habt, seht ihr noch ganz gut aus«, sagte Richard. »Ich war drei Monate dort, bevor ich hierher kam.«

»Du kommst auch aus Bristol?«

»Ja, aber mein Prozess fand hier statt, weil meine Straftat in Clifton begangen wurde.«

William Connelly war unübersehbar irischer Abstammung. Er hatte dicke, rostrote Haare, eine kurze Nase und freche blaue Augen. Der stille Edward Perrot hatte die aschblonden Haare, die lange Höckernase und das vorspringende Kinn des echten Engländers.

Die beiden Häftlinge aus Wiltshire, William Earl und John Cross, waren höchstens zwanzig Jahre alt und hatten sich bereits mit den beiden Jugendlichen aus Bristol, Job Hollister und William Wilton, angefreundet. Der einfältige Joey Long fühlte sich gleich zu den jungen Burschen hingezogen, und auch Isaac Rogers schloss sich ihnen an, was Richard zunächst erstaunte. Einige Stunden später wusste er allerdings, warum. In ihrer Gesellschaft konnte der Straßenräuber wieder den starken Mann spielen, der er für seine alten Zellengenossen nicht mehr war, seit er aus Angst vor dem Galgen die Nerven verloren hatte.

Zuletzt traf noch der Häftling aus Monmouth ein, ein gewisser William Edmunds. Mit ihm war das Dutzend voll, das auf den Abtransport nach Woolwich wartete.

»Herrje!«, rief Bill Whiting. »Fünf von den Zwölfen, die nach Woolwich kommen, heißen William! Ich bin Bill, und das bleibe ich auch. Wilton aus Bristol, du erinnerst mich an die Heulsuse Willy Insell, deshalb heißt du ab sofort Willy. Connelly aus Bristol, du bist Will, und du, Early aus Wiltshire, Billy. Aber wie nennen wir den Fünften? Was hast du denn verbrochen, Edmunds?«

»Ich habe in Peterstone ein Kalb gestohlen«, sagte Edmunds im singenden Tonfall der Waliser.

Whiting brüllte vor Lachen und küsste den empörten Waliser auf den Mund. »Noch ein Sodomit, bei Gott! Ich habe mir ein Schaf für die Nacht ausgeborgt – ich wollte es nur ficken. An ein Kalb habe ich noch nie gedacht!«

»Lass das!« Edmunds wischte sich empört den Mund ab. »Du kannst ficken, wen du willst, aber mich nicht!«

»Er ist ein Waliser und ein Dieb«, sagte Richard grinsend. »Wir nennen ihn Taffy.«

»Wurdest du zum Galgen verurteilt?«, fragte Bill Whiting Taffy.

»Ja, schon zweimal.«

»Wegen *eines* Kalbes?«

»Nein, das zweite Mal wegen eines Fluchtversuchs. Aber in Wales brodelt es zur Zeit und es wäre nicht klug gewesen, einen Waliser zu hängen, auch nicht in Monmouth. Also wurde ich begnadigt und abgeschoben.«

Richard fühlte sich zu Taffy ebenso hingezogen wie zu Bill Whiting und Will Connelly. Taffys walisische Launen waren wie über den Himmel jagende Wolken, zwischen denen immer wieder die Sonne aufleuchtete. Aber Richard hatte ja selbst walisische Wurzeln.

Am 5. Januar traf gerade noch rechtzeitig Vetter James, der Apotheker, in Gloucester ein. Er war mit Säcken und Holzkisten bepackt.

»Das Steueramt hat Ende Dezember über fünfhundert Pfund gezahlt«, sagte er und begann in dem Gepäck zu wühlen. »Ich habe sechs neue Filtersteine mitgebracht, fünf davon mit dem dazugehörigen Gestell und der Auffangschale aus Messing, weil ich fand, dass auch deine fünf Freunde gesund bleiben sollten.«

»Wieso fünf Freunde, Vetter James?«, fragte Richard verdutzt.

»Jem Thistlethwaite schrieb mir, die Männer auf den Gefangenenschiffen würden in Sechsergruppen aufgeteilt, die zusammen wohnen und arbeiten.« Vetter James sagte nicht, was Jem ihm sonst noch über die Schiffe geschrieben hatte; er brachte es nicht übers Herz. »Deshalb die fünf neuen Kisten. Alle enthalten dasselbe wie deine, nur in kleineren Mengen. Ich habe auch deine Werkzeugkiste mitgebracht.«

Richard überlegte, dann schüttelte er den Kopf. »Nein, Vetter James, die Werkzeuge nicht. Zwar könnte ich sie in dieser Botany Bay brauchen, doch sagt mir mein Verstand, dass sie bis dahin weg wären. Bewahre sie auf und schick sie mir erst, wenn du weißt, auf welches Schiff ich komme.«

»Hier sind noch ein paar Bücher von Reverend James, diesmal vor allem Reiseberichte und Geographisches. Sie sind schwerer, weil sie auf normales Papier gedruckt und in Leder gebunden sind. Aber der Reverend hofft, dass sie sich als nützlich erweisen und du sie und deine anderen Bücher in die Botany Bay mitnehmen kannst.«

Was die praktischen Dinge betraf, schien nun alles gesagt. Vetter James stand auf. »Die Botany Bay liegt am anderen Ende der Welt, Richard, zehntausend Meilen weit weg, wenn du fliegen könntest. Mit dem Schiff dürften es sogar um die sechzehntausend sein. Ich fürchte, dass wir uns nicht wieder sehen werden, und bin darüber zu Tode betrübt. Wenn man bedenkt, dass du im Grunde gar nichts getan hast! Ich werde jeden Tag für dich beten, solange ich lebe, Richard, und dein Vater, deine Mutter und Reverend James ebenfalls. So viele Gebete bleiben gewiss nicht unerhört. Gott wird dich gewiss beschützen!«

Richard umarmte ihn lange und küsste ihn auf die Wangen. Dann schlich Vetter James gesenkten Hauptes hinaus, ohne sich noch einmal umzudrehen.

Richard folgte ihm mit den Augen. Der Apotheker ging den Weg zwischen den Gemüsebeeten entlang und durch das Burgtor. Dann bog er um die Ecke und verschwand. Ich werde auch für dich beten, Vetter James, denn ich liebe dich mehr als meinen Vater.

Richard versammelte die anderen um den Tisch der Gemeinschaftszelle. Lizzie Lock legte ihm die Arme um die Schultern.

»Ich will mich nicht zum Anführer aufschwingen«, sagte er zu den Fünfen, die ihm am nächsten standen – Bill Whiting, Will Connelly, Neddy Perrot, Jimmy Price und Taffy Edmunds. »Ich bin zwar siebenunddreißig und damit der Älteste von uns, aber ich bin nicht aus dem Holz geschnitzt, aus dem Anführer geschnitzt sind, das solltet ihr inzwischen wissen. Jeder muss selbst wissen, was er will. Allerdings weiß ich einiges, und ich habe einen Informanten in den politischen Kreisen Londons und in Bristol meinen überaus klugen Vetter James, den Apotheker.«

»Den kenne ich«, sagte Will Connelly nickend. »James Morgan aus der Corn Street. Ich erkannte ihn gleich, als er reinkam, und dachte, bei Gott, dieser Richard Morgan hat wirklich gute Beziehungen.«

»Die habe ich. Ich sage euch jetzt also, dass die Männer auf den Gefangenenschiffen jeweils zu sechst zusammen wohnen und arbeiten. Mein Vorschlag ist, dass wir, die wir sechs sind, eine Gruppe bilden, bevor einer der Wärter auf den Schiffen uns aufteilt. Ist euch das recht?«

Die anderen nickten ernst.

»Es ist unser Glück, dass wir zu zwölft nach London kommen. Die anderen sechs sind jünger, mit Ausnahme von Ike, aber er scheint ihre Gesellschaft der unsrigen vorzuziehen. Deshalb werde ich ihm raten, mit seinen fünf Kameraden ebenfalls eine Gruppe zu bilden. Dann können wir uns auf dem Schiff gegenseitig beschützen.«

»Erwartest du Ärger, Richard?«, fragte Connelly stirnrunzelnd.

»Ich weiß es nicht, Will. Wenn ich gewisse Befürchtungen habe, dann eher wegen dem, was meine Leute mir verschweigen als wegen dem, was sie mir erzählen. Wir kommen alle aus dem Westen des Landes. Das wird auf den Gefangenenschiffen nicht so sein.«

»Verstehe«, sagte Bill Whiting, ernst wie sonst selten. »Lass uns also jetzt gleich beschließen, wie wir vorgehen wollen, sonst ist es womöglich zu spät.«

»Wie viele von uns können lesen oder schreiben?«, fragte Richard.

Connelly, Perrot und Whiting hoben die Hand.

»Vier. Gut.« Richard zeigte auf die fünf Kisten, die neben ihm auf dem Boden standen. »Nun zu etwas anderem. Diese Kisten enthalten Dinge, die wir brauchen, um gesund zu bleiben. Zum Beispiel Filtersteine.«

»Ach Richard!«, rief Jimmy Price ungeduldig. »Du machst ja geradezu eine Religion aus diesen albernen Filtersteinen! Lizzie hat Recht, du führst dich auf wie ein Priester, der die Messe liest.«

»Aber nur, weil ich unbedingt gesund bleiben will«, sagte Richard unbeirrt. Er wandte sich an die beiden Männer aus Bristol. »Will und Neddy, wie habt ihr ein Jahr im Bristol Newgate überstanden, ohne krank zu werden?«

»Wir haben Bier oder Dünnbier getrunken«, sagte Connelly. »Unsere Familien gaben uns Geld für gutes Essen und Bier.«

»Als ich dort war, habe ich Wasser getrunken«, sagte Richard.

»Unmöglich!«, rief Neddy Perrot entsetzt.

»Keineswegs. Ich habe das Wasser vorher durch meinen Filterstein laufen lassen. Diese Steine machen schlechtes Wasser sauber und genießbar, deshalb importiert mein Vetter James sie aus Teneriffa. Wenn ihr auch nur einen Augenblick glaubt, das Wasser aus der Themse wäre besser als das aus dem Avon, seid ihr innerhalb einer Woche tot.« Richard zuckte die Schultern. »Es liegt bei euch. Wenn ihr es euch leisten könnt, Dünnbier zu trinken, soll's mir recht sein. Aber bedenkt, dass wir in London keine hilfsbereiten Verwandten in der Nähe haben. Und unsere Guineen sollten wir sparen, statt sie für Dünnbier auszugeben. Vielleicht brauchen wir sie noch, um jemanden zu bestechen.«

»Du hast Recht«, sagte Will Connelly und berührte ehrfürchtig den Filterstein auf dem Tisch. »Ich werde mein Wasser filtern, wenn ich es mir nicht leisten kann, Dünnbier zu trinken. Das ist das Vernünftigste.«

Am Ende erklärten sich alle einverstanden, ihr Wasser zu filtern, selbst Jimmy Price.

»Das wäre geregelt«, sagte Richard und ging zu Ike Rogers hinüber, um mit ihm zu sprechen. Es tat ihm zwar Leid, dass er keine zwölf Filtersteine hatte, aber nicht Leid genug, um die sechs, die er hatte, auf zwölf Leute aufzuteilen. Ikes Gruppe würde sich selbst helfen müssen. Wenigstens schien Ike reichlich Geld zu haben.

Wenn wir zwei Gruppen bilden und zusammenhalten, dachte Richard, dann haben wir eine Überlebenschance.

# Teil Drei

Januar 1786 bis Januar 1787

Das Fuhrwerk nach London und Woolwich traf am folgenden Tag, dem 6. Januar, im Morgengrauen ein. Genau ein Jahr seit Beginn meiner letzten Reise, schoss es Richard durch den Kopf. Diesmal fiel ihm der Abschied freilich schwerer. Die Frauen weinten bitterlich.

»Was soll ich bloß ohne dich tun?«, fragte Lizzie Lock, als sie Richard zu Oberaufseher Hubbards Haus folgte.

»Such dir jemand anders«, antwortete Richard, doch in seiner Stimme schwang Mitgefühl. »Du brauchst auf jeden Fall einen Beschützer. Auch wenn es schwierig sein wird, jemanden zu finden, der wie ich darauf verzichtet, mit dir zu schlafen.«

»Das weiß ich doch! Ach Richard, wie werde ich dich vermissen!«

»Ich dich auch, Lizzie. Wer stopft mir jetzt die Strümpfe?«

Sie lächelte unter Tränen und versetzte ihm einen Rippenstoß. »Hör auf! Ich habe dir gezeigt, wie man mit der Nadel umgeht, du kannst sehr gut nähen.«

Zwei Gefängniswärter kamen und führten die Frauen ins Gefängnis zurück. Die Frauen drehten sich in einem fort um und winkten und heulten.

Dann wurden den Gefangenen wieder die Eisengürtel umgelegt, an deren Vorderseiten die vier Ketten zusammenliefen.

Von außen glich das Fuhrwerk genau dem, in dem Richard von Bristol nach Gloucester gefahren war. Es wurde von acht großen Pferden gezogen, über die Ladefläche war eine Plane aus Segeltuch gespannt. Innen sah es allerdings ganz anders aus. Auf beiden Seiten verlief eine Bank, die so lang war, dass sechs Menschen bequem darauf sitzen konnten. Die Habseligkeiten der Sträflinge mussten zwischen den Beinen auf dem Boden gestapelt werden. Sie würden jedes Mal, wenn das Fahrzeug sich auf die Seite legte, umfallen und hin und her rutschen, dachte Richard. Welche Straße war schon eben, vor allem in dieser Jahreszeit? Es war mitten im tiefsten Winter und dazu regnete es in Strömen.

Zwei Gefängniswärter begleiteten sie. Sie saßen nicht im Wagen, sondern beim Fuhrmann vorne auf dem Kutschbock, der durch ein Dach gegen den Regen geschützt war. Flucht war trotzdem unmöglich. Sobald die Häftlinge saßen, wurde eine lange Kette durch einen Ring an der linken Fußfessel jedes Häftlings geführt und vorn und hinten am Boden befestigt. Bewegte sich einer der Männer, mussten sich die anderen fünf zwangsläufig auch bewegen.

Die Hackordnung war festgelegt. Richard saß, in seinen warm gefütterten Mantel gehüllt, am offenen Ende des Wagens auf der einen Seite. Ike Rogers, der Anführer der jüngeren Sträflinge, saß ihm gegenüber.

»Wie lange sind wir unterwegs?«, fragte Ike Rogers.

»Wir können froh sein, wenn wir sechs Meilen am Tag schaffen«, antwortete Richard. »Du kennst die Straßen nicht – ich meine, was ihre Eignung zum Reisen betrifft.« Er grinste. »Keine Ahnung, wie lange es dauert. Hängt von der Route ab.«

»Sie führt über Cheltenham und Oxford«, sagte der Straßenräuber, der ihm den Scherz nicht übel nahm. »Wo Woolwich ist, weiß ich allerdings nicht. Ich bin zwar in Oxford gewesen, aber noch nie in London.«

Richard besaß ein Buch über London, und er hatte es bereits genau gelesen. »Woolwich liegt östlich von London am Südufer der Themse. Ich weiß nicht, ob wir den Fluss überqueren müssen – wir fahren ja zu Gefangenenschiffen, die im Fluss ankern. Wenn die Reise über Cheltenham und Oxford geht, sind es ungefähr 120 Meilen bis nach Woolwich.« Richard überlegte kurz. »Bei sechs Meilen am Tag macht das fast drei Wochen.«

»Drei Wochen auf diesen Bänken?«, fragte Bill Whiting bestürzt.

Die Sträflinge, die schon in einem Fuhrwerk gereist waren, brachen in Gelächter aus.

»Keine Angst, du wirst hier nicht untätig herumsitzen, Bill«, sagte Taffy. »Ein halbes Dutzend Mal am Tag müssen wir zum Schaufeln raus.«

So kam es auch tatsächlich. Allerdings begegneten sie unterwegs sehr viel weniger Gastfreundschaft, als Richard und Willy sie auf der Reise nach Gloucester mit Fuhrmann John erlebt hatten. Keine Scheunen öffneten sich für sie, und sie bekamen keine warmen Pferdedecken. Zu essen und zu trinken gab es nur Brot und Dünnbier. Sie mussten auf dem Wagen übernachten. Dazu stellten sie ihr Gepäck auf die Bänke, dann streckten sie sich auf dem Boden aus. Ihre Mäntel dienten als Decken, die Hüte als Kissen. Der heftige Regen drang durch das Verdeck aus Segeltuch, doch wenigstens fiel die Temperatur nicht unter null – ein kleiner Segen für die durchnässten und fröstelnden Häftlinge. Nur Ike besaß Stiefel. Die anderen trugen Schuhe und waren bald bis über die gefesselten Knöchel mit Schlamm bespritzt.

Von Cheltenham und Oxford sahen sie nichts, da der Fuhrmann es vorzog, die beiden Städte mit seiner Fracht zu umfahren. Und High Wycombe bestand lediglich aus einer kurzen Häuserreihe an einem Hang, der so schlüpfrig war, dass die Pferde sich mit den Zugriemen verhedderten und den Wagen fast umwarfen. Die Gefangenen wurden von herumfliegenden Holzkisten getroffen und mussten schließlich aussteigen, um das sich gefährlich zur Seite neigende Gefährt wieder aufzurichten. Ike Rogers, der sich mit Pferden gut auskannte, half mit, die Tiere zu beruhigen und das Geschirr zu entwirren.

Auch von London bekamen sie nichts mit, da einer der Gefängniswärter eine Abdeckung an der offenen Rückseite des Wagens anbrachte, sodass die Insassen überhaupt nicht mehr nach draußen sehen konnten. Das Schaukeln ging jedoch in ein weicheres Rollen über. Sie hatten eine gepflasterte Hauptstraße erreicht und brauchten den Wagen nicht mehr aus dem Schlamm auszugraben. Zahlreiche Geräusche drangen ins Wageninnere: Rufe und Flüche, Wiehern, Grölen, plötzliches Stimmengewirr, vielleicht weil sie an der offenen Tür eines Wirtshauses vorbeifuhren, das Rumpeln einer Maschine und gelegentlich ein Krachen.

Bei Einbruch der Nacht schoben die Gefängniswärter Brot und Dünnbier durch eine Klappe, dann überließen sie die Häftlinge ihrem Schicksal. Wer aufs Klo musste, hatte dafür einen Eimer. Am nächsten Morgen gab es erneut Brot und Dünnbier, dann ging es weiter durch den Lärm, zu dem sich jetzt noch das Geschrei von Verkäufern sowie einige interessante Gerüche gesellten – verfaulter Fisch, verfaultes Fleisch und verfaultes Gemüse. Die Bristoler sahen einander grinsend an, den anderen drohte übel zu werden.

Zwei Tage lang durchquerten sie die Ausläufer der Großstadt, am Nachmittag des dritten Tages – zwanzig Tage nach der Abfahrt von Gloucester – entfernte jemand die Wagenabdeckung. Träge strömte vor ihnen ein mächtiger Fluss dahin, auf dessen Wasser Abfall schwamm. Dem Stand der Sonne nach zu urteilen, einer blassen Scheibe an einem weißlichen Himmel, hatten sie den Fluss überquert und befanden sich nun am südlichen Ufer. Woolwich, dachte Richard. Der Wagen stand an einem Anlegeplatz. Dort war ein morscher Kasten vertäut, der kaum noch Ähnlichkeit mit einem Schiff hatte. Auf einem bronzenen Schild konnte man mit Mühe die Aufschrift »Empfang« entziffern. Sehr passend.

Die Wärter entfernten die Kette, mit der die Häftlinge aneinander gefesselt waren, und befahlen Richard und Ike, den Wagen zu verlassen. Ein wenig wacklig auf den Beinen sprangen sie hinunter, gefolgt von ihren Gefährten.

»Denk dran, zwei Gruppen zu sechs Mann«, sagte Richard leise zu Ike.

Sie wurden über einen hölzernen Steg in das Schiff geführt, noch bevor sie den Fluss oder den darauf schwimmenden Abfall näher betrachten konnten. Drinnen befreite man sie von ihren Ketten, Handschellen, Gürteln und Fußfesseln. Die Gefängniswärter von Gloucester nahmen die abgelegten Sachen in Empfang.

Von Kisten, Säcken und Bündeln umgeben, warteten sie. Sie befanden sich in einer Art demolierten Offiziersmesse, an der Tür standen Wachen. Flucht war unmöglich, es sei denn, sie stürmten zu zwölft gleichzeitig los – aber wie sollte es dann weitergehen?

Ein Mann kam herein. »Plünnen aus!«, brüllte er.

Sie starrten ihn verständnislos an.

»Na los, Plünnen aus!«

Immer noch rührte sich niemand. Der Mann verdrehte die Augen und trat zu Richard, der ihm am nächsten stand. Er riss ihm den Hut herunter und zog heftig an seinem Mantel und dem Rock darunter.

»Ich glaube, wir sollen die Hüte abnehmen und die Mäntel ausziehen.«

Alle gehorchten.

»Los, weiter!«

Wieder starrten sie ihn an.

Der Mann knirschte mit den Zähnen, schloss die Augen und sagte dann überdeutlich: »Hosen auch aus. Hemden anbehalten.«

Alle gehorchten.

»Fertig, Sir!«, rief der Mann.

Ein zweiter Mann kam herein. »Von wo seid ihr?«, wollte er wissen.

»Aus Gloucester«, antwortete Ike.

»Aha, aus dem Westen.« Er sah den ersten Mann an. »Mit denen müssen Sie ganz deutlich sprechen, unseren Dialekt verstehen die nicht.« An die Häftlinge gewandt fuhr er fort: »Ich bin der Arzt. Ist jemand krank?«

Wohl in der Annahme, das allgemeine Gemurmel drücke Verneinung aus, nickte er und seufzte. »Zieht die Hemden hoch. Mal sehen, ob es einige besonders galante Franzosen unter euch gibt.« Er untersuchte ihre Penisse auf Syphilisgeschwüre, und als er keine fand, seufzte er erneut. »Bene«, sagte er zu Matty, dann zu den Häftlingen: »Ihr seid gesund, aber das kann sich schnell ändern.« Im Begriff, die Kajüte zu verlassen, fügte er noch hinzu: »Zieht euch wieder an und wartet.«

Sie zogen sich an und warteten.

Eine Stunde verging. Die Häftlinge setzten sich, den Rücken an die Wand gelehnt. Unter den Beinen spürten sie die sanften Bewegungen des vertäuten Schiffes. Steuerlos, dachte Richard. Wir sind genauso steuerlos wie dieser Kasten, der früher einmal ein Schiff war. Wir sind weiter von zu Hause entfernt als je zuvor und haben keine Ahnung, was uns erwartet. Den Jüngeren hat es die Sprache verschlagen, sogar Ike Rogers ist verunsichert. Und ich habe Angst.

Die Häftlinge hörten Schritte über die Holzplanken näher kommen und das vertraute Klirren von Ketten. Sie zuckten zusammen, warfen sich unbehagliche Blicke zu und standen ungeschickt auf.

»Handschellen für zwölf Landeier!«, rief der erste Mann durch die Tür. »Setzt euch und keine Bewegung.«

Die Ketten waren sechs Zoll länger als die von Bristol und Gloucester und bereits an die Fußfesseln angeschweißt. Die Fußfesseln waren leichter und biegsam. Der muskulöse Schmied konnte sie um die Knöchel des Häftlings biegen und zusammendrücken, bis die Löcher der beiden Enden sich überlappten. Anschließend schob er von innen einen Bolzen durch die Löcher, packte das Bein des Häftlings und schob die lange Zunge eines Ambosses zwischen Bein und Fußfessel. Zwei schwere Schläge mit dem Hammer, und er hatte das andere Ende des Bolzens für immer mit dem Eisenband vernietet.

Diese Fesseln trage ich jetzt sechs Jahre oder noch länger, dachte Richard und rieb sich die schmerzenden Knöchel. Für ein halbes Jahr würde sich der Aufwand ja gar nicht lohnen. Ich habe sie auch noch in der Botany Bay an – so lange, bis ich meine Strafe abgesessen habe.

Ein zweiter Schmied legte mit ebenso großem Geschick den anderen sechs Häftlingen aus Gloucester Fußfesseln an. Binnen einer halben Stunde hatten die beiden ihre Arbeit erledigt, ihre Helfer angewiesen, die Werkzeuge wieder einzupacken, und die Kajüte verlassen. Zwei Wachen blieben zurück. Matty, offenbar der Gehilfe des Arztes, war ebenfalls verschwunden. Doch hatte er die Wärter offenbar über die Verständnisschwierigkeiten mit den Gefangenen informiert, denn der Wärter sprach ebenfalls überdeutlich mit ihnen.

»Ihr esst und schlaft heute Nacht hier«, sagte der Wärter barsch und klopfte mit dem Griff seines kurzen Knüppels auf den Handteller seiner anderen Hand. »Ihr könnt reden und rumlaufen. Hier habt ihr einen Eimer.« Er und sein Begleiter verließen die Kajüte und verriegelten die Tür.

Die zwei Jungen aus Wiltshire wischten sich Tränen aus dem Gesicht. Die anderen hatten trockene Augen. Nach Reden war niemandem zu Mute, bis Will Connelly schließlich aufstand und schlurfend auf und ab ging.

»Die Kette trägt sich angenehmer«, sagte er und hob einen Fuß hoch. »Sie muss an die dreißig Zoll lang sein. Damit kann man gut laufen.«

Richard fuhr mit den Fingern über die Fußfesseln und stellte fest, dass sie abgerundete Kanten hatten. »Und sie werden nicht so scheuern. Da brauchen wir weniger Lappen.«

»Richtig gut zum Arbeiten«, sagte Bill Whiting. »Was das wohl für eine Arbeit sein wird?«

Kurz vor Einbruch der Dunkelheit brachte man ihnen Dünnbier, altbackenes, dunkles Schwarzbrot und ein Gemisch aus gekochtem Kohl und Lauch.

»Für mich nicht.« Ike schob den Topf mit dem Lauch von sich weg.

»Iss, Ike«, befahl Richard. »Mein Vetter James sagt, wir müssen alles Gemüse essen, das wir bekommen, sonst kriegen wir Skorbut.«

Ike war nicht überzeugt. »Mit diesem Zeug ließe sich nicht mal ein Schnupfen kurieren.«

Richard kostete das Gemüse. »Stimmt«, sagte er. »Aber es ist nun mal was anderes als immer nur Brot, und deshalb esse ich es.«

Nach dem Essen legten sie sich schweigend auf den Boden ihrer fensterlosen Zelle, wickelten sich in ihre Mäntel, schoben sich die Hüte als Kissen unter den Kopf und ließen sich von den sanften Wellen des Flusses in den Schlaf wiegen.

Am nächsten Morgen wurden sie bei grauem Nieselregen vom Empfangsschiff auf einen offenen Leichter verfrachtet. Bisher war noch nichts wirklich Schlimmes passiert. Die Wärter waren zwar mürrisch und grob, doch solange die Häftlinge ihre Befehle schnell genug befolgten, ließen sie die Knüppel stecken. Die Holzkisten weckten ganz offensichtlich ihre Neugierde, doch niemand inspizierte sie. Am Kai erfuhren sie den Grund dafür. Ein klein gewachsener, rundlicher Herr mit altmodischer Perücke und muffig riechendem Anzug eilte mit ausgestreckten Händen und strahlender Miene auf sie zu.

»Ah, die zwölf aus Gloucester!«, rief er munter mit einem, wie die Häftlinge später erfuhren, schottischen Akzent. »Doktor Meadows hält euch für prächtige Burschen, und ich sehe, er hatte Recht. Ich bin Mr Campbell und ich habe das erfunden.« Seine Hand fegte den Nieselregen in einer großen Geste beiseite. »Schwimmende Gefängnisse! So viel gesünder als das Londoner Gefängnis, ja, als jedes Gefängnis. Ihr habt eure Sachen? Das ist ja ganz vortrefflich. Es steht schlimm um den, der das Recht eines Sträflings auf sein Hab und Gut nicht achtet. Neil! Neil, wo bist du?«

Ein Mann, der aussah wie sein Zwillingsbruder, kletterte eilig vom Bug des Empfangs zur Anlegestelle hinunter und blieb schnaufend vor Mr Campbell stehen. »Hier, Duncan.«

»Ausgezeichnet! Ich dachte, du solltest es nicht versäumen, einen Blick auf diese prächtigen Burschen zu werfen. Mein Bruder hilft mir«, erklärte er, als seien die Gefangenen ganz normale Menschen. »Momentan ist er jedoch für die *Justitia* und die *Censor* zuständig – ich bin mit meiner lieben *Ceres* zu beschäftigt – ein großartiges Schiff! Brandneu! Natürlich kommt ihr auf meine liebe *Ceres* – wie praktisch, dass ihr ein rundes Dutzend und in so guter Verfassung seid. Zwei Mannschaften für die beiden neuen Baggerboote.« Er trippelte aufgeregt auf der Stelle. »Phantastisch!« Dann eilte er davon. Sein Bruder folgte ihm blökend wie ein verirrtes Lamm.

»Herrje! Was für ein komischer Kauz!«, sagte Will Whiting.

»Ruhe!«, brüllte der Aufseher und ließ den Knüppel auf Whitings Arm niedersausen. »Und jetzt *Abmarsch*!«

Das kapierten sie. Vorsichtig stiegen die zwölf Männer eine glitschige Treppe zu dem wartenden Leichter hinunter. Ike Rogers stützte unauffällig den halb ohnmächtigen Whiting.

Durch den gespenstisch grauen Regen tauchten immer wieder

Abschnitte eines flachen, sumpfigen Ufers und die Umrisse einzelner Schiffe auf. Die Männer schlugen die Krägen hoch und drehten ihre Hüte so, dass das kaskadenartig herabprasselnde Wasser ihnen nicht in den Hals lief, sondern über die Schultern. Stumm hockten sie zwischen ihren Kisten, Säcken und Bündeln. Zwölf Ruderer, sechs auf jeder Seite, stießen den Leichter ab, wendeten und steuerten mit ausladenden, fließenden Bewegungen, die das ruhig dahinströmende Gewässer kaum aufwirbelten, auf die Mitte des breiten Flusses zu.

Ungefähr dreihundert Meter vom südlichen oder kentischen Ufer entfernt lagen wie vier Kühe in einer Reihe vier Schiffe, gründlicher vertäut, als Richard es je bei einem Schiff gesehen hatte. Jedes Schiff wurde von so vielen Ankern festgehalten – die Anker hingen an Ketten statt der üblichen Trossen –, dass es sich nicht in der Strömung drehen konnte. Das kleinste Schiff lag am weitesten flussaufwärts in Richtung London, das größte bildete gewissermaßen die Nachhut am anderen Ende. Der Abstand zwischen den Schiffen betrug etwa hundert Meter.

»Das Krankenhausschiff *Guardian*«, sagte eine Wache mit ausgestrecktem Arm. »Dann kommen die *Censor*, die *Justitia* und die *Ceres*.«

Der Leichter nahm Kurs auf die *Censor* gegenüber der Anlegestelle, wendete dann und steuerte mit der Ebbe flussabwärts. So hatten die Ruderer weniger Mühe und die Häftlinge konnten einen Blick auf die drei Gefangenenschiffe werfen. Die Schiffe boten ein trauriges Bild. Die Besanmasten waren längst verschwunden, die Großmasten in vierzig Fuß Höhe abgebrochen, die Fockmasten zwar mehr oder weniger intakt, aber ihrer Wanten beraubt. An zwischen Fock- und Großmast gespannten Leinen und an den Seilen, die den Fockmast mit dem stummelartigen Bugspriet verbanden, hingen Kleider zum Trocknen. Auf den Decks standen in heillosem Durcheinander Holzhütten und Anbauten, auf deren Dach sich ein ganzer Wald von in alle Richtungen abstehenden eisernen Kaminen erhob. Weitere Verschläge zierten das Achterdeck, das Vorderdeck und die Achterhütten. Die *Censor* und die *Justitia* sahen aus wie Fossilien. Wahrscheinlich waren sie seinerzeit mit Königin Elizabeth' Flotte gegen die spanische Armada in See gestochen – die Farbe war spurlos verschwunden, die Kupfernägel mit Patina überzogen, die Planken rissig.

Die *Ceres* dagegen schien erst ein Jahrhundert auf dem Buckel zu haben. Das Schwarz-Gelb der Marine war stellenweise noch zu erkennen, und unter dem Bugspriet sah man die Reste einer Galionsfigur, eine barbusige Frau mit weizenblonden Haaren, der ein Witzbold noch leuchtend rote Brustwarzen verpasst hatte. Die Geschützpforten der *Censor* und der *Justitia* waren vernagelt, die der *Ceres* waren ganz entfernt und durch Gitter aus massiven Eisenstäben ersetzt worden. Die in solchen Dingen erfahrenen Sträflinge aus Bristol schlossen daraus, dass das Schiff unter dem Oberdeck noch zwei weitere Decks hatte, ein Unterdeck und ein Orlopdeck. Die *Ceres* war einst also ein Linienschiff 2. Ranges mit 90 Kanonen gewesen. Kein Fracht- oder Sklavenschiff hatte so viele Geschützpforten.

Richard überlegte, wie um alles in der Welt sie mit ihren Sachen eine Strickleiter hinaufkommen sollten. Mit den Ketten schien es unmöglich. Doch der ganze Stolz des überschwänglichen Mr Duncan Campbell war eine auf einer schwankenden Plattform angebrachte hölzerne Treppe. Die Kiste in den Armen und zwei Säcke mit weiteren Habseligkeiten über die Schultern geworfen, kletterte Richard hinter einer mit einem Knüppel bewaffneten Wache als Erster über die Bordwand des Leichters und stieg die Stufen bis zu einer Öffnung in der Reling fünf Meter über ihm hinauf. Die *Ceres* war ein großes Schiff 2. Ranges gewesen.

»Mr 'Anks!«, brüllte der Aufseher.

Ein wichtig aussehender, aber schlampig gekleideter Kerl tauchte zwischen zwei Holzschuppen auf, einen Zahnstocher zwischen den Zähnen. Im Hintergrund sah Richard eine Gestalt in einem Rock vorbeihuschen, und er hörte Frauenstimmen. Offenbar wohnten die meisten Wärter in diesen baufälligen Quartieren.

»Ja?«, fragte der wichtig aussehende Kerl.

»Zwölf Sträflinge aus Gloucester, Mr 'Anks. Mr Campbell sagt, das sind die neuen Mannschaften für die neuen Baggerboote. Alle kerngesund, meint der Doktor.«

»Wieder Bauern!«, rief Mr Hanks empört. »Fast die Hälfte der Leute an Bord sind mittlerweile Bauern, Mr Sykes.« Er wandte sich den Häftlingen zu. »Ich bin ’Erbert ’Anks, der Aufseher hier. Bringen Sie die Gefangenen ins Orlopdeck, Mr Sykes. Aber zuerst noch die Gefängnisregeln, also sperrt die Ohren auf und hört zu, sie werden nämlich nicht wiederholt. Besuchszeit ist sonntags nach dem Gottesdienst – Gottesdienst ist Vorschrift. Wir sind hier alle brave Anglikaner, Abweichler gleich welcher Sorte werden nicht geduldet. Alle Besucher werden durchsucht. Ihr Geld müssen sie bei mir deponieren, alle Nahrungsmittel, die sie dabeihaben, werden beschlagnahmt. Warum? Weil die Gauner in ihren Kuchen und Puddings Feilen an Bord schmuggeln.«

Mr Hanks hielt inne und musterte seine Zuhörer mit einer eigenartigen Mischung aus Schadenfreude und Strenge. Seine Ansprache bereitete ihm sichtlich Vergnügen. »An Bord ist das Orlopdeck euer Zuhause. Nur ich kann euch rauslassen, aber das kommt nicht oft vor. Arbeiten, schlafen, arbeiten, schlafen, von Montag bis Samstag. Wenn das Wetter mitmacht, arbeitet ihr, und damit meine ich auch arbeiten. Heute ist kein Tag zum Arbeiten, weil es verdammt noch mal zu stark regnet. Ihr esst, was ihr bekommt, und ich entscheide, was ihr trinkt. Gin ist teuer, und ihr bekommt ihn nur von mir. Ein halbes Pint zu sechs Pennys.«

Wieder folgte eine Pause. Mr Hanks räusperte sich und spuckte den Gefangenen vor die Füße. »Ihr esst zu sechst. Das Essen holt ihr vom Proviantmeister. Sonntags, montags, mittwochs, donnerstags und samstags werden folgende Rationen an jeweils sechs Männer ausgegeben: eine Rinderwange oder -hachse, drei Pint Erbsen, drei Pfund Gemüse, sechs Pfund Brot und sechs Quart Dünnbier. Dienstags und freitags gibt es Haferbrei – Themse-Wasser nach Belieben, drei Pint Hafermehl mit Kräutern, drei Pfund Käse und sechs Pfund Brot. Mehr gibt es nicht. Wer abends alles aufisst, hat am nächsten Morgen Hunger. Mr Campbell sagt, ihr müsst euch jeden Tag waschen und jeden Sonntag rasieren, bevor der Pfaffe an Bord kommt. Wenn ihr zur Arbeit oder zum Gottesdienst heraufkommt, bringt ihr die Nachttöpfe mit und leert sie in den Fluss. Ein Eimer für jede Gruppe. Was ihr in eurer Zelle tut, ist mir und Mr Campbell egal.«

Er grinste. »Aber zuerst muss ich mir eure Kisten und Taschen ansehen.« Er hockte sich hin, während Mr Sykes hinter ihm stehen blieb. »Aufmachen, los!«

Die Sträflinge öffneten die Kisten und breiteten ihre Habe aus.

Mr Herbert Hanks war ein gründlicher Mensch. Er begann mit den Sachen von Ike Rogers und dessen Gruppe. Ihre Kisten waren kleiner, und die beiden Jungen aus Wiltshire hatten überhaupt keine. Lumpen und Kleider interessierten Mr Hanks nicht, trotzdem gab er jedes einzelne Stück an Mr Sykes weiter. Mr Sykes' Hände glitten über die Stoffe, und er drückte an jeder kleinsten Ausbeulung herum, allerdings ohne fündig zu werden. Auch die anderen Gegenstände boten keine Überraschungen.

»Wo ist euer Geld?«, wollte Mr Hanks wissen.

Ike sah ihn überrascht an. »Sir, wir haben keins. Wir waren ein Jahr lang im Gefängnis. Unser Geld ist aufgebraucht.«

»So?« Mr Hanks wandte sich Richards Gruppe zu. Seine Augen glitzerten. »Alles vertrunken, was?« Aus Richards Kiste und Säcken kamen Kleider, Flaschen und Krüge, der Filterstein mit mehreren Ersatzteilen, zum Auspolstern verwendete Lumpen, Bücher, Papier, Schreibfedern – sehr merkwürdige Dinge! – und zwei Paar Ersatzschuhe. Mr Hanks hielt die Schuhe hoch und betrachtete sie enttäuscht. Achselzuckend sah er den gleichermaßen enttäuschten Mr Sykes an. »Ihr seid wirklich Bauern. Hier hat niemand sonst so große Füße, nicht einmal Long Joyce. Was ist denn das?« Er hielt eine Flasche hoch.

»Teeröl, Mr Hanks.«

»Und das?«

»Ein Filterstein, Sir. Damit filtere ich das Wasser, das ich trinke.«

»Das Wasser hier ist bereits gefiltert. Unter jeder Pumpe hängt ein Sieb. Wie heißt du, Quadratlatsche?«

»Richard Morgan.«

Mr Hanks entriss Mr Sykes eine Liste und überflog sie. Er konnte zwar lesen, doch bereitete es ihm große Mühe. »Jetzt nicht mehr, Morgan. Von jetzt an bist du Sträfling Nummer zweihundertdrei.«

»Jawohl, Sir.«

»Ein belesener Bursche, wie ich sehe.« Mr Hanks blätterte in einem Buch. Er suchte nach obszönen Kupferstichen oder erotischen Passagen. Als er keine fand, klappte er das Buch mit einem Knall wieder zu.

»Und was ist das?«

»Ein Tonikum gegen Furunkel, Sir.«

»Und das?«

»Eine Salbe gegen Schnitte und Geschwüre, Sir.«

»Das ist ja die reinste Apotheke! Warum hast du den ganzen Kram mitgebracht?« Er entkorkte die Flasche mit dem Tonikum und schnüffelte misstrauisch daran. »Igitt! Das stinkt ja so bestialisch, als sei es aus dem Fluss.«

Richard sah mit unbewegter Miene zu, wie der Aufseher die leere Kiste aufhob, sie schüttelte, lauschte, ob etwas darin klapperte, und Wände, Boden und Deckel abklopfte. Anschließend betastete er die Nähte der Säcke. Nichts. Er beschlagnahmte Richards besseres Rasiermesser, den Streichriemen und den Wetzstein sowie sein bestes Paar Strümpfe. Dann nahm er Will Connellys Kiste und Tasche in Augenschein. Richard kniete seelenruhig hin, verkorkte die Flasche mit dem Tonikum wieder und stellte sie beiseite. Ein Blick auf Mr Sykes sagte ihm, dass er seine Sachen jetzt offenbar wieder einpacken konnte. Richard nickte dem bewegungslos verharrenden Rogers zu und machte sich an die Arbeit. Rogers und seine Gruppe folgten Richards Beispiel.

Endlich war Mr Hanks mit allen zwölfen fertig. Er lächelte leutselig. »Also jetzt noch mal, wo ist euer Geld, Freunde? Wo sind eure Silberdollars?«

»Wir haben nichts, Sir«, sagte Neddy Perrott bekümmert. »Wir waren ein Jahr lang im Knast, und da waren Frauen…« Er verstummte.

»Taschen nach außen kehren!«

Doch alle Manteltaschen waren leer, bis auf die von Richard, Bill, Neddy und Will, die mit Büchern voll gestopft waren.

»Klamotten ausziehen!«, bellte Mr Hanks.

Mäntel und Röcke wurden abgelegt. Mr Sykes befühlte sie eingehend. »Nichts«, sagte er schließlich und grinste.

»Filzen, Mr Sykes.«

Offenbar war das der Befehl zu einer Leibesvisitation. Mr Sykes begann auch tatsächlich ihre Körper abzutasten. Mit sichtlichem Vergnügen fummelte er an ihren Genitalien herum. »Fehlanzeige«, sagte er nach einer Weile und sah Mr Hanks erwartungsvoll an.

»Hosen runter und vornüber beugen«, befahl Mr Hanks resigniert.

»Aber ich warne euch! Wenn Mr Sykes Silberdollars in euren Ärschen findet, wascht ihr sie in eurem eigenen Blut.«

Mr Sykes ging brutal vor und ließ sich viel Zeit. Die vier jungen Männer und Joey Long weinten vor Schmerzen und Scham, die anderen ertrugen die Prozedur wortlos. »Nichts, verdammt noch mal«, sagte Mr Sykes. »Fehlanzeige, Mr 'Anks.«

»Wir sind aus Gloucestershire«, sagte Richard, während er seine Unterhosen und Breeches hochzog. »Das ist eine arme Gegend.« Und ich habe euch zwei durchschaut, dachte er. Demütigung und Geld. Möge Gott euch verfaulen lassen.

»Runterbringen, Mr Sykes«, schnarrte der Aufseher enttäuscht und verschwand in dem Gewirr von Hütten.

An jenem 28. Januar 1786 beherbergte die *Ceres* 213 Sträflinge. Die zwölf Männer aus Gloucester wurden als die Nummern 202 bis 213 aufgenommen, Richard war die Nummer 203. Doch nur Mr Herbert Hanks aus der Plumstead Road in Woolwich redete sie mit den Nummern an.

Die Gefangenen aus London waren von denen aus dem Hinterland getrennt und auf einem anderen Deck untergebracht, eine weise Entscheidung, die vermutlich die Sträflinge aus London besänftigen sollte, die den Umgang mit Provinzlern hassten. Die Insassen des London Newgate bewohnten das Unterdeck, die Provinzler das Orlopdeck. Vielleicht war die Entscheidung aber auch eine Folge des ständigen Kriegs, der zwischen den Londoner Sträflingen und den Nicht-Londonern auf der *Censor* und der *Justitia* tobte. Alle waren irgendwie in diesen Konflikt verwickelt, und nicht einmal Mr Duncan Campbell konnte das Durcheinander entwirren. Auf der *Dunkirk* in Plymouth sollte er noch weitergehen als auf der *Ceres*: Er teilte das Schiff nach einem selbst ausgedachten System in sieben Sträflingsabteilungen auf.

Das Zwischendeck, in das die Gefangenen gebracht wurden, war sechs Fuß hoch, was bedeutete, dass zwischen Richards Kopf und der Decke aus faulenden Planken nur ein halber Zoll Platz blieb und Ike Rogers gar nicht aufrecht stehen konnte. Die Querbalken, auf denen die Planken auflagen, waren noch einen Fuß niedriger und jeweils im Abstand von sechs Fuß angebracht. Das Gehen wurde dadurch zur Parodie auf eine Mönchsprozession: Alle zwei Schritte mussten die Köpfe ehrfürchtig gesenkt werden.

Der Wind pfiff durch die Eisengitter und den kalten, grellrot gestrichenen Raum, der sich vom Vorschott bis zum Achterschott erstreckte. Alles in allem war der Raum etwa vierzig Fuß breit und hundert Fuß lang. Entlang der Außenwände standen eine Art breite Tische, an denen auf Bänken Männer saßen. Merkwürdigerweise schienen die Tische gleichzeitig als Betten zu dienen. Auf einigen von ihnen lagen Männer, die sich offenbar ausruhten oder an Fieber erkrankt waren. Auch die Breite der Tischplatten von sechs Fuß deutete daraufhin, dass es sich um Betten handelte. Ein weiterer solcher Tisch von sechs Fuß Breite stand in der Mitte. Ungefähr achtzig Männer bewohnten die rote Kammer. Beim Eintreten der zwölf neuen Insassen verstummten die Gespräche und die Männer hoben die Köpfe.

»Von woher?«, fragte ein Mann, der am Mitteltisch in der Nähe des Eingangs saß.

»Gloucester«, antwortete Will Connelly. »Alle zwölf.«

Der Mann stand auf. Er war so kleinwüchsig, dass er unter den Balken durchgehen konnte, ohne anzustoßen. Von der Statur her erinnerte er an einen Jockey. Er hatte das Gesicht eines Mannes, der einen Großteil seines Lebens mit Pferden verbracht hat. Die Haut war zerknittert und ledern, seine Gesichtszüge ähnelten vage einem Pferd. Der Mann mochte zwischen vierzig und sechzig Jahre alt sein.

»Wie geht's?« Es klang mehr wie eine Feststellung als eine Frage. Er trat auf die Neuankömmlinge zu und streckte ihnen eine kleine

Hand entgegen. »William Stanley aus Seend in der Nähe von Devizes in Somerset. Verurteilt wurde ich allerdings in Wiltshire.«

»Die meisten von uns kennen Seend«, sagte Connelly grinsend. Er stellte die anderen vor, dann setzte er seufzend seine Kiste ab. »Und was passiert jetzt, William Stanley aus Seend?«

»Ihr zieht hier ein. Sykes hat euch sicher schon in den Arsch gelangt. Schöne Schwuchtel. Das ist eben seine Art, die Sträflinge von innen kennen zu lernen. Kein Geld, was? Oder hat er es gefunden?«

»Wir haben keins«, sagte Connelly. Er setzte sich auf die Bank und zuckte zusammen. »Nach Mr Sykes kann man ja kaum noch sitzen. Was passiert jetzt?«

»An diesem Ende wohnen die Midlands, der Westen und die Kanalküste«, sagte Stanley. Er holte eine kalte Pfeife aus der Tasche, an der er zog, wenn er sie nicht gerade dazu benutzte, um in eine bestimmte Richtung zu zeigen. »In der Mitte wohnen die Jungs aus Derby, Cheshire, Stafford, Lincoln und Salop und am anderen Ende, vorn am Bug, Durham, Yorkshire, Northumbria und Lancashire. Die Liverpooler sitzen an diesem Ende des mittleren Tisches. Dann gibt es noch ein paar Iren, bis auf einen alle aus Liverpool, und auch vier Neger, aber die sind über uns bei den Londonern. Waliser haben wir nicht, tut mir Leid, Taffy.« Stanley beäugte ihre Kisten und Taschen. »Wenn ihr Wertgegenstände habt, die seid ihr schnell los. Es sei denn«, fügte er bedeutungsvoll hinzu, »ihr trefft ein Arrangement mit mir.«

»Das ist sicher möglich«, sagte Connelly freundlich. »Der Tisch zum Essen dient offenbar gleichzeitig als Schlafstelle?

»So ist es. Stellt euer Zeug an den Mitteltisch, an diesem Ende ist genug Platz für zwölf. Die Matten, auf denen ihr schlaft, liegen unter dem Tisch. Dort könnt ihr auch eure Sachen verstauen. Eine Decke muss für zwei reichen.« Stanley kicherte. »Angezogen im selben Bett, wie nach alter Sitte die Verlobten bei den Yankees – nicht gerade sehr privat, wenn man sich einen runterholen will. Und das müssen wir alle – Arschficken ist bei den Mannschaften nach dem Vorgeschmack durch Mr Sykes nicht sonderlich beliebt. Oben holen sie sonntags die Weiber – sie tun so, als seien es Tanten, Schwestern oder Basen. Das können wir nicht. Wir sind zu weit von zu Hause weg und wer hier Geld hat, gibt es lieber für Hanks' Sixpence-Gin aus. Dieser Halsabschneider!«

»Wie willst du uns denn helfen, dass unsere Sachen nicht wegkommen, William?«, fragte Bill Whiting. Er litt unter doppelten Schmerzen: zum einen von Mr Sykes Knüppel, zum anderen von dessen Hand und Fingern.

»Ich arbeite nicht«, erwiderte Stanley. »Man wollte mich beim Gemüse einsetzen, aber ich stellte mich an wie sonst wer – sogar den Rüben sträubten sich die Wurzeln. Also gab man es wieder auf. Ich war zu alt und klein, und die Fußfesseln saßen nicht mehr richtig.« Er hob seinen kleinen Fuß hoch und wackelte damit hin und her, bis die Fessel auf seinen Spann rutschte. »Ich bin sozusagen der Hausmeister dieser Anstalt. Ich gehe mit dem Mopp rum, spüle die Nachttöpfe aus, rolle die Matten ein, falte die Decken zusammen und halte die verrückten Iren in Schach, auch wenn unsere Iren aus Liverpool gar nicht so übel sind. Auf der *Justitia* gibt es allerdings zwei, die nur Gälisch sprechen – sie wurden geschnappt, als sie aus dem Schiff von Dublin sprangen. Kein Wunder, dass sie verrückt wurden. Es ist gefährlich auf unserer Seite der Irischen See, und die Iren sind weiche Menschen. Die fallen auf alles rein und sind nach einem Schluck besoffen.« Stanley lachte leise in sich hinein und seufzte. »Ah, tut das gut, frisches Blut aus dem Westen! Mikey! Komm mal her!«

Ein junger Mann schlurfte herbei. Er hatte dunkle Haare, dunkle Augen und jene verschlossene Miene, an der seine Landsleute den Schmuggler aus Cornwall erkannten. »Nein, nicht Cornwall«, sagte er, ihre Gedanken erratend. »Dorset, Poole. Matrose bei der Zollbehörde. Heiße Dennison.«

»Mikey hilft mir bei der Arbeit. Allein schaffe ich es nicht. Er und ich, wir sind Einzelgänger, wir haben nie den Anschluss an eine Sechsergruppe geschafft. Mikey hat Anfälle – Wahnsinn! Er wird schwarz im Gesicht und beißt sich auf die Zunge. Die alte Schwuchtel Sykes macht sich vor Angst in die Hose.« Stanley musterte die Neuankömmlinge listig. »Ihr seid schon zwei Sechsergruppen, wie?«

»Ja, und der Bursche da, der kein Wort sagt, ist unser Anführer.« Connelly zeigte auf Richard. »Er will es nur nicht zugeben. Bill Whiting und ich müssen die Gespräche führen, und er hört in aller Ruhe zu und trifft dann die Entscheidungen. Ein friedlicher Kerl und sehr klug. Ich kenne ihn noch nicht lange. Früher, als ich ihn noch nicht kannte, hätte ich mich gegen einen wie Sykes gewehrt – aber wofür? Dann hätte ich jetzt obendrein noch Kopfweh und wäre womöglich ausgepeitscht worden.«

»Nicht ausgepeitscht, Will, verprügelt. Mr Campbell ist gegen die neunschwänzige Katze. Er sagt, sie hält zu viele Männer von der Arbeit ab.« William Stanley aus Seend hatte die Augen halb geschlossen. »Dann muss ich also mit dir verhandeln, Richard – wie war der Nachname?«

»Morgan.«

»Waliser.«

»In Bristol geboren und aufgewachsen. Meine Familie lebt schon seit Generationen dort. Connelly hat einen irischen Namen, stammt aber ebenfalls aus Bristol. Nachnamen bedeuten nicht viel.«

»Warum ist hier eigentlich alles rot gestrichen?«, fragte plötzlich Ike Rogers, der sich bisher hauptsächlich umgesehen hatte.

»Wir sind im Orlopdeck des Schiffes«, sagte Mikey Dennison, der Schmuggler aus Poole. »Hier waren die 32-Pfünder untergebracht und außerdem der Operationssaal. Auf Rot sieht man das Blut nicht. Kanoniere können kein Blut sehen.«

William Stanley aus Seend zog eine enorme Taschenuhr aus der Westentasche und warf einen Blick darauf. »In einer Stunde gibt's Essen«, sagte er. »Von Harry, dem Proviantmeister, bekommt ihr Brettchen und Becher. Heute ist Freitag, also gibt es Haferbrei. Kein Fleisch außer dem, was im Brot und im Käse ist. Hört ihr den Lärm droben?« Er klopfte mit seiner Pfeife gegen die Decke. »In London essen sie schon. Wir kriegen die Reste. Die sind mehr als wir.«

»Was wäre, wenn Mr Hanks beschließen würde, einige Londoner hier unterzubringen?«, fragte Richard neugierig.

Der kleine William Stanley kicherte. »Das würde er nicht wagen! Entweder die Iren würden ihnen nachts die Kehlen durchschneiden oder die aus dem Norden. Wer mag denn London und die Londoner? Erst besteuert man England, bis das Land ausgetrockneter ist als ein Ire bei einem Methodistentreffen. Dann wird das Geld in London und Portsmouth verprasst, in London von Parlament, Armee und Ostindischer Kompanie, in Portsmouth von der Marine.«

»Haferbrei«, sagte Richard und stand lächelnd auf. »Wenn ich mich recht an die Worte des guten Mr Sykes erinnere, bedeutet das, dass wir Themse-Wasser trinken. Liebe Freunde des Filtersteins, ich schlage vor, eine kleine Zeremonie abzuhalten. Du hast mich Anführer genannt, Will, also folge jetzt meinem Beispiel.« Er stellte seine Kiste auf den Tisch und schloss sie mit dem Schlüssel auf, den er stets um den Hals trug. Dann zog er einen großen Lumpen heraus, drapierte ihn sich auf dem kurz geschorenen Schädel und begann eine Melodie zu summen. Händel hätte die Melodie erkannt; auf dem Orlopdeck der *Ceres* kannte sie niemand. Bill Whiting vergaß seine Schmerzen und legte sich ebenfalls einen Lumpen auf den Kopf. Will, Neddy, Taffy und Jimmy taten dasselbe. Das Summen überließen sie allerdings Richard. Richards Filterstein tauchte aus der Kiste auf, das Summen wurde zu einem langen, an- und abschwellenden »Aaaaah«. Richard ließ die Hände über den Stein gleiten und verbeugte sich vor ihm, bis er ihn mit der Stirn berührte. Dann hob er ihn auf und schritt zur Pumpe, gefolgt von seinen fünf Begleitern, die ebenfalls ihre Filtersteine in den Händen hielten. Taffy hatte die Melodie aufgegriffen und begleitete Richards Bariton mit einem hohen Tenor. Die anderen Gefangenen folgten ihnen gebannt. Nur die Kranken schenkten dem Spektakel keine Beachtung. William Stanley traten schier die Augen aus dem Kopf.

Zum Glück kam das Wasser tröpfelnd und nicht in einem Schwall aus der Pumpe. Es fiel in einen Kupferkessel, in den man ein paar Löcher gestanzt hatte. Mr Campbells Filtriersystem konnte hin und wieder einen größeren Klumpen oder kleinen Fisch aus dem Wasser filtern, zu mehr taugte es nicht. Von dort tropfte das Wasser in die Springluken und lief in die Bilge ab.

Mit einer feierlichen Geste bedeutete Richard Jimmy Price, den Pumpenschwengel zu betätigen, und hielt seinen Tropfstein darunter. Die anderen taten es ihm nach. Bill Whiting verneigte sich tief vor Jimmy, bevor er ebenfalls seinen Tropfstein füllte, während Richards schöne Stimme zu mehreren lauten Hallelujas anschwoll. Dann kehrten sie zum Tisch zurück und setzten ihre sechs Steine mit vielen Gesten genau in der Mitte ab. Richard wies seine Gefolgsleute an, zwei Schritte hinter ihn zu treten, dann breitete er die Hände aus und bewegte die Finger.

»König der Könige! Herr und Gebieter! Halleluja! Halleluja!«, sang er. »Hosianna! Oh Hippokrates, erhöre unser Flehen!« Nach einer letzten ehrfürchtigen Verbeugung nahm er den Lumpen vom Kopf, küsste ihn, faltete ihn zusammen und setzte sich. »Hippokrates!«, brüllte er so plötzlich, dass alle zusammenzuckten.

»Herrgott! Was hat das zu bedeuten?«, rief Stanley.

»Das Ritual der Reinigung«, antwortete Richard feierlich.

Der drahtige kleine Mann musterte ihn plötzlich misstrauisch. »Ist das vielleicht ein Scherz? Wollt ihr mich verkohlen?«

»Glaube mir, William Stanley aus Seend, was wir hier tun, ist kein Scherz. Wir besänftigen Vater Themse, indem wir den großen Gott Hippokrates anrufen.«

»Macht ihr das jedes Mal, wenn ihr Wasser trinkt?«

»Aber nein!«, rief Bill Whiting, der begriffen hatte, worauf Richard mit seinem seltsamen Verhalten hinauswollte. Richard tat so, als hätten sie besondere Fähigkeiten, als seien sie etwas Besonderes. Dadurch wollte er sie und ihre Siebensachen schützen. Er hatte einfach Jimmys und Lizzies Bemerkungen aufgegriffen, er mache aus dem Filtern eine Religion. Sykes würde davon erfahren, denn William Stanley aus Seend war eine Klatschbase und blieb den ganzen Tag auf der *Ceres*. »Nein«, wiederholte er ernst, »wir halten das Reinigungsritual nur bei besonderen Gelegenheiten ab, etwa wenn wir umziehen. So – so mobilisieren wir Hippokrates.«

»Wir benützen die Steine jedes Mal, wenn wir Wasser trinken, aber nicht mit der ganzen Zeremonie«, fügte Will Connelly hinzu. »Das tun wir nur am Ersten des Monats – und natürlich wenn wir umziehen.«

»Ist das Hexerei?«, fragte Mikey Dennison argwöhnisch.

»Hast du vielleicht Schwefel gerochen?«, fragte Richard heftig. »Hat sich das Wasser in Blut oder Ruß verwandelt? Hexerei ist doch Schwindel. Wir sind ernsthafte Leute.«

»Richtig!«, rief Stanley und seine Miene hellte sich auf. »Habe ich ganz vergessen! Die meisten von euch kommen ja aus Bristol und dort war man schon immer besonders aufgeklärt.«

»Ike«, sagte Richard und stand auf, »auf ein Wort.« Sie traten ein paar Schritte zur Seite; aller Augen folgten ihnen. »Bestätige unsere Geschichte und wenn wir sie das nächste Mal zum Besten geben, singe den Refrain mit. Wenn du uns hilfst, werden wir unsere Sachen behalten – und unser Geld. Wo hast du deins versteckt?«

Rogers grinste. »In den Absätzen meiner Reitstiefel. Von außen sehen sie niedrig aus, aber drinnen – ich stehe wie auf Stelzen. Und du?«

»Die Kisten haben innen an einer Seite ein Geheimfach. Wer von uns Münzen besitzt, kann sie dort aufbewahren. Sie können nicht klimpern, weil das Fach mit Baumwolle ausgestopft ist. Will, Neddy und Bill haben einige Münzen, ich habe eine ganze Menge. Die anderen Kisten sind leer, das heißt wenn einer von uns Geld beschaffen kann, ist genug Platz dafür da. Dieser William Stanley aus Seend ist käuflich, die Frage ist nur, ob er Sykes alles verrät.«

Der Straßenräuber überlegte und schüttelte dann den Kopf. »Ich glaube nicht, Richard. Wenn er singt, bekommt Sykes alles in die Finger. Wir müssen den Jockey überzeugen, dass wir nur wenig haben. Herrgott, ich wünschte, wir hätten einen regelmäßigen Besucher aus London! Hätten wir einen, könnten wir unseren Reichtum damit erklären. Du hast übrigens Recht mit dem Wasser – es ist faulig. Meine Gefährten und ich werden an Haferbreitagen Dünnbier trinken müssen. Ich wette, dieser William Stanley aus Seend kann es uns besorgen.«

Richard schlug sich mit der Hand an den Kopf. »Jem Thistlethwaite!«, rief er. »Ich glaube, das mit dem Besucher kann ich deichseln, Ike. Glaubst du, dass ich über Stanley einen Brief schicken kann?«

»Gegen entsprechendes Entgelt sicher.«

Als Richard und seine Gruppe am nächsten Morgen an Deck geführt wurden, begriffen sie, warum die Verlegung aus dem Orlopdeck in Etappen erfolgte. Der *Ceres* standen zwar einige Leichter zur Verfügung, doch reichten diese nicht annähernd aus, um alle Männer gleichzeitig an ihre Arbeitsplätze zu transportieren. Wenigstens war kein Arbeitsplatz weiter als fünfhundert Meter von der *Ceres* entfernt, doch musste die Strecke über Wasser zurückgelegt werden. Die Ruderer legten sich eifrig ins Zeug, weil diese Arbeit erheblich besser war als andere Arbeiten. Als Sträflinge der *Censor* wurden sie an die Unterseite der Dollborde gekettet. Richard hätte gern gewusst, warum sie nicht einfach ans Ufer ruderten und flohen. Später erfuhr er, dass das früher vorgekommen war, dass man die Sträflinge jedoch immer eingefangen und manchmal sogar gehängt hatte.

Der Hauptvorteil von »Campbells Anstalten«, wie die Gefangenenschiffe von ihren Insassen genannt wurden, lag darin, dass sie von Wasser umgeben waren. Nur wenige Engländer konnten schwimmen. Deshalb blieb auch eine zum Dienst gepresste Mannschaft an Bord eines Schiffes, sobald es ausgelaufen war. Weder Richard noch seine elf Freunde konnten schwimmen. Sie hatten schreckliche Angst vor tiefem Wasser.

Richard hatte Hunger, obwohl er sich Brot und Käse zur Hälfte für morgens aufgehoben hatte. Das mit bitteren Kräutern gewürzte halbe Pint Haferschleim schlürfte er hinunter, sobald er es bekam. Es war zwar schon kalt, aber zwölf Stunden später schmeckte es sicher noch schlechter. Oberaufseher Hubbard hatte wenigstens erkannt, dass hart arbeitende Männer genug essen mussten, um bei Kräften zu bleiben. Richard begriff nach nicht einmal einem Tag auf der *Ceres*, dass diesem Mr Duncan Campbell, der viel eigenmächtiger schaltete und waltete als Hubbard, die Qualität der Arbeit völlig gleichgültig war.

Die für die Arbeit am Ufer vorgesehenen Sträflinge waren bereits fort, als Richards Leichter ablegte und die Besatzung von vier Baggerbooten eine kurze Strecke flussabwärts und in Richtung Ufer beförderte. Richards Baggerboot, an beiden Enden doppelt mit Ketten vertäut, war das Erste der vier. Das Boot war rechteckig und hatte einen vollkommen flachen Boden. Es besaß weder Bug noch Heck, doch wölbte sich der Rumpf an beiden Enden aus dem Wasser, sodass man es auf Grund setzen und beim Entladen hinaus- und hineinklettern konnte. Da es neu war, war das Bootsinnere leer und die Farbe noch tadellos.

Sie stiegen über das Dollbord des Leichters auf eine anderthalb Meter breite hölzerne Plattform an der Seite des Kahns. Kaum war Jimmy Price als Letzter ausgestiegen, legte der Leichter schon wieder ab und steuerte auf das nächste, rund fünfzig Meter entfernte Baggerboot zu. Mit grüßend erhobener Hand sahen sie Ike und seinen Jungs nach, dann begannen sie, die Umgebung zu inspizieren. Ein Ende des Kahns hatte ein breites Deck, auf dem eine kleine Holzhütte mit einem eisernen Schornstein stand. Der Aufseher hatte die Ankömmlinge schon bemerkt und war aus der Hütte getreten. Er zog an einer Pfeife und hielt einen Knüppel in der Hand.

Er musterte die Sträflinge. »Ihr seid neu auf der *Ceres*.« Als niemand sich anschickte, die Bemerkung zu kommentieren, sagte er wie zu sich selbst: »Ihr seid nicht mehr die Jüngsten, aber ihr seht sehr kräftig aus. Vielleicht hole ich noch ein paar Tonnen Ballast aus euch raus, bevor eure Kräfte nachlassen. Hat jemand von euch schon einmal auf einem Baggerboot gearbeitet?«

»Nein, Sir«, antwortete Richard.

»Dachte ich mir. Kann jemand schwimmen?«

»Nein, Sir.«

»Lügt nicht, Kameraden.«

»Wir lügen nicht, Sir. Dort, wo wir herkommen, kann fast keiner schwimmen.«

»Muss ich erst einen von euch ins Wasser werfen, um ganz sicher zu sein?« Der Aufseher trat plötzlich auf Jimmy zu, der vor Angst aufschrie, dann machte er dasselbe mit den anderen und sah ihnen dabei in die Augen. »Ich glaube euch«, sagte er schließlich. Er kehrte zu seiner Hütte zurück, verschwand drinnen und kam mit einem Stuhl wieder heraus. Er setzte sich, schlug die Beine übereinander und blies eine köstlich duftende Wolke in ihre Richtung. »Ich heiße Zachariah Partridge, für euch *Mister* Partridge. Ich bin Methodist, daher der Name, und habe schon als Jugendlicher in Skegness am Wash auf einem Baggerboot gearbeitet. Ich wollte eigentlich Männer aus Lincoln, aber der Westen ist auch nicht übel. Kommt jemand von euch aus Bristol oder Plymouth?«

»Drei kommen aus Bristol, Mr Partridge – ich, Richard Morgan, und Will Connelly und Neddy Perrott.« Richard zeigte auf die beiden Männer. »Taffy Edmunds kommt von der walisischen Küste, Bill Whiting und Jimmy Price sind aus Gloucester.«

»Dann kennt ihr euch ja ein wenig mit der See aus.« Zachariah Partridge lehnte sich zurück. »Ziel dieser Einrichtung hier ist es, mit diesem Eimer« – er deutete mit der Hand auf etwas, das wie eine riesige, weit geöffnete Geldbörse aussah – »Schlamm aus dem Fluss zu baggern und dadurch die Fahrrinne zu vertiefen. Der Eimer läuft an einer Kette. Die Kette liegt jetzt vor euren Füßen, aber mit dem Eimer kommt sie bis zu den Hüften hoch. Sie kann je nach Wassertiefe verkürzt oder verlängert werden. Für hier ist sie genau eingestellt, von mir persönlich.«

Mr Zachariah Partridge genoss seine Rede sichtlich, doch schien er kein boshafter Mensch zu sein. »Ihr fragt euch vielleicht, warum gerade diese Stelle? Weil, Kameraden, das Königliche Zeughaus da drüben die gesamte Armee mit Nachschub versorgt und es bei weitem nicht genug Anlegestellen für die Transportschiffe gibt. Eure Verbrecherkollegen am Ufer bauen die neuen Kais. Sie legen dafür den Sumpf trocken. Wir Baggerarbeiter versorgen sie mit Sand, den sie natürlich mit Steinen, Kies und Kalk mischen müssen, sonst würde alles wieder im Fluss landen.«

»Danke für die Erläuterung, Mr Partridge«, sagte Richard.

»Die meisten erklären nie was, oder?« Mr Partridge zeigte wieder auf den riesigen Geldbeutel. »Der Eimer taucht an meinem Ende ins Wasser ein und kommt am anderen Ende, wo der Davit unten ist, wieder hoch. Wenn ihr eure Arbeit richtig macht, enthält er dann fünfundzwanzig Kilo Schlamm und Unrat – grässlich, was da zum Teil hochkommt! Der Schleppkahn hier fasst siebenundzwanzig Tonnen Ballast, wie wir Baggerarbeiter sagen. Ihr müsst also tausendeinhundert Eimer raufholen, um ihn zu füllen. Da es Winter ist, werdet ihr sechs Stunden arbeiten – zwei Stunden gehen durch das Bringen und Abholen verloren. Ein guter Arbeitstag bringt mir zwanzig Eimer, also eine halbe Tonne. Wenn man die Sonntage abzieht« – er ist gebildet und kann rechnen, dachte Richard – »und einen weiteren Tag pro Woche wegen schlechten Wetters einkalkuliert, zumindest in dieser Jahreszeit, müsstet ihr den Kahn in etwa zehn Wochen voll haben. Wenn er voll ist, wird er zum Ufer geschleppt, wo ihr die Ladung löscht. Dann wird er an eine andere Stelle gezogen und ihr fangt wieder von vorne an.«

Er liebt Fakten und Zahlen. Er ist Methodist, ein Anhänger John Wesleys, er kommt nicht aus London und er hat Freude an seiner Arbeit – vor allem, weil er keinen Finger krumm machen muss. Wie können wir seine Zuneigung gewinnen oder, sollte das nicht gelingen, wenigstens seine Anerkennung? Schaffen wir das Arbeitspensum, das er von uns erwartet? Wenn nicht, wird er uns das womöglich spüren lassen. Aber er ist kein Unmensch.

»Dürfen wir mit Ihnen reden, Mr Partridge? Dürfen wir zum Beispiel Fragen stellen?«

»Gebt mir, was ich von euch verlange, Morgan, und ihr habt von mir nichts zu befürchten. Das heißt aber nicht, dass ich euch mit Samthandschuhen anfasse. Ich könnte dir mit diesem Knüppel den Arm brechen, doch will ich das nicht, aus einem guten Grund. Mr Campbell soll eine gute Meinung vor mir haben, und dazu muss ich Ballast produzieren. Ich habe den neuen Bagger bekommen, weil mein Kahn immer am meisten Ballast produziert hat. Wenn ihr mir helft, helfe ich euch vielleicht auch.« Mr Partridge stand auf. »Jetzt erkläre ich euch, was ihr zu tun habt und wie ihr es tut.«

Es dauerte eine ganze Woche, bis sich die Häftlinge an die Arbeit gewöhnt hatten. In dieser Zeit sah Mr Partridge nicht einmal annähernd die erhoffte halbe Tonne pro Tag. Er rechnete mit einem Eimer alle zwanzig Minuten, die neue Mannschaft benötigte dazu eine Stunde. Doch Mr Partridge sagte und tat nichts. Er saß nur auf seinem Stuhl und zog an seiner Pfeife. Neben seinen Füßen stand ein Krug Rum. Entweder er betrachtete nachdenklich seine schuftende Mannschaft oder der rege Verkehr auf dem großen Fluss beanspruchte seine Aufmerksamkeit. Ein Beiboot war mit einer Fangleine am Kahn befestigt, was vielleicht bedeutete, dass

Mr Partridge am Ende des Tages selbst ans Ufer ruderte. Allerdings schien er zumindest einige Nächte an Bord zu verbringen, denn er kaufte von zwei der zahlreichen Proviantboote, die mit ihrer Ware den Fluss befuhren, Holz für seinen Ofen und Vorräte für seine Speisekammer. Rum und Ale stammten von einem dritten Proviantboot.

Es gab diverse Kniffe und Tricks, wie die Mannschaft im Verlauf der Arbeit feststellte. Der Eimer neigte dazu, vom Grund des Flusses abzuheben, und musste mit einer Stange drunten gehalten werden. Diese wiederum musste genau an der richtigen Stelle ansetzen, was viel Fingerspitzengefühl erforderte, da im Wasser wegen des aufgewühlten Schlamms nichts zu sehen war. Drei Männer arbeiteten am Davit, mit dem der Eimer über den Boden gezogen wurde, ein Mann an dem Seil, mit dem der Eimer zuletzt geleert wurde, einer an der Winde, um die die Kette lief, und einer an der Stange, die den Eimer unten hielt. Für den Davit mussten die Männer ihre gesamte Kraft aufbieten, doch auch der Mann an der Stange musste stark und außerdem geschickt sein. Da Mr Partridge keinerlei Anweisungen erteilte, musste Richard die Mannschaft selbst zusammenstellen. Jimmy Price kam an die Winde, die am wenigsten Kraft erforderte. Bill, Will und Neddy bedienten den Davit, Taffy das Seil und Richard selbst die Stange.

Ganz allmählich konnten sie das Tempo steigern und ebenso die Ballastmenge im Eimer. Als sie eine Woche nach Arbeitsbeginn bei zwanzig Eimern am Tag angelangt waren, stiftete Mr Partridge sechs Humpen Dünnbier, ein Stück Butter und sechs frische, je ein Pfund schwere Hefebrotlaibe.

»Ich wusste von Anfang an, dass ihr es schafft. Lass die Leute ihren eigenen Weg finden, sage ich immer. Ich bekomme eine Prämie von fünf Pfund für jede Ladung Ballast, die ich abliefere. Eine Hand wäscht die andere. Liefert mir mehr als zwanzig Eimer am Tag, und ihr bekommt von mir ein Mittagessen – jeder ein Quart Dünnbier und ein Pfund frisches Brot. Ihr habt in der letzten Woche abgenommen, das geht nicht. Es heißt, dass ich mich um meine Leute kümmere.« Er rieb sich nachdenklich die Nase. »Aber ich kann euch nicht *jeden* Tag ein Mittagessen besorgen.«

»Wir könnten vielleicht was beisteuern«, sagte Richard. »Als Bristoler kenne ich den Tabak, den Sie rauchen – Ricketts. Muss schweineteuer sein in Woolwich, auch in London, möchte ich behaupten. Ich könnte Ihnen den Tabak billiger beschaffen, Mr Partridge, Sie müssen mir nur eine Adresse geben. Denn wenn er an die *Ceres* geschickt wird, reißt ihn sich Mr Sykes unter den Nagel.«

»Gut, gut!« Mr Partridge schien interessiert. »Gebt mir nur einen Schilling am Tag, und ich sorge für ein Mittagessen. Und schicke den Tabak an das Ducks and Drakes in Plumstead.«

Das Schlimmste an der Arbeit war der Schmutz. Die Männer waren von Kopf bis Fuß von schwärzlichem, stinkendem Schlamm bedeckt.

Der Schlamm klebte auch an der Kette, die in Hüfthöhe entlang der Plattform lief, er tropfte vom Eimer und spritzte überallhin, wenn der Eimer geleert wurde. Am Ende der ersten Woche war der neue Kahn von den alten Kähnen nicht mehr zu unterscheiden.

Wenigstens waschen konnten sie sich, was sie auch jeden Abend gleich nach ihrer Rückkehr auf die *Ceres* gründlich taten. Für die, die nicht aus Bristol kamen, war der Anblick dessen, was aus der Themse zu Tage gefördert wurde, so fürchterlich, dass sie Richards Beispiel folgten: Sie zogen sich vor der Pumpe aus und wuschen sich mitsamt der schmutzigen Ketten und Fußfesseln. Mit William Stanley aus Seend hatten sie die Vereinbarung getroffen, dass Mikey tagsüber ihre Kleider wusch. Und dank dem gewieften schottischen Unternehmer Mr Duncan Campbell wurden gleich *alle* Kleider gewaschen.

Der ehrenwerte Mr Campbell hatte nämlich vier Tage nachdem die Männer aus Gloucester eingetroffen waren, an die Bewohner seiner Anstalt neue Kleider ausgegeben, was er ungefähr einmal im Jahr tat: zwei Paar Hosen aus grobem Leinen, zwei karierte Leinenhemden und eine ungefütterte Leinenjacke. Die Hosen kratzten an den Nähten zwar wie Sägeblätter, aber sie bedeckten, wie die Männer aus Gloucester erfreut feststellten, auch die Knöchel, nur Richard und Ike waren sie etwas zu kurz. Ike war recht hager geworden, aber da sie neu auf der *Ceres* waren, hatte es niemand außer seinen Gefährten aus Gloucester bemerkt. Und als er von Stiefeln auf Schuhe umstellte, verlor niemand ein Wort darüber.

Mit den Hosen brauchten die normal großen Männer ihre Fußfesseln nicht mehr zu polstern. Ebenso wenig mussten sie Strümpfe tragen, um die eisigen Themsewinde fern zu halten. Richard, der dank Lizzie Lock die Kunst des Nähens beherrschte, konnte mit Stoff von Jimmys zu langen Hosenbeinen seine eigenen verlängern. Und Ike zahlte Stanley einen Becher Gin für seine Reste, welche Richard ihm dann annähte. Was für eine großartige Erfindung Hosen doch waren! Die Hosen der Sträflinge waren rostbraun, strapazierfähig, hervorragend zu waschen und anders geschnitten als Breeches, die nur bis zu den Knien reichten. Breeches hatten vorne einen breiten Latz, der von Knöpfen entlang des Hosenbunds gehalten wurde. Hosen dagegen öffnete man an einem vorn angebrachten senkrechten Saum mit Knöpfen, was das Pinkeln ungemein erleichterte.

Mr James Thistlethwaite kam am zweiten Sonntag nach ihrer Verlegung auf die *Ceres*. An der Tür schüttelte er Mr Sykes herzlich die Hand. Dann trat er über die Schwelle und starrte fassungslos auf das leuchtend rote Gefängnis.

»Jem!«, rief Richard.

Sie umarmten sich ausgiebig und traten dann einen Schritt zurück, um sich gegenseitig zu betrachten. Fast zehn Jahre waren ins Land gezogen, seit sie sich zum letzten Mal gesehen hatten, und in diesen zehn Jahren hatten sich beide Männer stark verändert.

Mr Thistlethwaite machte einen gepflegten, wohlhabenden Eindruck, fand Richard. Sein weinroter Anzug war aus feinstem Tuch, die Knöpfe aus Mohair, auf dem Kopf trug er eine Perücke, den Hut säumte eine goldene Borte, die Uhrenkette bestand ebenso wie die Uhr aus Gold, die kniehohen Stiefel glänzten tiefschwarz. Sein Bauch war nobel gerundet und das Gesicht voller und daher weniger faltig als früher, auch wenn die vom Grog zum Blühen gebrachte Knollennase jetzt purpurrot leuchtete. Der Blick seiner wässrig blauen, blutunterlaufenen Augen war voller Liebe auf sein Gegenüber gerichtet.

Mr Thistlethwaite sah in Richard zwei verschiedene Männer,

die jeweils für kurze Augenblicke zum Vorschein kamen. Der alte Richard und der neue, untrennbar miteinander verbunden. Herrgott, wie gut er aussah! Wie hatte er das fertig gebracht? Die Stoppelhaare schienen noch dunkler zu sein als seine früher ohnehin schon dunklen Haare, und die Haut, obgleich tief gebräunt, war so makellos wie Elfenbein. Er war rasiert und sauber, und das an der Brust aufgeknöpfte Sonntagshemd zeigte seinen muskulösen Oberkörper. Spürte er die Kälte nicht? Denn obwohl es in dem blutroten Kerker eiskalt war, trug Richard keinen Mantel und schien sich wohl dabei zu fühlen. Auch seine Schuhe und Strümpfe waren sauber. Nur die Fußfesseln! Ketten an einem so geduldigen und friedfertigen Menschen wie Richard Morgan. Der Gedanke war unerträglich. Am meisten verändert hatten sich die graublauen Augen. Sie waren immer ein wenig verträumt gewesen, sanft und von einem heiteren Ernst beseelt. Davon war nichts mehr zu spüren. Bestimmt und wach sahen sie ihn an.

»Richard, wie *erwachsen* du geworden bist! Ich hatte mit allen möglichen Veränderungen gerechnet, aber nicht damit.« Mr Thistlethwaite kniff sich in den Nasenrücken und zwinkerte mit den Augen.

»William Stanley, das ist Mr James Thistlethwaite«, sagte Richard zu einem verhutzelten Männlein neben ihm. »Jetzt macht uns Platz und lasst uns einen Augenblick in Ruhe. Ich stelle euch später vor.« An Jem gewandt, fügte er hinzu: »Privatsphäre ist an Bord der *Ceres* absolute Mangelware, aber nicht unmöglich. Setz dich doch!«

»Du bist ja der Anführer!«, sagte Jem erstaunt.

»Nein, ich weigere mich, es zu sein. Ich muss nur manchmal etwas energisch auftreten, aber das müssen hier alle. Ein Anführer muss reden und auftreten können, und ich bin hier kein größerer Redner als in Bristol. Ich möchte auch gar niemanden anführen außer mir selbst, nur manchmal muss ich es, Jem. Sie sind manchmal wie Schafe und ich will nicht, dass sie geschlachtet werden. Außer Will Connelly, der ebenfalls Colstons Knabenschule besucht hat, sind sie nicht im Stand, ihren Verstand zu gebrauchen. Und für den Unterschied zwischen Will Connelly und mir ist im

Grunde Vetter James, der Apotheker, verantwortlich. Hätte ich ihn nicht gekannt und wäre er nicht so gut zu mir gewesen, gäbe es den Richard Morgan nicht, den du vor dir siehst. Ich wäre wie die armen Iren aus Liverpool dort drüben ein Fisch auf dem Trockenen.« Richard lächelte und ergriff Mr Thistlethwaites Hand. »Aber jetzt erzähl mir von dir. Du siehst prächtig aus.«

»Ich kann es mir leisten, prächtig auszusehen, Richard.«

»Hast du reich geheiratet wie ein echter Bristoler?«

»Nein. Doch verdiene ich mein Geld tatsächlich mit Frauen. Vor dir steht ein Mann, der – natürlich unter Pseudonym – Romane zur Erbauung der Damenwelt schreibt. Die Lektüre von Romanen ist die neueste Passion der Frauen, was wohl daher kommt, dass man ihnen das Lesen beibringt, sie aber nichts tun lässt. In Buchläden, Zeitschriften und Leihbüchereien habe ich mit meinen Fortsetzungsromanen erstaunlicherweise mehr Erfolg als seinerzeit mit meinen Satiren. In jedem Pfarrhaus, Gutshaus und Hotel gibt es lesende Damen. Mein Publikum erstreckt sich über ganz Großbritannien, da in Schottland und Irland ebenfalls fleißig gelesen wird. Sogar in Amerika habe ich Leser.« Er schnitt eine Grimasse. »Ich trinke jedoch keinen Cave-Rum mehr, ja eigentlich trinke ich überhaupt keinen Rum mehr, sondern nur noch erstklassigen französischen Kognak.«

»Bist du überhaupt verheiratet?«

»Auch nicht. Ich habe zwei Mätressen, beide mit anderen, unbedeutenderen Männern verheiratet. Aber genug von mir. Ich will von dir hören, Richard.«

Richard zuckte die Achseln. »Da gibt es nicht viel zu berichten, Jem. Ich war drei Monate im Bristol Newgate, dann genau ein Jahr in Gloucester, und jetzt bin ich seit zwei Wochen an Bord der *Ceres*. Wie lange ich hier bleiben werde, ist ungewiss. In Bristol habe ich hauptsächlich gelesen, in Gloucester Steine geschleppt. Auf der *Ceres* baggere ich den Themsegrund aus, eine Kleinigkeit für jemanden, der mit dem Schlamm im Hafen von Bristol aufgewachsen ist. Trotzdem ist es für uns alle schlimm, wenn wir die Leiche eines Babys heraufholen.«

Dann kamen sie auf wichtige finanzielle Fragen zu sprechen.

»Sykes wird keine Schwierigkeiten machen«, sagte Jem. »Ich habe ihm eine Guinee zugesteckt, und er machte daraufhin Männchen wie jeder andere Straßenköter. Sei also guten Mutes. Ich werde mit Mr Sykes eine Vereinbarung treffen, damit du dir an Essen und Trinken kaufen kannst, was du brauchst. Dasselbe gilt für deine Freunde. Du siehst zwar gut aus, bist aber dürr wie eine Bohnenstange.«

Richard schüttelte den Kopf. »Kein zusätzliches Essen, Jem, und nur Dünnbier. Hier drinnen leben knapp hundert Männer. Alle beobachten mit Argusaugen, wie viel die Proviantmeister an die anderen Häftlinge ausgeben. Wir sparen unser Geld und werden bei Bedarf auf dich zurückkommen. Immerhin hatten wir das Glück, einem ehrgeizigen Baggerführer zugeteilt zu werden, und die Themse ist voller Proviantboote. Folglich bekommen wir mittags auf unserem Baggerboot für zwei Pennys eine ordentliche Mahlzeit mit gesalzenem Fisch, frischem Obst und Gemüse. Auch Ike Rogers und seine Leute konnten ihren Baggerführer für sich einspannen.«

»Kaum zu glauben«, sagte Jem langsam, »du weißt genau, was du willst, du scheinst geradezu Spaß an deiner Lage zu finden. Das liegt sicher an der Verantwortung, die du hast.«

»Es ist der Glaube an Gott, der mir Kraft gibt. Meinen Glauben habe ich nicht verloren, Jem. Für einen Sträfling habe ich sehr viel Glück gehabt. Eine gewisse Lizzie Lock hat in Gloucester auf meine Sachen aufgepasst und mir das Nähen beigebracht. Sie war übrigens entzückt über den Hut, ich kann dir gar nicht genug danken. Wir vermissen die Frauen, aus den Gründen, die ich dir, wie ich mich entsinne, in einem meiner Briefe erläuterte. Aber ich erfreue mich nach wie vor guter Gesundheit und denke klarer denn je. Und wir konnten uns hier unter lauter verrohten Menschen dank des habgierigen William Stanley und eines ehrgeizigen Baggerführers, der Methodismus mit Rum, Tabak und Faulheit verbindet, eine Nische schaffen. Die beiden sind komische Gesellen, aber ich habe schon schlimmere erlebt.«

Der Filterstein stand auf dem Tisch neben Richard. Wie abwesend streckte Richard die Hand aus und strich über ihn. Gespanntes Schweigen senkte sich über die Sträflinge, die dem Gespräch Richards mit dem Besucher aus einiger Entfernung mit unverhohlener Neugier folgten. Mr Thistlethwaite begriff nicht, wie Richard mit seiner abwesenden Geste eine solche Reaktion hatte auslösen können. Seine Neugier war geweckt.

»Die Habgier ist des Sträflings bester Freund, wenn er kein Geld hat«, fuhr Richard fort und zog die Hand wieder zurück. »Hier sind die Menschen um einiges billiger als dreißig Silberlinge. Am meisten tun mir die Männer aus Northumbria und Liverpool Leid. Sie besitzen zusammen nicht einen einzigen Penny. Deshalb sterben sie meist an Krankheit oder aus Verzweiflung. Mit einigen von ihnen scheint Gott allerdings etwas vorzuhaben – sie überleben. Die Londoner über uns sind erstaunlich zäh und verschlagen wie verhungernde Ratten. Ich habe den Eindruck, sie leben nach ganz anderen Gesetzen. Vielleicht haben große Städte wie Nationen eigene Mentalitäten. Allerdings glaube ich nicht die Hälfte von dem, was auf unserem Deck über die Londoner erzählt wird. Auf unserem Deck wohnt das restliche England. Die Gefängniswärter sind käuflich und haben die seltsamsten Vorlieben. Und dann gibt es noch Leute wie William Stanley aus Seend. Der versucht hier rauszuholen, was rauszuholen ist. Und wir alle, Hanks, Sykes, die großen und kleinen Gauner, Ganoven und Diebe und die armen Teufel, die da drüben auf den Tischen verrecken, wir stehen mit einem Fuß im Grab. Ein falscher Schritt und wir sind weg.« Richard holte Luft. Er war selbst erstaunt, wie viel er redete. »Kein vernünftiger Mensch würde das, was wir tun, als Spiel bezeichnen, doch hat es einiges mit einem Spiel gemein. Man braucht eine gehörige Portion Grips, aber auch Glück, um es zu bestehen. Und ich gehöre offenbar zu den Glücklichen.«

Während Richard sprach, wurde Mr Thistlethwaite plötzlich so manches klar, was er an Richard Morgan nie richtig verstanden hatte. Richard hatte sich in Bristol immer willenlos von anderen herumkommandieren lassen. Daran hatten auch Schicksalsschläge und Katastrophen und sogar William Henrys Tod nichts ändern können, bis Ceely Trevillian ihm den Boden unter den Füßen weggezogen hatte. Im Gefängnis hatte Richard Leidensgenossen kennen gelernt, die gestrauchelt waren wie er, und er hatte sich ihrer angenommen. Das Gefängnis hatte ihm ein Ziel gegeben, und er hatte eine Kraft entwickelt, von der nicht einmal er selbst wusste, dass er sie hatte. Er brauchte jemanden, den er mehr lieben konnte als sich selbst, und so hatte er es auf sich genommen, seine Schicksalsgenossen zu retten, die es mit ihm aus dem Gefängnis von Gloucester in fremde, unwirtliche Gefilde verschlagen hatte.

Richard ist ein außergewöhnlicher Mensch, dachte Mr Thistlethwaite, und so jemand wird aus England verbannt. Obwohl er seine Fähigkeiten in England nie entfalten konnte. Aus dem willenlosen Opfer wurde ein zielstrebiger Kämpfer, und ich werde wahrscheinlich gar nicht mehr erleben, was noch alles aus ihm wird.

Richard stellte seinen Freund den anderen Sträflingen vor, dann setzten sich alle vierzehn – einschließlich William Stanley aus Seend und Mikey Dennison –, um zu hören, was Mr James Thistlethwaite ihnen über ihre Zukunft zu erzählen hatte.

»Ursprünglich«, sagte der Unterhalter so vieler gebildeter Damen Großbritanniens, »sollten die Sträflinge an Bord der *Ceres* nach Lemaine kommen. Das ist meines Wissens eine Insel inmitten eines großen afrikanischen Flusses, ungefähr so groß wie die Insel Manhattan in New York. Dort wärt ihr auch zweifellos innerhalb eines Jahres an einer Seuche gestorben. Ihr habt es Edmund Burke zu verdanken, dass Lemaine und ganz Afrika von der Liste möglicher Deportationsziele gestrichen wurden.

Unterstützt und ermutigt von Lord Beauchamp, attackierte Burke im vergangenen März und April Mr Pitts Pläne, England von seinen Strafgefangenen zu säubern. Es sei besser, behauptete Burke, euch zu hängen, als an einen Ort zu verfrachten, an dem der Tod sehr viel langsamer und qualvoller wäre. Ein parlamentarischer Untersuchungsausschuss trat zusammen, und Mr Pitt musste seine Afrikapläne begraben, wahrscheinlich für immer. In den Mittelpunkt des Interesses rückte nun der Vorschlag eines Mr James Matra, die Sträflinge in die Botany Bay in Neusüdwales zu schicken. Lord Beauchamp hatte vor allem kritisiert, dass Lemaine sich außerhalb englischen Territoriums befinde und überdies in einem Gebiet, in dem Franzosen, Spanier und Portugiesen auf Sklavenjagd gingen. Die Botany Bay dagegen liegt zwar außerhalb englischen Territoriums, doch gehört sie auch nicht zum Territorium eines anderen Staates. Warum also nicht zwei Fliegen mit einer Klappe schlagen? Ihr kostet England viel Geld ohne eine entsprechende Gegenleistung. Die Botany Bay wiederum könnte durch euch erst mal einen Gewinn für England abwerfen.«

Richard zog ein Buch heraus und versuchte, der Gruppe auf einer Karte von Captain Cook zu zeigen, wo die Botany Bay lag. Allerdings waren nur wenige Männer so gebildet, dass sie mit der Karte etwas anfangen konnten.

Mr Thistlethwaite kam ihm zu Hilfe. »Wie weit ist es von London nach, sagen wir, Oxford?«

»Ziemlich weit«, meinte Willy Wilton.

»So um die fünfzig Meilen«, sagte Ike Rogers.

»Dann ist die Botany Bay zweihundertmal weiter von London entfernt als Oxford. Wenn ein Fuhrwerk von London nach Oxford eine Woche braucht, würde dasselbe Fuhrwerk für die Reise von Oxford zur Botany Bay zweihundert Wochen brauchen.«

»Aber Fuhrwerke können nicht auf dem Wasser fahren«, warf Billy Earl ein.

»Nein«, sagte Mr Thistlethwaite geduldig, »aber Schiffe können es, und sie sind viel schneller als Fuhrwerke, mindestens viermal so schnell. Das bedeutet, dass ein Schiff von London zur Botany Bay ein Jahr braucht.«

»Wahrscheinlich nicht einmal so lange«, sagte Richard stirnrunzelnd. »Du solltest das aus deiner Zeit in Bristol wissen, Jem. Bei gutem Wind kann ein Schiff an einem einzigen Tag knapp zweihundert Meilen zurücklegen. Selbst unter Berücksichtigung der Zeit, die das Schiff unterwegs in Häfen liegt oder die es durch ungünstige Winde und durch Flauten verliert, dauert die Reise womöglich nur ein halbes Jahr.«

»Haarspaltereien, Richard. Ob die Reise nun ein halbes oder ein ganzes Jahr dauert, die Botany Bay liegt nicht nur am anderen Ende der Welt, sondern auch an deren Unterseite. Und jetzt habe ich genug. Ich muss gehen.« Plötzlich müde geworden, stand Mr Thistlethwaite auf.

Gut, dass sie dem geduldigen Richard zur Last fallen und nicht mir, dachte er. Er schlug laut an die Tür, um hinausgelassen zu werden. Ich hätte schon längst die Partei Edmund Burkes ergriffen und den ganzen Haufen hängen lassen. Was sollen sie in der Botany Bay? Dort können sie doch nur noch verzweifeln.

Der Dienst habende Wärter öffnete die Tür. »Lebt wohl!«, rief Mr Thistlethwaite. »Wir werden uns bald wieder sehen!«

»Ein feiner Mann, dieser Mr Thistlethwaite«, sagte Bill Whiting und setzte sich auf den frei gewordenen Platz neben Richard. »Ist das dein Londoner Informant, Schätzchen?«

Richard zuckte zusammen, als er den alten Spitznamen hörte. »Nenn mich nicht so, Bill«, sagte er ein wenig traurig. »Es erinnert mich an die Frauen im Gefängnis von Gloucester.«

»Tut mir Leid.« Bill hatte viel von seiner früheren Munterkeit verloren. Witzbolde waren auf der *Ceres* nicht gern gesehen. Etwas anderes fiel ihm ein. »Ich dachte anfangs, Stanley aus Seend würde einer von uns werden, aber er gibt sich nur mit uns ab, weil er scharf auf unser Geld ist.«

»Was erwartest du, Bill? Du und Taffy, ihr habt lebende Tiere geklaut. Stanley aus Seend hat einem toten das Fell abgezogen. Er wird wehrlose Opfer immer nach Kräften schröpfen.«

»Hm«, sagte Bill mit einem nachdenklichen Blick, der schlecht zu seinem aufgeweckten, runden Gesicht passen wollte. »Wenn nur zur Hälfte stimmt, was du und Mr Thistlethwaite gesagt habt, ist es zur Botany Bay eine lange Fahrt. Stanley könnte ein Stück Holz auf den Kopf fallen. Und wäre es nicht eine Genugtuung, wenn Mr Sykes vor unserer Abfahrt einen Unfall hätte?«

Richard packte ihn an den Schultern und schüttelte ihn. »An solche Dinge denkt man nicht, Bill, und sagen tut man sie erst recht nicht! Es gibt für uns nur eine Möglichkeit, dieser Hölle zu entrinnen: Wir müssen sie ertragen, ohne die Aufmerksamkeit derer zu erregen, die unser Elend noch vergrößern könnten. Hasse sie von mir aus, aber ertrage sie. Alles hat irgendwann ein Ende, auch die *Ceres* und früher oder später die Botany Bay. Wir sind nicht mehr jung, aber auch noch nicht alt. Begreift ihr denn nicht? Wer überlebt, gewinnt! Nur das darf uns interessieren.«

Und so verstrich die Zeit. Immer wieder tauchte der Eimer des Baggerbootes in das Wasser der Themse ein. Stinkende Schlammhaufen wuchsen empor. Auch das Orlopdeck der *Ceres* stank und die Leichen, die einmal in der Woche auf einem Stück Ödland in der Nähe von Woolwich beerdigt wurden, das Mr Duncan Campbell eigens zu diesem Zweck erworben hatte. Neue Gefangene trafen ein, andere starben und wurden zur Beerdigung abtransportiert, darunter allerdings niemand aus Richards oder Ike Rogers' Gruppe.

Zwischen den Insassen des Orlopdecks entwickelte sich eine gewisse, aus der gemeinsamen Not geborene Kameraderie, am schwächsten ausgeprägt zwischen Gruppen, die sich auf Grund ihrer verschiedenen Dialekte kaum verständigen konnten. Nach sieben Monaten kannte man die anderen Gesichter. Man nickte einander zu und tauschte Klatsch und Neuigkeiten und bisweilen simple Höflichkeiten aus. Es gab Kämpfe, einige davon erbittert, und es gab Denunzianten und Opportunisten wie William Stanley aus Seend, und gelegentlich starb jemand eines gewaltsamen Todes.

Wie in jeder Zwangsgemeinschaft ganz verschiedener Menschen kristallisierte sich nach einer Weile ein Beziehungsgefüge heraus. Richard und Ike Rogers hielten die anderen Gruppen durch ihre monatlich wiederholten händelschen Gesänge und hippokratischen Anrufungen auf Distanz, doch waren sie zugleich nicht unbeliebt. Sie waren weder Schläger und Tyrannen noch ließen sie sich von anderen herumkommandieren. Leben und leben lassen lautete ihre Devise, die für das Leben an Bord gut geeignet schien.

Mr Zachariah Partridge sah keinen Grund, seine Meinung über die Baggermannschaft zu ändern. Als die Tage länger wurden und die Arbeitsstunden zunahmen, bekam er die Prämie von fünf Pfund pro Ladung häufiger, als er sich hatte träumen lassen. Die Sträflinge schienen alles darauf anzulegen, durch Arbeit und richtige Ernährung bei Gesundheit zu bleiben.

Er wusste wie alle auf dem viel befahrenen Fluss, dass die Sträflinge zur Botany Bay deportiert werden sollten, und behandelte sie deshalb großzügig. Schließlich würde er, wenn sie fahren mussten, kaum noch einmal eine auch nur halb so gute Mannschaft bekommen. Der Ricketts-Tabak war zusammen mit einem Fässchen besten Rums eingetroffen. Wenn Richard und seine Männer die Dienste eines der Proviantboote in Anspruch nehmen wollten, die hin und wieder besondere Waren verkauften, ließ er sie gewähren, vorausgesetzt, die Arbeit geriet darüber nicht in Verzug. Fasziniert beobachtete er, wie die Sträflinge Kleider aus Segeltuch, Seife, Schuhe, Scheren, Rasiermesser, Streichriemen, Wetzsteine, Staubkämme, Teeröl, Malzextrakt, Unterhosen, dicke Strümpfe, Salben, Bindfaden und feste Säcke kauften.

»Ihr seid ja verrückt«, bemerkte er. »Die Botany Bay ist doch nicht die Arche Noah.«

»Doch«, antwortete Richard ernst, »das ist ein guter Vergleich. Ich glaube nicht, dass es dort Proviantboote gibt.«

Jem Thistlethwaite besuchte sie, sobald er etwas Neues erfuhr. Ende August konnte er ihnen mitteilen, Lord Sydney habe das Schatzamt in einem offiziellen Schreiben davon in Kenntnis gesetzt, dass 750 Sträflinge in eine neue Kolonie in Neusüdwales gebracht werden sollten, voraussichtlich in die Botany Bay. Die Sträflinge stünden unter Aufsicht der Königlichen Marine Seiner Majestät und würden von drei Kompanien Seesoldaten bewacht, die sich von der Ankunft in Neusüdwales an gerechnet für drei Jahre verpflichten müssten.

»Sie werden euch nicht einfach an der Küste aussetzen«, sagte Mr Thistlethwaite, »so viel scheint sicher. Im Innenministerium wird eure Versorgung minuziös geplant. Doch werden nur männliche Sträflinge deportiert. Frauen sollen von benachbarten Inseln geholt werden, sicher auf dieselbe Weise, wie die Römer sich einst auf dem Quirinal Frauen von den Sabinern beschafften. Was mich daran erinnert, dass ich euch noch die vorliegenden Bände von Gibbons *Verfall und Untergang des Römischen Reiches* mitgeben muss.«

»Herrje!«, rief Bill Whiting. »Indianerinnen! Was für welche denn? Es gibt sie in allen Variationen von Schwarz über Rot bis Gelb, und schön wie Venus oder hässlich wie Medusa.«

Im Oktober berichtete Mr Thistlethwaite jedoch, dass es keine Indianerinnen geben würde. »Das Parlament war nicht eben erfreut über die Anspielung auf den Raub der Sabinerinnen. Schließlich würden die Indianer ihre Frauen nicht verschenken oder verkaufen. Die Moralapostel jubelten. Weibliche Gefangene werden also ebenfalls verschifft – wie viele, weiß ich nicht. Vierzig Seesoldaten nehmen ihre Frauen und Familien mit, deshalb sollen auch verheiratete Männer und Frauen, die beide im Gefängnis sitzen, zusammen gehen. Solche Fälle gibt es offenbar.«

»Wir kannten ein Paar in Gloucester«, sagte Richard. »Bess Parker und Ned Pugh. Ich habe keine Ahnung, was aus ihnen geworden ist. Wer weiß, vielleicht kommen sie ebenfalls mit, wenn sie noch leben … Doch es wäre gemein, Männer wie Ned Pugh und Frauen wie Lizzie Lock zu deportieren, die nächstes Jahr schon fünf von sieben Jahren abgesessen haben.«

»Mach dir keine Hoffnung auf Lizzie Lock, Richard. Ich habe gehört, dass die zur Deportation bestimmten Frauen aus dem Gefängnis von London geholt werden.«

Alle stöhnten auf.

Eine Woche später war ihr Informant schon wieder da.

»Für Neusüdwales wurden ein Gouverneur und ein Vizegouverneur ernannt, ein gewisser Captain Arthur Phillip von der Königlichen Marine und ein Major Robert Ross von den Seesoldaten. Da ihr unter Aufsicht der Marine steht, werdet ihr Bekanntschaft mit der neunschwänzigen Katze schließen, ohne die es in der Marine nicht zu gehen scheint und die sehr viel unangenehmer ist als ihr vierbeiniger Namensvetter.« Mr Thistlethwaite erschauderte und wechselte das Thema. »Es fanden noch weitere Ernennungen statt. Die Kolonie bekommt keine gewählte Regierung, sondern untersteht dem Seerecht. Es wird mehrere Ärzte geben und natürlich einen Kaplan – wie könntet ihr ohne unseren guten englischen Gott leben? Im Augenblick ist allerdings alles noch streng geheim und nicht offiziell.«

»Wer ist dieser Gouverneur Phillip?«, fragte Richard.

Mr Thistlethwaite brach in schallendes Gelächter aus. »Bisher kennt ihn niemand, Richard. Lordadmiral Howe äußerte sich sehr abschätzig über ihn, aber wahrscheinlich nur deshalb, weil er selbst einen jungen Neffen für dieses Amt mit einem Jahresgehalt von tausend Pfund vorgesehen hatte. Mein Informant ist ein langjähriger Freund, Sir George Rose, Schatzmeister der Königlichen Marine. Er berichtete mir, Lord Sydney habe diesen Phillip nach einem ausführlichen Gespräch mit Mr Pitt persönlich ausgewählt. Für Mr Pitt ist es sehr wichtig, dass das Experiment gelingt, sonst wird die Gefängnisfrage noch zur Fußangel für sein Kabinett – das Problem der vielen Sträflinge, für die nirgends Platz ist und deren Zahl außerdem ständig steigt, drängt immer mehr. Schwierig ist nur, dass die Deportation in den Köpfen der eifernden Moralapostel mit der Sklaverei verknüpft ist. Wenn sie also das eine kritisieren, ist das andere darin oft eingeschlossen.«

»Es gibt Ähnlichkeiten«, bemerkte Richard trocken. »Erzähl mir mehr von diesem Phillip, der über unser Schicksal entscheiden wird.« Mr Thistlethwaite leckte sich die Lippen und dachte sehnsüchtig an ein Gläschen Kognak. »Ein Niemand, wie schon gesagt. Sein Vater, ein gebürtiger Deutscher, unterrichtete in London Sprachen. Seine Mutter war die Witwe eines Kapitäns und eine entfernte Verwandte von Lord Pembroke. Der Junge besuchte eine Knabenschule der Marine ähnlich der Schule Colstons. Die Familie war also arm. Nach dem Siebenjährigen Krieg wurde der junge Mann auf halben Lohn gesetzt und diente mit Auszeichnung einige Jahre in der portugiesischen Marine. Sein wichtigstes Kommando war ein Schiff 4. Ranges der Königlichen Marine, mit dem er allerdings nicht an Kämpfen teilnahm. Er wurde noch einmal verabschiedet und übernahm jetzt das Gouverneursamt. Er ist weder jung noch besonders alt.«

Will Connelly runzelte die Stirn. »Für mich klingt das merkwürdig, Jem.« Er seufzte. »Das hört sich doch danach an, als sei ganz egal, was mit uns in der Botany Bay passiert. Sonst wäre der Gouverneur – na ja – ein Lord oder wenigstens ein Admiral.«

»Nenn mir den Namen eines einzigen Lords oder Admirals, der bereit wäre, für jämmerliche tausend Pfund im Jahr ans andere

Ende der Welt zu gehen, Will, und ich biete dir die englische Krone an.« Mr James Thistlethwaite grinste spöttisch, der Satiriker regte sich in ihm. »So jemand macht höchstens eine Erholungsreise zu den Westindischen Inseln. Was ist die Botany Bay denn? Höchstwahrscheinlich eine Todesfalle. Niemand weiß genau, was einen dort erwartet, auch wenn alle von einem Paradies sprechen, weil das nichts kostet. Nur ein Niemand lässt sich als Gouverneur dort hinschicken.«

»Du hast immer noch nicht gesagt, warum ausgerechnet dieser Niemand«, sagte Ike.

»Sir George Rose schlug ihn ursprünglich vor, weil Phillip ein, wie er sagte, tüchtiger und einfühlsamer Mensch sei. Phillip ist auch insofern eine seltene Erscheinung in der Königlichen Marine, als er fließend mehrere Sprachen spricht. Da sein deutscher Vater Sprachlehrer war, hat Phillip das Talent für Fremdsprachen wohl schon mit der Muttermilch eingesaugt. Er spricht französisch, deutsch, holländisch, spanisch und portugiesisch.«

»Was nützen uns diese Sprachen in der Botany Bay?«, fragte Neddy Perrott. »Die Indianer sprechen sie nicht.«

»Gar nichts, aber auf der Fahrt dorthin sind sie sehr hilfreich«, antwortete Mr Thistlethwaite, tapfer bemüht, nicht die Geduld zu verlieren. Wie hielt Richard das bloß aus? »Unterwegs sollen verschiedene Häfen angelaufen werden, und keiner davon ist englisch. Teneriffa ist spanisch, Kap Verde portugiesisch, Rio de Janeiro ebenfalls und das Kap der Guten Hoffnung holländisch. Das ist eine heikle Sache, Neddy. Stell dir doch vor, was da passiert. Eine Flotte von zehn bewaffneten englischen Schiffen läuft ohne Ankündigung in einen Hafen ein und ankert. Der Hafen gehört zu einem Land, gegen das wir Krieg geführt oder in dessen Sklavengebieten wir gewildert haben. Mr Pitt hält es deshalb für unabdingbar, dass die Flotte freundschaftliche Beziehungen zu den Gouverneuren der jeweiligen Häfen herstellen kann. Und englisch spricht man dort nicht.«

»Warum nehmen wir keine Dolmetscher mit?«, fragte Richard.

»Um mit den Portugiesen und Spaniern über einen Mittelsmann niedrigen Ranges zu verkehren? Mit den am stärksten auf Etikette bedachten Völkern der Welt? Und mit den Holländern, die den Teufel übers Ohr hauen würden, wenn sie damit Profit machen könnten? Nein, Mr Pitt besteht darauf, dass der Gouverneur selbst im Stande ist, sich mit sämtlichen Gouverneuren zwischen England und der Botany Bay zu unterhalten. Und da kam nur Captain Arthur Phillip in Frage.« Er lachte boshaft gackernd. »Ha-ha-ha! Auf solche Kleinigkeiten kommt es an, Richard. Denn es sind keine Kleinigkeiten. Wenn alles vorbei ist, sind sie freilich wieder vergessen. Wir stellen uns immer nur Männer wie Sir Walter Raleigh vor – einen Aufschneider, Freibeuter und Freund der Königin. Eine schwungvolle Geste mit dem Spitzentaschentuch, ein Schnuppern an seiner Duftkugel, und alle liegen ihm zu Füßen. Aber diese Zeiten sind vorbei. Unsere heutige Welt ist ganz anders, und wer weiß, vielleicht hat dieser Niemand Captain Arthur Phillip ja genau die Fähigkeiten, auf die es ankommt. Sir George Rose scheint es zu glauben und Mr Pitt und Lord Sydney ebenfalls. Dass Lordadmiral Howe anderer Meinung ist, ist unwichtig. Er mag Erster Seelord sein, aber noch wird England nicht von der Königlichen Marine regiert.«

Ende Dezember kam Mr Thistlethwaite mit weiteren Nachrichten. Sein Publikum hatte sich enorm vergrößert, denn auf Grund des ständigen Kontakts der Gefangenen untereinander konnten inzwischen viel mehr Sträflinge Gesprächen folgen, die in einem Englisch geführt wurden, das dem Englisch gedruckter Bücher nahe kam.

»Die Ausschreibungen sind abgeschlossen«, verkündete er seinen Zuhörern. »Und dabei gab es einige Tränen. Mr Duncan Campbell glaubte, mit seinen Anstalten schon genug am Hals zu haben, und gab überhaupt kein Angebot ab. Das billigste Angebot der Herren Turnbull Macaulay und T. Gregory – siebeneindrittel Pennys pro Tag und pro Nase – wurde abgelehnt, ebenso das der Sklavenhändler Camden, Calvert & King. Lord Sydney hielt es für unklug, mit dem ersten Transport eine Sklavenfirma zu beauftragen, obwohl auch ihr Preis sehr günstig war. Den Zuschlag erhielt deshalb ein Freund Mr Campbells namens William Richards junior. Er bezeichnet sich selbst als Schiffsmakler, doch seine Interessen gehen weit darüber hinaus. Er hat natürlich Partner und arbeitet vermutlich eng mit Campbell zusammen. Die Seesoldaten, die euch begleiten, sind übrigens nicht zu beneiden. Denn sie bekommen nicht mehr zu essen als ihr, von einer täglichen Ration Rum und Mehl abgesehen.«

»Wie viele von uns müssen gehen?«, fragte jemand aus Lancaster.

»Fünf Truppentransporter werden rund fünfhundertachtzig männliche und knapp zweihundert weibliche Sträflinge befördern, außerdem zweihundert Seesoldaten plus vierzig Ehefrauen und Kinder. Dazu kommen drei Versorgungsschiffe. Die Königliche Marine ist durch ein Begleitschiff und ein bewaffnetes Schiff vertreten, das als Flaggschiff der Flotte fungieren wird.«

»Truppentransporter?«, fragte ein Mann aus Yorkshire namens William Dring. »Was sind denn das für Schiffe? Ich bin ein Matrose aus Hull, deshalb interessiert es mich.«

»Sie dienen hauptsächlich dazu, Truppen zu Zielorten in Übersee zu befördern«, erklärte Richard ruhig. »Ich glaube, es gibt in der Marine einige davon, allerdings müssen sie inzwischen schon ziemlich alt sein. Sie beförderten die Truppen in den amerikanischen Unabhängigkeitskrieg und waren schon im Siebenjährigen Krieg im Einsatz. Es gibt auch Transporter für den Küstenverkehr, mit denen Soldaten innerhalb von England, Schottland und Irland verlegt werden, doch die wären viel zu klein. Jem, enthielt die Ausschreibung genauere Angaben zu den Schiffen?«

»Nur dass sie in tadellosem Zustand und für eine längere Fahrt durch unbekannte Gewässer tauglich sein sollten. Sie wurden von der Marine inspiziert, aber ich weiß nicht, wie gründlich.« Mr Thistlethwaite holte tief Luft, dann beschloss er, die volle Wahrheit zu sagen. Was hatte es für einen Sinn, den armen Teufeln falsche Hoffnungen zu machen? »Dazu muss man natürlich sagen, dass nur sehr wenige Angebote eingingen. Lord Sydney hatte mit einem Angebot der Ostindischen Kompanie gerechnet, die die besten Schiffe besitzt. Er wollte die Kompanie sogar damit ködern, dass die Schiffe von der Botany Bay gleich nach Wampoa in China weiterfahren könnten, um dort Tee an Bord zu nehmen. Doch die

Kompanie war nicht interessiert. Sie lässt ihre Schiffe lieber über Bengalen nach Wampoa fahren, aus welchem Grund auch immer. Es fehlte also an geeigneten Schiffen, und womöglich bestand die Inspektion der Marine lediglich darin, aus einer Reihe von schlechten Schiffen die besten herauszusuchen.« Mr Thistlethwaite sah, wie sich Bestürzung auf die Gesichter seiner Zuhörer malte, und bereute seine Offenheit. »Ihr braucht deshalb nicht zu fürchten, dass die Schiffe, mit denen ihr fahrt, gleich untergehen werden. Kein Reeder kann es sich leisten, seine Schiffe leichtfertig aufs Spiel zu setzen, auch wenn sie noch so gut versichert sind. Nein, ich wollte damit eigentlich etwas ganz anderes sagen.«

Richard ergriff das Wort. »Ich weiß, was du sagen wolltest, Jem. Dass unsere Transportschiffe Sklavenschiffe sind. Warum auch nicht? Der Sklavenhandel ist zurückgegangen, seit man uns nicht mehr nach Georgia und Carolina reinlässt, von Virginia ganz zu schweigen. Deshalb stehen jede Menge Sklavenschiffe zur Verfügung. Und sie sind bereits für den Transport von Menschen gebaut. In den Häfen von Bristol und Liverpool liegen viele solche Schiffe, und einige von ihnen haben Platz für mehrere hundert Sklaven.«

»So ist es«, sagte Mr Thistlethwaite seufzend. »Ihr werdet in Sklavenschiffen fahren, das heißt die von euch, die für den Transport ausgewählt werden.«

»Ist schon bekannt, wann wir fahren?«, fragte Joe Robinson aus Hull.

»Nein.« Mr Thistlethwaite blickte in die Gesichter der Sträflinge und grinste. »Aber jetzt noch zu etwas anderem. Es ist Weihnachtszeit, und ich habe dafür gesorgt, dass alle Gefangenen auf dem Orlopdeck der *Ceres* ein halbes Pint Rum erhalten. Unterwegs kriegt ihr keinen, also trinkt langsam und behaltet ihn eine Weile im Mund.«

Er zog Richard beiseite. »Ich habe dir noch ein paar Filtersteine von Vetter James mitgebracht. Sykes wird sie dir geben.« Er umarmte Richard so fest, dass niemand bemerkte, wie der Beutel mit Guineen von seiner Manteltasche in Richards Jackentasche glitt. »Das ist alles, was ich für dich tun kann, mein lieber Freund. Schreibe mir, sobald du kannst, ich bitte dich.«

»Ich spüre ein Prickeln in den Daumen«, sagte Joey Long am 5. Januar 1787 beim Abendessen. Er zitterte.

Die anderen sahen ihn ernst an. Joey war ein einfaches Gemüt, aber er hatte bisweilen Vorahnungen, die sich später bewahrheiteten.

»Und warum, Joey?«, fragte Ike Rogers.

Joey schüttelte den Kopf. »Weiß nicht. Die Daumen prickeln eben.«

Doch Richard wusste es. Der nächste Tag war der 6. Januar, und in den vergangenen zwei Jahren war er immer am 6. Januar zu einem neuen Ort des Leidens aufgebrochen. »Joey spürt, dass eine Veränderung bevorsteht«, sagte er. »Heute Nacht packen wir. Wir waschen uns, schneiden uns die Haare, suchen uns gegenseitig nach Läusen ab und sorgen dafür, dass auf sämtlichen Kleidungsstücken, Säcken, Taschen und Kisten unsere Namen stehen. Morgen geht es auf die Reise.«

Job Hollisters Lippen zuckten. »Vielleicht sind wir ja gar nicht dabei.«

»Möglich. Aber ich glaube, Joeys Daumen sagen, dass wir dabei sind.«

Vielen Dank für das halbe Pint Rum, Jem Thistlethwaite. Während das ganze Orlopdeck der *Ceres* schnarchte, konnte ich deine Guineen in unseren Kisten verstecken. Außer mir weiß niemand davon.

# Teil Vier

Januar 1787 bis Januar 1788

Bei Tagesanbruch wurden die Sträflinge ausgesondert, insgesamt sechzig Mann in den üblichen Sechsergruppen, während die dreiundsiebzig anderen, die verschont blieben, zutiefst erleichtert dreinschauten. Wer die zehn Gruppen, die das Orlopdeck der *Ceres* verlassen sollten, ausgewählt hatte und nach welchen Kriterien, wusste niemand. Man wusste nur, dass Mr Hanks und Mr Sykes eine Liste hatten und nach ihr verfuhren. Das Alter der Ausgesonderten schwankte zwischen fünfzehn und sechzig. Die meisten hatten, wie alle alten Hasen wussten, keinen Beruf, und einige waren sogar krank. Doch Überlegungen dieser Art lagen Mr Hanks und Mr Sykes fern. Sie hatten ihre Liste, und das genügte ihnen offenbar.

William Stanley aus Seend und Mikey Dennison, der Epileptiker, hüpften vor Freude, da ihre Namen nicht auf der Liste standen. Auf der *Ceres* ließ es sich aushalten, zumal sie bald frische Decken bekommen sollten.

»Sieh dir die Arschlöcher an«, zischte Bill Whiting, »wie sie feixen.«

Die Tür schwang auf, und vier neue Sträflinge wurden hereingestoßen. Will Connelly und Neddy Perrott protestierten lautstark.

»Crowder, Davis, Martin und Morris aus Bristol«, erklärte Connelly. »Die hat man wohl eigens aus Bristol hergebracht.«

Bill Whiting zwinkerte Richard zu. »Mr Hanks!«, rief er. »Oh, Mr Hanks!«

»Was gibt's?«, fragte Herbert Hanks, der James Thistlethwaite gegen ein Trinkgeld versprochen hatte, sich nach Kräften für Richards und Ikes Gruppen einzusetzen, falls sie unter den Ausgesonderten sein sollten. Er beabsichtigte auch durchaus, sein Versprechen zu halten, denn Mr Thistlethwaite hatte ihm weitere Großzügigkeiten in Aussicht gestellt sowie er von seinen Spionen erfuhr, dass tatsächlich alles Menschenmögliche getan worden war. »Red schon, Kamerad!«

»Sir, diese vier Männer sind aus Bristol. Kommen sie mit?«

»Freilich«, antwortete Hanks müde.

Der alte Witzbold Whiting warf einen Seitenblick auf Richard, dann nahm sein rundes Gesicht den Ausdruck demütiger Bescheidenheit an. »Sir, sie sind nur zu viert. Die Sache ist nämlich die, dass wir nur ungern von Stanley und Dennison getrennt werden wollen, Mr Hanks, Sir, und da habe ich mir gedacht ...«

Mr Hanks zog seine Liste zu Rate. »Die Sträflinge aus Bristol waren ursprünglich zu sechst, doch sind gestern zwei gestorben. Wir haben also vier zu viel oder zwei zu wenig, je nachdem, von welcher Seite man es betrachtet. Stanley und Dennison würden das halbe Dutzend voll machen. Gut, sie kommen mit.«

»Zu früh gefreut!«, kicherte Whiting schadenfroh.

»Danke, du Arschloch!«, zischte Ike. »Ich war schon froh, dass Stanley und Dennison hier bleiben.«

Neddy Perrott kicherte ebenfalls. »Glaub mir, Ike, Crowder und Davis sind mit allen Wassern gewaschen. Die werden mit William Stanley aus Seend allemal fertig.«

»Außerdem brauchen wir noch ein paar Leute zum Deckschrubben und Waschen, Ike«, fügte Whiting hinzu und lächelte engelsgleich.

Den ausgesonderten Häftlingen wurden Eisengürtel und Handschellen angelegt, aber keine Kette zu den Fußknöcheln. Stattdessen wurde eine lange Kette von Hüfte zu Hüfte gezogen, die jeweils sechs miteinander verband. Stanley und Dennison heulten, als sie an die vier Neuen aus Bristol gekettet wurden, da ihnen nicht genügend Zeit blieb, um alle ihre Habseligkeiten zusammenzuraffen.

»Damit sind wir sechsundsechzig Mann in elf Gruppen«, bemerkte Richard.

Ike zog eine Grimasse. »Und mindestens noch einmal so viele aus London.«

Ein Irrtum, wie sie später feststellen sollten. Von oben wurden nur sechs Sechsergruppen ausgewählt, und keineswegs nur schwere Jungs aus dem London Newgate. Die meisten stammten aus dem Londoner Umland, und viele davon aus Kent an der Themse, insbesondere aus Deptford. Warum, wusste niemand, nicht einmal Mr Hanks, der sich einfach an seine Liste hielt. Die ganze Expedition war allen, die mit ihr in Berührung kamen, Teilnehmern wie Zurückbleibenden, ein Rätsel.

Zwei große Leichter lagen längsseits. Die drei Gruppen aus dem Westen und die beiden aus Yorkshire wurden in den ersten verfrachtet, die sechs restlichen Gruppen mussten sich in den zweiten zwängen. Gegen zehn an diesem schönen, kühlen Morgen pullten die Bootsgasten die Themse hinunter, die hier, direkt östlich von Woolwich, eine halbe Meile breit war und eine große Biegung machte. Auf dem Fluss herrschte wenig Verkehr, doch die Neuigkeit hatte sich herumgesprochen, und so winkten, pfiffen und johlten die Besatzungen von Proviantbooten, Ketschen und anderen kleinen Fahrzeugen herüber, und die Häftlinge in dem überladenen zweiten Leichter beteten, dass ihnen kein Schiff zu nahe kam und eine Welle erzeugte, die ihnen gefährlich werden konnte.

Hinter der Biegung lag Gallion's Reach, ein Ankerplatz für Großschiffe. An diesem Tag ankerten hier nur zwei Fahrzeuge, das eine davon mehr als doppelt so groß wie das andere. Richard erschrak. Das größere Schiff hatte sich kein bisschen verändert – eine voll getakelte Bark, die offenbar noch keine Fracht an Bord genommen hatte, denn ihr Schanzkleid stand gut vier Meter über dem Wasser. Sie besaß weder Achterhütte noch Back, lediglich ein Achterdeck und eine Kombüse hinter dem Vormast. Ganz auf Schnelligkeit und Kampfkraft ausgelegt.

Er tauschte mit Connelly und Perrott einen Blick. »Die *Alexander*«, sagte Neddy Perrott tonlos.

Richard kniff den Mund zusammen. »Ja, das ist sie.«

»Ihr kennt sie?«, fragte Ike.

»Und ob«, knurrte Connelly. »Ein Sklavenschiff aus Bristol und ehemaliger Freibeuter. Die Matrosen und Sklaven sind gestorben wie die Fliegen.«

Ike schluckte. »Und das andere Schiff?«

»Kenne ich nicht, kann also nicht aus Bristol sein«, antwortete Richard. »Am Heck ist bestimmt eine Bronzetafel angebracht, wir müssten sie nachher sehen können. Wir kommen nämlich auf die *Alexander*.«

Das andere Schiff hieß *Lady Penrhyn*.

»Aus Liverpool und speziell für den Sklaventransport gebaut«, erklärte Aaron Davis, einer der Neuankömmlinge aus Bristol. »Sieht nagelneu aus. Schöne Jungfernfahrt! Lord Penrhyn muss das Wasser bis zum Hals stehen.«

»Ich sehe niemand an Bord gehen«, meinte Bill Whiting.

»Keine Sorge, die wird schon noch voll«, sagte Richard.

Sie mussten mit ihren Habseligkeiten eine vier Meter hohe Strickleiter erklimmen, die mittschiffs zu einer Pforte im Schanzkleid führte. Die Gruppe vor ihnen brauchte keine Kisten zu schleppen, doch selbst als ihre Ketten sich in den Sprossen verhedderten, steckte niemand den Kopf durch die Öffnung über ihnen, um zu helfen.

Zum Glück lief die Kette, die sie miteinander verband, frei durch die Ringe. So konnten sie den Abstand zum Vorder- und Hintermann nach Bedarf vergrößern oder verkleinern. »Rückt zusammen und gebt mir die gesamte Kette«, sagte Richard, als sie an die Reihe kamen. Er warf seine beiden Säcke hinauf, klemmte seine Kiste zwischen die Handfesseln und erklomm rasch die wenigen Meter, ehe einer von denen, die bereits oben waren, auf die Idee kam, ihm einen Sack zu klauen. An Deck angekommen, sammelte er seine Sachen ein und nahm die Kisten entgegen, die ihm die Gefährten heraufreichten.

Die beiden Langboote und die Jolle der *Alexander* waren ins Wasser abgefiert worden, um Platz zu schaffen. Richard führte seine drei Gruppen auf die Seite. An Deck herrschte ein heilloses Durcheinander. Gruppen von rotberockten Seesoldaten standen mit finsteren Mienen herum, zwei Offiziere mit Schärpen und zwei Unteroffiziere bewachten eine auf der Achterdeckreling montierte Drehbasse, und zahlreiche Matrosen hingen in den Wanten und hockten auf Aufbauten wie Schaulustige bei einem Boxkampf auf freiem Feld.

»Und was jetzt?« Leider war niemand da, den man fragen konnte. Richard sah zu, wie das Durcheinander immer größer wurde. Lange bevor alle elf Sträflingsgruppen an Bord waren, ähnelte das Deck einer Menagerie – ein Eindruck, der durch dutzende von Ziegen, Schafen, Schweinen, Gänsen und Enten noch verstärkt wurde, die, von einem Dutzend hechelnder Hunde verfolgt, überall herumrannten. Richard fühlte sich beobachtet. Als er den Kopf hob, erblickte er eine große orangefarbene Katze, einen Kater, der bequem auf einer Spiere lag und mit einem Ausdruck spöttischer Langeweile zu ihm heruntersah. Von ihren Wärtern war keiner zu sehen. Sie waren für die Sträflinge nicht mehr verantwortlich und deshalb auf der *Ceres* geblieben.

»Soldaten«, flüsterte Billy Earl aus dem ländlichen Wiltshire.

»Seesoldaten«, verbesserte Neddy Perrott. »Ihre Uniformaufschläge sind weiß. Beim Heer haben sie gelbe Aufschläge.«

Ein Offizier der Marineinfanterie stieg zackig vom Achterdeck herab und blickte mit boshaften, blassblauen Augen in die Runde. »Ich bin Oberleutnant James Shairp«, bellte er. »55. Kompanie, Portsmouth! Die Gefangenen unterstehen meinem Kommando. Wir haben die Aufgabe, euch zu verpflegen und dafür zu sorgen, dass ihr keinen Ärger macht. Ihr tut, was man euch sagt, und redet nur, wenn ihr gefragt werdet.« Er deutete auf eine gähnende Luke hinter dem Großmast. »Ihr nehmt euren Plunder und steigt gruppenweise da runter. Sergeant Knight und Corporal Flannery werden vorausgehen und euch zeigen, wo ihr untergebracht seid, aber vorher möchte ich noch ein paar Dinge klarstellen. Ihr nehmt die Kojen, die der Sergeant euch zuweist. Plätzetauschen ist nicht erlaubt. Wir lassen jeden Tag durchzählen, mit Namen und Nummer. Jedem Mann steht ein halber Meter zu, nicht mehr und nicht weniger – wir müssen auf engstem Raum 210 Mann unterbringen. Wer Streit mit Mithäftlingen anfängt, bekommt die Peitsche. Wer Verpflegungsrationen stiehlt, bekommt die Peitsche. Wer aufbegehrt, bekommt die Peitsche. Wer unverschämt wird, bekommt die Peitsche. Corporal Sampson ist der Auspeitscher der Kompanie und stolz auf seine Arbeit. Wer sich hinlegen will, und mehr werdet ihr nicht tun können, sollte sich einen blutigen Rücken ersparen. Und jetzt Abmarsch.« Shairp machte auf dem Absatz kehrt und stapfte zu der Drehbasse auf dem Achterdeck zurück.

Schotten unter den Sträflingen waren selten. Shairp dagegen war, seinem Akzent nach zu schließen, Schotte, wie auch die meisten anderen Offiziere der Seesoldaten.

Sergeant Knight und Corporal Flannery verschwanden in der Luke, doch die Sträflinge zögerten noch. Dann nickte Richard entschlossen seinen drei Gruppen zu und trat an die zwei Meter breite Öffnung im Oberdeck. Gott stehe uns bei! Er reichte dem hinter ihm stehenden Bill Whiting seine Kiste, warf seine beiden Säcke in die Luke und spähte hinein. Vier Fuß unter ihm stand ein schmaler Holztisch. Richard hockte sich auf den Lukenrand und glitt vorsichtig auf den Tisch, ließ sich die Kiste heruntergeben und wartete, bis die Kette so viel Spiel hatte, dass Bill ihm folgen konnte. Als alle sechs unten waren, stiegen sie von dem Tisch auf eine Bank und von dort auf den Fußboden. Sie fanden sich in einem schmalen Gang wieder, den ein weiterer Tisch mit Bänken begrenzte. Das Mobiliar war offenbar am Fußboden festgeschraubt, denn es bewegte sich keinen Millimeter, wenn sie dagegen stießen.

»Hier rüber!«, bellte der Sergeant.

Sie gehorchten und traten in einen weiteren Gang, der etwa sechs Fuß breit war. Sie befanden sich auf der linken, der Backbordseite, und spähten nach vorn in die Dunkelheit. Entlang der Bordwand waren Bettkästen angebracht, ähnlich wie auf der *Ceres*, nur dass sie zweistöckig waren. Die Kästen ruhten auf Pfosten, passten sich der geschwungenen Form des Rumpfes an und machten einen ziemlich stabilen Eindruck. Niemand würde sie in einem Tobsuchtsanfall zerlegen. Sie waren jeweils zehn Fuß lang. Die obere Etage lag etwas mehr als zwei Fuß unter dem Oberdeck, die untere wenig mehr als zwei über dem Fußboden, und die lichte Höhe zwischen den Etagen betrug ebenfalls gut zwei Fuß. Da zwischen den Decksbalken sogar Ike Rogers bequem aufrecht stehen konnte, schätzte Richard die Höhe des Zwischendecks auf annähernd sieben Fuß. Seine Kopffreiheit im Stehen betrug einen halben Zoll.

»Das sind eure Kojen«, sagte der Sergeant, ein abstoßender Kerl. Wenn er grinste, waren seine verfaulten Zähne zu sehen – die Zähne eines Mannes, der gern und kräftig dem Rum zusprach. »Erste Gruppe nach oben, erste Koje am Achterschott. Ich brauche eure Namen und Nummern. Corporal Flannery ist Ire und schreibt mit. Los!«

»Richard Morgan, Nummer 203«, rief Richard. Er stellte einen Fuß auf die untere Pritsche und stemmte sich mit seinem Gepäck nach oben. Die anderen fünf folgten. Ikes Gruppe bekam die obere »Koje« daneben zugewiesen, abgeteilt durch eine dünne Trennwand. Stanley, Mikey Dennison und die vier Nachzügler aus Bristol bezogen die Koje unter ihnen, die Koje unter Ike belegten die sechs Nordlichter, darunter William Dring und Joe Robinson, die beiden Matrosen aus Hull.

»Gemütlich«, gluckste Bill Whiting. »Ich wollte schon immer mal mit dir zusammen schlafen, Richard, Schätzchen.«

»Halt den Mund, Bill! An Deck gibt es jede Menge Schafe!«

Sechs Männer quetschten sich in eine Koje, die zehn Fuß breit, sechs Fuß tief und etwas mehr als zwei Fuß hoch war. Außer liegen konnte man hier nur zusammengekrümmt sitzen. Wie bucklige Zwerge saßen sie da und kämpften gegen die bleierne Verzweiflung an. Ihre Kisten und Säcke nahmen Platz weg, Platz, der ihnen fehlte. Jimmy Price begann zu weinen, und in der Nachbarkoje jammerten Joey Long und Willy Wilton. Mein Gott, was sollten sie tun?

An der Steuerbordwand, drei Tische und sechs Bänke von ihnen entfernt, waren ebenfalls zweistöckige Verschläge angebracht. Sonst konnten sie kaum etwas erkennen, so sehr sie sich auch die Hälse verrenkten und in die Dunkelheit spähten. Unablässig sprangen Männer in Ketten auf den mittleren Tisch herab, wurden in den Gang getrieben und in eine Koje gepfercht. Als sechs der elf Gruppen auf der Backbordseite untergebracht waren, schickte

Sergeant Knight die Männer nach Steuerbord. Auch dort wurden die Kojen vom Achterschott nach vorn aufgefüllt – oben, oben, unten, unten.

Richard beherrschte sich mühsam. Wenn er sich gehen ließ, würden alle zu heulen anfangen, und das konnte er nicht ertragen. »Gut«, sagte er forsch, »mal sehen, wo wir unsere Kisten unterbringen. Fürs Erste stapeln wir sie an der Bordwand, dann haben wir so viel Platz, dass wir dazwischen unsere Füße ausstrecken können. Ein Glück, dass wir die festen Gegenstände in die Kisten getan und Kleider und Lappen in Säcke gestopft haben. Die können wir jetzt als Kopfkissen benutzen.« Er befühlte die grobe Matte, auf der sie saßen, und erschauderte. »Decken haben wir nicht, aber wir können uns ja warm anziehen. Jimmy, hör bitte auf zu heulen! Tränen helfen uns nicht weiter.« Er beäugte den Querbalken, an dem die Trennwand zwischen ihrer und Ikes Koje befestigt war. »Wir müssen uns einen Schraubenzieher und Haken besorgen, dann können wir an dem Balken Sachen aufhängen. Nur Mut, es wird schon werden.«

»Ich möchte mit dem Kopf an der Wand schlafen«, schniefte Jimmy.

»Kommt nicht in Frage«, blaffte Will Connelly. »Wir legen uns so hin, dass wir beim Kotzen den Kopf über den Rand strecken können. Vergiss nicht, wir stechen in See, und eine Zeit lang werden wir ganz gehörig kotzen.«

Bill Whiting lachte gequält. »Da haben wir ja noch mal Glück gehabt. Wir kotzen auf die da unten, aber sie können nicht zu uns heraufkotzen.«

»Gut beobachtet«, sagte Neddy Perrott und steckte den Kopf hinaus. »He, Tommy Crowder!«

Crowders Kopf erschien. »Was gibt's?«

»Wir kotzen auf euch runter.«

»Nur zu, dann lernt ihr mich kennen.«

»Seht doch«, rief Richard dazwischen, »an dem Balken ist Platz bis rüber zu den Steuerbordkojen. Vielleicht können wir auf jeder Seite eine Art Regal anbringen und Sachen darin verstauen, vielleicht sogar unsere Kisten, auf jeden Fall aber die Büchersäcke und die Filtersteine, die wir in Reserve haben. Dieser Sergeant Knight sieht mir ganz so aus, als wäre er einer Sonderration Rum nicht abgeneigt. Vielleicht können wir ihn dazu überreden, ein paar Planken, Bretter und Taue zu besorgen. Es wird schon werden, Jungs.«

»Du hast Recht, Richard«, meinte Ike und lugte um die Trennwand. »Es wird schon werden. Besser hier als am Galgen.«

»Genau, der Henkersstrick ist das Ende, aber das hier wird nicht ewig dauern«, sagte Richard, froh, dass Ike und seine Jungs auf ihn hörten.

Nur durch die offene Luke im Oberdeck drang etwas Licht in das dunkle Gefängnis, und es stank fürchterlich nach verrottetem Fisch, faulem Fleisch und Exkrementen. Stunden verstrichen, wie viele, vermochte niemand zu sagen. Dann wurde die Luke mit einer Gräting aus Eisen verschlossen, die noch weniger Licht durchließ, und am vorderen Ende des Raums wurde eine Luke geöffnet. Doch auch diese zusätzliche Lichtquelle klärte sie nicht über die genaue Beschaffenheit des Gefängnisses auf. Weitere Sträflinge strömten herein. Viele weinten, ein paar schrien, wurden aber augenblicklich zum Schweigen gebracht, wie und von wem, konnten Richard und seine Kameraden nicht erkennen. Aber sie spürten, dass die anderen dasselbe empfanden wie sie.

»Mein Gott«, rief Will Connelly verzweifelt. »Hier kann man nicht mal lesen! Ich werde verrückt!«

»Unsinn«, sagte Richard streng. »Wenn wir uns eingewöhnt und unsere Sachen vernünftig verstaut haben, überlegen wir, wie wir uns die Zeit vertreiben können. Wir haben ja noch unsere Stimmen. Taffy und ich können singen, und andere bestimmt auch. Wir stellen einen Chor zusammen. Und wir können uns gegenseitig Rätsel aufgeben oder Geschichten und Witze erzählen.« Er hatte mit seinen Männern die Plätze getauscht, sodass er an der Trennwand zu Ikes Koje saß. »Hört mir zu, alle, die mich hören können! Wir werden lernen, uns die Zeit mit Dingen zu vertreiben, an die wir bisher nicht im Traum gedacht haben. Hier wird keiner durchdrehen. Wir werden uns an den Gestank und die

Dunkelheit gewöhnen. Wenn wir überschnappen, haben die anderen gewonnen, und das darf nicht sein. Wir lassen uns nicht unterkriegen!«

Lange Zeit sprach niemand ein Wort, doch es weinte auch keiner mehr. Sie werden es schaffen, dachte Richard. Sie werden es schaffen.

Zwei Seesoldaten kamen von der vorderen Luke nach achtern und nahmen den Häftlingen die Eisengürtel und die Kette ab, die sie miteinander verband, nicht aber die Handschellen. Sobald Richard sich frei bewegen konnte, glitt er von der Pritsche und suchte nach den Nachttöpfen. Wie viele waren da? Wie oft wurden sie geleert?

»Sie stehen unter der Pritsche«, sagte Thomas Crowder. »Jeweils einer für sechs Mann. Was sind das nur für Verschläge, in denen wir hier hausen müssen. Prokrustes wäre auf eine solche Erfindung stolz gewesen!«

»Du bist ja gebildet«, sagte Richard, hockte sich auf die Kante der unteren Pritsche und streckte stöhnend die Beine aus.

»Ja. Aaron auch. Er ist aus Bristol, ich nicht. Ich wurde nur in Bristol geschnappt, als ich von der *Mercury* geflohen bin. Ich hab dort ein paar Dinger gedreht. Unser Komplize – Aaron war auch dabei – hat uns verpfiffen. Wir wollten ein paar Leute schmieren, und in London hätte das wohl auch geklappt, in Bristol leider nicht. Zu viele Quäker und andere Moralapostel.«

»Du bist aus London?«

»Und du aus Bristol, wie ich aus deinem Akzent schließe. Connelly, Perrott, Wilton und Hollister kenne ich, aber dich habe ich im Bristol Newgate nie gesehen, Kamerad.«

»Ich heiße Richard Morgan. Ich stamme aus Bristol, bin aber in Gloucester abgeurteilt worden.«

»Ich habe gehört, was du vorhin gesagt hast, von wegen, dass wir uns irgendwie beschäftigen müssen. Wir sind dabei, wenn wir nur genug Licht zum Kartenspielen haben.« Crowder seufzte. »Und ich dachte, die *Mercury* sei eine Höllenfähre! Wir werden auf der *Alexander* eine schlimme Zeit durchmachen, Richard!«

»Hast du etwas anderes erwartet? Diese Kähne wurden für den

Sklaventransport gebaut, und man hat uns genauso eng zusammengepfercht wie Sklaven. Der einzige Unterschied ist, dass wir die drei langen Tische haben und deshalb wohl im Sitzen essen dürfen.«

Crowder rümpfte die Nase. »Marinefraß!«

»Was erwartest du denn? Eine gepflegte Küche wie im Bush Inn?« Richard kletterte wieder nach oben, berichtete von den Nachttöpfen und holte die Filtersteine hervor. »Wir müssen das Wasser hier unbedingt filtern, aber dafür brauchen wir nicht zu befürchten, dass uns jemand den Platz streitig macht oder Sachen stiehlt.« Er lächelte, und seine weißen Zähne blitzten. »Du hast übrigens Recht gehabt, was Crowder und Davis angeht, Neddy. Richtige Schlingel.«

Zwei Seesoldaten mit verdrossenen Gesichtern begannen, im Schein von Laternen Näpfe auszuteilen. Obwohl die Tische vierzig Fuß lang waren, waren die sechs schmalen Bänke voll besetzt. Richard zählte die Köpfe und kam zu dem Ergebnis, dass die *Alexander* an diesem 6. Januar 1787 ungefähr 180 Männer an Bord genommen hatte, 30 weniger, als Leutnant Shairp an Deck verkündet hatte. Und nicht alle kamen von der *Ceres*. Einige stammten von der *Censor* und noch mehr von der *Justitia*. Die Sträflinge von der *Justitia* konnten sich allerdings nicht alle an die Tische schleppen. Unter ihnen grassierte eine Krankheit, die sich durch leichtes Fieber und Gliederschmerzen äußerte. Wenigstens hatten sie nicht das Fleckfieber. Obwohl es natürlich auch Fälle von Fleckfieber gab, denn die gab es immer.

Jeder Mann erhielt einen Holznapf, einen Zinnlöffel und einen Zinnbecher, der reichlich zwei Quart fasste, die Tagesration Wasser für jeden. Zu essen gab es steinhartes, dunkles Brot und ein kleines Stück gepökeltes Rindfleisch. Wer schlechte Zähne hatte, war schlimm dran und musste versuchen, das Brot mit dem Löffel zu zerkleinern.

Es hatte gewisse Vorteile, dass ihre Kojen so nahe an der Achterluke lagen. Richard beschloss, die Peitsche zu riskieren. Er stand auf und bot den beiden jungen Seesoldaten, die mit ihrer Aufgabe offensichtlich überfordert waren, seine Hilfe an.

»Kann ich euch helfen?«, fragte er mit respektvollem Lächeln. »Ich war früher Schankwirt.«

Das mürrische Gesicht des einen, der ihm näher stand, wirkte zunächst verdutzt, dann hellte es sich auf. »Da sagen wir nicht Nein. Zwei Leute sind nicht genug, um zweihundert Männer zu füttern, so viel steht fest.«

Richard verteilte eine Zeit lang schweigend Näpfe und Becher, und bald arbeiteten er, der junge Seesoldat, den er angesprochen hatte, und dessen ebenso junger Kamerad einander gut zu. »Ihr Seesoldaten wirkt so unzufrieden«, sagte er leise. »Warum eigentlich?«

»Wegen unserer Quartiere – sie liegen noch unter euren und sind fast genauso überfüllt. Und die Verpflegung ist auch nicht besser. Schiffszwieback und Pökelfleisch. Der einzige Unterschied ist, dass wir Mehl und ein halbes Pint trinkbaren Rum kriegen.«

»Aber ihr seid doch keine Sträflinge!«

»Auf diesem Schiff«, knurrte der andere, »macht man zwischen Sträflingen und Seesoldaten keinen großen Unterschied. Die Matrosen sind da untergebracht, wo eigentlich wir sein sollten. Tageslicht und Frischluft bekommen wir nur durch eine Luke im Fußboden ihres Quartiers – die Matrosen schlafen hinter dem Schott da im Zwischendeck, und wir darunter im Laderaum. Die *Alexander* ist angeblich ein Zweidecker, nur hat man verschwiegen, dass das zweite Deck als Laderaum genutzt wird, weil die *Alexander* keinen Laderaum im eigentlichen Sinn hat.«

»Sie ist ein Sklavenschiff«, erwiderte Richard, »deshalb braucht sie keinen richtigen Laderaum. Der Kapitän verstaut die Fracht normalerweise im Orlopdeck und die Sklaven hier, wo wir jetzt sind. Die Matrosen schlafen im Achterschiff. Das Achterdeck ist dem Kapitän vorbehalten.« Sein Blick wurde neugierig. »Ich nehme an, er hat eure Offiziere im Achterdeck einquartiert.«

»Ja, aber in einem winzigen Kabuff«, erwiderte derjenige, der Pökelfleisch und Brot austeilte. »Sie dürfen seine Kombüse nicht benützen, deshalb müssen sie mit uns essen. Sie dürfen nicht einmal in die große Kajüte – die hat er für sich und seinen Ersten Offizier reserviert. So etwas habe ich noch nie erlebt. Aber ich bin auch noch nie auf einem Schiff gefahren, das nicht der Marine gehört.«

»Dann rutscht ihr ja unter die Wasserlinie, wenn erst mal die Fracht an Bord ist«, sagte Richard nachdenklich. »Und die *Alexander* wird eine Menge Fracht transportieren. Für eine zweimonatige Etappe dürfte sie allein schon zwanzigtausend Gallonen Trinkwasser bunkern.«

»Für einen Schankwirt kennst du dich aber gut mit Schiffen aus«, sagte der Bursche, der Wasser ausgab.

»Ich stamme aus Bristol, dort dreht sich alles um Schiffe. Ich heiße übrigens Richard. Darf ich eure Namen erfahren?«

»Ich heiße Davy Evans, und das ist Tommy Green«, antwortete der Wasserschöpfer. »Im Moment können wir an unserer Situation nicht viel ändern, aber nächste Woche kommen wir nach Portsmouth, und dann wird Major Ross Captain Duncan Sinclair den Marsch blasen.«

»Ach ja, der Vizegouverneur und Kommandeur der Seesoldaten.«

»Woher weißt du das?«

»Von einem Freund.«

Später, als Richard sein Wasser filterte, dachte er über die Antworten nach, die er auf seine Fragen bekommen hatte. Die Schiffseigner, die sich den Auftrag geangelt hatten, hatten ein paar Details bezüglich der *Alexander* verschwiegen und beschlossen, den Umstand zu ignorieren, dass sie neben den Sträflingen auch Seesoldaten unterbringen mussten. Diese jungen Burschen hatten Recht – die Eigner machten zwischen Seesoldaten und Sträflingen keinen Unterschied. Nächste Woche segelten sie also nach Portsmouth, und der Kapitän hieß Duncan Sinclair und war demnach mit Sicherheit ebenso Schotte wie Robert Ross, der Befehlshaber der Seesoldaten. Dass die beiden sich streiten würden, war abzusehen.

Weder in dieser noch in den beiden darauf folgenden Wochen segelte die *Alexander* nach Portsmouth. Erst am 10. Februar nahm sie unter dem Gestöhn und Gewimmer derer, die seekrank zu werden fürchteten, Fahrt auf. Doch sie lief lediglich bis Tilbury, und auch das nur im Schlepp eines Tenders, sie blieb also in den geschützten Gewässern der Themse und geriet kaum einmal ins Schaukeln.

Mittlerweile befanden sich 190 Sträflinge an Bord, obwohl ein paar gestorben waren. Leutnant Shairp hatte in dem Bemühen, die unbekannte Krankheit einzudämmen, die oberen Etagen einiger Verschläge in der Mitte des Raums herunternehmen und hinter den Tischen als Pritschen für die Kranken aufstellen lassen.

Die Männer murrten, weil sie noch immer Handfesseln tragen mussten, doch Sergeant Knight, der sich bei der Beschaffung von Brettern, Stützen und anderen nützlichen Dingen gegen ein Trinkgeld sehr kooperativ zeigte – Richards Männer waren beileibe nicht die Einzigen, die den Durst des Sergeants zu nutzen wussten –, lehnte es ab, ihnen die lästigen Eisen abzunehmen. Jedenfalls bis zu jenem Tag, an dem einer der Sträflinge begnadigt und freigelassen wurde und die Übrigen ihrem Unmut durch Klopfen, Brüllen und Hämmern Luft machten. Es war zum Verrücktwerden. Als die beiden Seesoldaten wieder herunterkamen, um die Essens- und Wasserrationen zu verteilen, montierten ihre Kameraden die Drehbasse am Lukenrand und nahmen mit Musketen um das Loch Aufstellung. Dabei wurde ihnen klar, wie wenig sie waren, um 190 aufgebrachte Männer in Schach zu halten.

Duncan Sinclair ließ daraufhin den Sträflingen die Handschellen abnehmen und erteilte ihnen die Erlaubnis, sich jeden Tag ein paar Minuten in Zwölfergruppen an Deck die Beine zu vertreten. Da er jedoch für jeden entflohenen Sträfling 40 Pfund aus der eigenen Tasche bezahlen musste, ließ er Beiboote mit Seesoldaten und einigen Matrosen bemannen und ständig um die *Alexander* herumpullen.

Die wenigen Minuten an Deck gehörten zum Schönsten, was Richard jemals erlebt hatte. Die Fesseln kamen ihm federleicht vor, die kühle Luft roch süßer als Veilchen und Goldlack, der angeschwollene Fluss erschien ihm wie ein Band aus flüssigem Silber, und der Anblick der Tiere, die auf dem Deck herumtollten, war ein lustvolleres Vergnügen, als mit Annemarie Latour zu schlafen. Anscheinend besaß mindestens die Hälfte der Seesoldaten und auch ein Teil der Mannschaft einen Hund. Richard sah Jagdhunde, Bulldoggen, Spaniels, Terrier und jede Menge Bastarde. Der große orangefarbene Kater hatte mit einer Schildpattkatze sechs Junge gezeugt, und auch die meisten Schafe und Schweine waren trächtig. Enten und Gänse watschelten umher, und nur die Hühner waren neben der Mannschaftskombüse in einen Stall gesperrt.

Nach dem ersten Spaziergang fand Richard den Gefängnismief etwas erträglicher, und den anderen ging es ähnlich. Der Aufruhr war in dem Augenblick vorbei, als die Handfesseln fielen und die Gefangenen an Deck gehen durften.

Beim dritten Spaziergang bekam Richard endlich Captain Sinclair zu Gesicht. Ein selten fetter Kerl! Richard glaubte nicht richtig zu sehen. Wie konnte der Mann eigentlich pinkeln, wo er doch mit den Armen unmöglich seinen Hosenstall erreichte? Klirrend schlurfte Richard unter dem Achterdeck vorbei, auf dem Captain Sinclair stand.

Eine Sekunde lang blickte er in zwei verschlagene, graue Augen. Er senkte ehrerbietig den Kopf und ging weiter. Der Mann ist zwar dick, dachte Richard, aber nicht zu unterschätzen. Er mag faul und träge sein, aber wenn es hart auf hart geht, steht er gewiss seinen Mann. Er und Major Ross werden in Portsmouth sicher aneinander geraten, wenn es darum geht, wo die Seesoldaten künftig ihre Hängematten aufzurren dürfen. Schade, dass ich den Auftritt nicht miterleben darf, wenngleich ich das Ergebnis natürlich erfahren werde. Davy Evans und Tommy Green werden es mir brühwarm erzählen.

Ende Januar drehten zwei weitere Schiffe vor Tilbury Fort bei, ein großes Linienschiff 6. Ranges und eine schmucke Slup. Beim nächsten Ausflug an Deck trat Richard sofort an die Bugreling und sah sich die beiden Fahrzeuge an, deren Ankunft sich im Gefängnis bereits herumgesprochen hatte. Richard und seine fünf Gefährten hatten vereinbart, sich an Deck zu trennen, um die kurze Zeitspanne dazu zu nutzen, sich von der ständigen Nähe der anderen zu erholen. Da Fluchtversuche bislang ausgeblieben waren, nahmen es die Seesoldaten mit der Bewachung nicht mehr ganz so genau und ließen die Gefangenen in Ruhe, solange sie manierlich ihre Runden drehten. Richard stand also allein an der Reling und blickte übers Wasser, nicht ahnend, dass er den scharfen Augen eines Besatzungsmitglieds aufgefallen war.

»Das ist die Eskorte, die uns zur Botany Bay begleiten wird«, sagte eine Stimme neben ihm, eine angenehme, sympathische Stimme. Richard wandte den Kopf und erblickte den Mann, der, wie er sich hatte sagen lassen, den Posten des vierten Maats bekleidete. Er war groß und schlank, sah gut aus, für den Geschmack des einen oder anderen vielleicht zu feminin, und hatte dunkle Haare, fröhliche blaue Augen und tiefschwarze Wimpern.

»Stephen Donovan aus Belfast«, stellte er sich vor.

»Richard Morgan aus Bristol.« Richard trat ein wenig zurück, damit nicht der Eindruck zu großer Vertraulichkeit entstand, und lächelte. »Was können Sie mir über die Schiffe sagen, Mr Donovan?«

»Das große ist die *Berwick*, ein ehemaliges Versorgungsschiff der Marine. Sie wurde frisch überholt und zu einer Art Linienschiff umgebaut. Sie heißt jetzt *Sirius*, nach einem südlichen Stern der ersten Klasse. Sie ist mit sechs Karronaden und vier Sechspfündern bestückt, obgleich ich gehört habe, dass Gouverneur Phillip unbedingt vierzehn Sechspfünder haben will. Und ich kann es ihm nachfühlen, wenn ich daran denke, dass die *Alexander* über vier Zwölfpfünder und eine Drehbasse verfügt.«

»Die *Alexander*«, sagte Richard vorsichtig, »ist nicht nur ein Sklavenschiff aus Bristol. Sie war früher ein Freibeuter mit sechzehn Zwölfpfündern. Selbst mit vier Zwölfpfündern ist sie fast jedem Schiff überlegen, das sie aufzubringen versucht, sofern es sie überhaupt einholt. Bei günstigem Wind macht sie annähernd zweihundert Seemeilen am Tag.«

»Ich mag Männer aus Bristol«, sagte Mr Donovan. »Sind Sie Seemann?«

»Nein, Gastwirt.«

Die leuchtend blauen Augen ruhten geradezu zärtlich auf Richards Gesicht. »Sie sehen mir aber gar nicht wie ein Gastwirt aus.«

»Es liegt in der Familie«, sagte Richard. »Mein Vater ist auch Wirt.«

»Ich kenne Bristol. Welches Wirtshaus?«

»Das Cooper's Arms in der Broad Street. Mein Vater führt es noch.«

»Und sein Sohn wird als Sträfling in die Botany Bay verbannt. Ich frage mich, warum. Sie sehen mir nicht wie ein Trinker aus und sind obendrein ein gebildeter Mensch. Sind Sie sicher, dass Sie ein gewöhnlicher Wirt sind?«

»Aber ja. Doch erzählen Sie mir mehr über die beiden Schiffe.«

»Die *Sirius* verdrängt knapp sechshundert Tonnen und hat die meisten Leute an Bord – Ehefrauen von Seeleuten und so weiter. Sie hat einen eigenen Kapitän, einen gewissen John Hunter, der sie im Augenblick allein befehligt. Phillip weilt in London und verhandelt mit dem Innenministerium und dem Hof von St. James. Wie ich höre, hat der Bordarzt einen Doktor der Musik zum Vater und ein eigenes Pianoforte mit an Bord gebracht. Ja, sie ist ein gutes altes Mädchen, die *Sirius*, aber nicht die Schnellste.«

»Und die Slup?«

»Die *Supply* ist fast dreißig Jahre alt, ein betagtes Mädchen, das gewissermaßen schon die Letzte Ölung bekommen hat. Ihr Kommandant ist Leutnant Harry Ball. Der *Supply* steht eine schwierige Fahrt bevor – sie ist noch nie über Plymouth hinausgekommen.«

»Haben Sie vielen Dank für die Auskünfte, Mr Donovan.« Richard grüßte nach Marineart und schlurfte davon.

Ein Mann, der gern zur See fährt, aber nie mehr als zwei Fahrten auf demselben Schiff macht, dachte Richard. Ein Mann, der mit der See verheiratet ist.

Zurück im dunklen Gefängnis, berichtete Richard den anderen von der militärischen Eskorte. »Deshalb vermute ich, dass es jeden Tag losgehen kann, zumindest bis nach Plymouth.«

Auch Ike Rogers konnte mit einer Neuigkeit aufwarten. »In der Botany Bay bekommen wir Frauen«, sagte er mit großer Genugtuung. »Die *Lady Penrhyn* befördert nur Frauen – hundert Stück, heißt es.«

»Eine halbe für jeden Mann von der *Alexander*«, sagte Bill Whiting. »Bei meinem Pech kriege ich bestimmt die Hälfte, die sprechen kann. Da halte ich mich doch lieber an die Schafe.«

»In Plymouth sollen noch mehr Frauen aus Dünkirchen dazukommen.«

»Und noch mehr Schafe und Kälber, was, Taffy?«

Am ersten Februartag setzten die vier Schiffe endlich Segel. Bei ruhiger Fahrt legten sie die sechzig Seemeilen nach Margate Sands in vier Tagen zurück. Noch ehe sie North Foreland umrundet und die Straße von Dover erreicht hatten, wurden die ersten Männer seekrank. In Richards Koje waren alle wohlauf, doch kaum bekam die *Alexander* leichte Querseen, lag auch Ike Rogers flach. Als sie einige Stunden später vor Margate Anker warfen, fühlte er sich sterbenselend.

»Merkwürdig«, sagte Richard, als er ihm gefiltertes Wasser zu trinken gab. »Ich hätte nicht gedacht, dass die See einem Reiter so zusetzen kann. Im Sattel wird man doch auch durchgeschüttelt.«

»Rauf und runter, ja, aber nicht hin und her«, stöhnte Ike. Er war dankbar für das Wasser, denn etwas anderes konnte er nicht bei sich behalten. »Mein Gott, Richard, das überlebe ich nicht.«

»Unsinn! Das geht vorüber, irgendwann wirst du seefest.«

»Das bezweifele ich. Ich bin eben kein richtiger Bristoler.«

»In Bristol gibt es viele wie mich, die noch nie auf einem schwimmenden Schiff waren. Ich weiß nicht, wie es mir ergehen wird, wenn wir die offene See erreichen. Jetzt iss den Brei. Ich habe etwas Brot in Wasser eingeweicht. Er wird nicht wieder hochkommen, das verspreche ich dir.«

Doch Ike drehte den Kopf weg.

Neddy Perrott hatte mit Crowder und Davis in der unteren Etage eine Abmachung getroffen. Sowie sich oben einer erbrach, würde er einen Warnruf ausstoßen, und als Gegenleistung sollten William Stanley aus Seend und Mikey Dennison die Schweinerei aufwischen und die Nachttöpfe leeren. Am Achterschott stand ein 200-Gallonen-Fass mit Meerwasser zum Waschen und Putzen. Die Nachttöpfe mussten in die bleiverkleideten Springluken geleert werden. Sie liefen unter den Verschlägen am Rumpf entlang und führten in die Bilgen, die eigentlich jeden Tag leer gepumpt werden sollten. Doch wer etwas von Schiffen verstand wie Mikey

Dennison schwor, dass die beiden Bilgepumpen der *Alexander* mit Abstand die miserabelsten waren, die er jemals erlebt hatte.

Den ganzen Januar über mussten sie mithilfe der leeren, mit Wasser aufgefüllten Nachttöpfe die Exkremente die Springluken hinunterspülen, sodass ihnen zum Waschen keine größeren Gefäße als ihre Trinkbecher blieben. Als Leutnant Shairp das Gefängnis inspizierte, war er über die Zustände dort so empört, dass er jeder Koje einen zusätzlichen Nachttopf nebst Schwabber und Scheuerbürsten bewilligte. Nun hatten die Gefangenen einen Nachttopf zum Verrichten der Notdurft und zum Putzen und einen zweiten, um sich und ihre Kleider zu waschen.

»Aber das ändert nichts am Zustand der Bilgen«, sagte Mikey Dennison. »Igitt-igitt!« Dring und Robinson aus Hall pflichteten ihm aus tiefster Seele bei.

Wenn es draußen hell war, stahlen sich ein paar schwache Lichtstrahlen durch die Gitter auf den Luken, doch die übrige Zeit verbrachten die 190 Sträflinge der *Alexander* in völliger Dunkelheit. Außerdem verbot ihnen Leutnant Shairp, das Oberdeck zu betreten, solange sie auf See waren. Nur die Fahrt sorgte für etwas Abwechslung. Die *Alexander* krängte in schwerer See, als sie Dover und Folkstone passierten, Dungeness umrundeten und in den Ärmelkanal einliefen. Einen Tag lang litt Richard unter Übelkeit. Er würgte sogar zweimal. Doch er erholte sich rasch wieder und fühlte sich alles in allem erstaunlich gut für einen Mann, der seit über einem Monat praktisch nur von Schiffszwieback und Pökelfleisch lebte. Bill und Jimmy litten am meisten, Will und Needy dagegen waren nur etwas blasser um die Nase als Richard. Und Taffy, der Waliser, geriet regelrecht in Verzückung, weil sie jetzt wenigstens Fahrt machten.

Ikes Zustand verschlimmerte sich zusehends. Die Gefährten und besonders Joey Long pflegten ihn aufopferungsvoll, aber nichts schien den entkräfteten Straßenräuber von der Seekrankheit kurieren zu können.

»Eastbourne liegt bereits achteraus, als Nächstes kommt Brighton«, sagte der Seesoldat Davy Evans in der dritten Woche auf See zu Richard.

Am 12. Februar starben die ersten Sträflinge an einer rätselhaften Krankheit, die niemand kannte.

Sie begann mit Fieber, laufender Nase und Taubheit auf einem Ohr, dann schwoll eine Kinnbacke an wie bei einem Kind, das Mumps hatte. Der Kranke konnte zwar ohne Beschwerden schlucken und atmen, doch die weiche Schwellung war sehr schmerzhaft. Irgendwann ging sie zurück, doch dafür schwoll jetzt die andere Seite an, und zwar noch dicker. Nach zwei Wochen klang auch die zweite Schwellung ab, und der Kranke wähnte sich schon auf dem Weg der Besserung, da schwollen seine Hoden auf das Vierfache der normalen Größe an und bereiteten ihm so unsägliche Schmerzen, dass er nur noch wimmernd dalag und sich nicht zu rühren wagte. Gleichzeitig stieg das Fieber wieder. Einige genasen etwa eine Woche später, die anderen starben einen qualvollen Tod.

Dann erreichten sie endlich Portsmouth! Am 22. Februar ankerten die vier Schiffe eine Bootsfahrt von der Küste entfernt in der Mother Bank. Mittlerweile hatte die heimtückische Krankheit auf die Seesoldaten übergegriffen und auch einen Matrosen niedergestreckt. Nach wie vor war unklar, um was es sich handelte – jedenfalls nicht um Fleckfieber, Typhus, Scharlach oder die Blattern. Schon ging das Gerücht, es sei der schwarze Tod – bekamen die Kranken nicht widerwärtige Beulen?

Drei Matrosen desertierten beim ersten Landgang, und die Seesoldaten gerieten so in Panik, dass Leutnant Shairp unverzüglich seine Vorgesetzten, Major Robert Ross und Oberleutnant John Johnstone von der in Plymouth stationierten 39. Marineinfanteriekompanie, aufsuchte. Drei Seesoldaten wurden ins Hospital eingeliefert, andere zeigten erste Symptome.

Am nächsten Tag kam Leutnant Johnstone, der ebenfalls Schotte war, in Begleitung eines Arztes aus Plymouth an Bord. Der Doktor warf einen Blick auf die Kranken, hielt sich ein Taschentuch vor die Nase und wich zurück. Die Krankheit sei bösartig und unheilbar, erklärte er und wies weitere Seesoldaten ins Krankenhaus ein. Er nahm das Wort »Pest« nicht in den Mund, doch gerade diese Unterlassung ließ keinen Zweifel an seiner heimlichen

Diagnose. Er empfahl, Besatzung und Häftlinge mit frischem Fleisch und Gemüse zu verköstigen. Mehr könne er nicht tun.

Es ist wie im Gefängnis von Gloucester, dachte Richard. Wenn zu viele Menschen auf engstem Raum zusammenleben, bricht eine Krankheit aus und lichtet die Reihen.

»Uns wird nichts geschehen, wenn wir in dem Teil des Decks bleiben, den wir geschrubbt haben, wenn wir unsere Näpfe und Becher mit Teeröl auswischen, unser Wasser filtern und regelmäßig einen Löffel Malzextrakt einnehmen. Für mich steht fest, dass die Leute von der *Justitia* die Krankheit eingeschleppt haben, und die sind im Vorschiff untergebracht.«

Zum Abendessen bekamen sie wie gewöhnlich Hartbrot mit Rindfleisch, doch diesmal war das Fleisch frisch und nicht gepökelt, und als Beilage gab es Kohl und Lauch. Das Gemüse schmeckte wie Ambrosia.

Danach gerieten sie in Vergessenheit. Niemand wagte sich in ihre Nähe, nur zwei verängstigte junge Seesoldaten – Davy Evans und Tommy Green waren fort – brachten ihnen frisches Fleisch und Gemüse. Die Tage verstrichen in dumpf brütender Stille, nur unterbrochen vom Stöhnen der Kranken und gelegentlichen kurzen Gesprächen. Der Februar verging und der März schleppte sich dahin. Weitere Kranke starben und wurden einfach liegen gelassen.

Als endlich jemand die vordere Luke öffnete, geschah dies nicht, um die Leichen zu entfernen. Fünfundzwanzig neue Sträflinge wurden in das stinkende kalte Gefängnis getrieben.

»Himmeldonnerwetter«, fluchte die Stimme John Powers. »Sind die noch ganz bei Trost, diese Schwachköpfe? Hier unten ist alles krank, und die stopfen die Bude wieder voll! Herrgott noch mal!«

Ein interessanter Mann, dieser John Power, dachte Richard. Er sorgt vorn unter den schweren Jungs aus dem London Newgate für Ordnung. Jetzt gebietet er nicht nur über das Krankenrevier, sondern auch über eine neue Gruppe von Insassen. Armer Hund. Unsere Zahl war von 200 auf 185 geschrumpft, jetzt sind wir 210.

Bis zum 13. März starben weitere drei Männer. Auf den Pritschen des Krankenreviers lagen sechs Leichen, mehrere davon seit über einer Woche. Niemand kam herunter, um sie fortzuschaffen. Mittlerweile war es ein offenes Geheimnis, dass sie die Pest an Bord hatten. Am 13. März öffnete sich kurz nach Tagesanbruch die vordere Luke, und Seesoldaten mit Handschuhen und vermummten Gesichtern kamen herunter und trugen die sechs Leichen hinauf.

»Warum?«, fragte Will Connelly. »Nicht dass ich etwas dagegen hätte, Gott bewahre. Aber warum gerade jetzt?«

»Vermutlich steht uns hoher Besuch ins Haus«, sagte Richard. »Putzt euch heraus, Jungs, ihr müsst vor Gesundheit nur so strotzen.«

Und tatsächlich, kaum waren die Leichen fort, erschien Major Ross in Begleitung von Leutnant Johnstone, Leutnant Shairp und einem Fremden, der, nach seinem Auftreten zu urteilen, Arzt war. Ein schlanker Mann mit langer Nase und großen blauen Augen, dem eine hübsche blonde Locke in die blasse breite Stirn fiel. Sie brachten Laternen und eine Eskorte von zehn Seesoldaten mit, die sich in den Gängen auf der Backbord- und Steuerbordseite verteilten und aussahen wie Männer, die ins Verderben geschickt wurden – jung genug, um sich einschüchtern zu lassen, und alt genug, um zu wissen, was für ein Gespenst hier unten umging.

Weiches goldenes Licht erfüllte den Raum, und endlich sah Richard die Schreckenskammer in allen Einzelheiten. Die Kranken belegten inzwischen alle vierunddreißig Pritschen, die, abgetrennt von den anderen, in der Mitte des Raums vor den Tischen standen. Dahinter, in der Nähe des Bugs, wo der Vormast das Deck durchbohrte, befand sich ein Schott, das viel schmaler war als das hinter Richards Koje. Die zweistöckigen Bettkästen liefen ohne Unterbrechung rings um den ganzen Raum. So also stellen sie es an, dachte Richard! So schaffen sie es, 210 arme Teufel in einen Raum zu pferchen, der an der breitesten Stelle ganze 35 Fuß misst und keine 70 Fuß lang ist. Wir liegen hier wie Flaschen in einem Regal. Kein Wunder, wenn wir sterben. Im Vergleich hiermit ist Gloucester ein Paradies – dort kommt man wenigstens an die frische Luft und darf arbeiten. Hier gibt es nur Dunkelheit und Gestank, Untätigkeit und Wahnsinn. Unablässig predige ich meinen Leuten, dass wir durchhalten müssen, aber wie sollen wir hier überleben? Mein Gott, es ist zum Verzweifeln.

Alle drei Offiziere waren ihrem Akzent nach Schotten. Ross war ein mürrischer Rotblonder, schmächtig und mit einem nichts sagenden Gesicht bis auf den schmalen, energischen Mund und die kalten hellgrauen Augen.

Zunächst unternahm er, an Steuerbord beginnend, einen Rundgang durch das Gefängnis. Er ging gemessenen Schrittes wie bei einer Beerdigung und drehte den Kopf mit der Gleichmäßigkeit eines Uhrwerks von einer Seite auf die andere. Bei den Pritschen der Kranken blieb er stehen, nahm ohne jedes Anzeichen von Furcht die Kranken in Augenschein und tuschelte mit dem Arzt, der mehrfach energisch den Kopf schüttelte. Dann setzte er seine Runde fort, schritt an den Bettkästen am Vormast entlang und kam den Gang auf der Backbordseite wieder herunter.

Vor Dring und dem über ihm liegenden Issac Rogers blieb er abermals stehen, blickte zu Boden, winkte einem der Seesoldaten und befahl ihm, die Nachttöpfe hervorzuziehen. Sie waren geleert und ausgespült. Sein Blick fiel auf Ike, der zitterte, obwohl sein Kopf in Joey Longs Schoß lag.

»Dieser Mann ist krank«, sagte er mehr zu Johnstone als zum Doktor. »Lassen Sie ihn zu den anderen bringen.«

»Mit Verlaub, Sir«, sagte Richard, vor Schreck jede Vorsicht vergessend. »Es ist nicht so, wie Sie denken. Hier bei uns hat sich niemand angesteckt. Er ist nur halb tot vor Seekrankheit, das ist alles.«

Auf dem Gesicht des Majors mischten sich Entsetzen und Mitgefühl. Er ergriff Ikes Hand und drückte sie. »Ich weiß aus eigener Erfahrung, was du durchmachst. Da hilft nur eins: Schiffszwieback und Wasser.«

Ein Major der Marineinfanterie, der unter Seekrankheit litt!

Die hellgrauen Augen ruhten kurz auf Richard, wanderten weiter zu seinen Gefährten in den letzten beiden oberen Kojen, registrierten die kurz geschorenen Haare, die feuchten Kleider und Lappen auf den Leinen, die zwischen den Balken gespannt waren, die frisch rasierten Gesichter, die ihn mit einem gewissen Stolz anblickten, der nichts mit Aufsässigkeit zu tun hatte. »Bei euch ist alles sehr sauber«, sagte er und zupfte an der Matte. »Wirklich, sehr ordentlich.«

Niemand antwortete.

Major Ross drehte sich um und stieg unterhalb der Luke, durch die ein frischer Luftzug hereinwehte, auf die Bank. Er hatte keinerlei Ekel vor den übel riechenden Dünsten gezeigt, die durch das Gefängnis waberten, doch da oben fühlte er sich sichtlich wohler.

»Ich bin Major Robert Ross«, rief er mit Kasernenhofstimme, »Kommandeur der Marineinfanterie bei dieser Expedition und Vizegouverneur von Neusüdwales. Ich gebiete über euch und euer Leben. Gouverneur Phillip hat sich um andere Angelegenheiten zu kümmern. Für euch bin ich allein zuständig. Die Zustände auf diesem Schiff sind alles andere als zufrieden stellend. Männer sterben an Bord, und ich werde herausfinden, warum. Das ist Mr William Balmain, der Schiffsarzt der *Alexander*. Er tritt morgen seinen Dienst an. Leutnant Johnstone ist der befehlshabende Offizier an Bord, Leutnant Shairp sein Stellvertreter. Wie es scheint, habt ihr in den letzten zwei Monaten kaum frische Lebensmittel bekommen. Das wird sich ändern, solange das Schiff im Hafen liegt. Wir werden dieses Deck ausschwefeln, deshalb müssen wir einen Großteil von euch verlegen. Nur die zweiundsiebzig Mann am Achterschott bleiben an Bord und packen mit an.«

Er winkte den beiden Leutnants. Sie setzten sich zu seinen Füßen auf den Tisch und holten Papier, Tinte und Federkiel aus einer Schreibmappe, die Leutnant Shairp mitgebracht hatte. »Ich werde nun eine Zählung vornehmen«, rief der Major. »Wenn ich auf einen Mann deute, nennt er mir seinen Namen und den Namen des Gefangenenschiffs, von dem er kommt. Fangen wir an.« Er deutete auf Jimmy Price.

Die Prozedur zog sich in die Länge. Major Ross war ein gründlicher Mensch, doch seine beiden Helfer taten sich schwer. Schreiben war offensichtlich nicht ihre Stärke. Nach dem zwanzigsten Namen kletterte der Major vom Tisch und sah nach, was sie zu Papier gebracht hatten.

»Ihr Hornochsen! Analphabeten! Wollt ihr eure Beförderung in den Wind schreiben? Hohlköpfe! Idioten! Zu blöd, um in einem Bordell eine Hure zu finden!«

Puh, dachte Richard, was für ein jähzorniger Mensch! Er putzt seine jungen Offiziere ohne Bedenken vor den Sträflingen herunter.

Als die Seesoldaten wieder abzogen, war die Dunkelheit nur schwer zu ertragen. Ein Schleier hatte sich gelüftet und die ganze monströse Scheußlichkeit des Gefängnisses enthüllt, doch das goldene Licht war angenehm gewesen, und irgendwie hatte der Anblick der vielen Männer, die mit Eulenaugen in ihren Kojen hockten, das Grauen auf ein menschliches Maß gestutzt. Als die letzte Laterne fort war, wuchs es wieder. Es war Nacht geworden. Major Ross hatte ihnen frische Lebensmittel versprochen, doch dachte niemand daran, ihnen etwas zu essen zu bringen.

Das Ausschwefeln bestand darin, dass man in jedem Winkel unter dem Oberdeck Schwarzpulver zur Explosion brachte und dann rasch die Luken verschloss.

In der Frage, ob die an Bord zurückgebliebenen Sträflinge Handschellen tragen sollten oder nicht, gerieten Johnstone und Shairp aneinander. Johnstone setzte seinen Willen durch, und die Hände blieben frei. Der unterlegene Shairp stieg in die Jolle und besuchte einen Kameraden an Bord eines anderen Schiffes, das in die Botany Bay segeln sollte. Es waren inzwischen noch einige Schiffe dazugestoßen, eins davon fast so groß wie die *Alexander*.

»Das ist die *Scarborough*«, erklärte Stephen Donovan, der vierte Maat, und kraulte den orangefarbenen Kater auf seinem Arm. »Und das da drüben sind die *Lady Penrhyn* – Sie kennen sie – und noch die *Prince of Wales*, weil man auf den fünf Truppentransportern nicht alle untergebracht hat. Die *Charlotte* und die *Friendship* sind nach Plymouth gesegelt, um das Kontingent aus Dünkirchen zu holen.«

»Und die drei da drüben an der Küste, die gerade Fracht von den Leichtern übernehmen?«, fragte Richard. Er wandte den Kopf und schickte einen drohenden Blick in Richtung Bill Whiting, dem die relative Freiheit offenbar die Zunge löste und der drauf und dran war, einen Tuntenwitz zu reißen, der Stephen Donovan nicht sonderlich gefallen dürfte.

»Das sind die Versorgungsschiffe *Borrowdale, Fishburn* und *Golden Grove*. Wir nehmen so viele Vorräte an Bord, dass wir in der Botany Bay drei Jahre damit auskommen«, sagte Mr Donovan. Er sah Richard wieder zärtlich an.

»Und wie lange brauchen wir für die Fahrt in die Botany Bay nach Meinung der Admiralität?«, fragte Tommy Crowder.

Crowder war nicht nach Mr Donovans Geschmack, und so richtete er seine Antwort lieber an Richard Morgan, der ihn zutiefst faszinierte. Nicht so sehr wegen seines Äußeren, obwohl er zweifellos blendend aussah, sondern wegen seiner reservierten Art, weil er den Eindruck eines Mannes machte, der seine Gedanken gerne für sich behielt. Eine Führernatur, aber von einem ganz anderen Schlag als Johnny Power, der als Themse-Schiffer mit der Besatzung in gutem Einvernehmen stand.

»Nach Einschätzung der Admiralität vier bis sechs Monate«, antwortete Mr Donovan, ohne Crowder eines Blickes zu würdigen.

»Das wird nicht reichen«, sagte Richard.

»Ganz meine Meinung. Die Admiralität geht bei ihren Berechnungen immer davon aus, dass der Wind günstig steht, dass nie ein Mast bricht, nie eine Spiere über Bord geht, nie ein Segel zerreißt oder eine Gording lose wird.« Er kraulte die schnurrende Katze unterm Kinn.

»Haben Sie auch einen Hund?«, fragte Richard.

»Mistviecher. Rodney ist die Bordkatze der *Alexander* und nimmt es mit jedem Köter hier auf, deswegen legt sich keiner mit ihm an. Er ist nach Admiral Rodney benannt, unter dem ich in Westindien gedient habe. Dort haben wir vor Jamaika die Franzosen verprügelt.« Eine Bulldogge schlich um sie herum, und Donovan schürzte verächtlich die Lippen. Rodney folgte seinem Beispiel, und die Bulldogge suchte schleunigst das Weite. »Wir haben siebenundzwanzig Hunde an Bord, und alle gehören Seesoldaten. Die Spaniels und Terrier sind ja gar nicht so übel, sie jagen Ratten, aber die Jagdhunde sind bloßes Haifischfutter. Hunde gehen über Bord, Katzen nie.« Wie um seine Behauptung zu untermauern, küsste er Rodney auf den Kopf und setzte ihn auf die Reling. Unbeeindruckt vom Plätschern in der Tiefe, legte sich Rodney hin, zog die Vorderpfoten ein und schnurrte weiter.

»Wohin hat man eigentlich die anderen Sträflinge gebracht?«, fragte Will Connelly.

»Einige auf die *Firm*, andere auf die *Fortunee*, die Kranken in ein Hospital und den Rest auf den Leichter da drüben.« Donovan deutete übers Wasser.

»Für wie lange?«

»Für mindestens ein bis zwei Wochen, möchte ich meinen.«

»Aber auf dem Leichter werden die Männer erfrieren.«

»Keineswegs. Sie werden jeden Abend in Handschellen und aneinander gekettet in ein Lager an Land gebracht. Besser auf einem Leichter als auf einem Gefangenenschiff.«

Tags darauf kam William Balmain, der Schiffsarzt der *Alexander*, mit zwei Kollegen an Bord, offenkundig um nun, da die Kranken fort waren, das Schiff zu inspizieren. Der eine Kollege war John White, der ranghöchste Arzt der Expedition, wie Stephen Donovan den Sträflingen zuraunte, der andere der ihnen bereits bekannte Doktor aus Portsmouth, den Leutnant Shairp gleich nach dem Einlaufen der *Alexander* geholt hatte.

Da den Sträflingen noch keine Arbeit zugeteilt worden war, lungerten sie in unmittelbarer Nähe der Ärzte herum und spitzten die Ohren. Auch die Besatzung platzte vor Neugier, war allerdings zu beschäftigt, um dem Gespräch der Doktoren zu lauschen, da just in diesem Augenblick Leichter mit Fracht längsseits gingen.

Der Arzt aus Portsmouth äußerte die Überzeugung, dass es sich bei der Krankheit um eine seltene Form der Beulenpest handele, doch White und Balmain widersprachen.

»Sie ist bösartig«, rief der Arzt. »Es ist die Beulenpest!«

»Gutartig!«, hielten die Schiffsärzte dagegen. »Es ist nicht die Beulenpest!«

Doch hinsichtlich der Präventivmaßnahmen herrschte Einigkeit: Die Zwischendecks sollten ein zweites Mal ausgeschwefelt, dann sorgfältig mit Teeröl geschrubbt und schließlich dick mit Tünche gestrichen werden, einem Gemisch aus ungelöschtem Kalk, Kreidepulver, Kleister und Wasser.

Stephen Donovan, der an Bord geblieben war, um das Verstauen der Fracht zu überwachen, war davon nicht angetan. An Deck stapelten sich Säcke, Kisten, Tonnen, Pakete und Fässer jeder Größe.

»Ich muss das Zeug unter Deck schaffen«, fuhr er White und Balmain an. »Wie soll das gehen, wenn Sie die Decks ausschwefeln und den ganzen Tag die Luken geschlossen halten? Das Einzige, was der *Alexander* helfen könnte, sind bessere Bilgepumpen!«

»Der Gestank kommt von den Leichen«, meinte Balmain hochnäsig, »gründlich ausschwefeln, dann verfliegt er nach ein oder zwei Wochen auf See.«

White war nach achtern gegangen, um festzustellen, wie sich die Fracht unter Deck schaffen ließ. Ein Blick durch die Gefängnisluke klärte ihn darüber auf, dass die Tische und Bänke entfernt worden waren. Darunter waren sechs Fuß breite Luken zum Vorschein gekommen, die direkt unter denen im Oberdeck lagen, sodass selbst die riesigen Wassertonnen mit Davits binnenbords gefiert und direkt in die Orloplast gesenkt werden konnten. Geschäftig kehrte er ins Vorschiff zurück, schob Balmain und Donovan beiseite und erteilte Befehle.

Die sechsunddreißig Steuerbordsträflinge wurden ins Gefängnis beordert, um das Deck zu schrubben und den gesamten Raum mit Essig zu reinigen, bevor er mit Schwarzpulver ausgeschwefelt werden sollte. Die Backbordinsassen eilten mit demselben Auftrag ins Logis der Seesoldaten im Frachtraum.

»Du meine Güte«, kreischte Taffy Edmunds dort. »Der arme Davy Evans hatte Recht – im Vergleich hiermit leben wir ja wie im Paradies, obwohl es himmlisch wäre, in einer Hängematte zu schlafen.«

Der Fußboden des Frachtraums war mit Bilgewasser überflutet, das Ekel erregend stank und zudem Dämpfe freisetzte, die die Zinnknöpfe an den roten Röcken der Seesoldaten schwarz anlaufen ließen. Der Raum war nur knapp sechs Fuß hoch, sodass man unter den Decksbalken den Kopf einziehen musste wie auf der *Ceres*.

Dort wurden Richard und die Backbordinsassen zu Zeugen eines denkwürdigen Streits zwischen Major Ross und Captain Sinclair. Er begann in dem Augenblick, als der Major die Holzleiter vom darüber liegenden Mannschaftslogis herunterkam.

»Bewegen Sie sich mal hier runter, Sie schlaffer Sack«, brüllte Ross. »Sehen Sie sich diese Schweinerei an.«

Vor den faszinierten Blicken der sechsunddreißig Sträflinge erschien mit besudelten Stiefeln Captain Sinclair auf der Leiter. Er tropfte förmlich an ihr herunter wie Sirup an einer Schnur. »Niemand«, keuchte er, als er endlich unten anlangte, »darf so mit mir sprechen, Major! Ich bin nicht nur der Kapitän dieses Schiffes, ich bin auch einer seiner Eigner.«

»Umso schwerer wiegt Ihre Schuld! Los, schauen Sie sich um. Sehen Sie sich an, wie die Seesoldaten Seiner Majestät seit Monaten hausen müssen! Fast drei Monate! Die Soldaten sind krank und verängstigt, und wer kann es ihnen verdenken! Ihre Hunde haben es besser, und genauso die Schweine und Schafe, die Sie an Bord halten, um sich den Bauch voll zu schlagen! Sie thronen da oben wie der Gockel auf dem Mist, haben eine Kabine für die Nacht und eine für den Tag und eine große Kajüte ganz für sich allein. Meine Offiziere dagegen hausen in einem stickigen Kabuff und müssen mit den Mannschaften essen! Das wird sich ändern, Sie voll gefressener Strumpf, oder ich werfe Sie eigenhändig in diese Jauchegrube!« Ross legte die Hand auf den Säbelknauf, und seine Miene ließ keinen Zweifel daran, dass er festen Willens war, die Drohung wahr zu machen.

»Ihre Männer bleiben hier, ich habe keine andere Unterkunft für sie«, entgegnete Sinclair. »Um die Wahrheit zu sagen, nehmen sie nur wertvollen Platz weg, den meine Firma dringend für Fracht benötigt, die wertvoller ist als eine Bande nichtsnutziger Trinker, die für die Marine zu dumm und für das Heer zu arm sind! Sie sind der Abschaum der Welt, Ross, Sie und Ihre Seesoldaten! Kein Wunder, dass die Seesoldaten für Tagediebe gelten. Sie stellen die

Kombüse meiner Leute auf den Kopf, und ihre Köter scheißen vom Bugspriet bis zur Heckreling das Deck voll – sehen Sie sich meine Stiefel an! Hundekacke, Ross, widerliche Hundekacke. Zwei von meinen Hennen sind tot, außerdem vier Enten und eine Gans! Nicht zu reden von dem Mutterschaf, das ich erschießen musste, weil eine räudige Bulldogge sich in dem Tier verbissen hatte und nicht mehr auslassen wollte. Jawohl, aber zuerst habe ich dem Köter eins übergebrannt, Sie schottischer Hinterwäldler!«

»Wer ist hier ein Hinterwäldler, Sie Hurensohn aus Glasgow?«

Eine Pause trat ein, in der die Streithähne fieberhaft nach neuen, tödlichen Beleidigungen suchten und die Sträflinge aus Angst, man könnte sie bemerken und an Deck schicken, keinen Mucks machten.

»Die Lords der Admiralität haben den Tender der Firma Walton akzeptiert, und der ist genauso ausgestattet wie die *Alexander*«, sagte Sinclair, die Augen zwei funkelnde Schlitze. »Beschweren Sie sich bei Ihren Vorgesetzten, Ross, nicht bei mir! Als ich erfuhr, dass ich neben 210 Sträflingen auch noch 40 Seesoldaten an Bord nehmen sollte, war ich alles andere als erfreut. Ihre Leute bleiben hier, ob es Ihnen passt oder nicht.«

»Es passt mir nicht, Sie Elefantenarsch! Sie werden meine Leute ins Zwischendeck umquartieren und meine Offiziere standesgemäß unterbringen, oder ich beschwere mich an höherer Stelle über Sie, und wenn ich damit zu Lord Sydney und Mr Pitt laufen muss! Sie haben zwei Möglichkeiten, Sinclair. Entweder Sie lassen meine Leute und Ihre Mannschaft die Quartiere tauschen, oder Sie verlegen das Achterschott im Gefängnis um fünfundzwanzig Fuß nach vorn und schaffen so Platz für meine Leute. Jetzt, wo sich die *Prince of Wales* der Flotte angeschlossen hat, kann sie die verlegten Sträflinge aufnehmen. Und damit basta.« Ross schlug die weiß behandschuhten Hände zusammen.

»Mitnichten«, zischte Sinclair, dessen in Wallung geratene Fettberge einen homerischen Anblick boten. »Laut Vertrag soll die *Alexander* 210 Sträflinge befördern, nicht 140 Sträflinge und 40 Seesoldaten! Der Zweck dieser Expedition besteht nicht darin, eine Bande verlotterter Seesoldaten zu verwöhnen, sondern möglichst viele Schwerverbrecher aus England ans andere Ende der Welt zu expedieren. Ich behalte die volle Anzahl von Sträflingen und übernehme mit Ihrer gütigen Erlaubnis mit meiner Mannschaft die volle Verantwortung für ihre Bewachung. Die Sache ist doch ganz einfach, Major Ross. Ziehen Sie Ihre Seesoldaten von der *Alexander* ab. Ich sperre die Sträflinge für die Dauer der Überfahrt ins Gefängnis und lasse sie durch die Lukengitter versorgen, dann sind Ihre Leute überflüssig.«

»Lord Sydney und Mr Pitt werden das nicht zulassen«, erwiderte Ross überzeugt. »Das sind fortschrittlich denkende Männer, denen daran gelegen ist, dass die Sträflinge bei der Ankunft in der Botany Bay in einer besseren Verfassung sind als die Sklaven, die Sie auf Barbados abliefern! Wenn Sie die Männer ein Jahr lang einsperren, ist die Hälfte bei der Ankunft tot und die andere reif fürs Tollhaus. Deshalb kommen Sie nicht darum herum, innerhalb des nächsten Monats eine Achterhütte und eine Back zu bauen. Dann können Sie ein Deck höher ziehen und meinen Offizieren Ihr Achterdeck überlassen. Vergessen Sie nicht, dass Sie auch den Schiffsarzt, den Marineagenten und den Firmenagenten unterbringen müssen, und die haben alle Achterdeckrang. Die werden auch ohne Sie den ganzen Platz brauchen, Sie elender Wicht! Und Ihre Matrosen stecken Sie gefälligst dorthin, wo sie hingehören, in eine Back. Dann können meine Unteroffiziere und Mannschaften ins Zwischendeck ziehen, und ich sorge dafür, dass sie einen Herd bekommen, auf dem sie für sich und die Gefangenen kochen können.«

Hatten die grauen Augenschlitze des Majors zu Beginn der Rede noch Zorn versprüht, so funkelten sie jetzt listig. »Das«, entgegnete Sinclair, »würde die Firma Walton mindestens tausend Pfund kosten.«

Major Ross drehte sich um und erklomm die Leiter. »Schicken Sie die Rechnung an die Admiralität«, sagte er und verschwand. Captain Sinclair glotzte die Leiter an, dann schien er zum ersten Mal die Männer zu bemerken, die ihn schweigend umringten. »Ihr bildet eine Eimerkette und schafft die Brühe raus«, sagte er barsch zu Ike Rogers. »Und wenn ihr schon dabei seid, öffnet die Luke da vorn und schöpft die Steuerbordbilge aus. Die anderen nehmen sich die Backbordbilge vor. Ich kann den Gestank auf dem Achterdeck riechen.« Er blickte wieder zur Leiter. »Du, du und du«, sagte er zu Taffy, Will und Neddy, die alle groß gewachsen waren, »ihr nehmt mich auf die Schultern und schiebt mich die Leiter rauf.«

So geschah es. Kaum waren Sinclairs Schritte oben verklungen, brachen die Sträflinge in kreischendes Gelächter aus.

»Einen Moment lang dachte ich, du tunkst ihn mit der Fresse ins Bilgewasser, Neddy«, japste Ike.

»Ich hätte nicht übel Lust dazu gehabt«, erwiderte Neddy und wischte sich die Tränen aus den Augen. »Aber er ist der Kapitän, und mit dem Kapitän legt man sich besser nicht an. Major Ross dagegen ist es egal, mit wem er sich anlegt, so viel ist sicher.« Er kicherte. »Elefantenarsch! Sehr treffend! Ich wäre fast krepiert, als wir ihn die Leiter raufwuchten mussten.«

»Major Ross ist als Sieger aus dem Gefecht hervorgegangen«, sagte Aaron Davis nachdenklich, »aber er hat sich weit aus dem Fenster gelehnt. Wenn Captain Sinclair die Achterhütte und die Back tatsächlich baut, wird die Admiralität sich weigern, die Rechnung zu bezahlen, und Major Ross in den Hintern treten.«

»Das kann ich mir nicht vorstellen«, sagte Richard. »Er hat doch Recht. Ohne Achterhütte und Back kann die *Alexander* nicht so viele Leute aufnehmen.« Er seufzte. »Wer beteiligt sich an der Eimerkette? Das heißt, wenn wir Leutnant Johnstone dazu bewegen können, uns mehr Eimer zu bringen, denn ich möchte die faulige Brühe nicht mit unseren Nachttöpfen ausschöpfen. Jimmy, lauf zu dem Leutnant und schwatze ihm ein paar Eimer ab.«

Captain Sinclair ließ die Umbauten vornehmen, allerdings für erheblich weniger als tausend Pfund. Während die Sträflinge, die noch an Bord waren, sich mit Teeröl und Tünche abrackerten, ging die Beladung des Schiffs weiter, sodass sie einen guten Überblick bekamen, was wo verstaut wurde. Die Ersatzmasten wurden unter den Booten am Oberdeck festgelascht, während Spieren, Segeltuch und Tauwerk unter Deck wanderten. Die 160 Gallonen fassenden Wassertonnen, die mit Abstand schwersten Objekte, wurden jeweils zu mehreren zwischen anderer, leichterer Fracht verstaut. Fass um Fass mit Pökelfleisch kam an Bord, Sack um Sack mit Hartbrot, Trockenerbsen, Kichererbsen und Reis, dazu Fässchen mit Mehl, unzählige, in grobes Tuch eingeschlagene Pakete, die mit dem Namen des Eigentümers beschriftet waren, und ballenweise Kleidung, die offenbar für die Sträflinge bestimmt war, wenn sie ihre augenblicklichen Kittel abgetragen hatten.

Jedermann wusste, dass auch Fässer mit Rum an Bord waren. Kein Matrose und kein Seesoldat würde die Reise ohne einen Tropfen durchstehen. Rum machte die quälende Enge in den Quartieren und die miserable Verpflegung erträglich, deshalb durfte er nicht fehlen. Doch er wurde nicht in den Lagerräumen unter dem Gefängnis oder im Zwischendeck gelagert.

»Er ist nicht auf den Kopf gefallen, unser fetter Kapitän«, grinste William Dring aus Hull. »Vorn im Bug sind noch zwei Laderäume. Der obere ist fürs Brennholz, der untere hat eine Eisenluke, und dort ist der Rum. Vom Gefängnis aus kommt man nicht an ihn heran, denn das Bugschott ist zu dick und obendrein mit Nägeln beschlagen, genau wie das Achterschott. Ebenso wenig von der Brennholzlast aus, jedenfalls nicht ohne einen Heidenlärm zu machen. Das angebrochene Fass wird auf dem Achterdeck unter Verschluss gehalten, und der Kapitän übernimmt die Verteilung höchstpersönlich. Diebstahl ist ausgeschlossen, denn Trimmings passt auf.«

»Trimmings?«, fragte Richard. »Sinclairs Steward?«

»Ja, und dem Captain treu ergeben. Spioniert und schnüffelt überall herum.«

»Der Captain lässt die Umbauten übrigens von den eigenen Leuten vornehmen«, sagte Joe Robinson, Drings Freund, der als Seemann mit der Mannschaft Bekanntschaft geschlossen hatte. »Außerdem hat er von dem Leichter und der Fortunee fünf Sträflinge holen lassen, die mit einem Hammer umgehen können. In die Achterhütte sind ein paar hübsche Mahagoni-Paneele hinaufgewandert. Der Kapitän hat das komplette Kajütenmobiliar mitgenommen, sodass Major Ross das Achterdeck neu einrichten muss, worüber er nicht glücklich sein dürfte.«

Nein, glücklich war Major Ross nicht. Und es waren beileibe nicht nur Captain Sinclair und die *Alexander*, die ihm Verdruss bereiteten. Klatsch war an Bord der Hauptzeitvertreib, und so erfuhren die Sträflinge von den Seesoldaten, dass Ross erneut einen Streit vom Zaun gebrochen hatte, weil er keinen Reis an Bord nehmen wollte. Bedauerlicherweise enthielt der Kontrakt mit Mr William Richards junior einen Passus, der dem geschäftstüchtigen Lebensmittellieferanten erlaubte, einen bestimmten Teil des Weizenmehls durch Reis zu ersetzen. Reis war billig, und Richards hatte ein Lagerhaus voll davon, außerdem beanspruchte Reis wenig Stauraum, weil er beim Kochen aufging. Das Problem war nur, dass Reis im Gegensatz zu Weizenmehl keinen Schutz vor Skorbut bot.

»Das verstehe ich nicht«, sagte Stephen Martin, einer der beiden wortkargen Männer aus Bristol, die mit Crowder und Davis nach unten geschickt worden waren. »Wenn Mehl gut gegen Skorbut ist, warum dann nicht auch Brot? Brot ist doch aus Mehl.«

Richard besann sich, was sein Vetter James, der Apotheker, zu dem Thema einst gesagt hatte. »Vielleicht hängt es mit der Backmischung zusammen«, meinte er. »Unser Brot ist hart. Schiffszwieback. Es enthält ebenso viel Gerste und Roggen wie Weizen, wenn nicht sogar mehr. Gemüse und Obst sind natürlich am besten, auf See aber nicht zu kriegen. Mein Vetter importiert für ein paar Seekapitäne eingestampftes, gegorenes Weißkraut aus Bremen. Das ist billiger als Malzextrakt und ebenfalls sehr gut gegen Skorbut. Das Dumme ist nur, dass Seeleute kein Sauerkraut mögen und mit der Peitsche gezwungen werden müssen, es zu essen.«

»Was weißt du eigentlich nicht?«, fragte Joey Long, dem Richard wie ein wandelndes Lexikon vorkam.

»Ich selbst weiß nicht viel, Joey. Mein Vetter ist der Quell des Wissens. Ich brauchte ihm nur zuzuhören.«

»Und darin bist du ein Meister«, sagte Bill Whiting. Er trat zurück und begutachtete das Ergebnis ihrer Arbeit, die fast getan war. »Ein Gutes hat die Tünche ja. Es wird hier unten viel heller, selbst bei vergitterten Luken.« Er legte Will Connelly den Arm um die Schulter. »Wenn wir uns direkt unter der Luke an den Tisch setzen, haben wir sogar genug Licht zum Lesen.«

Anfang April waren die Sträflinge wieder vollzählig an Bord, und die Arbeiten an Back und Achterhütte schritten rasch voran. Captain Sinclair hatte beschlossen, das neue Quartier für die Mannschaft Binnenbords zu errichten, sodass auf beiden Seiten ein schmaler Durchgang frei blieb, der etwa drei Fuß breit war und einen leichten Zugang zum Bug ermöglichte, wo sich die Mannschaftslatrinen befanden. Für die Sträflinge, die während der Hygienemaßnahmen an Bord geblieben waren, war es ein Segen: Die Luken standen offen, und so konnten sie auf den Abtritt gehen und brauchten nicht die Nachttöpfe zu benutzen. Über der Luke vor dem Vormast wölbte sich nun ein hundehüttenähnlicher Aufbau, damit der Koch auch bei Regen trockenen Fußes in die Brennholzlast gelangen konnte, und auch die hintere Luke, die direkt vor dem Achterdeck ins Zwischendeck führte, war überdacht. Dagegen blieben die beiden Gefängnisluken einfache, mit einer Gräting aus Eisen versehene Deckluken, die bei Bedarf mit einem schweren Deckel verschalkt werden konnten.

Sobald die ersten Brecher das Deck überfluten, dachte Richard, werden sie die Luken verschließen, und dann sitzen wir für die Dauer des Unwetters im Dunkeln. Ohne Tageslicht, ohne Frischluft.

Obwohl die Sträflinge jeden Tag frisches Fleisch und Gemüse bekamen und sich am Oberdeck die Beine vertreten durften, stieg die Zahl der Kranken an Bord. Willy Wilton starb, wenn auch nicht an der mumpsartigen Krankheit. Er war das erste Opfer unter den Sträflingen aus dem Westen. Er hatte sich bei dem scheußlichen Wetter eine Erkältung zugezogen, die sich ihm auf die Brust legte. Bordarzt Balmain verordnete ihm heiße Umschläge, die den Schleim lösen sollten, das einzige Mittel gegen Lungenentzündung, doch Willy starb. Ike Rogers verwand seinen Tod nicht. Er war schon längst nicht mehr der großmäulige Rabauke, den Richard in Gloucester kennen gelernt hatte.

Auch andere starben. Die Zahl der Todesfälle im April erhöhte sich bis Ende des Monats auf zwölf. Und wieder griff die Krankheit auf die Seesoldaten über – Fieber, Lungenentzündung, Delirium, Bewusstlosigkeit. Drei verängstigte Seesoldaten desertierten, ein vierter am Letzten des Monats. Ein Sergeant, ein Trommler und vierzehn Soldaten kamen ins Hospital. Ersatz war nur schwer zu finden. Innerhalb der Flotte galt die *Alexander* mittlerweile als Todesschiff, und sie sollte diesem Ruf gerecht werden. Von Zeit zu Zeit wurden alle bis auf die ursprünglichen Insassen – 71 Mann seit Willy Wiltons Tod – von Bord gebracht, damit die Decks mit Essig gereinigt, ausgeschwefelt, mit Teeröl geschrubbt und getüncht werden konnten. Und jedes Mal fand Richards Backbordgruppe faulige Bilgen vor.

»Als hätte das Schiff überhaupt keine Pumpen«, sagte Mikey Dennison angewidert. »Sie funktionieren nicht.«

Drei weitere Männer starben. Damit stieg die Verlustliste seit dem 1. April auf 15, während die Gesamtzahl der Sträflinge von 210 auf 195 schrumpfte.

Am 11. Mai, über vier Monate nach Verlegung der Sträflinge auf das Todesschiff, traf die Nachricht ein, dass Gouverneur Phillip endlich an Bord seines Flaggschiffs *Sirius* gegangen sei und dass die aus elf Fahrzeugen bestehende Flotte am folgenden Tag Segel setzen würde. Doch nichts geschah. Die Matrosen des Versorgungsschiffs hatten ihre Löhnung nicht erhalten und rührten keinen Finger, solange sie nicht bezahlt wurden. Die Sträflinge auf der *Alexander* lagen meist in ihren Kojen und schliefen. Sie hatten endlich Decken bekommen, allerdings nur jeweils eine für zwei Mann.

Am 13. Mai, etwa eine Stunde nach Tagesanbruch – da die Sommersonnenwende näher rückte, wurde es früh hell –, stellte Richard beim Aufwachen fest, dass die *Alexander* Fahrt machte. Er hörte das Knarren der Spanten und das leise Streichen des Wassers an der Bordwand. Für Ike war das leichte Rollen schon zu viel. Er musste sich übergeben, doch seine Gefährten hatten Vorsorge getroffen und ihm den Essnapf des toten Willy gegeben, den Joey Long, wann immer nötig, in den Nachttopf leerte.

Robert Jefferies aus Devizes starb noch am selben Tag an Lungenentzündung. Für ihn und viele andere waren die Decken zu spät gekommen.

Noch am selben Tag passierten sie die Needles am Westzipfel der Isle of Wight. Die *Alexander* bewegte sich lebhafter als je zuvor auf der gemächlichen Fahrt von Tilbury nach Portsmouth. Sie stampfte leicht und rollte so heftig, dass die meisten Sträflinge seekrank wurden und in die Kojen flüchteten. Auch Richard verspürte einen Brechreiz, doch er verflog drei Stunden später wieder. Ob Leute aus Bristol automatisch »Seebeine« bekamen, wie es unter Matrosen hieß? Den anderen Bristolern – Connelly, Perrott, Davis, Crowder, Martin und Morris – erging es ähnlich. Die Jungs vom Land hatte es offensichtlich am schlimmsten erwischt, aber keinen so schlimm wie Ike Rogers.

Am nächsten Tag kamen Leutnant Shairp und Bordarzt Balmain durch die hintere Luke, etwas wackliger zwar als in ruhiger See, aber doch noch würdevoll genug, um Eindruck zu machen. Zwei Seesoldaten schafften den toten Robert Jefferies fort, während Shairp und Balmain sich an den Verschlägen den schwankenden Gang entlanghangelten, wobei der Leutnant geflissentlich darauf achtete, nicht in Erbrochenes zu fassen. Ihre Befehle lauteten wie immer: raus und Deck reinigen, raus und Nachttöpfe leeren, raus und Kojen putzen, einerlei wie seekrank die Männer waren. Wer seine Decke verschmutzt hatte, musste sie reinigen, wer sich besudelt hatte, musste sich waschen.

»Hoffentlich tun sie das jeden Tag«, sagte Connelly. »Denn dann bleibt es hier unten sauber.«

»Mach dir keine falschen Hoffnungen«, sagte Richard. »Das hat sich Balmain ausgedacht, nicht Shairp, und Balmain geht nicht methodisch vor. Mindestens die Hälfte der Leute hier unten hat sich in ihrem ganzen Leben noch nie gewaschen. Wenn wir hier bei uns auf Sauberkeit achten und die anderen mitziehen, so haben wir das meinem Vetter James und dem Umstand zu verdanken, dass ich jedem, der mich hören kann, so lange in den Ohren liege, bis er sich aus lauter Angst vor mir lieber wäscht.« Er grinste. »Haben sie sich erst mal ans Waschen gewöhnt, werden sie Gefallen daran finden, sauber zu sein.«

»Du bist ein komischer Vogel, Richard«, sagte Will Connelly. »Du kannst sagen, was du willst, aber auf der Backbordseite bist du unbestreitbar der Chef.« Er schloss die Augen und horchte in seine Gedärme hinein. »Mir geht es gut, also werde ich ein wenig lesen.« Er setzte sich mit seinen drei Bänden *Robinson Crusoe* direkt unter der Luke an den mittleren Tisch, schlug den ersten Band auf und war bald, ohne auf die Bewegung des Schiffs zu achten, in die Lektüre vertieft.

Richard rutschte mit seinem geografischen Weltalmanach neben ihn. Die getünchten Wände hatten alles verändert.

Zu dem Zeitpunkt, als die *Alexander* Plymouth passierte, hatten alle bis auf Ike Rogers und ein paar andere »Seebeine«. War man erst einmal daran gewöhnt, dass sich das Deck unter den Füßen hob und senkte, konnte man sogar den Gang entlangspazieren. Und so kam es, dass Richard bei einem Spaziergang dieser Art mit John Power, dem Chef im Bug, Bekanntschaft schloss.

Power war ein gut aussehender junger Mann, geschmeidig und behänd wie eine Katze, mit dunklen Augen, grimmigem Blick und der merkwürdigen Angewohnheit, beim Reden wild mit den Händen zu fuchteln wie ein Franzose oder Italiener. Überhaupt machte er den Eindruck eines Mannes, der ständig unter Hochspannung stand, freilich nicht weil er besorgt oder gereizt gewesen wäre, sondern weil er vor Energie strotzte und ein überschäumendes Temperament besaß. Und seine Augen verrieten, dass er das Risiko liebte.

»Richard Morgan!«, rief er, als Richard an seiner Koje am oberen Ende vorbeischlurfte, dort, wo Bugschott und Steuerbordwand zusammentrafen. »Willkommen in Feindesland.«

»Ich bin nicht dein Feind, John Power. Ich bin ein friedliebender Mensch, der sich nur um seine eigenen Angelegenheiten kümmert.«

»Und dazu gehört die ganze Backbordseite. Sehr sauber und ordentlich, wie ich höre. Alles in tadellosem Zustand.«

»Du kannst uns ja mal besuchen und dich selbst überzeugen.« Power glitt aus der Koje und folgte Richard. »Aus der Nähe betrachtet, bist du ja schon ziemlich alt, Morgan.«

»Im September bin ich achtunddreißig geworden, aber bis jetzt spüre ich mein Alter nicht übermäßig. Die fünf Monate auf der *Alexander* haben an meinen Kräften gezehrt, aber in Portsmouth durften wir arbeiten, das hat gut getan. Beim Bilgedienst müssen immer wir Bristoler ran – unsere Nasen halten den penetrantesten Gestank aus. Wo wart ihr in dieser Zeit eigentlich? Auf dem Leichter, der *Firm* oder der *Fortunee*?«

»Auf dem Leichter. Ich komme mit der Besatzung der *Alexander* gut aus, deshalb sind meinen Männern die Gefangenenschiffe in Portsmouth erspart geblieben.« Power stieß einen tiefen Seufzer aus. »Ich gedenke, auf der *Alexander* so bald wie möglich als Seemann zu arbeiten. Mr Bones, der dritte Maat, hat es mir versprochen. Dann bin ich bald wieder der Alte.«

»Ich dachte, wir müssten die ganze Fahrt über unter Deck bleiben.«

»Nicht, wenn es stimmt, was Mr Bones sagt. Gouverneur Phillip will nicht, dass wir hier unten vor die Hunde gehen. Er braucht in der Botany Bay Leute, die arbeiten können.«

Sie waren an der Salzwassertonne am Steuerbordschott angekommen und drehten wieder um. Power blickte verstohlen zu Will Connelly hinüber, der über seinen Defoe gebeugt am Tisch saß. »Können bei euch eigentlich alle lesen?«, fragte er mit einem Anflug von Neid.

»Sechs ja, und fünf davon stammen aus Bristol – Crowder, Davis, Connelly da drüben, Perrott und ich. In Bristol gibt es viele Armenschulen.«

»In London so gut wie keine. Früher habe ich es immer für Zeitverschwendung gehalten, Bücher zu lesen, schließlich hängt über jedem Laden ein Schild, das Auskunft darüber gibt, was einen drinnen erwartet.« Er breitete die Hände aus. »Heute bin ich anderer Meinung. Mit Lesen könnte man sich die Zeit vertreiben.«

»Wenn du erst in der Takelage bist, fehlt dir das Lesen nicht mehr. Bist du verheiratet?«

»Ich doch nicht!« Power drehte die Daumen nach unten. »Frauen sind Gift.«

»Nein, sie sind wie wir – es gibt gute, schlechte und durchschnittliche.«

»Wie viele von jeder Sorte kennst du denn?« Power grinste und entblößte gesunde weiße Zähne. Er war also kein Trinker.

»Mehr gute als schlechte, und keine durchschnittlichen.«

»Und Ehefrauen?

»Laut meiner Akte zwei.«

»Wie ich von Leutnant Johnstone erfahren habe, befinden sich keine Gerichtsakten an Bord!« Power ballte schadenfroh die Fäuste. »Hält man das für möglich? Das Innenministerium ist nicht in der Lage, Phillip eine Liste der Gefangenen zu schicken, deshalb weiß hier keiner, weshalb man uns verknackt hat und wie lange wir noch brummen müssen. Das werde ich ausnutzen, sobald wir in der Botany Bay sind.«

»Dann ist das Innenministerium anscheinend ebenso tüchtig wie das Bristoler Steueramt«, erwiderte Richard. Sie standen wieder vor Powers Koje, und Power schwang sich hinauf. So geschmeidig wie Stephen Donovan, dachte Richard, der nun, da sie wieder unter Deck eingesperrt waren, die Gesellschaft des vierten Maats vermisste. Donovan mochte ein warmer Bruder sein, aber er war belesen und kein Sträfling, deshalb konnte man sich mit ihm über andere Dinge unterhalten als das Gefängnis.

Nachdenklich kehrte Richard zu seiner Koje zurück. Er hatte von Power eine interessante Neuigkeit erfahren! Die Expeditionsführung hatte keine Ahnung, was die Sträflinge verbrochen und welche Reststrafe sie noch zu verbüßen hatten ... Vielleicht konnte Power daraus Kapital schlagen. Andererseits war nicht auszuschließen, dass der Gouverneur das Strafmaß aller Gefangenen eigenmächtig auf vierzehn Jahre festsetzen würde. Schließlich konnte niemand daran gelegen sein, dass in der Botany Bay plötzlich alle Sträflinge behaupteten, sie hätten nur noch sechs oder zwölf Monate zu verbüßen.

Am 20. Mai, als die *Alexander* bei starkem Seegang durch strömenden Regen fuhr, brachte man die Sträflinge gruppenweise an Deck. Dort sollten ihnen die Fußeisen abgenommen werden. Die Kranken machten den Anfang, und auch Ike Rogers musste hinauf, obwohl es ihm so elend ging, dass Bordarzt Balmain ihm zweimal täglich ein Glas starken Madeirawein verordnet hatte.

Als Richard an die Reihe kam, stürmte es heftig. Die Sichtweite betrug nur wenige Meter. Jemand drückte ihn auf die Planken und spreizte ihm die Beine. Zwei Seesoldaten saßen nebeneinander auf Hockern. Einer schob einen Meißel unter die Fußfessel, der andere schmetterte seinen Hammer auf das dicke Ende. Ein stechender Schmerz fuhr Richard ins Bein, doch er achtete nicht darauf. Er streckte das Gesicht in den strömenden Regen, und sein Geist schwang sich empor zu den grauen Wolkenfetzen. Ein zweiter Schmerz, und das andere Bein war frei, und da saß er nun, triefend vor Nässe und trunken vor Glück.

Irgendjemand – er hatte keine Ahnung, wer – reichte ihm die Hand und half ihm auf. Benommen taumelte er fort, und es dauerte eine Weile, ehe er begriff, dass er nun, nach dreiunddreißig Monaten in Eisen, endlich von den Fesseln befreit war.

Kaum zurück im Gefängnis, begann er zu frösteln. Er schlüpfte aus den Kleidern, wrang das saubere Wasser in seinen Filterstein und hängte die nassen Sachen an die Leine, die sie zwischen der Salzwassertonne und einem Balken gespannt hatten. Dann trocknete er sich mit einem Lappen ab und zog neue Sachen an. Zur Feier des Tages.

Abends, als er zwischen fünf Männern lag, die ebenso glücklich waren wie er, und die *Alexander*, England hinter sich lassend, den Golf von Biscaya durchpflügte, schrieb er in Gedanken einen Brief an einen Menschen, der sehr wenig von seinem Vater, etwas mehr von Jem Thistlethwaite, sehr viel von Vetter James, dem Apotheker, und am meisten von William Henry hatte.

Ich vermag dir nicht zu sagen, was für ein Mensch ich geworden bin, noch welche Ursachen die Veränderung bewirkt haben. Die Haft und die Entbehrungen, die Misshandlungen und die Demütigungen waren es jedenfalls nicht. Denn ich glaube, dass der Mann, der ich heute bin, immer da war und nur auf eine Gelegenheit gewartet hat, in Erscheinung zu treten. Ich habe mir fest vorgenommen, zu überleben, doch das Überleben hat längst nicht mehr Vorrang. Es ist, als spürte ich hinter allem eine Absicht, einen Willen, der viel größer ist als meiner. Ich bin jetzt so wenig ein Schmetterling, wie ich vorher eine Raupe war. Doch wie sonst, wenn nicht mit diesem Bild, kann ich erklären, was mit mir geschehen ist? Mit meinem Geist, ja, mit meiner Seele. Der Mensch, der ich geworden bin, ist nicht bedeutender, nicht wertvoller, nicht edler, nicht besser. Aber er ist anders.

Ich habe in den vergangenen dreiunddreißig Monaten sehr viel gelesen, und schon das hat mich verändert. So hatte ich, obwohl in Ketten und der Niedrigste unter den Niedrigen, das große Glück, die Gedanken von Männern kennen zu lernen, gegen die ich ein bloßes Staubkorn bin. Ich habe die Früchte ihres Geistes geerntet und dadurch meinen eigenen Garten bestellt. Wäre dem nicht so, könnte ich jetzt nicht sehen, was ich sehe, könnte ich die Veränderung nicht erkennen.

Bei Shakespeare heißt es: *Morgen und Morgen und dann wieder Morgen kriecht so mit kleinem Schritt von Tag zu Tag, zur letzten Silb auf unserm Lebensblatt; und alle unsre Gestern führten Narrn den Pfad des stäub'gen Tods*. Wie könnte ich es auch nur annähernd so gut ausdrücken? Obgleich ich es anders meine, denn ich bin kein Macbeth. Ich möchte dir sagen, dass… Gestern war ich ein Narr auf dem Pfad des stäub'gen Tods. Heute bin ich nichts. Aber morgen, wenn denn zwei Hammerschläge auf hoher See eine so tiefe und unwiderrufliche Veränderung bewirken können, morgen wird der Mann, der ich heute bin, wieder nach vorn blicken.

Teuerste Freunde, Blut von meinem Blut, mein Sohn, den ich über den Tod hinaus liebe, ich werde nie wieder nach Hause kommen. Ich wusste es in dem Augenblick, als die Eisen fielen. Auf irgendeine unergründliche Weise habt ihr mir Kraft gegeben, und diese Kraft muss ich in ein Land tragen, an dessen Existenz wir nicht im Traum gedacht haben, und dort etwas tun, ohne noch zu wissen, was. Nicht als König oder Gouverneur, nicht als Offizier, ja, nicht einmal als freier Mann. Und wenn ich eines Tages sterbe, werde ich wohl immer noch nicht wissen, was ich tun muss, doch ich werde es getan haben. Es ist ein Geheimnis, ein Geheimnis, das zu

groß ist, als dass ich es ergründen könnte. Doch wenn es mir gelingt, dann euretwegen.
Ich habe meinen Frieden gefunden. Was gestern war, gehört für immer der Vergangenheit an, und während ich hier liege, in schwankender, tiefschwarzer Nacht, ist das Heute für mich ohne Bedeutung. Das Morgen bedeutet Hartbrot und Pökelfleisch. Doch das Morgen ist alles, was ich habe, und es ist genug.

Am Morgen betrachtete er seine Gefährten und versuchte, jeden so zu sehen, wie er sich selbst gesehen hatte. Was empfanden sie? Was hielten sie von diesem unerhörten, großartigen Experiment? Hatte einer von ihnen begriffen, dass sie die Heimat wahrscheinlich nie wieder sehen würden? Hatten sie noch Träume? Noch Hoffnung? Und wenn ja, was erträumten, was erhofften sie sich? Er würde es nie erfahren, denn keiner von ihnen wusste es. Hätte er sie darauf angesprochen, sie hätten geantwortet, was Männer immer antworteten: Geld, Reichtum, Liebe, Frau und Kinder, ein langes, bequemes, sorgenfreies Leben. Gewiss, auch er träumte von diesen Dingen, doch das meinte er nicht. Es gehörte nicht zu dem blendenden Lichtstrahl, der ihn inmitten der Trümmer seines Lebens getroffen hatte.

Er las Vertrauen und Zuneigung in den Blicken der anderen, und das war ein Anfang, aber eben nur ein Anfang. Irgendwie musste jedem von ihnen begreiflich gemacht werden, dass sie sich nicht auf Richard Morgan verlassen durften, dass sie ihr Schicksal selbst in die Hand nehmen mussten. Der Anführer auf der Backbordseite konnte ihnen vielleicht ein Vater sein, niemals aber eine Mutter.

Die Gefangenen erhielten wieder die Erlaubnis, an Deck zu gehen, solange sie nicht alle gleichzeitig erschienen und der Mannschaft nicht im Weg standen. John Power war überglücklich. Zusammen mit Willy Dring und Joe Robinson durfte er ab sofort als Matrose arbeiten. Allerdings waren keineswegs alle Sträflinge darauf erpicht, nach oben zu gehen, wie Richard mit Befremden feststellte. Bei den Seekranken mochte es noch verständlich sein – der

Golf von Biscaya hatte auch einige hingestreckt, die bislang verschont geblieben waren –, nicht aber bei den anderen, die, obwohl von ihren Eisen befreit, nur faul in ihren Kojen lagen oder am Tisch Karten spielten. Gewiss, die See war noch rau, doch die *Alexander* war nicht umsonst ein mächtiges Sklavenschiff. Es bedurfte schon größerer Brecher, um die Decks zu überspülen.

Die Sträflinge waren gerade mit dem unvermeidlichen Hartbrot, Pökelfleisch und scheußlichen Wasser aus Portsmouth verköstigt worden, als Leutnant Johnstone das Oberdeck freigab. Sechs Seesoldaten kamen mit Eimern ins Gefängnis herunter und kippten Salzwasser in die Tonnen, und gleich darauf erschien der gestrenge Leutnant Shairp, stapfte steifbeinig durch die Gänge und befahl nachlässigen Kojenbelegschaften, das Deck und ihre Pritschen zu reinigen. Im Vertrauen darauf, dass es bei ihnen nichts zu beanstanden gab, hievten sich Richard und seine Freunde durch die Luke an Deck. Nur Ike und Joey Long blieben zurück.

Sie traten an die Reling, um sich zum ersten Mal den Ozean anzusehen. Das Grau der See war mit einem stählernen Blau übergossen und trug noch viele Schaumkronen, doch sie konnten den Horizont sehen und somit auch die anderen Schiffe, einige an Backbord, andere an Steuerbord und zwei so weit achteraus, dass ihr Rumpf unter der Kimm stand und nur die Masten zu sehen waren. Ganz in der Nähe befand sich das andere große Sklavenschiff, die *Scarborough*, die mit ihren geblähten Segeln, ihren auswehenden Flaggen und ihrem stumpfen, die Wogen zerteilenden Bug einen prachtvollen Anblick bot. Sie hatte größere Deckaufbauten als die *Alexander*, was möglicherweise der Grund war, warum Zachariah Clark, der Firmenagent, es vorgezogen hatte, auf ihr zu fahren. Auch der Marineagent, Leutnant John Shortland, war abtrünnig geworden: Er hatte sich auf dem Versorgungsschiff *Fishburn* einquartiert, obwohl einer seiner beiden Söhne zweiter Maat auf der *Alexander* war. Der andere diente auf der *Sirius*. Der Nepotismus regierte.

Wie in Tilbury trennten sich Richards Männer, sowie sich die Gelegenheit bot, um ein wenig allein zu sein. Richard kletterte auf eines der Langboote, das kieloben auf den Ersatzmasten lag, und zählte die Schiffe. Eine Brigg, halb so groß wie die *Alexander*, segelte an der Spitze des Feldes, gefolgt von der *Scarborough* und der *Alexander* und schließlich der *Supply*, einer Slup, die an der *Sirius* hing wie ein Kind am Rockzipfel der Mutter. Das nächste Schiff war vermutlich die *Lady Penrhyn*, dann kamen die drei Versorgungsschiffe und ganz am Ende die beiden, von denen er nur die Masten sah. Also elf Schiffe, sofern keines ganz hinter der Kimm stand.

»Ich wünsche einen guten Tag, Richard Morgan aus Bristol«, sagte Stephen Donovan. »Was machen die Beine?«

Einerseits wollte Richard allein sein, andererseits freute er sich sehr, den schönen Donovan zu sehen, den er für zu intelligent hielt, um nicht zu merken, dass er seine sexuelle Neigung nicht teilte. Also lächelte er und nickte mit der gebotenen Höflichkeit. »Spielen Sie auf die Seekrankheit an oder auf die Eisen?«, fragte er.

»Die See macht Ihnen nicht zu schaffen, das sieht man. Ich meine die Eisen.«

»Sie müssten sie dreiunddreißig Monate lang getragen haben, um nachempfinden zu können, wie ich mich jetzt fühle, Mr Donovan.«

»Dreiunddreißig Monate! Was haben Sie verbrochen, Richard?«

»Ich soll von jemandem 500 Pfund erpresst haben.«

»Wie viel hat man Ihnen aufgebrummt?«

»Sieben Jahre.«

Donovan runzelte die Stirn. »Das verstehe ich nicht. Von Rechts wegen hätte man Sie hängen müssen. Sind Sie begnadigt worden?«

»Nein. Ich wurde gleich zu sieben Jahren Deportation verurteilt.«

»Die Jury war sich ihrer Sache wohl nicht sicher.«

»Dafür aber der Richter. Er wollte keine Gnade walten lassen.«

»Sie scheinen ihm nicht zu grollen.«

Richard zuckte die Schultern. »Warum sollte ich? Es war ja meine eigene Schuld.«

»Was haben Sie mit den 500 Pfund angestellt?«

»Ich habe den Wechsel nicht eingelöst, folglich konnte ich nichts davon ausgeben.«

»Ich habe gleich gewusst, dass Sie ein interessanter Mann sind.«

Das Gespräch weckte in Richard unangenehme Erinnerungen, deshalb wechselte er das Thema. »Sagen Sie mir, welche Schiffe wir sehen, Mr Donovan.«

»Das Schiff querab ist die *Scarborough*, das an der Spitze die *Friendship* – ein flotter kleiner Segler. Sie wird den anderen die ganze Fahrt über davonlaufen.«

»Warum? Ich bin kein Seemann.«

»Weil sie tipptopp in Schuss ist und mit ihren Zusatzsegeln jederzeit Fahrt machen kann, bei einem lauen Lüftchen ebenso wie in einem Sturm.« Donovan deutete mit ausgestrecktem Arm auf die *Supply*. »Die Slup da drüben ist wie eine Brigg getakelt, aber das bekommt ihr nicht gut. Sie fährt zwei Masten, deshalb wäre Harry Ball besser beraten, sie wie eine Schnau zu takeln. In schwerer See ist sie eine lahme Ente, weil sie sehr tief im Wasser liegt und nicht genug Segel beisetzen kann. Mit schwachem Wind läuft sie am besten. Ihr Zuhause ist der Ärmelkanal. Harry Ball muss auf gutes Wetter hoffen.«

»Und dort hinter den beiden Schiffen der Königlichen Marine, ist das die *Lady Penrhyn?*«

»Nein, die *Prince of Wales*, der zusätzliche Truppentransporter. Dahinter sehen Sie die *Golden Grove*, die *Fishburn* und die *Borrowdale*. Die beiden Schnecken am Schluss sind die *Lady Penrhyn* und die *Charlotte*. Ohne sie wären wir schon viel weiter, doch der Kommodore hat den strikten Befehl gegeben, dass alle Schiffe in Sichtkontakt bleiben müssen. Deshalb kann die *Friendship* keine Bramsegel setzen und wir keine Royals. Ach, es ist schön, wieder auf See zu sein!« Die leuchtend blauen Augen erblickten Leutnant Johnstone, der soeben auf dem Achterdeck erschien. Stephen Donovan sprang lachend vom Boot. »Es wird sich nicht vermeiden lassen, dass wir uns in Bälde wieder sehen, Richard.« Und damit eilte er dem befehlshabenden Offizier der Seesoldaten entgegen, mit dem er offenbar auf gutem Fuß stand.

Zwei vom gleichen Schlag?, fragte sich Richard, ohne seinen Platz zu verlassen. Sein Magen knurrte. Die frische Luft machte Appetit, aber mehr als die üblichen Rationen war nicht zu bekommen. Pro Tag ein Pfund Hartbrot, schlecht gewogen, und ein Dreiviertelpfund Pökelfleisch, noch schlechter gewogen, dazu zwei Quart Portsmouth-Wasser. Nicht annähernd genug. Oh, wie er sich nach den Proviantbooten auf der Themse und einem guten Essen sehnte!

Von den Kranken abgesehen, litten die Sträflinge ständig unter quälendem Hunger. Während Richard und seine Gefährten von der Backbordseite an Deck weilten, hatten ein paar Männer von der Steuerbordseite mit einem Eisenbolzen vom Großmast die Luken unter dem Gefängnis aufgebrochen. Rum fanden sie nicht, dafür aber eine Proviantlast mit Brot. Doch wie immer hielt einer nicht dicht, und so stiegen wenig später ein Dutzend Seesoldaten durch die hintere Luke und ertappten die Diebe dabei, wie sie die steinharten kleinen Laibe unter den Hungerleidern verteilten.

Sechs Männer wurden an Deck gezerrt und den Leutnants Johnstone und Shairp vorgeführt.

»Zwanzig Peitschenhiebe und wieder in Eisen legen«, befahl Johnstone knapp und nickte Corporal Sampson zu, der soeben aus dem Niedergang im Achterschiff getreten war. In der Hand hielt er eine Katze, die sehr viel unangenehmer war als ihr vierbeiniger Namensvetter, wie Mr Thistlethwaite es einst ausgedrückt hatte, ein Instrument mit einem dicken Griff aus Tau, das um einen Kern gewickelt war, und neun dünnen, in regelmäßigen Abständen mit Knoten versehenen Schnüren, an deren Ende eine bleifarbene Perle saß.

Richard wollte ins Gefängnis unter Deck flüchten, musste aber feststellen, dass alle Mann nach oben getrieben wurden, um der Züchtigung beizuwohnen.

Die sechs Männer mussten die Oberkörper freimachen – die Entblößung des Hinterteils lohnte sich bei zwanzig Peitschenhieben nicht –, und das erste Opfer wurde an den hüttenartigen Aufbau über der Achterluke gebunden. Das pfeifende Ding ließ sich ohne große Mühe handhaben. Die Haut platzte schon beim ersten Hieb auf, und wo die kleinen Bleikugeln trafen, entstanden augenblicklich große, tiefrote Schwellungen. Corporal Sampson verstand sein Handwerk, denn auch Seesoldaten bekamen die Katze, gewöhnlich zwölf Hiebe, bisweilen aber auch viel mehr. Ein Hieb lag dicht neben dem anderen, und nach dem zwanzigsten zierte den Rücken ein Muster aus blutigen Streifen und Schwellungen von der Größe einer Kinderfaust. Am Ende wurde dem Opfer ein Eimer Salzwasser über den Rücken geschüttet, was ihm spitze Schreie entlockte, dann nahm der Nächste seinen Platz ein. Während Corporal Sampson sich die sechs Delinquenten der Reihe nach vorknöpfte – mit unbeteiligter Miene, denn er schien seine Arbeit weder zu hassen noch zu lieben –, legte man denjenigen, die er abgefertigt hatte, Fußfesseln und eine lange Kette an wie auf der *Ceres*. Niemand schickte sie unter Deck. Leutnant Johnstone nickte nur kurz und ließ seinen Zuchtmeister und die zwölf bleichen Seesoldaten wegtreten.

Richard war speiübel. Er sprang von dem Langboot, stürzte zur Reling, beugte sich über die Seite und würgte, doch sein Magen war leer, und so starrte er nur in das Wasser drei Meter unter ihm. Das Wasser war so klar, dass er die durchscheinenden Quallen, die in der Dünung trieben, deutlich sah. Wie luftige Geister kamen sie ihm vor, eingehüllt in hauchdünne Seide, mit gekrausten Rändern und langen, glänzenden Tentakeln.

Ein Geräusch ließ ihn zusammenzucken. Ein länglicher, schillernder Körper schoss aus dem Wasser, flog im hohen Bogen durch die Luft und fiel klatschend in die See zurück. Ein Delfin? Ein Tümmler? Das Tier war nicht allein. Ein ganzer Trupp tummelte sich fröhlich im Wasser und spielte mit der schmutzigen, altersschwachen *Alexander* Fangen.

Tränen liefen Richard über die Wangen, doch er wischte sie nicht weg. Dies alles gehörte dazu. Die Schönheit Gottes und die Hässlichkeit des Menschen. Welchen Platz konnte der Mensch in einer so wunderbaren Welt einnehmen?

Die *Alexander* lief die Kanarischen Inseln an, doch die neunschwänzige Katze hatte alle ernüchtert. Außerdem hatte John Power von seinem Freund, Mr Bones, erfahren, dass ein gewisser Nicholas Greenwell, ein Sträfling, den er flüchtig kannte, am Tag, bevor die Flotte Portsmouth verlassen hatte, begnadigt und heimlich von Bord geschmuggelt worden war.

»Zuerst ist mir gar nicht aufgefallen, dass das Arschloch fehlt, und dann habe ich ihn für tot gehalten«, sagte Power zu Richard und Mr Donovan auf dem windigen Oberdeck. »Dieser blöde Hund! Zum Teufel, mich hätten sie begnadigen sollen, nicht Greenwell!«

Power beteuerte unablässig seine Unschuld. Er sei nicht der Mann gewesen, der bei Charles Young, über dessen Verbleib nichts bekannt war, im Boot gesessen habe, als eine Vierteltonne Edelhölzer der Ostindischen Kompanie von einem Londoner Kai verschwunden sei. Der Nachtwächter hatte Young wieder erkannt, aber er hatte nicht beschwören wollen, dass Power der zweite Mann gewesen sei. Die Geschworenen gingen wie üblich auf Nummer sicher und sprachen Power schuldig. Der Richter schloss sich ihnen an und verurteilte ihn zu sieben Jahren Deportation.

»Mich hätten sie begnadigen sollen«, brüllte Power unglücklich. »Greenwell war schlicht und einfach ein Räuber! Aber ich habe eben keine Beziehungen, nur einen kranken Vater, für den ich jetzt nicht mehr sorgen kann! Sollen sie doch zum Teufel gehen, diese Arschlöcher!«

»Na, na, regen Sie sich nicht auf«, beschwichtigte ihn Donovan. »Jammern nützt jetzt auch nichts mehr. Denken Sie an die Katze und fahren Sie nach Hause, wenn Sie Ihre Strafe abgebüßt haben.«

»Bis dahin ist mein Vater tot.«

»Das können Sie nicht wissen. Und jetzt gehen Sie wieder an die Arbeit, sonst dürfen Sie wieder Däumchen drehen.«

Powers Wut verrauchte, seine Niedergeschlagenheit blieb. Er musterte den vierten Maat mit Tränen in den Augen, dann entfernte er sich.

»Ich wundere mich, dass Sie ihn nicht mögen«, sagte Richard, der fand, dass es höchste Zeit war, gewisse Dinge anzusprechen. »Wieso einen sehnigen, alten Kerl wie mich?«

Das schöne Gesicht heuchelte Erstaunen, doch die Augen funkelten. »Wenn ich Sie mag, Richard, so bleibt es doch eine unerwiderte Liebe. Wie sagt das Sprichwort: Die Katze sieht den Bischof an und er ist ein geweihter Mann.«

»Irischer Bauer!«

»Schlammspringer.«

»Was ist denn ein Schlammspringer?«, fragte Richard verdutzt.

»Ein merkwürdiger Fisch mit amphibischer Lebensweise, von dem ich mal gelesen habe. Ich glaube, bei Sir Joseph Banks, ich weiß nicht mehr genau. Jedenfalls läuft der Fisch über Schlamm.«

Weitere Männer starben und die Zahl der Sträflinge an Bord der *Alexander* schrumpfte auf 188.

Etwa um dieselbe Zeit, als Thomas Gearing aus Oxford im Sterben lag, tauchte Teneriffa aus dem Nebel und Sprühregen auf. Die See war so ruhig, dass die Gefangenen, die man unter Deck geschickt hatte, kaum bemerkten, wie ihr Schiff im Hafen vor Anker ging.

Die Seesoldaten, die drei Wochen lang nichts anderes zu tun gehabt hatten, als die Häftlinge zu füttern und mit ihrem Schicksal zu hadern, versahen ihren Dienst nun wieder mit größerem Ernst. Ihre lästigste Aufgabe war die Kocherei. Sergeant Knight oblag es, das gekochte Pökelfleisch mithilfe einer Waage, die Leutnant Shortland, der Marineagent, höchstpersönlich überprüft hatte, zu portionieren. Da Shortland dieser Prozedur fernblieb, zerlegte Sergeant Knight das Fleisch in ungleiche Stücke: ein halbes Pfund für jeden Sträfling, anderthalb Pfund für jeden Seesoldaten. Auch mit den Erbsen und dem Hafermehl, das den Sträflingen zustand, nahm es Sergeant Knight nicht genau. Er beglückte sie damit nur sonntags nach dem Gottesdienst. Er war es leid, für dieses Verbrechergesindel das Kindermädchen zu spielen – *wiegen*, sonst noch was? Selbst wenn Leutnant Shairp herunterkam und ihm auf die Finger sah, machte Knight keine Anstalten, das Fleisch vorschriftsmäßig zu portionieren, und Shairp sagte kein Wort. Da hielt man sich besser raus!

Natürlich blieben Spannungen nicht aus, wenn vierzig Männer auf engstem Raum zusammenleben mussten, doch dies war nicht der einzige Grund, warum die Seesoldaten grollten. Der Umzug ins Zwischendeck hätte sie eigentlich versöhnen sollen, doch er tat es nicht. Gewiss, in diesem merkwürdig geschnittenen Raum, der unter der Decke viel breiter war als am Boden, ließ es sich aushalten, auch wenn die Ruderpinne, die an der Decke entlanglief, quietschte, kreischte und rasselte und gelegentlich, wenn der Rudergänger das Ruder umlegte, gegen einen Mann stieß, der in seinem Schwingbett unter der Decke schlief. Durch mehrere Luken kamen Frischluft und Tageslicht, der Mief war erträglich, und die Matrosen waren so anständig gewesen, das Zwischendeck einigermaßen sauber zu hinterlassen.

Doch all diese Verbesserungen vermochten einen Verlust nicht aufzuwiegen: Die Soldaten bekamen nicht die volle Ration Rum, die ihnen täglich zustand, nämlich ein halbes Pint. Captain Sinclair, der den Schnaps ausgab, hatte sich darauf verlegt, den Rum mit Wasser zu so genanntem »Grog« zu verdünnen. In Portsmouth hatte es deshalb einen Aufschrei der Empörung gegeben, und in den Tagen danach war der Rum so ausgeschenkt worden, wie es sich gehörte, nämlich unverdünnt. Doch seit den Scilly-Inseln wurden die Soldaten wieder mit Grog abgespeist, und das sorgte für böses Blut. Rum war für die Matrosen und Seesoldaten Anfang und Ende aller irdischen Freuden auf See, entsprechend groß war ihr Zorn auf den Kapitän. Sinclair freilich kümmerte das nicht. Er thronte oben in seiner Achterhütte, die er zu einer Festung ausgebaut hatte, und beabsichtigte, den Rum, den er jetzt hortete, später Gewinn bringend zu verkaufen. Wenn die Bande unbedingt unverdünnten Rum wollte, sollte sie gefälligst dafür bezahlen. Irgendjemand musste schließlich die neue Achterhütte finanzieren, denn die Admiralität würde dafür keinen Penny herausrücken.

Umso größer war die Freude der Männer, als sie im Hafen von Santa Cruz ankerten. Endlich konnten sie an Land gehen und sich so viel Rum beschaffen, wie sie nur trinken konnten. Doch in diesem Augenblick gab Major Ross den Befehl, den Urlaub der Seesoldaten auf ein Minimum zu beschränken! Leutnant Johnstone teilte ihnen in seinem schleppenden Tonfall mit, dass tagsüber eine volle Wache gestellt werden müsse, da Gouverneur Phillip nicht wünsche, dass man die Gefangenen ewig unter Deck einsperre. Außerdem werde der Gouverneur mit seinem Adjutanten, Leutnant King, dem Schiff einen unangemeldeten Besuch abstatten, solange es vor Teneriffa liege. Also wehe dem Seesoldaten, den er ohne vorschriftsmäßigen Lederkragen oder Gamaschen antreffe! Das Schiff sei mit verzweifelten Kriminellen voll gestopft und die Nähe Englands dulde kein Nachlassen in der Wachsamkeit. Sergeant Knight, der wegen seiner Proteste gegen die Ausgabe von Grog einem Kriegsgerichtsverfahren entgegensah, war von all dem ebenso wenig erbaut wie seine Untergebenen.

Dass kein höherer Offizier auf der *Alexander* weilte, machte alles noch schlimmer. Nun, da die Leutnants Johnstone und Shairp bequeme Kabinen auf dem Achterdeck bezogen hatten, waren sie, was ihr leibliches Wohl anging, in keinster Weise mehr auf ihren Untergebenen angewiesen. Sie hatten eigene Stewards und eine eigene Kombüse, durften Vieh an Bord halten und konnten, solange die *Alexander* auf See war, jederzeit nach Belieben mit einem Beiboot Freunde auf den anderen Schiffen besuchen. Und was die Mannschaften, die Trommler, die Unteroffiziere und den einsamen Sergeant anging, so hatten sie ihre Aufgabe, annähernd zweihundert Verbrecher zu füttern und zu bewachen, unterschätzt. Sie waren davon ausgegangen, dass man die Gefangenen in den Häfen unter Deck sperren würde. Nun mussten sie erfahren, dass dieser Spinner von Gouverneur darauf pochte, sie sogar im Hafen an Deck herumspazieren zu lassen!

Natürlich kam der Rum in dem Moment an Bord, als die Besatzung Landgang erhielt. Matrosen und Soldaten hatten zusammengelegt und auf diese Weise sichergestellt, dass auch diejenigen, die Wache hatten, sich mit Hochprozentigerem als Sinclairs Grog die trockenen Kehlen anfeuchten konnten. Und dies eine Mal war ihnen auch das Glück hold, denn die *Alexander* war das erste Schiff, das der Gouverneur am späten Nachmittag des 4. Juni inspizierte. Sogar der Captain bequemte sich aus seiner Achterhütte und plauderte höflich mit dem Gouverneur, während die Sträflinge in Reih und Glied auf dem Oberdeck standen, bewacht von den Dienst tuenden Seesoldaten, die zwar blutunterlaufene Augen und Schnapsfahnen hatten, aber die vorschriftsmäßigen Kragen und Gamaschen trugen.

»Was für ein Jammer«, klagte Phillip beim Rundgang durch das

Gefängnis, »dass wir uns keine besseren Unterkünfte für diese Leute leisten können. Wie ich sehe, sind vierzehn Mann so krank, dass sie nicht antreten können. Ich bezweifle außerdem, dass sich in diesen Gängen mehr als vierzig Männer gleichzeitig die Beine vertreten können. Aus diesem Grund müssen wir die Gefangenen so oft wie möglich an Deck lassen. Wenn es Ärger gibt«, fügte er an Major Robert Ross und die Leutnants der *Alexander* gewandt hinzu, »legen Sie die Übeltäter ein paar Tage lang in Ketten.«

Richard stand mit den anderen an Deck und beobachtete den klein gewachsenen Gouverneur, der sehr jüdisch aussah mit seiner langen, schnabelartigen Nase, den beiden senkrechten Sorgenfalten, die den Rücken dieser Nase rahmten, seinen dunklen Augen, seinen vollen sinnlichen Lippen und seinen langen Haaren, die sich oben stark lichteten und über den Ohren kräuselten, ehe sie sich im Nacken zu einem Zopf vereinigten. Man hätte ihn glatt für Senhor Tomas Habitas' Bruder halten können. Phillips Äußeres war die Antwort auf viele Fragen Richards, und hatte Mr Thistlethwaite nicht erwähnt, dass Phillips Vater Jakob hieß? Sir George Rose, der selbst Jude war, hatte Phillip wärmstens empfohlen. Ein Glück, dachte Richard, dass unsere Expedition in die Botany Bay in den Händen eines Mannes liegt, der einer alten und hochkultivierten Rasse angehört, eines Mannes, der Unmenschlichkeit verurteilt und in Kriminellen ganz normale, wenn auch bedauernswerte Menschen sieht.

Leutnant Philip Gidley King, Phillips Adjutant und Günstling, war noch keine dreißig, ein Engländer, in dessen Adern offenbar viel keltisches Blut floss, denn er redete ununterbrochen und hatte sichtlich Mühe, sein Temperament zu zügeln. Der Engländer in ihm offenbarte sich in der akribischen Aufzählung von Fakten, Zahlen, Statistiken, als die Gruppe an Deck ihre Runde machte. Major Ross war anzumerken, dass er King für einen Schwätzer hielt.

So wurde es Dienstag, ehe sich den Sträflingen erstmals Gelegenheit bot, einen Blick auf Santa Cruz und jenen Teil Teneriffas zu werfen, der von ihrem Liegeplatz aus zu sehen war. Zu Mittag hatten sie frisches Ziegenfleisch, gekochten Kürbis, eigenartiges, aber durchaus genießbares Brot und rohe saftige Zwiebeln bekommen. Viele verschmähten das Gemüse, doch Richard biss in seine Zwiebel wie in einen Apfel und kaute so heftig darauf herum, dass ihm der Saft übers Kinn lief und sich mit den Tränen vermischte, die ihm die scharfen Dünste in die Augen trieben.

Die kleine Stadt, in der es keine Bäume gab, machte einen verschlafenen Eindruck und lag in einer zerklüfteten, trockenen Landschaft. Der Berg, den Richard so sehnlichst zu sehen wünschte, seit er von ihm gelesen hatte, verschwand in einer grauen Wolkendecke, die nur über der Insel zu liegen schien, denn draußen auf See war blauer Himmel. Ein Esel mit Hut, den Richard am Kai stehen sah, war der erste wirklich neue Eindruck, den er von der Welt außerhalb Englands bekam. Proviantboote waren nicht zu sehen. Entweder gab es keine oder sie wurden von den Langbooten zurückgeschickt, die zwischen den vertäuten Transportschiffen patrouillierten. Die *Alexander* lag zwischen zwei Ankertrossen, die mithilfe schwimmender Fässer gespannt wurden. Richard erfuhr von einem der noch relativ nüchternen Matrosen, dass der Boden des Hafenbeckens mit scharfkantigen Eisenklumpen übersät war, die spanische Schiffe als Ballast mitführten und einfach ins Wasser kippten, wenn sie Fracht aufnahmen. Die Trossen wurden gespannt, damit sie sich an den Eisenstücken nicht durchscheuerten.

Wie monoton die Landschaft auch aussehen mochte, Richard liebte sie auf den ersten Blick. Von dieser kargen, offensichtlich vulkanischen Insel stammten seine kostbaren Filtersteine. Wie gern hätte er Vetter James, dem Apotheker, von Teneriffa erzählt.

Ihr Besuch fiel in eine günstige Jahreszeit, erfuhr Richard von einem anderen Matrosen, der die Insel bereits mehrmals besucht hatte. Es war warm, aber weder heiß noch schwül. Im Oktober war es hier unerträglich, und von Juli bis November wehten aus Afrika glühend heiße Winde herüber, die beißenden Sand mitbrachten. Und das, obwohl Afrika hunderte von Meilen entfernt war! Komisch, dachte Richard. Er hatte immer angenommen, in Afrika gebe es nur vor Feuchtigkeit dampfenden Dschungel. Offenbar nicht in diesen Breiten.

Am Mittwoch kam Stephen Donovan kurz nach Tagesanbruch ins Gefängnis herunter.

»Morgan«, sagte er barsch, »ich brauche Sie und Ihre Männer. Zehn genügen, aber machen Sie schnell.«

Ike Rogers ging es mit jedem Tag, den sie vor Anker lagen, etwas besser. Am Vortag hatte er seine Zwiebel mit solchem Genuss verspeist, dass einige Kameraden ihm ihre schenkten. Auch den Kürbis hatte er verschlungen, nur auf Fleisch oder Brot schien er keinen Appetit zu haben. Er war Besorgnis erregend abgemagert. Das vormals volle Gesicht war eingefallen, an seinen Handgelenken standen die Knochen hervor. Joey Long wollte nicht von seiner Seite weichen, und so beschloss Richard, stattdessen Peter Morris aus Tommy Crowders Koje mitzunehmen.

»Wieso nicht mich?«, fragte Crowder gereizt.

»Weil der vierte Maat keinen Schreiber sucht. Er braucht Leute, die zupacken können.«

»Dann nimm meinetwegen Peter«, sagte Crowder beruhigt. Er stand mitten in schwierigen Verhandlungen mit Sergeant Knight, die ihm zu einem Schluck Rum verhelfen konnten, wenn auch zu einem überhöhten Preis.

Donovan stapfte mit finsterer Miene auf und ab, als die zehn Sträflinge an Deck kamen. »Über die Seite ins Langboot«, bellte er. »Ich habe gerade genug nüchterne Männer, um die leeren Wassertonnen nach oben zu fieren, aber niemand, der die Tonnen zum Kai bringen und füllen kann. Das übernehmt ihr. Lademeister Dicky Floan wird euch befehligen. Ihr geht allein, weil nicht genug nüchterne Seesoldaten zu eurer Bewachung da sind. Wer von euch kann pullen?«

Nur die vier Bristoler konnten pullen, und das genügte nicht. Mr Donovan, der selbst nicht trank, sah noch verdrießlicher drein. »Dann müsst ihr geschleppt werden, nur weiß ich nicht, wo ich einen Leichter hernehmen soll, der das übernimmt.« Er erspähte den zweiten Maat, den Sohn des Marineagenten. »Mr Shortland, ich brauche einen Schleppleichter für das Boot mit den Wassertonnen. Irgendeinen Vorschlag?«

Shortland dachte kurz und angestrengt nach, dann beschloss er, seine Beziehungen spielen zu lassen, und signalisierte der *Fishburn*, auf der sein Vater fuhr. Die *Fishburn* antwortete prompt, und schon eine halbe Stunde später wurde das Langboot der *Alexander* mit den aufrecht stehenden Tonnen in Richtung Kai geschleppt.

Obwohl eine trockene und unwirtliche Insel, hatte Teneriffa ausgezeichnetes Wasser. Es stammte aus einer Quelle in der Nähe der Stadt Laguna und wurde in den üblichen, vermutlich aus Spanien importierten Ulmenrohren zum Hafenkai geleitet, wo es aus einer Reihe von Leitungen sprudelte und sich, wenn nicht gerade ein Schiff seine Tonnen füllte, ungenutzt ins Hafenbecken ergoss. Seit Portsmouth hatte die *Alexander* 4000 Gallonen verbraucht, daher mussten 26 der 160 Gallonen fassenden Behälter gefüllt werden, was jeweils zweieinhalb Stunden in Anspruch nahm.

Es war bereits nach acht, als die letzte Tonne gefüllt war und die zehn Sträflinge völlig erschöpft auf die *Alexander* zurückkehrten. Bei Einbruch der Nacht war der Hafen zum Leben erwacht. Unzählige kleine Fischerboote mit blinkenden Lampen tummelten sich auf dem Wasser, und wenn sie ihre Netze einholten, schimmerte darin eine wogende Masse.

»Ihr habt gute Arbeit geleistet«, sagte Donovan, nachdem Richard als Letzter die Jakobsleiter erklommen hatte. »Kommt mit.« Er führte sie zur Mannschaftsmesse in der Back. »Rein mit euch«, rief er. »Ich weiß, dass ihr noch nichts zu essen bekommen habt, und von den Seesoldaten ist keiner so nüchtern, dass er euch etwas kochen könnte, ohne das Schiff in Brand zu setzen. Dasselbe gilt für die Matrosen, aber Mr Kelly, der Koch, hat euch freundlicherweise etwas hingestellt, ehe er sich mit einer Buddel in seine Koje zurückgezogen hat.«

Solche Köstlichkeiten hatten sie seit sechs Monaten nicht mehr bekommen: kaltes Hammelfleisch, und zwar gebraten, nicht gekocht, Kürbiseintopf mit Zwiebeln und Kräutern, frische Brötchen, dick mit Butter bestrichen, und dazu Dünnbier zum Runterspülen.

Mit vollem Bauch wankten sie in ihre Kojen und schliefen durch bis zum Angelusläuten. Kurz nach dem Aufwachen gab es wieder etwas zu essen, diesmal Ziegenfleisch, frisches Maisbrot und rohe Zwiebeln.

Richard gab Ike das frische Butterbrötchen, das er am Vorabend unter dem Hemd versteckt hatte mitgehen lassen. »Versuch, das zu essen, Ike. Die Butter wird dir gut tun.«

Ike aß es. Nach drei Tagen und vier Nächten im Hafen bekam er langsam wieder etwas Farbe.

Job Hollister steckte den Kopf durch die Luke. »Kommt rauf, das müsst ihr euch ansehen«, rief er aufgeregt.

»Ist sie nicht großartig?«, fragte er, als Richard neben ihn an die Reling trat. »In Bristol habe ich kein Schiff gesehen, das auch nur halb so groß gewesen wäre.«

Es war ein holländischer Ostindienfahrer von 800 Tonnen, der selbst die *Sirius* in den Schatten stellte, obwohl er recht tief im Wasser lag. Bestimmt auf der Heimreise, dachte Richard, voll beladen mit Gewürzen, Pfeffer und Teakholz, Gütern, die im holländischen Ostindien im Überfluss produziert wurden. Und die Stahlkassette in der Kajüte des Kapitäns enthielt wahrscheinlich eine Schatulle mit kostbaren Saphiren, Rubinen und Perlen.

»Ich wette, die haben auf der Heimreise eine Menge Seeleute verloren«, sagte John Power und hielt kurz inne. »Bei unseren Ostindienfahrern ist das jedenfalls so.« Mr Bones winkte und Power eilte davon.

Da keine Wiederholung der offiziellen Inspektion zu erwarten war, hatten die Seesoldaten es sich gemütlich gemacht und tranken, zumal Sergeant Knight bei der eher improvisierten Verhandlung vor dem Kriegsgericht mit einer leichten Disziplinarstrafe davongekommen war. Gemeine Soldaten wie Elias Bishop und Joseph McCaldren, die an der »Grogrebellion« auf der *Alexander* beteiligt gewesen waren, hatten hundert Hiebe mit der neunschwänzigen Katze befürchtet und waren heilfroh, dass die Offiziere ihnen mehr Sympathien entgegenbrachten als Captain Sinclair. Die beiden Leutnants ließen sich nur selten an Bord blicken. Sie waren vollauf damit beschäftigt, mit Kameraden auf bequemeren Schiffen zu speisen, auf dem Markt von Santa Cruz um Gänse und Hühner zu feilschen oder Ausflüge ins Innere der Insel zu unternehmen und die Sehenswürdigkeiten des fruchtbaren Tafellands an der Bergflanke zu besichtigen.

Auch einige Sträflinge hatten sich erfolgreich Rum beschafft. Die *Scarborough* verkaufte außerdem holländischen Gin aus einem Fass, das sie vor den Scilly-Inseln aus dem Meer gefischt hatte, ein für englische Gaumen sehr scharfes und bitteres Getränk. Englischer Gin war süß wie Rum und im Übrigen der Hauptgrund, warum so viele Trinker verfaulte Zähne hatten. Tommy Crowder, Aaron Davis und ihre Kameraden schnarchten in der unteren Koje, nachdem sie dem von Sergeant Knight erstandenen Rum zugesprochen hatten. Überhaupt war das Schnarchen, das aus dem Gefängnis der *Alexander* drang, lauter als jemals zuvor seit ihrer Einschiffung. Am Freitag weilten nur Männer wie Richard, die ihr Geld lieber für wichtigere Dinge sparten, an Deck.

Am Samstag kam fünf Stunden nach Sonnenaufgang William Aston Long, der hochnäsige erste Maat, herunter und fragte nach John Power.

Power lag nicht in seiner Koje. Die Überraschung auf den Gesichtern der Gefangenen war nicht gespielt, und so zog Long mit grimmiger Miene wieder ab.

Mehrere Seesoldaten, noch benebelt vom Alkohol, brüllten durch die Luke, die Häftlinge sollten gefälligst an Deck erscheinen, aber dalli! Bestürzt krochen die Männer aus ihren Kojen oder sprangen von den Tischen auf, wo sie auf das Essen gewartet hatten.

Captain Duncan Sinclair kam missmutig aus seiner Achterhütte gewatschelt.

»Mein Vater hatte eine Sau, die sah genauso aus wie Captain Sinclair«, sagte Bill Whiting so laut, dass die gut dreißig Umstehenden ihn hören konnten. »Mir ist noch nie ein Keiler oder ein Stier untergekommen, der diesem Miststück das Wasser reichen konnte. Die Sau beherrschte alles, den Hof, die Scheune, den Hühnerstall, den Weiher, die Tiere und uns. Ein Ausbund von Bosheit! Selbst der Teufel hätte einen großen Bogen um sie gemacht. Beim geringsten Anlass griff sie an, und sie fraß sogar ihre Ferkel, nur um uns eins auszuwischen. Der Eber bibberte vor Angst, wenn er sie decken sollte. Sie hieß Esmeralda.«

Von diesem Tag an wurde Captain Sinclair von jedermann auf der *Alexander* nur noch »Esmeralda« genannt.

Die verkaterten Seesoldaten erhielten den Befehl, das Gefängnis auf den Kopf zu stellen. Als ihre Suche ergebnislos blieb, stellten sie das gesamte Schiff auf den Kopf, ja, sie suchten sogar in den aufgetuchten Segeln, doch John Power blieb spurlos verschwunden und mit ihm die Jolle der *Alexander*, deren Fehlen allerdings erst viel später bemerkt wurde, als jemand auf die Idee kam, nachzusehen.

Im Verlauf des Nachmittags kam Major Ross an Bord. Die bedauernswerten Seesoldaten sahen mittlerweile wieder halbwegs nüchtern aus, und die Leutnants Johnstone und Shairp waren umgehend von der *Lady Penrhyn* zurückbeordert worden, wo sie mit Captain James Campbell und seinen beiden Leutnants gespeist hatten. Nach der »Grogrebellion« war Ross fest entschlossen, auf der *Alexander*, die ihm von allen elf Schiffen der Flotte am meisten Unannehmlichkeiten bereitete, keinen weiteren Ärger zu dulden. Das Sterben unter den Sträflingen ging weiter, die Seesoldaten waren der unzufriedenste Haufen, den er je erlebt hatte.

»Finden Sie den Mann«, sagte er zu Captain Sinclair, »sonst wird Ihre Geldbörse um vierzig Pfund leichter. Ich habe den Gouverneur von dem Vorfall unterrichtet, und er ist nicht erfreut. Finden Sie ihn!«

Sie fanden ihn, freilich erst am Sonntagmorgen kurz nach Tagesanbruch, als die Flotte bereits Anstalten zum Auslaufen machte. Nachforschungen an Bord des holländischen Ostindienfahrers hatten ergeben, dass Power allein in der Jolle der *Alexander* hinübergepullt war und seine Dienste als Seemann angeboten hatte. Da er dieselbe Kluft trug wie viele Sträflinge, die der holländische Kapitän auf englischen Schiffen gesehen hatte, wurde er höflich abgewiesen und aufgefordert, sich zu entfernen, was er dann auch tat, allerdings nicht ohne vorher von einem Matrosen, der beim Anblick seiner kummervollen Miene Mitleid bekam, mit einem großen Becher Gin getröstet worden zu sein.

Es war die Jolle, die die Suchtrupps der *Alexander* als Erstes fanden. Sie war in einer einsamen Bucht mit der Fangleine an einen Felsen gebunden. Power, von Kummer und holländischem Gin übermannt, schnarchte hinter einem Steinhaufen und ergab sich widerstandslos. Sinclair und Long wollten ihn mit zweihundert Peitschenhieben bestrafen, doch der Gouverneur übermittelte den Befehl, ihn in Ketten zu legen und für vierundzwanzig Stunden ans Deck zu heften. Wie lange er die Eisen tragen sollte, stand noch nicht fest und lag im Ermessen des Gouverneurs.

Die *Alexander* stach in See. Chips, der Schiffszimmermann, heftete John Power mit dem Gesicht nach unten an Deck, indem er seine Handfesseln und Fußeisen an die Planken schraubte. Laut Befehl durfte niemand sich ihm nähern, bei Zuwiderhandlung drohte die Peitsche. Doch kaum senkte sich die Nacht über das Schiff, schlich Mr Bones zu ihm und gab ihm Wasser, das er aufleckte wie ein Hund.

Das Wetter war schön, die Sonne schien, und es wehte eine sanfte Brise, als die Flotte am Morgen aus dem Hafen der wolkenverhangenen Insel auslief. Diesmal blieb Teneriffa volle drei Tage in Sicht und der 3700 Meter in den Himmel ragende und von einem grauen Wolkenband umgebene Pico de Teide, auf dessen Gipfel Schnee glitzerte, bot einen unvergesslichen Anblick.

Am 15. Juni überquerten sie den Wendekreis des Krebses, ein Ereignis, das feierlich begangen wurde. Jeder Mann an Bord, der noch nie südlich dieser Linie geweilt hatte, musste keinem geringeren als Neptun persönlich vorgeführt werden. Das Deck war mit Muscheln, Netzen und Seetang geschmückt, und mitten drin stand eine große, mit Meerwasser gefüllte Kupferwanne. Zwei Seeleute bliesen auf Conchmuscheln, und im nächsten Moment wurde eine Furcht einflößende Gestalt aus der Back getragen, die auf einem Fass thronte und sich erst beim zweiten Hinsehen als Stephen Donovan entpuppte. Donovan trug eine Krone, die aus einem gezackten Messingring und Seetang bestand, und einen Bart aus Seegras. Sein Gesicht, seine nackte Brust und seine Arme waren blau angemalt, und von der Hüfte abwärts steckte er in dem Schwanz eines Schwertfisches, den man tags zuvor gefangen und ausgehöhlt hatte. In der einen Hand hielt er einen Dreizack, der nichts anderes war als die Harpune der *Alexander* – ein dreizackiges, mit Widerhaken versehenes Gerät, mit dem die Matrosen große Fische aufspießten. Zwei blau angemalte, mit Seetang behängte Matrosen führten jeden Mann nach vorn, fragten ihn, ob er die Linie schon einmal überquert habe, und wenn er verneinte, tauchten sie ihn in die Kupferwanne. Danach bespritzte Neptun ihn mit blauer Farbe und entließ ihn. Am lautesten johlten die Zuschauer bei der Taufe der Leutnants Johnstone und Shairp, obgleich die beiden in Kenntnis der Zeremonie vorsorglich alte Hosen angezogen hatten.

Es gab Rum für alle, auch für die Sträflinge. Hornpipes wurden hervorgeholt, und die Matrosen begannen, auf ihre eigentümliche Weise zu tanzen. Sie hüpften mit verschränkten Armen auf und ab, drehten sich im Kreis und wippten von einem Fuß auf den anderen. Danach sangen sie einige Shantys und forderten schließlich auch die Sträflinge auf, ein oder zwei Lieder zum Besten zu geben. Richard und Taffy trugen eine Weise von Thomas Tallis vor, stimmten als nächstes »Greensleeves« an und brachten die Übrigen dazu, mit ihnen Wirtshauslieder zu schmettern. Jeder erhielt eine randvolle Schüssel mit Mr Kellys Schwertfischsuppe, die selbst dem Schiffszwieback ein wenig Geschmack verlieh, wenn man ihn hineintunkte. Bei Einbruch der Dunkelheit wurden Laternen angezündet, dann sang man weiter, bis Captain Sinclair gegen zehn durch Trimmings, seinen Steward, ausrichten ließ, dass alle Seeleute bis auf die Wache gefälligst in ihren Kojen verschwinden sollten.

Die Nordostpassate trugen die Schiffe in flotter Fahrt nach Westen und Süden. Kein voll getakeltes Schiff konnte direkt vor dem Wind laufen. Ideal war ein Wind, der achterlicher als querab einkam, also schräg von hinten. Da die natürlichen Winde und Strömungen die Schiffe im Atlantik unweigerlich von der afrikanischen Küste fort und in Richtung Brasilien trugen, war jedermann klar, dass sie früher oder später in Rio de Janeiro landen würden. Die viel diskutierte Frage war nur, wann? Obwohl man in Teneriffa die

Wassertonnen aufgefüllt hatte, hielt es Gouverneur Phillip für ratsam, die Kapverden anzulaufen und abermals Wasser zu bunkern. Die Inseln befanden sich in portugiesischem Besitz und lagen ziemlich genau westlich von Dakar.

Am 18. Juni zogen bei windigem, diesigem Wetter die ersten Kapverdischen Inseln vorüber: Sal, Boa Vista und Maio. Die *Alexander* flog nur so dahin und legte 165 Seemeilen am Tag zurück. Diese Zahl entsprach noch nicht einmal den tatsächlich gesegelten Meilen, sondern nur der in der gewünschten Richtung zurückgelegten Strecke. Ein Seetag dauerte von Mittag zu Mittag, da man mittags, wenn die Sonne am höchsten stand, mit dem Sextanten die geografische Breite bestimmen konnte. Die exakte geografische Länge wurde mithilfe von Chronometern ermittelt, allerdings hatte nur das Flaggschiff *Sirius* welche an Bord. Sobald die Besatzung der *Sirius* die Länge errechnet hatte, signalisierte sie das Ergebnis den anderen zehn Schiffen, indem sie entsprechende Flaggen hisste.

Am Morgen des 19. Juni kam die große und bergige Insel São Tiago in Sicht. Alles ging gut, bis die Flotte im geschlossenen Verband die Südostspitze umrundete, um in Praia vor Anker zu gehen. Dann war es auf einmal vollkommen windstill. Kein Lüftchen regte sich bis auf so genannte Katzenpfoten, leichte Windstöße aus allen Richtungen. Zu allem Überfluss herrschte ein starker Seegang, der die Schiffe auf die Küste zutrieb. Als der Gouverneur nach mehreren vergeblichen Manövern sah, dass die *Scarborough* und die *Alexander* nur noch eine halbe Meile von der Brandung entfernt waren, gab er der Flotte den Befehl, wieder offene See zu gewinnen. Es wurde kein zusätzliches Frischwasser gebunkert.

Solange die Nordostpassate bliesen, machte die Flotte gute Fahrt, doch Ende Juni flaute der stetige Wind ab und das Fortkommen hing nun davon ab, ob sich eine Brise finden ließ. Dies erforderte häufiges Überstaggehen und Warten. Der Rudergänger legte das Schiff auf einen anderen Bug, und dann warteten alle ab, ob dies dem Schiff einen Wind bescherte, der es in die gewünschte Richtung schob. Blieb der erhoffte Wind aus, wurde das Schiff erneut gewendet, und die Warterei begann von vorn. Wenden und warten, wenden und warten… Richard war dem Angelkommando zugeteilt worden, nicht weil er eine glückliche Hand als Fischer hatte, sondern weil er geduldig war. Wenn Männer wie Bill Whiting ihre Angel auswarfen, erwarteten sie, dass innerhalb einer Minute etwas anbiss. Sie hatten nicht die Geduld, nur an der Reling zu lehnen und, wenn nötig, stundenlang zu warten. Wenn die Sonne senkrecht vom Himmel brannte, war es an Deck nicht sehr angenehm, schon gar nicht für einen hellhäutigen Engländer. In dieser Hinsicht blieb Richard das Glück treu. Auf der Fahrt nach Teneriffa hatte er eine rosige Farbe angenommen, die danach in ein tiefes Braun übergegangen war. Dasselbe galt für Taffy, den schwarzhaarigen Waliser, und andere, dunklere Typen. Für blonde und sommersprossige Männer wie Bill Whiting und Jimmy Price brach hingegen eine schwere Zeit an. Ein ums andere Mal mussten sie unter Deck flüchten, sich die schmerzenden Sonnenbrände mit Richards Salbe einreiben oder Bordarzt Balmain um Hilfe bitten, der ihnen ohne viel Zartgefühl Zinkpaste auf die Haut klatschte.

Umso größer war Richards Freude, als er sah, dass die Matrosen zwischen Stagen und Wanten oder anderen Teilen des stehenden Guts Sonnensegel spannten, wobei sie geflissentlich darauf achteten, dass die Toppgasten nicht beim Aufentern behindert wurden.

»Ich staune«, sagte er zu Stephen Donovan. »Esmeralda ist offenbar daran gelegen, dass wir keinen Sonnenbrand bekommen.«

Donovan lachte schallend. »Richard! Das ist Esmeralda scheißegal! Nein, mit den Sonnensegeln soll Regenwasser gesammelt werden. Man stellt eine Tonne darunter, um es aufzufangen. Es ist eine Kunst, das Tuch so zu spannen, dass nur an einer Stelle ein Trichter entsteht. Ich glaube, wir haben den Passat verloren, und Esmeralda glaubt das offensichtlich auch.«

»Warum sind Sie eigentlich nur vierter Maat, Mr Donovan? Wenn ich an Deck herumgehe, habe ich den Eindruck, dass Sie fast genauso viel Verantwortung tragen wie Mr Long, und mit Sicherheit mehr als Mr Shortland oder Mr Bones.«

Die Winkel der blauen Augen legten sich in Falten, und ein Lächeln umspielte den Mund, doch auf Richard wirkte es ein wenig bitter. »Tja, Richard, ich bin aus Ulster und deshalb so etwas wie ein Ire, und obwohl ich in Westindien unter Admiral Rodney gedient habe, gehöre ich der Handelsmarine an. Esmeralda hat mich als zweiten Maat angeheuert, doch der Marineagent wollte ein Pöstchen für seinen Sohn. Esmeralda war sehr ungehalten, als er erfuhr, dass Mr Shortland als zweiter Maat an Bord kommen sollte – er und der Vater, Leutnant Shortland, sind einander spinnefeind. Am Ende zog Leutnant Shortland es vor, auf die *Fishburn* zu wechseln. Sein Sohn freilich blieb. Und da Mr Bones den Posten des dritten Maats partout nicht räumen wollte, wurde ich eben vierter. Somit haben wir jetzt einen für jede Wache, wenn Sie so wollen.«

Richard runzelte die Stirn. »Ich dachte, der Kapitän sei der Herr über sein Schiff und habe das letzte Wort.«

»Nicht wenn er mit der Königlichen Marine zusammenarbeitet. Die Firma Walton hofft auf weitere Aufträge, deshalb kommandiert Captain Francis Walton, einer aus der Familie, die *Friendship*. Esmeralda Sinclair ist Teilhaber von Walton & Company. Bei genauerer Betrachtung werden Sie feststellen, dass fast alle Kapitäne von Truppentransportern und Versorgungsschiffen Teilhaber ihrer Reedereien sind.« Donovan zuckte die Schultern. »Wenn das Experiment in der Botany Bay klappt, wird der Sträflingstransport ein einträgliches Geschäft.«

»Schön zu wissen«, grinste Richard, »dass wir armen Teufel einigen Leuten zu Wohlstand verhelfen.«

»Speziell Leuten wie William Richards junior. Er ist der Vertragspartner der Marine – und der Mann, dem Sie den Fraß verdanken, den Sie bekommen. Soll ihn der liebe Gott in der Hölle braten lassen. Und bitte, lieber Gott, schicke uns ein oder zwei Fische!«

Die Schnur in Richards Hand zuckte, ebenso die von Donovan, und von achtern ertönte der Freudenschrei eines Matrosen. Sie waren unversehens in einen Tunfischschwarm geraten und wuchteten die großen Fische in einem solchen Tempo an Bord, dass die Umstehenden aufgefordert wurden, Köder auf die Haken zu spießen, damit sie die Leinen wieder auswerfen konnten, ehe der Schwarm verschwand. Am Ende dieses kurzen Ausbruchs erfrischender Betriebsamkeit zappelten und zuckten über fünfzig große Tunfische auf den Planken, und die Matrosen und Seesoldaten wetzten ihre Messer und machten sich daran, sie zu schuppen, auszunehmen und zu zerlegen. Eine Arbeit, die den Sträflingen wegen der Messer untersagt war.

»Heute Abend gibt es jede Menge Fischsuppe«, sagte Richard zufrieden. »Im Übrigen bin ich froh, dass wir nicht mehr mittags essen. Mit vollem Magen schläft es sich besser. Ich weiß, unsere Leutnants beklagen, dass diese herrlichen Geschöpfe durstig machen, aber das Fleisch ist frisch!«

Das Meer war ein unterhaltsamer Gesellschafter, denn irgendetwas passierte immer. Richard hatte sich an den Anblick der großen Tümmler und der etwas kleineren Delfine zwar schon gewöhnt, die fischten, spielten und weit aus dem Wasser sprangen, doch seine Begeisterung war ungebrochen. Seinen ersten Hai und den ersten Wal sah er an einem Tag, als nahezu völlige Windstille herrschte und die langen Wellen der Dünung zu sanft waren, um sich zu brechen und Schaumkronen zu bilden. Richard sehnte sich danach, in dem kristallklaren Wasser zu schwimmen, und fragte sich, ob Mr Donovan oder einer der anderen Seeleute es ihm irgendwann auf der langen Fahrt beibringen würde. Er wunderte sich, warum sie nie ins Wasser gingen, nicht einmal an Tagen wie diesem, an denen man ohne Mühe wieder an Bord klettern konnte.

Dann kam er, der gefürchtete Hai. Doch Richard verstand nicht, warum sein bloßer Anblick ihm das Blut in den Adern gefrieren lassen sollte, denn der Hai war schön. Zuerst sah Richard die Rückenflosse, die wie ein Messer durchs Wasser schnitt. Der Hai steuerte auf die blutigen Tunfischabfälle zu, die neben dem Schiff und im Kielwasser trieben. Wie ein dunkler Schatten glitt er vorüber und schien für immer verschwunden. Er war gut fünfundzwanzig Fuß lang und in der Mitte so rund wie ein Fass, verjüngte sich vorn aber zu einem spitzen Maul und endete hinten in einem langen, spitz zulaufenden Schwanz mit einer gegabelten Flosse als Ruder. Ein stumpfes schwarzes Auge saß tellergroß in dem massigen Kopf. In dem Augenblick, in dem er das Fischgedärm erreichte, wälzte er sich auf die Seite und schöpfte es in seinen mit Furcht erregenden Zähnen bewehrten Rachen. Sein Bauch blitzte weiß auf, dann waren die Abfälle verschwunden. Er verschlang alles, was er finden konnte, dann schwamm er in Richtung der achteraus stehenden Schiffe, wo vielleicht weitere Leckerbissen auf ihn warteten.

Mein Gott! Richard hatte von Walen gehört und von Haien. Er wusste, dass Haie groß waren, aber dass sie fast an die Größe von Walen heranreichten, hätte er nicht im Traum gedacht. Und das Auge des Tieres verriet, dass es keine Seele besaß.

Der Wal tauchte etwa eine Kabellänge querab so plötzlich aus dem Meer auf, dass nur die Männer, die wie Richard an Steuerbord angelten, sahen, wie das Wasser förmlich explodierte und das mächtige Geschöpf die Oberfläche durchbrach. Ein schnabelförmiger Kopf, ein kleines intelligentes Auge, ein getüpfeltes Flossenpaar – gut zwölf Meter lang wölbte sich der prächtige, blau-graue Rücken aus dem Wasser. Dann fiel er zurück und verschwand in einer Wolke von Gischt. Einen Augenblick herrschte atemlose Spannung, dann stieg die herrliche Schwanzflosse in die Höhe, schwebte kurz in der Luft wie ein Banner und klatschte mit einem Donnerschlag mitten in den regenbogenfarbenen schillernden Schaum. Der Koloss des Meeres, großartiger als jedes Linienschiff.

Andere Wale tauchten auf, versprühten Fontänen aus Luft und Wasser, schwammen majestätisch neben den Schiffen her oder vollführten an der Oberfläche ihren gravitätischen Tanz. Eine Zeit lang tollte ein Muttertier mit Kalb um die *Alexander* herum. Die Mutter war schrecklich vernarbt und bewachsen, das Kalb makellos. Richard wäre am liebsten auf die Knie gesunken, um Gott für diese Gnade zu danken, doch er konnte den Blick nicht von den Walen abwenden. Wohin sie wohl unterwegs waren?

Nicht lange nach dem Abflauen des Windes setzten die ersten Böen ein und mussten ausgenutzt werden. Wolken zogen am Himmel auf und wuchsen unter bedrohlichem Grollen rasch zu dunkelblauen Gebirgen mit weißen Spitzen. Dann brach ein Sturm los.

Die See geriet in Aufruhr, Regen peitschte, Blitze zuckten, Donner rollte. Eine Stunde später war der Himmel wieder blau und das Schiff lag bewegungslos in der Dünung.

Einige Sträflinge und Seesoldaten schliefen an Deck, doch Richard wunderte sich, dass es nicht mehr waren. Zumindest die Gefangenen waren es doch gewöhnt, auf harten Planken zu schlafen. Sobald es freilich Nacht wurde, was in diesen Breiten erstaunlich rasch geschah, entschieden sich die meisten für das stinkende Gefängnis. Eine Hängematte bot natürlich einen gewissen Komfort, wie stickig und schwül es unten auch sein mochte. Doch das Verhalten seiner Kameraden ließ nur einen Schluss zu: Offenbar fürchteten sie die Elemente.

Richard nicht. Er suchte sich ein Plätzchen an Deck, wo er den Matrosen nicht im Wege war, und wenn ein Gewitter über sie hinwegzog, bewunderte er das hinreißende Spiel der Blitze, spürte, wie sein Herzschlag stockte, wenn Blitz und Donner unmittelbar aufeinander folgten, und wartete, bis er völlig durchnässt war. Der Regen war das Beste von allem. Richard nahm jedes Mal seine Seife mit und stopfte seine Kleider unter eins der Langboote. Er genoss das Prickeln des Seifenschaums auf der Haut, wohl wissend, dass der Regen lange genug anhalten würde, um ihn wieder abzuwaschen. Alles Waschbare trug er nach oben – Matten, Kleider, selbst die Decken, obwohl sie zusehends einliefen und die anderen lautstark dagegen protestierten.

»Du schleppst alles, was nicht niet- und nagelfest ist, nach oben und wäschst es«, rief Bill Whiting empört. »Wie hältst du es da oben nur aus? Wenn das Schiff vom Blitz getroffen wird und untergeht, möchte ich lieber hier unten sein.«

»Die Decken können nicht weiter einlaufen, Bill, deshalb verstehe ich nicht, warum du dich so aufregst. In einer Stunde ist alles wieder trocken. Du bist so mit Schnarchen beschäftigt, dass du nicht mal merkst, wenn ich die Sachen hole.«

Dass Bill wieder munterer und frecher wurde, hatte sicher damit zu tun, dass sie in diesen Gewässern häufig Fisch zu essen bekamen, ein Aspekt, den Richard vor der Fahrt über den großen Teich nicht bedacht hatte. Das Brot war mittlerweile in einem beklagenswerten Zustand. Es wimmelte von fetten Maden, sodass die meisten beim Essen die Augen schlossen. Es war auch weicher geworden, was offensichtlich dem Umstand zu verdanken war, dass die widerlichen Dinger sich munter vermehrten. Das Pökelfleisch blieb naturgemäß verschont, doch auch Erbsen und Hafermehl beherbergten Untermieter. Zu allem Überfluss ging in Richards Gruppe das Malzextrakt zur Neige.

»Mr Donovan«, sagte er zu dem vierten Maat, der de facto zweiter Maat war, »könnten Sie mir einen Gefallen tun, wenn wir Rio de Janeiro anlaufen? Ich behellige Sie nur damit, weil ich Vertrauen zu Ihnen habe und sonst keinen Landgänger kenne, dem ich trauen kann.«

Das stimmte. In den vielen gemeinsamen Angelstunden war zwischen ihnen eine Freundschaft gewachsen, die so eng war wie die zwischen Richard und seinen Gefährten oder sogar noch enger. Stephen Donovan war ein ernster und doch heiterer Mensch, empfindsam und von beißendem Humor, und er erriet mit untrüglichem Gespür Richards Gedanken. Er war ihm ein Bruder, mehr als William es je gewesen war, und irgendwie spielte es keine Rolle mehr, dass Donovan nicht nur brüderliche Gefühle für ihn empfand. Anfangs hatten die Mitgefangenen über Richards seltsame Freundschaft gewitzelt, und seine häufigen Übernachtungen auf dem Oberdeck hatten der Angelegenheit eine pikante Note verliehen. Doch Richard schenkte den Anzüglichkeiten keine Beachtung und stellte sich taub. Er wusste, dass es klüger war, sich nicht zu verteidigen. Nach einiger Zeit beruhigten sich alle wieder und akzeptierten die Beziehung als eine normale Freundschaft – Mr Donovan befriedigte seine körperlichen Gelüste anderswo.

An dem Tag, an dem Richard sein Anliegen vortrug, angelten sie. Es war einer jener quälenden Tage, an denen die Fische nicht beißen wollten. Richard trug wie Donovan einen Strohhut. Er hatte ihn dem Zimmermannsgehilfen abgekauft, den es mehr nach Rum als nach Sonne dürstete.

Donovan betrachtete ihn erfreut. »Es wäre mir eine Freude, Ihnen einen Gefallen zu erweisen.«

»Wir haben nur sehr wenig Geld und brauchen einige Sachen

wie Seife, Malzextrakt, ein paar Hausmittel gegen verschiedene Wehwehchen und Insektenstiche, Teeröl, neue Lappen, ein paar Rasiermesser und zwei Scheren.«

»Sparen Sie Ihr Geld für die Rückfahrt auf, Richard. Es wird mir ein Vergnügen sein, Ihnen die Sachen ohne Bezahlung zu besorgen.«

Richard schüttelte den Kopf. »Das kann ich nicht annehmen. Ich muss dafür bezahlen.«

Donovan hob eine Augenbraue und grinste. »Glauben Sie etwa, ich habe es auf Ihren Körper abgesehen? Das tut weh.«

»Aber nein! Ich kann nur keine Geschenke annehmen, weil ich selbst keine Geschenke machen kann!«

Donovan lachte. »Sie können das Geschenk getrost annehmen. Ich will nur Ihr Los erleichtern. Wir sind doch Freunde, Richard. Ist Ihnen das entgangen?«

Richard lächelte. »Nein, durchaus nicht. Danke, Mr Donovan, ich nehme das Geschenk an.«

»Sie könnten mir ein noch größeres machen.«

»Und wie?«

»Nennen Sie mich Stephen.«

»Das schickt sich nicht. Wenn ich ein freier Mann bin, wird es mir eine Freude sein, Sie Stephen zu nennen. Doch bis dahin steht es mir nicht zu.«

Ein Hai schwamm vorbei, ein Hammerhai, keine zwölf Fuß lang. In diesen Gewässern eine Kaulquappe. Er wendete, starrte sie ausdruckslos an und schwamm davon.

»Ein boshaftes Geschöpf«, sagte Richard. »Das Auge eines Wals verrät Gefühle, das eines Tümmlers auch. Bei diesem Biest habe ich das Gefühl, es kommt aus der tiefsten Hölle.«

»Oha! Man merkt, dass Sie aus Bristol stammen! Haben Sie je gepredigt?«

»Nein, aber wir haben Prediger in der Familie. Anglikaner. Der Vetter meines Vaters ist Pfarrer von St. James, und sein Vater hat in Crew's Hole unter freiem Himmel vor Bergleuten gepredigt.«

»Ein tapferer Mann. Hat er es überlebt?«

»Ja. Vetter James wurde erst später geboren.«

»Leiden Sie nie unter den Versuchungen des Fleisches, Richard?«

»Früher ja. Ich kannte eine Frau, die jedem Mann das Tor zum Paradies öffnen konnte. Das war schrecklich. Ich kann leicht darauf verzichten.«

Donovans Leine zuckte. »Ich habe einen!«, schrie er. »Da hat einer angebissen!«

In der Tat. Der Hai war zurückgekehrt und hatte den Köder mitsamt Haken und Schwimmer geschluckt. Donovan riss sich den Hut vom Kopf und trampelte fluchend darauf herum.

Vielleicht lag es an der drückend schwülen Hitze, vielleicht hatte die *Alexander* dem Tod auch nur eine Atempause gegönnt, jedenfalls begann am 29. Juni wieder das Sterben. Bordarzt Balmain, der wegen des Gestanks nur sehr widerwillig ins Gefängnis hinabstieg, war mit einem Mal genötigt, einen Großteil seiner Zeit dort zu verbringen. Doch seine Arzneien bewirkten nicht viel, weder die Brechmittel noch die Abführmittel.

Wie groß doch die Macht des Aberglaubens war! Die *Alexander* durchpflügte gerade eine zähe, kobaltblau schimmernde See, als die ersten Krankheitsfälle auftraten, und die Sträflinge sahen darin den deutlichen Beweis, dass ein Fluch auf dem Schiff lag. Das Meer hatte sich in blaue Kiesel verwandelt, und alle würden jetzt sterben.

»Das sind doch Nautilusschnecken!«, rief Bordarzt Balmain aufgebracht. »Wir sind in einen riesigen Schwarm Nautilusschnecken geraten – portugiesische Kriegsschiffe, wie man sie bei der Marine nennt. Hellblau glänzendes Meeresgetier! Etwas ganz Natürliches und kein Zeichen für den Zorn Gottes! Himmeldonnerwetter noch mal!« Er fuchtelte mit den Armen und zog sich, an der Menschheit verzweifelnd, in seine Kabine auf dem Achterdeck zurück.

»Warum heißen sie portugiesische Kriegsschiffe?«, fragte Joey Long, als Richard an Ikes Krankenlager trat, um ihn abzulösen.

»Weil die portugiesischen Linienschiffe in derselben blauen Farbe gestrichen sind«, antwortete Richard.

»Nicht schwarz und gelb wie unsere?«

»Joey, wenn sie genauso gestrichen wären, wie könnte man dann Freund und Feind unterscheiden? Ist die Luft erst mal von Pulverdampf geschwängert, sind Flaggen und Hoheitszeichen kaum noch zu erkennen. Geh jetzt an Deck, du hockst mir zu viel hier unten.« Richard setzte sich neben Ike, zog ihm Hemd und Hose aus und wusch ihn mit einem Schwamm.

»Balmain ist ein Quacksalber«, krächzte Ike.

»Nein, er ist nur mit seinem Latein am Ende. Er weiß nicht, was er noch tun kann.«

»Weiß das überhaupt einer? Irgendwo?« Ike bestand nur noch aus Haut und Knochen. Die Haare waren ihm ausgefallen, seine Nägel hatten sich weiß verfärbt, seine Lippen waren geschwollen und rissig, seine Zunge belegt. Doch am schlimmsten fand Richard seine verschrumpelten Genitalien. Ach Ike!

»Los, mach den Mund auf.« Er drehte den Zipfel eines Lappens zusammen, tauchte ihn in gefiltertes Wasser und reinigte dem Straßenräuber damit behutsam Zähne und Zunge. Manchmal, so dachte er bei der Arbeit, ist es von Nachteil, wenn man groß ist. Wäre Ike so klein wie Jimmy Price, wäre er längst von seinen Leiden erlöst. Doch er war früher ein wahrer Muskelprotz gewesen, und das Leben war zäh. Kaum einer gab kampflos auf, die meisten klammerten sich ans Leben wie Napfschnecken an einen Felsen.

Der Gestank wurde immer schlimmer, und die Ursache war das Bilgewasser. Obwohl Balmain seit sieben Jahren Marinearzt war, fühlte er sich durch die Zustände auf der *Alexander* überfordert. Auf sein Drängen hin wurden Windsäcke angebracht, Trichter aus Leinwand, die durch Löcher in den Decksplanken Frischluft in die stickigen Winkel des Gefängnisses blasen sollten. Captain Sinclair hatte energisch dagegen protestiert, doch Balmain hatte darauf bestanden, und aus Sorge um den Ruf der *Alexander*, die mittlerweile als Todesschiff galt, hatte der Captain schließlich eingelenkt und Chips den Auftrag gegeben, die Löcher zu bohren. Aber wenn überhaupt, so gelangte nur sehr wenig Frischluft ins Gefängnis, und die Zahl der Fieberkranken stieg weiter.

Richard war zwar dünn, aber wohlauf, und auch seinen Kojengenossen und den vier anderen in Ikes Koje ging es gut. Willy Dring und Joe Robinson hatten das Unterdeck endgültig verlassen, sodass die drei Zurückgebliebenen – seit Portsmouth hatten sie einen Mann verloren – so viel Platz hatten wie normalerweise sechs Häftlinge. Und Tommy Crowders Koje stand mit Sergeant Knight in so gutem Einvernehmen, dass seine Leute ein recht angenehmes Leben führten. Trotz dieser positiven Anzeichen ahnte Richard freilich, dass der neuerliche Ausbruch der Krankheit böse Folgen haben würde.

Am 4. Juli starb erneut ein Mann und dreißig Sträflinge lagen im Fieber. Es war, als sei der Bauch der *Alexander* mit halb verwesten Leichen voll gestopft. Bordarzt Balmain schüttelte den Kopf. Wie konnten es die armen Teufel in diesem bestialischen Gestank nur aushalten?

Am nächsten Tag übermittelte die *Sirius* zwei Befehle. Der erste lautete, dass John Power die Ketten abgenommen werden sollten. Kaum war Power von den Eisen befreit, meldete er sich bei Mr Bones zum Dienst, denn es war ihm nicht ausdrücklich untersagt worden, wieder zu arbeiten. Der zweite Befehl missfiel den beiden Leutnants zutiefst: Die Wasserration für jeden Mann der Flotte, egal ob Matrose, Seesoldat oder Sträfling – Kinder und Frauen bekamen ohnehin weniger – wurde von vier Pints auf drei Pints gekürzt. Die Gefangenen sollten jeden Morgen ein Pint und am Nachmittag noch einmal zwei Pints erhalten. Ein Offizier sollte die Wasserausgabe überwachen, zwei Seesoldaten und zwei Sträflinge sollten dabei als Zeugen fungieren und, um Betrug oder Kungeleien vorzubeugen, bei jeder Ausgabe komplett ausgewechselt werden. Die Laderäume waren verschlossen zu halten, die angebrochenen Wassertonnen streng zu bewachen. Die Schlüssel nahmen die Offiziere in Gewahrsam. Wasser zum Kochen und Waschen sollte am Morgen ausgegeben werden, zusammen mit dem Wasser für die Tiere. Die Tiere tranken reichlich. Rinder und Pferde bekamen täglich zehn Gallonen.

Drei Tage später hatten die Flauten und Stürme ein Ende, und die Südostpassate begannen zu wehen, obwohl die Schiffe noch nicht einmal den Äquator überquert hatten. Die Stimmung stieg sofort, allerdings musste die Flotte hart arbeiten, um wenigstens annähernd hundert Meilen am Tag zurückzulegen. Mit knarrender Takelage pflügte sich die *Alexander* durch hohe Bugseen, wie gewöhnlich auf gleicher Höhe mit der *Scarborough* und dicht gefolgt von der *Sirius* und der *Supply*. Weit voraus lief die *Friendship*, über dem Bug Unmengen von Gischt, die sie abschüttelte wie ein Hund das Wasser.

Als die Silberknöpfe an Johnstones und Shairps roten Uniformröcken schwarz anliefen und der Gestank auf dem Achterdeck beinahe ebenso unerträglich wurde wie unter Deck, sprachen die beiden Leutnants und Bordarzt Balmain beim Captain vor. Sinclair hörte sie an, tat ihre Beschwerde aber als Unsinn ab. Er beklagte sich seinerseits darüber, dass die Gefangenen sein Brot stahlen, und verlangte, die Missetäter auszupeitschen.

»Sie sollten froh sein«, erwiderte Johnstone scharf, »dass die Gefangenen nicht Ihren Rum stehlen!«

Sinclair grinste und entblößte dabei schmutzige Zähne. »Andere Schiffe mögen Probleme mit ihrem Rum haben, Gentlemen, dieses Schiff nicht. Und jetzt verschwinden Sie und lassen mich in Ruhe. Ich habe Chips den Auftrag gegeben, die Bilgepumpe an Steuerbord zu reparieren. Sie arbeitet nicht richtig. Das ist zweifellos die Ursache für den Zustand der Bilge.«

»Wie soll ein Zimmermann ein Gerät reparieren, das hauptsächlich aus Metall und Leder besteht?«, erwiderte Balmain heftig.

»Beten Sie, dass es ihm gelingt. Und jetzt verschwinden Sie.«

Balmain hatte genug. Er signalisierte der *Sirius* und erhielt die Erlaubnis, mit einem Boot zur *Charlotte* überzusetzen und bei Marineadmiralarzt John White vorzusprechen. Unter Shairps Kommando nahm das Boot Kurs auf die *Charlotte*, einen schwerfälligen Segler, der weit zurücklag. Die Rückfahrt zur *Alexander* wurde zu einer Tortur, sogar für einen Mann wie Shairp, der selbst in schwerster See nicht mit der Wimper zuckte. Entsprechend übellaunig war Marineadmiralarzt White, als er die Jakobsleiter der *Alexander* erklomm.

»Mr White und Mr Balmain wünschen euch im Zwischendeck zu sehen«, sagte Stephen Donovan zu den Bristolern.

Streng genommen, dachte Richard, der von Mr Thomas eine Menge über Pumpen gelernt hatte, müssten die Pumpen der *Alexander* ein Deck tiefer gelegt werden, damit sie das Bilgewasser nicht so weit nach oben pumpen mussten. Doch die *Alexander* war ein Sklavenschiff und die Eigner wünschten keine Löcher so weit unten im Rumpf. Tatsache war, dass sich zwischen den Besuchen im Trockendock nie jemand um die Bilgen gekümmert hatte.

Im Quartier der Seesoldaten im Zwischendeck standen zwei Behälter, jeweils einer an Steuerbord und Backbord, beide mit einer Saugpumpe mit Schwengel ausgestattet. Ein Rohr leitete das Wasser aus den Behältern durch eine Klappe ins Meer. Die Steuerbordpumpe war zerlegt worden, die andere machte keinen Mucks.

»Gehen wir ganz runter«, sagte White mit aschfahlem Gesicht. »Wie kann es ein Mensch hier aushalten? Leutnant Johnstone, die Geduld Ihrer Männer ist lobenswert.«

Richard und Will Connelly öffneten die Luke zum Frachtraum und taumelten zurück. In der Last darunter war es stockdunkel, doch selbst die hinter ihnen stehenden Männer konnten das Plätschern des Wassers hören, das gegen die Trinkwassertonnen schwappte.

»Wir brauchen ein paar Laternen«, sagte White und hielt sich ein Taschentuch vor Mund und Nase. »Einer von uns wird da runtersteigen müssen.«

»Sir«, gab Richard höflich zu bedenken, »ich würde keine offene Flamme da reinhalten. Es könnte eine Explosion geben.«

»Aber ich muss hineinsehen!«

»Das ist nicht nötig, Sir, wirklich nicht. Wir hören doch alle, was los ist. Das Wasser aus den Bilgen hat den Laderaum überflutet. Das bedeutet, dass sie voll sind. Die beiden Pumpen funktionieren nicht und haben vielleicht noch nie funktioniert – beim letzten Mal haben wir die Bilgen mit Eimern ausgeschöpft. Dieses Problem haben wir seit Gallion's Reach.«

»Wie heißen Sie?«, fragte White hinter dem Taschentuch hervor.

»Richard Morgan, Sir, ehemals in Bristol wohnhaft.« Richard grinste. »Wir aus Bristol sind Mief gewöhnt, deshalb werden wir immer zum Bilgedienst eingeteilt. Aber Ausschöpfen allein wird keine Abhilfe schaffen. Die Bilgen müssen jeden Tag leer gepumpt werden. Aber nicht mit Saugpumpen. Mit einer solchen Pumpe brauchen Sie eine Woche, um eine Tonne Wasser zu fördern, selbst wenn sie ordnungsgemäß arbeitet.«

»Ist der Zimmermann in der Lage, sie zu reparieren, Mr Johnstone?«

Johnstone zuckte die Schultern. »Fragen Sie Morgan, Sir. Er scheint sich damit auszukennen. Ich muss gestehen, dass ich von Pumpen nichts verstehe.«

»Ist der Zimmermann in der Lage, sie zu reparieren, Morgan?«

»Nein, Sir. In der Bilge befindet sich zu viel Schmutz. Wenn gepumpt wird, verstopft er Rohre und Zylinder dieser Größe. Die *Alexander* braucht Kettenpumpen.«

»Was kann eine Kettenpumpe, was diese Pumpen nicht können?«, fragte White.

»Sie beseitigt die Schweinerei da unten, Sir. Sie besteht aus einem einfachen Holzkasten mit einem viel größeren Fassungsvermögen als diese Zylinder. Angetrieben wird sie mithilfe einer flachen Messingkette, die oben über Holzzahnräder und unten über eine Holztrommel läuft. An der Kette sind Bretter angebracht, die sich auf dem Weg nach unten zusammenfalten und auf dem Weg nach oben aufklappen und eine Saugwirkung erzeugen. Ein guter Zimmermann kann alles bauen bis auf die Kette – das Gerät ist so einfach, dass zwei Männer, die die Zahnradtrommel drehen, in einer Minute eine Tonne Wasser fördern können.«

»Dann muss die *Alexander* mit Kettenpumpen ausgerüstet werden. Gibt es eine Kette an Bord?«

»Das bezweifle ich, Sir, doch die *Sirius* ist unlängst überholt worden und dürfte deshalb über Kettenpumpen verfügen. Ich könnte mir vorstellen, dass sie sogar Ersatzketten an Bord hat. Wenn nicht, dann vielleicht eins der anderen Schiffe.«

White wandte sich an Johnstone und Shairp. »Gut, ich setze auf die *Sirius* über und erstatte dem Gouverneur Bericht. In der

Zwischenzeit lassen Sie Laderaum und Bilgen ausschöpfen. Alle Seesoldaten und Gefangenen, die nicht krank sind, sollen mit anpacken. Ich möchte nicht, dass die Männer aus Bristol alles alleine machen müssen.« Dann sah er Balmain durchdringend an. »Warum haben Sie nicht viel früher über die Zustände hier berichtet, wenn sie schon seit über sieben Monaten andauern? Der Kapitän dieses Schiffs ist ein Faulpelz. Aber Sie als Schiffsarzt haben die unbedingte Pflicht, die Gesundheit aller Männer an Bord zu erhalten, auch die der Gefangenen. Das haben Sie nicht getan, und Sie können sich darauf verlassen, dass ich den Gouverneur davon unterrichten werde.«

William Balmains Wangen färbten sich rot und seine schönen Gesichtszüge erstarrten vor Schreck und Wut. Ihn vor zwei Seesoldaten und vier Gefangenen abzukanzeln, war schändlich und entsprach ganz der Art, wie Major Ross mit unzuverlässigen Untergebenen umsprang. Jetzt war nicht der rechte Zeitpunkt, White zur Rede zu stellen, doch er schwor sich, Genugtuung zu fordern, sobald die Flotte die Botany Bay erreicht hatte. Seine Augen wanderten forschend über die Gesichter der Sträflinge, vermochten aber keine Anzeichen von Spott oder Häme zu entdecken. Er kannte diese Leute. Sie waren ihm aufgefallen, weil sie niemals krank wurden.

In diesem Augenblick erschien Major Robert Ross am Fuß der Leiter. Shairps Ausflug zur *Charlotte* hatte seine Neugier erregt. Ein kurzes Schnüffeln genügte, um ihn über die Natur des Problems aufzuklären. Balmain zog sich steif in seine Kabine zurück, um zu schmollen und Rachepläne zu schmieden, während White den Major ins Bild setzte.

»Ach ja«, meinte Ross und musterte Richard. »Sie sind der Mann, der bei seinen Leuten für Sauberkeit sorgt, ich erinnere mich gut an Sie. Sie verstehen also etwas von Pumpen, Morgan?«

»Jedenfalls genug, um zu wissen, dass die *Alexander* dringend eine Kettenpumpe benötigt, Sir.«

»Ganz meine Meinung. Mr White, Sie begeben sich auf die *Sirius* und anschließend auf die *Charlotte*. Mr Johnstone und Mr Shairp, Sie lassen alle Mann die Bilgen ausschöpfen. Und sägen Sie unterhalb der Stückpforten zwei Löcher in die Hulk, damit die Männer die Brühe direkt in die See kippen können.«

Als Major Ross und Marineadmiralarzt White tags darauf wieder an Bord kamen, brachten sie Leutnant Philip Gidley King mit. King warf einen Blick auf die Backbordpumpe, die Richard inzwischen zerlegt hatte, und lachte verächtlich. »Mit dem Ding saugen Sie nicht mal Sperma aus dem Schwanz eines Satyrs! Das Schiff muss mit Kettenpumpen ausgerüstet werden. Wo ist der Zimmermann?«

Englische Sorgfalt kombiniert mit keltischem Elan wirkte Wunder. Als Angehöriger der Königlichen Marine ranghöher als ein Leutnant der Marineinfanterie, blieb King so lange an Bord, bis Chips genau verstand, was er zu tun hatte, und auch dazu in der Lage war, dann verließ er das Schiff wieder und berichtete dem Kommodore, dass die hygienischen Verhältnisse auf der *Alexander* sich künftig beträchtlich verbessern dürften.

Die *Alexander* wurde freilich nie ein wirklich gesundes Schiff, denn das Gift saß in den Spanten. Doch wenigstens verflogen die Ausdünstungen mit der Zeit, und der Aufenthalt unter Deck wurde erträglicher. Und Esmeralda Sinclair? War er zufrieden, dass das Problem ohne Kosten für Walton & Co. behoben worden war? Mitnichten. Wer, in Dreiteufelsnamen, fragte er Trimmings von der Achterhütte herab, hatte zwei Löcher in sein Schiff gesägt?

Die Flotte überquerte den Äquator in der Nacht zum 16. Juli, und tags darauf geriet sie erstmals seit Portsmouth in einen schweren Sturm. Die Luken der *Alexander* wurden verschalkt, und tiefe Dunkelheit senkte sich über die Gefangenen, ein Albtraum für Männer wie Richard, die sich die meiste Zeit an Deck aufgehalten hatten. Ihr einziger Trost war, dass wenigstens der Gestank nicht mehr so schlimm war. Die *Alexander* segelte über Backbordbug, sodass sie mehr stampfte als rollte. Die Gefangenen hatten das merkwürdige Gefühl, zuerst erdrückt zu werden, wenn das Schiff sich aufbäumte, und dann schwerelos zu schweben, wenn es unter lautem Getöse ins Wasser zurückfiel, und sie wurden zwischen Schott und Trennwand hin und her geworfen. Viele, die sich bereits seefest gewähnt hatten, wurden wieder seekrank. Ike litt Qualen.

Zu große Qualen. Als der Sturm sich verzogen hatte und die Regentonnen so gefüllt waren, dass wieder normale Wasserrationen ausgegeben werden konnten, begriff jeder, selbst der untröstliche Joey Long, dass es mit Isaak Rogers zu Ende ging.

Ike rief nach Richard, und Richard kam und setzte sich Joey gegenüber, der Ikes Kopf in seinen Schoß gebettet hatte.

»Der Straßenräuber ist am Ende seines Wegs angelangt«, sagte Ike. »Ich bin froh darüber, Richard. Freu dich mit mir. Kümmere dich um Joey. Er wird es sich sehr zu Herzen nehmen.«

»Sei unbesorgt, Ike, wir werden uns alle um Joey kümmern.«

Ike hob einen knochigen Arm und deutete auf das Regal am Decksbalken. »Meine Stiefel, Richard. Du bist als Einziger groß genug, um sie zu tragen, und ich möchte, dass du sie bekommst. So wie sie sind, mit allem Drum und Dran, verstehst du?«

»Ich verstehe. Ich werde sie in Ehren halten.«

»Gut«, sagte er und schloss die Augen.

Eine Stunde später starb er, ohne die Augen noch einmal geöffnet zu haben.

Auf der *Alexander* waren so viele Männer gestorben, dass die Segelmacher von anderen Schiffen altes Tuch anfordern mussten. Isaak Rogers wurde in sauberen Kleidern in einen Sack eingenäht und an Deck getragen. Da Richard ein Gebetbuch der anglikanischen Kirche besaß, hielt er die Andacht, befahl die Seele Ikes in Gottes Hände und übergab den Leichnam der See. Er glitt von der Planke und versank augenblicklich, beschwert mit Basaltsteinen von jenem Strand auf Teneriffa, auf dem John Power geschlafen hatte. Die Eisenstücke waren auf dem Todesschiff ausgegangen.

Anfang August sichtete die Flotte am Kap Frio, eine Tagesreise nördlich der brasilianischen Hauptstadt, erstmals Land. Doch das gezackte Küstengebirge hatte denselben Effekt wie São Tiaga. Kaum hatten die Schiffe das Kap umsegelt, flaute der Wind ab, und sie mussten förmlich nach Rio de Janeiro kriechen. Sie trafen erst in der Nacht vom 4. auf den 5. dort ein, mitten im Winter, da

Rio auf der südlichen Halbkugel lag. Die Überfahrt von Portsmouth nach Rio hatte 84 Tage oder genau 12 Wochen, die Überfahrt von Teneriffa nach Rio 56 Tage oder genau 8 Wochen gedauert. Die Flotte hatte 6100 Landmeilen zurückgelegt.

Es dauerte geraume Zeit, bis die Behörden der portugiesischen Kolonie der Flotte die Erlaubnis gaben, in den Hafen einzulaufen. Um drei Uhr nachmittags war es endlich so weit. Unter dem Gedonner von 13 Salutschüssen der *Sirius*, denen die Kanonen von Fort Santa Cruz antworteten, segelte die Flotte über die eine Meile breite Barre zwischen den Zuckerhüten.

Seit Tagesanbruch drängte sich auf der *Alexander* alles an der Reling und bestaunte die exotische Schönheit der Landschaft. Der südliche Zuckerhut war ein tausend Fuß hohes, mit Bäumen bekröntes Ei aus rötlich-grauem Felsen, der nördliche Zuckerhut kahl und weniger spektakulär. Daneben ragten andere Berge mit gezackten und abgeschnittenen Spitzen empor, deren Flanken dichter Dschungel und grüne Weiden mit grauen, blassgelben und rötlichen Felsvorsprüngen bedeckten. Lange gelbe Sandstrände schwangen sich am Ufer entlang, vor der Barre mit Brandung, dahinter ruhig und beschaulich. Kurz hinter der Barre, gegenüber einer der vielen Festungen, die Rio de Janeiro vor Seeräubern schützen sollten, gingen die elf Schiffe vorläufig vor Anker, ehe sie am nächsten Tag zu ihren Dauerliegeplätzen vor São Sabastião geschleppt wurden, wie die Stadt Rio eigentlich hieß. Die Stadt lag auf einer nahezu quadratischen Halbinsel an der Westküste und schickte tentakelartige Ausläufer in die Täler der bergigen Umgebung.

Der Hafen wimmelte von Proviantbooten. Die meisten wurden von spärlich bekleideten Schwarzen gesteuert und prunkten mit leuchtend bunten Sonnensegeln. Richard konnte die mit goldenen Kreuzen geschmückten Kirchtürme sehen, doch waren sie praktisch die einzigen hohen Gebäude in der Stadt. Niemand hatte den Sträflingen verboten, an Deck zu gehen, und nicht einmal John Power wurden Ketten angelegt. Dafür patrouillierten ständig Langboote um die sechs Transportschiffe und verscheuchten die Proviantboote.

Es war schön und sehr heiß, und kein Lüftchen regte sich. Wenn man doch nur an Land gehen dürfte! Aber das war unmöglich, wie alle Sträflinge begriffen. Gegen Mittag erhielt jeder ein großes Stück frisches Fleisch, dazu Süßkartoffeln und Bohnen, Reis und ein merkwürdig schmeckendes Brot, das, wie Richard später erfuhr, aus einer Wurzelknolle mit Namen Kassave oder Maniok gebacken wurde.

Doch das alles war vergessen, als die Boote zurückkamen und lachende Schwarze mit blitzenden weißen Zähnen hunderte und aberhunderte von Orangen an Deck warfen und die Gefangenen ein Spiel daraus machten, sie aufzufangen. Außer Richard kannten nur wenige diese Frucht. Er hatte gelesen, dass einige wohlhabende Familien »Orangerien« besaßen, und einmal hatte ihm Vetter James, der Apotheker, der Zitronen importierte und aus ihren Schalen Zitronenöl gewann, eine Orange gezeigt.

Manche der Früchte leuchteten in einem satten Orange, andere waren fast rot und hatten blutrotes Fruchtfleisch. Als die Sträflinge und Seeleute dahinter gekommen waren, wie leicht sich die ungenießbare Schale ablösen ließ, verschlangen sie gierig den zuckersüßen, saftigen Inhalt. Zur Abwechslung aßen sie immer wieder auch dicke, hellgelbe Zitronen oder lutschten an Limonen, die weniger saftig und geschmacklich irgendwo zwischen den sauren Zitronen und den süßen Orangen anzusiedeln waren. Am Ende der dritten Woche in Rio stellte Neddy Perrott fest, dass die blasseren Früchte unreif geerntet worden waren, und legte sich einen Vorrat der saftigen Kugeln an. Andere Sträflinge folgten seinem Beispiel. Einige, wie Richard, bewahrten Samen von Orangen und Zitronen auf.

Jeden Tag bekamen sie frisches Fleisch, Gemüse und Kassavebrot. Und als die Seesoldaten entdeckt hatten, dass der Rum in Rio zwar von minderer Qualität war, aber kaum mehr als Wasser kostete, war es um Disziplin und Diensteifer des Wachpersonals geschehen. Die beiden Leutnants waren nur noch selten an Bord, und Bordarzt Balmain unternahm ausgedehnte Ausflüge ins Landesinnere, um riesige, farbenprächtige Schmetterlinge und Blumen von wächserner Schönheit namens Orchideen anzusehen. Viele Matrosen und Seesoldaten brachten zahme Papageien mit prachtvollem Gefieder an Bord. Von den Hunden lebten nur noch zwei, den Rest hatten, wie von Stephen Donovan prophezeit, die Haifische gefressen. Rodney, der Kater, hatte mit seiner Partnerin für weiteren Nachwuchs gesorgt. Die hygienischen Verhältnisse auf der *Alexander* mochten sich gebessert haben, doch es wimmelte von Ratten und Mäusen.

Rio hatte auch eine weniger erfreuliche Seite: Die Stadt war ein Paradies für Schaben. Aus England kannte man nur die kleinen und vergleichsweise harmlosen Kakerlaken, doch die Biester hier waren riesig. Sie konnten fliegen, machten rasselnde Geräusche und verströmten dieselbe Art von Bösartigkeit wie die Haie. Aggressiv und verschlagen, griffen sie einen Menschen lieber an, als zu fliehen. Sie trieben die Männer an den Rand des Wahnsinns, vom ranghöchsten Offizier auf der *Sirius* bis hinunter zum gemeinsten Sträfling auf der *Alexander*.

Wer nicht an Land gehen durfte, schlief meist an Deck, obwohl auf dem Wasser nie Ruhe einkehrte. Rio schlief nie. Und es wurde auch nie dunkel. Kirchen und andere Gebäude blieben die ganze Nacht hell erleuchtet. Als hätten die wenigen Portugiesen und ihre unzähligen schwarzen Sklaven Angst vor der Dunkelheit. Nachdem Richard in den frühen Morgenstunden einmal den Grauen erregenden Ruf eines Tiers gehört hatte, der halb wie ein schriller Schrei, halb wie ein Brüllen klang, konnte er es ihnen nachempfinden.

Zwei- bis dreimal in der Woche wurde zu Ehren irgendeines Heiligen oder der Jungfrau Maria oder im Gedenken an ein Ereignis aus dem Leben Jesu ein Feuerwerk abgebrannt – das religiöse Leben der Stadt Rio stand nicht im Zeichen von Zucht oder Mäßigung, was bei Söhnen der schottischen Kirche wie Balmain und Shairp, die im Katholizismus einen sittenlosen, dekadenten Irrglauben sahen, Anstoß erregte.

»Ich wundere mich«, sagte Richard zu John Power, während sie die sprühenden bunten Funkengarben einer Rakete bewunderten, »dass du noch keinen Fluchtversuch unternommen hast, Johnny.«

Power verzog das Gesicht. »Hier? Ohne Portugiesisch zu können? Man würde mich spätestens am nächsten Tag schnappen.

Außer den portugiesischen Sklaventransportern und Frachtseglern liegt im Hafen nur ein englischer Walfänger, der sich gerade das Unterwasserschiff reinigen lässt. Außerdem soll er kranke Marineangehörige von der *Sirius* und der *Supply* an Bord nehmen und nach England zurückbringen.« Er wechselte das Thema. »Ich sehe, dass Esmeralda sein Schiff wie gewöhnlich vernachlässigt. Er lässt es nie kielholen.«

»Hat dir Mr Bones nicht gesagt, dass die *Alexander* einen Kupferbeschlag hat?« Richard rieb sich die Brust, die vor Orangensaft klebte. »Ich gehe über die Seite und wasche mich.«

»Ich wusste gar nicht, dass du schwimmen kannst.«

»Kann ich auch nicht. Ich tauche nur unter und halte mich an der Leiter fest. Aber ich hoffe, dass ich die Leiter irgendwann nicht mehr brauche. Gestern habe ich sie losgelassen und mich tatsächlich ein paar Sekunden über Wasser gehalten. Dann habe ich es mit der Angst bekommen. Vielleicht geht es heute besser.«

»Ich kann schwimmen, aber ich traue mich nicht«, sagte Power wehmütig. Er hatte trotz der laschen Disziplin einen eigenen Aufpasser.

An einem der nächsten Tage war Richard gerade im Wasser, als Stephen Donovan in einem Mietboot zum Schiff zurückkehrte. Richard hatte noch immer nicht schwimmen gelernt. Sobald er die Leiter losließ, ging er unter. Deshalb musste er das Wasser verlassen, wenn ein Boot längsseits kam, und er wollte schon die Leiter hinaufklettern, als er sah, wer im Bug stand.

»Richard, sind Sie von Sinnen? Hier gibt es Haie!«, rief Donovan. »Ich an Ihrer Stelle würde das lassen.«

»Der Hafen von Rio hat so viel zu bieten, da wird sich kein Hai ausgerechnet für einen zähen Brocken wie mich interessieren«, erwiderte Richard grinsend. »Ich versuche, mir das Schwimmen beizubringen. Bisher mit kläglichem Ergebnis.«

Donovan zwinkerte verschmitzt. »Damit Sie nach Afrika schwimmen können, wenn die *Alexander* in einem Sturm untergeht? Keine Sorge, die *Alexander* hat einen guten Seiteneinfall und ist trotz ihres Alters in einem tadellosen Zustand. Die können Sie so weit überlegen, dass die Spieren ins Wasser tauchen, oder bei nachlaufender See fahren lassen, ohne dass sie sinkt.«

»Nein, damit ich, wenn wir in die Botany Bay kommen, wenigstens im Meer baden kann, falls die Eimer knapp werden. Ich weiß nicht, ob es dort Seen und Flüsse gibt. Sir Joseph Banks hat jedenfalls darauf hingewiesen, dass Süßwasser äußerst knapp ist und dass es sehr wenig Bäche gibt.«

»Verstehe. Sehen Sie mal, der Hund da drüben.« Donovan deutete auf Leutnant Shairps Scotchterrier Wallace, der in diesem Augenblick auf das Schiff zugeschwommen kam, angespornt von seinem Herrchen, das neben ihm in einem gemieteten Boot saß.

»Was ist mit ihm?«

»Wie er schwimmt. Wenn Sie das nächste Mal ins Wasser gehen und die Haie herausfordern, tun Sie einfach so, als hätten Sie vier Beine und nicht nur zwei. Sie legen sich auf den Bauch, strecken den Kopf aus dem Wasser und paddeln mit allen vieren wie eine Ente. Und schon können Sie schwimmen, Richard.« Donovan gab einem Schwarzen, der für ihn einen Haufen Pakete an Deck gebracht hatte, ein Sixpencestück. Der Schwarze strahlte. »Von der Strampeltechnik eines Hundes ist es nur ein kleiner Schritt zu den Wonnen des Schwimmens.«

»Johnny Power kann schwimmen, aber er traut sich nicht.«

»Ich frage mich, ob er auf Teneriffa so brav mitgekommen wäre, wenn er gewusst hätte, was ich heute erfahren habe.«

Richard horchte auf und legte den Kopf auf die Seite. »Reden Sie.«

»Als die Flotte aus dem Hafen von Portsmouth auslief, besaßen die Seesoldaten nur die Patronen in ihren Beuteln, keinen Schuss Pulver und keine einzige Kugel mehr.«

»Sie scherzen!«

»Nein, das ist mein voller Ernst.« Donovan gluckste und schüttelte den Kopf. »Wahrlich eine glänzend organisierte Expedition! Die haben schlicht vergessen, Munition zu liefern.«

»Du lieber Himmel!«

»Ich bin nur dahinter gekommen, weil Seine Exzellenz Gouverneur Phillip in Rio zehntausend Patronen bestellt hat.«

»Sie hätten also auf keinem der Schiffe eine ernsthafte Meuterei niederschlagen können.«

Mr Donovan sah Richard scharf an und öffnete den Mund, um etwas zu erwidern, besann sich aber anders und kauerte neben den Paketen nieder. »Hier sind ein paar Sachen für Sie. Morgen besorge ich noch mehr. Wie ich höre, laufen wir bald aus.« Er stapelte die Pakete in Richards Arme. »Teeröl. Salbe von einem alten Kräuterweib. Die war so hässlich, dass sie einfach etwas von ihrem Gewerbe verstehen muss. Hier zermahlene Rinde, die angeblich Fieber heilt, wie sie mir geschworen hat. Und eine Flasche Laudanum gegen die Ruhr, falls das Wasser in Rio verseucht ist – die Ärzte befürchten es jedenfalls. Haufenweise frische Lappen und ein paar schöne Baumwollhemden, denen ich nicht widerstehen konnte – ich habe mir selbst welche besorgt und dabei an Sie gedacht. Sie tragen sich angenehm, bei Hitze gibt es nichts Besseres. Malz ist schwer zu bekommen – die Schiffsärzte waren schneller. Ich empfehle Ihnen, getrocknete Orangen- und Zitronenschalen zu kauen. Nach Meinung der Seeleute sind Zitrusfrüchte gut gegen Skorbut.«

Richards Augen ruhten mit Zuneigung und Dankbarkeit auf seinem Gegenüber, doch Donovan war zu klug, um mehr als darin zu sehen als einen Ausdruck freundschaftlicher Gefühle. Mehr war von diesem Mann nicht zu erhoffen, der ohne Zweifel geliebt hatte, aber nicht gewillt war, es wieder zu tun. Wen hatte er verloren? Und wie? Jedenfalls nicht die Frau, die ihm das Tor zum Paradies geöffnet hatte. Die hatte ihn, seiner Miene nach zu urteilen, eher abgestoßen. Auch keine andere Frau und keinen Mann. Eines Tages, so schwor Donovan sich, würde er die ganze Geschichte dieses Richard Morgan erfahren.

Als er am nächsten Morgen von Bord gehen wollte, erwartete ihn Richard an der Jakobsleiter.

»Noch eine Gefälligkeit?«, fragte Donovan.

»Nein, diesmal muss ich bezahlen.« Richard deutete auf die Decksplanken und bückte sich, als habe er etwas Interessantes entdeckt.

Donovan beugte sich ebenfalls hinunter, und niemand sah, wie sieben Goldmünzen von einer Hand in die andere wanderten.

»Warum tun Sie das? Für das Geld könnten Sie einen Topas von der Größe einer Zitrone kaufen oder auch einen Amethyst, der nicht viel kleiner ist.«

»Ich brauche Schmirgel und starken Fischleim. So viel Sie kriegen können.«

Donovan sah ihn verdutzt an. »Schmirgel? Fischleim? Wozu denn das um alles in der Welt?«

»Wahrscheinlich bekommt man die Sachen auch am Kap der Guten Hoffnung, aber wie ich fürchte, nur zu horrenden Preisen. In Rio de Janeiro ist alles viel billiger.«

»Das ist keine Antwort auf meine Frage. Sie sind ein Geheimniskrämer, mein Freund. Raus mit der Sprache, sonst besorge ich Ihnen die Sachen nicht.«

»Doch, das tun Sie auf jeden Fall«, sagte Richard mit einem breiten Grinsen, »aber es macht mir nichts aus, es Ihnen zu sagen.« Er blickte über die Bucht zu den dschungelbedeckten Hügeln im Norden. »Auf der Überfahrt habe ich lange darüber nachgedacht, was ich tun soll, wenn wir erst in der Botany Bay sind. Von den Sträflingen hat kaum einer einen Beruf erlernt. Ich selbst verfüge über gewisse Fertigkeiten, die mir bestimmt von Nutzen sein werden. Zum Beispiel könnte ich mir denken, dass man dort viel Holz zum Bauen benötigen wird. Ich kann Sägen schleifen. Und was noch wichtiger ist, ich kann Sägen herstellen, eine Kunst, die bei weitem seltener ist. Vielleicht ist es meinem Vetter James gelungen, meinen Werkzeugkasten an Bord eines der Schiffe zu bringen, vielleicht aber auch nicht. Dann brauche ich Schmirgel und Fischleim. Feilen dürfte die Flotte haben, aber wenn sie mit Werkzeugen ebenso mangelhaft ausgestattet ist wie mit Lebensmitteln, wird niemand an Schmirgel und Fischleim gedacht haben. Und ihre Geschichte von den Musketenpatronen hat mir zu denken gegeben. Was, wenn die Eingeborenen von Neusüdwales ebenso kriegerisch sind wie die Mohawks und uns belagern?«

»Gute Frage«, erwiderte Stephen Donovan ernst. »Und wozu brauchen Sie Schmirgel und Fischleim, Richard?«

»Ich mache mir daraus Schmirgelpapier und Feilen.«

»Brauchen Sie auch normale Feilen, falls die Flotte keine hat?«

»Ja, aber dafür reicht mein Geld nicht, und ich will Ihre Großzügigkeit nicht noch mehr in Anspruch nehmen. Ich hoffe auf meinen Werkzeugkasten.«

»Es ist schwer, Ihnen Auskünfte zu entlocken«, sagte Donovan lächelnd. »Genauso gut könnte man versuchen, Blut aus einem Stein herauszuquetschen. Aber ich will Sie nicht drängen. Eines Tages werde ich ohnehin alles erfahren.«

»Es lohnt sich nicht. Trotzdem danke.«

»Oh, keine Ursache, Richard! Hätte ich nicht ganz Rio nach Ihren Tinkturen und Salben abklappern müssen, hätte ich nicht halb so viele Sehenswürdigkeiten entdeckt. Vermutlich hätte ich wie Johnstone und Shairp nur im Kaffeehaus gehockt, mir klebrige Brötchen einverleibt, Rum und Portwein geschlürft und in der Hoffnung auf kostbare kleine Andenken portugiesische Beamte flattiert.« Und damit stieg er, vergnügt vor sich hin pfeifend, die Leiter hinunter.

Am 4. September begann, nach vierwöchigem Aufenthalt, das schwierige Manöver, elf Schiffe aus dem mit Inseln übersäten Hafen zu schleppen. Es dauerte bis zum nächsten Tag. Fort Santa Cruz und die *Sirius* übertrafen sich gegenseitig mit 21 Salutschüssen. Der Gouverneur hatte die tägliche Trinkwasserration bereits auf drei Pints heruntergesetzt, ein zarter Hinweis darauf, dass er dem Rio-Wasser ebenso wenig traute wie die Schiffsärzte.

Bei Einbruch der Nacht war das Land hinter ihnen versunken. Der Gouverneur hoffte, die 3300 Landmeilen bis zum Kap der Guten Hoffnung rasch hinter sich zu bringen. Von nun an ging es ostwärts und südwärts durch Gewässer, die bis zum Kap zwar kartografiert, aber kaum befahren waren. Bisher war die Flotte gelegentlich einem portugiesischen Kauffahrer begegnet, doch bis sie das Kap und die Route der großen Ostindienfahrer erreichte, würde sie voraussichtlich keine Schiffe mehr sichten.

Richard hatte seine Vorräte wieder aufgefüllt und sich zudem mit Schmirgel, Fischleim und mehreren guten Feilen versorgt. Seine Hauptsorge galt den Filtersteinen. Er selbst hatte zwar zwei in Reserve, doch seine fünf Gefährten besaßen nur jeweils einen.

Und wenn Vetter James, der Apotheker, Recht hatte, verlor sich ihre Wirkung mit der Zeit. Also flocht er aus Tauen eine Art Korb, legte einen Filterstein hinein und hängte ihn ins Meer, sodass das Schiff ihn durchs Wasser zog. Richard betete, dass der Stein nicht von einem Hai entdeckt wurde. Einmal hatte ein Offizier seine Hosen zum Bleichen ins Wasser gehängt und damit einen Hai angelockt. Der Fisch hatte das Tau durchgebissen, das Beinkleid verschluckt und gleich darauf wieder angewidert ausgespuckt. Dasselbe würde mit dem Tropfstein geschehen. Und war das Tau erst mal gekappt, war der Stein verloren. Nach einer Woche zog Richard den Stein wieder heraus und legte ihn an Deck, um ihn Sonne und Regen auszusetzen. Gleichzeitig wanderte ein zweiter Stein ins Meer. Richard hoffte, mit allen durch zu sein, ehe ihre Wirkung nachließ.

Auf der Suche nach einer starken Strömung, die sie von Brasilien nach Afrika tragen konnte, segelten sie weiter nach Süden. Bald sichteten sie die ersten Pottwale, die ebenfalls südwärts wanderten. Riesige Geschöpfe, deren Schnauzen von der Seite wie kleine Klippen aussahen, unter denen ein lächerlich kleiner Unterkiefer mit Furcht einflößenden Zähnen saß. Die Pottwale hatten stumpfere Schwänze und kleinere Flossen als die Wale, die sie bisher gesehen hatten, und sie waren nicht so wendig. Tümmler, Delfine und Haie gab es hier jede Menge, doch essbare Fische waren schwer zu fangen, weil die Schiffe so schnell fuhren. Manchmal gerieten sie in einen Fischschwarm, der ihnen eine Fischsuppe bescherte, doch meist gab es nur Pökelfleisch und Hartbrot, das von Maden wimmelte. Niemand hatte großen Appetit. Doch die Sträflinge hatten einen großen Sack voll Orangen- und Zitronenschalen getrocknet und kauten jeden Tag ein kleines Stück.

Je weiter nach Süden sie kamen, desto häufiger sahen sie riesige Seevögel, so genannte Albatrosse. Eines Tages griff ein Seesoldat zur Muskete, weil es ihn nach gebratenem Albatross gelüstete. Doch die Matrosen fielen ihm entsetzt in den Arm. Es bringe Unglück, wenn man einen dieser Könige der Lüfte töte.

Die neue Krankheit brach zuerst unter den Seesoldaten aus, griff aber wenig später auch auf die Gefangenen über. Die Krankenpritschen waren wieder voll belegt, ein Gefangener starb mitten in einem schweren Unwetter. Bordarzt Balmain ging nun, da es angenehmer roch, eifriger seinen Pflichten nach. Wann immer das Wetter es erlaubte, ließ er das Deck ausschwefeln, schrubben und tünchen, obwohl die Prozedur offenkundig keinen praktischen Nutzen hatte außer den, dass sie Richard, Bill, Will, Neddy und anderen mehr Licht zum Lesen bescherte. Im Übrigen bewies Captain Sinclair bei Stürmen, dass er beileibe kein schlechter Seemann war. Bei günstigem Wind ließ er sofort mehr Segel setzen, und wenn der Wind wenige Minuten später zu stark wurde, ließ er die Segelfläche wieder verkleinern. Segel setzen, Segel reffen, Segel setzen, Segel reffen … Kein Wunder, dass John Power, Willy Dring und Joe Robinson sich kaum noch im Gefängnis blicken ließen. Die Maate brauchten jeden Mann, den sie kriegen konnten. Nichts war schlimmer als ein unterbesetztes Schiff, auf dem die Mannschaft zwischen den Wachen nicht genügend Zeit zum Ausruhen hatte.

Ende September ließen die Äquatorialstürme etwas nach, die See wurde ruhiger und die Gefangenen durften wieder an Deck. Die *Alexander* segelte bei jedem Wetter prächtig, und zu keinem Zeitpunkt kamen so schwere Seen über, dass die Luken verschalkt werden mussten. Seit Portsmouth war dies erst einmal der Fall gewesen.

Von Zeit zu Zeit, wenn es an Deck weniger zu tun gab, kehrte John Power ebenso begeistert wie erschöpft ins Gefängnis zurück, und mit ihm Willy Dring und Joe Robinson, die im Gegensatz zu ihm allerdings gereizt und nervös wirkten. Sie statteten der Clique um John Power am Bugschot nie einen Besuch ab, und das wunderte Richard, denn er hatte erwartet, dass sie sich bei der Arbeit mit Power anfreunden würden. Stattdessen wirkten sie irgendwie befangen, wenn sie ihn sahen.

Die Tage vergingen so gleichförmig wie die Wochen zuvor. Die Sträflinge unternahmen Ausflüge aufs Oberdeck, um zu fischen oder Tiere zu streicheln, sie lasen, sangen, würfelten oder spielten Karten und hatten wie immer Hunger. Alle magerten wieder ab, was bei der ungenießbaren Kost kein Wunder war, und die wenigen Pfunde, die sie in Rio zugelegt hatten, schmolzen rasch dahin. Auf der Backbordseite am Achterschott bemerkte niemand die Veränderung, das Umschlagen der Stimmung, die Tuscheleien. Richard fiel nur auf, dass Willy Dring und Joe Robinson sich in ihren Kojen verkrochen und ständig zu schlafen oder zu dösen schienen. Doch obwohl er es eigenartig fand, maß er dem keine Bedeutung bei. Immerhin mussten die beiden seit zwei Wochen schwer schuften.

Dann, am 6. Oktober, als Afrika nicht mehr fern war, kamen zehn Seesoldaten ins Gefängnis herunter und arretierten John Power. Er leistete Widerstand, wurde niedergeschlagen und unter den erstaunten Blicken der Sträflinge durch die hintere Luke nach oben geschafft.

Minuten später kamen die Seesoldaten zurück und holten William Pane und John Meynell, die beiden Männer aus Nottingham, die neben Powers Koje schliefen. Dann geschah nichts mehr. Aber Power, Pane und Meynell kamen nicht zurück.

Richard erfuhr die Geschichte von Stephen Donovan und einige Einzelheiten auch von Willy Dring und Joe Robinson.

Power und mehrere Besatzungsmitglieder hatten, ermutigt durch den Umstand, dass zwei Drittel der Seesoldaten dienstunfähig waren, eine Meuterei geplant.

»Etwas so Abenteuerliches und Verrücktes ist mir noch nie untergekommen«, sagte Donovan. »Sie wollten das Schiff in ihre Gewalt bringen, aber ohne einen durchdachten Plan. Ich habe nicht mitgemacht, und der junge Shortland auch nicht, da gehe ich jede Wette ein, und auch seine Eminenz Aston Long würde sich zu so etwas niemals hergeben, zumal ihm, nebenbei bemerkt, das Kapitänspatent winkt, wenn er nach Hause kommt. Und der alte Bones? Er bestreitet es, aber ich glaube ihm nicht, und Esmeralda glaubt ihm auch nicht. Die Meuterer wollten zuerst das Achterdeck und die Drehbasse in ihre Gewalt bringen, dann die Seesoldaten und die Sträflinge unter Deck sperren, das Ruder übernehmen und nach Afrika segeln. Esmeralda, Long, Shortland, mich und alle Besatzungsmitglieder, die nicht mitmachten, wollten sie zu euch ins Gefängnis stecken. Umbringen wollten sie meines Wissens niemanden.«

»Warten Sie hier«, sagte Richard und eilte ins Gefängnis hinunter, um Willy Dring und Joe Robinson zur Rede zu stellen.

»Wie viel habt ihr von der Sache gewusst?«, fragte er.

Er sah den beiden an, dass ihnen ein großer Stein vom Herzen fiel.

»Power hat uns eingeweiht und zum Mitmachen aufgefordert«, antwortete Dring. »Ich habe gesagt, er sei verrückt, und versucht, ihm die Sache auszureden. Danach hat er in unserer Gegenwart nicht mehr darüber gesprochen, obwohl er wusste, dass wir ihn nicht verraten würden. Und dann hat uns Mr Bones fortgeschickt.«

Richard kehrte an Deck zurück. »Dring und Robinson wussten Bescheid, wollten aber nicht mitmachen. Bones aber schon, glaube ich. Wie ist man dahinter gekommen?«

»Zwei Sträflinge haben Power bei Esmeralda verpfiffen.«

»Es gibt überall Verräter«, sagte Richard, halb zu sich selbst. »Meynell und Pane aus Nottingham. Ehrlose Schufte.«

»Na ja, Dring und Robinson haben sich nur an den Ehrenkodex der Diebe gehalten, und Meynell und Pane wollten sich an höherer Stelle beliebt machen. Sie nennen sie ehrlos. Wieso?«

»Weil es nicht der erste Verrat ist. Ich hatte die beiden schon seit längerem im Verdacht. Und jetzt, wo die Namen bekannt sind, fügt sich alles zusammen. Wo sind sie jetzt?«

»Auf der *Scarborough*, so weit ich weiß. Esmeralda ließ sich sofort zu Seiner Exzellenz übersetzen. Ich musste mit und ihm die Leiter raufhelfen. Die *Sirius* schickte zwei Dutzend Seesoldaten, und die Matrosen, die die beiden Verräter genannt hatten, wurden festgenommen. Mr Bones und einigen anderen können wir nichts nachweisen. Aber sie werden es nicht noch einmal versuchen, egal wie groß ihr Hass auf Esmeralda ist, weil er den Rum verdünnt und hinterher an sie verkauft.«

»Was geschieht mit Power?«, fragte Richard mit belegter Stimme.

»Er wird auf der *Sirius* ans Deck gefesselt. Auf die *Alexander* kommt er nicht mehr zurück, so viel ist sicher.« Donovan musterte Richard neugierig. »Sie mögen den Kerl, habe ich Recht?«

»Ja, sehr, obwohl ich geahnt habe, dass es kein gutes Ende mit ihm nehmen würde. Manche Menschen ziehen Schwierigkeiten förmlich an. Power ist so einer. Obwohl ich nicht glaube, dass er das Verbrechen begangen hat, für das man ihn seinerzeit verurteilt hat.« Richard wischte sich die Augen und schüttelte ärgerlich den Kopf. »Er wollte unbedingt nach Hause zu seinem kranken Vater.«

»Ich weiß. Aber falls es Ihnen ein Trost ist, Richard: Wenn Kapstadt erst hinter uns liegt und Johnny keine Chance mehr hat, nach Hause zu kommen, wird er, glaube ich, zur Ruhe kommen und sich zum Mustergefangenen entwickeln.«

Donovans Worte waren Richard kein großer Trost, möglicherweise deshalb, weil er das Gefühl hatte, dass er selbst seine Pflichten als Sohn nicht erfüllt hatte, denn seine Gedanken galten meist Vetter James, dem Apotheker, und nicht seinem Vater.

Eines freilich konnte er für John Power tun, und er tat es ohne Bedenken: Er sorgte dafür, dass die Namen der Verräter von Schott zu Schott bekannt wurden. Einmal Verräter, immer Verräter. In Kapstadt würden sich die Namen bis zur *Scarborough* herumsprechen. Und in der Botany Bay würde jeder Sträfling wissen, was Pane und Meynell getan hatten. Den beiden standen schwere Zeiten bevor.

Bordarzt Balmain wusste eine Antwort auf die gedrückte Stimmung und allgemeine Niedergeschlagenheit im Gefängnis: Er ließ wieder ausschwefeln, schrubben und tünchen.

Kapstadt war schön, gewiss, doch nach Ansicht der Gefangenen, die freilich auf den bloßen Augenschein angewiesen waren, konnte es Rio de Janeiro nicht das Wasser reichen. Rio bot nicht nur einen überwältigenden Anblick, sondern war auch eine lebensprühende Stadt voller fröhlicher, natürlicher Menschen. Kapstadt war dagegen eher eine herbe Schönheit. Die Sträflinge vermissten die lustig bunten Proviantboote, und die schwarzen Gesichter, die sie sahen, lächelten nicht. Das mochte am streng kalvinistischen, holländischen Charakter der Stadt liegen. Viele Häuser waren weiß gestrichen – was nicht die Lieblingsfarbe der Sträflinge auf der *Alexander* war –, und in der Stadt wuchsen nur wenig Bäume. Ein hoher Berg, oben flach und bewaldet, ragte hinter einer schmalen Küstenebene auf, und was in den Büchern stand, stimmte: Eine dichte weiße Wolkendecke senkte sich herab und breitete ein Tuch über den Tafelberg.

Die Flotte traf am 14. Oktober ein, 39 Tage nachdem sie in Rio ausgelaufen war. In Kapstadt war Frühling. Vor nunmehr 154 Tagen oder 22 Wochen hatte die Flotte Portsmouth verlassen, und obwohl sie mittlerweile 9400 Landmeilen zurückgelegt hatte, stand ihr noch eine weite Reise bevor. Zu keinem Zeitpunkt waren die elf Schiffe versprengt worden. Arthur Phillip, der Gouverneur und Kommodore, hatte seine kleine Herde gut zusammengehalten.

Der Aufenthalt in einem Hafen bedeutete für die Sträflinge ruhige Decks und bessere Verpflegung. Schon am ersten Tag nach dem Einlaufen kam frisches Fleisch an Bord, dazu köstliches weiches Brot, Kohl und eine Art dunkelgrünes Blattgemüse, das einen kräftigen Geschmack hatte. Der Appetit meldete sich zurück, und die Sträflinge gingen an die lebenswichtige Aufgabe, sich für die nächste und letzte Etappe zu stärken, die angeblich noch einmal 500 Meilen länger war als die Strecke von Plymouth nach Rio.

»Bislang hat es nur zwei Fahrten zu unserem Reiseziel gegeben«, sagte Stephen Donovan, enttäuscht, dass Richard keine Butter von ihm annahm. »Der Niederländer Abel Tasman hat bei seiner Reise vor über hundert Jahren Karten angefertigt, und natürlich besitzen wir auch die Karten von Captain Cook und seinem Untergebenen Captain Furneaux, der bei Cooks zweiter Fahrt bis zu einem tief im Süden gelegenen Land aus Eis vorgestoßen ist. Aber niemand weiß etwas Genaues. Wir werden mit unseren elf Schiffen versuchen, vom Kap der Guten Hoffnung nach Neusüdwales zu segeln. Ist Neusüdwales ein Teil von Neuholland, das zweitausend Meilen westlich davon liegt? Cook war sich nicht sicher, weil er nie eine Südküste entdeckt hat, die beide Gebiete verbindet. Er und Furneaux konnten lediglich nachweisen, dass Van-Diemens-Land nicht zu Neuseeland gehört, wie Tasman angenommen hatte. Wahrscheinlich ist es die Südspitze von Neusüdwales, das sich von Van-Diemens-Land zweitausend Meilen nach Norden erstreckt. Wenn das große Südland wirklich existiert, so ist es nie umsegelt worden. Aber wenn es existiert, dann muss es drei Millionen Quadratmeilen umfassen, also mehr als ganz Europa.«

Richards Herz begann zu pochen. »Soll das heißen, dass wir keine Lotsen haben?«

»Gewissermaßen. Nur Tasman und Cook.«

»Ist das der Grund, warum alle Entdecker um das Kap Hoorn herum in den Pazifik gefahren sind?«

»Ja. Selbst Captain Cook hat die Route ums Kap Hoorn bevorzugt. Das Kap der Guten Hoffnung gilt als der Seeweg nach Ostindien, Bengalen und China, nicht in den Pazifik. Sehen Sie sich den Hafen an. Auslaufende Schiffe, wohin das Auge blickt.« Donovan deutete auf mehr als ein Dutzend Fahrzeuge. »Ja, die segeln nach Osten, aber auch nach Norden. Sie nutzen eine Strömung im Indischen Ozean, die sie bis nach Batavia trägt. Wenn sie diese Breiten erreichen, setzt gerade der Sommermonsun ein. Mit ihm fahren sie weiter nach Norden, und mit den Winterpassaten dann wieder in Richtung Heimat, voll beladen. Drei große Meeresströmungen kommen ihnen dabei zu Hilfe. Die erste trägt sie durch die Straße zwischen Afrika und Madagaskar, die zweite ums Kap der Guten Hoffnung herum in den Südatlantik, die dritte an der afrikanischen Westküste entlang nach Norden. Winde sind wichtig, aber Strömungen sind bisweilen noch wichtiger.«

Donovans ernste Miene stimmte Richard besorgt. »Mr Donovan, was verschweigen Sie mir?«

»Sie merken auch alles. Gut, ich will offen sein. Die zweite Strömung, die am Kap der Guten Hoffnung, verläuft von Osten nach Westen. Ideal für die Heimreise, aber denkbar ungünstig in der entgegengesetzten Richtung. Ausweichen geht nicht, denn sie ist über hundert Meilen breit. Wer in nordöstlicher Richtung nach Ostindien segelt, kann sie bezwingen. Wir aber müssen die großen Westwinde weit südlich des Kaps suchen, und das ist für einen Seemann eine ungleich schwierigere Aufgabe. Unsere letzte Etappe wird sich in die Länge ziehen, denn der Weg nach Osten ist nicht leicht zu finden. Ich bin schon nach Bengalen und China gesegelt, daher kenne ich die Südspitze Afrikas gut.«

Richard sah den vierten Maat mit einer gewissen Verwunderung an. »Mr Donovan, warum haben Sie eigentlich für diese Reise ins Ungewisse angemustert, in eine Gegend, in der außer Captain Cook noch niemand gewesen ist?«

Die schönen blauen Augen funkelten. »Weil ich ein Teil der Geschichte sein will, so unbedeutend meine Rolle auch sein mag. Wir haben uns auf ein grandioses Abenteuer eingelassen. Wir unternehmen keine Routinefahrt in altbekannte Gegenden, auch wenn diese Gegenden so verlockende Namen wie China haben. Ich hatte nicht die Beziehungen, die man braucht, um Offiziersanwärter bei der Königlichen Marine zu werden oder an einer Expedition der Royal Society teilzunehmen. Als Esmeralda mir den Posten des zweiten Maats anbot, packte ich die Gelegenheit beim Schopf. Und meine Degradierung habe ich einfach hingenommen. Warum? Weil wir etwas tun, was keiner vor uns getan hat. Wir bringen über fünfzehnhundert Unglückliche in ein jungfräuliches Land, wo sie sich, ohne in irgendeiner Weise darauf vorbereitet zu sein, ein neues Leben aufbauen sollen. Als würden wir sie von Hull nach Plymouth befördern. Es ist ein Wahnsinn, verstehen Sie? Der Gipfel der Torheit! Was tun wir, wenn wir in der Botany Bay feststellen, dass man dort gar nicht leben kann? Uns nach China retten? Unmöglich mit so vielen Menschen. Viel zu weit weg. Mr Pitt und die Admiralität haben unser Schicksal bedenkenlos in Gottes Hand gelegt, Richard. Ohne Vorbereitung, ohne Planung. Eigentlich hätten sie vor zwei Jahren eine Expedition vorausschicken müssen, um das Land einigermaßen urbar zu machen. Aber das ist nicht geschehen. Es hätte zu viel Geld gekostet und England von keinem einzigen Häftling befreit. Was zählt schon das Leben der Gefangenen? Dem Parlament ist es bestenfalls ein oder zwei Anfragen wert, mehr nicht. Aber selbst wenn wir zu Grunde gehen, Richard, diese Expedition wird Geschichte schreiben, und ich werde dabei sein. Dafür setze ich gern mein Leben aufs Spiel.« Er holte Luft und ließ ein Lächeln aufblitzen. »Außerdem öffnet sie mir vielleicht die Tür zur Königlichen Marine. Wer weiß? Vielleicht befehlige ich eines Tages eine Fregatte.«

»Ich würde es Ihnen wünschen«, sagte Richard aufrichtig.

»Für Sie würde ich das alles aufgeben«, sagte Donovan schelmisch.

Richard nahm die Bemerkung wörtlich. »Mr Donovan! Mittlerweile kenne ich Sie gut genug, um zu wissen, dass Ihre tiefsten Neigungen nicht fleischlicher Natur sind. Das ist doch wieder nur eine typisch irische Übertreibung!«

»Ach, die fleischlichen Begierden!«, entgegnete Donovan ungeduldig. »Mit Verlaub, Richard, aber Sie sind ja schlimmer als ein papistischer Anhänger des Zölibats. Ist das eigentlich bei allen so, die aus Bristol kommen? Ich bin noch nie einem Mann begegnet, der wegen einer ganz natürlichen Sache so von Schuldgefühlen zerfressen wird. Seien Sie kein Narr! Ich rede von Freundschaft, Mensch, Freundschaft! Mit Frauen geht das nicht. Frauen werden klein gehalten. Wenn sie arm sind, müssen sie sich abschinden, wenn sie reich sind, sticken, zeichnen und malen sie ein wenig, und außerdem sprechen sie Italienisch und schikanieren die Dienerschaft. Ein gutes Gespräch ist mit einer Frau nicht möglich. Obwohl in diesem Punkt auch die meisten Männer zu wünschen übrig lassen.« Donovan versuchte, eine heitere Miene aufzusetzen. »Im Übrigen bin ich kein richtiger Ire. Als Nordire habe ich viel Wikingerblut in den Adern. Wahrscheinlich fahre ich deshalb so gern zur See und besuche gern fremde Länder. Der Ire in mir ist ein Träumer. Der Wikinger muss die Träume verwirklichen.«

Kapstadt bot allerdings wenig Anlass zum Träumen. Die holländischen Bürger, die die Stadt regierten, rieben sich bei der Aussicht auf satte Profite die Hände und zogen die Verhandlungen über die Verproviantierung der Flotte wochenlang hinaus. Es habe eine Hungersnot gegeben, zwei Missernten in Folge, Vieh sei knapp und so weiter und so fort. Gouverneur Phillip ertrug die endlosen Gespräche mit unerschütterlicher Geduld, wohl wissend, dass alles nur Taktik war, um die Preise in die Höhe zu treiben. Er hatte in Kapstadt nichts anderes erwartet.

Vielleicht begriff er auch besser als mancher Untergebene, dass die Gefangenen – und die Seesoldaten – die lange Pause brauchten, um durchzuhalten. Er hatte persönlich veranlasst, dass Orangen, Frischfleisch, Brot und jede Art von Gemüse, die zu kriegen war, an Bord gebracht wurden. Mit Ausnahme der Walfänger waren die Schiffe nicht darauf eingerichtet, ein Jahr lang hunderte von Passagieren zu befördern. Deshalb mussten die Leute im Hafen etwas Anständiges zu essen bekommen und so aufgepäppelt werden, dass sie die nächste Etappe durchstanden.

Captain Duncan Sinclair hatte einen heftigen Streit mit Mr Zachariah Clark, dem Agenten des Lieferanten, und ließ die erste Lieferung frisch gebackenen Hartbrots als »ungenießbares Sägemehl« zurückgehen. Er ließ so viele Tiere an Bord holen, wie die Decks fassen konnten, hauptsächlich Schafe und Schweine, aber auch Hühner, Enten, Gänse und Truthähne, sodass das Schiff bald einem Bauernhof glich. Wenn Sinclair aus seiner Achterhütte nach vorn blickte, sah er nur in Wolle gepackte Hinterteile. Heuballen und Futtersäcke wurden unter den Verschlägen im Gefängnis verstaut, sodass kaum noch Platz für die Nachttöpfe und die Habseligkeiten der Sträflinge blieb. Die Diebe unter ihnen waren mittlerweile bekannt, und so genügte meist der Besuch einer Abordnung, um vermisstes Eigentum wieder zu Tage zu fördern. Meist wurden versteckte Lebensmittel oder Rum gestohlen, den die Sträflinge verbotenerweise von Sergeant Knight gekauft hatten, der mittlerweile in ernsten Schwierigkeiten war, weil ein Seesoldat ihn gemeldet hatte. Nach so vielen Monaten auf See wäre manch einer auch vor einem Mord nicht zurückgeschreckt, um an Rum heranzukommen.

Von den brasilianischen Papageien hatte keiner überlebt, der Scotchterrier Wallace und Leutnant Johnstones Bulldogge Sophia dagegen erfreuten sich bester Gesundheit. Die Hündin war trächtig – worüber Shairp sich köstlich amüsierte –, und jeder an Bord war gespannt auf die Welpen. Rodneys Katzenfamilie war geschrumpft, weil man einige Kätzchen an andere Schiffe verschenkt hatte, doch er und die verbliebenen Katzen waren dick und rund.

Am Ende der ersten Novemberwoche kam der Proviant für die Reise an Bord, und Captain Sinclair ließ die Mannschaft den Teil des Rumpfes reinigen, der nicht mit Kupfer beschlagen war. Was Bordarzt Balmain auf die Idee brachte, das Gefängnis und das Quartier der Seesoldaten wieder einmal ausschwefeln, schrubben und tünchen zu lassen. Er war geradezu überwältigt von den Eindrücken, die er von seinen Ausflügen in die Vorberge mitgebracht hatte, von der Schönheit der exotischen Pflanzenwelt und ihrer verschwenderischen Frühjahrsblüte. Was für seltsame Blüten es dort gab! Einige sahen aus wie mit pastellfarbenem Plüsch bezogene Reichsäpfel!

»Ich wusste doch, dass ich Mr Donovan noch um einen Gefallen bitten wollte«, rief Richard und klatschte den Pinsel an die Wand. »Ich wollte ihn bitten, allen Tünchehändlern der Stadt zu sagen, dass sie unserem Schiffsarzt keine Unze von dem Zeug verkaufen sollen.«

Als die Flotte am 12. November den stark frequentierten Hafen verließ, lief gerade ein amerikanischer Kauffahrer aus Boston ein. Dessen Besatzung hatte offenbar noch nie einen solchen Massenexodus erlebt und drängte sich gaffend an der Reling. Der Aufenthalt hatte dreißig Tage gedauert und alle Schiffe waren randvoll beladen. Die weiblichen Gefangenen hatten die *Friendship* räumen müssen, um Platz für Schafe und einige Stück Vieh zu schaffen. Die *Lady Penrhyn* beförderte einen Hengst, zwei Stuten und ein Fohlen, Tiere, die für den Gouverneur reserviert waren. Doch sie war nicht das einzige Schiff, das neben Schafen, Schweinen und Geflügel auch Pferde und Rinder an Bord hatte, und so war jetzt schon abzusehen, dass die Wasserversorgung ein großes Problem werden würde. Der Unterbringung der Pferde wurde größte Aufmerksamkeit geschenkt. Sie durften sich nicht hinlegen, und ihre Bewegungsfreiheit musste auf wenige Zoll beschränkt werden. Ein Pferd, das so viel Platz hatte, dass es umfallen konnte, war dem Tode geweiht. Auch die Rinder wurden regelrecht in Watte gepackt.

Die letzte große Etappe begann genau so, wie Stephen Donovan es vorausgesagt hatte. Die Flotte hatte mit Gegenwind und Gegenstrom zu kämpfen und geriet obendrein in kleinere Stürme, die schwere Seen aufpeitschten. Wer anfällig war, wurde wieder seekrank. Schließlich befahl der Kommodore die Flotte ins Kielwasser der *Sirius*, und dort blieben die elf Schiffe, während Captain John Hunter, der Kommandant der *Sirius*, vergeblich nach einem günstigen Wind suchte. Die Stürme legten sich am nächsten Tag, und wieder begann das quälende Überstaggehen und Warten.

In dreizehn langen Tagen legten sie nur 249 Meilen in südöstlicher Richtung zurück. Die Wasserration wurde wieder auf drei Pints täglich gekürzt, eine Zumutung für alle, denn selbst vier Pints waren nicht genug. Die Leutnants der *Alexander* stöhnten über den Befehl, da seine Ausführung und Überwachung regelrecht in Arbeit ausartete. Sergeant Knight war bis auf weiteres vom Dienst suspendiert worden, und so mussten die Leutnants auf drei sehr mittelmäßige Unteroffiziere zurückgreifen, während Knight, über seine Suspendierung keineswegs unglücklich, in seiner Hängematte döste und den Rum schlürfte, den er von Esmeralda bezog. Major Ross hatte gehofft, die Suspendierung würde Knight, der nun keinen Sold mehr bekam, zur Mäßigung anhalten. Er konnte nicht ahnen, wie viel Geld der Sergeant unterwegs mit dem Verkauf von Rum an Männer wie Tommy Crowder verdient hatte.

Gerüchte kursierten, wonach Gouverneur Phillip die Absicht habe, die Flotte aufzuteilen und mit zwei oder drei Schiffen so zügig wie möglich vorauszusegeln und die lahmen Enten nachkommen zu lassen. Die *Charlotte* und die *Lady Penrhyn* waren hoffnungslose Fälle, aber auch die Versorgungsschiffe und die *Sirius* machten zu wenig Fahrt. Die Navigatoren hatten alle Möglichkeiten ausgeschöpft, um einen günstigen Wind zu finden, ohne jeden Erfolg.

Schließlich fügte sich Gouverneur Phillip ins Unvermeidliche und beschloss, die Flotte aufzuteilen, selbst auf die *Supply* zu wechseln und die *Alexander*, die *Scarborough* und die *Friendship* mitzunehmen, während Captain Hunter auf der *Sirius* das Kommando über die sieben langsameren Schiffe übernehmen sollte. Die *Supply* sollte allein voraussegeln. Leutnant Shortland, der Marineagent, sollte an Bord der *Alexander* gehen, von dort aus die

*Scarborough* und die *Friendship* befehligen und die drei Schiffe zusammenhalten.

Der Entschluss des Gouverneurs fand keine ungeteilte Zustimmung. Wenn überhaupt, so befanden viele Offiziere und Ärzte, dann hätte er die Flotte gleich hinter Rio de Janeiro aufteilen sollen. Und Richard, der zufällig ein Gespräch zwischen Johnstone und Shairp belauschte, die maulten, weil sie ihr Reich auf dem Achterdeck teilen sollten, fand, dass die Maßnahme nicht zu Phillip passte. Phillip war eine Glucke, die sich nur ungern von ihren Küken trennte. Oh, wie er sich sorgen würde! Richard schätzte, dass die erste Gruppe mindestens zwei Wochen vor Hunters Abteilung vor Anker gehen würde.

Alle Sträflinge, die Erfahrung als Gärtner, Bauern, Zimmerleute oder Sägewerker hatten, und es waren erschreckend wenige, wurden auf die *Scarborough* und die *Supply* verlegt, obwohl auf der *Alexander* deutlich mehr Platz war. Niemand wollte wertvolle Arbeitskräfte im Gefängnis des Todesschiffs unterbringen. Eng wurde es dagegen auf dem Achterdeck der *Alexander*. Leutnant Shortland kam von der *Fishburn* herüber und brachte Berge von Ausrüstung mit, und Zachariah Clark, der Firmenagent, musste von der *Scarborough* weichen, da Major Ross seine Kabine beanspruchte. Auch Leutnant James Furser, Quartiermeister der Seesoldaten und Ire, wurde auf die *Alexander* abkommandiert.

»Ich könnte mich totlachen«, sagte Donovan zu Richard, als sie auf dem Oberdeck das Kommen und Gehen der Boote beobachteten. »Die beiden schottischen Seesoldaten können ihren neuen irischen Kameraden nicht ausstehen, Clark ist, gelinde ausgedrückt, ein komischer Kauz, und Shortland ist von dem Schiff, auf dem er ursprünglich fahren sollte, alles andere als angetan. Balmain tobt, weil er einen Großteil seiner botanischen Sammlung, mit der er die Tageskajüte voll gestopft hat, hinauswerfen muss. Mr Bones und ich sind froh, dass wir dort sind, wo wir immer waren, in der Back.«

»Ob es ihnen gefallen wird, wenn Wallace nachts um zwei beschließt, den Mond anzuheulen?«

»Es gibt Schlimmeres. Sophia schnarcht wie ein Sägewerk. Sie hat ihr Lager in Zachariah Clarks Koje aufgeschlagen, aber er traut sich aus Angst vor ihr nicht, sie rauszuwerfen.«

Die Trennung erfolgte am 25. November bei ruhiger See und schwachem Wind. Sowie alle umgezogen waren, verließ Gouverneur Phillip die *Sirius* unter einem dreifachen Hurra der gesamten Besatzung und stieg, den Gruß erwidernd, in ein Langboot. Er wurde zur *Supply* gepullt, die, um mit Stephen Donovan zu sprechen, ein guter Segler war, solange günstige Bedingungen herrschten, bei schwerem Wetter aber rollte und viel Wasser machte. Eine Slup mit Brigg-Besegelung, die eigentlich wie eine Schnau hätte getakelt werden müssen.

Eine halbe Stunde nach Mittag setzte die *Supply* Segel, und auch die drei anderen Rennboote, wie man sie getauft hatte, nahmen unter Führung der *Alexander* Fahrt auf. Kurios war, dass just in dem Moment, als Phillip an Bord der *Supply* ging, eine günstige Brise aufkam und Hunter beschloss, den Rennbooten nachzujagen. So blieben die sieben Bummler bis zum Mittag des nächsten Tages in Sichtweite, ehe ihr Rumpf unter der Kimm verschwand und die See schließlich auch ihre Masttopps verschluckte. Bei dieser Art von Wetter lief die *Supply* den anderen mühelos davon. Bei Einbruch der Nacht war sie außer Sicht, und die *Alexander*, die *Scarborough* und die *Friendship* kreuzten im Abstand von einer Kabellänge – exakt zweihundert Yards – nebeneinanderher.

Zwei Tage später begann wieder das Überstaggehen und Warten.

»Ich glaube nicht, dass es eine Route nach Osten gibt«, sagte Will Connelly zu Stephen Donovan, der Freiwache hatte und an die Reling gekommen war, um sich ein Abendessen zu angeln.

Donovan kicherte. »Wir sind drauf und dran, sie zu finden, Will. Siehst du die braunen Vögel da hinten?«

»Ja, sie sehen aus wie Mauersegler.«

»Das sind Sturmschwalben, Vorboten von Stürmen – richtigen Stürmen. Und heute ist ein öliger Tag.«

»Was bedeutet ›ölig‹?«, fragte Taffy Edmunds, der zusammen mit Bill Whiting dazu abgestellt worden war, die Schafe auf dem Achterdeck zu hüten. Im Gefängnis hatte das große Heiterkeit ausgelöst, den Schafhirten selbst behagte es aber durchaus, denn beide kamen von Bauernhöfen, sie waren nur viel zu schlau, um es zuzugeben.

»Heute ist doch ein schöner Tag, nicht wahr?«, fragte Donovan.

»Ja, sehr schön. Die Sonne ist draußen, kein Wind.«

»Aber der Himmel ist nicht blau, Taffy. Und die See auch nicht. Wir Seeleute nennen das ›ölig‹, weil der Himmel und die See so aussehen, als wären sie mit einem dünnen Fettfilm überzogen – trüb und leblos. Am Nachmittag werden ein paar weiße Wölkchen wie Papierfetzen über den Himmel jagen. Ein kräftiger Wind wird sie in großer Höhe vor sich her treiben, aber wir hier unten werden ihn nicht spüren. Und morgen früh sind wir mitten in einem wütenden Sturm. In ein paar Stunden werdet ihr erfahren, was es heißt, eine Route nach Osten zu suchen.« Donovan stieß einen Freudenschrei aus. »Da hat einer angebissen.« Er zog einen Fisch heraus, der Ähnlichkeit mit einem Kabeljau hatte, und hüpfte davon.

»Ihr habt's gehört«, sagte Richard. »Besser, wir gehen runter und warnen die anderen.«

»Ölig«, sinnierte Taffy. Er ging in Richtung Achterdeck, wo Bill Futter aus einem Eimer verstreute. »Bill! Unsere Schafe! Wir bekommen einen Sturm. Den Vater aller Stürme.«

Als die Wolkenfetzen über den Himmel jagten, aßen sie gerade, doch am nächsten Tag brachte ihnen niemand etwas zu essen. Der Sturm wütete immer schlimmer, warf das Schiff herum wie einen kleinen Ball. Die Bordwände ächzten, und im Bauch des Schiffes dröhnte es wie im Innern einer Trommel, obwohl die Luken noch nicht geschlossen waren.

Etwa um dieselbe Zeit, als die Insassen des Gefängnisses begriffen, dass sie nichts zu essen bekommen würden, bis das Wetter sich etwas beruhigte, stieg Richard auf den Tisch, schob den Oberkörper durch die hintere Luke und blickte in die Runde. Auf allen vier Seiten hing die See drohend über der *Alexander*. Die Versuchung war zu groß. Er stemmte sich vollends hinaus und suchte sich am Großmast einen sicheren Platz, von wo aus er den Ozean beobachten konnte, der das Schiff wie entfesselt bedrängte. Es gab Gegenseen, Querseen, Heckseen, und alles zur gleichen Zeit. Die

Takelage stöhnte und ächzte, was bei dem Getöse von Wind und Meer allerdings nur zu hören war, wenn er das Ohr an den Großmast legte. Wasserkaskaden stürzten von den Segeln herab, während Seeleute von Spiere zu Spiere krochen, Segel refften und andere bargen. Bug und Bugspriet tauchten ins Wasser und bäumten sich im nächsten Moment wieder auf, von Regen und riesigen Brechern gepeitscht, während eine zweite Welle gegen die Backbordseite, eine dritte gegen die Steuerbordseite und eine vierte gegen das Heck krachte. Richard band sich mit einem Tau fest. Die mächtigen Seen fegten mit einer solchen Wucht übers Deck, dass ihnen niemand ohne Sorgleine widerstehen konnte.

Von der *Scarborough* oder der *Friendship* war nichts zu sehen. Erst als die *Alexander* auf den Kamm einer riesigen Woge getragen wurde und dort eine Sekunde lang baumelte, konnte er einen Blick auf die bedauernswerte *Friendship* erhaschen. Sie legte sich weit über, und die Seen schlugen über ihr zusammen. Dann sauste die *Alexander* in ein Wellental, und Wasser schoss einen halben Meter hoch übers Deck, und wieder ging es hinauf, höher und immer höher – es war herrlich! Die *Alexander* war, trotz allem, ein seetüchtiges altes Mädchen.

Kurz nachdem er aus dem Gefängnis geklettert war, hatte man die Luken verschalkt, ohne dass er es bemerkt hatte. Er war zu fasziniert von der Urgewalt dieses Sturms, der gewiss zu den stärksten gehörte, die jemals getobt hatten. Als die Nacht hereinbrach, band er sich los, kroch erschöpft und blau vor Kälte unter ein Langboot und richtete sich im Heu ein warmes und leidlich trockenes Nest her. So verschlief er den schlimmsten Teil, und als er, immer noch frierend, am nächsten Morgen erwachte, war der Himmel blau und die See tobte nicht mehr ganz so ungestüm. Die Luken standen offen. Richard ließ sich auf den Tisch hinabgleiten.

Die Freudenschreie, die ihn empfingen, erstaunten ihn. Er hatte sich eingebildet, die anderen seien seit Rio etwas selbstständiger geworden.

»Richard!«, rief Joey Long und drückte ihn mit tränenüberströmten Wangen. »Wir dachten, du bist ertrunken!«

»Ich doch nicht! Ich war so damit beschäftigt, den Sturm zu beobachten, dass ich nicht gemerkt habe, wie sie die Luken verschlossen haben. Und dann war ich ausgesperrt. Joey, beruhige dich. Mir geht es gut, mir ist nur kalt.«

Während er sich mit einem Lappen abtrocknete, erfuhr er von den anderen, dass John Bird, ein Gefangener vom Bugschott, in den Laderaum eingebrochen war und Brot verteilt hatte.

»Wir haben alle davon gegessen«, sagte Jimmy Price, »weil uns niemand etwas gebracht hat.«

Was Zachariah Clark allerdings nicht davon abhielt, die Auspeitschung John Birds zu verlangen. Schließlich habe der Mann seine Firma bestohlen.

Leutnant Furser ermittelte, wie viel Brot abhanden gekommen war, und erklärte, dass in etwa genauso viel fehle, wie unter normalen Umständen ausgeteilt worden wäre. Daher, so sagte er, werde keine Strafe verhängt und jeder Sträfling solle heute zu seinem Hartbrot eine doppelte Portion Pökelfleisch erhalten.

Captain Sinclair hatte in Zachariah Clark trotz ihrer Meinungsverschiedenheit in Kapstadt eine verwandte Seele gefunden, die ebenso habgierig war wie er. Kaum hatte Clark im Achterdeck der *Alexander* Quartier bezogen, begann Sinclair, den Firmenagenten zu seinen üppigen Mahlzeiten einzuladen – als Gegenleistung dafür, dass Clark in Sachen Rum beide Augen zudrückte. Da Sophia Clarks Kabine als Kinderstube in Beschlag genommen hatte, überließ ihm Esmeralda seine Tageskabine, die er ohnehin nicht benötigte. So kam es, dass Sinclair, als er von Fursers Entscheidung hörte, dem Seesoldaten durch Clark ausrichten ließ, John Bird müsse wegen unerlaubter Aneignung fremden Eigentums ausgepeitscht werden.

»Es fehlt nichts, was nicht ohnehin fehlen würde«, entgegnete Furser frostig, »also ziehen Sie Leine, Sie Arschgesicht!«

»Ich werde Captain Sinclair von Ihrer Unverschämtheit berichten!«, stieß Clark hervor.

»Von mir aus können Sie ihm berichten, bis Sie schwarz werden, Sie Arschgesicht, das ändert nicht das Geringste. Hier bestimme ich, was mit den Gefangenen geschieht, und nicht die fette Esmeralda.«

Die Matrosen der *Alexander* erzählten jedem, der es hören wollte, dass sie noch nie einen so schlimmen Sturm erlebt hätten. Vor allem die schrecklichen Seen, die gleichzeitig aus allen Richtungen kamen – das ließ nichts Gutes ahnen, ganz und gar nicht! Die *Scarborough* signalisierte, dass sie den Sturm unbeschadet überstanden hatte. An Bord der *Friendship*, die Sturzseen von hinten und von der Seite abbekommen hatte, war keine Faser trocken geblieben.

Doch die Ostroute war gefunden, und die drei Schiffe preschten, jeweils durch eine Kabellänge getrennt, nebeneinander durch die See und legten mindestens 160 Meilen pro Tag zurück. Sie hatten mittlerweile den 40° südlicher Breite erreicht und stießen noch weiter nach Süden vor. Anfang Dezember gerieten sie abermals in einen Sturm. Er war noch schlimmer als der letzte, tobte sich zum Glück aber schneller aus. Obwohl es Sommer war, herrschte eisige Kälte. Die ärmsten und weniger weit blickenden Sträflinge, die nur dünnes Leinenzeug besaßen, rutschten zusammen, um sich gegenseitig zu wärmen, obwohl sie dank der Todesfälle über zusätzliche Decken verfügten. Auch das Stroh kam ihnen sehr gelegen.

Unter den Gefangenen und Seesoldaten brach die Ruhr aus, und wieder starben Männer. Die *Scarborough* und die *Friendship* übermittelten, dass auch bei ihnen die Ruhr grassierte. Richard beschwor seine Männer, jeden Tropfen Wasser mit den gereinigten Filtersteinen zu filtern. Wenn alle Schiffe betroffen waren, musste das Trinkwasser verseucht sein. Diesmal unterblieb der Befehl zum Ausschwefeln und Tünchen, wohl weil Bordarzt Balmain begriffen hatte, dass er damit eine Meuterei auslösen würde.

Obwohl die *Friendship* mehr Segel gesetzt hatte als je zuvor, konnte sie mit der *Alexander* und der *Scarborough* nicht mithalten, die täglich 180 Meilen und mehr zurücklegten. Am Ende der ersten Dezemberwoche wurde es wieder etwas wärmer, und Shortland ließ die beiden Sklavenschiffe Segel wegnehmen, damit die *Friendship* aufkommen konnte. An einem der folgenden Morgen gerieten sie in einen dichten, weißen Nebel, der von innen heraus schimmerte wie eine riesige Perle, schaurig schön und bedrohlich. Die *Alexander* lud ihre Kanonen mit Pulver und feuerte sie in regelmäßigen Abständen ab, und ein Seemann schlug die Schiffsglocke an der Steuerbordreling. Gedämpfter Geschützdonner und leises Läuten von der *Scarborough* und der *Friendship* bestätigten, dass sie im Abstand von einer Kabellänge ihren Kurs hielten. Dann, gegen zehn Uhr, riss der Nebel plötzlich auf, die Sonne kam hervor, und eine kräftige Brise blähte die Segel.

Unmengen von Seegras trieben im Wasser – nach Meinung der Seeleute musste Land in der Nähe sein. Aber es war kein Land zu sehen, nur zahlreiche Rissosdelfine, die sich einen Spaß daraus machten, zwischen den drei Schiffen herumzuflitzen oder unter ihnen durchzutauchen. Zwischen dem Seegras mäanderten breite Bänder aus Fischsamen, von welcher Art, wusste niemand. Irgendwo im Süden lagen die Kerguelen, die »Inseln der Verlassenheit«, wo Cook einst sehr ungewöhnliche Weihnachten verlebt hatte.

Zwei Tage später war das ganze Meer plötzlich blutrot. Zuerst glaubten die ehrfürchtig staunenden Männer auf der *Alexander*, es handle sich um das Blut eines erlegten Wales. Doch dann begriffen sie, dass kein Meeresbewohner, und sei er noch so groß, genug Blut hatte, um den Ozean bis zum Horizont rot zu färben. Noch ein Geheimnis der Tiefe, das sie nicht lüften konnten.

»Langsam begreife ich, warum es Sie in ferne Länder zieht«, sagte Richard zu Donovan. »Ich hatte eigentlich nie den Wunsch, weiter zu reisen als von Bristol nach Bath. Diese kleine Welt war mir vertraut. Aber man kann nur wachsen, wenn man aus seiner beschränkten, vertrauten Welt herausgerissen wird. Vorausgesetzt, man geht an der Ungewissheit nicht zu Grunde, wie einige da unten im Gefängnis. Die Umgebung prägt den Menschen. Sie hat mich geprägt und tut es vielleicht immer noch.«

»Heimatgefühle sind normal, Richard. Dass ich keine habe, mag daran liegen, dass ich arm war und mich danach sehnte, aus Belfast herauszukommen und die Fesseln der Armut abzuwerfen.«

»Dann haben Sie eine Armenschule besucht?«

»Nein. Ein freundlicher Gentleman nahm mich unter seine Fittiche und brachte mir Lesen und Schreiben bei. Bildung, so sagte er – und er hatte Recht –, öffnet dir das Tor zu einem besseren Leben.«

Donovan lächelte, wie von einer lieben Erinnerung erfüllt. Richard wollte nicht tiefer in ihn dringen und wechselte das Thema.

»Warum hat sich die See rot verfärbt? Haben Sie so etwas schon mal gesehen?«

»Nein, aber davon gehört. Seeleute sind abergläubisch, und Sie werden feststellen, dass die meisten darin ein böses Omen sehen, ein unheilvolles Vorzeichen. Ich selbst weiß auch nicht, was es ist, doch ich bin davon überzeugt, dass es etwas ebenso Natürliches ist wie die fleischlichen Gelüste.« Donovan kräuselte viel sagend die Augenbrauen und schmunzelte über Richards Verlegenheit. Er wusste nur zu gut, dass Richard es nicht mochte, wenn man ihn prüde nannte, zumal er sich eingestehen musste, dass er es im Grunde tatsächlich war. »Vielleicht hat ein starkes Seebeben rote Erde vom Meeresgrund aufgewirbelt, vielleicht sind auch kleine Meerestiere der Grund.«

Sie gerieten in weitere schwere Stürme. Dann, am Tag der Sommersonnenwende, setzte heftiger Regen ein, der bald in Schnee überging und in einem Bombardement mit hühnereigroßen Hagelkörnern endete, das den Schafen nichts anhaben konnte, bei Menschen und Schweinen aber schmerzhafte blaue Flecken hinterließ. Sommerfreuden am 41° südlicher Breite!

Am Heiligabend erreichten die drei Schiffe den 42° südlicher Breite. Sie legten bei stürmischem Wetter 160 Meilen zurück. Es wurde nicht mehr dunkel, und der größte Wal, den sie bisher gesichtet hatten, begleitete sie. Er war blau-grau und gut hundert Fuß lang. Er hätte aus der kleinen *Friendship* leicht Kleinholz machen können, doch zum Glück wollte er den Schiffen anscheinend nur frohe Weihnachten wünschen.

Im Gefängnis herrschte weihnachtliche Stimmung. Das Essen, das die Sträflinge mitten am Nachmittag bekamen, bestand aus Erbsensuppe, dem üblichen Stück Pökelfleisch und dem üblichen Laib Hartbrot. Zur Feier des Tages erhielt jeder ein halbes Pint billigen Rum aus Rio. Und die Chance, einen Welpen zu gewinnen. Sophia hatte nämlich unter Balmains tätiger Mithilfe in Zachariah

Clarks Koje fünf gesunde Junge zur Welt gebracht. Und keine gewöhnlichen. Zwei sahen aus wie Möpse, zwei eher wie Drahthaarterrier mit vorspringendem Unterkiefer, während der fünfte das Ebenbild seines Vaters Wallace war. Leutnant Shairp, der stolze Ersatzvater, überließ Balmain die freie Wahl, und der Arzt entschied sich für einen Mops. Leutnant Johnstone, die stolze Ersatzmutter, folgte seinem Beispiel. Das Paar mit dem lachsartigen Unterkiefer ging an Leutnant Shortland und den ersten Maat.

Kompliziert wurde es, als Leutnant Furser, der Ire, den fünften dankend ablehnte, weil er wie ein schottischer Terrier aussah. Diesen Gedanken behielt er allerdings für sich, denn schließlich war Weihnachten.

»Aber wer soll dann den kleinen MacGregor bekommen?«, fragte Shairp.

»Etwa Esmeralda oder sein Kumpan Clark?«

Das gesamte Achterdeck grinste höhnisch.

»Dann schlage ich vor«, fuhr Shairp fort, »wir schenken ihn den Gefangenen zu Weihnachten. Von denen hat keiner einen Hund.« Das gesamte Achterdeck war von der Idee begeistert und stieß mit einem Gemisch aus Portwein und Rum darauf an.

An Heiligabend, kurz nach dem Essen, erschienen die beiden Ersatzeltern im Gefängnis, Shairp mit dem kleinen MacGregor auf dem Arm. Beide Offiziere waren sturzbetrunken, was an den Festtagen keineswegs ungewöhnlich war. Kein Offizier der Marineinfanterie war nach dem Essen noch halbwegs nüchtern, keiner bis auf Leutnant Ralph Clark, der auf der *Friendship* Limonade schlürfte und seine Rumrationen bei den Zimmerleuten gegen eine Schreibmappe oder ein Kniepult eintauschte oder sich von Sträflingen ein Hemd oder Handschuhe nähen ließ.

Mit Spielkarten wurde um MacGregor gelost. Wer ein Karo-Ass zog, blieb im Rennen. Unter lautem Gejohle zogen drei Männer ein Karo-Ass. Shairp, der auf dem Tisch saß, rief nach drei Strohhalmen, war aber so betrunken, dass Johnstone sie halten musste.

»Der längste gewinnt!«, rief Shairp.

Joey Long zog ihn und vergoss Freudentränen.

»Long hat den längsten!« Shairp musste so lachen, dass er vom

Tisch fiel und von Richard und Will wieder auf die Füße gestellt werden musste. Unterdessen nahm Joey das zappelnde Knäuel auf den Arm und bedeckte es mit Küssen.

»Wir lassen ihn bei der Mutter, bis wir in der Botany Bay sind«, rief Johnstone. »Sowie wir an Land gehen, kriegst du ihn.«

Gott hätte nicht gütiger sein können, dachte Richard, als er, müde vom Rum und ausnahmsweise einmal nicht von dem Wunsch beseelt, an Deck zu gehen, in den Schlaf sank. Seit Ikes Tod sieht der brave Joey keinen Sinn mehr im Leben. Jetzt hat er einen Hund, den er lieben kann. Gott hat ihn aus der Abhängigkeit von mir befreit, und ich bete, dass den anderen dasselbe Glück beschieden sein möge. Sobald wir dieses Gefängnis verlassen, dürfte es schwierig werden, zusammenzubleiben.

Ende Dezember legten die Schiffe täglich über 180 Meilen zurück, obwohl das Wetter denkbar schlecht war – schwere Seen, Böen und tosende Stürme am 43° südlicher Breite.

Das neue Jahr, 1788, begann mit Regen und Gegenwind. Die Neujahrsstürme bliesen gegen den Bug, und die drei Schiffe krochen mühsam zum 44° südlicher Breite. Dann endlich erwischten sie eine günstige Brise und schafften an einem Tag 191 Meilen. Als jeden Augenblick die Südspitze von Van-Diemens-Land in Sicht kommen musste, gab Leutnant Shortland den Schiffen den Befehl, die Ankertrossen anzustecken, für alle Fälle. Der Sturm nahm zu. Die *Friendship* segelte sich die Vormarsleesegelstenge ab, sodass das Segel in Fetzen ging. Land war noch immer nicht in Sicht.

Aus Angst vor Riffen und Klippen, die nicht in den Karten verzeichnet waren, ließ Shortland am Morgen des 4. Januar die Besatzungen aller Schiffe in Bereitschaft versetzen. Am Morgen darauf ertönte der lang ersehnte Ruf: »Land ahoi!« Da war sie, die Südspitze von Neusüdwales. Ein mächtiger Felsen.

Sobald sie das Kap umsegelt hatten, änderten sie ihren Kurs von Ost auf Nord zu Nordost. Die letzten tausend Meilen bis zur Botany Bay wurden die deprimierendsten der gesamten Reise. Das Ziel so nah und doch so fern! Gegenwind, Gegenstrom, alles hatte sich gegen sie verschworen. An manchen Tagen standen die drei

Schiffe abends meilenweit südlich der Position vom Vortag, an anderen Tagen mussten sie immer wieder über Stag gehen und warten, ohne dass ein Ende abzusehen war. Dann wieder gab es Tage mit tückischen Böen. Eines Nachts segelte sich die *Friendship* das Vorstengestagsegel ab. Mühsam krochen sie bis zum 39° südlicher Breite hinauf und rutschten wieder bis zum 42° hinunter. Das Großstagsegel der *Friendship* ging in Fetzen – ihr fünfter Segelverlust seit Kapstadt. Sie mussten kämpfen, um überhaupt voranzukommen.

Die mühsame Fahrt mochte den Sträflingen weniger aufs Gemüt schlagen als den Navigatoren, doch die ungenießbare Kost hatte dieselbe Wirkung. Nur gelegentlich erhaschten sie einen Blick auf Neusüdwales. Die Entfernung war zu groß, um einen Eindruck zu bekommen. Ihre einzige Freude waren die zahllosen Robben, die übermütig zwischen den Schiffen tollten, regelrechte Clowns, die sich mit den Flossen auf die Brust schlugen, tauchten und sich prustend im Wasser wälzten. Und wo Robben waren, gab es auch Fische. Sämige Fischsuppe bereicherte wieder den Speisezettel.

Am 15. Januar hatten sie sich bis zum 35° südlicher Breite vorgekämpft, und gegen Mittag sichteten sie Kap Dromedar, das Captain Cook wegen seiner Ähnlichkeit mit den Wüstenschiffen so getauft hatte.

»Nur noch hundertfünfzig Meilen«, sagte Donovan, der Freiwache hatte und angeln wollte.

Will Connelly seufzte. Trotz des wolkenverhangenen Himmels war es so heiß, dass er sich nicht hinsetzen und lesen konnte, und so hatte er beschlossen zu angeln. »Allmählich glaube ich, dass wir die Botany Bay niemals erreichen, Mr Donovan. Seit Weihnachten sind vier Männer gestorben, und jeder weiß, woran. Nicht am Fieber oder an der Ruhr. Aus Verzweiflung, vor Heimweh, aus Hoffnungslosigkeit. Die meisten von uns leben mittlerweile über ein Jahr auf diesem Schiff – wir sind letztes Jahr am 6. Januar an Bord gegangen. Letztes Jahr! Wie sich das anhört. Ich glaube, die Männer sind gestorben, weil sie die Hoffnung verloren haben, jemals wieder von diesem grässlichen Schiff herunterzukommen. Hundertfünfzig Meilen, sagen Sie. Es könnten genauso gut zehntausend sein. Wenn wir in diesem Jahr etwas gelernt haben, dann wie weit es bis zum anderen Ende der Welt ist. Und wie fern wir der Heimat sind.«

Donovan presste die Lippen zusammen. »Die letzten Meilen bringen wir auch noch hinter uns«, sagte er schließlich, ohne den Blick von der Schnur zu wenden, an deren Ende ein Stück Kork schwamm. »Captain Cook hat vor diesem Gegenstrom gewarnt, aber wir kommen trotzdem voran. Wir brauchen nur eine günstige Brise aus Südost, und wir werden sie bekommen. Das Wetter schlägt um. Zuerst bekommen wir einen Sturm, dann eine Brise aus Südost. Ich irre mich nicht.«

Überstaggehen und warten, überstaggehen und warten. Die Robben waren verschwunden und hatten tausenden von Tümmlern Platz gemacht. Dann, nach einem drückend heißen Tag, explodierte der Himmel. Unter ohrenbetäubenden Donnerschlägen zuckten grelle Blitze nieder und färbten die schwarzen Wolken purpurn. Es begann wie aus Kübeln zu schütten, sodass der Regen trotz eines stürmischen Nordwestwinds senkrecht aufs Deck prasselte. Eine Stunde vor Mitternacht hörte der Spuk plötzlich auf, und aus Südwest blies eine kräftige Brise. Weiße Klippen zogen vorüber, Bäume, gelbe Klippen, Bäume, geschwungene goldene Strände, und schließlich kam die Einfahrt zur Botany Bay in Sicht.

Am Morgen des 19. Januar 1788 segelte die *Alexander* gegen 9 Uhr mit ihren beiden Begleiterinnen zwischen Kap Solander und Kap Banks hindurch in eine große, nur mäßig geschützte Bucht. Etwa fünfzig nackte schwarze Männer standen winkend auf einer Landzunge, und dort, mitten in der kabbeligen stahlblauen See, lag die *Supply*. Sie hatte die anderen Schiffe um einen Tag geschlagen.

Die *Alexander* hatte in 251 Tagen oder 36 Wochen über 16 000 Landmeilen zurückgelegt. Sie hatte 68 Tage im Hafen und 183 Tage auf See verbracht. Von den 225 Sträflingen hatten 177 das Ziel erreicht.

Die Anker wurden ausgebracht und Leutnant Shortland setzte auf die *Supply* über, um mit Gouverneur Phillip zu sprechen. Richard stand allein an der Reling und betrachtete lange das Land, in das er gemäß einem Kabinettsbefehl deportiert worden war. Hier also sollte er die nächsten vier Jahre bis zum 23. März 1792 verbringen. Im Südatlantik zwischen Rio de Janeiro und Kapstadt war er neununddreißig Jahre alt geworden.

Das Land, über das seine Augen glitten, war an der Küste flach, weiter im Süden und Norden leicht hügelig und bot mit seinen braunen, grauen und olivgrünen Tönen einen tristen Anblick. Desolat und reizlos.

»Was sehen Sie, Richard?«, fragte Stephen Donovan.

Richard sah ihn aus tränenverschleierten Augen an. »Weder die Hölle noch das Paradies. Es ist die Vorhölle, in der alle verlorenen Seelen landen.«

# Teil Fünf

Januar bis Oktober 1788

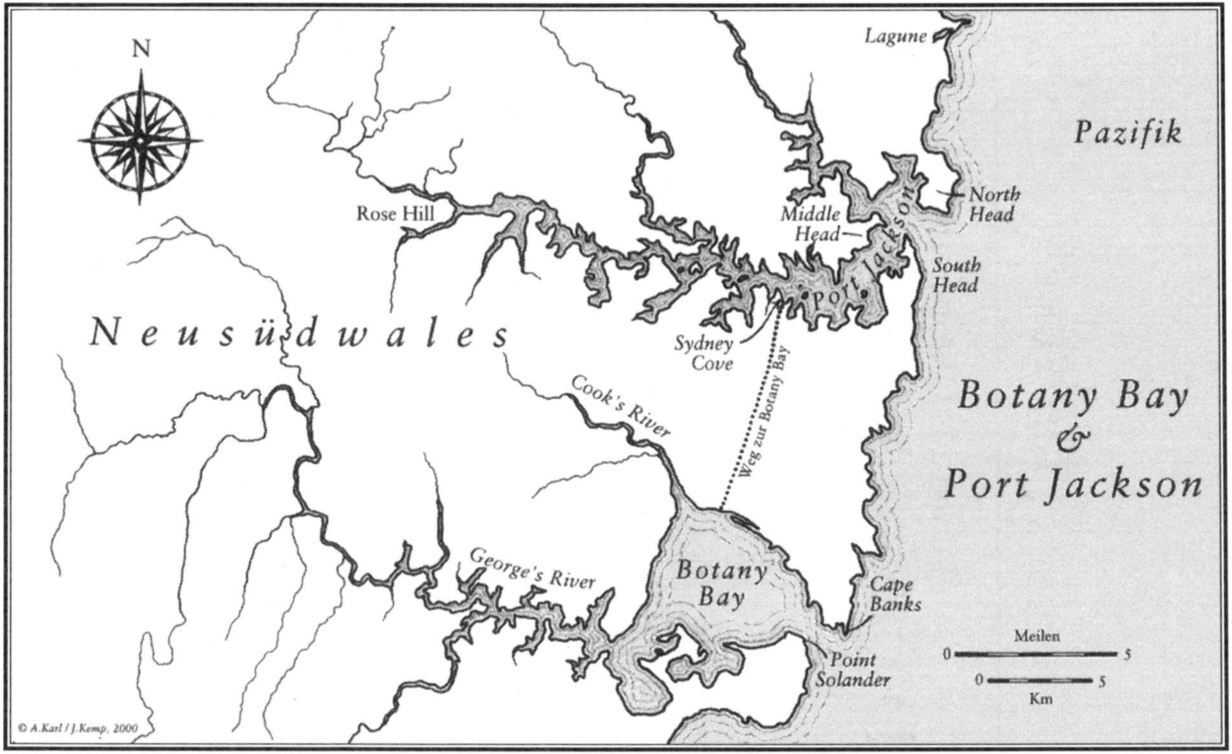
Botany Bay
&
Port Jackson
Pazifik
Neusüdwales
N
Lagune
North Head
Middle Head
South Head
Port Jackson
Rose Hill
Sydney Cove
Weg zur Botany Bay
Cook's River
George's River
Botany Bay
Cape Banks
Point Solander
Meilen
0
5
0
5
Km
© A.Karl / J.Kemp, 2000

Die nächsten Tage verliefen fast ereignislos. Die einzige Überraschung war, dass die sieben langsamen Schiffe mit nur geringer Verspätung ebenfalls in der Botany Bay eintrafen. Von denselben Winden getrieben, waren sie ihnen in kurzem Abstand gefolgt. Die ankernden Schiffe schwoiten im unruhigen Wasser, an der Reling standen die Menschen dicht gedrängt. Wer ein Fernglas hatte, starrte damit auf Seesoldaten, Marineoffiziere und einige Sträflinge, die bereits an Land gegangen waren, sowie auf zahlreiche Eingeborene. Doch offenbar hatte das Treiben an der Küste nichts zu bedeuten. Es wurde gemunkelt, der Gouverneur betrachte die Botany Bay als ungeeignet für das wichtige Experiment und sei in einem großen Beiboot weggefahren, um sich eine nahe gelegene Bucht namens Port Jackson anzusehen. Captain Cook hatte die Bucht zwar auf seinen Karten verzeichnet, aber nicht selbst befahren.

Richard fand die Botany Bay entsetzlich, und genauso ging es den anderen, egal ob Freie oder Strafgefangene. Keiner, nicht einmal der weit gereiste Seemann Donovan, konnte sich an eine ähnliche Landschaft erinnern. Sie war flach, unfruchtbar und sumpfig, eine menschenfeindliche Einöde. Auf die Insassen des Gefängnisses auf der *Alexander* wirkte sie wie ein endloser Friedhof.

Dann erging der Befehl, für die erste Ansiedlung solle nicht die Botany Bay, sondern Port Jackson gewählt werden. Die Seeleute machten das Schiff segelfertig, doch es herrschte starker auflandiger Wind und über die schmale Barre brandeten so gewaltige Brecher, dass an ein Auslaufen nicht zu denken war. Am Horizont kamen zwei riesige Schiffe in Sicht. Sie nahmen Kurs auf den Hafen.

»Das ist ein so seltsamer Zufall wie zwei irische Bauern, die sich am Hof der Zarin von Russland treffen«, bemerkte Donovan, der sich mit Captain Sinclair und Mr Long ein Fernglas teilte.

»Engländer, jede Wette«, sagte Jimmy Price.

»Nein, Franzosen. Vermutlich die Expedition des Comte de la Perouse. Schiffe 3. Ranges, deshalb sind sie auch so groß. Eines davon muss die *Boussole* sein, das andere die *Astrolabe*. Wahrscheinlich wundern die sich mehr über uns als wir über sie. La Perouse hat Frankreich 1785 verlassen, lange bevor über unsere Reise gesprochen wurde. Vielleicht haben sie irgendwo unterwegs von uns gehört. La Perouse gilt seit einem Jahr als vermisst. Nun – hier ist er.«

Am folgenden Tag unternahmen sie einen weiteren Versuch, die Bucht zu verlassen. Doch auch diesmal hatten sie kein Glück. Die beiden französischen Schiffe, von den Winden nach Süden und aufs Meer abgetrieben, waren inzwischen außer Sicht. Bei Sonnenuntergang schaffte es die *Supply*, durch die Dünung aufs offene Meer zu gelangen. Sie fuhr sechs oder sieben Meilen in nördlicher Richtung nach Port Jackson. Gouverneur Phillips Schützlinge mussten dagegen noch eine weitere Nacht in ihrem Gefängnis ausharren.

Am nächsten Morgen drehte der Wind auf Südost, und die Lage besserte sich, auch für die französischen Schiffe. Die *Boussole* und die *Astrolabe* liefen in die Bucht ein. Die zehn Schiffe der englischen Flotte lichteten die Anker und nahmen Kurs auf die gefährliche Hafenausfahrt. Die *Sirius*, *Alexander*, *Scarborough*, *Borrowdale, Fishburn, Golden Grove* und *Lady Penrhyn* stachen alle mühelos in See. Die unglückselige *Friendship* schaffte eine Wende nicht, driftete gefährlich nahe an die Felsen heran und kollidierte mit der *Prince of Wales*. Sie verlor ihren Klüverbaum und rammte zu allem Überfluss noch das Heck der *Charlotte*. Die prachtvollen Galerien der *Charlotte* wurden größtenteils zerstört, das Schiff selbst wäre um ein Haar auf Grund gelaufen.

Das ganze Durcheinander sorgte auf der *Alexander* für große Heiterkeit. Die Segel des Schiffes blähten sich im Südostwind. Es war ein schöner heißer Tag und an der Backbordseite hatte man eine prächtige Aussicht. Halbmondförmige gelbe Strände mit schäumender Brandung wechselten sich ab mit rötlich-gelben Klippen, die immer höher wurden, je mehr Meilen die Schiffe zurücklegten. Ein dichter Baumbestand erstreckte sich hinter den Stränden, und der Rauch zahlreicher Feuer verfärbte den westlichen Himmel. Dann kamen zwei mächtige, vierhundert Fuß breite Felsbastionen in Sicht, dazwischen die ungefähr eine Meile breite Mündung der Bucht. Die *Alexander* wendete und segelte in ein Paradies.

»Hier gefällt es mir schon besser!«, rief Neddy Perrott.

»Wenn Bristol einen solchen Hafen hätte, wäre es der größte Hafen Europas«, meinte Aaron Davis. »Er könnte tausend Linienschiffe vor Stürmen schützen.«

Richard sagte nichts, doch er verspürte eine gewisse Erleichterung. Immerhin waren die Bäume grüner als in der Botany Bay, und manche schimmerten sogar bläulich. Doch was für seltsame Bäume! Sie waren hoch und hatten dicke Stämme, trugen aber nur wenige und unansehnliche Blätter, die an zerrissene Flaggen erinnerten. Kleine, vor der Brandung geschützte Sandbuchten säumten den Hafen im Norden und Süden. Die *Alexander* nahm Kurs auf den südlichen Teil des Hafens, der einem langen, breiten Arm ähnelte. Sechs Meilen weiter entdeckten die Seeleute in einer kleinen Bucht die *Supply*. Hier benötigte man vorerst noch keine Anker. Die Schiffe trieben langsam heran und wurden dann einfach an den am Ufer stehenden Bäumen vertäut, so tief war das Wasser. Das Meer war still, klar und voller kleiner Fische.

Die Sonne war in einem Flammenmeer untergegangen. Die Matrosen prophezeiten schönes Wetter für den nächsten Tag. Wie immer, wenn nicht alles verlief wie geplant, dachte niemand daran, die Sträflinge der *Alexander* zu verpflegen. Erst nach Einbruch der Dunkelheit erinnerte man sich an sie.

Richard behielt seine Gedanken für sich. Er wusste, dass selbst Will Connelly, der Gebildetste seiner Gefährten, völlig naiv war und er sich mit ihm nicht austauschen konnte wie mit Stephen Donovan. Richard hielt Port Jackson zwar für einen Ort unvergleichlicher Schönheit, aber ein Schlaraffenland war es gewiss nicht.

Am 28. Januar gingen die Sträflinge an Land. Dort herrschten Chaos und Verwirrung. Kein Mensch wusste anscheinend, was sie tun oder wohin sie geschickt werden sollten. Ihre Habseligkeiten zu ihren Füßen, standen sie zum ersten Mal seit über einem Jahr wieder auf festem Boden. Von wegen festem Boden! Alles drehte sich um sie, der Boden wollte einfach nicht stillstehen. Richard wurde die ersten sechs Wochen an Land ständig von Übelkeit geplagt. Den anderen Männern, die kaum seekrank gewesen waren, ging es nicht anders. Er begriff nun, warum Matrosen an Land so breitbeinig und leicht torkelnd gingen.

Die Seesoldaten waren genauso verwirrt wie die Sträflinge. Schließlich raunzte ein Offizier die Sträflinge an und wies in eine Richtung. Richard und seine neun Gefährten wurden zusammen mit den letzten hundert männlichen Gefangenen in eine flache, dünn bewaldete Gegend weiter östlich geschickt. Dort sollten sie ihr Lager aufschlagen.

»Baut euch Hütten«, sagte Leutnant Ralph Clark vage. Er schien überglücklich, wieder festen Boden unter den Füßen zu haben.

Womit denn?, fragte sich Richard. Sie stolperten über ein mit gelben Grasbüscheln bewachsenes, steiniges Gelände, bis sie die ihnen von Clark zugewiesene Stelle nach Richards Einschätzung erreicht hatten. Andere Gruppen von Sträflingen, alle von der *Alexander*, standen genauso hilflos herum wie sie. Womit sollten sie Hütten bauen? Ihnen fehlten Äxte, Sägen, Messer und Nägel. Ein Seesoldat brachte ein Dutzend Beile und drückte eins davon Taffy Edmunds in die Hand. Der blickte unsicher auf Richard.

Wir sind immer noch zusammen. Taffy Edmunds, Job Hollister, Joey Long, Jimmy Price, Bill Whiting, Neddy Perrot, Will Connelly, Johnny Cross, Billy Earl und ich. Die meisten sind Bauern, viele Analphabeten. Gott sei Dank haben Tommy Crowder und Aaron Davis Bob Jones und Tom Kidner aus Bristol gefunden. Sie wären also genug, um zusammen eine Hütte zu bewohnen. Wenn das überhaupt geplant ist. Weiß denn wirklich niemand, was wir tun sollen? Dies ist die am schlechtesten geplante Expedition aller Zeiten. Neun Monate haben die hohen Herren auf der *Sirius* Zeit gehabt, sich etwas zu überlegen, aber ich glaube, sie haben Tag und Nacht nur gesoffen. Es ist nichts vorbereitet. Wir hätten an Bord bleiben sollen, bis die Bäume gerodet und die Hütten gebaut sind. Uns Hütten bauen … Ein einziges Beil haben wir.

»Wer kann mit einem Beil umgehen?«, fragte Richard.

Alle. Sie konnten Feuerholz damit spalten.

»Und wer kann eine Hütte bauen?«

Keiner. Sie wussten bloß, dass man Häuser aus Ziegeln, Steinen, Gips und Balken baute. Keine Handwerker unter seinen Schützlingen.

»Vielleicht sollten wir mit einem Balken als Dachfirst und Stützen auf beiden Seiten anfangen«, schlug Will Connelly nach einer langen Pause vor. Er hatte unterwegs *Robinson Crusoe* gelesen. »Für das Dach und die Wände können wir Palmwedel nehmen.«

»Wir brauchen also einen Firstbalken, aber auch noch zwei Stangen für die Dachtraufen«, sagte Richard. »Und außerdem für den Rahmen sechs gegabelte Stämme, zwei davon größer als der Rest. Will und ich fangen mit dem Beil schon mal an. Taffy und Jimmy, ihr fragt einen Seesoldaten, ob wir ein zweites Beil oder eines der großen Messer bekommen, die wir in Rio gesehen haben. Die anderen versuchen, ob sie Wedel von den Palmen abreißen können.«

»Wir könnten fliehen«, sagte Johnny Cross nachdenklich.

Richard starrte ihn an, als wäre er nicht ganz bei Trost. »Wohin denn, Johnny?«

»Zur Botany Bay, zu den französischen Schiffen.«

»Die würden uns genauso wenig aufnehmen, wie die Holländer in Teneriffa Johnny Power aufgenommen haben. Und wie kommen wir überhaupt dorthin? Du hast doch die Eingeborenen an der Küste gesehen. Die gibt es hier sicher auch, und wir wissen nichts über sie – sie könnten Kannibalen sein wie in Neuseeland. Freuen werden sie sich über die Ankunft einiger hundert fremder Menschen bestimmt nicht.«

»Warum nicht?«, fragte Joey Long.

»Versetzt euch doch in ihre Lage«, erklärte Richard geduldig. »Was denken die wohl? Hier ist eine schöne Bucht mit einem Fluss, der gutes Wasser führt – die Bucht ist sicher auch bei den Eingeborenen beliebt, aber jetzt haben einfach wir uns hier breit gemacht. Warum also sollen wir sie provozieren? Schließlich haben wir strikte Anweisung, ihnen nichts zu tun. Und warum sollten wir an einen Ort fliehen, wo wir allein sind? Wir bleiben hier. Jetzt tut bitte, was ich euch sage.«

Richard und Will fanden genügend für ihre Zwecke geeignete junge Bäume mit einem Stammdurchmesser von vier bis fünf Zoll. Sie mochten nicht so stattlich sein wie eine Ulme oder Kastanie, doch dafür hatten ihre Stämme unten keine Äste. Richard holte mit dem Beil aus und schlug eine Kerbe in den Stamm.

»Herrgott!«, stöhnte er. »Das Holz ist hart wie Eisen und voller Saft. Ich brauche eine Säge, Will.«

Doch er hatte keine Säge, und so blieb ihm nichts weiter übrig, als weiter mit dem Beil drauflos zu schlagen. Das Beil war stumpf und von schlechter Qualität. Es würde nicht mehr zu gebrauchen sein, wenn das Holz für die drei Stangen und sechs Pfosten erst zurechtgehauen war. Richard beschloss, das Beil am Abend mit seinen Feilen zu schärfen. Wir haben den Ausschuss bekommen, der sich in England nicht verkaufen ließ, dachte er.

Endlich war der Firstbalken fertig. Richard keuchte und ihm war schwindlig. Die monatelange Hungerleiderei und Untätigkeit waren nicht eben eine gute Vorbereitung auf diese Plackerei gewesen. Will Connelly ergriff das Beil und nahm den zweiten Baum in Angriff. Er kam jedoch noch langsamer voran als Richard. Schließlich hatten sie den Firstbalken und zwei gegabelte Stützen für den Dachfirst fertig. Als seitliche Stützen wählten sie vier kleinere Bäume aus. Taffy und Jimmy waren inzwischen mit einem zweiten Beil, einer Hacke und einem Spaten zurückgekehrt. Richard und Will machten sich auf die Suche nach Bäumen, mit denen sie die seitlichen Stützen verbinden und den Rahmen fertig stellen konnten. Jimmy und Taffy begannen, Löcher zu graben und die Pfosten in den Boden zu rammen. Da sie keinerlei Messinstrumente zur Verfügung hatten, maßen sie die Entfernung mit Schritten. Beim Graben stießen sie in sechs Zoll Tiefe auf Felsen.

Die anderen aus ihrer Gruppe hatten zwar viele Palmen gefunden, doch waren die Wedel so hoch über der Erde, dass die Männer nicht hinaufkamen. Da hatte Neddy eine glänzende Idee. Er kletterte auf einen benachbarten Baum, beugte sich gefährlich weit zu einer Palme hinüber, packte das Ende eines Wedels und ließ sich fallen. Mit seinem Körpergewicht riss er den Wedel ab. Seine Methode funktionierte allerdings nur mit dürren, braunen Wedeln, nicht mit den jungen, grünen.

»Hole Jimmy«, sagte Neddy zu Job Hollister, »und tausche mit ihm den Platz. Du kannst graben. Für Jimmy habe ich eine bessere Verwendung.«

Als Jimmy kam, zitterte er von der ungewohnten Anstrengung des Grabens.

»Bist du schwindelfrei?«, fragte Neddy.

»Ja.«

»Ruh dich einen Moment aus, und dann kletterst du auf diese Palme. Du bist der Beweglichste und Kleinste von uns. Hier ist das zweite Beil. Steck es in den Hosenbund. Wenn du oben bist, hackst du die Wedel damit ab.«

Die Sonne wanderte nach Westen, und an ihr versuchten die Sträflinge sich zu orientieren. Südwestlich der Stelle, an der der Gouverneur sein tragbares Haus errichten wollte, kamen einige provisorisch aus Segeltuch errichtete Lager sowie das große runde Zelt, in dem Leutnant Furser die Intendantur und sein persönliches Domizil eingerichtet hatte. Die Sträflinge waren so klug gewesen, ihre Holzschüsseln, Schöpflöffel, Gabeln, ja sogar ihre Nachttöpfe mitzunehmen. Richard wies Bill Whiting an, die Filtersteine aufzustellen und anschließend Wasser vom Fluss zu holen. Das Wasser sah zwar sauber und trinkbar aus, aber Richard traute ihm trotzdem nicht.

Bill Whiting sah am schlechtesten von allen aus. Sein Gesicht war schon lange hager und eingefallen, doch jetzt hatte er außerdem noch schwarze Ringe unter den Augen. Der arme Kerl zitterte, als hätte er Fieber. Aber er hatte keins, seine Stirn war kalt. Er war nur vollkommen erschöpft.

»Zeit aufzuhören«, sagte Richard und trommelte seine Mannen zusammen. »Legt euch auf eure Decken und ruht euch aus. Bill, ein kleiner Spaziergang würde dir gut tun. Ich weiß, dir ist nicht danach zu Mute, aber komm mit mir zur Intendantur. Ich habe eine Idee.«

James Furser war kein besonders ordentlicher Mensch, und so ging es in der Intendantur drunter und drüber.

»Sie brauchen hier mehr Leute, Sir«, sagte Richard.

»Sie wollen hier arbeiten?«, fragte Furser, der ihre Gesichter erkannte.

»Einer von uns, ja«, antwortete Richard und legte den Arm um Whiting.

»Hier ist ein fähiger Mann, dem Sie vertrauen können. Er hat sich nichts zu Schulden kommen lassen, seit ich ihn 1785 im Gefängnis von Gloucester kennen lernte.«

»Waren Sie nicht der Anführer der Sträflinge auf der Backbordseite der *Alexander*? Keiner Ihrer Männer hat Schwierigkeiten gemacht. Sie sind Morgan, nicht wahr?«

»Richtig, Leutnant Furser, Morgan. Können Sie Whiting hier gebrauchen?«

»Ja, wenn er lesen und schreiben kann.«

»Er kann beides.«

Richard und Bill kehrten mit einigen harten Brotlaiben zu ihrem Lager zurück. Mehr konnte die Intendantur nicht ausgeben. Das noch in Kapstadt gebackene Brot war voller Getreidekäfer, aber es war immerhin etwas zu essen.

»Einer von uns arbeitet jetzt in der Intendantur«, verkündete Richard, als er das Brot verteilte. »Bill wird Furser mit dem Pökelfleisch helfen. Fleisch bekommen wir allerdings erst, wenn die Kessel und Töpfe ausgeladen sind. Wir müssen nämlich ab jetzt selbst kochen.«

Bill Whiting sah schon wieder etwas besser aus. Er würde in einem schattigen, wenn auch stickigen Zelt arbeiten und einfachere Tätigkeiten verrichten. Die anderen würden wahrscheinlich roden, sägen und das Land bestellen müssen. »Sobald Leutnant Furser sich eingerichtet hat, bekommen wir wöchentliche Verpflegungsrationen«, sagte Bill. »In Kürze trifft angeblich ein Versorgungsschiff aus Kapstadt ein. Dann haben wir für die nächste Zeit genügend Vorräte.«

Bei Einbruch der Dunkelheit breiteten die Sträflinge die von der *Alexander* mitgebrachten Decken aus, schoben sich ihre zusammengerollten Kleider als Kissen unter den Kopf und wickelten sich in ihre zerlumpten Mäntel. Es war ein heißer Tag gewesen, doch sobald die Sonne untergegangen war, kühlte es merklich ab. Die Sträflinge waren so erschöpft, dass sie trotz des überall herumkrabbelnden Ungeziefers sofort einschliefen.

Am nächsten Morgen löste eine dumpfe Schwüle die nächtliche Kälte ab. Die Männer machten sich wieder an den Bau ihrer Hütte. Sie hatten nichts, um die Palmwedel zu befestigen, deshalb versuchten sie, aus einigen Wedeln Schnüre herzustellen. Das Gerüst der Hütte wirkte einigermaßen stabil, allerdings gab Richard und Will zu denken, dass die Pfosten nur sechs Zoll tief in dem sandigen Boden steckten. Sie häufelten den Aushub um die Pfosten an. Dann fällten sie noch mehr junge Bäume und legten die Stämme als Querverstrebungen flach auf den Boden. Sie kerbten die Stützpfosten ein und schoben die Stämme in die Kerben.

Auch die anderen Sträflingsgruppen in ihrer Nähe bauten Hütten, allerdings mit unterschiedlichem Erfolg. Niemand arbeitete mit Begeisterung, doch um die Mitte des zweiten Tages auf dem Festland war unschwer zu erkennen, welche Gruppen entweder einen fähigen Anführer oder Handwerker hatten und welche nichts von beidem. Tommy Crowders Männer hatten begonnen, ihre Hütte mit einer Palisade aus dünnen Schösslingen zu umgeben. Richard fand das eine gute Idee und beschloss, dasselbe zu tun. Hier zeigte sich deutlich, wer gebildet und erfahren war: Der aus London stammende Crowder hatte viel erlebt und war ein kluger Kopf.

Einige Seesoldaten überwachten die Fortschritte und zählten die Männer. Ein paar Sträflinge waren in den Wald geflüchtet, darunter eine Frau namens Ann Smith. Wahrscheinlich wollten sie zu den französischen Schiffen in der Botany Bay, die dort Gerüchten zufolge mehrere Tage vor Anker liegen würden.

»Mein Gott, hier wimmelt es von Ameisen und Spinnen!«, rief Jimmy Price und lutschte an seiner Hand. »Eine dieser Ameisen hat mich gebissen, und es tut richtig weh. Seht mal, wie groß die Viecher sind! Einen halben Zoll lang! Man sieht sogar ihre Kiefer.« Finster blickte er auf einen prächtigen Baum mit weißer Rinde. »Und was ist das für ein ohrenbetäubendes Gezirpe? Mir dröhnen die Ohren.«

Kein Wunder, dass er sich beklagte: Es war ein gutes Jahr für Zikaden.

Billy Earl kam leichenblass und zitternd aus dem Wald gerannt. »Ich habe eben eine Schlange gesehen!«, keuchte er. »Das Ding war größer als Ike Rogers in seinen Stiefeln! Ungefähr so dick wie mein Arm! Und auf der anderen Seite der Bucht gibt es riesige Alligatoren, sagt Tommy Crowder. Wie ich diesen Ort hasse!«

»Wir werden uns schon an die Tiere gewöhnen«, beruhigte ihn Richard. »Soviel ich weiß, ist hier noch keiner von einem größeren Tier als einer Ameise gebissen oder aufgefressen worden, auch wenn die Ameisen so groß wie Käfer sind. Bei den Alligatoren handelt es sich um große Eidechsen. Ich habe gesehen, wie einer einen Baum hinaufkletterte.«

Am Nachmittag dieses Tages voller Überraschungen und Schrecken stellten die Männer die Hütte fertig. Im Süden verschwand die Sonne hinter einem Wolkengebirge. Der Himmel verfärbte sich schwarz und dunkelblau, in der Ferne zuckten Blitze. Die Männer hatten die Hütte im Windschatten eines großen Sandsteinfelsens gebaut, an dessen Unterseite sich eine kleine, wie mit einem Löffel ausgehöhlte Einbuchtung befand.

»Ich glaube, wir sollten unsere Sachen unter den Felsen stellen«, sagte Richard. »Für alle Fälle. Die Palmwedel halten den Regen nicht ab.«

Eine Stunde später brach ein Gewitter über sie herein, das noch heftiger war als der Sturm, den die Sträflinge auf See vor Kap Dromedar erlebt hatten. Gewaltige Blitze schlugen zwischen den Bäumen in die Erde ein. Knapp zehn Meter von ihrer Hütte entfernt explodierte ein riesiger Baum mit zinnoberroter Rinde. Der Stamm riss auseinander und brannte lichterloh. Aber nicht lange. Ein kalter, heulender Wind brachte Regen mit sich, der das Feuer löschte und das Dach der Hütte im Nu zerstörte. Der Boden verwandelte sich in einen See. Dicke Tropfen prasselten nieder und durchnässten die Männer bis auf die Haut. Zähneklappernd saßen sie zwischen den Pfosten der Hütte. Ihr einziger Trost war, dass ihre Habseligkeiten unter dem Felsvorsprung vor Regen geschützt waren.

»Wir brauchen bessere Werkzeuge und Nägel oder Schnüre, die

unser Haus zusammenhalten«, sagte Will Connelly am nächsten Morgen, den Tränen nahe.

Wir müssen uns an einen ranghöheren Offizier wenden, dachte Richard. Furser kommt ja nicht einmal mit sich selbst zurecht. Auch wenn es Sträflingen verboten ist, Offiziere anzusprechen, ich muss es tun.

Er machte sich auf den Weg. Wenigstens war der Boden so sandig, dass er nicht verschlammen konnte. Er kam an den Fluss. Seesoldaten hatten mit drei Steinen einen Übergang geschaffen. Weiter oben am Fluss sah er einige nackte schwarze Gestalten, und es roch nach verfaultem Fisch. Man hatte ihm erzählt, dass die Eingeborenen nach einem Fischtran stanken, der genauso widerlich roch wie der Schlamm im Hafen von Bristol. Die Eingeborenen machten keine Anstalten, näher zu kommen. Richard sprang also über die Trittsteine und näherte sich der größeren Siedlung auf der Westseite der Bucht. Dort waren die meisten männlichen Sträflinge untergebracht, und auch die Frauen sollten dort wohnen – sie waren noch nicht alle ausgeschifft worden. In der Mitte der Siedlung standen das Sanitätszelt, das Zelt der Seesoldaten, die großen Zelte der Offiziere und das Zelt von Major Ross. Auch die Sträflinge waren auf dieser Seite der Bucht in Zelten untergebracht. Man hat also nicht genügend Zelte mit auf die Schiffe genommen, dachte Richard. Deshalb waren er und die restlichen hundert Sträflinge auf die östliche Uferseite verbannt worden, wo sie selber für ihre Unterbringung sorgen mussten.

»Kann ich bitte Major Ross sprechen?«, fragte Richard den Dienst habenden Posten vor dem großen, runden Zelt.

Der Seesoldat musterte ihn verächtlich von oben bis unten. »Nein«, erwiderte er schließlich.

»Es geht um eine wichtige Angelegenheit«, beharrte Richard.

»Der Vizegouverneur ist zu beschäftigt, um Leute wie dich zu empfangen.«

»Kann ich warten, bis er einen Moment Zeit hat?«

»Nein. Verzieh dich. Wie heißt du überhaupt?«

»Richard Morgan, Nummer zwei-null-drei, von der *Alexander*.«

»Lass ihn rein«, ertönte eine Stimme aus dem Zelt.

Richard betrat das Zelt, in das durch offene Klappen auf allen Seiten helles Licht strömte. Der Fußboden bestand aus Holzbrettern. Ein Vorhang teilte den Raum in ein Büro und den Wohnbereich des Majors. Major Ross saß an einem Klapptisch, der ihm als Schreibtisch diente. Er war allein. Er verachtete die ihm untergebenen Offiziere genauso wie seine Soldaten, obwohl er die Rechte, die Ansprüche und den Stolz der Seesoldaten unverdrossen gegen die Königliche Marine hochhielt. Gouverneur Arthur Phillip hielt er für einen Narren, Milde verabscheute er.

»Was führt Sie zu mir, Morgan?«

»Ich komme von der Siedlung im Osten, Sir.«

»Sie wollen sich beschweren, stimmt's?«

»Nein, Sir, ich habe nur eine Bitte.« Richard sah Ross an. Er wusste, dass er wahrscheinlich zu den wenigen Menschen in Port Jackson gehörte, die den raubeinigen Major mochten.

»Um was geht's?«

»Wir haben nichts, womit wir unsere Hütten bauen könnten, Sir, außer ein paar Beilen. Damit konnten wir zwar Balken zuhauen, aber wir können das Dach nicht mit Palmwedeln decken. Dazu bräuchten wir Schnüre. Nägel brauchen wir nicht unbedingt, doch fehlen uns Bohrer, Sägen und Hämmer. Mit wenigstens ein paar Werkzeugen würde die Arbeit schneller vorangehen.«

Der Major stand auf. »Kommen Sie mit, ich muss mir ein wenig die Beine vertreten«, sagte er schroff. »Sie sind ein kluger Kopf«, fuhr er fort, als er vor Richard aus dem Zelt marschierte. »Das habe ich schon gemerkt, als es um die Pumpen und die Bilge der *Alexander* ging. Sie stehen mit beiden Beinen fest auf dem Boden und vergehen nicht vor Selbstmitleid. Wenn mehr Leute so wie Sie wären und nicht wie der Abschaum der englischen Gefängnisse, kämen wir hier besser zurecht.«

Richard passte sich dem flotten Schritttempo des Majors an. Offenbar hielt der Vizegouverneur nicht viel vom Experiment mit den Gefangenen. Sie kamen am Lager der Unteroffiziere vorbei und näherten sich den vier runden Zelten, in denen die Offiziere wohnten. Leutnant Shairp saß zusammen mit Oberleutnant James Meredith im Schatten eines Vorzelts vor Merediths Unterkunft.

Beide tranken Tee aus feinen Porzellantassen. Als sie den Major bemerkten, standen sie auf. Die Art, wie sie das taten, ließ erkennen, dass sie nicht viel von ihrem bärbeißigen Kommandanten hielten. Alle wussten das, auch die Sträflinge. Die Offiziere tranken viel Rum und Portwein und lagen ständig untereinander im Streit und lehnten sich auch gegen Ross auf. Der jedoch hatte, wenn es darauf ankam, seine Anhänger.

»Sind die Sägegruben im Bau?«, fragte der Major mit frostiger Stimme.

Meredith wies in eine Richtung hinter ihm. »Ja, Sir.«

»Wann haben Sie sie zum letzten Mal inspiziert, Leutnant Meredith?«

»Ich wollte es gerade tun. *Sobald* ich mein Frühstück beendet habe.«

»Mehr Rum als Tee, wie ich sehe. Sie trinken zu viel, Leutnant Meredith, und suchen Streit. Nicht mit mir!«

Shairp war verschwunden. Jetzt kehrte er mit MacGregor auf dem Arm zurück. »Hier, Morgan, nehmen Sie. Einer Ihrer Leute soll ihn gewonnen haben.« Er kicherte. »Ich kann mich nicht mehr genau daran erinnern.«

Richard wäre am liebsten im Erdboden versunken. Er nahm Shairp den jungen Hund ab und folgte Major Ross zu den Steinen im Fluss.

»Wollen Sie das Tier in die Intendantur mitnehmen?«

»Nicht, wenn ich einen meiner Männer sehe, Sir. Unser Lager liegt auf dem Weg«, antwortete Richard mit einer Ruhe, die er nicht empfand. Offenbar war er immer zur Stelle, wenn der Major andere Leute zusammenstauchte.

»Na, dann gehen Sie mal voraus, Morgan.«

Richard ging voraus, unter dem Arm den sich windenden MacGregor.

»Ratten gibt es hier genug, die kann er fressen«, sagte Major Ross, als sie die etwa zwölf zwischen den Bäumen verstreuten Hütten erreichten. »So viele wie in London.«

Richard hielt dem verblüfften Johnny Cross MacGregor hin. »Gib ihn Joey Long.« An Ross gewandt, fuhr er fort: »Wie Sie sehen, haben wir einen recht stabilen Rahmen errichten können. Leider geht die Arbeit ohne geeignete Werkzeuge und Materialien nur im Schneckentempo voran.«

Ross sah sich ausführlich um. »Ich wusste gar nicht, dass die Engländer so geschickt sind«, brummte er. »Sobald ihr hier fertig seid, baut ihr ein zweites Lager zwischen eurem Lager und der Farm des Gouverneurs, die gerade angelegt wird. Ohne frisches Gemüse krepieren wir alle an Skorbut. Drüben auf der Westseite gibt es zu viele Frauen. Ich werde sie aufteilen und einige von ihnen hierher schicken. Aber Finger weg von ihnen, verstanden, Morgan?«

»Verstanden, Sir.«

Anschließend gingen sie zur Intendantur, wo noch immer ein Chaos herrschte. Pferde, Rinder und andere Farmtiere waren durchgegangen und mussten in eiligst errichtete Pferche aus aufeinander geschichteten Zweigen gesperrt werden. Die Tiere sahen genauso elend aus wie die Sträflinge.

Der Vizegouverneur betrat das große Zelt. »Furser«, brüllte er, »Sie gottverdammter Ire, was soll dieses Durcheinander? Was wollen Sie denn mit den Tieren machen, wenn Sie sie nicht weiden lassen? Sie alle aufessen? Wir haben kein Getreide mehr für sie und nur noch sehr wenig Heu. Haben Sie denn gar keinen Verstand im Kopf? Die Zimmerleute sollen Pferche für die Tiere bauen, aber sofort! Suchen Sie jemand, der sich mit Weideland gut auskennt, und lassen Sie die Pferche an der von ihm empfohlenen Stelle errichten. Die Rinder müssen gehütet und den Pferden müssen Fußfesseln angelegt werden. Gnade Ihnen Gott, Furser, wenn die Tiere ausbrechen! Jetzt zu etwas anderem. Wo sind die Listen, auf denen steht, welche Ausrüstungsgegenstände auf welchem Schiff waren und wo sie jetzt sind?«

Leutnant Furser konnte weder Listen vorweisen noch kannte er den Aufbewahrungsort der entsprechenden Gegenstände. Bisher gab es nur die provisorisch aus Segeltuch errichteten Lager.

»Ich dachte, ich sollte erst dann Listen führen, wenn die Sachen dauerhaft gelagert werden, Sir«, stammelte er.

»Herrgott noch mal, Furser, Sie sind ein Idiot!«

Der Quartiermeister schluckte, dann reckte er trotzig das Kinn vor. »Mit den Männern, die ich zur Verfügung habe, ist das alles nicht zu schaffen, Major Ross.«

»Dann setzen Sie eben mehr Sträflinge ein. Morgan, können Sie mir sagen, wer dafür geeignet wäre? Sie kennen Ihre Mithäftlinge doch.«

»Ja, Sir. Da wären zunächst einmal Thomas Crowder und Aaron Davis. Sie kommen beide aus Bristol und machen gerne Schreibarbeit. Sie haben es faustdick hinter den Ohren, sind aber klug genug, es sich nicht mit den Leuten zu verderben, die ihnen die Schreibarbeit geben. Deshalb werden sie sicher nichts stehlen. Drohen Sie ihnen einfach damit, sie müssten sonst täglich ein Dutzend Bäume fällen, dann werden sie sich tadellos benehmen.«

»Und Sie selbst?«

»Ich kann anderswo von größerem Nutzen sein, Sir.«

»Wo?«

»Ich kann Sägen, Äxte, Beile und andere Dinge, die eine scharfe Schneide haben müssen, schärfen. Außerdem kann ich die Zähne einer Säge schränken, was keine geringe Kunst ist. Ich habe einige Werkzeuge hier, und wenn meine Werkzeugkiste auf ein Schiff gebracht wurde, habe ich alles, was ich brauche.« Er räusperte sich. »Ich möchte ja niemandem zu nahe treten, Sir, aber die Äxte und Beile sind in einem erbärmlichen Zustand. Dasselbe gilt für die Spaten, Schaufeln und Hacken.«

»Ich weiß«, sagte Major Ross grimmig. »Wir wurden übers Ohr gehauen, Morgan, und zwar von den knauserigen Beamten der Admiralität, den Lieferanten und den Kapitänen der Transportschiffe. Einige von ihnen verkaufen jetzt eifrig Kleider und, wie ich Grund habe anzunehmen, auch persönliche Habseligkeiten der Sträflinge.« Er wandte sich zum Gehen. »Aber ich werde persönlich Erkundigungen einziehen, wo Ihre Werkzeugkiste geblieben ist. In der Zwischenzeit holen Sie sich alles Nötige von Furser.« Der Major nickte, stülpte sich den Dreispitz auf den Kopf und ging. Seine Uniform war immer makellos, auch bei schlechtestem Wetter.

»Schicken Sie mir Crowder und Davis«, sagte Leutnant Furser. »Und dann sagen Sie mir, was Sie brauchen.«

Richard holte Crowder und Davis und packte genügend Werkzeuge und Materialien ein, um die Hütten fertig zu stellen und weitere für die weiblichen Sträflinge in Angriff zu nehmen.

Die weiblichen Gefangenen rückten auf einmal in den Mittelpunkt des allgemeinen Interesses. Die männlichen Sträflinge und die unverheirateten Seesoldaten wollten ihre seit über einem Jahr unerfüllten geschlechtlichen Bedürfnisse befriedigen. Nach Einbruch der Dunkelheit herrschte gewöhnlich ein so reges Kommen und Gehen, dass auch nicht die zehnfache Anzahl an Wachsoldaten es hätte unterbinden können. Den Wachsoldaten ging es außerdem selbst nicht anders. Ein Problem war nur, dass es nicht annähernd genug Frauen gab und auch nicht alle Frauen bereit waren, ausgehungerten Männern Befriedigung zu verschaffen. Einige Frauen fanden sich allerdings mit ihrem Los ab und standen den Ankömmlingen bereitwillig zu Diensten. Andere machten es für einen Krug Rum oder ein Männerhemd. Dass es nur selten zu Vergewaltigungen kam, lag an der Bereitwilligkeit einiger Frauen, mehrere Männer zu befriedigen, aber auch an der Scheu vieler Männer, sich den Frauen gegen deren Willen aufzudrängen.

Der Gouverneur, die Offiziere und Reverend Richard Johnson freilich, die ihre eigenen Frauen hatten, waren über den Betrieb im Frauenlager entrüstet. Was für ein lasterhaftes Treiben! Es *musste* etwas geschehen!

Auch die Männer aus Richards Gruppe stahlen sich nach Einbruch der Dunkelheit davon, das heißt alle außer Richard, Taffy Edmunds und Joey Long. Joey schien an MacGregor genug zu haben. Taffy war ein Eigenbrötler mit frauenfeindlichen Neigungen, die sich durch die plötzliche Nähe weiblicher Wesen noch verstärkten. Das Singen genügte ihm. Was Richard betraf, so wusste er selber nicht genau, warum er das Frauenlager mied. Wahrscheinlich war er auch ein Eigenbrötler. Die Vorstellung, über drei Jahre nach Annemarie Latour und nach zwei Jahren ohne jede weibliche Gesellschaft wieder mit einer Frau zu schlafen, war ihm unerträglich. Seit Annemarie Latour hatte er kein sexuelles Verlangen mehr verspürt. Warum, wusste er nicht. Es war nicht etwa das Erlöschen seiner Lebenskraft, eher schon eine schreckliche Scham und Schuldgefühle, wie Richard sie nach dem Tod William Henrys und in der Folge so vieler anderer Verluste empfunden hatte. Aber er wollte nicht genauer darüber nachdenken. Er wusste nur, dass ein Teil von ihm tot und ein anderer Teil in einen traumlosen Schlaf gefallen war. Ob er sich dadurch beeinträchtigt oder befreit fühlen sollte, wusste er nicht. Traurig war er jedenfalls nicht darüber.

Am 7. Februar fand eine große Zeremonie statt, der die Sträflinge erstmals beiwohnen sollten. Um elf Uhr morgens mussten sie nach Männern und Frauen getrennt am südöstlichen Zipfel der Bucht auf dem für die Felder gerodeten Gelände antreten. Die Seesoldaten marschierten in Paradeuniform und zur Musik eines Spielmannszuges ein. Kurz darauf erschien Seine Exzellenz Gouverneur Phillip, und mit ihm kamen sein Beisitzer im Kriegsgericht Captain David Collins, ein blonder Riese, außerdem Vizegouverneur Major Robert Ross, Generalinspekteur Augustus Alt, Marineadmiralarzt John White und der Kaplan, Reverend Richard Johnson.

Die Seesoldaten dippten die Flagge zum Gruß, der Gouverneur hob den Hut, und die Soldaten zogen mit ihrer Kapelle vorbei. Danach bekamen die Sträflinge Anweisung, sich auf den Boden zu setzen. Vor dem Gouverneur wurde ein Klapptisch aufgestellt, auf den Tisch wurden feierlich zwei rote Lederbehälter gelegt. Die Behälter wurden vor den Augen aller Anwesenden entsiegelt und geöffnet. Dann las Captain Collins laut Phillips Ernennung zum Gouverneur vor und anschließend die Urkunde zur Übertragung richterlicher Vollmachten.

Richard und seine Männer verstanden nur Wortfetzen. Seine Exzellenz der Gouverneur wurde im Namen Seiner Britannischen Majestät Georg III., König von Großbritannien, Frankreich und Irland, ermächtigt, in Neusüdwales Schlösser, Festungen und Städte zu bauen … Die Sonne brannte vom Himmel herab, und die Pflichten des Gouverneurs wollten kein Ende nehmen. Einige Zuhörer waren schon halb eingeschlafen, die Kapitäne, die wegen der Zeremonie an Land gekommen waren, zogen sich nach und nach zurück, da man keine Sitzplätze im Schatten für sie reserviert hatte. Als Erster ging Captain Sinclair.

Richard war froh über seinen Matrosenhut aus Stroh. Auch seine Aufmerksamkeit erlahmte, doch als Gouverneur Phillip ein kleines Podest bestieg und eine Ansprache an die Sträflinge begann, merkte er noch einmal auf. Er habe alles versucht!, brüllte der Gouverneur, aber nach zehn Tagen auf dem Festland wisse er jetzt, dass die meisten Sträflinge nichts taugten, dass sie unverbesserlich und faul seien. Von den sechshundert zur Arbeit eingesetzten Sträflingen arbeiteten höchstens zweihundert. Wer aber nicht arbeite, werde künftig auch kein Essen mehr erhalten.

Der Gouverneur war gut zu verstehen. Eine solche Stimmgewalt hätte man der kleinen, hageren Gestalt gar nicht zugetraut. In Zukunft, fuhr er fort, werde man die Sträflinge zwar gerecht, aber mit größter Strenge behandeln, da offensichtlich alle anderen Maßnahmen versagten. In England sei der Diebstahl eines Huhns kein Kapitalverbrechen, hier dagegen, wo jedes Huhn wertvoller sei als eine Truhe voller Rubine, werde künftig darauf die Todesstrafe stehen. Alle Tiere würden für die Aufzucht gebraucht. Jeder Versuch, einen der Krone gehörenden Gegenstand zu stehlen, werde unweigerlich mit dem Tod durch Erhängen bestraft. Auf jeden Mann, der nachts in die Frauenzelte eindringe, werde geschossen, denn die Frauen seien nicht hergebracht worden, um Unzucht zu treiben. Nur die Heirat zwischen Mann und Frau könne den Geschlechtsverkehr legitimieren. Dazu sei der Kaplan da. Die Sträflinge dürften ihre Arbeit auch nicht mit der eines englischen Bauern gleichsetzen, denn sie müssten mit ihren Löhnen schließlich keine Frauen und Kinder ernähren. Sie seien Eigentum der Behörden Seiner Britannischen Majestät in Neusüdwales. Keiner müsse mehr arbeiten, als seine Kräfte es zuließen, aber jeder müsse zum Wohl der Allgemeinheit beitragen. Als Erstes müssten dauerhafte Gebäude für die Offiziere errichtet werden, dann Unterkünfte für die Soldaten und zuletzt für die Sträflinge.

»Wie schön ist es doch, gebraucht zu werden!«, seufzte Bill Whiting, als die Ansprache vorüber war, und stand auf. »Warum haben sie uns nicht gleich in England gehängt, wenn sie uns jetzt hier hängen wollen?« Er schnaubte verächtlich. »Wir wurden nicht hergebracht, um Unzucht zu treiben! So ein Quatsch! Was haben die denn erwartet? Werde ich jetzt erschossen, nur weil ich mich meiner Mary nähere?«

»Mary?«, fragte Richard.

»Mary Williams von der *Lady Penrhyn*. Steinalt und hässlich wie die Nacht, aber sie gehört mir, mir ganz allein! Jetzt, wo ich weiß, dass auf mich geschossen werden soll, wenn ich einem natürlichen Bedürfnis nachgebe, ist natürlich alles anders. In England könnte mich allenfalls ihr Mann erschießen.«

»Ich freue mich, von Mary Williams zu hören, Bill«, sagte Richard. »Was der Gouverneur über die Unzucht erklärte, hat er sicher von Reverend Johnson. Der hätte Methodist werden sollen. Vielleicht hat er deshalb die Stelle hier angenommen. Für einen Bischof der anglikanischen Kirche ist er viel zu radikal.«

»Warum hat man überhaupt weibliche Sträflinge hierher gebracht, wenn wir ihnen nicht nahe kommen dürfen?«, fragte Neddy Perrott.

»Der Gouverneur will, dass möglichst viele Ehen geschlossen werden, um Reverend Johnson zufrieden zu stellen«, antwortete Richard. »Außerdem soll es wohl so aussehen, als liege der Segen Gottes auf dem Unternehmen. Unzucht unter den Schäfchen schmeckt zu sehr nach Teufelswerk.«

»Ich werde meine Mary trotzdem nicht so schnell heiraten«, meinte Bill. »Ich habe nicht schon wieder Lust auf ein Gefängnis.«

Bills Kameraden waren da zum Teil anderer Meinung, und zur Freude des Kaplans ließen sich vom folgenden Sonntag an immer mehr Sträflingspaare trauen.

Die Sträflinge erhielten nun wöchentliche Verpflegungsrationen. Es fiel ihnen schwer, sich zu beherrschen und nicht alles innerhalb von zwei Tagen hinunterzuschlingen. Die Rationen waren klein, obwohl die Sträflinge jetzt arbeiteten! Dank Leutnant Furser hatten sie wenigstens brauchbare Kessel und Töpfe.

Richard und seine Männer hatten die Hütte fertig gestellt. Die Wände bestanden sogar aus einer doppelten Lage senkrechter und waagrechter Schösslinge. In das Dach hatten sie schmale Leisten zur Abstützung der dicht miteinander verflochtenen Palmwedel eingefügt. So blieb es auch bei starkem Regen in der Hütte trocken. Um auch die Wände gegen den Wind abzudichten, bedeckten die Sträflinge sie außen noch mit Palmwedeln. Die Hütte hatte keine Fenster und nur eine Tür gegenüber dem Sandsteinfelsen. Trotz ihrer Kargheit war sie eindeutig besser als das Gefängnis auf der *Alexander*. Statt nach einer ekelhaften Mischung aus Teeröl und Fäulnis roch es nach frischem Harz, und auf dem Boden lag ein Teppich aus Laub. Außerdem mussten die Sträflinge hier keine Fußfesseln tragen und wurden kaum überwacht. Die Soldaten hatten genug damit zu tun, die notorischen Unruhestifter zu beaufsichtigen. Wer keine Schwierigkeiten machte, blieb deshalb – von regelmäßigen Anwesenheitskontrollen am Arbeitsplatz abgesehen – sich selbst überlassen.

Richards Arbeitsplatz war eine kleine offene Holzhütte in der Nähe der Sägegruben, die hinter den Zelten der Soldaten ausgehoben wurden. Das Graben gestaltete sich sehr schwierig, da man in sechs Zoll Tiefe auf Felsen stieß und nur noch mit Spitzhacken und den Stein sprengenden Keilen weiterkam.

Die Sägen waren noch nicht aufgetaucht. Das Entladen der Schiffe war ein furchtbar langwieriger Prozess. Doch Äxte und Beile sammelten sich schneller an, als Richard sie schärfen konnte.

»Ich könnte Hilfe gebrauchen, Sir«, sagte er schon am ersten Arbeitstag zu Major Ross. »Geben Sie mir zwei Männer, dann habe ich, sobald man sich um die Sägen kümmern muss, noch einen Mann für die Äxte und Beile zur Verfügung.«

»Einverstanden. Aber warum gleich zwei Männer?«

»Es gibt schon jetzt Streit, wem die Werkzeuge gehören, und ich habe keine Möglichkeit, Listen zu führen. Besser als eine Liste wäre ein des Schreibens kundiger Mitarbeiter, der den Namen des jeweiligen Besitzers in die Griffe der Äxte und Beile schnitzt. Wenn die Sägen kommen, könnte er mit ihnen genauso verfahren. Letzten Endes würden wir dadurch Zeit sparen, Sir.«

Major Ross' kalte, helle Augen funkelten, doch sein Mund blieb ernst. »Sie sind wirklich ein kluger Kopf, Morgan. Vermutlich wissen Sie schon, wen Sie wollen?«

»Ja, Sir. Zwei Männer aus meiner Gruppe. Connelly für die Beschriftung und Edmunds für das Schärfen der Werkzeuge.«

»Ihre Werkzeugkiste ist noch nicht aufgetaucht.«

»Das ist wirklich schade.« Richard seufzte. »Es waren so hervorragende Geräte dabei.«

»Kopf hoch, die Suche geht weiter.«

Das Land war von verschiedenen Rattenarten und Millionen von Ameisen, Käfern, Tausendfüßlern, Spinnen und anderen schrecklichen Insekten bevölkert, ansonsten schienen am Boden lebende Tiere rar. Am Himmel und in den Bäumen dagegen tummelten sich tausende von Vögeln in zum Teil prächtigen Farben. Es gab unvorstellbar viele Papageienarten: große weiße mit auffälligen schwefelgelben Hauben, graue mit dunkelrotem Brustgefieder, schwarze, die in allen Regenbogenfarben schimmerten, winzige gelb-grün gesprenkelte, rot-blaue, grüne und dutzende mehr. Ein großer brauner Eisvogel tötete Schlangen, indem er ihnen an einem Ast das Genick brach. Dabei ließ er ein kreischendes Gelächter ertönen. Ein großer, flugunfähiger Vogel, dessen Schwanz an eine griechische Leier erinnerte, stolzierte wie ein Pfau durch die Gegend. Die Männer, die dem Tross des Gouverneurs angehörten und ihn auf seinen Erkundungen begleiteten, berichteten von *schwarzen* Schwänen. Adler mit Flügelspannweiten von bis zu neun Fuß stritten sich mit Habichten und Falken um Beutetiere. Freche bunte Finken und kleine Zaunkönige schossen furchtlos durch die Luft. Die Vögel erzeugten einen ohrenbetäubenden Lärm. Manche sangen schöner als jede Nachtigall, andere kreischten heiser und wieder andere ließen glockenähnliche Töne erklingen. Ein großer schwarzer Rabe schrie so verzweifelt, dass den Männern heiß und kalt wurde. Schade war nur, dass keiner dieser Vögel gut schmeckte.

Auch einige Vierbeiner waren gesichtet worden, etwa ein dickes, unterirdische Gänge grabendes Tier mit dichtem Fell. Alle wollten unbedingt ein Känguru sehen, doch wer nicht aus dem Lager herauskam, hatte keine Chance. Die Kängurus waren offenbar scheue und ängstliche Tiere und ließen sich nicht in der Umgebung des Lagers blicken. Ganz anders die großen, auf Bäume kletternden Eidechsen. Sie spazierten durch das Lager, ohne einen Blick für die Menschen übrig zu haben, und fielen über alles her, was essbar war. Eine dieser Echsen war sage und schreibe vierzehn Fuß lang und so Furcht erregend wie ein Alligator.

»Wie es wohl heißt?«, fragte Richard Taffy Edmunds, als das heimtückisch aussehende Tier an ihrer Hütte vorbeispazierte.

»Ich würde auf jeden Fall ›Sir‹ zu ihm sagen«, erwiderte Taffy.

Noch immer trafen Äxte und Beile ein, die geschärft werden mussten. Ende Februar kamen endlich auch die Sägen. Die westlichen Sägegruben waren mittlerweile in Betrieb, und im Osten wurden bereits mehrere Gruben ausgehoben. Auch hier machte der felsige Untergrund den Arbeitern schwer zu schaffen. Daneben tauchte ein neues Hindernis auf: Die gefällten, entasteten und über die Grube gelegten Baumstämme ließen sich kaum zu Brettern zusägen. Das Holz war voller Saft und zudem hart wie Eisen. Die Säger, allesamt Sträflinge, mussten sich so furchtbar abrackern, dass der Gouverneur sich gezwungen sah, ihnen zusätzliche Essensrationen und Malz zuzuteilen, sonst wären sie vor Erschöpfung zusammengebrochen. Das ärgerte wiederum die Soldaten, die nicht daran dachten, dass sie außer den aus Brot und Pökelfleisch bestehenden Rationen, die auch die Sträflinge erhielten, zusätzlich Butter, Mehl und Rum bekamen. Sie begannen, über die angeblichen »Privilegien« der Sträflinge Buch zu führen. Nur Major Ross und eine eiserne Disziplin hielten sie unter Kontrolle. Doch eine eiserne Disziplin bedeutete mehr Prügel – die Soldaten klagten, sie bekämen mehr Prügel als die Sträflinge.

Richards größter Kummer waren die Sägen. Nur 175 Handsägen und 20 Schrotsägen waren eingetroffen, und alle 20 Schrotsägen waren Spaltsägen, mit denen man nicht quer durch den Stamm sägen konnte, sondern nur entlang der Maserung. Die Bäume mussten also weiter mit der Axt gefällt und in Stücke geteilt werden. Die Sägen waren zwar angeblich aus dem besten Stahl, aber das stimmte nicht. Der monatelange Transport übers Meer hatte sie rosten lassen, und natürlich hatte niemand daran gedacht, antimonhaltiges Fett mitzunehmen.

»Ich habe mir mein eigenes Schmirgelpapier gemacht und den gröbsten Rost entfernt, aber die Sägen sind nicht geschmeidig genug«, sagte Richard zu Major Ross. »Walfischtran schützt das Metall zwar hervorragend, doch wir haben keinen. Unsere Öle dicken ein, sobald im Schnitt Reibungshitze entsteht, und werden klebrig. Ich bräuchte Walfischtran, Antimonfett oder etwas Ähnliches. Außerdem sind die Sägen vermutlich aus so schlechtem Stahl, dass sie bei hartem Holz brechen könnten. Wir haben fünfzehn Schrotsägen, können also höchstens vierzehn Gruben betreiben. Eine Säge werde ich immer richten müssen, weil das Holz die Sägezähne ruiniert. Am dringendsten aber bräuchte ich einen Rostentferner, Sir.«

Ross blickte grimmiger drein denn je. Er hatte von den Sägern dasselbe zu hören bekommen. »Wir müssen uns hier etwas Geeignetes suchen«, sagte er. »Schiffsarzt Bowes Smyth ist ein wissbegieriger Kerl, der ständig Bäume anzapft und Wurzeln und Blätter kocht, um irgendwelche Salben, Harze und wahrscheinlich auch das Lebenselixier herzustellen. Geben Sie mir eine verrostete Handsäge, und ich werde ihn bitten, damit zu experimentieren.«

Er stapfte davon. Richard empfand großes Mitleid mit ihm. Ross hatte zwar organisatorisches und praktisches Talent, aber keinerlei Verständnis für die Schwächen anderer Menschen. Entsprechend schwer tat er sich mit ihnen. Seine Soldaten konnte er, wenn sie gegen die Regeln verstießen, nach Belieben verprügeln. Wollte er dagegen einen Sträfling verprügeln, musste er dem Gouverneur zumindest Meldung erstatten. Doch das war nicht seine einzige Sorge. Seine kleine Schafherde war umgekommen, als sie bei einem Unwetter Schutz unter einem Baum gesucht hatte. Dann hatte ein Blitz in sein Zelt eingeschlagen, und viele Papiere und Dokumente waren zusammen mit anderen Dingen verbrannt. Trotzdem, ohne den Major wäre das Chaos in Port Jackson grenzenlos. Der Gouverneur war ein Idealist, der Vizegouverneur ein Realist.

Richard hatte die Holzhütte inzwischen vergrößert und zwei weitere Männer in seine Gruppe aufgenommen: Neddy Perrott und Job Hollister. Billy Earl, Johnny Cross und Jimmy Price hatten sich Bill Whiting angeschlossen und arbeiteten in den Warenlagern. Nur Joey Long war noch ohne Arbeit. Richard organisierte zusätzlich zum Spaten und der normalen Hacke eine Rodehacke und ließ Joey Long vor der Hütte einen Gemüsegarten anlegen. Hoffentlich wurde Joey nicht zu einer anderen Arbeit abkommandiert. Immerhin galt er als schlichtes Gemüt, was ihn nicht eben zu einer begehrten Arbeitskraft machte. Solange Joey bei der Hütte blieb, waren die Habseligkeiten der Sträflinge sicher.

Zwei Wochen nach der Landung brach die Ruhr aus. Richards Befürchtungen in Bezug auf das Flusswasser hatten sich bestätigt. Den Marineärzten war allerdings ein Rätsel, wie das Wasser verunreinigt sein konnte. Sie vermuteten, dass die Engländer es einfach nicht vertrugen. Drei Sträflinge starben im Sanitätszelt, und ein zweites Zelt musste errichtet werden. Auch Skorbut grassierte. Eine bleiche Haut und schmerzhaftes Hinken waren die ersten Anzeichen dafür, später begann das Zahnfleisch anzuschwellen und zu bluten. Richard hatte noch Malz und konnte es strecken. Leutnant Furser hielt so große Stücke auf seine Gehilfen in den provisorischen Lagern, dass er sie heimlich mit Malz versorgte.

»Wenn es hart auf hart kommt, essen wir Sauerkraut«, sagte Richard zu seinen Männern in einem Ton, der keinen Widerspruch duldete. »Und wenn ich es euch einzeln in den Mund stopfen muss! Sauerkraut muss nicht gut schmecken. Es ist eine Arznei.«

In Port Jackson gab es keine natürlichen Mittel gegen Skorbut, zumindest nicht in der zur Versorgung der neuen Siedler erforderlichen Menge. Die meisten einheimischen Pflanzen und Beeren waren giftig. Was auf den Feldern angepflanzt worden war, wurde zwar sorgfältig gegossen, doch wollten die Pflanzen einfach nicht gedeihen und gingen ein. Nichts, aber auch gar nichts wollte wachsen.

Drei Sträflinge – Barrett, Lovell und Hall – wurden auf frischer Tat ertappt, als sie aus einem Lagerhaus Brot und Pökelfleisch stahlen. Ein weiterer Sträfling wurde beim Stehlen von Wein erwischt. Die drei Essensdiebe wurden zum Tod verurteilt, der Weindieb wurde zum Henker ernannt.

Am westlichen Ufer der Bucht, zwischen den Zelten der Männer und den Zelten der Frauen, stand ein hoher, stattlicher Baum mit einem auffälligen Merkmal: In einer Höhe von zehn Fuß über dem

Boden wuchs waagrecht ein dicker Ast aus dem Stamm heraus. Deshalb wurde der Baum zum Galgen bestimmt. Man hätte nämlich gar kein Holz gehabt, um einen Galgen zu bauen. Am 25. Februar wurden die drei Unglücksraben dorthin gebracht. Die Sträflinge mussten der Hinrichtung beiwohnen – bei Fernbleiben drohten hundert Peitschenhiebe. Gouverneur Phillip war überzeugt, dass das Exempel den gewünschten Effekt erzielen würde: Das Stehlen von Essen *musste* den Sträflingen ausgetrieben werden! Der Gouverneur hatte natürlich ebenso wie die Offiziere genug zu essen.

Viele der Anwesenden, ob Freie oder Sträflinge, hatten schon Hinrichtungen miterlebt. In England wurden solche Ereignisse feierlich begangen. Andere dagegen, wie Richard und seine Männer, machten sich nichts aus dem makabren Vergnügen.

Barrett, der erste Verurteilte, wurde auf einen Schemel gestellt, und der Henker musste ihm die Schlinge um den Hals legen und festziehen. Er tat es mit bleichem Gesicht und weinend. Er weigerte sich jedoch, den Schemel wegzustoßen, bis einige Seesoldaten ihre Musketen luden und aus nächster Nähe auf ihn zielten. Barrett war leichenblass, blieb jedoch ruhig und gefasst. Ein zäher Bursche. Der Ruck des Seils reichte nicht aus, ihm das Genick zu brechen. Barrett zuckte eine halbe Ewigkeit und erstickte schließlich. Nach einer Stunde wurde die Leiche weggebracht und der Schemel für Lovell aufgestellt.

Leutnant George Johnston, der neue Adjutant des Gouverneurs – Leutnant King war nach Norfolk Island abgefahren –, trat vor und verkündete, Lovell und Hall sei ein vierundzwanzigstündiger Strafaufschub gewährt worden. Die Sträflinge wurden wieder an die Arbeit geschickt. Phillips Lektion hatte keine abschreckende Wirkung. Wer stehlen wollte, tat das auch weiterhin. Hinrichtungen konnten bestenfalls die Zahl der Diebe verringern.

Beim Weggehen streifte Richards Blick die Reihen der weiblichen Sträflinge. Zufällig entdeckte er einige scharlachrote Straußenfedern, die auf einem ausladenden schwarzen Hut hin und her wippten. Verblüfft blieb er stehen. Lizzie Lock! Es musste Lizzie Lock sein. Sie hatte ihren geliebten Hut auf die Überfahrt mitgenommen. Und der war in Anbetracht der langen Reise noch bemerkenswert gut in Stand. Wahrscheinlich hatte Lizzie auf ihn besser aufgepasst als auf sich selbst. Jetzt war nicht der richtige Augenblick, sie anzusprechen, es würde sich gewiss eine Gelegenheit ergeben. Zu wissen, dass sie da war, genügte Richard.

Am nächsten Morgen regnete es in Strömen. Wieder mussten alle antreten, nur um zu erfahren, dass Seine Exzellenz der Gouverneur Lovell und Hall begnadigt hatte. Die beiden Schurken sollten lediglich verbannt werden, wohin, stand noch nicht fest. Leutnant George Johnston ließ jedoch in drohendem Tonfall verlauten, Seine Exzellenz denke *ernsthaft* darüber nach, alle Delinquenten nach Neuseeland zu verschiffen und sie an der Küste auszusetzen, wo sie von Kannibalen gefressen würden. In der Zwischenzeit sollten die in Eisen gelegten Verbannten zu einem kahlen Felsen nahe der Bucht gebracht werden, der bereits auf den Namen »Hungermagen« getauft worden war, und dort von Viertelrationen trockenen Brotes und etwas Wasser leben. Doch selbst der Galgen und die Aussicht, als Festschmaus für die Kannibalen zu enden, hielten die hungernden Sträflinge nicht vom Stehlen ab.

Seit zwei Monaten lebten sie jetzt hier, in dieser Sydney Cove genannten Bucht, und es hatte sich gezeigt, dass dies ein lebensfeindlicher Ort war. Die Landschaft wirkte mächtig, unveränderlich und fremd. Man konnte hier wohl überleben, aber mehr nicht. An den Eingeborenen, in den Augen der Engländer primitive Wesen, war zu erkennen, was einen in Neusüdwales erwartete: Schmutz und Elend.

Der Sonntagsgottesdienst wurde an jeweils verschiedenen Orten abgehalten. Am Sonntag, dem 23. März – dem dritten Jahrestag von Richards Verurteilung in Gloucester –, fand die Messe in der Nähe des Lagers der Seesoldaten statt. Reverend Johnson war auf einen Felsen geklettert, damit die ganze Gemeinde ihn sehen und hören konnte. Er ermahnte die Männer im Namen des Herrn, ihre schändlichen Begierden zu zügeln und stattdessen zu heiraten.

Richard hatte sich von der Predigt eine Eingebung für ein Problem erhofft, das ihn beschäftigte, doch vergeblich. Stattdessen schickte Gott ihm Stephen Donovan. Nach dem Gottesdienst schloss sich Donovan Richard an. Nebeneinander umrundeten sie die Bucht, überquerten den Fluss und setzten sich auf einen Felsen neben dem ruhig dahinplätschernden Wasser.

»Eine schreckliche Plackerei«, sagte Donovan schließlich. »Sechs Mann brauchen angeblich eine ganze Woche, um auf einem Weizenfeld einen Baumstumpf auszugraben. Und der Gouverneur hat beschlossen, dass wir den Boden mit Hacken für die Aussaat des Getreides lockern müssen. Einen Pflug zu verwenden wagt er nicht. Nur wer stark ist, wird das überleben. Zum Beispiel Sie.«

»Darauf können Sie sich verlassen, Mr Donovan. Ich habe die *Ceres* überlebt und die *Alexander*, also überlebe ich auch das hier. Ich gebe die Hoffnung nicht auf. Aber ich habe Sie vermisst. Wie geht es der *Alexander* und Esmeralda?«

»Keine Ahnung, Richard, ich bin nicht mehr auf der *Alexander*. Unsere Wege haben sich getrennt, nachdem ich Captain Sinclair dabei erwischte, wie er die Habseligkeiten der Sträflinge im Frachtraum durchstöberte. Er suchte nach etwas, das er für Geld verkaufen konnte.«

»Der Mistkerl.«

»Sinclair ist noch viel mehr als das.« Donovan streckte seinen langen, geschmeidigen Körper genüsslich. »Ich habe jetzt einen viel besseren Ankerplatz. Ich habe mich verliebt.«

Richard lächelte. »Und in wen, Mr Donovan?«

»Sie werden es nicht glauben: in Captain Hunters Burschen Johnny Livingstone. Auf der *Sirius* fehlten sechs oder sieben Seeleute, also habe ich mich als Besatzungsmitglied beworben. Und es hat geklappt. Captain Hunter ist über unser Verhältnis zwar keineswegs erfreut, aber deshalb schickt er einen erfahrenen Seemann wie mich nicht weg. Ich bekomme also gutes Essen und obendrein noch etwas Liebe.«

»Das freut mich sehr«, sagte Richard aufrichtig. »Und genauso freut mich, dass ich Sie ausgerechnet heute treffe. Es ist Sonntag, ich habe frei und ich brauche jemanden, der mir sein Ohr leiht.«

»Sagen Sie mir, worum es geht, und ich leihe Ihnen noch viel mehr als mein Ohr.«

»Danke für das Angebot, aber denken Sie an Johnny Livingstone. Wie ist es eigentlich Leutnant King bisher auf Norfolk Island ergangen?« Die Sträflinge sprachen häufig über die Insel. Sie wurde in ihrer Vorstellung zunehmend zu einer verlockenden, besseren Alternative zu Port Jackson.

»Ich weiß nur, dass King erst nach fünf Tagen und etlichen Landgängen eine Anlegestelle gefunden hat. Es gibt keine Häfen, nur eine Lagune innerhalb eines Korallenriffs mit starker Brandung. Sie war, wie sich schließlich herausstellte, die einzig mögliche Anlegestelle. Das Riff liegt zum Teil so weit unter Wasser, dass ein Beiboot darüber hinwegpullen kann. King suchte nach Flachs, fand jedoch keinen. Und die großen Tannen, mit denen die Insel bewaldet ist, mögen zwar für Masten geeignet sein, doch wird man sie nicht an Bord eines Schiffs bringen können, weil man sie nirgends einladen kann und sie auf Grund ihres Gewichts nicht im Wasser schwimmen. Der Boden dagegen ist tiefgründig und fruchtbar. Die *Supply* verließ die Insel, bevor man mehr wusste, doch soll sie bald dorthin zurückkehren. Die Insel ist klein, höchstens 10 000 Morgen groß. Ich fürchte, Richard, Norfolk Island ist ebenso wenig ein Paradies wie Port Jackson.«

»So sieht es aus.« Richard zögerte, dann beschloss er, das Risiko einzugehen. »Mr Donovan, es gibt etwas, worüber ich mit jemandem reden muss, und ich glaube, nur Sie können mir einen ehrlichen Rat geben. Sie haben im Gegensatz zu meinen Gefährten kein persönliches Interesse.«

»Dann sagen Sie, was Sie auf dem Herzen haben.«

»Furser hat herausgefunden, dass Joey Long Schuhe flicken kann, ich muss Joey also abgeben. Er hat sich bisher um unseren Gemüsegarten gekümmert und unsere Hütte bewacht. Ich bat Furser um einen einwöchigen Aufschub. Dank Joey wächst in unserem Garten verschiedenes Gemüse. Mit Furser kann man verhandeln. Ich erhielt die Gnadenfrist. Als Gegenleistung will er einen Anteil von allem, was gedeiht.«

»Gemüse ist eine fast so gute Währung wie Rum«, bemerkte Donovan trocken. »Reden Sie weiter.«

»Während meiner Zeit im Gefängnis von Gloucester hatte ich ein Arrangement mit einer Gefangenen namens Elizabeth Lock, genannt Lizzie. Ich beschützte sie vor anderen Männern, sie bewachte dafür meine Habseligkeiten. Soeben habe ich entdeckt, dass sie hier ist. Ich würde sie gerne heiraten, da es keinen anderen, weniger förmlichen Weg gibt, ihre Dienste in Anspruch zu nehmen.«

Donovan starrte ihn verblüfft an. »Solche Worte aus Ihrem Mund, Richard! Ich hätte Sie gar nicht für so« – er zuckte die Achseln – »so gefühlskalt gehalten.«

»Ich weiß, dass es so klingt«, sagte Richard unglücklich, »aber ich sehe keine andere Lösung für unsere Probleme. Ich hatte gehofft, einer meiner Männer würde heiraten. Die meisten von ihnen besuchen Frauen trotz der Drohungen des Gouverneurs. Doch bisher hat keiner Interesse an einer Heirat gezeigt.«

»Sie reden im gleichen Atemzug von toten Dingen und der Heirat zweier Menschen, so als wäre das Erste genauso viel wert wie das Zweite. Dabei ist es etwas fundamental Verschiedenes. Sie sind ein Mann, Richard, und wie geschaffen für die Ehe. Warum geben Sie nicht zu, dass Sie diese Lizzie Lock gerne heiraten würden? Dass Sie sich ebenso nach weiblicher Gesellschaft sehnen wie die meisten anderen? Sie sagen, Sie hätten Lizzie im Gefängnis von Gloucester beschützt. Also haben Sie doch wohl mit ihr geschlafen, und jetzt wollen Sie das wieder. Sie klingen so nüchtern.«

»Aber ich habe nicht mit ihr geschlafen!«, protestierte Richard wütend. »Darum geht es überhaupt nicht! Lizzie war und ist für mich so etwas wie eine Schwester. Sie hat schreckliche Angst vor einer Schwangerschaft, deshalb wollte auch sie nicht mit mir schlafen.«

Die Ellbogen auf die Knie und das Gesicht in die Hände gestützt, starrte Donovan Richard verwirrt an. Was war nur mit ihm los? Was stimmte nicht mit ihm? Richard war doch ein kluger Mann, der seinen Willen durchsetzte und wusste, wie man mit Vorgesetzten umzugehen hatte. Dabei war er kein Kriecher wie die meisten Sträflinge, dazu war er viel zu stolz. Donovan wurde nicht schlau aus ihm, er konnte nur Vermutungen anstellen.

»Wenn ich die Geschichte Ihres Lebens kennen würde, Richard, könnte ich Ihnen vielleicht helfen«, sagte er. »Erzählen Sie sie doch.«

»Ich kann nicht.«

»Sie haben furchtbare Angst, aber nicht vor Geschlechtsverkehr. Sie haben Angst vor der Liebe. Aber wovor muss man bei der Liebe Angst haben?«

»Ich will nicht noch einmal durchmachen, was ich schon einmal durchgemacht habe«, sagte Richard und holte tief Luft. »Das würde ich nicht überleben. Ich kann Lizzie wie eine Schwester lieben und Sie wie einen Bruder, mehr nicht. Die allumfassende Liebe, die ich für meine Frau und meine Kinder empfand, ist mir heilig.«

»Und sie sind tot.«

»Ja.«

»Aber Sie sind noch jung, und hier ist ein anderes Land. Warum nicht noch einmal von vorne anfangen?«

»Alles ist möglich, aber nicht mit Lizzie Lock.«

»Warum wollen Sie sie dann heiraten?«, fragte Donovan. Seine Augen glänzten feucht.

»Weil sie ein schweres Schicksal gehabt hat und ich sie auf brüderliche Weise liebe. Liebe lässt sich nicht erzwingen, Mr Donovan. Wenn es so wäre, würde ich vielleicht beschließen, Lizzie Lock zu lieben. Aber das ist unmöglich. Wir waren im Gefängnis von Gloucester ein ganzes Jahr zusammen, ohne uns zu verlieben.«

»Dann ist das, was Sie da vorhaben, gar nicht so gefühlskalt. Und Sie haben Recht. Liebe lässt sich nicht erzwingen. Wenn Sie Lizzie Lock jedoch heiraten, sind Sie nicht mehr frei, um jemand anders zu heiraten. Das könnte eines Tages wichtig sein.«

»Sie raten mir also ab?«

»Ja.«

»Ich werde darüber nachdenken.« Richard stand schwerfällig auf.

Am Montagmorgen holte sich Richard die Erlaubnis von Major Ross, Reverend Johnson aufzusuchen. Diesen wiederum bat er, Elizabeth Lock im Frauenlager besuchen zu dürfen, um ihr womöglich einen Heiratsantrag zu machen.

Mr Johnson war Anfang dreißig, hatte ein rundes Gesicht und

volle Lippen und wirkte leicht feminin. Er trug einen steifen weißen Kragen und ein schwarzes Pastorengewand, das seinen Bauch verdeckte, denn natürlich wollte er inmitten des allgemeinen Hungers nicht allzu wohlgenährt erscheinen. Seine hellen Augen glühten vor missionarischem Eifer. In Neusüdwales hatte er seine Bestimmung gefunden: Er war der Hüter der Moral, kümmerte sich um Kranke und Waisen, führte die Kirche nach seinen eigenen Vorstellungen und wollte als Wohltäter der Menschheit gelten. Seine Absichten waren redlich, doch galt sein Mitgefühl ausschließlich den Hilflosen. Die erwachsenen Sträflinge waren in seinen Augen alle verderbte Menschen und nicht der Rettung wert. Denn wenn sie nicht verderbt waren, warum waren sie dann Sträflinge?

Mr Johnson erfuhr, dass Richards Onkel zweiten Grades Pfarrer der St.-James-Kirche in Bristol war. Morgan erschien ihm außerdem als ein gebildeter, höflicher und aufrichtiger Bursche, deshalb gab er ihm anstandslos einen Passierschein. Die Hochzeit Richards mit Elizabeth Lock setzte er vorläufig schon einmal für den folgenden Sonntag an.

Bei Sonnenuntergang machte Richard sich auf den Weg ins Frauenlager. Er zeigte dem Wachtposten seinen Schein und fragte ihn, wo er Elizabeth Lock finden könne. Der Posten wusste es nicht, aber eine Frau mit einem Wassereimer in der Hand hörte zufällig mit und wies auf ein Zelt. Wie klopfte man an ein Zelt? Richard machte sich durch ein kratzendes Geräusch am geschlossenen Eingang bemerkbar.

»Herein, wenn du gut aussiehst!«, ertönte eine weibliche Stimme.

Richard schob die Leinwand beiseite und betrat einen Schlafraum, in dem eigentlich nur zehn Frauen Platz hatten, doch stattdessen zwanzig untergebracht waren. An beiden Längsseiten des Zeltes standen dicht nebeneinander zehn schmale Pritschen, und der Boden war mit den verschiedensten Dingen von einer Hutschachtel bis zu einer Katzenmutter, die sechs Junge säugte, voll gestellt. Die Zeltbewohnerinnen, die eben noch am gemeinschaftlichen Feuer vor dem Zelt gegessen hatten, saßen nun spärlich bekleidet auf ihren Betten. Lizzie lag dösend auf ihrem Bett. Davor stand natürlich die Hutschachtel.

Absolute Stille trat ein. Neunzehn Augenpaare richteten sich verlangend auf Richard, der über die Hindernisse auf dem Boden zu Lizzies Bett stieg.

»Schläfst du schon, Lizzie?«, fragte er lächelnd.

Lizzie schlug die Augen auf und starrte ungläubig zu dem vertrauten Gesicht hinauf. »*Richard!* Richard, Schätzchen!« Sie sprang aus dem Bett und klammerte sich heftig weinend an ihn.

»Keine Tränen, Lizzie«, sagte er leise, als sie sich etwas beruhigt hatte. »Lass uns draußen reden.«

Er fasste sie um die Taille und führte sie unter den Blicken der anderen Frauen hinaus.

»Die Hälfte deines Glücks würde mir reichen, Lizzie«, sagte eine nicht mehr junge Frau.

»Mir ein Viertel davon«, rief ihre hochschwangere Nachbarin.

Richard und Lizzie gingen zum Ufer der Bucht, in die Nähe des provisorischen Backhauses. Lizzie klammerte sich an Richards Hand, als hinge ihr Leben davon ab. Sie setzten sich auf einen Haufen von Sandsteinblöcken.

»Wie erging es dir nach unserer Trennung?«, fragte Richard.

»Ich war noch lange in Gloucester, und dann kam ich nach London.« Lizzie zitterte, denn es wurde kühl und sie trug nur ein dünnes Kleid, das ihr schlaff um den Leib hing.

Richard zog seine Segeltuchjacke aus und legte sie ihr um die spitzen Schultern. Er betrachtete sie eingehend. Wie alt war sie eigentlich? Zweiunddreißig? Sie sah mehr wie zweiundvierzig aus, doch ihre schwarzen Augen blitzten noch immer. Auch als sie die Arme um ihn geschlungen hatte, hatte er weder Liebe noch Leidenschaft verspürt. Er mochte sie und hatte Mitleid mit ihr, aber nicht mehr. »Erzähl mir alles«, bat er.

»Ich war zum Glück nicht lange in London – das Gefängnis dort ist die reinste Hölle. Wir kamen auf die *Lady Penrhyn*, wo es weder männliche Sträflinge noch Seesoldaten gab. Dort waren wir ähnlich wie hier im Zelt zusammengepfercht. Einige Frauen hatten Kinder, andere waren schwanger und brachten ihre Kinder auf

See zur Welt. Die meisten Säuglinge starben, weil ihre Mütter sie nicht stillen konnten. Auch der Sohn meiner Freundin Ann ist gestorben. Einige verloren unterwegs ihre Unschuld und sind jetzt schwanger.«

Lizzie schüttelte Richards Arm wütend. »Kannst du dir das vorstellen, Richard? Man hat uns nicht einmal Lumpen für unsere Monatsblutung gegeben. Wir mussten unsere Kleider zerreißen. Wenn wir den Matrosen Hemden klauten, um sie als Lumpen zu verwenden, schlugen sie uns oder schoren uns die Köpfe kahl. Wer frech war, wurde geknebelt. Die härteste Strafe war, nackt in ein Fass gesteckt zu werden, aus dem nur Kopf, Arme und Beine herausragten.«

Lizzie zitterte trotz des Mantels. »Aber das war noch nicht das Schlimmste!«, stieß sie mit zusammengebissenen Zähnen hervor. »Die Männer auf der *Lady Penrhyn* behandelten uns wie Huren – egal ob wir welche waren oder nicht, und die meisten von uns waren keine. Für sie hatten wir nichts anderes zu bieten als unsere Möse.«

»So denken viele Männer«, sagte Richard mit gepresster Stimme.

»Sie demütigten uns zutiefst. Bei unserer Ankunft bekamen wir einen löchrigen Fetzen zum Anziehen und unsere eigenen Kleider, sofern wir welche hatten. Ich bekam meine Hutschachtel. Ist das nicht ein Wunder?« Ihre Augen leuchteten.

»Waren die Männer auch hinter dir her, Lizzie?«

»Ach wo! Ich bin nicht hübsch und nicht jung genug, und ich nehme zuerst da ab, wo ich sowieso nicht viel habe – an den Brüsten. Die Männer waren hinter den vollbusigen Mädchen her, und es gab ja auch nicht viele Männer, nur die Matrosen. Ich war meistens allein, nur mit Ann habe ich mich ein bisschen angefreundet. Sie hat ihr Bett neben meinem.«

Es wurde dunkel. Zeit zu gehen. Warum nur hatte dies geschehen müssen?

Das arme Ding! Nicht jung und hübsch genug, um Blicke auf sich zu ziehen, nicht einmal von Matrosen, die jede Menge andere Frauen zur Auswahl hatten. Und was für ein Schicksal erwartete Lizzie in Port Jackson, wo alles gleich war wie auf der *Lady Pen-*

*rhyn*, nur dass man hier festen Boden unter den Füßen hatte? Richard empfand keine Liebe für sie, aber er konnte ihr wenigstens helfen. Er wusste nicht, ob richtig war, was er vorhatte, er wusste nur, dass er ihr etwas schuldig war. Sie hatte sich in Gloucester um ihn gekümmert.

»Lizzie«, sagte er, »sollen wir unser in Gloucester getroffenes Arrangement fortsetzen? Ich beschütze dich, und du kümmerst dich dafür um mich und meine Männer?«

»Au ja!«, rief sie, und ihre Miene hellte sich auf.

»Aber dazu müsstest du mich heiraten, anders ist es nicht erlaubt.«

Lizzie zögerte. »Liebst du mich denn, Richard?«

Er zögerte ebenfalls. »Auf eine gewisse Weise ja«, antwortete er langsam, »auf eine gewisse Weise. Wenn du aber so geliebt werden willst, wie ein Mann die Frau seines Herzens liebt, darfst du mich nicht nehmen.«

Sie hatte immer gewusst, dass Richard sie nicht begehrte. Wenigstens war er ehrlich. Nach der Ankunft hatte sie unter den Männern, die sich im Frauenlager drängten, vergeblich nach ihm Ausschau gehalten. Sie hatte sich umgehört, ob eine Frau sich rühmte, mit Richard Morgan zu schlafen, doch ohne Ergebnis. Daraus hatte sie geschlossen, dass Richard gar nicht in die Botany Bay gebracht worden war. Jetzt saß er neben ihr und machte ausgerechnet ihr einen Heiratsantrag. Nicht weil er sie liebte oder begehrte, sondern weil er ihre Dienste benötigte. Hatte er Mitleid mit ihr? Nein, das wäre unerträglich! Er benötigte ihre Dienste. Damit konnte sie leben.

»Ich heirate dich«, sagte sie, »unter einer Bedingung.«

»Sag mir, welche.«

»Dass niemand erfährt, was wirklich zwischen uns ist. Wir sind hier nicht im Gefängnis von Gloucester, und deine Männer sollen nicht denken, dass mir – dass mir – etwas fehlt.«

Am 30. März 1788 heiratete Richard Morgan Elizabeth Lock. Ein freudestrahlender Bill Whiting war sein Trauzeuge, Ann Colpitts war Lizzies Trauzeugin.

Richard unterschrieb die Heiratsurkunde des Kaplans und stellte dabei erschrocken fest, dass er das Schreiben fast verlernt hatte. Reverend Johnsons Miene verriet deutlich, was er von der Ehe hielt: Richard heiratete unter seinem Stand. Lizzie trug die Kleider, die sie seit ihrem ersten Tag im Gefängnis von Gloucester nicht mehr getragen hatte: ein weites, schwarz-rot gestreiftes Kleid, eine rote Federboa, hochhackige schwarze Samtschuhe, die mit Strassen versehene Schnallen besaßen, weiße Strümpfe mit schwarzen Stickereien, ein rotes Retikül mit Spitzenborte und natürlich Mr Thistlethwaites atemberaubenden Hut. Sie sah aus wie eine Hure, die sich Respekt verschaffen wollte.

Im Mai entdeckte der Gouverneur fünfzehn Meilen westlich im Landesinneren eine einigermaßen fruchtbare Gegend und beschloss, einen Teil der Sträflinge dorthin zu verlegen. Der Berg Rose Hill, benannt nach Sir George Rose, überragte das Gebiet. Die Sträflinge sollten es vollständig roden und den Boden für den Anbau von Weizen und Mais vorbereiten. Gerste wollte der Gouverneur weiterhin auf den Feldern in Sydney Cove anbauen. Die Sägegruben produzierten nur kleine Mengen an Balken und Brettern, doch wich man stattdessen auf Palmenstämme aus. Das Holz der runden, ziemlich geraden Stämme war zwar schlecht und verrottete schnell, man konnte es jedoch gut zusägen und Ritzen zwischen den Brettern mit Schlamm füllen. Deshalb verwendete man für die immer zahlreicher entstehenden Gebäude zumeist Palmenstämme. Die Dächer deckte man mit Palmwedeln oder Binsen. Aus dem Holz des Keulenbaums stellte man Schindeln her. Man ließ sie trocknen und verwendete sie für Gebäude, die länger halten sollten, wie das Haus des Gouverneurs.

Die Ziegel für die ersten Mauern hatte man noch mitgebracht, und ganz in der Nähe gab es hervorragend geeigneten Ziegelton. Die Herstellung von Ziegeln ging so schnell vonstatten, wie die dürftigen zwölf Hohlformen, die man mit auf die Reise genommen hatte, es zuließen. Das Bauen mit Ziegelsteinen oder dem wunderbaren gelben Sandstein der Region gestaltete sich jedoch schwierig. Denn nirgends hatte man auch nur eine Spur von Kalkstein entdeckt. *Nirgends!* Lächerlich! Kalkstein war doch wie Erde – es gab überall so viel davon, dass in London niemand einen Gedanken daran verschwendet hatte. Aber wie sollte man ohne Kalkstein Mörtel anrühren, um die Ziegel oder Sandsteinblöcke miteinander zu verbinden?

Also musste man die Beiboote der Schiffe aussenden und an den Stränden und Felsbänken von Port Jackson leere Austernschalen einsammeln. Die Eingeborenen hatten eine besondere Vorliebe für Austern und häuften deren Schalen zu kleinen Bergen auf. Die Austernschalen wurden verbrannt, um Kalk für Mörtel herzustellen. Man brauchte etwa 30 000 Schalen, um Mörtel für 5000 Ziegelsteine zu bekommen – die für ein kleines Häuschen erforderliche Menge. Die Suche nach den Schalen musste deshalb nach und nach auf die Botany Bay und Port Hacking im Süden und auf Gebiete hundert Meilen nördlich von Port Jackson ausgedehnt werden. Millionen verbrannter und zermahlener Austernschalen wurden zu Mörtel verarbeitet, um die Ziegel und Steinblöcke der ersten festen Gebäude von Sydney Cove zusammenzuhalten.

Die Zahl der Toten stieg alarmierend, bei den Freien nicht weniger als bei den Gefangenen. Auch Frauen und Kinder blieben nicht verschont. Einige Sträflinge waren geflüchtet, trotzdem mussten immer noch über tausend Menschen ernährt werden. Skorbut und Hunger grassierten, weshalb die Arbeit nur im Schneckentempo voranging. Daneben gab es natürlich auch Sträflinge – und Seesoldaten –, die Arbeit grundsätzlich ablehnten. An Ausreden fehlte es nicht.

Der Mai brachte die ersten Fröste des herannahenden Winters. Sie vernichteten fast alles, was in den Gärten wuchs. Lizzie brach beim Anblick ihres erfrorenen Gemüses in Tränen aus und wagte sich dann gefährlich weit ins Hinterland vor, um nach etwas zu suchen, das grün und essbar aussah. Doch nachdem die nackten Leichen zweier von den Eingeborenen getöteten Sträflinge ins Lager gebracht worden waren, verbot Richard ihr, die nähere Umgebung der Bucht zu verlassen. Immerhin hatten sie Sauerkraut und das würden sie essen, auch wenn der Rest der Welt lieber an Skorbut erkrankte.

Am 4. Juni hatte der König Geburtstag. Zur Feier des Tages legte Seine Exzellenz der Gouverneur die Grenzen der ersten Grafschaft von Neusüdwales fest und nannte sie Cumberland County.

»Es ist zweifellos die größte Grafschaft der Welt«, hörte man Marineadmiralarzt White sagen, »aber es gibt hier rein gar nichts!« Mit der Einschränkung freilich, dass irgendwo in Cumberland County vier schwarze Kühe und ein schwarzer Bulle herumliefen. Die wertvollen Rinder hatten die Trunkenheit des sie beaufsichtigenden Sträflings ausgenutzt und waren aus ihrem Pferch ausgebrochen. Verzweifelt suchte man sie. An Dunghaufen und zerkauten Sträuchern sah man, welchen Weg die Tiere genommen hatten, doch wollten sie sich nicht wieder einfangen lassen. Eine Katastrophe!

Die *Supply* kehrte von ihrer zweiten Reise nach Norfolk Island mit erfreulichen, aber auch deprimierenden Nachrichten zurück. Es gab nach wie vor keine Möglichkeit, ganze Baumstämme in die Schiffe einzuladen, doch konnte man immerhin aus Tannenholz zugesägte Balken, Latten und Bretter nach Port Jackson liefern, und Tannenholz war besser zum Bauen geeignet als das Holz der Palmen.

Andererseits, so berichteten die Seemänner der *Supply*, sei es so gut wie unmöglich, auf Norfolk Island Gemüse oder Getreide anzubauen, da es dort von Raupen und Larven nur so wimmelte. In seiner Verzweiflung schickte Leutnant King seine wenigen weiblichen Sträflinge auf die Felder, damit sie die Larven einsammelten. Doch so schnell sie auch sammelten, sie wurden der Plage nicht Herr. Der Boden war fruchtbar, und doch konnte King dort nichts anbauen! Trotzdem schien der Leutnant nach wie vor begeistert von Norfolk Island. Er war trotz der vielen Schädlinge davon überzeugt, dass Menschen auf der Insel besser leben konnten als in der Umgebung von Port Jackson.

Die Eingeborenen waren in den Augen der Engländer hässlich, noch unansehnlicher als die Schwarzen Afrikas. Sie stanken, beschmierten sich mit weißem Ton und verstümmelten ihre Gesichter, indem sie sich entweder einen Schneidezahn herausbrachen oder den Knorpel zwischen den Nasenlöchern mit einem kleinen Knochen durchbohrten. Ihre schamlose Nacktheit erregte großen Anstoß, ebenso das Verhalten ihrer Frauen, die im einen Augenblick schamlos mit den Männern kokettierten und im nächsten wüste Beschimpfungen ausstießen.

Welten trennten Eingeborene und Engländer. Sie verstanden einander nicht und wollten das auch gar nicht. Der Gouverneur wollte, dass die Sträflinge den Eingeborenen mit größter Rücksicht begegneten, und deshalb begannen die Sträflinge die in ihren Augen nutzlosen Primitiven regelrecht zu hassen, vor allem weil diese nicht bestraft wurden, wenn sie Fisch, Gemüse oder Werkzeuge stahlen. Außerdem machte der Gouverneur für die gelegentlichen Übergriffe und Morde immer die Sträflinge verantwortlich. Auch wenn es keine Zeugen gab, ging er davon aus, dass Sträflinge die Eingeborenen provoziert hatten. Die Sträflinge bestritten das natürlich. Der Gouverneur hätte gegen einen Sträfling sogar für den Teufel Partei ergriffen. Die Gefangenen verkörperten in seinen Augen eine noch niedrigere Lebensform als die Eingeborenen. In den ersten Monaten in Sydney Cove verfestigten sich Denkweisen, die bis weit in die Zukunft fortbestehen sollten.

Die Lage von Richard und seinen Männern war, vom ständigen Hunger einmal abgesehen, erträglich. Die Männer hatten sich mit Lizzies Anwesenheit abgefunden. Der Einzige, den sie nicht für sich einnehmen konnte, war Taffy Edmunds. Seine frauenfeindlichen Neigungen verstärkten sich sogar noch. Taffy wollte nicht, dass man ihn bemutterte oder sich seinetwegen Umstände machte. Er wusch und flickte seine Kleider selbst und taute nur an Sonntagabenden auf, wenn die Männer draußen neben dem brachliegenden Gemüsegarten ein Feuer anzündeten und er die Gegenstimme zu Richards Bariton singen konnte.

Richard und Lizzie hatten einen kleinen, an das Hauptgebäude angebauten Raum für sich. Sie schliefen jedoch auch bei kältestem Wetter getrennt. Lizzie wäre in manch schlafloser Nacht gern zu Richard ins Bett gekrochen, doch fürchtete sie sich zu sehr vor einer Zurückweisung und zog es deshalb vor, Richards Liebe nicht auf die Probe zu stellen.

Major Ross ließ Richard in sein aus Palmenstämmen erbautes Haus kommen. Man war dabei, ihm in aller Eile ein Steinhaus zu errichten, da seine Unterkunft einem Vizegouverneur nicht angemessen war. Sein neunjähriger Sohn John war inzwischen von Bord der *Sirius* gegangen und lebte nun bei ihm. Die Mutter des Kindes und die jüngeren Geschwister waren in England geblieben.

Der Major war in bester Stimmung und strahlte über das ganze Gesicht.

»Ah, Morgan!«, sagte er. »Nehmen Sie das – die Kiste gehört Ihnen. Sie tauchte auf wundersame Weise im Frachtraum der *Alexander* auf. Aber sehen Sie am besten erst nach, ob etwas fehlt.«

Auf einem Schemel stand Richards große Werkzeugkiste. Nur die Tücher, in die sie eingewickelt gewesen war, fehlten. Zum Glück trug sie das Messingschild mit Richards Namen, sonst hätte niemand gewusst, wem sie gehörte. Die Schlösser waren aufgebrochen. Richard schluckte. Als er die Kiste jedoch öffnete und die Einsätze herausnahm, stellte er fest, dass nichts fehlte.

»Donnerwetter!«, rief der Major. »Sie sind gar kein Sägenschleifer, sondern ein Büchsenmacher.«

Alles war an seinem Platz. Senhor Tomas Habitas musste die Kiste persönlich gepackt haben. Sie enthielt ganze Steinschlösser, Teile von Steinschlössern, Schrauben, Stifte, Bolzen, Sprungfedern, verschiedene Flüssigkeiten – *Walfischtran!* – und Spezialbürsten. Nichts war herausgenommen worden oder zerbrochen. Alles war so gut mit Lint gepolstert, dass nicht einmal eine Wanze hätte hineinkriechen können. Mit diesen Utensilien konnte er, wenn er von jemandem einen Schaft, einen Lauf und einen Verschluss bekam, eine Schusswaffe herstellen.

»Ich bin Büchsenmachermeister«, gestand Richard. »Doch bin ich auch ein richtiger Sägenschleifer, Sir. Mein Bruder in Bristol betreibt ein Sägewerk, und ich habe ihm immer die Sägen gerichtet.«

»Sie haben nie davon erzählt, dass Sie Büchsenmacher sind.«

»Als Sträfling wollte ich nicht an die große Glocke hängen, dass ich mit Waffen umgehen kann, Major Ross. Man hätte es falsch deuten können.«

»Aber das ist doch hervorragend!«, rief der Major begeistert. »Sie können sämtliche Musketen, Pistolen und Vogelflinten in diesem Lager in Stand setzen. Ich lasse sofort einen Schießstand bauen. Da hier so viele Kinder herumlaufen, ist es nicht ratsam, auf Flaschen zu schießen. Macht Ihr Sägenschleiferlehrling Fortschritte?«

»Er schleift die Sägen schon genauso gut wie ich, Sir.«

»Dann kümmern Sie sich um die Waffen.«

»Dazu brauche ich eine Werkbank in genau der richtigen Höhe, einen Hocker und einen schattigen, aber hellen Platz, Major Ross.«

»Sie sollen alles haben, was Sie brauchen. Am schlimmsten ist der Rost, Morgan, der Rost! Die Waffen sind alle total verrostet. Die Hälfte der Musketen zünden nicht oder es verpufft nur das Pulver auf den Pfannen der Steinschlösser.«

»Ich kann Ihnen gar nicht genug danken, dass Sie mir die Kiste beschafft haben, Sir«, sagte Richard. Am liebsten hätte er dem Major die Hand geschüttelt.

Major Ross schlug sich mit der Hand an die Stirn. »Moment mal! Fast hätte ich noch etwas vergessen.« Er wühlte in dem ungeordneten Haufen von Gegenständen, die aus seinem vom Blitz zerstörten Zelt gerettet worden waren, und zog eine große Flasche mit einer zähflüssigen Substanz heraus. »Doktor Balmain destillierte das aus dem Saft eines Baumes, den Mr Bowes Smyth vor seiner Abreise nach China entdeckte, einer Art Terebinthe, wie er meinte, obwohl der Saft eine bläuliche Farbe hat. Balmain probierte den Saft an einer rostigen Säge aus, und angeblich funktioniert es einwandfrei.«

»Dann spare ich mir das Antimonfett und den Walfischtran für die Waffen auf und gebe Edmunds diese Flasche für die Sägen.« Richard konnte sein Glück immer noch nicht fassen.

Zwei Tage später hatte er in einem stabilen Zelt, dessen Wände hochgerollt werden konnten, eine Werkstatt eingerichtet. Major Ross hatte nicht übertrieben: Die Waffen der Siedler waren furchtbar verrostet.

»Was für ein verschwiegener Kerl Sie sind, Richard«, sagte Stephen Donovan. Er war gekommen, um herauszufinden, was es mit dem neuesten Gerücht auf sich hatte.

Richard freute sich, ihn zu sehen. »Ich wollte nicht über Dinge reden, die ich hinter mir gelassen habe, Mr Donovan«, erwiderte er. »Jetzt, da ich offizieller Büchsenmacher bin, gebe ich gern darüber Auskunft.«

In der folgenden Stunde sagte Donovan nichts. Er sah nur wie gebannt Richard bei der Arbeit zu. Richards erster Auftrag waren zwei Pistolen des Majors. Was für ein Vergnügen, einen begnadeten Handwerker bei seiner hingebungsvoll ausgeübten Arbeit beobachten zu können! Den sicheren Bewegungen seiner Hände zu folgen! Mit der Spitze eines mit Lint umwickelten Stäbchens gab Richard einen Tropfen Walfischtran auf die Sprungfeder.

»Die Spannung der Feder hat nachgelassen«, erklärte Richard. »Deshalb wurden nicht genügend Funken erzeugt. Davon abgesehen, hat der Major seine Pistolen gut gepflegt. Und was haben Sie seitdem getan?«

»Ich war die meiste Zeit mit einem Beiboot unterwegs, um Austernschalen heranzuschaffen. Wir fahren jetzt aufs Meer hinaus, weil wir in Port Jackson keine mehr finden.«

»Dann kehren Sie jetzt besser zu Ihrem Boot zurück, denn ich sehe gerade Major Ross kommen«, sagte Richard und legte die Pistole mit einem zufriedenen Seufzer hin.

Donovan verstand den Wink und ging.

»Fertig?«, fragte Ross barsch.

»Jawohl, Sir. Sie müssen nur noch getestet werden.«

»Dann kommen Sie mit zum Schießstand«, sagte der Major. Er nahm den Kasten aus Walnussholz entgegen. »Sobald die Musketen wieder funktionieren, finden jeden Samstag unter Ihrer Aufsicht Übungen im Schießstand statt. Port Jackson sollte befestigt werden, doch Seine Exzellenz hält Mauern und Geschützstellungen für überflüssig. Also muss ich meine Männer wenigstens so gut wie möglich auf Angriffe vorbereiten. Denn was ist, wenn die Franzosen kommen? Keins unserer Schiffe liegt an einer zur Verteidigung geeigneten Stelle, und wir bräuchten etwa drei Stunden, bis eine Kanone feuerbereit ist.«

Der Schießstand war ein Holzhaus ohne Vorderwand. Im Innenraum war Sand aufgehäuft. Ein Pfosten mit einem daran befestigten geschwärzten Holzklotz war das Ziel. Major Ross schoss, während Richard die zweite Pistole lud. Der Major feuerte auch diese ab und grunzte zufrieden. »Die funktionieren besser als damals, als ich sie gekauft habe. Morgen fangen Sie mit den Musketen an. Ach ja, ich habe übrigens einen Lehrling für Sie gefunden.«

Ich hoffe nur, mein von Ross so selbstherrlich ernannter Lehrling bringt Talent für diese Arbeit mit, die mit großer Sorgfalt ausgeführt werden muss, dachte Richard. Major Ross ist ein ehrenwerter Mensch, und ich sollte deshalb zuerst an seinen eigenen Pistolen zeigen, was ich kann. Aber zwei schöne Pistolen herzurichten ist etwas ganz anderes, als zweihundert oder noch mehr Musketen zu zerlegen, zu reinigen und wieder zusammenzusetzen. Ein fähiger Helfer wäre ein Geschenk des Himmels, ein Tollpatsch dagegen nur ein Klotz am Bein.

Der Soldat Daniel Stanfield war ein Geschenk des Himmels. Stanfield war jung, schmächtig, uneitel und hatte, wie er Richard erzählte, zuerst Unterricht bei seiner Mutter und dann in einer Armenschule gehabt. Er las gern, trank wenig und war wissbegierig, ohne den anderen mit dauernden Fragen auf die Nerven zu fallen. Er hörte genau zu, wenn man ihm etwas sagte, merkte sich alles, legte die Werkzeuge nach getaner Arbeit an ihren richtigen Platz zurück und hatte geschickte Hände.

»Komische Situation«, bemerkte Stanfield einmal, als er zusah, wie Richard eine Muskete zerlegte.

»Warum?«, fragte Richard.

»Weil ich offiziell Ihr Vorgesetzter bin. Doch in diesem Zelt ist es umgekehrt. Es ist mir unangenehm, wenn Sie mich mit ›Mister‹ ansprechen, ich Sie aber mit ›Morgan‹. Wenn es Ihnen nichts ausmacht, nennen Sie mich im Zelt Daniel, und ich sage Mister Morgan zu Ihnen.«

Richard sah ihn überrascht an, dann lächelte er. »Wie Sie wollen, ich nenne Sie gern Daniel. Ihrem Alter nach könnten Sie fast mein Sohn sein.« Richard spürte, wie sich sein Herz bei diesen Worten zusammenkrampfte. Schlafe weiter, William Henry, schlafe weiter auf dem Grund meiner Seele.

»Sie gelten als schweigsam«, sagte Daniel einige Tage später. Er konnte inzwischen allein Musketen zerlegen. »Wir Soldaten kennen alle Sträflinge, auch wenn wir nicht wissen, was ihr getan habt und warum. Sie sind auch der Anführer verschiedener gut funktionierender Gruppen und genießen überall Respekt. Das erleichtert den Soldaten die Arbeit.«

Richard grinste, ohne aufzusehen.

Gouverneur Phillip beschloss, die *Sirius* nach Kapstadt zu entsenden, um Proviant zu holen. Auf das Versorgungsschiff *Guardian* zu warten war zu ungewiss. Schon jetzt wurde die Nahrung knapp. Die *Sirius* sollte über Kap Hoorn fahren. Die Entscheidung, ob sie auf dem Rückweg Van-Diemens-Land oder Kap Hoorn umrunden würde, blieb Captain Hunter überlassen. Zusammen mit der *Sirius* sollte auch die *Golden Grove* Port Jackson verlassen. Sie sollte zunächst Norfolk Island anlaufen und eine erste Gruppe von Sträflingen dort absetzen, um das übervölkerte Port Jackson zu entlasten und die kleine Siedlung auf der Insel zu verstärken.

Als Major Ross am letzten Septembertag nach Richard schickte, wusste dieser bereits, was der Major ihm sagen würde. Richard war vor kurzem vierzig Jahre alt geworden und hatte seit seinem siebenunddreißigsten Lebensjahr jeden Geburtstag woanders verbracht: im Gefängnis von Gloucester, auf dem Gefangenenschiff *Ceres*, auf der *Alexander* und in Neusüdwales. Noch vor seinem einundvierzigsten Geburtstag würde er Neusüdwales verlassen. Diesmal freilich kam der Wechsel früher als erwartet. In wenigen Wochen würde er in Norfolk Island sein, davon war er überzeugt.

»Beim Soldaten Stanfield haben Sie ein wahres Wunder vollbracht, Morgan«, sagte der Vizegouverneur. »Und dank Ihnen haben wir jetzt sogar zwei ausgebildete Sägenschleifer. Sie schicke ich deshalb als Säger, Sägenschleifer und Büchsenmacher nach Norfolk Island. Leutnant King hat Seine Exzellenz benachrichtigt, sein einziger Säger sei ertrunken. Sie sind zwar kein ausgebildeter Sägewerker, Morgan, doch bin ich überzeugt, Sie werden dieses Handwerk rasch erlernen. Sie sind ja ein praktischer Mensch. Ich habe Leutnant King in meinen Depeschen darauf hingewiesen, dass Sie für Norfolk Island sehr wichtig sein werden.« Die dünnen Lippen verzogen sich zu einem säuerlichen Lächeln. »Was man nicht von allen sagen kann, die mit Ihnen gehen.«

»Darf ich meine Frau mitnehmen, Sir?«, fragte Richard.

»Leider nein. Auf dem Schiff sind keine Plätze für Frauen mehr frei. Seine Exzellenz hat mir eine Liste der Frauen gegeben, die mitfahren sollen. Ich überlege noch, ob ich Blackall von der *Alexander* als weiteren Säger mitschicke. Denn ich befürchte, Sie werden mit dem Schleifen der Sägen genug zu tun haben. Das Bauholz für Port Jackson kommt bis auf weiteres aus Norfolk Island. Um endlich Steine oder Ziegel verwenden zu können, müssen wir zuerst Kalkstein finden. Das Holz aus der Gegend hier taugt nichts, doch die von der *Supply* mitgebrachten Balken und Bretter sind ideal. Die *Supply* hat eine stürmische Überfahrt hinter sich und muss auf Kiel gelegt werden. Deshalb wird die *Golden Grove* Sie auf Norfolk Island absetzen.«

»Darf ich meine Werkzeuge mitnehmen?«

Ross sah beleidigt aus. »Die Beamten Seiner Majestät sind nicht befugt, Ihnen auch nur einen einzigen Nagel wegzunehmen«, sagte er steif. »Nehmen Sie alle Ihre Habseligkeiten mit, das ist ein Befehl. Es tut mir Leid wegen Ihrer Frau, aber darauf habe ich keinen Einfluss. Stanfield wird mit den Werkzeugen hier zurechtkommen, er weiß ja jetzt, wie man Schmirgelpapier und Feilen herstellt. Jetzt packen Sie Ihre Sachen. Sie gehen morgen Nachmittag um vier an Bord. Halten Sie sich an der östlichen Anlegestelle bereit – und keine Abschiedsszenen, verstanden?«

Stanfield war in die Arbeit an einer Brown Bess vertieft und blickte nicht auf, als Richard das Zelt betrat.

»Mr Stanfield«, sagte Richard.

Der Soldat zuckte zusammen und sah auf. »Sie gehen nach Norfolk Island?«

»So ist es. Und ich habe den Befehl, alle meine Werkzeuge und sonstigen Dinge mitzunehmen, was mir sehr Leid tut. Major Ross versicherte mir, Sie könnten die Arbeit mit den hier verbleibenden Werkzeugen fortführen.«

»Gewiss«, erwiderte Stanfield fröhlich. Er stand auf und

streckte Richard die Hand hin. »Richard, ich danke Ihnen für Ihre Großzügigkeit und Zeit.«

Richard ergriff die Hand und schüttelte sie herzlich. »Ich hoffe, wir sehen uns wieder, Daniel.«

Die Männer waren zu Hause versammelt, wo Lizzie das Abendessen zubereitet hatte. Hätte sie nur ein paar mehr Zutaten gehabt, so hätte jeder gemerkt, was für eine gute Köchin sie war. Es gab Gemüsesuppe mit Erbsen und einen Kessel voll Reis, dazu für jeden einen Löffel Sauerkraut.

Richard stellte die Werkzeugkiste hin und gesellte sich zu der um das Feuer sitzenden Gruppe. Es gab zwar kein Holz zum Sägen, dafür aber reichlich Brennholz.

Wie sollte er es ihnen beibringen? Sollte er Lizzie unter vier Augen einweihen? Denn natürlich musste er es ihr zuerst sagen, auch wenn er Tränen und Proteste fürchtete. Lizzie würde glauben, er habe darum gebeten, sie nicht mitnehmen zu müssen.

Er aß schweigend, froh darüber, dass keiner bemerkt hatte, dass er seine Werkzeugkiste mitgebracht hatte. Würden sie ohne ihn überleben? Bestimmt, dachte er. Acht Monate waren sie jetzt hier, und inzwischen lebte jeder unabhängig von der Gruppe sein eigenes Leben. Nur noch Kost und Logis hielten die Gemeinschaft zusammen. Die Männer, die in den Lagerhäusern arbeiteten – also die meisten –, hatten ein gutes Verhältnis untereinander und zu Leutnant Furser. Sorgen machte Richard sich allenfalls um Joey Long, der so leicht beeinflussbar war. Er würde die anderen bitten, sich um ihn zu kümmern. Was Lizzie anging, sie würde sogar den Untergang der *Royal George* überleben. Richard war nie ein dominanter Anführer gewesen. Sie würden seine Abwesenheit kaum merken, und einige waren vielleicht sogar froh, eigene Wege zu gehen.

»Begleite mich ein paar Schritte, Lizzie«, sagte er nach dem Essen.

Lizzie sah ihn überrascht an, kam jedoch mit vor die Tür. Sie merkte, dass ihn etwas bedrückte, war sich selbst jedoch keiner Schuld bewusst.

Draußen dämmerte es, doch die offizielle Sperrstunde war das ganze Jahr über acht Uhr, auch wenn es früher dunkel wurde. Richard führte seine Frau zu einer einsamen Stelle am Wasser. Sie setzten sich auf einen Felsen. Grillen lärmten im Gras und eine große Spinne kroch über die Steine, sonst störte nichts ihre stille Zweisamkeit.

»Major Ross hat mich heute zu sich gerufen«, sagte Richard mit fester Stimme. Er blickte über die Bucht, an deren westlichem Ufer Myriaden von Lichtern flimmerten und leuchteten. »Ich soll morgen an Bord der *Golden Grove* gehen und nach Norfolk Island fahren.«

Sein Tonfall verriet Lizzie, dass er allein gehen würde, doch sie musste die Frage stellen. »Soll ich mitkommen?«

»Nein. Ich habe darum gebeten, aber die Bitte wurde abgelehnt. Anscheinend hat der Gouverneur die Frauen, die mitkommen, bereits ausgewählt.«

Eine Träne fiel auf den von der Sonne noch warmen Felsen. Lizzies Lippen zitterten, doch sie rang tapfer um ihre Fassung. Sie durfte keine Szene machen. Richard wollte gehen. Sicher hatte er gefragt, ob sie mitkommen konnte, aber er hatte bestimmt auch von vornherein gewusst, dass die Antwort nein lauten würde.

»Gut, Richard«, sagte sie deshalb mit einer Stimme, die nichts von ihrem Kummer verriet. »Wir gehen dorthin, wo man uns hinschickt, weil wir es uns nicht aussuchen können. Ich bleibe also hier und kümmere mich weiter um die Familie. Wenn ich mich anständig benehme, kann man mich nicht zwingen, ins Frauenlager zurückzukehren. Schließlich bin ich verheiratet, und nur eine Laune des Gouverneurs hat mich von meinem Mann getrennt. Außerdem habe ich mit Leutnant Furser eine für ihn vorteilhafte Vereinbarung über das Gemüse getroffen. Deshalb wird er mich nicht ins Frauenlager gehen lassen.« Lizzie stand rasch auf. »Lass uns zurückgehen und es den anderen erzählen.«

Nur Joey Long weinte.

Kurz nach Sonnenaufgang jedoch hatte Joey seinen Kummer vergessen und strahlte über das ganze Gesicht. Sergeant Thomas Smyth war nämlich gekommen und hatte ihm mitgeteilt, dass er ebenfalls auf der *Golden Grove* nach Norfolk Island fahren werde. Er solle seine Sachen packen und sich am Nachmittag um vier Uhr am östlichen Landesteg einfinden – Abschiedsszenen unerwünscht.

Joeys wenige Habseligkeiten waren schneller gepackt als die von Richard, denn sie passten fast alle in seine Kiste. Richard dagegen musste sich entscheiden, welche Bücher er mitnehmen und welche er Will, Bill, Neddy, Tommy Crowder und Aaron Davis dalassen sollte. Die Büchersammlung war mittlerweile auf eine erstaunliche Größe angewachsen, hauptsächlich dank Stephen Donovan, der die von den Seesoldaten und Offizieren auf der *Sirius* zurückgelassenen Bücher einsammelte. Richard wählte die Bücher aus, die für ihn den größten Nutzen hatten, sowie die, die er von Vetter James, dem Kirchenmann, bekommen hatte. Was er außerdem gebraucht hätte, war die *Encyclopaedia Britannica*, doch damit musste er warten, bis er nach Hause schreiben konnte. Dasselbe galt für Jethro Tulls Buch über die Landwirtschaft, erschienen fünfundfünfzig Jahre zuvor, aber immer noch die Bibel eines jeden Ackerbau betreibenden Menschen.

Das Beiboot der *Golden Grove* wartete bereits an dem kleinen Landesteg. Neunzehn weitere Sträflinge sollten mitkommen, einige kannte Richard noch von der *Alexander*. Willy Dring und Joe Robinson aus Hull, John Allen und seine geliebte Geige – für Musik auf Norfolk Island war damit gesorgt –, der launische Bill Blackall von der Steuerbordseite, Len Dyer, ein aufsässiger, zu Jähzorn neigender Londoner, Will Francis von der *Ceres* und der *Alexander*, für seine Vorgesetzten eine ständige Plage, und Jim Richardson, ebenfalls von der *Ceres* und der *Alexander* und ebenfalls ein launischer Kerl. Er und Dyer hatten auf der *Ceres* ein Deck höher gewohnt, bei den Londonern. Die restlichen Männer kannte Richard nicht, sie kamen von anderen Schiffen.

Richard, Joey Long und MacGregor nahmen am Bug Platz. Ich weiß nicht, nach welchen Kriterien diese Männer ausgewählt worden sind, dachte Richard. Wenn ich sehe, welche Frauen der Gouverneur ausgewählt hat, wird mir einiges klar werden.

Die *Golden Grove* war ein Versorgungsschiff, die Unterbringung der Passagiere war deshalb anders als auf einem Sklavenschiff. Die Männer wurden zur achternen Deckluke geführt und stiegen zu einem tiefer gelegenen Deck hinunter, das abgesehen von Hängematten leer war. Das Schiff war ein Zweidecker, die weitere für Norfolk Island bestimmte Ladung wurde weiter unten gelagert. Richard ließ Joey Long und MacGregor unter Deck zurück, um auf ihre Habe aufzupassen, und stieg wieder hinauf.

»So sieht man sich wieder«, sagte Stephen Donovan. Richard fuhr herum.

»Schön, dass es auch Ihnen mal die Sprache verschlägt«, lachte Donovan. Er nahm den Gefährten am Arm und zog ihn mit sich fort. »Johnny, das ist Richard Morgan. Richard, das ist mein Freund Johnny Livingstone.«

Richard sah auf einen Blick, warum Donovan den Mann so anziehend fand. Johnny Livingstone war schlank und von anmutiger Gestalt, hatte blonde Locken und große grüne, von langen schwarzen Wimpern gesäumte Augen. Ein hübscher und wahrscheinlich netter Kerl, mit dem sich schon so mancher Marineoffizier vergnügt haben mochte. Er erinnerte Richard an die Schiffsjungen, von denen es auf der *Alexander* drei gegeben hatte, alle drei Eigentum von Trimmings, dem Proviantmeister, einem barschen und gefühllosen Menschen.

»Ich freue mich, Sie kennen zu lernen, Mr Livingstone«, sagte Richard lächelnd und trat rasch an die Reling, um etwas Abstand zwischen sich und den beiden Freien zu schaffen, denn andere Sträflinge waren ebenfalls an Deck gekommen und starrten neugierig herüber. »Ich dachte, Sie wären auf der *Sirius*.«

»Und unterwegs zum Kap der Guten Hoffnung«, sagte Donovan und nickte. »Das Problem ist nur, dass wir auf Norfolk Island dringender gebraucht werden als auf der *Sirius*. Seine Exzellenz hat zu wenig Freie, die als Sträflingsaufseher eingesetzt werden können. Major Ross hat sich nämlich geweigert, dafür Seesoldaten heranzuziehen. Also wurde ich zum Sträflingsaufseher auf Norfolk Island bestimmt.« Er senkte die Stimme und zog die Augenbrauen hoch. »Vermutlich wollte Captain Hunter auf der Reise zum Kap gern mit Johnny allein sein und schlug dem Gouverneur deshalb mich vor. Doch leider beschloss Johnny, ebenfalls nach Norfolk Island zu fahren. Captain Hunter hat inzwischen zwar aufgehört zu fluchen, aber er wird sicher nach einer Gelegenheit suchen, sich zu revanchieren.«

»Was werden Sie auf Norfolk Island tun, Mr Livingstone?«, fragte Richard. Sicher hielten seine Mitsträflinge ihn bereits für einen Freund der beiden Männer vom anderen Ufer.

Mr Livingstone machte keine Anstalten zu antworten. Er war, wie Richard feststellte, sehr schüchtern und gehemmt.

»Johnny ist ein geschickter Drechsler. Wir haben eine Drehbank an Bord – so wie ich die Behörden in London kenne, wahrscheinlich nur eine –, und sie soll auf Norfolk Island verwendet werden. Das Holz von Port Jackson kann auf einer Drehbank nicht bearbeitet werden, Tannenholz dagegen schon. Dass Seine Exzellenz Johnnys Wunsch, die *Sirius* zu verlassen, gerne erfüllte, hängt mit den Treppengeländern der neuen Gouverneursresidenz zusammen. Johnny wird sie dort fertigen, wo das Holz herstammt. Und er wird noch eine Menge anderer praktischer Gegenstände aus Holz herstellen, die Seiner Exzellenz fehlen.«

»Aber kann er das nicht besser in Port Jackson?«

»Auf den zwischen beiden Siedlungen verkehrenden Schiffen ist kein Platz für das entsprechende Holz. Die Schiffe sind bis zum Schandeckel mit Balken für bessere Häuser der Seesoldaten und Sträflinge voll geladen.«

»Natürlich, das hätte ich mir denken können.«

»Hier kommen die Damen«, verkündete Donovan fröhlich.

Im Beiboot saßen elf Frauen. Dank Lizzie kannte Richard die meisten vom Sehen, doch er war mit keiner näher bekannt. Mary Gamble etwa sollte Captain Sever aufgefordert haben, sie am Arsch zu lecken, und sie hatte Männer, die sich ihrer Männlichkeit rühmten, mit ihrem frechen Mundwerk so sehr verhöhnt und gekränkt, dass sie dafür jede Menge Prügel bezog. Ann Dutton liebte den Rum und die Seesoldaten gleichermaßen und war hinter Letzteren her, um sich Ersteres zu beschaffen. Rachel Early war eine Schlampe, die sich sogar mit einem Stück Eisen gezankt hätte. Elizabeth Cole hatte kurz nach der Ankunft in Port Jackson einen

Mitsträfling geheiratet und war von ihm so furchtbar verprügelt worden, dass Major Ross sich eingeschaltet und sie als Wäscherin ins Frauenlager geschickt hatte. In ihrem Fall bedeutete es eine Erlösung, 1100 Meilen von ihrem Ehemann getrennt zu sein, doch im Fall der anderen Frauen schien Seine Exzellenz sich von besonderen Quälgeistern befreit zu haben.

»Na, das kann ja lustig werden«, seufzte Richard und sah zu, wie die Frauen zur vorderen Luke geführt wurden.

Im Morgengrauen des 2. Oktober 1788 legten die *Golden Grove* und die *Sirius* ab und verließen die Bucht. Dann ging die *Golden Grove* auf nordöstlichen Kurs, und die *Sirius* drehte unter Ausnutzung der südwärts verlaufenden Küstenströmung ab und ging auf Ostkurs zum 4000 Meilen entfernten Kap Hoorn.

Als sich die *Golden Grove* fünf Tage später Lord Howe Island näherte, wusste Richard, nach welchen Prinzipien die Sträflinge ausgewählt worden waren. Wie er vermutet hatte, schaffte sich der Gouverneur einige Plagegeister vom Hals. Einige davon waren aufsässig wie Mary Gamble oder Will Francis, andere waren schlicht nicht ganz bei Verstand. Nur vier Männer genügten der in der Passagierliste genannten Begründung: Sie waren jung, kräftig, ledig und wollten unbedingt zur See fahren. Sie sollten die Fischerboote von Norfolk Island bemannen. Warum man ihn selbst gewählt hatte, wusste Richard nicht genau. Er war kein Säger, wurde auf der Liste aber als solcher geführt. Hatte Major Ross gespürt, dass Morgan von Port Jackson genug hatte? Aber was war daran so besonders? Alle hatten von Port Jackson genug, sogar der Gouverneur. Richard hatte eher das Gefühl, dass der Major ihn wie Geld auf der Insel deponierte und für künftige Verwendungen aufsparte.

Männer wie der schüchterne John Allen oder Sam Hussey hatten einen Tick. Sie zuckten immer wieder zusammen, murmelten vor sich hin oder verharrten lange in derselben Stellung. Will Francis, Josh Peck, Len Dyer und Sam Pickett waren bösartige Verbrecher. Einige Sträflinge waren verheiratet und hatten ihre Frauen mitnehmen dürfen, weil entweder einer von beiden oder beide eine Macke hatten. Dazu gehörten John Anderson und Liz Bruce, die fanatischen Katholiken John Bryant und Ann Coombes, John Price und Rachel Early und James Davis und Martha Burkitt.

Das Wachkommando bestand aus Sergeant Thomas Smyth, Corporal John Gowen und vier Seesoldaten. Da es kinderleicht war, die Sträflinge auf der *Golden Grove* zu bewachen, hatte der Soldat Sammy King daneben noch Zeit für eine leidenschaftliche Affäre mit Mary Rolt. Mary, ebenfalls ein schräger Vogel, führte lange Selbstgespräche. Doch offenbar handelte es sich nur um eine vorübergehende Verwirrtheit, denn nachdem der Soldat und sie ein Liebespaar geworden waren, hatten die imaginären Dialoge ein Ende. Eine Seereise konnte mitunter von großem Nutzen sein, dachte Richard.

Für ihn ließ die Reise sich schlecht an. Len Dyer und Tom Jones lauerten ihm unter Deck auf und sagten ihm, was sie von Sträflingen hielten, die nicht nur mit Freien, sondern obendrein auch noch mit Schwuchteln freundschaftlich verkehrten.

»Schluss mit dem Quatsch!«, sagte Richard müde und wich keinen Zentimeter zurück. »Mit euch beiden werde ich mit links fertig.«

»Und mit sechsen?«, meinte Dyer und winkte vier weitere Kumpane herbei.

Plötzlich tauchte schnappend und knurrend MacGregor auf. Dyer trat mit dem Fuß nach ihm und erwischte ihn am Hinterbein, doch im selben Moment legte die *Golden Grove* sich auf die Seite. Dann ging alles sehr schnell. Joey Long stürzte sich in das Getümmel, Richard versetzte Dyer einen heftigen Fußtritt in den Hintern, Joey kletterte Jones auf den Rücken und biss und kratzte ihn, MacGregor grub die Zähne in Josh Pecks Ferse. Francis, Pickett und Richardson übergaben sich. Richard drückte Dyers Kopf auf die schmutzigen Planken. Damit war der Kampf beendet.

»Ihr seht, mit mir ist nicht zu spaßen«, sagte Richard keuchend. »Das nächste Mal kommt ihr nicht so glimpflich davon.«

Er vergewisserte sich, dass Joey und MacGregor unverletzt waren. Dann beschloss er, mit seinen Gefährten und ihrer Habe an Deck umzuziehen. Bei Regen konnten sie dort unter ein Boot kriechen.

»Ich hoffe, Ihnen passiert nichts«, sagte Richard später zu Stephen Donovan. »Tom Jones und Len Dyer haben für Leute Ihrer Neigung nichts übrig. Passen Sie auf die beiden auf und natürlich auch auf Peck, Pickett und Francis. Francis ist der Anführer, aber er lässt Dyer die Arbeit machen. Deshalb ist er so gefährlich.«

»Ich danke Ihnen für die Warnung, Richard.« Donovan betrachtete ihn nachdenklich. »Ich sehe bei Ihnen weder blaue Augen noch blaue Flecken.«

Richard grinste. »Der Seegang ist mir zu Hilfe gekommen. Sie sehen, das Glück bleibt mir treu. In dem Augenblick, in dem sie über mich herfallen wollten, traf eine Bö die *Golden Grove* und die Mägen der Kerle rebellierten.«

»Sie haben wirklich Glück, Richard. Komisch, das von einem Mann zu sagen, der für etwas eingesperrt wurde, das er nicht getan hat. Sie haben auch Pech gehabt.«

»In Bristol, ja. Als Sträfling hatte ich Glück.«

In der elften Nacht seit der Abfahrt merkte Richard, dass sich das Schiff nicht mehr hob und senkte. Die *Golden Grove* hatte die Segel eingeholt und lag bewegungslos im Wasser. *Wir sind da.*

An Deck war es vollkommen ruhig, da die Seeleute nichts zu tun hatten und der Steuermann oben auf dem Achterdeck nur das Ruder festhalten musste. Die Nacht war still, der Himmel wolkenlos. Dort funkelte ein Gewimmel von Sternen. Richard war, als müssten sie klingen. Doch welches Ohr durfte die Musik der Sphären hören? Er hörte nur das Knarren des Schiffes, das Glucksen der Wellen und die körperlosen Rufe der über das Schiff flitzenden Nachtvögel.

Vor uns ist Land, aber es liegt noch im Dunkeln. Mein Schicksal nimmt eine neue Wendung. Ich betrete eine kleine Insel inmitten einer Meereswüste, auf der vor uns noch niemand gelebt hat. Wir sind etwa sechzig, Männer und Frauen. Eines ist gewiss: Die Insel wird nie meine Heimat sein. Ich komme allein über ein einsames Meer und allein werde ich eines Tages wieder gehen.

# Teil Sechs

Oktober 1788 bis Mai 1791

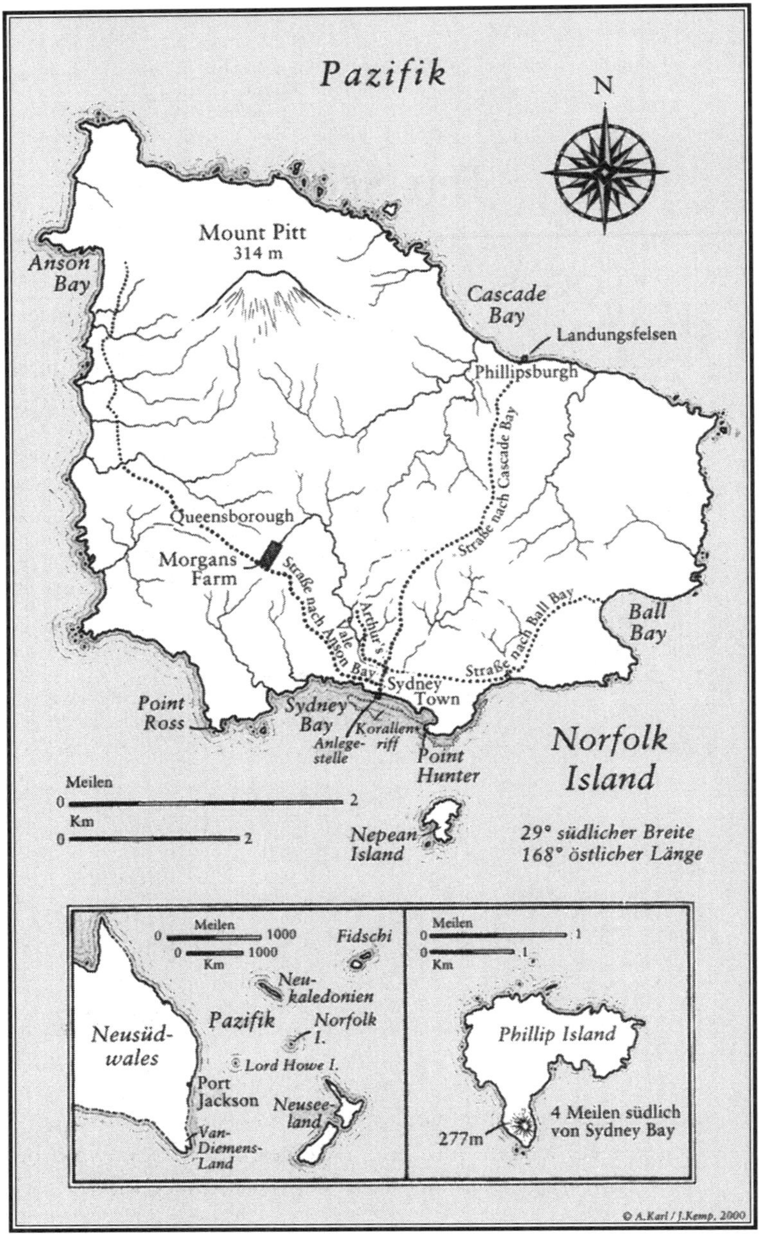
Pazifik
N
Mount Pitt
314 m
Anson Bay
Cascade Bay
Landungsfelsen
Phillipsburgh
Straße nach Cascade Bay
Queensborough
Morgans Farm
Straße nach Anson Bay
Arthur's Vale
Straße nach Ball Bay
Ball Bay
Sydney Town
Point Ross
Sydney Bay
Korallenriff
Anlegestelle
Point Hunter
Norfolk Island
Meilen
0
2
Km
0
2
Nepean Island
29° südlicher Breite
168° östlicher Länge
Meilen
0
1000
0
1000
Km
Fidschi
Neukaledonien
Pazifik
Norfolk I.
Neusüdwales
Lord Howe I.
Port Jackson
Neuseeland
Van-Diemens-Land
Meilen
0
1
0
1
Km
Phillip Island
4 Meilen südlich von Sydney Bay
277m
© A.Karl / J.Kemp, 2000

Die Frauen wurden angewiesen, unten zu bleiben, die Männer brachten ihre Habseligkeiten schon vor Tagesanbruch an Deck und warteten nun darauf, im ersten Morgenlicht die Insel Norfolk auftauchen zu sehen. Der Sonnenaufgang war ein überwältigendes Schauspiel. Das Wolkengebirge am Himmel verfärbte sich von einem purpurn gesprenkelten Pflaumenblau zu einem glühenden Scharlachrot und glänzte schließlich wie pures Gold.

In der Nacht hatte das Schiff einige Meilen von der Küste entfernt vor Anker gelegen, erst jetzt ging es wieder unter Segel. Captain Sharp war noch nie auf der Insel gewesen und wollte kein Risiko eingehen. Harry Ball von der *Supply* hatte ihm den Navigationsoffizier der *Supply*, Leutnant David Blackburn, ausgeliehen, der die Riffe, Felsen und Untiefen vor der Küste kannte wie seine Westentasche.

Geblendet von der tief am Himmel stehenden Sonne, sah Richard nur einen dunklen Strich – das musste die Insel sein, die laut Donovan drei auf fünf Meilen groß war. Wie Teneriffa sah sie jedenfalls nicht aus. Dann leuchtete sie plötzlich schwärzlich-grün in der Sonne auf, gesäumt von 300 Fuß hohen, rostfarbenen und schwarzen Klippen. Trotzdem wirkte die Insel nicht düster und unheimlich, denn das tiefblaue Wasser hellte sich zur Küste hin zu einem strahlenden Aquamarin auf.

Sie segelten in einer schwachen Brise, die zuerst von Südwesten, dann von Nordosten kam, nach Osten. Der großen Insel vorgelagert waren zwei weitere Inseln: ein kleines, mit Tannenwald bedecktes Eiland in Küstennähe und rund vier Meilen weiter südlich eine größere, bergige Insel, die abgesehen von ein paar in

Gruppen zusammenstehenden dunklen Tannen saftig grün war. Weiße Wellen brachen sich am Fuß der vielen Klippen und brandeten gegen eine Art Barre, auf die sie zufuhren, doch das Meer war ganz ruhig.

In einiger Entfernung von dem gischtgesäumten Riff warf die *Golden Grove* Anker. Jenseits des Riffs glitzerte eine blau-grüne Lagune mit zwei Stränden, einem halbkreisförmigen im Osten und einem lang gestreckten im Westen. Der Sand war aprikosengelb und ging in einen Tannenwald über, der von Menschen gelichtet worden war. Dort standen die größten Bäume, die Richard je gesehen hatte. Zwischen ihnen duckten sich ein paar Holzhütten.

Eine große blaue Fahne mit einem gelben Kreuz hing an einer Fahnenstange in der Nähe des lang gestreckten Strandes, an dem in diesem Augenblick Menschen in zwei kleine Boote kletterten. Die Jolle der *Golden Grove* wurde zu Wasser gelassen. Inzwischen war Flut, sodass die Jolle das Riff überqueren konnte. Weiter durften die großen Beiboote nicht fahren, erklärte Leutnant Blackburn. Hinter dem Korallenriff würde die Fracht auf kleine Flachboote umgeladen, die sie dann zum Strand brächten.

Eines der beiden kleinen Boote näherte sich dem Schiff. In seinem Bug stand ein Mann, der eine blau-weiße Uniform mit Goldtressen, eine gepuderte Perücke und an der Seite einen Säbel trug. Er kam an Bord und schüttelte Captain Shairp die Hand. Dann begrüßte er Blackburn, Donovan und Livingstone ebenso herzlich. Das musste der Kommandant der Insel sein, Leutnant Philip Gidley King, den Richard noch nie zu Gesicht bekommen hatte. King war ein gut gebauter Mann mittlerer Größe. Sein gebräuntes Gesicht mit den funkelnden, haselnussbraunen Augen, dem festen, freundlichen Mund und der großen, aber nicht unförmigen Nase war weder schön noch hässlich.

Nach dem Austausch der Höflichkeiten wandte King sich an die Sträflinge. »Wer von Ihnen kann mit einer Säge umgehen?«

Richard und Bill Blackall hoben zögernd die Hand.

King machte ein langes Gesicht. »Mehr nicht?« Er schritt die Reihe der einundzwanzig Männer ab und blieb vor dem großen und kräftigen Henry Humphreys stehen. »Vortreten«, forderte er ihn auf. Dann ging er weiter, bis er zu Will Marriner kam, der ebenfalls stark aussah. »Sie auch.«

Nun waren sie zu viert.

»Hat einer von Ihnen schon als Säger gearbeitet?«

Keiner antwortete. Richard unterdrückte einen Seufzer, weil wieder einmal er sprechen musste, um zu verhindern, dass die Gruppe sich durch ihr Schweigen den Zorn des Offiziers zuzog.

»Nein, Sir. Blackall und ich wissen zwar, wie es geht, aber keiner von uns hat je als Säger gearbeitet. Ich bin eigentlich Sägenschleifer.«

»Und Büchsenmacher, Herr Leutnant«, warf Donovan schnell ein.

»Aha! Für einen Büchsenmacher habe ich nicht genug Arbeit, aber für einen Sägenschleifer umso mehr. Wie heißen Sie?«

Sie nannten ihre Namen und Häftlingsnummern.

»Nummern sind an einem Ort mit so wenigen Menschen unnötig. Morgan und Blackall, Sie weisen Humphreys und Marriner in der Sägegrube ein. Sie fahren sofort zum Strand und machen sich an die Arbeit. Wir müssen die *Golden Grove* mit Holz für Port Jackson beladen, und da ich meinen einzigen Säger bei einem Bootsunfall verloren habe, muss noch viel Holz zugeschnitten werden. Die Sägen sind stumpf, sie müssen sofort geschliffen werden, Morgan. Haben Sie Werkzeuge? Wir haben nur zwei Feilen.«

»Ich habe alle nötigen Werkzeuge, Sir«, sagte Richard. Dann stellte er gleich noch eine Bitte, um zu verhindern, dass er Mitarbeiter zugeteilt bekam, die er nicht kannte oder denen er nicht vertraute. »Sir, könnte ich wohl Joseph Long mitnehmen? Er ist zwar weder besonders stark noch besonders helle, aber er tut, was man ihm sagt, und kann uns helfen.«

Der Kommandant sah Joey an und dann den Hund auf seinem Arm. »Was für ein schöner Hund!«, rief er. »Ein Männchen, Long?«

Joey nickte wortlos. Er war bisher immer nur angeschnauzt und herumkommandiert worden. Noch nie hatte ein Offizier mit ihm gesprochen wie mit einem Menschen.

»Großartig! Wir haben nur einen Hund hier, ein Spanielweibchen. Jagt Ihrer Ratten?«

Joey nickte wieder.

»Dann haben wir ja verdammtes Glück! Delphinia jagt auch Ratten. Wir werden also Welpen bekommen, die Ratten jagen – und die brauchen wir hier dringend!« King merkte, dass die fünf immer noch wie gebannt dastanden und ihn anstarrten. »Worauf wartet ihr? Steigt in das Boot!«

Sie stiegen in das von zwei Ruderern bemannte Boot.

»Wir freuen uns, ein paar neue Gesichter zu sehen«, sagte einer der Ruderer, ein Mann in den Fünfzigern, im schleppenden Dialekt von Devon. »John Mortimer von der *Charlotte*.« Er deutete mit dem Kopf auf den anderen. »Mein Sohn Noah.«

Die beiden sahen überhaupt nicht wie Vater und Sohn aus. John Mortimer war groß und blond und wirkte gutmütig, Noah Mortimer war klein und dunkelhaarig und – seinem Gesichtsausdruck nach zu urteilen – ziemlich von sich eingenommen.

Das Flachboot, klinkergebaut wie ein schottisches Fischerboot, glitt über das Riff, ohne es auch nur zu streifen, und dann über die Lagune zu dem nur knapp hundertundvierzig Meter entfernten Strand, wo einige der noch lebenden Inselbewohner sie schon erwarteten: sechs Frauen, von denen die älteste hochschwanger war, und fünf Männer verschiedenen Alters – wenn sie wirklich so jung oder alt waren, wie sie aussahen.

»Nathaniel Lucas, Schreiner«, stellte ein Mann in den Dreißigern sich vor. »Das ist meine Frau Olivia.«

Ein schönes, intelligent wirkendes Paar.

»Ich bin Eddy Garth und das ist meine Frau Susan«, sagte ein anderer.

»Ich heiße Ann Innet und bin die Haushälterin von Leutnant King«, sagte die älteste der Frauen und hielt eine Hand ein wenig trotzig vor ihren dicken Bauch.

»Elisabeth Colley, Haushälterin von Doktor Jamison.«

»Eliza Hipsley, Landarbeiterin«, sagte ein hübsches dralles Mädchen, das den Arm um ein anderes Mädchen gleichen Alters gelegt hatte. »Das ist meine beste Freundin Liz Lee. Sie ist auch Landarbeiterin.«

Bei diesem Paar weiß ich zumindest, woran ich bin, dachte

Richard. Nur ein Blinder würde dieser Eliza Hipsley nicht ansehen, dass die Ankunft so vieler neuer Männer ihr Angst macht. Bestimmt werden die beiden von Männern wie Len Dyer und Tom Jones belästigt. Er gab den Mädchen mit einem freundlichen Lächeln zu verstehen, dass er ein Verbündeter war.

Der einzige anwesende Seesoldat hatte es wie einige Männer nicht für nötig befunden, sich vorzustellen. »Leutnant King hat uns befohlen, gleich mit der Arbeit zu beginnen«, sagte Richard zu ihm. »Darf ich Sie bitten, uns die Sägegrube zu zeigen?«

Das Haus von Leutnant King war etwas größer als die anderen und lag auf einem kleinen Hügel direkt hinter der blau-gelben Signalflagge. An einer zweiten Fahnenstange näher am Haus hing schlaff ein Union Jack. Das Haus hatte wahrscheinlich drei kleine Zimmer und eine Dachstube. Die Hütte dahinter war offenbar die Küche. Daneben gab es noch eine gemeinschaftliche Kochstelle mit einem Backofen und eine Schmiede. Ein paar kleinere Schuppen dienten offenbar als Vorratslager; sie waren höchstens zehn auf acht Fuß groß. Auf einer weiteren Anhöhe im Osten erstreckten sich einige Felder, zu denen die Frauen einschließlich der schwangeren Ann Innet nun zurückeilten. Zwischen den beiden Hügeln standen im Schutz der Tannen vierzehn Holzhütten, fachmännisch gedeckt mit den fasrigen Stängeln einer Pflanze. Die dem Meer zugewandten Wände hatten weder Fenster noch Türen. Die Eingänge der Hütten mussten auf der Rückseite liegen.

Die Sägegrube lag nicht weit vom Strand entfernt am Ende eines in den Tannenwald führenden Weges. Um die Grube war ein Streifen gerodet worden, auf dem dutzende zwölf Fuß langer Baumstämme lagen. Der schmalste hatte einen Durchmesser von fünf Fuß. Richard wäre zu gerne stehen geblieben, um die gewaltigen Stämme, die er zu Balken und Brettern zersägen sollte, näher zu betrachten, doch er wagte es nicht. King hatte befohlen, sofort mit der Arbeit anzufangen, und der Seesoldat, der sich inzwischen widerwillig als Heritage vorgestellt hatte, schien Sträflinge nicht zu mögen.

Zwei Mastbäume und eine Spiere waren schon zugeschnitten

und beiseite gelegt worden, neben einen Stapel fertiger Planken. Sie und die Masten waren wahrscheinlich für eines der Schiffe bestimmt, die noch in Port Jackson lagen.

Die Sägegrube war sieben Fuß tief, acht Fuß breit und fünfzehn Fuß lang. Ihre Wände waren mit Brettern abgestützt. Zwei Balken lagen quer über der Grube, fünf Fuß vom Rand und voneinander entfernt. Ein entrindeter Baumstamm war bereits auf die Balken gerollt worden und lag, auf ihnen verkeilt, der Länge nach über der Grube. In der Grube fand Richard unter einem alten Segel fünf Zugsägen von acht bis vierzehn Fuß Länge.

In diesem Augenblick traf Nathaniel Lucas ein.

»Werkzeuge aus Eisen und Stahl haben in diesem Klima keine Chance«, sagte er zu Richard. »Wir können tun, was wir wollen, die verflixten Dinger rosten immer weiter.«

»Sie sind auch völlig stumpf«, stellte Richard fest. Er fuhr mit dem Daumen über einen großen Sägezahn mit einer tiefen Kerbe und verzog das Gesicht. »Wer an dieser Säge herumgefeilt hat, hat noch nie etwas von geschränkten Sägezähnen gehört. Herrgott! Es wird Stunden dauern, das wieder zu richten, vom Schärfen ganz zu schweigen. Kann hier jemand Blackall, Humphreys und Marriner beibringen, wie man sägt?«

»Erklären kann ich es ihnen«, sagte Lucas, der klein und schmächtig war, »ich bin nur nicht kräftig genug, um ihnen zu helfen.«

Richard hob eine zehn Fuß lange Säge an, die einigermaßen scharf war.

»Das ist noch die Beste – Nat oder Nathaniel?«

»Nat. Und du? Richard oder Dick?«

»Richard.« Richard sah zur Sonne hinauf. »Wir brauchen so bald wie möglich ein Dach über der Grube. Die Sonne ist hier viel stärker als in Port Jackson.«

»Sie steht auch um vier Breitengrade höher.«

»Aber das Dach wird wohl warten müssen, bis die *Golden Grove* weg ist.« Richard seufzte. »Das heißt, wir brauchen Hüte und viel Wasser zum Trinken. Wo kann Joey unsere Sachen hinbringen, bevor wir loslegen? Ich bleibe am besten hier und fange gleich mit dem Schärfen an.« Er hockte sich im Schneidersitz auf den Boden der Grube, in die westliche, noch schattige Ecke, und zog eine zwölf Fuß lange Säge auf seinen Schoß. »Joey, sei so gut und reich mir meine Werkzeugkiste herunter und dann geh bitte mit Nat mit. Ihr anderen bringt ebenfalls eure Sachen weg und kommt gleich wieder.«

Jetzt war er schon wieder der Anführer, dachte Richard, nur weil man den anderen ständig sagen musste, was sie tun sollten.

Er arbeitete an diesem ersten Tag bis zum Einbruch der Dunkelheit. Dann kam Joey und sagte, dass das Abendessen fertig sei. Sie saßen um ein großes Feuer, denn sobald die Sonne unterging, wurde es auf der Insel kälter als in Port Jackson. Es gab Pökelfleisch und relativ frisches, da nur sechs Tage altes Brot und – welch ein Wunder! – rohe grüne Bohnen und Salat. Richard langte heißhungrig zu und stellte fest, dass die Brotlaibe und Fleischportionen größer waren als in Port Jackson.

»Der Kommandant ist ein anständiger Mensch, deshalb bekommen wir volle Verpflegungsrationen«, erklärte Eddy Garth. »In Port Jackson kürzen die Seesoldaten den Sträflingen die Rationen, um selbst mehr zu essen zu haben. Wie auf der *Scarborough.*«

»Und der *Alexander.*« Richard seufzte glücklich. »Aber ich denke, es gibt hier kein Gemüse, weil die Raupen alles fressen.«

Garth legte den Arm um seine Frau, und seine Frau lehnte sich zufrieden an ihn. »Es stimmt, dass die Raupen eine Menge wegfressen, aber nicht alles. Die Frauen müssen auf den Feldern den ganzen Tag lang Raupen einsammeln. Die Ratten vergiftet der Kommandant mit dem zermahlenen Glas von Portweinflaschen, vermischt mit Hafermehl. Das wirkt übrigens auch gut gegen Papageien.« Er legte den Zeigefinger an die Nase und grinste. »Tja, Portwein ist das Lieblingsgetränk unseres Kommandanten, er trinkt davon mehrere Flaschen am Tag, deshalb geht uns das Glas nie aus. Und die Raupen kommen und gehen. Sie sind vier bis sechs Wochen da und dann vier bis sechs Wochen weg. Es gibt zwei Arten von Raupen. Die eine mag es feucht, die andere trocken. Deshalb haben wir die gefräßigen Biester bei jedem Wetter.« Er räusperte sich. »Du hast nicht zufällig Bücher dabei?«

»Doch, ich habe welche«, sagte Richard. »Du kannst sie gerne ausleihen, wenn du auf sie aufpasst und sie wieder zurückgibst. Ob mein Magen das grüne Gemüse nach so langer Zeit wohl verträgt? Wo sind denn die Aborte?«

»Ziemlich weit weg. Du musst also rechtzeitig losrennen. Mr King bestand darauf, dass die Jauchegruben an einer Stelle ausgehoben werden, wo sie das Grundwasser nicht verseuchen können. Unser Trinkwasser kommt aus einem Bach weiter oben im Tal, es ist also einwandfrei. Oberhalb der Stelle, an der wir das Wasser holen, darf niemand sich waschen, und wer in den Bach pinkelt, wird mit einem Dutzend Peitschenhieben bestraft.«

»Warum sollte jemand in den Bach pinkeln? Es sind doch genug Bäume da.«

Joey Long, der schon früher gegessen hatte, weil er MacGregor Delphinia vorstellen musste, zeigte Richard den Weg zu den Aborten und führte ihn anschließend zu ihrer Hütte. Ein kurzer Tannenast, der sich an einem Ende zu einem Knoten verdickte, diente ihm als Fackel.

In der Hütte sah Richard sich erstaunt um.

»Wir beide haben das ganze Haus für uns allein«, sagte Joey zufrieden. »Es hat auf jeder Seite ein Fenster, das man mit einem Laden zumachen kann. Siehst du, so. Aber wir machen die Läden nur zu, wenn es zieht. Nat sagt, es kommt selten vor, dass der Regen von Osten oder Westen gegen das Haus schlägt. Meistens kommt er von Norden.«

Auf dem Boden lag ein seltsamer Teppich aus – Zweigen? Blättern? Sie sahen aus wie schuppige, zwölf bis fünfzehn Zoll lange Schwänze und fühlten sich fest an, gaben aber unter den Füßen etwas nach und stammten, wie Richard später erfuhr, von der Norfolktanne. Unter dem Pflanzenteppich kam eine dünne Schicht Sand, darunter Fels. An der fensterlosen Wand zum Strand hin standen zwei niedrige Doppelbetten aus Holz mit dicken Matratzen und Kissen.

»Ein Doppelbett ganz für mich allein, Joey?« Richard hob die dicke Matratze an und sah, dass sie auf einem Netz aus Seilen lag. Dann stellte er fest, dass die Matratze und die Kissen mit Federn gefüllt waren. »Federn!«, rief er und lachte. »Ich muss gestorben sein, und jetzt bin ich im Himmel.«

»Das ist das Haus des Sägers«, erklärte Joey, begeistert, so viel mehr zu wissen als Richard. »Er war ein Matrose von der *Sirius*, hat Nat gesagt, und er teilte sich das Haus mit einem anderen Matrosen, ebenfalls von der *Sirius*. Beide ertranken vor knapp drei Monaten bei einem Unfall auf dem Riff. Als freie Männer hatten sie Zeit, zu der kleinen Insel rauszufahren und dort Vögel zu schießen. Mit den Federn füllten sie ihr Bettzeug – für eine Matratze und zwei Kissen braucht man tausend Vögel, hat Nat gesagt. Und jetzt haben *wir* das Haus und die Betten bekommen.« Joeys Miene verdüsterte sich. »Allerdings hat Nat auch gesagt, dass wir das Bettzeug Mr Donovan und Mr Livingstone überlassen müssen, wenn nach der Abfahrt der *Golden Grove* ein Haus für die beiden gebaut wird. Zurzeit wohnen sie noch bei Mr King. Das Haus hier ist nur zehn mal acht Fuß groß, aber das von Mr Donovan soll zehn mal fünfzehn Fuß groß werden. Bisher war Nat Oberschreiner, aber er ist ein Sträfling, deshalb ist ab jetzt Mr Livingstone der Oberschreiner.«

»Auch wenn ich nur eine Nacht auf dieser Matratze und mit diesen Kissen schlafe, ich werde darin schlafen wie ein König«, sagte Richard. »Aber zuerst gehe ich noch zum Strand, um mich zu waschen. Komm mit, Joey, das tut dir auch gut.«

Doch Joey wehrte sich mit Händen und Füßen dagegen, Richard zu begleiten. Die Vorstellung, bis zu den Knien in einem Gewässer voller unsichtbarer Ungeheuer zu stehen, die nur darauf warteten, ihn und MacGregor zu verschlingen, jagte ihm kalte Schauer über den Rücken. Also ging Richard allein.

Der Himmel war sternenklar. Richard zog sich aus, lief in das überraschend kalte Wasser und blieb wie verzaubert stehen. Um ihn schimmerte und blitzte das Wasser, als würde er in flüssigem Silber baden. Was für ein Meer! Wie viele Wunder barg es? Es leuchtete wie von innen. Richard beobachtete, wie das Wasser in glänzenden Rinnsalen seine Arme entlanglief und glitzernde Tropfen aus seinen Haaren fielen. Schön! Herrlich! Er fühlte sich wie von Kraft durchströmt, als würde die Kraft des lebendigen

Meeres wie durch ein Wunder der Natur auf seinen Körper übertragen.

Er drehte sich zum Strand um und sah, dass die Insel gar nicht so flach war, wie sie vom Ankerplatz der *Golden Grove* aus gewirkt hatte. Jetzt, da er direkt vor ihr stand, ragten hinter dem flachen Uferstreifen steile Hügel auf, besetzt mit Wäldern von Tannen, deren stachlige Kronen sich schwarz vom Sternenhimmel abhoben.

Richard trocknete sich ab, rieb sich den Sand von den Füßen und kehrte zu seinem Haus zurück. Dort sank er genüsslich auf das große Bett aus Federn. Es war so bequem, dass er noch stundenlang wach lag. Kein Lüftchen regte sich, und die einzigen Laute, die er hörte, waren ein leises Rauschen, das ferne Donnern der gegen das Riff brandenden Wellen und ab und zu der Schrei einer Möwe. Joey und MacGregor schnarchten nicht. Vor vier Jahren um diese Zeit war er ins Bristol Newgate eingeliefert worden. Von jenem Tag an bis heute hatte er jede Nacht ein Schnarchkonzert gehört – sogar als er und Lizzie Lock ein eigenes Zimmer hatten, drang das Schnarchen der Männer nebenan durch die dünnen Wände. Jetzt genoss er die Ruhe so sehr, dass er nicht schlafen konnte.

Ned Westlake, der zusammen mit King nach Norfolk Island gekommen war, hatte früher mit dem ertrunkenen Westbrook in der Sägegrube gearbeitet. Nun wurde Harry Humphreys sein neuer Partner. Blackall und Marriner bildeten ein zweites Team, das sich mit dem ersten abwechseln sollte. Das bisherig beste Ergebnis waren laut Westlake 898 Quadratfuß Holz in fünf Tagen, allerdings mit nur einem Team. Richard war zum Anführer der Säger ernannt worden, obwohl er ein Sträfling war – hauptsächlich weil er im Haus Westbrooks wohnte, das für dessen Nachfolger freigehalten worden war. King war davon ausgegangen, dass dieser ebenfalls ein freier Mann sein würde. Richards erste Entscheidung behagte den anderen nicht, sie wurde aber akzeptiert. Er erlaubte den beiden Mannschaften nicht, in Tagesschichten zu arbeiten.

»Wenn ihr den ganzen Tag lang sägt, verspannen sich eure Muskeln und schmerzen noch mehr«, sagte er. »Bill Blackall und Will Marriner sägen morgens, Ned Westlake und Harry Humphreys nachmittags. Fünf Stunden am Tag in der Sägegrube reichen. Wer nicht sägt, hilft mir beim Schärfen. Wer gerade nichts zu tun hat, nimmt eine Axt und hilft Joey beim Entrinden der Stämme. Je besser und schneller wir sind, desto mehr Privilegien bekommen wir. Und wer für ein bestimmtes Handwerk qualifiziert ist, braucht nicht jede Arbeit zu machen, die gerade anfällt. Wenn ich Leutnant King richtig verstanden habe, dürft ihr an euren freien Tagen Holz sägen, um euch Hütten daraus zu bauen. Stellt euch vor, was das bedeutet! Die eigenen vier Wände!«

Nach drei Tagen waren die Säger eingearbeitet. Am Ende der ersten Woche schaffte die Kolonne bereits 500 Quadratfuß Holz am Tag, am Ende der zweiten Woche sogar 750. Joey Long entrindete die Stämme.

»Ihr leistet gute Arbeit!«, sagte Leutnant King anerkennend, nachdem die *Golden Grove* am 28. Oktober abgefahren war. »Weiter so! Als Nächstes brauchen wir Holz für neue Häuser, denn mir wurde angekündigt, dass bald noch mehr Leute hier eintreffen. Zurzeit sind wir sechzig – Ende nächsten Jahres sollen wir schon zweihundert sein und im Jahr darauf noch mehr. Seine Exzellenz wünscht, dass die Insel bald ebenso viele Einwohner hat wie Port Jackson.«

King ging von einem Ende der Sägegrube zum anderen. »Ich schulde euch ein paar freie Tage«, fuhr er fort. »Auf der Insel Norfolk arbeiten wir von Montag bis Freitag für den Staat. Samstags arbeitet ihr für euch selbst, sonntags habt ihr frei – allerdings erst nach dem Gottesdienst, den ich selbst abhalte und der für jeden hier Pflicht ist. Während die *Golden Grove* beladen wurde, habt ihr zwei Samstage und zwei Sonntage für den Staat gearbeitet. Heute ist Dienstag, das heißt, ihr braucht erst am Montag wieder für den Staat zu arbeiten. Ich rate euch, einen Teil der Zeit dazu zu nutzen, Holz für eure eigenen Häuser zuzusägen. Verlängert die Häuserreihe nach Osten. Das Land hinter den Häusern bis hinunter zum Sumpf steht euch als privater Gemüsegarten zur Verfügung. Auf feuchtem Boden wächst Kresse sehr gut und unbelästigt von Ungeziefer. Sät also Kresse aus und dazu, was ihr sonst noch anbauen wollt oder bekommen könnt.«

King wandte sich an Richard. »Morgan, von Ihnen brauche ich einen Bericht. Begleiten Sie mich bitte ein Stück.«

Der Kommandant hat wirklich tadellose Manieren, dachte Richard, während er neben dem Kommandanten den Weg entlangging, der von der Sägegrube zu Kings Haus und den Lagerschuppen führte. Er sah, dass in einem der Schuppen das Flachboot lag und daneben ein noch kleineres Boot, das King offenbar aus den Überresten jenes Flachbootes hatte machen lassen, das über dem Riff gesunken war und vier Männer in den Tod gerissen hatte – junge, kräftige Seeleute namens Willy Dring, Joe Robinson, Neddy Smith und Tom Watson, die draußen fischen sollten, wann immer das Wetter es zuließ.

»Man sollte meinen, den Leuten wäre frischer Fisch lieber als immer nur Pökelfleisch, doch die meisten murren, wenn es statt. Pökelfleisch Fisch oder Schildkröte gibt. Ich verstehe das nicht.« King zuckte die Achseln. »Wer zu aufsässig wird, den lasse ich auspeitschen. Bei Ihnen scheint das nicht nötig zu sein, Morgan.«

Richard grinste. »Fisch ist mir lieber als die neunschwänzige Katze, Sir. Ich wurde seit meiner Verurteilung noch nie ausgepeitscht.«

»Ja, und mir ist aufgefallen, dass das für viele von euch gilt. Sie haben die Arbeit gut aufgeteilt. Ein Team war nicht genug. Was meinen Sie, wie groß darf der Durchmesser der Stämme sein, damit wir sie mit unseren Werkzeugen noch verarbeiten können?«

»Solange wir keine längeren Zugsägen haben, höchstens sechs Fuß, Sir. Wir bräuchten auch eine große Ablängsäge, die von zwei Männern bedient wird. Ich mache gerade aus unserer einzigen acht Fuß langen Spaltsäge eine Säge, mit der sich die Stämme leichter durchsägen lassen als mit den Zugsägen.« Richard fühlte sich in Gesellschaft dieses Mannes sehr wohl.

Leutnant King und Major Ross sind so verschieden wie Tag und Nacht, dachte er. King ist sehr väterlich und betrachtet uns als seine Familie. Solche Gefühle sind dem Major fremd, trotzdem bin ich auch mit ihm gut zurechtgekommen. Auf Norfolk Island ist mir außerdem klar geworden, wie viel die Seesoldaten in Port Jackson von unseren Verpflegungsrationen für sich abgezweigt haben. Ich kann es ihnen nicht einmal verdenken. Auch sie haben Hunger. Weder Gouverneur Phillip noch Major Ross haben das gemerkt. Je größer die Behörden sind, desto weniger wissen sie, was am unteren Ende der Hierarchie los ist.

Leutnant King ist sehr gewissenhaft. Er bewahrt die Gewichte zum Abwiegen der Essensrationen in seinem Haus auf und überprüft sie mithilfe eines Satzes geeichter Gewichte. Einmal gab es bisher frische Schildkröte und schon mehrmals den köstlichsten Fisch, den ich je gegessen habe. Nach der ersten Mahlzeit mit frischem Fleisch fühlten wir uns wie neu geboren. Außerdem essen wir viel Gemüse. Es gibt auf der Insel trotz der Raupen und Ratten keinen Skorbut. Ich kann den Widerwillen einiger Leute gegen Fisch allerdings verstehen – sie haben früher nie Fisch gegessen und kennen und mögen eben nur Fleisch. Wir brauchen auch viel Salz. Vetter James, der Apotheker, sagte einmal, je mehr man schwitzt, desto mehr Salz braucht man.

Ja, ich bin froh, dass ich hier bin. Es ist hier angenehmer als in Port Jackson. Und man braucht keine Eingeborenen zu fürchten, wenn man den Weg verlässt, auch wenn am Lagerfeuer erzählt wird, der Wald sei so dicht, dass selbst Leutnant King sich einmal völlig verirrt hätte.

»Was gibt es noch zu berichten, Morgan?«, fragte King. Sie überquerten auf einer wackligen Brücke den Sumpf. Die Brückenpfeiler standen auf Lagern aus Tannenstämmen, die man in dem offenbar nicht sehr tiefen Sumpf versenkt hatte.

»Die Sägegrube braucht ein Dach, das die Säger vor Sonne und Regen schützt, Mr King. Außerdem müssten Sie für Balken, die über zwölf Fuß lang sind, eine zweite, längere Sägegrube ausheben lassen.«

»Die Sägegrube hatte früher ein Dach, aber ein Sturm hat es heruntergerissen. Es gibt hier heftige Stürme. Mit den Überresten des Dachs habe ich den Keller unter meinem Haus abgestützt. Aber ich sehe ein, dass wir ein neues bauen müssen, und zwar bald. Die Sonne wird täglich stärker.«

Die Brücke endete am Ufer eines kleinen Bachs, der in den Sumpf zu münden schien. King bog nach links ab und stieg ein langes, gewundenes Tal hinauf. Das Tal war breiter als die anderen Täler zwischen den Hügeln um das Hüttendorf, dem King den Namen Sydney Town gegeben hatte.

Vor einem steilen Hang, der sich von Norden ins Tal schob, blieb er stehen. »Ich habe dieses Tal Arthur's Vale getauft, zu Ehren Seiner Exzellenz, die mit Vornamen Arthur heißt. Die große Insel im Süden trägt seinen Nachnamen – Phillip Island. Wir verlegen unsere Felder allmählich von Sydney Town hierher, weil sie hier besser vor den Winden aus dem Süden und dem Westen geschützt sind – und auf der anderen Seite des Bergrückens hoffentlich auch vor dem Ostwind. Der Berg dort im Süden zwischen Arthur's Vale und dem Meer ist der Mount George. Wir haben begonnen, ihn und die Berge im Norden zu roden, um an den Hängen Getreide anzubauen. Wir haben bereits Weizen und Mais ausgesät und weiter unten Gerste. Die neue Sägegrube soll ebenfalls hier oben angelegt werden. Die jetzige ist zu weit weg, aber dort können ja weiterhin zwölf Fuß lange Stämme aus dem Wald um Sydney Town verarbeitet werden.«

Sie hatten den Bergrücken umrundet und blickten nun nach Westen. Hier stieg die Talsohle abrupt ungefähr zwanzig Fuß an, und der Bach stürzte den Steilhang als dünner Wasserfall hinunter. Der Kommandant zeigte hangaufwärts. »Dort oben will ich den Bach aufstauen, Morgan. Das Wasser leiten wir dann durch einen Abflusskanal auf die Felder der Regierung, die etwas weiter unten angelegt werden. Eines Tages werde ich an dem Damm auch noch ein Wasserrad bauen. Zurzeit müssen wir das Getreide noch mit Handmühlen mahlen. Wir besitzen zwar einen großen Mühlstein, aber es erfordert viel Kraft, ihn zu drehen. Da wir weder Ochsen noch Maultiere und auch nicht genügend Männer haben, bräuchten wir ein Wasserrad. Eines Tages wird es so weit sein!« Er lachte. »Der Getreidespeicher ist fast fertig, aber ich will hier am Südufer des Bachs noch eine große Scheune und ein Gehege für die Tiere bauen. Das Problem sind die salzigen Winde, Morgan! Sie lassen alles verkümmern außer Flachs, Tannen und einigen anderen einheimischen Bäumen, die im Windschatten der Tannen wachsen. Ja, ich habe hier Flachs gefunden – die Dummköpfe in Port Jackson haben die Pflanze nur nicht richtig beschrieben. Flachs eignet sich hervorragend zum Dachdecken. Es ist uns allerdings noch nicht gelungen, Leinwand daraus herzustellen.«

King verabschiedete sich abrupt und ging, offenbar um etwas Wichtiges zu erledigen, das ihm gerade eingefallen war. Richard folgte dem Weg weiter hinauf. Als er über dem Steilhang stand, sah er, warum der Kommandant an dieser Stelle einen Staudamm bauen wollte. Das Tal bildete eine große Mulde, dahinter wurde es wieder breiter.

Das Gelände war bereits gerodet. Als Richard die Bananenstauden erblickte, wusste er auf Grund der Zeichnungen in seinen Büchern sofort, um was es sich handelte. Er staunte, wie groß und weit entwickelt die Stauden waren – konnten sie in acht Monaten dermaßen gewachsen sein? Nein, unmöglich. King war erst vor kurzem bis hierher vorgedrungen. Das bedeutete, dass die Bananen hier wild wuchsen, ein Geschenk Gottes. Die langen Bündel kleiner grüner Bananen waren bereits ausgebildet. In den kommenden Monaten würde es also Obst geben – und obendrein sättigendes Obst.

Weiter oben wurde das Tal wieder schmäler. Es war nicht mehr gerodet, doch ein Pfad führte am Bach entlang in den Wald. Das Wasser war hier stellenweise einige Fuß tief und so klar, dass Richard kleine, fast durchsichtige Garnelen darin herumschwimmen sah. Am Lagerfeuer war von großen Aalen die Rede gewesen, doch sie entdeckte er nicht.

Leuchtend grüne Papageien flogen über seinen Kopf, und eine kleine Pfautaube flatterte zwitschernd vor seinem Gesicht hin und her, als wollte sie ihm etwas mitteilen. Sie begleitete ihn hundert Meter weit. Richard meinte eine Wachtel zu sehen, und dann erblickte er die schönste Taube der Welt. Ihr Gefieder war zart rosabraun getönt, ihre Brust schillerte smaragdgrün, und sie war überhaupt nicht scheu! Sie beäugte ihn nur kurz, dann trippelte sie mit auf und ab ruckendem Kopf seelenruhig weiter. Richard entdeckte noch mehr Vögel. Einer sah aus wie eine Amsel, nur dass sein Kopf grau war. Die Luft war erfüllt von einem melodischen Gesang, wie Richard ihn in Port Jackson nie gehört hatte, unterbrochen nur vom Kreischen der Papageien.

Die Wildnis zu beiden Seiten des Pfades wirkte undurchdringlich und wenig einladend. Trotzdem war der Wald kein Dschungel, wie er in Richards Büchern beschrieben wurde. Es wuchsen keine kleinen Pflanzen. Zwischen den sehr dicht stehenden Tannen, die teilweise einen Durchmesser von mehr als fünfzehn Fuß hatten, wuchsen keine anderen Pflanzen. Junge Tannen gab es kaum. Die dicke, rissige Rinde der Stämme war rötlich braun, die ersten Äste zweigten erst sehr weit oben ab. Zwischen den Tannen standen vereinzelt grüne Laubbäume, doch den meisten Platz nahm eine Schlingpflanze ein, die Richard noch nie gesehen hatte.

An einer Stelle, an der das Tal etwas breiter war, standen weitere Bananenstauden mit grünen Früchten und ein seltsamer Baum, der wie die Bananen am Wasser wuchs. Sein runder Stamm glich dem einer Palme – Palmen gab es auch, ihre Blätter waren allerdings nicht elegant geschwungen, sondern ragten steif in die Höhe –, doch war er mit spitz zulaufenden Höckern gepanzert. Über dem Stamm wölbte sich ein Blätterdach aus – Farnwedeln! Es handelte sich um einen vierzig Fuß hohen Riesenfarn!

Richard sah noch mehr Vögel, darunter einen kleinen Eisvogel mit einem cremefarbenen, braunen und leuchtend meergrünen Gefieder. Den imposantesten Vogel bemerkte er zuerst gar nicht, denn der Vogel sah aus wie ein Stück des moosbewachsenen Baumstumpfs, auf dem er saß. Als er sich plötzlich bewegte, machte Richard vor Schreck einen Satz. Es handelte sich um einen riesigen Papagei.

»Guten Tag«, sagte Richard. »Wie geht's?«

Der Vogel legte den Kopf schief und stakste auf ihn zu. Richard war klug genug, nicht die Hand nach ihm auszustrecken. Der Papagei hätte ihm mit seinem gewaltigen schwarzen Schnabel leicht einen Finger abbeißen können. Der Vogel beachtete ihn nicht weiter und verschwand bald zwischen den Farnen und anderen breitblättrigen Pflanzen am Ufer des Baches.

Die Sonne stand bereits im Westen, als Richard auf demselben

Weg zum Hüttendorf zurückkehrte. Es gab bald Abendessen. Die Insel war einzigartig und mit Neusüdwales überhaupt nicht zu vergleichen – alles war hier anders, Bäume, Berge, Gestein und Erde. Gras gab es überhaupt keines. War die Insel vielleicht Gottes erster Versuch, aus dem Meer Land zu schaffen? Oder sein letzter? Wenn sie sein letzter Versuch war, warum hatte er sie dann nicht mit Menschen bevölkert? Jem Thistlethwaite hätte daraus geschlossen, dass Gott die Anwesenheit des Menschen in seiner Schöpfung nicht mehr für wünschenswert hielt.

»Gibt es hier Schlangen?«, fragte Richard Nat Lucas, den er ebenso gut leiden konnte wie den alten Dick Widdicombe, der schon siebzig war. Warum um alles in der Welt hatte London eigentlich hochbetagte Männer losgeschickt, um neues Land urbar zu machen?

»Wenn es welche gibt, dann verstecken sie sich gut«, erwiderte Nat. »Bisher hat noch niemand eine Schlange, eine Eidechse, einen Frosch oder einen Blutegel gesehen. Außer Ratten scheint es hier keine größeren Tiere zu geben. Die Ratten sehen allerdings anders aus als bei uns. Sie sind hellgrau mit weißem Bauch und nicht besonders groß.«

»Aber sie fressen alles«, warf Ned Westlake ein. »Ratten sind Ratten.«

Am frühen Morgen des folgenden Tages wanderte Richard am Strand von Turtle Bay entlang nach Osten. Dort beobachtete er, wie zwei Männer eine riesige Schildkröte auf den Rücken drehten. Hilflos lag sie da und wedelte mit den Flossen.

Die beiden Männer mussten Brüder sein und sie sahen nicht wie Sträflinge aus. Beide waren jung, schlank und braun gebrannt. Sie hatten braune Haare und braune Augen und wirkten vertrauenswürdig. Richard trat auf sie zu.

»Ah! Du musst Morgan sein«, sagte der eine. »Ich bin Robert Webb und das ist mein Bruder Thomas. Hilf uns, dieses Prachtexemplar anzuleinen. Morgen Mittag gibt es Schildkröte.«

Richard half ihnen, ein Seil so um den Körper der Schildkröte zu schlingen, dass es nicht herunterrutschen konnte.

»Wir sind die Gärtner«, sagte Robert. Es war schwer zu sagen, ob er der ältere war, doch war er jedenfalls der Wortführer. »Vielen Dank übrigens für die Frauen. Thomas legt zwar keinen Wert auf weibliche Gesellschaft, aber ich war schon ganz ausgehungert.«

»Haben Sie eine für sich gefunden?«, fragte Richard, der nicht verstand, warum Robert sich bei ihm bedankte.

»Ja, Beth Henderson, eine wunderbare Frau. Das heißt allerdings, dass die Wege von Thomas und mir sich nun trennen.« Roberts Bruder verzog das Gesicht. »Thomas ist bereits zu Mr Altree in Arthur's Vale gezogen, wo gerade viel gepflanzt wird.«

Die Männer zerrten die Schildkröte ins Wasser und wateten mit ihr im Schlepptau um die Landspitze der Turtle Bay. Richard half den Brüdern, die Schildkröte in der Nähe der Anlegestelle an Land zu ziehen, dann kehrte er in seine Hütte zurück.

»Leutnant King hat dich gesucht«, sagte Joey.

Also machte Richard sich gleich wieder auf den Weg, um nach dem Kommandanten Ausschau zu halten. Er fand ihn auf dem Gelände der zweiten Sägegrube, die bereits ausgehoben worden war und nun noch mit Brettern abgestützt werden musste.

»Morgen gibt es Schildkröte, Sir«, begrüßte ihn Richard.

»Oh, ausgezeichnet! Sehr gut!« King kam um die Grube auf ihn zu. »Ich erlaube nicht, dass viele Schildkröten geschlachtet werden, sonst gibt es am Ende gar keine mehr. Ich habe auch verboten, die Eier auszugraben. Es gibt hier lange nicht so viele Schildkröten wie auf Lord Howe Island. Und es wäre dumm, sie auszurotten.«

»Sehr wohl, Sir.«

Doch dann lernte Richard Leutnant King von einer weniger einnehmenden Seite kennen: King hatte vollkommen vergessen, dass er seinen Sägern zwei Tage zuvor bis Montag freigegeben hatte. »Morgen fangt ihr wieder an zu sägen«, befahl er. »Ich will weiter oben im Tal eine dritte Sägegrube ausheben lassen, unterhalb der Stelle des künftigen Damms. Das bedeutet, wir brauchen mehr Sägen. Ich weiß zwar, dass nur kräftige Männer für diese schwere Arbeit in Frage kommen, aber ich überlasse es Ihnen, Morgan, die

Männer auszusuchen. Sie können jeden haben, den Sie wollen, nur keinen Schreiner. Die alte Sägegrube hat jetzt wieder ein Dach, dort werden Sie morgen Holz für das Dach des Getreidespeichers zusägen. Sie müssen auch am Samstag arbeiten. Der Getreidespeicher muss fertig werden. Einige Felder stehen kurz vor der Ernte.« Er wandte sich zum Gehen. »Überlegen Sie sich, wen Sie haben wollen, Morgan, und lassen Sie es mich am Montag wissen.«

»Sehr wohl, Sir«, sagte Richard steif.

Für zwei Sägegruben brauchte er vier Teams, für drei Sägegruben sechs. Herrje, da würde er selbst nur noch mit dem Schärfen der Sägen beschäftigt sein, denn die Sägen mussten nach jeweils zehn bis zwölf Fuß Schnittlänge nachgeschärft werden! Ned Westlake, Bill Blackall und Harry Humphreys schienen nicht begreifen zu können, wie man mit einer Feile umging. Will Marriner bewies als Einziger ein gewisses Geschick, er würde deshalb in der alten Sägegrube das Schärfen übernehmen müssen. Aber wen sollte er als Säger rekrutieren? Die Männer hassten diese Arbeit und verrichteten sie nur widerwillig. Schläger wie Len Dyer, Tom Jones, Josh Peck und Sam Pickett kamen nicht in Frage. John Rice, der zu den ersten Siedlern gehörte, war zwar kräftig genug, aber als Seiler unentbehrlich. John Mortimer und Dick Widdicombe waren zu alt, Noah Mortimer trödelte zu viel und hatte deshalb dauernd Ärger. Dasselbe galt für den blutjungen Charlie McClellan, der ebenfalls zur Gruppe der ersten Siedler gehörte.

Und welche Männer von der *Golden Grove* kamen in Frage? John Anderson? Ja. Sam Hussey? Ja. Jim Richardson? Ja. Willy Thompson? Ja. Aber das waren auch schon alle. Richardson, der inzwischen mit Susannah Trippett ein Paar bildete, würde die Arbeit bereitwillig, vielleicht sogar einigermaßen gern verrichten. Hussey und Thompson waren Eigenbrötler, die bereits eifrig an eigenen Hütten bauten, weil sie die Gesellschaft der anderen nicht ertrugen. Sie erinnerten Richard an Taffy Edmunds. Anderson konnte er schlecht einschätzen. Beim Gottesdienst am Sonntagmorgen um elf dankte Richard Gott dafür, dass er als Sträfling nie in die Verlegenheit kommen würde, einen Mann auspeitschen lassen zu müssen. Er musste auf andere Weise dafür sorgen, dass seine

Säger arbeiteten, hauptsächlich, indem er nie zwei unzuverlässige Männer zusammen arbeiten ließ, sondern jedem, dem er nicht traute, einen tüchtigen Partner zuwies.

»Mehr als vier Mannschaften bekomme ich nicht zusammen«, sagte Richard zu Stephen Donovan, als sie sich am Sonntagabend in der Turtle Bay trafen, um eine Runde zu schwimmen. »Und ich bin offenbar für alle Zeiten dazu verdammt, Sägen zu schärfen, Mr Donovan. Im Grunde ist das eine einfache Arbeit, aber die meisten begreifen nicht, worauf es dabei ankommt. Ihnen fehlt das nötige Fingerspitzengefühl. Wenn doch Taffy Edmunds hier wäre! Er ist ein genauso guter Sägenschleifer wie ich, und es würde ihm hier auch gefallen.«

»So viel ich weiß, sollen noch mehr Leute kommen, die *Supply* kann nur nicht alle auf einmal bringen«, sagte Donovan. »Und da es in Port Jackson auch einige Bäume gibt, die zu Balken verarbeitet werden müssen, wird man Taffy wohl nicht so schnell ziehen lassen. Richardson ist ein tüchtiger Kerl. Wer weiß, vielleicht wird aus einem der Neuen ein guter Sägenschleifer. Ich verstehe allerdings nicht, warum Sie unbedingt selber sägen wollen, Richard.«

»Weil die Männer, die sägen, meine Arbeit für kinderleicht halten. Ich sitze ja nur da und tue scheinbar nichts. Deshalb sollen alle das Schärfen üben. Wer es lernt, hat damit eine bequemere Arbeit, wer es nicht lernt, weiß wenigstens, dass man zum Sägenschleifen sehr viel Geduld und Geschick braucht.«

Richard nahm zur neuen Sägegrube im Arthur's Vale Ned Westlake, Harry Humphreys, Jim Richardson und John Anderson mit. Natürlich verlangsamte sich das Arbeitstempo beträchtlich, sehr zum Verdruss von Leutnant King.

»Sie haben in fünf Tagen nur 791 Quadratfuß Holz zugesägt!«, sagte er verärgert zu Richard.

»Ich weiß, Sir, aber die alten Teams müssen die beiden neuen erst einlernen«, erklärte Richard in respektvollem, aber bestimmtem Ton. »Deshalb werden wir eine Zeit lang weniger Holz produzieren.« Er holte tief Luft. »Außerdem sind wir nicht in der Lage, die

Stämme auch noch zu entrinden, Sir. In der alten Sägegrube macht das Joseph Long zusammen mit einem Gehilfen, aber hier in der neuen Sägegrube haben wir niemanden. Ich muss unsere Sägen schleifen und außerdem noch die großen Sägen von Marriner, daher habe ich für nichts anderes Zeit. Könnten die Holzfäller die Stämme nicht gleich entrinden? Je länger die Rinde dranbleibt, desto größer ist die Gefahr, dass Käfer sich in das Holz fressen. Außerdem sollten die Holzfäller vor dem Fällen die Qualität der Bäume prüfen. Die Hälfte der Stämme, die wir erhalten, ist unbrauchbar, aber bis wir dazu kommen, sie uns anzusehen, sind die Männer, die sie gebracht haben, schon wieder weg und wir müssen unsere kostbare Zeit damit vergeuden, sie auszusortieren.«

Solche offenen Worte gefielen dem Leutnant gar nicht! Schon nach den ersten Worten runzelte er missbilligend die Stirn. Seine braunen Augen funkelten wütend, doch Richard hielt seinem Blick stand, ohne mit der Wimper zu zucken. Er riskierte damit, dass King ihn wegen Aufsässigkeit auspeitschen ließ, aber besser jetzt als später, denn wenn erst die dritte Sägegrube in Betrieb war, wurde alles nur noch schlimmer. Dann hatten sie nur noch eine Ersatzsäge, weil Richard aus der acht Fuß langen Spaltsäge eine Ablängsäge gemacht hatte.

»Wir werden sehen«, sagte King schließlich und marschierte aufgebracht zu dem neuen Getreidespeicher und den dort arbeitenden Schreinern hinüber.

»Was halten Sie vom Aufseher der Säger?«, fragte King Stephen Donovan beim Mittagessen in seinem Amtssitz.

Die hochschwangere Ann Innet brachte das Essen und verschwand. Die Karaffe mit dem Portwein war schon halb leer und würde ganz leer sein, noch bevor das Mittagessen beendet war. Nachmittags war der Kommandant deshalb stets milder gestimmt als morgens. Der Portwein war ein altes Laster. Es verging kein Tag, an dem King nicht mindestens zwei Flaschen davon leerte – Portwein aus dem Fass war ihm nicht gut genug! Die Flaschen wurden mindestens einen Monat lang sorgfältig gelagert, bevor er sie persönlich dekantierte.

»Sie meinen Richard Morgan?«

»Ja, den. Major Ross sagte, er sei ein guter Mann, aber ich bin mir da nicht so sicher. Heute Morgen sagte er mir doch ganz unverfroren ins Gesicht, ich würde Verschiedenes falsch machen!«

»Ja, Morgan sagt, was er denkt – aber ich kann mir nicht vorstellen, dass er es auf eine unverschämte Art tat. Er erwies sich auf der *Alexander* als eine große Hilfe, als wir Probleme mit den Bilgenpumpen hatten. Sie erinnern sich bestimmt noch daran, dass Sie kurz an Bord kamen, bevor wir Rio erreichten. Morgan erklärte, dass wir das Problem nur mit Kettenpumpen lösen könnten.«

King runzelte die Stirn. »Unsinn!«, sagte er unwirsch. »Ich habe die Kettenpumpen vorgeschlagen!«

»Richtig, Sir, aber Morgan tat es schon vor Ihnen. Hätte er Major Ross und Marineadmiralarzt White nicht von der Notwendigkeit der Maßnahme überzeugt, wären Sie gar nicht an Bord der *Alexander* gerufen worden.«

»Ach so, verstehe. Aber das ändert nichts daran, dass er heute Morgen zu weit gegangen ist«, sagte King trotzig. »Es steht ihm nicht zu, meine Anordnungen zu kritisieren. Ich hätte ihn auspeitschen lassen sollen.«

»Warum einen tüchtigen Mann bestrafen, nur weil er einen Kopf auf den Schultern hat?«, fragte Donovan und lehnte dankend ab, als King sein Glas nachfüllen wollte. »Sie wissen, dass Morgan intelligent ist, Mr King. Er wollte nicht unverschämt sein, er nimmt nur seine Arbeit ernst. Er will mehr produzieren.«

Der Kommandant schien nicht überzeugt.

»Seien Sie gerecht, Sir! Wenn ich diese Vorschläge gemacht hätte – was genau hat Morgan denn vorgeschlagen, wenn ich fragen darf?«

»Dass sich jemand die Bäume ansieht, bevor sie zu den Sägegruben geschleppt werden, dass die Holzfäller die Stämme nach dem Fällen gleich entrinden, und so weiter.«

Trinken Sie erst mal einen Schluck, Herr Leutnant, dachte Stephen. Er schwieg, bis sein Vorgesetzter das Glas geleert hatte. Dann hob er beschwörend die Hände. »Mr King, wenn ich das vorgeschlagen hätte, hätten Sie dann nicht auf mich gehört?«

»Sie haben es aber nicht vorgeschlagen, Mr Donovan.«

»Weil ich anderswo zu tun habe und weil die Säger bereits einen Aufseher haben – Morgan! Seine Vorschläge klingen vernünftig und haben zum Ziel, dass mehr Holz zugesägt wird. Warum ihn also dafür bestrafen, Sir? Sie haben eine ausgezeichnete Mannschaft von Holzfällern, Sägern und Schreinern, und mir fiel auf, dass Sie sich stets bereitwillig anhören, was Nat Lucas zu sagen hat. In Richard Morgan haben Sie einen zweiten Nat Lucas. Ich an Ihrer Stelle würde das ausnützen. In zwei Jahren hat er seine Strafe verbüßt. Wenn es ihm dann auf der Insel so gut gefällt, dass er bleibt, haben Sie außer Lucas noch jemanden, auf den Sie sich verlassen können.«

Und damit hatte er genug zu diesem Thema gesagt, fand Stephen Donovan. Der empörte Ausdruck auf Kings Gesicht war verschwunden. King hatte so viele gute Eigenschaften. Schade nur, dass es ihm so schwer fiel, Ratschläge von einem Sträfling anzunehmen.

Ende November wurde es so schwül, dass die Arbeitszeiten geändert werden mussten. Die Arbeit begann nun schon im Morgengrauen und wurde nach einer halbstündigen Frühstückspause um halb acht bis elf fortgesetzt. Dann ruhte sie bis nachmittags um drei, sie endete dafür jedoch erst bei Sonnenuntergang. Außerdem wurde die erste Ernte eingebracht. Sie fiel dort, wo Raupen und Ratten etwas übrig gelassen hatten, reichlich aus. Ohne die gefräßigen Biester wäre auf dem fruchtbaren Boden alles gewachsen.

Um Weihnachten schickte Leutnant King den Sanitätsoffizier John Turnpenny Altree, Thomas Webb und John Anderson zur Ball Bay, einem steinigen Strand an der Ostküste der Insel, vor dem die *Supply* bei sehr schlechtem Wetter ankern musste. Die Männer sollten sich dort niederlassen und eine Fahrrinne durch die runden, kochkesselgroßen Steine anlegen und freihalten, damit Beiboote zum Strand fahren konnten. Kings Entscheidung wurde von den anderen mit heimlicher Belustigung aufgenommen. Altree, ein seltsam untüchtiger Eigenbrötler, mied Frauen wie die Pest. Thomas Webb hatte bei ihm Zuflucht gesucht, als Beth Henderson ihn aus dem Leben seines Bruders gedrängt hatte, und folgte ihm nun auf Schritt und Tritt. Der Sträfling John Anderson schließlich war froh, seine Frau und die Arbeit als Säger loszuwerden.

Jim Richardson brach sich eines Sonntags auf der Suche nach Bananen das Bein so schlimm, dass der Heilungsprozess Monate dauern konnte. Er würde nie mehr sägen. Richard hatte nun zwei Säger weniger und konnte vor der Rückkehr der *Supply* keine neue Mannschaft zusammenstellen – falls die *Supply* je zurückkehrte. In anderen Worten, er musste von nun an selbst sägen und in der dreieinhalbstündigen Mittagspause und jeder anderen freien Minute Sägen schärfen. Doch zum Sägen brauchte er einen Partner.

»Dann muss ich wohl den Gefreiten Wigfall fragen, ob er sich als Säger etwas hinzuverdienen will«, sagte King, der seinen Groll gegen Richard längst überwunden hatte. »Wigfall hat die Statur und die Kraft eines Boxers.«

»Eine gute Wahl, Sir«, sagte Richard. »Aber was ist, wenn der Gefreite Wigfall nicht gerade sägen kann und deshalb der untere Mann sein muss? Es gehört sich nicht für einen Sträfling, einem freien Mann von der Marine Sägemehl ins Gesicht rieseln zu lassen.«

»Er kann ja einen Hut aufsetzen«, sagte King unbekümmert und eilte davon.

Zum Glück war der Gefreite Wigfall wie die meisten Männer seiner Statur gutmütig und nicht aus der Ruhe zu bringen. Er kam aus Sheffield und hatte auf der Insel keine Freunde.

»Meine Freunde sind alle noch in Port Jackson«, sagte er zu Richard. »Ich bin ehrlich gesagt ganz froh über neue Gesellschaft. Außerdem ist mein Lohn als Säger höher als mein Sold. Dann kann ich früher meinen Abschied nehmen. Ich habe nämlich vor, irgendwo in der Nähe von Sheffield etwas Land mit einem hübschen Häuschen darauf zu kaufen. Und wenn ich mir die Heimreise als Matrose verdiene, kann ich noch mehr Geld sparen.«

»Haben Sie etwas dagegen, wenn ich mich zuerst als oberer Mann versuche?«, fragte Richard. »Ich wüsste gern, ob ich beim Sägen ein so scharfes Auge habe wie beim Schleifen. Außerdem ist die Arbeit des unteren Mannes etwas leichter. Leider können Sie keinen Hut tragen, dazu stehen Sie zu nahe an der Säge. Aber ich sage Ihnen, wann ich anfange zu ziehen, dann können Sie nach unten sehen.«

Richard bewies auch beim Sägen ein gutes Auge; Wigfall leider nicht, doch war er dennoch ein guter Partner, der die Säge kraftvoll nach unten ziehen konnte. Das Sägen war anstrengend. In Port Jackson wäre er zu dieser Arbeit nicht fähig gewesen, dachte Richard. Dort war das Essen viel zu knapp und zu schlecht, aber hier, wo es außer Pökelfleisch noch Fisch, ab und zu Schildkröte und jede Menge Gemüse gab, von dem besseren Brot ganz zu schweigen, hier konnte er sägen, ohne dabei über die Maßen abzunehmen. Er war mit seinen vierzig Jahren in einer besseren körperlichen Verfassung als der erst dreißigjährige Leutnant King.

An Weihnachten, einem dunklen, windigen Tag, schlachtete der Kommandant für seine Sträflingsfamilie ein großes Mastschwein. Es wurde am Spieß über einem Feuer aus glühenden Kohlen gebraten, bis seine Haut knusprige Blasen warf. Jede Frau und jeder Mann erhielt eine doppelte Portion Fleisch und dazu einige Kartoffeln und ein halbes Pint Rum. Es war Richards erster Braten seit seiner Verhaftung, und er schmeckte köstlich! Lieber Gott, ich bin dir ja so dankbar, betete er in jener Nacht, als er in sein Bett aus Federn sank. Man weiß die einfachen Genüsse des Lebens erst dann wirklich zu schätzen, wenn man sie lange genug entbehrt hat.

Am Neujahrsmorgen 1789 ging die Sonne strahlend an einem wolkenlosen Himmel auf. Die Sträflinge bekamen ein Viertelpint Rum und hatten den halben Tag frei. Zur Freude Kings nahmen die Arbeiten dank der Umsicht seiner Aufseher wie von allein ihren Gang, sodass er sich auf Routinekontrollen beschränken konnte.

King war überglücklich, als Ann Innet ihm am 8. Januar 1789 einen gesunden Sohn gebar. Da er als Einziger auf der Insel Gottesdienste abhielt, taufte er seinen Sohn selbst – auf den Namen »Norfolk«.

»Ein schöner Name, Norfolk King«, sagte Stephen am Strand der Turtle Bay zu Richard. »Ich freue mich für den Leutnant. Jemand wie er braucht eine Familie. Es wird seiner Karriere bei der

Marine zwar nicht gerade förderlich sein, wenn er Ann Innet heiratet, aber er liebt seinen Sohn abgöttisch. Er wird es schwer haben, wenn er nach England zurück muss. Was soll er dort mit einem unehelichen Sohn, ganz zu schweigen von dessen Mutter, die er auch sehr gern hat?«

»Er wird eine Lösung finden«, erwiderte Richard ruhig. »Er ist zwar ein launischer Kommandant, aber auch ein Ehrenmann mit Verantwortungsgefühl. Gewisse Dinge liegen ihm einfach nicht und er hat ein hitziges Temperament. Mary Gamble hat es zu spüren bekommen.«

Mary Gamble hatte eine Axt nach einem Eber geworfen und ihn schwer verletzt. King hatte sich dermaßen darüber aufgeregt, dass sie das wertvolle Tier beinahe getötet hätte, dass er ihr nicht zuhören wollte, als sie ihm aufgeregt zu erklären versuchte, das Tier habe sie angegriffen und sie habe aus Notwehr gehandelt. In seinem Zorn wollte er sie mit zwölf Dutzend Peitschenhieben auf den nackten Hintern bestrafen. Als er sich wieder beruhigt hatte, war er freilich bestürzt – diese wackere Frau sollte vor Männern wie Dyer den Unterkörper entblößen und volle 144 Hiebe erhalten, wenn auch mit der harmlosesten Peitsche aus seinem Sortiment? Großer Gott! Unmöglich! Womöglich hatte der Eber sie tatsächlich angegriffen. Kein männlicher Sträfling hatte bisher auch nur halb so viele Peitschenhiebe erhalten! Also bestellte er Mary Gamble zu sich und verkündete, dass er ihr großmütig vergebe.

Einige Sträflinge hielten ihn deswegen für dumm, weichherzig und schwach und beschlossen, bereits bestehende Pläne für eine Revolte nun endlich in die Tat umzusetzen.

Robert Webb, der Gärtner, eilte zum Kommandanten, um ihn zu warnen. »Sir, gegen Sie ist eine Verschwörung in Gang.«

»Eine Verschwörung?«, fragte King verblüfft.

»Ja, Sir. Eine Gruppe von Sträflingen will Sie, Mr Donovan, die anderen Freien und alle Seesoldaten gefangen nehmen. Dann wollen sie das nächste Schiff, das kommt, in ihre Gewalt bringen und damit nach Tahiti fahren.«

Das gebräunte Gesicht des Kommandanten wurde weiß und er

starrte Webb ungläubig an. »Du lieber Himmel! Wer sind die Verschwörer denn, Robert?«

»Nach dem, was ich gehört habe, sämtliche Sträflinge von der *Golden Grove* bis auf drei« – Webb schluckte aufgeregt – »und ein paar Leute aus der ursprünglichen Gruppe.«

»Wie schnell das geht«, sagte King langsam. »Wenn bereits eine neue Schiffsladung Sträflinge solche Folgen hat, was soll dann erst werden, wenn Seine Exzellenz noch weitere Ladungen schickt?« Er fuhr sich mit der Hand über die Augen. »Das ist wirklich ungeheuerlich! Sogar ein paar von denen, die von Anfang an mit dabei waren ... Wie können sie so dumm sein? Wahrscheinlich handelt es sich um Noah Mortimer und diesen Grünschnabel Charlie MacClellan.« Er straffte die Schultern. »Wie hast du es erfahren, Robert?«

»Meine Frau erzählte es mir, Sir – Beth Henderson. William Francis sprach sie an, als sie allein war, und bat sie, herauszufinden, ob ich mitmachen würde. Sie versprach ihm, mich zum Mitmachen zu überreden, und dann erzählte sie mir alles.«

Der Schweiß lief King in die Augen. Es war eine Qual, in diesen Breiten im Hochsommer die Uniform eines Leutnants der Marine tragen zu müssen, doch als Kommandant war er dazu verdammt. »Welche drei von der *Golden Grove* sind nicht an der Verschwörung beteiligt?«, fragte er leise.

»John Bryant, der Katholik, und der Säger Richard Morgan und sein einfältiger Hausgenosse Joseph Long«, erwiderte Webb.

»Morgan ist als Aufseher der Säger zu beschäftigt und Long ist tatsächlich ein Einfaltspinsel. Also frage ich am besten den Katholiken Bryant aus; er arbeitet mit ihnen zusammen. Geh sofort zu seiner Hütte, Robert, und bring ihn unauffällig hierher. Heute ist Samstag, und kaum jemand ist in Sydney Town – die meinen alle, ich würde nicht merken, dass sie ins Arthur's Vale verschwunden sind. Bitte auch Mr Donovan, sich sofort bei mir zu melden.«

Leutnant King bewies großes Geschick im Umgang mit der Gefahr. Er machte den Verschwörern einen Strich durch die Rechnung, bevor sie begriffen, dass ihr Plan aufgedeckt worden war.

Mit rostigen Musketen bewaffnet verhafteten die Marinesoldaten die Anstifter der Verschwörung, William Francis, Samuel Pickett, Joshua Peck, Thomas Watson, Leonard Dyer, James Davis, Noah Mortimer und Charles MacClellan. Nach langen Verhören standen schließlich die Schuldigen fest. Nur eine Hand voll Männer hatte die Verschwörung aktiv geplant, auch wenn die anderen Sträflinge bereit gewesen waren, sich den Verschwörern anzuschließen. Francis und Pickett wurden in doppelte Eisen gelegt und in einen Schuppen gesperrt. Watson und Mortimer bekamen Fußfesseln, durften sich aber bis zu der für Montag angesetzten gründlichen Untersuchung frei bewegen.

King schickte einen überraschten Richard Morgan zur Ball Bay, um die drei dort wohnenden Männer nach Sydney Town zu holen. In der Zwischenzeit versammelte er seine wenigen Freien und Seesoldaten auf dem Strand. Den Sträflingen befahl er, in ihren Hütten zu bleiben. Wer den Befehl missachtete, sollte erschossen werden.

»Thompson wurde auch noch dabei erwischt, wie er im Tal Mais stahl!«, sagte King entrüstet zu Donovan. »Er muss geglaubt haben, Francis würde die Insel übernehmen, bevor ich ihn wegen Diebstahls auspeitschen lassen könnte. Aber da irrt er sich gewaltig.«

»Die Verschwörer hätten auf die *Supply* warten müssen. Dann hätte unsere ganze Aufmerksamkeit dem Schiff gegolten«, sagte Stephen. Er war zu taktvoll, um hinzuzufügen, dass Kings Milde gegenüber Mary Gamble die Verschwörer darin bestärkt hatte, ihren Plan in die Tat umzusetzen. »Was haben Sie mit den Frauen vor, Sir?«

King zuckte die Achseln. »Frauen sind Frauen. Sie sind weder der Grund noch das Problem.«

»Wen wollen Sie bestrafen?‹,

»Möglichst wenige«, erwiderte King. Er sah Stephen besorgt an. »Sonst kann ich mich nicht gegen die Sträflinge behaupten, das ist Ihnen sicher klar, Mr Donovan. Kaum eine Muskete schießt noch und sie sind in der Überzahl. Aber die meisten von ihnen sind Schafe, die einen Anführer brauchen. Das ist unsere

Rettung, wenn ich darauf verzichte, die Schafe zu bestrafen. Wenn die *Supply* kommt, werde ich über sie Port Jackson benachrichtigen, und dann muss ich warten, bis sie zurückkehrt und die Rädelsführer abholt, damit sie in Port Jackson vor Gericht gestellt werden können.«

»Ich habe das Gefühl, dass Sie die Probleme auf der Insel nicht dadurch lösen werden, dass Sie die Männer nach Port Jackson bringen«, sagte Stephen nachdenklich.

Kings Augen funkelten wütend. »Ich weiß auch, warum«, sagte er grimmig. »Man hat die meisten Sträflinge ja hergeschickt, um sie loszuwerden. Der Gouverneur wird sie nicht zurückhaben wollen, und Meuterer schon gleich gar nicht. Er müsste sie hängen lassen, und das tut er nicht gern. Es fällt ihm schon bei den Verbrechern, die ihre Verbrechen in Port Jackson verübt haben, schwer genug. Außerdem präsentiert er die Insel gern als Beispiel einer erfolgreichen Politik. Norfolk ist zu abgelegen, um unter einem System zu gedeihen, in dem Männer befehlen, die ihren Amtssitz nicht hier auf der Insel, sondern im tausend Meilen entfernten Port Jackson haben. Die Behörden von Norfolk Island müssten in Angelegenheiten, die die Insel betreffen, selbst entscheiden können.«

»So ist es«, seufzte Stephen. »Eine verzwickte Situation.« Er beugte sich vor. »Doch Sie haben einen gelernten Büchsenmacher auf der Insel, Sir, der nicht in die Verschwörung verwickelt war – Morgan, den Säger. Darf ich Sie ergebenst bitten, ihn sofort mit der Reparatur unserer Schusswaffen zu betrauen? Dann könnten Freie und Seesoldaten immer am Samstagmorgen zwei Stunden lang schießen üben. Ich könnte östlich von Sydney Town einen Schießstand errichten und die Schießübungen überwachen, wenn Morgan mir dabei hilft.«

»Eine ausgezeichnete Idee! Kümmern Sie sich darum, Mr Donovan.« Der Kommandant grunzte. »Wenn Seine Exzellenz unsere Meuterer nicht in Port Jackson haben will, wie ich fürchte, dann muss er mir eine größere Abteilung Seesoldaten unter dem Kommando eines Offiziers schicken. Außerdem brauche ich ein paar Kanonen und jede Menge Schießpulver, Kugeln und Patronen für die Musketen. Ich werde gleich einen Brief aufsetzen.« King wirkte ernst und entschlossen. »Und von jetzt an, Mr Donovan, werden Sie als Oberaufseher der Sträflinge für mehr Disziplin sorgen. Wenn die Burschen es darauf anlegen, ausgepeitscht zu werden, dann bekommen sie die Peitsche. Ich bin zutiefst enttäuscht und verletzt!«

Nach den Vernehmungen richtete sich der ganze Groll der Verschwörer gegen John Bryant, einen geradezu fanatisch frommen Katholiken. Er hatte die Verschwörer besonders schwer belastet, denn er hatte ausgesagt, sie hätten schon an Bord der *Golden Grove* geplant, das Schiff in ihre Gewalt zu bringen, doch dieser erste Plan sei geplatzt, weil er, Bryant, ihn Captain Shairp verraten habe. William Francis und Samuel Pickett wurden schließlich als Anstifter der Revolte ausgemacht und sollten mit doppelten Eisen gefesselt in Haft bleiben. Noah Mortimer und Thomas Watson sollten leichte Fußfesseln tragen, solange der Kommandant es für nötig hielt. Die Übrigen gingen straffrei aus.

Eine traurige Folge der Verschwörung war, dass das kleine Sydney Town nicht mehr idyllisch zwischen hohen Tannen und »weißen Eichen« lag, denn Leutnant King ließ alle Bäume fällen und sogar das Unterholz zwischen ihnen roden. An den beiden Enden der Siedlung wurde je ein Seesoldat postiert, der sogar nach Einbruch der Dunkelheit das Kommen und Gehen zwischen den Hütten beobachtete. Tom Jones, ein Kumpan von Len Dyer, erhielt 36 Peitschenhiebe, weil er Stephen Donovan und Sanitätsoffizier Thomas Jamison durch verächtliche sexuelle Anspielungen beleidigt hatte.

»Das Klima hat sich verändert«, sagte Richard zu Stephen, als sie vor der ersten Schießübung die Musketen noch einmal überprüften. »Schade. Mir gefällt die kleine Insel, und ich könnte hier glücklich sein, wenn die anderen Männer nicht da wären. Ich möchte nicht länger im Hüttendorf wohnen. Die Bäume sind weg und man hat kein Privatleben mehr – selbst beim Pinkeln schauen einem Leute zu. Am liebsten würde ich mich irgendwohin zurückziehen, wo ich meine Ruhe habe, und meine Kontakte zu anderen Sträflingen auf die Sägegruben beschränken.«

Stephen sah ihn verwundert an. »Sind sie Ihnen so zuwider, Richard?«

»Einige mag ich. Es sind die Schurken, die immer alles verderben – und warum? Lernen sie nie dazu? Denken Sie nur an den armen Bryant. Sie wissen, dass die Kerle sich geschworen haben, ihn fertig zu machen, und das werden sie.«

»Als Oberaufseher der Sträflinge werde ich alles tun, um das zu verhindern. Bryant hat eine nette Frau, und die beiden lieben sich innig. Wenn ihm etwas zustoßen sollte, würde es ihr das Herz brechen.«

Das Jahr 1789 begann mit heftigen Regenfällen und Stürmen. Sie vernichteten den Rest der Gerste, verdarben einige Fässer mit Mehl und machten das Fischen an den meisten Tagen unmöglich und das Leben im nun baumlosen Hüttendorf ausgesprochen ungemütlich. Kleider und Bettzeug waren feucht, kostbare Bücher und ebenso kostbare Schuhe setzten Schimmel an, und viele Inselbewohner klagten über Erkältungen und Kopf- und Gliederschmerzen. Mitte Februar ließ der Kommandant Francis und Pickett aus dem Schuppen holen und ohne Handschellen, aber mit schweren Eisen an den Füßen in ihre Hütten zurückbringen. Die *Supply* ließ sich nicht blicken. Als letztes Schiff hatte die *Golden Grove* vor der Insel Anker geworfen, und das war nun schon vier Monate her. Würden sie nie mehr ein Schiff zu Gesicht bekommen? War der *Supply* etwas zugestoßen? Was ging in Port Jackson vor?

Das schlechte Wetter setzte allen zu, besonders dem Kommandanten. Er wusste, dass es bei so heftigen Regenfällen zu riskant war, mit dem Bau eines Damms zu beginnen; außerdem hatte er einen schreienden Säugling im Haus. Die meisten Arbeiten mussten verschoben werden, und die Männer saßen zu viel herum und murrten. Nur den drei Männern in der Ball Bay ging es besser. Sie wohnten mit genügend Nahrungsmitteln versehen in einem festen Haus im Schutze der Pinien und konnten auch beim stärksten Regen noch Fische fangen.

Der 26. Februar sollte allen als schrecklicher Tag in Erinnerung bleiben. Der Tag begann mit heftigen Winden aus Ostsüdost und einer so hohen Flut, dass die Brandung bis zu den Stränden der Lagune reichte. Stephen und Richard wollten zum Point Hunter hinauslaufen. Auf halber Strecke drehten sie sich um. Die Küstenlinie im Westen bot einen Furcht erregenden Anblick. Gewaltige Brecher krachten mit solcher Wucht gegen die Klippen, dass die Gischt über 300 Fuß hoch aufspritzte und bis zu dem vier Meilen landeinwärts gelegenen höchsten Berg der Insel geweht wurde.

»Du lieber Gott, da braut sich der schlimmste Sturm aller Zeiten zusammen!«, schrie Stephen.

Als sie sich um die Turtle Bay gekämpft hatten und zurückblickten, war nicht nur Phillip Island mit seinen hohen Bergen in den schäumenden Fluten verschwunden, sondern auch das nähere Nepean Island. Der Wind, der inzwischen aus Südosten kam, wurde immer stärker. Die ganze Gewalt der Elemente richtete sich auf die Siedlung.

Geduckt, um dem Sturm weniger Angriffsfläche zu bieten, scheuchten die Leute Schweine und Federvieh in die Schuppen und Hütten, dann verbarrikadierten sie die Türen mit Baumstämmen und kletterten durch die Fenster in ihre Hütten.

So laut war das Getöse des heulenden Sturms und der herandonnernden Wassermassen, dass Richard und Stephen nicht einmal das laute Ächzen einer 180 Fuß hohen Tanne hörten, die hinter der Turtle Bay aus der Erde gerissen wurde. Sie sahen den Baum nur wegfliegen. Mit seiner spitz zulaufenden Krone und den mächtigen Wurzeln sah er aus wie ein Pfeil, der 30 Fuß über der Erde auf die Hügel landeinwärts zuraste. Weitere Bäume folgten. Es war, als hätte eine Armee von Riesen die Insel überfallen; die Sturmböen waren ihre Bögen, die Tannen ihre Pfeile und die weißen Eichen ihre Enterhaken.

Stephen kämpfte sich an den Hütten entlang, um sich zu vergewissern, dass alle Öffnungen dichtgemacht waren. Als Richard seine Hütte erreichte, sah er, dass die Tür bereits mit einem Baumstamm verrammelt war. Er war froh, dass Joey und MacGregor in Sicherheit waren, doch er selbst blieb lieber draußen. In der Hütte blind seinem Schicksal ausgeliefert zu sein, war für ihn ein schrecklicher Gedanke! Stattdessen setzte er sich vor die im Windschatten liegende Rückwand und betrachtete die Naturkatastrophe, die sich vor ihm abspielte.

Dann kam der Regen. Der Wind peitschte ihn fast waagerecht vom Meer herein, sodass Richard trotz der Sintflut trocken blieb. Weiter hinten hoben sich Dächer von den Hütten und schwebten wie Regenschirme davon. Am heftigsten schien der Sturm freilich dreißig Fuß über dem Boden zu toben – dieser Umstand und das Fehlen von Bäumen in unmittelbarer Nähe der Hütten retteten die Siedlung. Hätte Leutnant King nicht angeordnet, das ganze Gelände zu roden, wären Schuppen, Häuser und Hütten samt der Menschen darin unter umgestürzten Bäumen begraben worden.

Um acht Uhr morgens hatte der Sturm begonnen, gegen vier Uhr nachmittags flaute er allmählich wieder ab. Nur die Hütten im mittleren Abschnitt, wo Richard und Joey wohnten, und die größeren Häuser, die nicht mit Flachs, sondern mit Schindeln gedeckt waren, hatten ihre Dächer behalten.

Doch erst am nächsten Tag, der mild und windstill war, als sei nichts gewesen, sahen die 64 Bewohner von Norfolk Island das ganze Ausmaß der Verwüstungen, die der Orkan angerichtet hatte. Wo der Sumpf gewesen war, wälzte sich nun ein Fluss; alle gerodeten Flächen waren fast kniehoch mit Tannenzweigen, Buschwerk, Sand, Korallenbrocken und Blättern bedeckt, und vor den dem Sturm zugewandten Hauswänden türmten sich Trümmer, die teilweise so fest im Holz der Wände steckten, dass man sie gewaltsam herausziehen musste. In den Wäldern der Umgebung hatte der Sturm große Flächen bis auf den letzten Baum niedergemäht. An den riesigen Wurzelballen der gefällten Tannen und ihren langen Pfahlwurzeln konnte man ermessen, wie stark die Böen gewesen sein mussten, die sie aus der Erde gerissen hatten. Wo die Bäume gestanden hatten, klafften nun tiefe Krater. Die Verluste an Tannen waren hoch. Allein in Sichtweite von Sydney Town waren hunderte von Bäumen entwurzelt worden. Das unlängst gerodete, anderthalb Hektar große Gebiet hinter dem Sumpf war dicht mit umgestürzten Tannen bedeckt. Selbst fünfzig Holzfäller hätten in einem ganzen Monat nicht so viele Bäume umhauen können.

»Die Natur hat verrückt gespielt, normal ist das nicht«, sagte Leutnant King aufmunternd zu den versammelten Sträflingen. Selbst die aufsässigsten Gemüter unter ihnen wirkten eingeschüchtert. »Nirgendwo auf der Insel habe ich Anzeichen dafür entdeckt, dass hier je ein so schwerer Orkan gewütet hat, zumindest nicht in den Jahrhunderten, die die Pinien brauchten, um zweihundert Fuß hoch zu werden. Einen solchen Sturm hat es schlicht noch nicht gegeben.« Er wurde ernst, und sein Gesicht erinnerte jetzt an einen methodistischen Pfarrer, der von Hölle und Verdammnis predigte. »Warum passiert so etwas ausgerechnet in diesem Jahr? Wer von euch gesündigt hat, der prüfe sein Gewissen. Denn dieser Sturm ist das Werk Gottes! Wir müssen uns also fragen, warum Gott den ersten Menschen, die sich auf dieser paradiesischen Insel niedergelassen haben, diese Prüfung sandte. Bittet um Vergebung und sündigt nie wieder! Das nächste Mal könnte sich die Erde auftun und euch mit Haut und Haaren verschlingen!«

Kings Strafpredigt zeigte tatsächlich Wirkung, zumindest ein paar Wochen lang. Dann vergaßen die Menschen ihre guten Vorsätze wieder.

Der Kommandant musste sich allerdings selbst fragen, ob er mit seinem hitzigen Temperament Gott nicht ebenfalls erzürnt hatte, denn ein Baum hatte eine Sau, die ihm gehörte, und einen ganzen Wurf Ferkel erschlagen.

Männer und Frauen waren tagelang mit Aufräumarbeiten beschäftigt. Und das Wasser der Lagune, das die weggespülte Erde rostrot gefärbt hatte, leuchtete erst nach einem Monat wieder blau.

Als am 2. März die *Supply* auf der Reede eintraf, machten Richard und seine Säger sich wieder an die Arbeit. Die Siedlung in Neusüdwales brauchte wieder Balken, Bretter und Planken und für die Schiffe Rundhölzer. Wenigstens mussten keine Bäume mehr gefällt werden, auch wenn viele der überall herumliegenden Stämme alt und morsch waren.

Unter den neuen Sträflingen, die mit der *Supply* kamen, war auch ein erfahrener Säger namens William Holmes – noch ein William! Da Richard wusste, dass der Kommandant eine dritte Sägegrube ausheben lassen wollte, wies er dem neuen Säger die Sägegrube am Strand zu und forderte ihn auf, sich unter den anderen Neuankömmlingen drei Gehilfen zu suchen. Holmes war ein tüchtiger Mann. Er hatte seine Frau Rebecca mitgebracht, und das Paar gliederte sich schnell in die Gemeinschaft ein. Die Sägegrube in Arthur's Vale überließ Richard Bill Blackall und Will Marriner, er selbst wollte sich mit dem Gefreiten Wigfall, Sam Hussey und Harry Humphreys in die neue Sägegrube weiter oben im Tal zurückziehen.

Dort wird es friedlicher zugehen, dachte er. Ich frage Leutnant King, ob ich mir in der Nähe ein Haus bauen darf. Joey Long muss dann eben alleine zurechtkommen. Mein Bett und mein Bettzeug, die Hälfte der Decken, meine Bücher und meine übrigen Sachen nehme ich mit – und einen der Welpen von MacGregor und Delphinia. Mr King hat Joey schließlich erlaubt, zwei zu behalten. Ein guter Rattenfänger wird droben im Tal ein Segen sein.

Richard konnte seine Pläne alle verwirklichen. Stephen Donovan war der Einzige, der das bedauerte. Er sah Richard jetzt nicht mehr so oft wie früher, als er auf dem Weg zum Schwimmen in der Turtle Bay an Richards Hütte vorbeigekommen war.

Im Winter trafen vierzehn neue Seesoldaten unter dem Kommando von Leutnant John Creswell ein. Dank der zusätzlichen Arbeitskräfte und der strengeren Beaufsichtigung konnte der Kommandant die meisten seiner Vorhaben in die Tat umsetzen. Auch der Damm wurde gebaut. Einige hundert Meter oberhalb des Dammes stand einsam am Waldrand Richards neues Haus.

Als Nächstes nahm Leutnant King Wege in Angriff. Ein drei Meilen langer Weg wurde quer durch die Insel zur Cascade Bay angelegt. Die Bucht hatte diesen Namen erhalten, weil dort der imposanteste der vielen kleinen Wasserfälle der Insel von einer Klippe ins Meer stürzte. Vor dem Ufer bildete ein vorspringender Felsen eine Art Terrasse, an der Boote anlegen konnten, wenn das stürmische Wetter eine Landung an der Sydney Bay unmöglich machte. Außerdem wuchs in der Umgebung der Cascade Bay besonders viel guter Flachs. Leutnant King beschloss deshalb, oberhalb des Landungsplatzes eine neue Siedlung namens Phillipburgh zu errichten, in der Flachs zu Leinwand verarbeitet werden sollte.

In Sydney Town schossen entlang der Straße immer mehr Hütten und Häuser wie Pilze aus dem Boden. Richard besuchte den Ort nur noch, um am Gottesdienst teilzunehmen und seine Verpflegungsrationen abzuholen. Sein Hund MacTavish, der sich als ebenso guter Wächter erwies wie sein Vater MacGregor, war die einzige Gesellschaft, die er wünschte – von Stephen Donovan abgesehen, der in seinen Gedanken längst nicht mehr Mr Donovan, sondern nur noch »Stephen« war.

Richards Haus maß zehn auf fünfzehn Fuß und hatte mehrere große Fensteröffnungen, die viel Licht hereinließen. Johnny Livingstone hatte ihm einen Tisch und zwei Stühle angefertigt. Das Dach war mit Flachs gedeckt, doch King hatte ihm bis zum Jahresende Schindeln versprochen. Der Boden bestand aus Holzdielen. Das Fundament des Hauses bildeten Tannenstämme. Das Holz verrottete in der Erde zwar, aber Richard konnte faulende Stämme wenigstens leicht herausziehen und ersetzen, ohne das Haus abreißen zu müssen. Innen war das Haus mit dünnen, schön gemaserten Tannenbrettern verkleidet. Die geriffelte Maserung erinnerte Richard an Sonnenstrahlen auf ruhigem Wasser.

Die Zahl der Inselbewohner war auf hundert gestiegen, und auch die Zahl der Einbrüche hatte zugenommen. Von Richard Morgan hielten die Diebe sich freilich fern. Wer einmal die Muskeln seines nackten Oberkörpers unter der gebräunten Haut hatte arbeiten sehen, wenn Richard die vierzehn Fuß lange Säge durch einen dicken Stamm zog, vermied es, sich mit ihm anzulegen. Außerdem war Richard ein Einzelgänger, und Einzelgänger waren den meisten Inselbewohnern unheimlich. Ein Mann, der lieber allein war, der keine Gesellschaft suchte und sich nicht nach Anerkennung durch andere sehnte, konnte nicht ganz richtig im Kopf sein. Doch Richard genoss sein Einsiedlerdasein. Er fand es erstaunlich, dass nicht mehr Leute, die jahrelang so dicht mit anderen zusammengesperrt gewesen waren, das Bedürfnis nach Einsamkeit hatten.

Im Winter rächte der harte Kern der Meuterer sich schließlich doch noch an John Bryant. Francis, Pickett, Watson, Peck und andere Sträflinge von der *Golden Grove* schlugen Holz auf dem Mount George, als Bryant – keiner wusste, wie oder warum – unter eine umfallende Tanne geriet. Der Baum zerschmetterte Bryant den Kopf. Er starb zwei Stunden später und wurde noch am selben Tag beerdigt. Weinend lief seine vor Kummer halb wahnsinnige Witwe durch Sydney Town.

»Die Stimmung ist angespannt«, sagte Stephen nach der Beerdigung auf dem Weg zu Richards Haus.

»Es musste so kommen«, erwiderte Richard nur.

»Die arme Frau! Und es war kein Priester da, um ihren Mann zu beerdigen.«

»Gott ist das egal.«

»Gott ist alles egal!«, sagte Stephen heftig. Er betrat Richards Haus, und ihm fiel auf, wie sauber und aufgeräumt es war. »Herrgott«, seufzte er und sank auf einen Stuhl. »Heute ist einer der seltenen Tage, an denen ich einen Schluck Rum gebrauchen könnte. Ich fühle mich am Tod Bryants mitschuldig.«

»Es musste so kommen«, wiederholte Richard.

MacTavish sprang auf Richards Schoß und legte sich ruhig hin. Er hat ihn gut erzogen, dachte Stephen. Wie schafft er es nur, immer noch genauso auszusehen wie bei unserer ersten Begegnung? Wir anderen werden alt und bitter, doch er bleibt so, wie er immer war.

»Bringen Sie mir ein paar der Zuckerrohrstauden, die hier überall wachsen«, sagte Richard. »Dann bekommen Sie in zwei Jahren mehr Rum, als Sie trinken können.«

»Wie bitte?«

»Ach, natürlich brauche ich auch noch zwei Kupferkessel, etwas Kupferblech, ein paar Kupferrohre und einige in der Mitte durchgesägte Fässer«, fuhr Richard lächelnd fort. »Ich kann unter anderem auch Schnaps brennen, Mr Donovan.«

»Donnerwetter, Sie sind wirklich der Traum jedes Kommandanten, Richard! Und nennen Sie mich doch bitte endlich Stephen! Ich rede Sie doch auch mit dem Vornamen an. Nach all den Jahren wird es wirklich Zeit, dass Sie Ihre Förmlichkeit ablegen, auch wenn Sie immer noch ein Sträfling sind. Ich hasse diese Bristoler Manieren!«

»Tut mir Leid, Stephen«, sagte Richard augenzwinkernd.

»Na also! Geschafft!« Stephen war überglücklich, endlich seinen Namen aus Richards Mund zu hören, doch er verbarg seine Gefühle hinter einem Stirnrunzeln. »Die Seesoldaten murren, weil nie genug Rum da ist, um ihnen volle Rationen zu geben, und Leutnant Creswell ist mit seiner Weisheit am Ende. Ihm geht es ja auch nicht besser. King kümmert das natürlich nicht, solange er seinen Portwein hat, aber Creswell würde lieber Rum trinken. In Port Jackson gibt es auch kaum welchen. Ich wette, eine Rumbrennerei auf Norfolk Island würde die volle Zustimmung Seiner Exzellenz finden. Es wäre viel billiger, selbst Rum herzustellen, als ihn per Schiff herzuschaffen, und selbst der idealistischste Beamte weiß, dass Rum ebenso wichtig ist wie Brot und Pökelfleisch.«

»Ich kann ja schon mal ein Zuckerrohrfeld anlegen. Dagegen dürfte niemand etwas haben. Zuckerrohr gedeiht auf diesem Boden prächtig, und die Raupen mögen es nicht. Und Weizen und Mais werden wir diesen Sommer trotz der Ratten und Raupen ernten können, da bin ich sicher.«

»Ich hoffe es für uns alle. Harry Ball von der *Supply* sagt, dass bald noch mehr Leute hierher gebracht werden.« Stephen schauderte. »Ich glaube, nie in meinem Leben, nicht einmal während des Orkans, graute mir so wie damals, als das ganze Tal eine einzige wimmelnde Masse von Raupen war. Die Hunnen waren nichts dagegen. Ich dachte wirklich schon, der Teufel hätte sie uns geschickt. Brr!« Wieder überlief ihn ein Schauer. Er wechselte das Thema. »Wer vergreift sich eigentlich an unseren Schweinen, Richard? Eins wurde getötet, ein anderes verstümmelt.«

Mit einer an Liebe grenzenden Zuneigung studierte Richard Stephens Gesicht, nur dass Liebe seiner Meinung nach nicht der richtige Ausdruck für das war, was er für den Freund empfand. Nicht weil das sexuelle Element fehlte, sondern weil Liebe ein Gefühl war, das er mit William Henry, der kleinen Mary und Peg verband.

Jahrelang hatte er die Erinnerung an diese drei Menschen verdrängt, doch nun war sie plötzlich wieder da, so klar wie der Bach, der weiter oben aus dem Fels sprudelte, so weit weg wie die Sterne und zugleich so nah wie MacTavish auf seinem Schoß. Weder die Zeit noch all das, was er inzwischen erlebt hatte, hatten sie trüben oder gar auslöschen können. Ich bin wie ein Gefäß, das mit ihrem Licht gefüllt ist, dachte Richard, und irgendwann, irgendwo werde ich diese Liebe wieder erfahren. Nicht in einem jenseitigen Leben, sondern hier, auf dieser Insel. Ich bin wieder erwacht und lebendig. Ich berste vor Leben! Und ich will diese Lebenskraft nicht verschwenden, ich will nicht zu den Leuten gehören, die überall nur mutwillig Schaden anrichten. Peg, die kleine Mary und William Henry sind hier. Sie warten auf mich. Sie werden bei mir sein.

Stephen entging die Veränderung in Richard nicht. Als hätte Richard eine alte Haut abgestreift, dachte er. Was habe ich denn gesagt? Was hat diese erstaunliche Verwandlung bewirkt? Und warum darf ausgerechnet ich ihr Zeuge werden?

»Wer das Schwein getötet hat?«, nahm Richard Stephens Frage auf. »Das ist doch klar. Len Dyer.«

»Warum Len Dyer?«

»Er ist scharf auf Mary Gamble, die aber keinen an sich heranlässt. Er hat sie angesprochen wie ein Rüpel, ohne Respekt oder Interesse für sie als Mensch. Du weißt schon, was ich meine. ›He, Gamble, lass uns ficken.‹ Da hat sie ihn vor seinen Kumpanen beschimpft.« Richard machte ein grimmiges Gesicht. »Dyer ist hinterhältig und rachsüchtig. Mary hat schon einmal eine Axt nach einem Eber geworfen und wäre dafür beinahe ausgepeitscht worden. Warum nicht ein paar Schweine abstechen? Man wird dann natürlich sofort Mary verdächtigen.«

»Jetzt nicht mehr, mit solchen Burschen werde ich fertig.« Stephen stand auf und warf Richard übermütig eine Kusshand zu. »Nenn mich doch bitte noch einmal Stephen.«

»Stephen«, sagte Richard lachend. »Aber jetzt geh. Ich muss an die Arbeit.«

Leutnant King hatte in dem Gebiet zwischen den alten Gemüsebeeten und Point Hunter am Ende der Turtle Bay unter der Erde ein leicht abbaubares Gestein entdeckt. Zunächst wollte er den Stein für Kamine und Öfen verwenden, doch dann stellte er fest, dass er gebrannt einen hervorragenden Kalk ergab.

Im Dezember brachte die *Supply* weitere Sträflinge, die die Einwohnerzahl von Norfolk Island auf 132 erhöhten, und außerdem ein Schreiben von Gouverneur Phillip mit der Anweisung, die Verpflegungsrationen um ein Drittel zu kürzen. In Port Jackson hatte er dasselbe angeordnet.

Seit zwei Jahren war kein Schiff aus England mehr eingetroffen. Das sehnlichst erwartete Versorgungsschiff *Guardian*, das neben privaten Gütern von Angehörigen der Marine Tonnen von Mehl, Pökelfleisch und anderen Lebensmitteln sowie Tiere nach Port Jackson bringen sollte, war nicht gekommen, und niemand wusste, warum. Seit einem Jahr hielten die Wachposten auf der südlichen Landspitze vor der Hafeneinfahrt von Port Jackson nun schon vergeblich nach der *Guardian* Ausschau. Jedes Segel, das sie am Horizont zu erkennen glaubten, entpuppte sich zu ihrer Enttäuschung als Fontäne eines Wals, Schaumkrone oder ein niedriges weißes Wölkchen. Die Lebensmittel, die die *Sirius* im Mai 1789 vom Kap der Guten Hoffnung mitgebracht hatte, gingen allmählich zur Neige, ohne dass Nachschub in Sicht gewesen wäre. Die einzige Hoffnung von Gouverneur Phillip war Norfolk Island, auf dessen Feldern zumindest einige Dinge wuchsen und wo es keine plündernden Eingeborenen gab.

Die im Dezember mit der *Supply* eingetroffenen Neuankömmlinge schilderten die Zustände in Port Jackson als katastrophal. Die Menschen dort waren inzwischen bis auf die Knochen abgemagert und buchstäblich vom Hungertod bedroht. Auf dem Rose Hill und in einigen Gebieten nördlich und südlich von Port Jackson wuchs inzwischen zwar etwas Gemüse, doch mit einer nennenswerten Getreideernte war in den nächsten Jahren nicht zu rechnen.

Gouverneur Phillip beschloss, die *Sirius* nach China zu schicken, wo es Reis und Rauchfleisch im Überfluss gab und außerdem Tee und Zucker, mit denen man den Sträflingen das entbehrungsreiche Leben etwas versüßen konnte. Außerdem hoffte er, in den europäischen Handelsniederlassungen in Wampoa Rum kaufen zu können. Dass die Lage Anfang 1790 noch schlimmer sein würde als Anfang 1789, hatte er nicht erwartet.

Während die *Sirius* für die lange Reise gerüstet wurde, fuhr die *Supply* noch einmal mit Sträflingen an Bord nach Norfolk. Später sollte die *Sirius* auf dem Weg in den Orient zusammen mit der *Supply* weitere 183 Sträflinge – 116 Männer und 67 Frauen – sowie 28 Kinder, 8 Offiziere und 56 Seesoldaten nach Norfolk bringen. Danach hatte die Insel 424 Einwohner.

Der Gouverneur kannte seine Untergebenen, insbesondere Leutnant Phillip Gidley King, der mit ihm auf der *Ariadne* und der *Europa* gedient hatte. Die Berichte Kings, die die *Supply* von ihren Fahrten nach Norfolk Island mitbrachte, ließen Seine Exzellenz daran zweifeln, ob King seinen Aufgaben als Inselkommandant noch gewachsen sein würde, wenn die kleine Inselgemeinde plötzlich so groß war, dass er die Menschen nicht mehr persönlich kannte. King hatte seinen Sohn auf den Namen der Insel getauft! Schon das zeigte, was für ein Romantiker er war. Und ein Romantiker war nicht geeignet, eine große Sträflingskolonie zu regieren.

Gouverneur Phillip überlegte sich noch aus anderen Gründen, King abzuberufen. Erstens wäre er gern den nörgeligen Schotten Major Ross losgeworden, zweitens musste er so schnell wie möglich einen Mann, dem er voll vertrauen konnte, nach England schicken. Der Gesandte sollte in Erfahrung bringen, warum kein Nachschub kam, und die derzeitigen Machthaber davon überzeugen, dass Neusüdwales zwar alle Voraussetzungen erfüllte, eine blühende Kolonie zu werden, dazu jedoch mehr Entwicklungshilfe brauchte. Die bewilligten 50 000 Pfund waren lächerlich wenig, wenn man bedachte, dass die Ostindische Kompanie jährlich allein für Bestechungsgelder mehr ausgab! Philip vertraute King, Ross dagegen nicht. Er hätte auch Captain Hunter von der *Sirius* schicken können, doch dem traute er ebenfalls nicht, weil Hunter wie Ross ein typischer schottischer Schwarzseher war. Für Ross und Hunter war Neusüdwales nur ein trostloser Vorposten ohne Entwicklungsmöglichkeiten. Wahrscheinlich hätten sie der Krone empfohlen, das Experiment sofort zu beenden. Der Gouverneur seinerseits glaubte fest an die Zukunft von Neusüdwales. Es war nur eine Frage der Zeit und des Geldes.

Er schickte deshalb mit der *Supply* nicht nur weitere Sträflinge nach Norfolk Island, sondern auch einen Brief an Leutnant King, in dem er ihm befahl, mit Ann Innet und seinem Sohn nach Port Jackson zurückzukehren, wo er mit den Einzelheiten einer höchst wichtigen Mission vertraut gemacht werden würde. Seinen Platz in Norfolk sollte Vizegouverneur Ross einnehmen. So schlug Gouverneur Phillip mehrere Fliegen mit einer Klappe: Er wurde nicht nur Major Ross los, sondern auch Captain Hunter, der mit der *Sirius* von Norfolk Island aus nach China weitersegeln sollte. Und wenn die Insel erst 424 Einwohner hatte, hatte Port Jackson nur noch 591.

Am Samstag, dem 13. März 1790, trafen die *Sirius* und die *Supply* zusammen vor Norfolk Island ein. Sie mussten zunächst vor der Cascade Bay auf der Leeseite der Insel Anker werfen, da nach einem nassen, windigen Sommer die Äquinoktialstürme mit voller Macht eingesetzt hatten. Der Weg quer durch die Insel war schon beschwerlich genug, ihn zu erreichen freilich noch schwieriger, da die Küste von Cascade Bay steil ins Meer abfiel. Der einzige Pfad zur Kuppe führte vom Landungsfelsen durch eine Schlucht so steil nach oben, dass die Frauen ohne fremde Hilfe nicht hinaufsteigen konnten, zumal das Wasser den Boden aufgeweicht und schlüpfrig gemacht hatte.

King schickte alle Sträflinge mit Ausnahme der Säger und Schreiner zum anderen Ende der Insel, um mitzuhelfen, die von Major Ross angeführten Neuankömmlinge und ihr Gepäck zur Kuppe hinauf und dann über die Insel nach Sydney Town zu bringen.

»Der arme Teufel tat mir schrecklich Leid«, sagte Stephen zu Richard. Die beiden saßen in Richards Haus vor einem selbst gekochten Mittagessen, das aus kaltem, ungesüßtem Reisauflauf, einem kleinen Stück Pökelfleisch und einer Hand voll Petersilie bestand, und sahen durch das offene Fenster in den prasselnden Regen. Stephen hatte das Mehl und das Pökelfleisch beigesteuert, Richard den Reis und die Petersilie.

»Du meinst Major Ross?«

»Ja. Er und Hunter hassen einander wie die Pest, und Hunter schickte Ross mit einem Beiboot der *Sirius* an Land, das bis zu den Dollborden mit Hühnern, Puten, Kisten und Fässern beladen war. Ross bekam so schlimme Wadenkrämpfe, dass er es kaum noch schaffte, vom Boot auf den Landungsfelsen zu springen. Von Hunters Männern half ihm keiner. Ich glaube, sie hätten den Major zu gern um sein Leben schwimmen sehen. Doch Major Ross wäre nicht Major Ross, wenn er ihnen diesen Spaß gegönnt hätte. Er gelangte so trocken ans Ufer, wie es bei dem Regen möglich war. Seine Sachen sind immer noch auf der *Sirius* und werden sicher zuletzt ausgeladen. Ich habe ihn abgeholt und wollte ihm den gefährlichen Hang hinaufhelfen, doch glaubst du, er hätte das zugelassen? Er doch nicht! Nass bis auf die Haut, hoch erhobenen Hauptes und mit verkniffenem Mund stieg er zur Kuppe hinauf und rannte dann so schnell über die Insel, dass ich kaum hinterherkam. Er mag aussehen wie ein Pferd, aber er ist wirklich ein Prachtkerl!«

Richard grinste breit, sagte aber nichts. Er stand auf, stellte die Teller in den Regen hinaus und wischte den Tisch ab. Natürlich hatte es sich nach dem letzten Besuch der *Supply* schnell herumgesprochen, dass Leutnant King gehen und durch Major Ross ersetzt werden sollte. Fast alle Inselbewohner stöhnten, als sie das hörten, besonders Männer wie Dyer und Francis. Richard Morgan dagegen fand die Aussicht gar nicht so schlecht. Leutnant King war ein guter Kommandant gewesen, aber für seinen familiären Stil waren im Grunde schon 149 Leute zu viel. Die Insel war zwar nicht groß, doch war Sydney Town nicht der einzige Ort, an dem Menschen angesiedelt werden konnten. Trotzdem hatte King nur eine andere Siedlung gegründet: Phillipburgh, wo der Flachs verarbeitet werden sollte. King wollte alle Mitglieder seiner inzwischen gewachsenen Familie in der kleinen Ebene um Sydney Town um sich wissen. Er war ganz aus dem Häuschen gewesen, als Robert Webb mit Beth Henderson nach Cascade ausgewandert war, und als Richard Phillimore von der *Scarborough* in ein idyllisches kleines Tal hinter der Landspitze am östlichen Ende des Strandes hatte ziehen wollen, um dort weitere Felder anzulegen, hatte King ihn nicht gehen lassen.

Richard hielt es dagegen für das Vernünftigste, die Insel Norfolk zu erschließen und die Leute überall wohnen zu lassen, wo es ihnen gefiel. Ihm graute bei dem Gedanken, das schnell wachsende Sydney Town könnte sich schließlich bis ins Arthur's Vale hinauf ausbreiten, denn er genoss es, dort droben keine Nachbarn zu haben. Am Hang hatte er eine Grube ausgehoben, die ihm als Abtritt diente, weiter oben hatte er inmitten von Baumfarnen ein Bad angelegt. Er wusch sich in einem kleinen Seitenkanal, den er vom Bach aus in den Wald geleitet hatte, sodass er den Bach selbst nicht verunreinigte. Unter Kings Regiment hatte er den Tag kommen sehen, an dem Sydney Town ihn erreichte. Nicht dass er Major Ross für klüger gehalten hätte als Leutnant King. Ross war nur ganz anders als sein Vorgänger und würde das Problem des großen und plötzlichen Bevölkerungszuwachses vielleicht anders lösen als King.

»Dann trocknet der Major seinen Mantel jetzt wohl bereits in seinem neuen Amtssitz?«, fragte Richard.

»Sicher. Der arme Mr King! Einerseits ist er begeistert von der wichtigen Mission, mit der der Gouverneur ihn betraut, andererseits treibt ihn die Vorstellung, was Major Ross aus der Insel machen wird, fast zur Verzweiflung.«

Innerhalb von vier Tagen war die Einwohnerzahl Norfolks von 149 auf 424 gestiegen. Mit der *Sirius* und der *Supply* waren mehr Leute eingetroffen, als bis zum März 1790 überhaupt auf der Insel gelebt hatten. Die beiden Schiffe hatten auch zusätzliche Lebensmittelvorräte an Bord.

»Aber bei weitem nicht genug!«, klagte Leutnant King. »Von was soll ich all diese Leute denn ernähren?«

»Das wird nicht Ihre Sorge sein«, entgegnete der Major ruppig. »Sie sind nur noch bis zur Abfahrt der *Supply* Kommandant, also nicht mehr lange. Wir müssen nur noch warten, bis die See ruhiger wird, damit das Schiff seine Fracht auf dieser Seite der Insel ausladen kann. Bis zu Ihrer Abreise werde ich mich Ihren Entscheidungen unterwerfen. Doch die Verpflegung dieser Leute ist meine Sache. Ihre Unterbringung ebenfalls.« Er legte den Arm um seinen zehnjährigen Sohn Alexander John, der zum Leutnant der Seesoldaten ernannt worden war. Nach dem Tod von Captain John Shea waren die anderen Offiziere in der Hierarchie aufgerückt, sodass am unteren Ende ein Offiziersposten frei wurde. Der kleine John, wie alle ihn nannten, war ein stilles Kind, das sich hütete, das Leben seines Vater schwieriger zu machen, als es bereits war. Er wusste sehr wohl, dass die unübliche Beförderung ihn bei den anderen Offizieren nicht beliebt machte, doch er fügte sich in sein Schicksal.

Major Ross blickte von der Anhöhe, auf der sein bescheidener Amtssitz stand, über die Ebene von Sydney Town. Dort herrschte dasselbe Chaos wie seinerzeit nach der Landung in Port Jackson. Menschen wanderten ziellos umher, darunter die 56 neuen Seesoldaten, die noch kein Quartier hatten. Ihre Offiziere hatten acht mal zehn Fuß große Hütten alteingesessener Sträflinge beschlagnahmt, die sich nun unter die neu eingetroffenen Obdachlosen mischten und dadurch für noch mehr Verwirrung sorgten.

»Ich hoffe, Sie haben tüchtige Säger, Mr King«, sage Ross grimmig.

»Ja, einige schon.« King war so aufgeregt, dass er Mühe hatte, sich zu beherrschen. Ihm wurde plötzlich ganz bang bei dem Gedanken, Norfolk Island verlassen zu müssen. »Es gibt hier drei Sägegruben, aber wir brauchen noch mehr Säger. Wie Sie ja selbst wissen, Major Ross, ist es nicht leicht, geeignete Männer zu finden.«

»Unter den neuen Sträflingen sind ein paar Säger aus Port Jackson.«

»Hoffentlich auch weitere Sägen.«

»Seine Exzellenz hat alle Zugsägen bis auf drei sowie hundert Handsägen mitgeschickt.« Ross nahm den Arm von der Schulter seines Sohnes. »Sägt Richard Morgan auch?«

Über Kings unglückliches Gesicht glitt ein Lächeln. »Ich wüsste nicht, was ich ohne ihn anfangen sollte«, erwiderte er. »Er ist so unersetzlich wie mein Schreiner Nat Lucas oder mein Sekretär Tom Crowder.«

»Ich sagte Ihnen ja, dass Morgan ein guter Mann ist. Wo ist er?«

»Er sägt den ganzen Tag.«

»Und wer schärft die Sägen?«

King grinste. »Er lässt inzwischen Frauen die Sägen schärfen, was hervorragend klappt. Sein Partner an der Säge ist der Gefreite Wigfall, weil es unter den Sträflingen keine geeigneten Männer mehr gab. Keiner reißt sich um die anstrengende Arbeit, aber sie kann Wigfall, Morgan und ein paar anderen offenbar nichts anhaben. Sie erfreuen sich bester Gesundheit, wahrscheinlich weil sie hart arbeiten und gutes Essen bekommen.«

»Das werden sie auch weiterhin bekommen, selbst wenn andere vielleicht hungern müssen«, sagte Ross. »Zuerst müssen Unterkünfte für die Soldaten gebaut werden. In Zelten zu leben ist die Hölle – falls Hunter sich irgendwann dazu aufrafft, die Zelte ausladen zu lassen. Wo wäre Ihrer Meinung nach der beste Platz für neue Unterkünfte?«

»Dort drüben, hinter dem Sumpf. Das Land am Fuße der Hügel hinter Sydney Town ist trocken. Leider verrotten die Norfolktannen in der Erde schnell, deshalb wären Fundamente aus Stein besser geeignet. Sind auch Steinmetze mitgekommen?«

»Ja, mehrere, und ein paar Meißel haben wir auch dabei. Seine Exzellenz weiß, dass sie hier dringender gebraucht werden als in Port Jackson, wo im Augenblick keine neuen Häuser gebaut werden müssen. Der Gouverneur war übrigens hocherfreut über den Kalk, den Sie ihm geschickt haben. Wir haben auf unseren Reisen durch Cumberland County keinen einzigen Brocken Kalkstein gefunden.«

»Dann kann ich dem Gouverneur ja mitteilen, dass es hier genug Kalk gibt. Wir könnten notfalls hundert Scheffel am Tag produzieren.« King sehnte sich nach einem Glas Portwein, wusste aber, dass der Major es nicht guthieß, am Tag mehr als ein halbes Pint eines alkoholischen Getränks zu sich zu nehmen. Er sah Ann an der Haustür stehen und beschloss, den Major sich selbst zu überlassen. Ann war wieder schwanger und brauchte vielleicht seine Hilfe. »Ich muss gehen!«, sagte er und verschwand.

In diesem Augenblick trat der schmächtige Leutnant Ralph Clark ein. Ross hatte nichts von ihm gehalten, bis er merkte, dass der unreife, sentimentale Clark zwar nicht zum Seesoldaten taugte, aber ein großartiges Kindermädchen war. Es schien ihm tatsächlich Spaß zu machen, sich um den kleinen John zu kümmern.

»Ich sehne mich nach einem frischen Hemd, Sir«, sagte Clark höflich und lächelte den kleinen John an. »Sie sicher auch. Vielleicht wurde unser Gepäck inzwischen an Land gebracht.«

»Ich frage mich langsam, ob die Leute von der *Sirius* es überhaupt je schaffen werden, die Ladung zu löschen«, sagte Ross mürrisch. »Bei der *Supply* klappt es reibungslos.«

»Die *Supply* hat Ball und Blackburn, Sir. Die kennen sich hier aus.«

Und Hunter von der *Sirius* ist ein launischer Idiot, dachte Ross. Laut sagte er zu Clark: »Kümmern Sie sich um den kleinen John, Leutnant. Ich sehe mir die Insel an.«

Ross wanderte durch Sydney Town und Umgebung, dann marschierte er nach Westen ins Arthur's Vale. Was Oberleutnant King in nur zwei Jahren und mit so wenigen Männern aufgebaut hatte, nötigte dem Major Respekt ab, auch wenn er sich das nur ungern eingestand. Die Holzfundamente des Getreidespeichers und der Scheune waren inzwischen fast vollständig durch Fundamente aus dem Stein ersetzt worden, den King in der Umgebung des Friedhofs entdeckt hatte. Neben der Scheune befand sich ein großer Viehhof. Ross kam an der zweiten Sägegrube vorbei, in der unter einem Sonnenschutz eifrig gesägt wurde. Er blickte skeptisch zu den Frauen hinüber, die unter einem Dach Sägen schärften und sich dabei unterhielten. Dann ging er weiter talaufwärts. Oberhalb des Damms wurden die Hänge gerodet, um Platz für weitere Weizen- und Maisfelder zu schaffen. Dort entdeckte er die dritte Sägegrube und Richard Morgan und einen Mitarbeiter. Die beiden Männer sägten gerade dicke Balken aus dem Kernholz eines gewaltigen Stammes. Da der Major wusste, dass es gefährlich sein konnte, Säger abzulenken, während ihr scharfes Werkzeug sich durch das Holz fraß, blieb er ruhig stehen und sah zu.

Als die beiden fertig waren, sprach er Richard an. »Wie ich sehe, sind Sie beschäftigt, Morgan.«

Richard gab sich keine Mühe, seine Freude zu verbergen. Er sprang von dem Stamm herunter und trat auf Ross zu. Er wollte schon die Hand ausstrecken, besann sich aber noch rechtzeitig und hob sie stattdessen grüßend. »Willkommen auf der Insel, Major Ross«, sagte er lächelnd.

»Sind Sie auch aus Ihrer Hütte vertrieben worden?«

»Noch nicht, Sir, aber das wird wohl noch kommen.«

»Wo wohnen Sie denn, dass es noch nicht geschehen ist?«

»Weiter oben, am Ende des Tals.«

»Zeigen Sie es mir.«

Das Haus, das inzwischen ein steinernes Fundament und ein Schindeldach hatte – eine Hütte konnte man es nicht mehr nennen –, lag am Waldrand. Es hatte sogar einen steinernen Kamin, wie einige der Sträflingshütten und Häuser an der Küste. Offenbar hatte King Richard Morgan damit auszeichnen wollen. Etwas unterhalb des Hauses befand sich ein Abort. Das Haus war von einem üppigen Gemüsegarten umgeben, durch den ein Weg aus Basaltsteinen zum Eingang führte. An den Garten schloss ein Feld mit Zuckerrohr- und Bananenstauden an. Der Hang um den Abort war mit buschigen kleinen Bäumen bepflanzt, die rötliche Beeren trugen.

Major Ross betrat das Haus und staunte über die fachmännische Inneneinrichtung. Ein Schreiner hätte es nicht besser machen können! Die Wände und die Decke waren holzgetäfelt und wie der Fußboden glatt geschmirgelt. Natürlich! Büchsenmacher arbeiteten auch mit Holz. An einer Wand stand ein Regal mit einer beeindruckenden Büchersammlung. Auf einem anderen Regal stand etwas, das verdächtig nach einem Filterstein aussah, auf dem Bett lagen Decken von der *Alexander*. In der Mitte des Raums standen ein hübscher Tisch und zwei Stühle. Die Fenster waren mit richtigen Läden versehen.

»Schön haben Sie es hier«, sagte Ross und ließ sich auf einem

Stuhl nieder. »Nehmen Sie doch Platz, Morgan, sonst fühle ich mich unwohl.«

Richard setzte sich kerzengerade auf den anderen Stuhl. »Ich freue mich, Sie zu sehen, Sir.«

»Das habe ich gemerkt. Viele haben sich nicht gefreut.«

»Die Menschen haben Angst vor Veränderungen.«

»Besonders wenn die Veränderung Robert Ross heißt. Nein, nein, Morgan, Sie haben keinen Grund zur Besorgnis! Sie sind ein Sträfling, aber kein Verbrecher. Das ist ein Unterschied.«

Der Major stand auf. »Ich gratuliere Ihnen zu diesem Haus. Im Sommer ist es sicher angenehm kühl, weil es im Schatten der Bäume liegt, und im Winter warm, weil es einen Kamin hat.«

»Es steht zu Ihrer Verfügung, Sir«, sagte Richard pflichtbewusst.

»Wenn es nicht so abgelegen wäre, würde ich es sofort nehmen, Morgan, damit wir uns nicht falsch verstehen. Und irgendwann werden Sie es mit jemandem teilen müssen.« Der Major ging zur Tür.

Richard begleitete Ross zur Sägegrube zurück, wo Sam Hussey und Harry Humphreys gerade einen neuen Stamm in Angriff nahmen.

»Ich bin der Aufseher der Säger, Sir, daher würde ich gerne mit Ihnen über unsere Arbeit sprechen, sobald Sie Zeit haben«, sagte er.

»Jetzt ist die beste Gelegenheit dazu. Reden Sie.«

Richard zeigte Ross alle drei Sägegruben und legte ihm dar, welche Vorteile es hatte, zum Schärfen der Sägen und zum Entrinden der Stämme Frauen einzusetzen. Er erklärte, wo weitere Sägegruben ausgehoben werden könnten, was für Männer er zum Sägen brauchte, dass es sich bewährt habe, die Säger in ihrer Freizeit Holz für ihre eigenen Häuser sägen zu lassen, und warum es nötig gewesen sei, aus einigen der Zugsägen Ablängsägen zu machen.

»Diese Arbeit muss ich allerdings selbst machen«, beendete er seine Ausführungen. »Es sei denn, Sie haben William Edmunds mitgebracht.«

»Er ist dabei. Sie können ihn haben.«

Für mich ist die Umstellung nicht schwer, dachte Richard zufrieden. Wie einsam muss Major Ross sein, wenn er sich mit einem Sträfling unterhält wie mit einem Mann aus seinem Stab. Hat er mich deshalb hierher vorausgeschickt?

Am Freitag, dem 19. März, einem schönen Tag mit ruhiger See, steuerte die *Sirius* die Sydney Bay an, um ihre Fracht zu löschen. Im Windschatten von Nepean Island drehte das Schiff bei. Schon sollten die Boote ausgesetzt werden, doch da bemerkten die Offiziere, dass das Schiff zu nahe an die Felsen von Point Hunter herantrieb und gingen wieder unter Segel, um weiter hinauszufahren. Doch das Schiff verfehlte das Wenden und bewegte sich nicht. Navigator Keltie beschloss, das Schiff vor den Wind zu drehen. In diesem Augenblick frischte der Wind böig auf. Wieder verfehlte die *Sirius* das Wenden. In Sydney Town läutete gerade die Mittagsglocke, als eine Welle das Schiff hob und breitseitig auf das Riff warf. Die Besatzung griff sofort zu den Äxten und hackte die Masten auf Deckhöhe ab. Die umstürzenden Masten zerschlugen die Boote und begruben die Decks unter einem Wirrwarr von Spieren und Segeltuch. Sofort versuchten Helfer, das gestrandete Schiff vom Strand und von der auf der Reede ankernden *Supply* aus mit Booten zu erreichen, doch vergeblich. Die tückische Brandung war inzwischen so hoch, dass sie bereits über den eichenen Klüverbaum schlug. Während die Seeleute hektisch die Decks vom herabgestürzten Takelwerk befreiten, wurde eine sieben Zoll starke Trosse zum Ufer geschleppt und dort hoch an einer Tanne befestigt. Wer an Bord nicht gebraucht wurde, klammerte sich an das dicke Tau und wurde durch die steigende Nachmittagsflut an Land gezogen. Da das Tau in der Mitte durchhing, zog sich Captain Hunter, der als Erster ans Ufer gewinscht wurde, unterwegs etliche blaue Flecken, Beulen und Schnittwunden zu. Ross bemerkte es voller Schadenfreude. Außerdem würde der Kapitän sich in England vor Gericht für den Verlust seines Schiffes verantworten müssen.

Die Nachricht erreichte die Sägegruben so schnell wie alle schlechten Nachrichten. Richard ließ die Säger mit der Arbeit weitermachen, solange sie an der Unglücksstelle nicht gebraucht wurden. Die vielen Neuankömmlinge benötigten dringend Unterkünfte; außerdem saßen nun auch noch die rund hundert Männer von der *Sirius* auf der Insel fest. Wenn die *Sirius* nicht nach China fahren konnte, dachte Richard, musste der Gouverneur wohl die *Supply* schicken, und das bedeutete für die Menschen auf der Insel mehrere Monate ohne Nachschub. Richard sollte Recht behalten.

Am Samstagmorgen war die *Sirius* trotz des stark beschädigten Rumpfes noch nicht gesunken oder auseinander gebrochen. Mit dem Heck nach oben hing sie auf dem Riff. Inzwischen wehte ein stürmischer Wind und dunkle Wolken verhießen Regen, doch trotz des schlechten Wetters wurden den ganzen Tag lang Vorräte von Bord geholt. Um vier Uhr nachmittags kamen die letzten Männer der *Sirius* an Land, nachdem sie die ganze Fracht zum Abtransport auf die freigeräumten Decks geschleppt hatten.

Am selben Morgen um neun Uhr berief King auf Drängen von Major Ross eine Versammlung aller Offiziere der *Sirius* und des Korps der Seesoldaten ein. Ross führte den Vorsitz.

»Angesichts der Notlage hat Leutnant King mir als Vizegouverneur das Kommando übertragen«, begann Ross. Seine hellen Augen glänzten stählern wie ein See im schottischen Hochland. »Es müssen Entscheidungen getroffen werden, die Ruhe und Ordnung auf der Insel sichern. Die *Supply* kann ungefähr zwanzig Mitglieder der Besatzung der *Sirius* sowie Mr King, seine Lebensgefährtin und seinen Sohn nach Port Jackson mitnehmen. Sie muss so schnell wie möglich aufbrechen. Seine Exzellenz muss unverzüglich von der Katastrophe unterrichtet werden.«

»Es war nicht meine Schuld!«, stieß Hunter hervor. Er hatte eine Schnittwunde im Gesicht und war so bleich, als würde er gleich in Ohnmacht fallen. »Wir konnten das Schiff nicht wenden! Es war unmöglich, weil der Wind plötzlich drehte – es ging alles so wahnsinnig schnell!«

»Ich habe diese Versammlung nicht einberufen, um die Schuldfrage zu klären, Captain Hunter«, sagte Ross barsch. »Unser Problem ist, dass in einer Kolonie, die vor sechs Tagen noch 149 Einwohner hatte, nun mehr als 500 Leute leben, darunter 300 Sträflinge und über 80 Männer von der *Sirius*. Letztere werden als Seeleute weder bei der Beaufsichtigung der Sträflinge noch bei der Feldarbeit eine große Hilfe sein. Mr King, glauben Sie, dass Gouverneur Phillip die *Supply* von Port Jackson wieder hierher schickt?«

King sah ihn erschreckt und verwirrt an, dann schüttelte er heftig den Kopf. »Nein, Major Ross, mit der Rückkehr der *Supply* können Sie nicht rechnen. So weit ich unterrichtet bin, sind die Leute in Port Jackson am Verhungern, und niemand weiß, warum kein Nachschub eintrifft. Seine Exzellenz hegt die Befürchtung, dass man uns in England vergessen hat. Nach der Havarie der *Sirius* ist die *Supply* die einzige Verbindung zur Außenwelt. Der Gouverneur wird sie nach Kapstadt oder Batavia schicken, um Nahrungsmittel zu besorgen. Ich schätze, er wird sich für Batavia entscheiden, weil die Reise dorthin für ein altes Schönwetterschiff wie die *Supply* weniger beschwerlich ist. Vor allem aber muss er jemanden nach England schicken, der die dort zuständigen Herren daran erinnert, dass die Zustände in beiden Kolonien katastrophal sind – falls nicht doch noch ein Versorgungsschiff eintrifft. Aber das wird leider immer unwahrscheinlicher.«

»Wir können also nicht auf ein Versorgungsschiff hoffen, sondern werden uns auf das Schlimmste vorbereiten, Mr King. Es sind noch Weizen und Mais im Speicher, doch mit der Aussaat müssen wir noch mindestens zwei Monate warten, sodass es noch acht oder neun Monate bis zur nächsten Ernte sind. Wenn wir es schaffen, allen Proviant von der *Sirius* zu holen, bevor sie sinkt« – er ignorierte Hunters verzweifelten Blick – »dann reichen unsere Vorräte schätzungsweise knapp drei Monate. Wir müssen also ständig fischen und jeden essbaren Vogel fangen, den wir hier finden.«

Kings Miene hellte sich auf. »Es gibt hier einen schmackhaften Seevogel, der im April eintrifft und bis August bleibt«, sagte er lebhaft. »Wenn die Situation kritisch wird, ist er eine Nahrungsquelle. Sie müssen nur Wege zu seinen Nistplätzen auf dem Mount Pitt anlegen.«

»Ich danke Ihnen für diese Information, Mr King.« Ross räusperte sich. »Wie dem auch sei, die größte Gefahr sehe ich in einer

Meuterei.« Er funkelte seine Offiziere drohend an. »Und zwar nicht nur in einer Meuterei der Sträflinge. Unter meinen Unteroffizieren und Mannschaften sind viele Raufbolde, die ständig mit Rum versorgt werden müssen. Und wenn ich sagte, dass unsere Lebensmittelvorräte höchstens drei Monate reichen, dann meinte ich damit auch den Rum. Da ich genug Rum für meine Offiziere reservieren muss, bin ich gezwungen, die Rationen der Unteroffiziere und Mannschaften weiter zu kürzen. Und natürlich erwarten Captain Hunters Leute ebenfalls, dass sie mit Rum versorgt werden – so ist es doch, Captain, oder?«

Hunter schluckte. »Ich fürchte ja, Major Ross.«

»Dann sehe ich nur eine Lösung: das Kriegsrecht! Jeder Diebstahl, ganz gleich, ob ein Freier oder ein Sträfling ihn begeht, wird ohne vorherige Gerichtsverhandlung mit dem Tode bestraft. Und glauben Sie mir, meine Herren, ich meine es ernst.«

Nach dieser Ankündigung herrschte tiefes Schweigen. Nur die Geräusche der Männer, die sich draußen abmühten, die Vorräte der *Sirius* zu bergen, drangen schwach durch die Wände der Gouverneursresidenz.

»Am Montagmorgen um acht versammelt sich die gesamte Bevölkerung der Insel am Fahnenmasten mit dem Union Jack«, sagte Ross. »Dort werde ich sie über die neue Lage unterrichten. Bis dahin, meine Herren, erbitte ich mir strengstes Stillschweigen. Wer jetzt schon verrät, dass das Kriegsrecht über die Insel verhängt werden soll, den lasse ich auspeitschen, egal wie hoch sein Rang ist. Sie können gehen.«

Am Montagmorgen um acht wurden alle Inselbewohner zum Fahnenmasten mit dem Union Jack abkommandiert. Seesoldaten und Matrosen mussten sich auf der rechten Seite aufstellen, die Sträflinge auf der linken. Die Offiziere standen in der Mitte, direkt unter der Fahne.

»Als Kommandant dieser englischen Kolonie erkläre ich hiermit, dass ab sofort das Kriegsrecht gilt!«, brüllte Major Ross. »Bis Gott und Seine Majestät der König uns Hilfe schicken, sind wir auf uns selbst angewiesen. Wenn wir überleben wollen, müssen wir uns zwei Ziele fest vornehmen: wetterfeste Unterkünfte zu bauen und Nahrung zu produzieren. Nach meiner Rechnung werden nach Abfahrt der *Supply* noch 504 Menschen hier sein – über dreimal so viele wie vor einer Woche! Wir sind vom Hunger bedroht, aber eins versichere ich euch: Keiner wird bevorzugt, keiner bekommt mehr zu essen als der andere. Gott prüft uns, wie er das Volk Israel in der Wüste geprüft hat, auch wenn wir nicht von uns behaupten können, so tugendhaft zu sein wie dieses alte und bewundernswerte Volk. Unser Schicksal hängt allein von uns ab – von unserem Einfallsreichtum, von unserer Bereitschaft, hart zu arbeiten, und von unserem Willen, allen Widrigkeiten zum Trotz zu überleben!«

Er hielt inne, und wer in seiner Nähe stand, sah, wie sein Gesicht einen verbitterten Ausdruck annahm. »Ich sage es noch einmal, ihr seid nicht das Volk Israel! Unter euch ist der Abschaum der Menschheit, daher werde ich, wenn es sein muss, hart durchgreifen. Wer sein Los mit Anstand erträgt und sich selbstlos in den Dienst der Gemeinschaft stellt, wird belohnt. Wer anderen das Essen vom Mund wegstiehlt, wird mit dem Tode bestraft! Wer stiehlt, um das Diebesgut gegen andere Dinge zu tauschen, um ein bequemeres Leben zu haben, um sich zu betrinken oder aus irgendeinem anderen Grund, wird ausgepeitscht, bis die Haut ihm in Fetzen von den Knochen hängt! Das gilt für Männer und Frauen, und auch Kinder werden streng bestraft. Es herrscht Kriegsrecht, und das bedeutet, dass ich Richter, Jury und Henker in einer Person bin. Mir ist egal, wenn ihr Unzucht treibt. Ich habe auch nichts dagegen, wenn ihr in eurer Freizeit zusätzliches Gemüse anbaut oder euch eine Unterkunft zimmert. Aber ich werde nicht den geringsten Verstoß gegen die Interessen der Gemeinschaft dulden! Ich erwarte, dass alle Männer und Frauen sofort mit dem Anbau von Gemüse und Obst beginnen, um die Vorräte aufzustocken. In den ersten sechs Wochen muss alles Gemüse und Obst abgeliefert werden, danach darf jeder mit einem ertragreichen Garten ein Drittel der Ernte behalten. Ertrag durch Arbeit, lautet mein Motto, und das gilt für die Freien genauso wie für die Sträflinge.«

Der Major bleckte die Zähne. »Ich bin Vizegouverneur dieser Insel, und was ich sage, ist ebenso Gesetz, als hätte der König persönlich es verkündet! Nun will ich ein dreifaches Hoch auf Seine Majestät König Georg hören, aber bitte laut! Hipp, hipp!«

»Hurra!«, schrien alle, dreimal hintereinander.

»Und ein dreifaches Hoch auf Leutnant King, der hier Wunder vollbracht hat! Mr King, ich wünsche Ihnen eine gute Reise. Hipp, hipp!«

Die Hurras für King waren noch lauter als die für den König. King stand ganz benommen da und strahlte vor Freude. In diesem Augenblick liebte er Major Ross geradezu.

»Und jetzt laufen alle am Union Jack vorbei und neigen zum Zeichen ihrer Treue den Kopf!«

Eingeschüchtert und ernst defilierte die Menge vorüber.

Richard hatte unter den neu eingetroffenen Sträflingen zu seiner Freude bereits viele bekannte Gesichter entdeckt, darunter Will Connelly, Neddy Perrott und Taffy Edmunds, Tommy Kidner, Aaron Davis, Mikey Dennison, Steve Martin, George Guest, George Whitacre und den lustigen Ed Risby. Unter den neuen Seesoldaten erblickte er seinen Büchsenmacherlehrling Daniel Stanfield und zwei Männer von der *Alexander* – Elias Bishop und Joe McCaldren. Bestimmt würden seine alten Freunde ihn gleich begrüßen wollen. Wie sollte er ihnen erklären, dass Major Ross es dem Aufseher der Säger übel nehmen würde, wenn er untätig herumstand und mit ihnen plauderte? Doch noch bevor Richard in eine Zwickmühle geraten konnte, rief Major Ross seinen Namen.

»Ja, Sir?«, fragte Richard. Die Menge um ihn zerstreute sich.

»Ich werde den Gefreiten Stanfield beauftragen, Edmunds zu holen. Werden Sie in der dritten Sägegrube sein?«

»Ja, Sir.«

»Ich schicke Ihnen John Lawrell. Er wird bei Ihnen wohnen und alles tun, was Sie anordnen. Er ist zwar etwas einfältig, aber ein guter Kerl. Lassen Sie ihn in Ihrem Garten arbeiten. In den ersten sechs Wochen wird Tom Crowder alles einsammeln, was reif ist, danach wird er nur noch zwei Drittel mitnehmen.«

»Jawohl, Sir.« Richard salutierte und eilte davon. Er kannte

John Lawrell nur flüchtig. Lawrell war ein gutmütiger, recht langsamer Mann aus Cornwall, der zuerst auf dem Gefangenenschiff *Dunkirk* und später auf der *Scarborough* gewesen war und seit seiner Ankunft vor einem Jahr zu Stephens Hilfsarbeitern gehörte. Was hatte Major Ross vor? Er hatte ihm soeben einen Dienstboten zugewiesen, der seinen Garten für ihn versorgen sollte.

Als Richard die dritte Sägegrube erreichte, wo Sam Hussey mit Harry Humphreys sägte, hatte er den Zweck der Maßnahme begriffen. Auf Grund der vielen Neuankömmlinge stieg für die alteingesessenen Inselbewohner, die ertragreiche Gemüsegärten besaßen, die Gefahr, dass Diebe sie um ihre Ernte brachten – Kriegsrecht hin oder her. Ross wollte verhindern, dass sein Garten geplündert wurde. Bestimmt wies er auch den anderen Inselbewohnern mit ertragreichen Gärten Wächter zu. Richard unterdrückte einen Seufzer. Er nahm sich vor, in seiner Freizeit Holz zu sägen und Lawrell eine eigene Hütte zu bauen. Der Gedanke, sein Haus teilen zu müssen, flößte ihm weit mehr Unbehagen ein als die Vorstellung, nicht mehr genug zu essen zu haben.

»Ich muss weg und mich um die neuen Sägegruben kümmern, Billy«, sagte er zum Gefreiten Wigfall, den er inzwischen als einen guten Freund betrachtete. Er lachte. »Sorg dafür, dass wir nicht noch mehr Williams als Säger bekommen!« Dann fiel ihm noch etwas anderes ein. »Wenn ein Waliser namens Taffy Edmunds hier aufkreuzt, setz ihn in den Schatten – aber nicht zu den Frauen! – und sag ihm, er soll warten, bis ich zurückkomme. Er wird in Zukunft das Schleifen der Sägen beaufsichtigen. Schade, dass er keine Frauen mag. Er wird lernen müssen, mit ihnen auszukommen.«

Drei der neuen Sägegruben lagen östlich von Sydney Town am Fuß der Hügel, deren Hänge noch dicht bewaldet waren.

Ross hatte angeordnet, zwischen der Turtle Bay und der Ball Bay eine zwanzig Fuß breite Schneise durch den Wald zu schlagen, die später zu einer richtigen Straße ausgebaut werden sollte. Die Stämme, die an den Hängen oberhalb der Turtle Bay gefällt wurden, sollten zur Bucht hinuntergerollt werden. Wenn die Holzfäller sich bis zur Kuppe vorgearbeitet hatten, sollte an der Ball Bay eine weitere Sägegrube ausgehoben werden, sodass das Holz, das an den ihr zugewandten Hängen geschlagen wurde, dort verarbeitet werden konnte. Da Richard selbst unmöglich so viele so weit auseinander liegende Sägegruben im Auge behalten konnte, musste er für jede Grube einen Stellvertreter finden, der dafür sorgte, dass das Arbeitstempo sich nicht verlangsamte, wenn er selbst gerade woanders war.

Und die Zahl der Sägegruben sollte noch weiterwachsen, denn Ross plante weitere Straßen. Der Weg nach Cascade sollte auf zwanzig Fuß verbreitert werden, die dritte und längste Straße sollte nach Westen zur Anson Bay führen. Sägegruben und noch mehr Sägegruben, so lauteten die Befehle des Majors.

Nach der Arbeit machte Richard sich auf den Weg nach Sydney Town, um seine alten Freunde zu besuchen. Er nahm einen Tannenast mit einem dicken Astknoten am Ende mit, der ihm auf dem Heimweg als Fackel dienen sollte. Ab acht Uhr herrschte Ausgangssperre. Hinter der Häuserreihe am Strand waren Zelte aufgeschlagen worden, doch viele Sträflinge mussten unter freiem Himmel schlafen, da die Besatzung der *Sirius* mehrere Zelte für sich beanspruchte. Morgen, so hoffte Richard, würden sie Schutzdächer aus den Segeln der *Sirius* bekommen.

Dort, wo die obdachlosen Sträflinge übernachten sollten, brannte ein großes Feuer aus Holzabfällen. An die hundert Menschen drängten sich um das Feuer. Ihre Habseligkeiten lagen um sie verstreut. Anders als Seesoldaten und Offiziere waren die Sträflinge mit ihrer gesamten Habe an Land gebracht worden, sodass sie wenigstens Decken hatten. Alle waren barfuß. Es gab schon seit Monaten keine Schuhe mehr, auch auf Norfolk Island nicht.

Richard sah Will Connelly und Neddy Perrott neben Frauen sitzen, die offenbar ihre waren – ein gutes Zeichen! Er bahnte sich einen Weg durch die Menge.

»Richard! Richard, Schätzchen!«

Lizzie Lock stürzte sich auf ihn, schlang die Arme um seinen Hals und bedeckte sein Gesicht mit Küssen. Sie weinte vor Freude. Richards Reaktion war instinktiv. Alles war vorbei, bevor er etwas unterdrücken oder Lizzie unter vier Augen sagen konnte, dass er nicht mehr mit ihr zusammenleben wollte, auch wenn sie offiziell seine Frau war. Seit jenem denkwürdigen Tag, an dem William Henry, die kleine Mary und Peg in seiner Seele wieder zu Leben erwacht waren, hatte er nicht mehr an Lizzie Lock gedacht. Bevor er einen klaren Gedanken fassen konnte, hatte er sich schon aus ihren Armen befreit.

Mit weißem Gesicht starrte er sie an, als wäre sie eine Teufelserscheinung. »Rühr mich nicht an!«, schrie er. »Rühr mich nicht an!«

Lizzie ließ ihn erschrocken los. Ihre übergroße Freude schlug in Bestürzung und einen so großen Schmerz um, dass sie sich an die magere Brust fasste und Richard aus tränenblinden Augen anstarrte, die nichts mehr wahrnahmen außer seiner Abscheu vor ihr. Ihr Mund ging auf und zu, doch bekam sie kein Wort heraus. Hilflos sank sie auf die Knie.

Die Umstehenden, die Richard kannten und das Wiedersehen mit Spannung erwartet hatten, hielten die Luft an und tauschten entgeisterte Blicke.

»Richard!«, schluchzte Lizzie. »Ich bin doch deine Frau!«

Richard kam wieder zur Besinnung. Er betrachtete die vor ihm kniende Lizzie, sah die zornigen und empörten Gesichter seiner Freunde und die neugierigen Blicke unbeteiligter Zuschauer, die gespannt auf die Fortsetzung des Dramas warteten. Was sollte er tun? Was sagen? Instinktiv trat er einen Schritt zurück.

Die Würfel waren gefallen. Am besten brachte er die Sache jetzt gleich zu Ende, hier, im grellen Schein des Feuers und inmitten von Leuten, die ihn zu Recht als einen herzlosen Schuft verdammen würden, der die Peitsche verdiente.

»Tut mir Leid, Lizzie«, sagte er mühsam, »aber ich kann nicht mehr mit dir zusammenleben. Ich kann es einfach nicht.« Er hob die Hände und ließ sie wieder sinken. »Ich will keine Frau, ich …«

Er verstummte hilflos, und schließlich drehte er sich um und ging.

Am nächsten Tag traf er sich wie immer nach der Arbeit mit Stephen am Point Hunter. Gemeinsam betrachteten sie von der

Landspitze aus den Sonnenuntergang. Es war einer dieser wolkenlosen Abende, an denen Richard immer dachte, die große, rot glühende Scheibe müsste mit einem Zischen ins Meer eintauchen. Der Himmel wurde dunkel und verfärbte sich tiefblau, während das Meer wie von den Strahlen der untergegangenen Sonne durchleuchtet milchig blau erglühte.

»Diese Insel ist ein wunderbares Fleckchen Erde«, sagte Stephen. Die Szene mit Lizzie Lock erwähnte er nicht, obwohl er davon gehört haben musste. »Hier muss einst der Garten Eden gewesen sein. Die Insel bezaubert mich. Sie zieht mich in ihren Bann wie eine Sirene, ich weiß gar nicht, warum. Doch jetzt sind Menschen da, und sie werden sie zerstören. Der Mensch hat auch den Garten Eden zerstört.«

»Vielleicht werden sie es versuchen, aber es wird ihnen nicht gelingen. Gott liebt diese Insel.«

»Es gibt übrigens Gespenster hier, wusstest du das?«, bemerkte Stephen beiläufig. »Ich habe eines gesehen, ganz deutlich und am helllichten Tag, einen Riesen mit gewaltigen Wadenmuskeln und goldener Haut und nackt bis auf einen dünnen Lendenschurz. Sein Gesicht war von einer strengen Schönheit, ein geradezu aristokratisches Gesicht, und seine Schenkel waren mit einem Muster aus verschnörkelten Linien tätowiert. Ich habe so jemanden noch nie gesehen, nicht in meinen wildesten Träumen. Er kam mir am Strand entgegen, doch als er so nahe war, dass ich ihn fast hätte berühren können, bog er ab und ging mitten durch die Wand von Nat Lucas' Haus. Olivia begann zu schreien wie am Spieß.«

»Dann kann ich ja froh sein, dass ich oben im Tal wohne. Obwohl Billy Wigfall mir neulich erzählte, er hätte John Bryant an der Stelle stehen sehen, wo der Baum ihn erschlug. Nur einen Augenblick lang, dann war er wieder verschwunden. Wie erschrocken über seine Entdeckung, sagte Billy.«

Die Brandung donnerte gegen das Riff. Die *Supply* hatte die Reede verlassen und fuhr um die Insel nach Cascade. Dort würden King und seine schwangere Lebensgefährtin sich einschiffen, keine leichte Sache, da sie von einem rutschigen Felsen in ein schwankendes Beiboot springen mussten.

Stephen musterte Richard mit Augen, die im Abendlicht fast schwarz schienen. Richard saß zusammengekauert und angespannt wie eine Stahlfeder neben ihm.

»Ich habe gehört, du hattest heute Morgen Besuch vom Major.«

Richard lächelte gequält. »Major Ross hat Fledermausohren. Ich habe keine Ahnung, wie er erfuhr, was gestern Abend am Lagerfeuer geschah. Aber du kennst ihn ja. Er wartete, bis ich zum Frühstücken nach Hause zurückkehrte, platzte herein, setzte sich hin und sagte: ›Wie ich hörte, haben Sie Ihre Frau öffentlich verstoßen.‹ Ich nickte und er grunzte. Dann sagte er: ›Das hätte ich nicht von Ihnen erwartet, Morgan, aber ich nehme an, Sie haben Ihre Gründe, wie sonst ja auch.‹«

Stephen kicherte. »Eine diplomatische Formulierung.«

»Dann fragte er mich, ob Lizzie meiner Meinung nach eine gute Haushälterin für einen Offizier abgäbe! Ich sagte, sie sei reinlich und ordentlich, könne gut nähen, stopfen und kochen und sei meines Wissens noch Jungfrau. Er klatschte sich auf die Knie und stand auf. ›Mag sie Kinder?‹, fragte er. ›Ich glaube schon‹, sagte ich. ›Zu den Kindern im Gefängnis von Gloucester war sie jedenfalls immer sehr nett.‹ Dann fragte er noch, ob ich sicher sei, dass sie aufrichtig und ehrlich sei. ›Absolut‹, versicherte ich ihm. ›Dann entspricht sie genau meinen Vorstellungen‹, sagte er und marschierte so zufrieden hinaus wie eine Katze, die einen Topf voll Rahm entdeckt hat.«

Stephen bog sich vor Lachen. »Ich sage dir, Richard, bei Major Ross kannst du nichts falsch machen. Aus irgendeinem Grund, den ich nicht kenne, hast du bei ihm einen dicken Stein im Brett.«

»Er mag mich, weil ich keine Angst vor ihm habe«, sagte Richard. »Und weil ich ihm die Wahrheit sage, statt ihm zu schmeicheln. Deshalb wird er Tommy Crowder auch nie so schätzen wie King. Als ich King einmal sagte, was meiner Meinung nach getan werden müsste, hatte er nicht übel Lust, mich auspeitschen zu lassen. Bei Major Ross bestand diese Gefahr nie.«

»King ist Engländer durch und durch«, sagte Stephen. »Er ist reizbar und launisch. Außerdem ist er jeder Zoll Mitglied der Königlichen Marine. Ross dagegen ist der klassische Schotte, immer gleich gelaunt – nämlich schlecht. Er kommt aus einem kalten Land, das nur Sieger oder Verlierer hervorbringt.« Stephen stand auf und streckte Richard die Hand hin, um ihm hoch zu helfen. »Ich bin jedenfalls froh, dass er das Problem gelöst hat, was mit deiner verstoßenen Frau geschehen soll.«

»Du hast mir damals davon abgeraten, sie zu heiraten«, sagte Richard mit einem Seufzer. »Hätte ich gewusst, dass sie hier ist, wäre ich darauf vorbereitet gewesen, doch so war es wie ein Blitz aus heiterem Himmel. Ich hatte gerade Will Connelly entdeckt, da hing sie plötzlich an meinem Hals und küsste mich. Ich – ich roch sie und spürte sie, Stephen. Sehen konnte ich sie nicht; dazu war sie viel zu nahe. Solange ich mit ihr zusammen war, lagen immer noch andere Gerüche in der Luft, keiner davon angenehm. In Port Jackson stank es und in Gloucester auch. Jetzt dagegen hatte ich plötzlich nur noch den strengen Geruch einer Frau in der Nase – nicht dass Lizzie stinken würde, das tut sie wirklich nicht, ich konnte nur nicht ertragen, wie sie roch. Ich weiß selbst nicht, warum. Und ich bin weiß Gott nicht stolz auf das, was ich getan habe. Aber ich empfand in diesem Augenblick nichts als Ekel – als wäre ich im Dunkeln in ein Spinnennetz gelaufen. Ich stieß sie instinktiv von mir weg. Und dann war es zu spät für eine Umkehr, also versuchte ich es erst gar nicht.«

Sie hatten Stephens Haus erreicht. Stephen ging hinein und sah Richard durch das Fenster nach, bis seine Fackel im Tal verschwand. Es war spät geworden. Stephen sah auf die Uhr, presste die Lippen zusammen und überlegte, wie groß sein Hunger war. Sollte er eine Suppe warm machen oder sich mit Brot begnügen? Captain Hunter wohnte inzwischen in der Gouverneursresidenz und Johnny mehr bei ihm als bei Stephen – ach ja. Wärm dir die Suppe, Stephen, es ist kalt genug für ein Feuer.

Stephen war gerade beim Feuermachen, als auf einmal Richard zurückkehrte und ins Zimmer stürmte. »Ich will einfach nur meine Ruhe haben und allein sein – mit meinen Büchern und meinem Hund!«, sagte er heftig.

»Was willst du dann hier bei mir?«, fragte Stephen verdutzt. »Im Tal droben hast du doch deine Ruhe.«

»Schon, aber … aber …«, stotterte Richard.

»Dann gib doch einfach zu, dass du dich schuldig fühlst, weil du so grob zu Lizzie Lock warst – auch wenn du nicht anders konntest. Ich kenne keinen einzigen Menschen, der so hohe moralische Ansprüche an sich stellt wie du – du bist ein richtiger protestantischer Märtyrer!«

»Hör auf zu predigen!«, fuhr Richard ihn an. »Dein Problem ist, dass du dich nie entscheiden kannst, ob du nun Katholik oder Protestant sein willst oder gar Märtyrer! Warum gestehst du dir nicht einfach ein, dass du Johnny für dich allein willst und Hunter am liebsten verdreschen würdest?«

Eine volle Minute lang funkelten die beiden Männer sich wütend an. Keiner der beiden rührte sich. Dann begannen ihre Lippen gleichzeitig zu zucken, und sie lachten, bis ihnen die Tränen kamen.

»Das reinigt die Luft«, sagte Stephen und wischte sich mit einem Tuch das Gesicht ab.

»Da hast du Recht«, sagte Richard, immer noch lachend, und lieh sich das Tuch.

John Lawrell zog bei Richard ein und so schnell wieder aus, dass dem armen Kerl der nicht besonders helle Kopf schwirrte. Innerhalb eines Monats hatte Richard ihm am hinteren Ende seines kleinen Grundstücks eine komfortable Hütte gebaut, deren vordere Wand weder eine Tür noch eine Fensteröffnung hatte. Wenn Lawrell nun schnarchte, hörte Richard es nicht. Lawrell erwies sich als ein hervorragender Gärtner, doch er hatte eine Schwäche: Er spielte für sein Leben gern Karten und musste davon abgehalten werden, seine knappen Essensrationen zu verspielen.

Sydney Town entwickelte sich immer mehr zu einer großen Siedlung mit richtigen Straßen und langen Reihen kleiner Holzhütten, die Nat Lucas und seine Schreiner so schnell zusammenzimmerten, wie Richards Säger sie mit Brettern und Balken versorgen konnten. Eine der Sägegruben produzierte nun Holz für Schindeln. Die Hütten sollten Schindeldächer bekommen, doch da das Holz erst sechs Wochen in Salzwasser gelegt werden musste, bevor es gespalten werden konnte, mussten sie vorübergehend mit Flachs gedeckt werden. Ross wies die Matrosen von der *Sirius* an, auf der ganzen Insel nach Flachs zu suchen. Es kam für ihn nicht in Frage, dass sie nichts taten.

Da es vorerst nicht möglich war, Port Jackson mit Kalk zu versorgen, wurden die Kalksteinvorräte zum Bau von Fundamenten und Kaminen verwendet. Unter den Neuankömmlingen waren vier Böttcher. Sie hatten ein für Fässer geeignetes einheimisches Hartholz entdeckt, das in der Sägegrube zurechtgesägt wurde, die auch die Schindeln produzierte, sodass die Böttcher mit der Herstellung von Fässern beginnen konnten. Ross hatte Frauen dazu eingeteilt, Kings Weizenernte mit Handmühlen zu mahlen, denn er war der Ansicht, Mehl in Fässern sei vor den Ratten sicherer als ungemahlenes Getreide im Speicher. Aaron Davis, der in Port Jackson zuletzt als Bäcker gearbeitet hatte, wurde zum Bäcker der Insel ernannt. Nicht dass deren Bewohner jeden Tag in den Genuss von Brot gekommen wären. Sonntags und mittwochs gab es Brot, montags und donnerstags Reis, dienstags und freitags einen Brei aus Mais- und Hafermehl und samstags Erbsen.

Als Ross sah, wie schnell die Schweine sich vermehrten, hängte er einen Kessel über eine kleine Feuerstelle und begann Salz zu gewinnen. Damit pökelte er das Schweinefleisch. Die Teile des Schweins, die sich nicht pökeln ließen, wurden klein gehackt und zu Würsten verarbeitet.

»Das Beste an einem Schwein ist, dass man nur das Grunzen nicht essen kann«, hörte man Ross sagen. Da der Major als ein Mann ohne jeden Sinn für Humor galt, wurde allgemein angenommen, dass diese Bemerkung völlig ernst gemeint sei.

In praktischen Dingen bewies Ross viel Geschick und Einfallsreichtum. Nachdem die Produktion von Salz, Würsten und einem Raupenvernichtungsmittel aus Tabak angelaufen war, kam er auf die Idee, einen Teil des Sägemehls, das bisher untergegraben wurde, in Räucherhäusern als Brennmaterial zu verwenden. Was sich nicht pökeln ließ, konnte vielleicht geräuchert werden, unter anderem auch Fisch. Das erste Ziel war, so viel Nahrung wie möglich zu produzieren, das zweite, möglichst viele seiner Schützlinge dazu zu bringen, dass sie sich selbst versorgten. Denn nur so hatte das Experiment mit den Sträflingen einen Sinn – warum sollte man tausende von Sträflingen und Aufsichtspersonen ans andere Ende der Welt verfrachten, wenn der Staat sie dort bis in alle Ewigkeit mit Lebensmitteln versorgen musste?

Robert Ross empfand es wie Arthur Phillip als seine Pflicht, zu verhindern, dass die Moral der ihm anvertrauten Menschen unter das Niveau anderer englischer Kolonien sank. Die christlichen Vorstellungen von Sitte und Anstand, die kulturellen und technischen Errungenschaften und die organisatorischen Strukturen, die eine zivilisierte europäische Gesellschaft auszeichneten, mussten unter allen Umständen aufrechterhalten werden. Was Phillip von Ross unterschied, war sein Optimismus. Phillip glaubte an das Experiment in der Botany Bay und war fest entschlossen, ihm zum Erfolg zu verhelfen. Ross dagegen betrachtete es als eine sinnlose Verschwendung von Zeit, Geld, Material und Kraft. Er war davon überzeugt, dass es kläglich scheitern würde, ohne Spuren zu hinterlassen. Trotzdem bemühte er sich nach Kräften, alle die Schwierigkeiten zu meistern, die die Wichtigtuer in London nicht bedacht hatten, als sie den Ausführungen von Sir Joseph Banks und Mr James Matra lauschten. Wie leicht war es doch, menschliche Schachfiguren auf dem großen Schachbrett der Welt umherzuschieben, wenn der Sessel bequem, der Magen voll, das Feuer warm und die Portweinkaraffe gefüllt war.

»Herein«, rief Stephen, als Richard klopfte.

Richard trat ein und setzte sich.

»Iss mit mir zu Abend«, sagte Stephen. »Es gibt frischen Fisch, und Johnny scharwenzelt um Captain Hunter herum, deshalb ist seine Ration übrig.«

»Ich könnte jeden Tag Fisch essen«, sagte Richard und langte zu. »Morgen grabe ich eine Hand voll Kartoffeln für dich aus, um mich für die freundliche Einladung zu revanchieren. Meine Kartoffeln gedeihen prächtig.«

»Sprechen die Leute inzwischen wieder mit dir?«, fragte Stephen, als sie gegessen, die Teller abgespült und das Schachspiel aufgebaut hatten.

»Ja, nur die nicht, die sich auf die Seite meiner Frau geschlagen haben – Connelly, Perrott und ein paar andere, die ich von der *Ceres* und der *Alexander* kenne. Die Gruppe, die Lizzie schon vor meiner Zeit in Gloucester kannte, hat seltsamerweise für mich Partei ergriffen.« Er sah verärgert aus. »Als ob es nötig wäre, sich zwischen uns zu entscheiden. Lächerlich! Lizzie fühlt sich droben beim Major pudelwohl. Sie bemuttert den kleinen John wie eine Glucke. Beim Major versucht sie es allerdings nicht.«

»Sie liebt dich, Richard«, sagte Stephen.

Richard sah ihn verblüfft an. »Unsinn! Es war nie Liebe zwischen uns. Ich weiß, du hast gehofft, nach unserer Heirat würde sich vielleicht Liebe zwischen uns entwickeln, aber dem war nicht so.«

»Sie liebt dich.«

Richard war so betroffen, dass er eine Zeit lang gar nichts sagte. Er machte einen Zug mit einem Bauern, verlor den Bauern und versuchte es mit einem Springer. Wenn Lizzie ihn tatsächlich liebte, dann hatte er sie viel tiefer verletzt, als er gedacht hatte. Er wusste noch, was sie ihm über die entwürdigende Behandlung der Frauen auf der *Lady Penrhyn* erzählt hatte, und hatte geglaubt, das Schlimmste an seiner Zurückweisung sei die öffentliche Demütigung gewesen. Sie hatte ihm nie gesagt, dass sie ihn liebte, ihm mit keinem Wort oder Blick zu verstehen gegeben, was sie wirklich für ihn empfand … Er verlor auch den Springer.

»Wie ist das Verhältnis zwischen Seesoldaten und Marine?«, fragte er.

»Gespannt. Hunter konnte Major Ross noch nie leiden, und dass er jetzt hier festsitzt, macht seinen Hass nur noch größer. Bisher konnten die beiden einen handfesten Streit vermeiden, aber irgendwann geraten sie bestimmt aneinander. Hunter hat nur noch das Beiboot der *Sirius*, mit dem er keine langen Fahrten machen kann. Er rudert fast den ganzen Tag um Nepean Island herum – wahrscheinlich sucht er nach Beweisen zu seiner Verteidigung, wenn er sich in England vor dem Kriegsgericht verantworten muss.«

»Warum kehrt Johnny eigentlich immer wieder zu ihm zurück – wenn das keine zu indiskrete Frage ist?«

Stephen zuckte die Achseln und zog die Mundwinkel nach unten. »Nein, ich beantworte sie. Ein einfacher Angehöriger der Königlichen Marine kann sich der Autorität des Kapitäns schwer entziehen; es sei denn, er ist von Natur aus aufsässig, und das ist Johnny nicht. Für ihn kommt Hunter gleich nach Gott.«

Richard hatte die Partie verloren. Er stand auf und zündete an Stephens Feuer eine Tannenfackel an. »Die Revanche müssen wir verschieben, denn wenn ich jetzt nicht gehe, werde ich nach der Ausgangssperre erwischt.«

Der Winter begann kälter und trockener als im Vorjahr. Weizen und Mais wurden ausgesät, aber die Saat wollte nicht aufgehen. Erst ein stürmischer Regentag, auf den ein sonniger Tag folgte, zauberte zur allgemeinen Freude einen grünen Schleier über die blutrote Erde der Felder im Tal und an den Hängen. Auf der Insel herrschte immer noch das Kriegsrecht. Ross hatte schon viele Leute auspeitschen lassen. Verabreicht wurden die Peitschenhiebe von Jim Richardson, der zu Richards Sägern gehört hatte, bis er sich ein Bein brach. Es waren auch schon welche gehängt worden, allerdings keine Sträflinge. Captain Hunters Diener hatten mithilfe eines Dieners von Major Ross die knappen Rumvorräte des Majors geplündert, einen Teil davon selbst getrunken und den Rest verkauft. In seiner Funktion als Richter, Jury und Henker hatte Vizegouverneur Ross drei der Missetäter gehängt. Sein Diener Escott und Hunters Adjutant Elliott entgingen zwar dem Galgen, erhielten zur Strafe jedoch fünfhundert Peitschenhiebe, die ihnen das Fleisch von den Knochen rissen, wie der Major in seiner Ansprache angedroht hatte. Die fünfhundert Hiebe wurden nicht am Stück verabreicht, sondern in fünf Einheiten zu je hundert Hieben, denn hundert Hiebe galten als das Höchstmaß, das ein Mann auf einmal verkraften konnte. Der Auspeitscher begann an den Schultern und arbeitete sich langsam über Rücken, Gesäß und Schenkel zu den Waden hinunter. Die Matrosen murrten und spielten mit dem Gedanken an Meuterei, doch angesichts des schweren Verbrechens ihrer Kameraden konnte Captain Hunter nicht ihre Partei ergreifen. Die Seesoldaten ihrerseits waren mehr als bereit, das ganze Matrosenpack niederzuschießen. Ihre Musketen waren dank des Gefreiten Daniel Stanfield in einem ausgezeichneten Zustand, und die Soldaten machten weiterhin jeden Samstagmorgen unter Aufsicht von Stephen und Richard Schießübungen.

Nach dem Rumdiebstahl suchte Major Ross Richard in dessen Haus auf. Seine Miene war noch grimmiger als sonst.

Das Amt macht ihn fertig, dachte Richard und bot dem Major einen Stuhl an. Er ist seit seiner Ankunft um zehn Jahre gealtert.

»Ich habe interessante Dinge über Sie erfahren«, begann Ross. »Mr Donovan erzählte mir, dass Sie Rum brennen können.«

»Ja, Sir – mit den nötigen Gerätschaften und Zutaten. Allerdings kann ich Ihnen nicht versprechen, dass mein Rum besser sein wird als der berüchtigte Fusel aus Rio de Janeiro. Eigentlich muss Rum wie alle Spirituosen im Fass reifen, bevor er getrunken wird. Das unfertige Zeug wird scheußlich schmecken, aber wahrscheinlich wollen Sie den Rum möglichst schnell.«

»In der Not darf man nicht wählerisch sein.« Ross schnalzte mit den Fingern nach dem Hund, der sofort auf ihn zusprang, um sich streicheln zu lassen. »Und wie geht's dir, MacTavish?«

MacTavish wedelte mit dem Schwanz.

»In Bristol war ich unter anderem Gastwirt, Sir«, sagte Richard und warf ein Holzscheit ins Feuer. »Ich weiß deshalb besser als viele andere, wie groß unser Problem ist. Männer, die es gewohnt sind, täglich Rum oder Gin zu trinken, können ohne ihn nur schlecht leben. Das gilt auch für manche Frauen. Nur weil Kriegsrecht herrscht und das nötige Zubehör fehlt, wurde hier bisher noch kein Schnaps gebrannt. Ich bin gerne bereit, eine Rumbrennerei für Sie zu bauen und zu betreiben, aber …«

Ross wärmte sich die Hände am Feuer und grunzte. »Ich weiß, was Sie denken. Sobald bekannt wird, dass es hier eine Brennerei gibt, werden einige mit einem halben Pint pro Tag nicht mehr zufrieden sein, und andere werden ein gutes Geschäft wittern.«

»Ja, Sir.«

»Zuckerrohr wächst hier gut. Sie haben hinter Ihrem Haus sogar welches angebaut.«

Richard grinste. »Ich dachte, es könnte sich als nützlich erweisen.«

»Trinken Sie jetzt auch?«

»Nein. Darauf gebe ich Ihnen mein Wort, Major Ross.«

»Leutnant Clark trinkt ebenfalls nicht. Also übertrage ich ihm die Aufsicht über dieses Projekt. Dann suche ich unter meinen Soldaten noch ein paar geeignete Männer. Bei Stanfield, Hayes und James Redman kann ich mich darauf verlassen, dass sie weder Rum trinken noch ihn verkaufen. Captain Hunter« – er verzog das Gesicht, hatte sich jedoch sofort wieder unter Kontrolle – »empfiehlt seinen Geschützführer Drummond, außerdem Mitchell und Hibbs. Das wären dann insgesamt sechs Mann und ein Offizier.«

»Im Tal ist für die Brennerei kein Platz, Sir«, sagte Richard entschieden.

»Einverstanden. Haben Sie einen Vorschlag?«

»Nein, Sir. Ich kenne nur das Gelände zwischen meinen Sägegruben.«

»Ich werde über einen geeigneten Platz nachdenken, Morgan.« Ross erhob sich zögernd. »Lassen Sie inzwischen Lawrell das Zuckerrohr schneiden.«

»Jawohl, Sir. Ich werde ihm allerdings sagen, Sie hätten mir befohlen, Zucker zu raffinieren, damit die Offiziere ihren Tee süßen können.«

Der Major nickte zufrieden und marschierte davon, um die Installation eines Mühlsteins zu überwachen. Die nächste Weizenernte würde mit Handmühlen nicht mehr zu bewältigen sein. In Ermangelung anderer Energiequellen musste er den gewaltigen Mühlstein von Männern drehen lassen. Er hielt diese Fronarbeit allerdings für eine gute Alternative zur Peitsche, deren Einsatz er insgeheim ablehnte – nicht, weil er Skrupel hatte, Leute auspeitschen zu lassen, sondern weil die Strafe nur abschreckend wirkte, wenn die Missetäter so viele Hiebe erhielten, dass sie ihr Leben lang halbe Krüppel blieben. Einen Mann eine Woche oder einen

Monat lang an den Mühlstein zu ketten, war dagegen eine harte, aber gute Strafe, da sie seine Gesundheit nicht zerstörte.

Die Straßen zur Ball Bay und zur Cascade Bay waren inzwischen fertig. Anfang Juni begannen die Holzfäller, einen Weg zur Anson Bay freizuschlagen. Dabei machten sie eine überraschende und höchst erfreuliche Entdeckung: rund fünfzig Hektar der Hügellandschaft zwischen Sydney Town und der Anson Bay waren unbewaldet. Major Ross beschloss sofort, dort eine neue Siedlung zu errichten. Die Besatzung der *Sirius* wollte er auf ein bereits gerodetes Gelände zwischen Sydney Town und der Cascade Bay verbannen.

Die neue Siedlung an der Straße zur Anson Bay sollte nach Ihrer Majestät Königin Charlotte Charlotte Field heißen. Richard war nicht überrascht, als kein anderer als Leutnant Clark den Auftrag erhielt, Charlotte Field aufzubauen – und zwar mithilfe der Gefreiten Stanfield, Hayes und James Redman. Richard glaubte fest, dass die Rumbrennerei an einem versteckten Ort unweit der Straße zwischen Sydney Town und Charlotte Field entstehen sollte.

Er hatte Recht. Wenig später wurde er nach Charlotte Field geschickt, um sich dort nach einem geeigneten Platz für eine neue Sägegrube umzusehen. Die Gegend war schön. Auf dem unbewaldeten Gelände wucherte eine Pflanze, die Clark an die englische Juckbohne erinnerte. Sie ließ sich leicht aus dem Boden reißen und eignete sich zusammen mit einem Strauch, der zwei Zoll lange Dornen hatte, gut zum Bau von Zäunen, durch die nicht einmal Schweine kommen würden.

Der Platz, den Major Ross für die Rumbrennerei ausgesucht hatte, lag ein Stück vor Charlotte Field am Ende eines Weges, der von der Straße zur Anson Bay abging. Dort entsprang ein Bach, der sich weiter unten mit anderen Bächen zu einem kleinen Fluss vereinigte und schließlich unweit von Point Ross am westlichen Ende von Sydney Town ins Meer mündete. Für zusätzlichen Lohn gingen die drei Seesoldaten und drei Seeleute mit Feuereifer daran, Grund für einen Holzschuppen und einen großen Stapel Eichenholz zu roden. Die Steinblöcke für den Ofen ließ Ross von Sträflingen aus Sydney Town bis zur Abzweigung des Weges schaffen. Den Sträflingen wurde gesagt, die Steine seien für Charlotte Field bestimmt. Nach Einbruch der Dunkelheit holten Richard und seine sechs Männer sie persönlich von der Straße ab. Auch den Schuppen mussten sie selbst bauen. Ross besorgte Kupferkessel, Absperrhähne und Ventile, Kupferrohre und Bottiche aus in der Mitte durchgesägten Fässern. Richard schweißte und montierte die Teile zusammen. Er wunderte sich, dass es gelang, das Projekt geheim zu halten. Das geschnittene Zuckerrohr und einige Maiskolben verschwanden in den Pressen und Handmühlen der Brennerei.

Vier Wochen später konnte Richard das erste Destillat herstellen. Der Vizegouverneur nippte vorsichtig daran, verzog das Gesicht und nahm noch ein Schlückchen. Dann kippte er den Rest des Viertelpints hinunter. Er schätzte Rum ebenso wie seine Soldaten.

»Das Zeug schmeckt scheußlich, Morgan, aber es hat die richtige Wirkung«, sagte er und lächelte sogar. »Damit haben Sie uns womöglich vor Meuterei und Mord gerettet. Abgelagert wäre der Rum natürlich milder, aber das ist Zukunftsmusik. Wer weiß? Vielleicht beliefern wir Port Jackson irgendwann einmal nicht nur mit Kalk und Holz, sondern auch mit Rum.«

»Wenn es Ihnen recht ist, Sir, würde ich jetzt gern wieder zu meinen Sägegruben zurückkehren«, sagte Richard. Der Anblick der Brennerei rief in ihm keine glücklichen Erinnerungen wach.

»Dann begleiten Sie mich doch nach Sydney Town.« Ross ermahnte noch die sechs Helfer Richards. »Bewacht und pflegt den Schuppen gut, Jungs«, sagte er leutselig und immer noch lächelnd. »Jeder von euch bekommt dafür zwanzig Pfund extra im Jahr.«

Die Straße durch den Wald folgte dem Bergrücken bis zum Gipfel des Mount George, der eine herrliche Aussicht bot – über das Meer, Sydney Town, die Lagune, die Brandung, Nepean Island und Phillip Island. Major Ross blieb stehen, um sie zu genießen.

»Ich habe die Absicht, Ihnen die Freiheit wiederzugeben, Morgan«, sagte er. »Vorerst kann ich Ihnen zwar noch keinen völligen, sondern nur einen bedingten Straferlass gewähren, doch sobald die Umstände es mir erlauben, werde ich bei Seiner Exzellenz in

Port Jackson Ihre volle Begnadigung beantragen. Ich finde, Sie haben sich das verdient. Damit genießen Sie einen besseren Status als einer, der nur freigelassen wurde, weil er seine Strafe abgebüßt hat – sagten Sie nicht, dass Ihre Strafe im März 1792 abläuft?«

Richards Augen füllten sich mit Tränen. Er bemühte sich krampfhaft, ein Schluchzen zu unterdrücken, und brachte kein Wort heraus. Stattdessen nickte er nur und rieb sich die Augen. Frei. Endlich!

Der Blick des Majors war immer noch auf Phillip Island gerichtet. »Ich gebe nicht nur Ihnen die Freiheit wieder, sondern auch Lucas, Phillimore, Rice, dem älteren Mortimer und noch ein paar anderen. Ihr sollt die Möglichkeit erhalten, ein Stück eigenes Land zu bewirtschaften und etwas aus euch zu machen, denn ihr habt euch, seit ich euch kenne, wie redliche Männer verhalten. Männern wie euch ist es zu verdanken, dass es diese Kolonie noch gibt und dass ich oder mein Vorgänger Leutnant King sie regieren konnte. Doch nun zu Ihnen, Morgan. Sie sind von nun an ein freier Mann. Das bedeutet, dass Sie als Aufseher der Säger einen Lohn von fünfundzwanzig Pfund im Jahr erhalten. Außerdem zahle ich Ihnen fünf Pfund für die Beaufsichtigung der Brennerei im Wechsel mit Leutnant Clark und eine einmalige Summe von zwanzig Pfund für ihren Bau. Da London uns kein Münzgeld zur Verfügung gestellt hat, erhalten Sie Ihren Lohn in Form von Schuldscheinen der Regierung. Die können Sie als Zahlungsmittel benutzen, wenn Sie in den staatlichen Vorratshäusern oder bei Privatleuten etwas kaufen. Ich wünsche, dass über die Brennerei weiterhin absolutes Stillschweigen gewahrt wird. Es ist durchaus möglich, dass ich sie eines Tages wieder schließe – sie ist ein Experiment, das ich nur durchführe, weil ich nicht will, dass Matrosen von der *Sirius* auf die Idee kommen, mit selbst gebranntem Rum Geschäfte zu machen. Ganz wohl ist mir dabei nicht.« Er sah Morgan düster an. »Auf Leutnant Clarks Verschwiegenheit kann ich mich verlassen. Er wird die Brennerei nicht einmal in seinem Tagebuch erwähnen. Zwar hat er nicht vor, es zu veröffentlichen, aber manchmal fallen Tagebücher in die falschen Hände.«

Die lange Rede des Majors gab Richard Zeit, sich zu fassen.

»Das werde ich Ihnen nie vergessen, Major Ross!« Richard lächelte und seine Augen leuchteten blau auf. »Doch um einen Gefallen möchte ich Sie noch bitten. Darf ich Ihnen als freier Mann die Hand geben? Es wäre mir eine Ehre.«

Ross reichte ihm bereitwillig die Hand. »Ich muss nach Sydney Town zurück«, sagte er dann, »aber ich fürchte, Morgan, Sie müssen mir in der Brennerei noch etwas von diesem scheußlichen Gebräu holen, damit ich heute Abend vor dem Essen den wenigen guten Rum, den ich noch habe, damit strecken kann.« Er verzog das Gesicht. »Ich habe die Vögel vom Mount Pitt inzwischen genauso satt wie alle anderen, aber bestimmt wird keiner sich über das eintönige Essen beklagen, wenn er es mit einem Becher Schnaps hinunterspülen kann.«

Frei! Er war frei! Und obendrein durch Begnadigung! Denn das war ein großer Unterschied. Alle Sträflinge kamen frei, wenn sie ihre Strafe verbüßt hatten, aber sie waren nur entlassene Sträflinge. Ein begnadigter Sträfling war etwas ganz anderes. Er war rehabilitiert.

Am 4. August sichteten die Bewohner von Sydney Town ein Segel. Vor lauter Aufregung vergaßen sie ihre Beschwerden und alle Vorschriften. Leutnant Clark und Captain Johnston stiegen auf den Mount George und bestätigten, dass es sich tatsächlich um ein Segel handelte. Das Schiff fuhr allerdings seelenruhig an der Insel vorbei. Da der starke Südwind eine Landung an der Sydney Bay unmöglich machte, marschierten Captain Johnston und Captain Hunter zur Cascade Bay, wo das Meer spiegelglatt war. Sie glaubten, das Schiff würde dort anlegen. Doch es entfernte sich in Richtung Norden, und bei Einbruch der Dämmerung war es verschwunden. In der Stadt und im Tal, selbst in Charlotte Field und in Phillipburgh machte sich an diesem Abend Verzweiflung breit. Das erste Schiff seit langer Zeit war an der Insel vorbeigefahren! Was konnte schlimmer sein?

Am nächsten Morgen schickte Major Ross ein paar Männer auf den Mount Pitt, die noch einmal nach dem Schiff Ausschau halten sollten – doch vergebens, es war tatsächlich verschwunden.

Drei Tage später wurden die Bewohner von Sydney Town im Morgengrauen von Schreien geweckt, die ein Schiff am südlichen Horizont meldeten.

Da der Wind aus der entgegengesetzten Richtung wehte, war das Schiff am späten Nachmittag noch nicht viel näher gekommen, doch inzwischen waren hinter ihm die Segel eines zweiten Schiffs aufgetaucht.

Sie würden nicht zulassen, dass noch einmal ein Schiff an ihnen vorbeifuhr!

Leutnant Clark fuhr dem ersten Schiff mit einem Boot entgegen. Als es ihm nicht gelang, mit ihm Kontakt aufzunehmen, fuhr er zum zweiten. Diesmal schaffte er es, an Bord zu gelangen. Es handelte sich um die *Surprize*. Sie kam aus London, und ihr Kapitän war Nicholas Anstis, der auf der *Lady Penrhyn* Erster Offizier gewesen war. Anstis teilte Clark mit, er bringe 204 Sträflinge nach Norfolk Island, und das andere Schiff, die *Justinian*, habe große Mengen Nahrungsmittel an Bord. Port Jackson war bereits versorgt, und jetzt war Norfolk Island an der Reihe. Die dortigen Vorräte an Pökelfleisch und Mehl hätten keine drei Wochen mehr gereicht.

»Was war das gestern für ein Schiff, das unsere Signale einfach ignorierte?«, wollte Clark wissen.

»Die *Lady Juliana*«, erwiderte Anstis. »Sie brachte eine Ladung weiblicher Sträflinge nach Port Jackson, hatte jedoch ein so übles Leck, dass sie sofort leer nach Wampoa weiterfuhr. Dort soll sie eine Ladung Tee aufnehmen, doch zuerst muss sie ins Trockendock. Die *Justinian* und die *Surprize* fahren auch nach Wampoa weiter, sobald wir unsere Fracht gelöscht haben.«

Selbst Männer wie Len Dyer und William Francis halfen eifrig mit, die in Sydney Town gelandeten Beiboote der *Surprize* und der *Justinian* mit Gemüse für deren Besatzungen voll zu packen, die schon lange kein Grünzeug mehr bekommen hatten. Wegen des schlechten Wetters konnte keines der beiden Schiffe seine Fracht löschen. Nur ein paar Briefe aus England und Port Jackson und einige Schiffsoffiziere wurden an Land gebracht. Das Ausladen musste warten und notfalls in Cascade erfolgen.

Leutnant Clark erhielt zu seiner großen Freude gleich vier lange Briefe von seiner geliebten Betsy und las zu seiner Beruhigung, dass es ihr und dem Baby gut ging.

Gouverneur Phillip teilte Major Ross in einem ausführlichen Bericht mit, dass er die *Supply* mit Leutnant King an Bord nach Batavia geschickt habe. Dort sollte das Schiff so viel Proviant aufnehmen, wie seine kleinen Frachträume fassen konnten, und möglichst noch ein holländisches Frachtschiff anheuern, das die *Supply* mit weiteren Lebensmitteln beladen nach Port Jackson zurückbegleitete. Seine Exzellenz hoffte, dass King von Batavia aus mit einem holländischen Ostindienfahrer zumindest nach Kapstadt gelangen würde, vielleicht sogar direkt nach London, wo er Unterstützung für die Kolonien anfordern sollte. Die *Supply* sollte gleich nach ihrer Rückkehr von Batavia, mit der jedoch frühestens Anfang 1791 zu rechnen war, nach Norfolk Island weiterfahren, um Captain Hunter und die restliche Besatzung der *Sirius* abzuholen. Phillip schrieb auch, dass er nun, da genügend Vorräte auf Norfolk Island eingetroffen seien, keine Notwendigkeit mehr für das Kriegsrecht sehe. Es müsse deshalb unverzüglich aufgehoben werden! Der verdammte King!, dachte der Major wütend. Diese Anweisung habe ich nur ihm zu verdanken. Wie soll ich Hunters Matrosen denn dazu bringen, zu arbeiten, wenn ich sie nicht hängen kann?

Doch das war nicht die einzige schlechte Nachricht aus Port Jackson. Das Versorgungsschiff *Guardian* war mit Nahrungsmitteln beladen von England aufgebrochen, hatte in Kapstadt jedes dort erhältliche Nutztier aufgekauft und anschließend seine Reise zur Botany Bay fortgesetzt. An Heiligabend 1789 fuhr es 1000 Meilen vom Kap entfernt friedlich durch eine nicht allzu raue See, als vor ihm ein Sommereisberg auftauchte. Captain Riou, der unterschätzt hatte, wie viel Wasser Rinder pro Tag tranken, beschloss, die günstige Gelegenheit zu nutzen und mit Booten ein paar dicke Brocken Eis zu holen, um die Trinkwasservorräte aufzustocken. Als das geschehen war, fuhr die *Guardian* weiter. Der Kapitän vergewisserte sich noch, dass sie sich von dem Eisberg entfernten, dann stieg er zum Essen hinunter. Eine Viertelstunde später erschütterte ein gewaltiger Stoß die *Guardian*. Das Steuerruder wurde weggerissen und das Schiff schlug leck. Da es nur langsam Wasser machte, beschloss Captain Riou, trotz des Lecks nach Kapstadt zurückzukehren. Alle Tiere wurden über Bord geworfen und der größte Teil der Besatzung sowie einige besonders nützliche Handwerker aus den Reihen der Sträflinge in fünf Boote verfrachtet. Doch die Matrosen hatten ihre Angst, in dem eiskalten Wasser zu ertrinken, mit Rum zu betäuben versucht. Sie waren sturzbetrunken. Nur ein Boot erreichte Land. Die *Guardian* strandete nach wochenlanger Irrfahrt durch den Indischen Ozean unweit von Kapstadt. Der kleine Teil ihrer Fracht, der noch gerettet werden konnte, wurde auf die *Lady Juliana* umgeladen, die einige Zeit nach der Katastrophe auf dem Weg zur Botany Bay Kapstadt anlief. Tiere konnten die Viehhändler von Kapstadt der *Lady Juliana* allerdings keine mehr verkaufen. Sie waren alle an der Unglücksstelle ertrunken. Verloren war auch die persönliche Habe von Gouverneur Phillip, Major Ross, Captain David Collins und anderen ranghohen Marineoffizieren. Ross erholte sich nie von den finanziellen Verlusten, die er durch die Havarie der *Guardian* erlitt. Er hatte über einen Bevollmächtigten viele Tiere für die eigene Haltung und Zucht gekauft.

Im Laufe der folgenden Tage wurden einige Vorräte von der *Justinian* und der *Surprize* an Land gebracht, die Sträflinge – 47 Männer und 157 Frauen – jedoch noch nicht. Die Frauen waren alle mit der *Lady Juliana* gekommen. Sie war das erste von fünf Schiffen gewesen, die im Juni in Port Jackson eintrafen. Gouverneur Phillip hatte natürlich auf ein Versorgungsschiff gewartet und war hellauf entsetzt, als das erste Schiff nach so langer Zeit nur Frauen und Kleider an Bord hatte. Bald darauf traf jedoch das Versorgungsschiff *Justinian* ein, und gegen Ende des Monats folgten die *Surprize*, die *Neptune* und – zum zweiten Mal – die *Scarborough*.

»Es war furchtbar!«, berichtete Mr Murray, Schiffsarzt der *Justinian*, den in der Offiziersmesse versammelten Offizieren von Norfolk Island. Der Schrecken stand ihm noch ins Gesicht geschrieben. Er holte tief Luft. »Die *Surprize*, die *Neptune* und die *Scarborough* wurden mit 1000 Sträflingen an Bord nach Port Jackson geschickt. Davon starben 267 auf der Überfahrt, und von den verbliebenen 759 waren 500 schwer krank. Es war … Ich fürchtete schon, Seine Exzellenz würde gleich in Ohnmacht fallen, und wer hätte es ihm verdenken können? Sie können sich nicht vorstellen …« Murray versagte die Stimme. »Das Innenministerium hatte die Lieferanten gewechselt. Für die Verpflegung der drei Schiffe war eine Sklavenhandelsgesellschaft zuständig. Sie wurde im Voraus pro Sträfling bezahlt, doch im Liefervertrag war nicht davon die Rede, dass die Sträflinge lebend und gesund abzuliefern seien. Der Gewinn der Gesellschaft war größer, wenn die Sträflinge möglichst bald nach der Abfahrt starben, deshalb bekamen sie fast nichts zu essen. Außerdem waren sie die ganze Reise über unter Deck eingesperrt und gefesselt wie früher die Sklaven – mit Fußschellen, verbunden durch eine ein Fuß lange Eisenstange. Sie konnten also nicht einmal herumlaufen. Es war schon grausam genug, Schwarze für eine Reise von sechs oder acht Wochen so zu fesseln, aber stellen Sie sich den Zustand von Männern vor, die fast ein Jahr lang mit solchen Fußschellen unter Deck eingesperrt waren.«

»Sie müssen unter schrecklichen Qualen gestorben sein«, sagte Stephen Donovan mit gepresster Stimme. »Verflucht seien alle Sklavenhändler!«

Die anderen schwiegen.

»Am schlimmsten war es auf der *Neptune*«, fuhr Murray fort. »Doch auf der *Scarborough* war es auch nicht viel besser. Dort waren sechzig Männer mehr in einem kleineren Raum als beim ersten Mal eingesperrt. Am besten ging es den Sträflingen noch auf der *Surprize*. Auf ihr starben unterwegs nur 36 von 254 Sträflingen. Ich muss sagen, wir kämpften mit den Tränen und mussten uns übergeben, als wir die lebenden Skelette aus den Frachträumen holten, in denen es unerträglich stank. Die Menschen starben, während wir ihnen heraushalfen, auf den Decks und in den Booten, und als wir sie ans Ufer trugen. Wer dann noch lebte, den mussten wir vor der Einweisung ins Lazarett zunächst vom Ungeziefer befreien; die Sträflinge waren völlig verlaust. So war es doch, oder habe ich übertrieben, Mr Wentworth?«

»Kein bisschen«, erwiderte D'arcy Wentworth, ein stattlicher, blonder Mann, der als Arzt auf Norfolk Island Dienst tun sollte. »Die *Neptune* war die Hölle. Ich diente auf ihr als Schiffsarzt, doch wurde ich während der ganzen Reise kein einziges Mal aufgefordert, nach den Sträflingen zu sehen – es war mir sogar verboten, das Gefängnis zu betreten. Wir hatten die ganze Zeit über den Gestank in der Nase, und als ich in Port Jackson zu den Sträflingen hinunterstieg, um zu helfen – mein Gott! Es lässt sich nicht mit Worten beschreiben, wie es dort unten aussah. Ein Gewimmel von Maden, verwesende Leichen, Kakerlaken, Ratten, Flöhe, Fliegen, Läuse. Doch einige Männer lebten noch, können Sie sich das vorstellen? Wir Ärzte befürchten, dass die Überlebenden alle wahnsinnig sind.«

»Wer ist der Kapitän der *Neptune*?«, fragte Stephen, der mehr Kapitäne der Handelsmarine kannte als die Offiziere.

»Eine Bestie namens Donald Trail«, erwiderte Wentworth. »Er konnte unsere Empörung gar nicht verstehen, sodass wir uns fragten, wie viele Sklaven wohl bei seinen Fahrten nach Jamaica überleben. Trail war wie Anstis nur daran interessiert, den Leuten in Port Jackson Nahrungsmittel zu verkaufen, allerdings zu so astronomischen Preisen, dass nur sein Rum Absatz fand.«

»Ich habe schon von Trail gehört«, sagte Stephen angewidert. »Die Schwarzen muss er besser versorgen, weil er sie nur lebend verkaufen kann. Ihm einen Liefervertrag zu geben, der ihm stillschweigend erlaubt, die Sträflinge sterben zu lassen, ist Mord! Der Teufel soll das Innenministerium holen!«

»Berichten Sie weiter, was mit den armen Teufeln in Port Jackson geschah, Mr Murray«, forderte Major Ross den Arzt auf.

»Seine Exzellenz der Gouverneur ließ weit außerhalb der Siedlung eine große Grube ausheben«, fuhr Murray fort. »Dort wurden die Toten hineingelegt, und Mr Johnson sollte einen Trauergottesdienst für sie abhalten. Die Leichen wurden mit Steinen zugedeckt, damit sie vor den Hunden der Eingeborenen sicher waren – die fressen alles. Es wurden immer noch Leichen dorthin gebracht, als die *Surprize* hierher aufbrach. Die Männer starben weiter massenweise. Gouverneur Phillip ist außer sich vor Empörung. Er hat uns ein Schreiben an Lord Sydney mitgegeben, aber ich fürchte, das Schreiben wird das Innenministerium nicht rechtzeitig erreichen, bevor die nächste Ladung Sträflinge losgeschickt wird – mit Schiffen derselben Sklavenhändler und zu denselben Bedingungen.«

Die Offiziere tranken den auf Norfolk Island gebrannten Rum, doch damit sie das nicht merkten, hatte Robert Ross ihn klugerweise mit besserem Rum vermischt und »Rio-Rum« genannt. Einen Teil von Richards Erzeugnis ließ er mit gutem Rum aus Bristol verschneiden, den die *Justinian* mitgebracht hatte, und in leere Eichenfässer füllen. Diesen geheimen Rumvorrat versteckte er mit Leutnant Clark und Richard an einem trockenen Ort, wo niemand ihn finden würde. Die Brennerei sollte zunächst 2000 Gallonen Rum produzieren, dann, so schätzte Ross, würde der Vorrat an Zuckerrohr und Fässern aufgebraucht sein. Danach sollte die Anlage in ihre Einzelteile zerlegt und von Richard versteckt werden. So wollte der Major sein Gewissen besänftigen. Außerdem hatte er beschlossen, aus der Gerste, die auf der Insel wuchs, Dünnbier zu brauen. Die *Justinian* hatte Hopfen mitgebracht, und so würden selbst die Sträflinge ab und zu etwas Besseres zu trinken bekommen als Wasser.

Was für ein schreckliches Schicksal die Sträflinge gehabt hatten. Von den Beamten Seiner Majestät den Würmern zum Fraß vorgeworfen! Ross hatte Männer auspeitschen und sogar hängen lassen, aber er hatte auch für sie gesorgt, so gut er konnte. Ob Arthur Phillip begriffen hatte, dass die Skrupellosigkeit von Sklavenhändlern seine Kolonie zum zweiten Mal in einem Jahr vor dem Verhungern bewahrt hatte? Was wäre gewesen, wenn alle 1200 Sträflinge vom Juni in einer so guten Verfassung eingetroffen wären wie die, die mit mir kamen? Die *Guardian* war havariert, und die Lebensmittel der *Justinian* hätten nur ein paar Wochen gereicht. Gott hat Neusüdwales durch gewissenlose Sklavenhändler gerettet. Aber wen wird er für den Tod der Sträflinge zur Rechenschaft ziehen?

Am Morgen des 10. August, noch bevor die Sträflinge von der *Surprize* an Land gebracht worden waren, versammelte Major Ross die Inselbewohner unter dem Union Jack und hielt eine Ansprache.

»Unsere Lage hat sich verbessert, da inzwischen Lebensmittel eingetroffen sind, die einige Zeit reichen werden!«, brüllte er. »Deshalb erkläre ich hiermit das Kriegsrecht für aufgehoben! Was nicht bedeutet, dass ihr tun könnt, was ihr wollt! Ich kann vielleicht niemanden mehr hängen, aber ich kann euch auspeitschen lassen, bis ihr fast tot seid – und das werde ich auch, wenn es sein muss! Unsere Kolonie wird bald 718 Einwohner haben, und der starke Bevölkerungsanstieg stellt uns vor große Probleme! Außerdem handelt es sich bei den neuen Sträflingen größtenteils um Frauen, und die wenigen Männer unter ihnen sind krank. Die Neuankömmlinge können also keine schwere Arbeit verrichten, müssen aber ernährt werden. In jeder Hütte und in jedem Haus wird ein Neuankömmling einquartiert, denn ich habe nicht vor, neue Unterkünfte für die Frauen zu bauen. Alle Seesoldaten, die nicht in den Gemeinschaftsunterkünften der Marine wohnen, und alle Sträflinge, auch die begnadigten, müssen mindestens eine Frau aufnehmen. Nur die Aufseher der alten und neuen Sträflinge, Mr Donovan und Mr Wentworth, werden von dieser Verpflichtung befreit. Den Offizieren steht es frei, ebenfalls Neuankömmlinge bei sich unterzubringen. Aber ich warne euch! Ich werde nicht dulden, dass jemand eine Frau schlägt oder sonst wie drangsaliert. Ich kann euch nicht daran hindern, Unzucht zu treiben, aber ich werde nicht zulassen, dass ihr euch wie Barbaren aufführt. Wer eine Frau vergewaltigt oder auf andere Weise körperlich misshandelt, erhält 500 Hiebe mit Richardsons schlimmster Peitsche. Das gilt für die Seesoldaten ebenso wie für die Sträflinge.«

Der Vizegouverneur ließ den Blick drohend über die schweigende Menge schweifen. Er sah die selbstgefällige Miene von Captain Hunter, der genau wusste, dass die von Seiner Exzellenz befohlene Aufhebung des Kriegsrechts ihm einige Freiheiten verschaffte.

»Ich werde Sydney Town verkleinern, indem ich einen Teil der Bewohner anderswo ansiedle. Die Besatzung der *Sirius* wird auf die große Lichtung an der Straße nach Cascade ziehen, bis die *Supply* sie abholt. Sodann will ich möglichst viele von euch auf Grundstücke von einem halben Hektar Größe umsiedeln. Wer eigenes Land haben will, muss jedoch einen Neuankömmling mitversorgen. Auf die Erträge eurer Grundstücke erhebt der Staat keine Ansprüche. Das Land soll vielmehr dazu dienen, euren Bedarf an Lebensmitteln der Regierung zu verringern. Überschüsse könnt ihr an den Staat verkaufen; das gilt für Freie ebenso wie für Sträflinge. Sträflinge, die hart arbeiten, ihre Grundstücke roden und bestellen und Lebensmittel an den Staat verkaufen, erhalten die Freiheit zurück, sobald sie bewiesen haben, dass sie sie verdienen – so wie ich einigen von euch als Belohnung für gute Arbeit schon die Freiheit zurückgegeben habe. Wer ein Stück Land bestellt, bekommt vom Staat eine Zuchtsau, die er bei Bedarf von einem Eber decken lassen kann. Geflügel kann ich nicht verteilen, aber sobald wir genug Puten, Hühner und Enten haben, kann, wer genug Geld hat, welche kaufen.«

Ein Raunen ging durch die Menge. Einige strahlten vor Freude, andere machten ein finsteres Gesicht. Nicht allen gefiel die Vorstellung, hart zu arbeiten, nicht einmal, wenn es in ihrem eigenen Interesse war.

Richard kehrte mit gemischten Gefühlen in seine Sägegrube oben im Tal zurück. Einerseits war er glücklich und dankbar, dass Ross ihm das Stück Land zugeteilt hatte, auf dem sein Haus stand und das er bereits bestellte. Andererseits trauerte er seinem friedlichen Einsiedlerdasein nach, das Ross nun beenden wollte. Richard wusste, dass er eine Frau nicht wie Lawrell in eine andere Hütte verbannen und auch nicht bei Lawrell einquartieren konnte. Lawrell war zwar ein harmloser Kerl, aber er würde natürlich erwarten, dass sie mit ihm schlief, ob sie das wollte oder nicht. Nein, Richard musste sie wohl oder übel in sein Haus aufnehmen. Das warf seine Pläne für das kommende Wochenende über den Haufen. Eigentlich hatte er auf den Felsen westlich des Landeplatzes angeln und einen langen Spaziergang mit Stephen machen wollen. Stattdessen musste er nun für eine Frau ein zweites Zimmer an sein Haus anbauen. Johnny Livingstone hatte ihm einen Schlitten mit glatten Kufen gebaut, den er mithilfe eines Geschirrs aus Segeltuch wie ein Pferd ziehen konnte. Er hatte den Schlitten gebraucht, um die Zutaten für die Maische im Schutz der Nacht zur Brennerei zu befördern. Der Schlitten fasste so viel wie ein großer Handkarren und war von unschätzbarem Wert. Jetzt würde er ihn dazu benutzen müssen, Steine zur Erweiterung des Fundaments vom Steinbruch zu holen. Er verfluchte alle Frauen.

Da Winter war, nahmen die ranghöheren Offiziere die warme Hauptmahlzeit um ein Uhr zusammen mit Major Ross in der Offiziersmesse der Gouverneursresidenz ein. Lizzie Lock, die darauf bestand, Mrs Morgan genannt zu werden, war nun, da sie eine größere Auswahl an Zutaten hatte, eine ausgezeichnete Köchin. An diesem Tag gab es zur Feier der Ankunft der *Surprize* und der *Justinian* Schweinebraten. Die Offiziere der beiden Schiffe waren jedoch nicht eingeladen worden, ebenso wenig wie die Herren Donovan, Wentworth und Murray. So nahmen an dem Festessen nur Major Ross, Captain Hunter, Captain Johnston, Leutnant Johnstone und Leutnant William Faddy teil.

Als Aperitif schenkte der Major »Rio-Rum« aus. Die Flasche Portwein, die Captain Maitland von der *Justinian* mitgebracht hatte, wollte er erst nach dem Essen öffnen. Da der Braten auf sich warten ließ, ließ der Major noch einen Rum ausschenken. Die fünf Männer waren deshalb bereits besäuselt, als sie Mrs Morgans Schweinelende zusprachen. Die Kruste des Bratens war herrlich knusprig, die Soße würzig, und die in Schmalz gerösteten Kartoffeln schmeckten ebenfalls köstlich. Das Essen schwächte die Wirkung des Rums freilich nicht ab, denn die fünf tranken fleißig weiter.

»Ich habe festgestellt, dass Clark nicht mehr die staatlichen Vorratshäuser verwaltet«, sagte Hunter und verspeiste das letzte Stück Reispudding, das in Sirup schwamm.

»Leutnant Clark hat Besseres zu tun als Zahlen zusammenzuzählen«, sagte Ross, dessen Kinn vor Bratenfett glänzte. »Seine Exzellenz schickt mir freie Männer, damit ich sie sinnvoll einsetze, und genau das tue ich. Ich brauche Clark jetzt in Charlotte Field. Er überwacht die Bauarbeiten.«

Hunter runzelte die Stirn. »Da fällt mir ein, dass Sie in Ihrer Ansprache heute Morgen andeuteten, meine Männer sollten aus Sydney Town wegziehen – an die Straße nach Cascade, wenn ich Sie richtig verstanden habe.«

Ross nickte und wischte sich das Kinn mit einer Serviette ab, die die gute Mrs Morgan aus einem alten Leinentischtuch genäht hatte – die Frau war wirklich eine Perle! Der Major hatte schon oft überlegt, warum Richard Morgan sie verstoßen hatte. Vermutlich hatten die beiden sich im Bett nicht verstanden, denn eine Verführerin war Mrs Morgan gewiss nicht. Er faltete die Serviette zusammen und blickte Hunter an, der am anderen Ende des Tisches saß.

»Ja und?«, fragte er.

»Was gibt Ihnen das Recht, Entscheidungen über meine Besatzung zu treffen?«

»Ich bin immer noch Vizegouverneur und kann Leute nach meinem Ermessen umsiedeln. Hier werden bald über 150 Frauen eintreffen, deshalb will ich nicht, dass in Sydney Town Schläger herumhängen, die außer essen nichts tun.«

Hunter stieß seinen Teller so heftig zurück, dass sein leerer Becher umkippte, und beugte sich vor. »Jetzt reicht's mir aber!«, schrie er und schlug mit der Faust auf den Tisch. »Sie sind ein Tyrann, Ross, und das werde ich dem Gouverneur sagen, wenn ich nach Port Jackson komme! Sie lassen meine Männer hängen und auspeitschen, und dafür verfluche ich Sie! Sie haben Männern der Königlichen Marine Arbeiten zugemutet, zu denen ich nicht einmal Judas Ischarioth verdammen würde.« Er sprang auf und starrte Ross zornig an.

»Das habe ich in der Tat«, sagte Ross mit trügerischer Freundlichkeit. »Es ist Balsam für meine Seele und meine Augen, die Marine ausnahmsweise einmal arbeiten zu sehen.«

»Und ich sage Ihnen, Major Ross, meine Männer bleiben, wo sie sind!«

»Mitnichten!« Ross stand ebenfalls auf. Seine Augen funkelten vor Wut. »Ich ertrage Sie und Ihren verwöhnten Haufen nun schon seit fünf Monaten und wie es aussieht, muss ich Sie noch weitere sechs Monate ertragen – aber nicht in meiner unmittelbaren Nachbarschaft! Sie halten sich für die Herren der Schöpfung, aber das sind Sie nicht! Jedenfalls nicht hier. Hier sind Sie nur ein Pack von Schmarotzern, die anderen Leuten das Blut aussaugen. Auf dieser Insel führt ein Seesoldat das Kommando, und zwar ich! Sie tun, was ich Ihnen sage, Hunter, und damit basta! Treiben Sie mit Ihren Schiffsjungen, was Sie wollen, aber nicht hier, sondern an der Straße nach Cascade!«

»Ich bringe Sie vors Kriegsgericht, Ross! Ich sorge dafür, dass Sie mit dem ersten Schiff nach Hause geschickt werden!«

»Versuchen Sie's doch, Sie Schwuchtel! Aber denken Sie daran, dass nicht ich ein Schiff verloren habe, sondern Sie! Wenn ich wegen Ihnen nach England zurückkehren und vor dem Kriegsgericht erscheinen muss, dann sage ich aus, dass Sie Ihr Schiff deshalb verloren haben, weil Sie keinen Rat von uns annehmen wollten!« Ross brüllte jetzt. »Die Wahrheit ist doch, Hunter, dass Sie als Kapitän völlig unfähig sind!«

Hunters Gesicht war puterrot angelaufen. »Pistolen!«, stieß er hervor. »Morgen bei Tagesanbruch.«

Der Major brach in schallendes Gelächter aus. »Dass ich nicht lache! Ein Duell mit einer Schwuchtel, die schon mit einem Fuß im Grab steht! Das ist unter meiner Würde. Verschwinden Sie! Los, machen Sie, dass Sie rauskommen, und lassen Sie sich in Sydney Town nicht mehr blicken, solange ich hier Vizegouverneur bin!«

Captain Hunter stürmte empört aus dem Zimmer.

Die anderen blickten einander über den Tisch an und Ross seufzte tief. »George, schenken Sie uns bitte Portwein ein. Ich möchte zum Abschluss dieses denkwürdigen Mahls mit Ihnen auf Seine Majestät den König anstoßen und auf die Marineinfanterie, die vom König eines Tages bestimmt zur Königlichen Marineinfanterie erhoben wird. Dann ziehen wir mit der Königlichen Marine gleich.«

Am Freitag, dem 13., einem Tag, an dem die ganze Inselgemeinde vor abergläubischer Furcht zitterte, wurden in Cascade die weiblichen Sträflinge der *Surprize* an Land gebracht.

Richard hatte inzwischen zehn Sägegruben zu beaufsichtigen, und Ralph Clark wollte in Charlotte Field eine weitere Sägegrube anlegen – Ross drängte auf eine möglichst schnelle Fertigstellung der dortigen Siedlung.

Am frühen Morgen des 13. August teilte Richard Major Ross allerdings mit, dass er seine Männer nicht dazu überreden konnte, an einem Unglückstag zu arbeiten. »Natürlich könnte ich Richardson mit der Peitsche kommen lassen, Sir. Dann würden sie zwar arbeiten, aber in einer solchen Panik, dass Unfälle zu befürchten wären. Und gerade jetzt, wo wir Holz für so viele neue Hütten zusägen müssen, kann ich es nicht riskieren, dass Männer wegen Verletzungen ausfallen.«

»Es gibt Dinge, gegen die man nichts machen kann«, sagte Ross, der selbst nicht gegen Aberglauben gefeit war. »Ich gebe den Männern einen Tag frei. Dafür müssen sie morgen arbeiten. Übrigens habe ich allen Sträflingen verboten, heute nach Cascade zu marschieren, um sich die Frauen anzusehen, die dort ausgeladen werden.« Er lächelte gequält. »An einem Freitag, dem 13., würden sie sich sowieso die Falsche aussuchen. Aber irgendwer muss den Frauen natürlich beim Aussteigen helfen, und da ich auch meinen Seesoldaten befohlen habe, sich von Cascade fern zu halten, bleibt das Feld der Besatzung der *Sirius* überlassen. Wenigstens sind auch Mr Donovan und Mr Wentworth dabei, und Sie können die beiden begleiten, Morgan.«

Um acht brachen die drei Männer nach Cascade auf. Sie waren trotz des Datums in bester Laune. Stephen Donovan und D'arcy Wentworth verstanden sich blendend. Sie hatten einiges gemeinsam, insbesondere ihre Abenteuerlust, und waren beide sehr belesen. Stephen hatte als Seemann die Welt kennen gelernt, Wentworth war dem Ruf der Landstraße gefolgt und schon mehrfach wegen Straßenraubs verhaftet und verurteilt worden. Wenn er nicht gerade Postkutschen überfallen hatte, hatte er Medizin studiert. Nur durch die guten Beziehungen seiner einflussreichen Verwandten war er immer wieder freigekommen, doch schließlich hatte seine Familie die Geduld verloren und ihn aufgefordert, nach Neusüdwales zu verschwinden und nie mehr zurückzukommen.

In Cascade angekommen, kletterten die drei die steile Schlucht zwischen den zweihundert Fuß hohen Klippen hinunter. Die *Surprize* lag recht nahe am Ufer. Die See war ruhig, bald würde die Flut einsetzen. Donovan hatte Captain Anstis zwei Tage zuvor erklärt, wie er die Leute sicher an Land bringen konnte, und Anstis war so vernünftig, den Ratschlägen zu folgen.

»Aber er ist ein übler Halsabschneider«, sagte Stephen und setzte sich auf einen Felsen. »Wie ich höre, hat er in Port Jackson Papier für einen Penny den Bogen, Tinte für ein Pfund das Fläschchen und billigen, ungebleichten Baumwollstoff für zehn Schillinge die Elle verkauft. Er hat deshalb auch viel weniger verkauft als erwartet. Ich bin gespannt, was er hier verlangt.«

Richard fiel ein, dass Lizzie Lock – Mrs Morgan! – erzählt hatte, auf der *Lady Penrhyn* habe es keine Lappen für menstruierende Frauen gegeben, und er beschloss, für die Frau, die er aufnehmen musste, ein paar Ellen ungebleichten Baumwollstoff zu kaufen, auch wenn es ihm zutiefst widerstrebte, einem Mann Geld in den Rachen zu werfen, der aus Gewinnsucht Menschen verhungern ließ. Außerdem brauchte die Frau auf jeden Fall ein Bett und eine Matratze, ein Kopfkissen und Leintücher, vielleicht auch eine Decke und Kleider. Johnny Livingstone hatte ihm noch ein Bett und weitere Stühle versprochen, aber der unwillkommene Gast würde ihn trotzdem einiges kosten. Zum Glück hatte Richard noch die in der Kiste und in den Absätzen von Ike Rogers Stiefeln versteckten Goldmünzen. Was Nicholas Anstis wohl alles zu verkaufen hatte? Hoffentlich auch Schmirgel. Sein Vorrat war fast erschöpft. Sandpapier konnte er aus Sand von der Turtle Bay und einem Leim aus Fischresten selbst herstellen, Schmirgelpulver dagegen nicht.

Kurz nach zehn steuerte das erste Beiboot der *Surprize* auf das Ufer zu – unter dem Beifall von ungefähr fünfzig erwartungsvollen Matrosen der *Sirius*. Weitere Beiboote, die bereits zu Wasser gelassen worden waren, füllten sich mit Frauen. Die See war nicht so rau wie bei der Ankunft von Major Ross, doch als die Ruderer das Boot zum Landungsfelsen manövrierten – bereit, es sofort wieder vom Felsen abzustoßen, wenn eine größere Welle heranrollte –, schrien die Frauen aufgeregt durcheinander und weigerten sich, an

Land zu springen. Ein Matrose von der *Sirius* lief zum Rand des Felsens und streckte die Hände aus. Das Boot glitt schwankend heran, und die beiden Matrosen auf dem Boot stießen dem Mann auf dem Felsen eine Frau entgegen. Derselbe Vorgang wiederholte sich. Keine der Frauen fiel ins Wasser, und auch ihr Gepäck landete sicher auf dem Felsen. Ein weiteres Boot traf ein, und die Prozedur begann von neuem. Bald drängten sich auf der kleinen begehbaren Fläche am Landeplatz Frauen und Matrosen. Es kam jedoch nicht zu unsittlichen Übergriffen. Die meisten Frauen fanden sofort einen Matrosen, der ihnen half, den Steilhang hinaufzuklettern.

»Wartet ab, bis die Leute in Sydney Town erfahren, dass die Matrosen von der *Sirius* sich schon die besten Frauen geschnappt haben«, sagte Stephen. »Die Seesoldaten werden außer sich sein, weil Ross ihnen verboten hat, herzukommen.«

»Warum hat er das getan?«, fragte Wentworth neugierig.

»Aus anderen Gründen, als Sie vielleicht denken«, erwiderte Richard. »Was ist besser? Den Seesoldaten, die dienstfrei haben, die erste Wahl zu überlassen, oder den Matrosen von der *Sirius*? Da es sowieso Streit gibt, ist es dem Major lieber, wenn sich die Seesoldaten mit den Matrosen streiten und nicht untereinander.«

Nach dem Abzug der Matrosen von der *Sirius* stiegen die drei Männer zum Landungsfelsen hinunter, um weiteren verängstigten Neuankömmlingen unter gutem Zureden an Land zu helfen. Wie Stephen Donovan und Richard Morgan war auch D'arcy Wentworth nicht darauf aus, eine Frau zu finden; allerdings aus anderen Gründen. Er hatte bereits eine Freundin auf der *Surprize*, ein schönes, rothaariges Mädchen namens Catherine Crowley. Man hatte ihm versprochen, sie nicht zusammen mit den anderen Frauen in Cascade an Land zu bringen. Catherine sollte mit ihrem kleinen Sohn William Charles an Bord bleiben, bis die See vor der Sydney Bay sich beruhigte. Wentworth hatte sich auf der *Neptune* auf den ersten Blick in sie verliebt und sie, allen Protesten der Besatzung zum Trotz, aus dem schmutzstarrenden Gang, in dem die weiblichen Sträflinge untergebracht waren, in eine frei gewordene Kabine umquartiert. Kurz vor der Ankunft der *Neptune* in Port

Jackson hatte Catherine ein Kind zur Welt gebracht. Die Freude der Eltern war jedoch nicht ungetrübt. Der kleine Charles William, der die kupferroten Locken der Mutter und, wie es schien, die Statur des Vaters geerbt hatte, schielte extrem und würde nie gut sehen.

Als die *Surprize* alle männlichen Sträflinge und fast siebzig Frauen an Land gebracht hatte, signalisierte sie, dass sie auf Grund des Wasserstands nun keine mehr losschicken würde. Die Frauen sahen bemitleidenswert aus. Sie waren laut Mr Murray zwar auf der *Lady Juliana* gut behandelt und verpflegt worden, doch die Reise von Port Jackson nach Norfolk Island hatten sie auf dem völlig verdreckten, nach Verwesung und Exkrementen stinkenden Zwischendeck eines feuchten, undichten Schiffes verbringen müssen.

Die siebenundvierzig Männer, die an Land gebracht wurden, befanden sich jedoch in einem noch schlimmeren Zustand. Waren das die gesündesten der aus England in Port Jackson eingetroffenen Sträflinge? Wentworth musste in das Boot springen – die Seeleute von der *Surprize* zeigten sich wenig hilfsbereit –, den armen Teufeln hochhelfen und sie Richard und Stephen hinhalten. Selbst hätten sie nicht springen können. Sie bestanden nur noch aus Haut und Knochen. Ihre Augen waren tief in die Höhlen gesunken, ihre Nägel verfault, Zähne und Haare ausgefallen. Sie hatten Skorbut und Ruhr und waren völlig verlaust. Richard marschierte eilends nach Sydney Town, forderte Hilfe an und kehrte wieder zurück, gefolgt von Sergeant Tom Smyth und einigen Männern.

Bei Einbruch der Dunkelheit befanden sich alle Sträflinge, die an diesem Tag an Land gebracht worden waren, in Sydney Town. Die Frauen, die keinen Matrosen gefunden hatten, wurden von Soldaten oder Sträflingen aufgenommen, die ausgezehrten, schwer kranken Männer in das kleine Lazarett und einen schnell in ein Notlazarett umgewandelten Schuppen gebracht. Olivia Lucas, Eliza Anderson, John Bryants Witwe und die Haushälterin des Vizegouverneurs Mrs Morgan kümmerten sich um die Kranken, hatten aber wenig Hoffnung, dass sie je wieder gesund werden würden.

Da die *Surprize* am nächsten Tag immer noch vor Cascade lag, kehrten Stephen, D'arcy Wentworth und Richard dorthin zurück, um wieder zu helfen. Nach einiger Zeit frischte der Wind auf, und die *Surprize* signalisierte, dass keine weiteren Boote an Land geschickt werden sollten. Stephen und D'arcy nahmen die letzte Ladung Frauen in Empfang, redeten den verängstigten Geschöpfen gut zu und nahmen ihnen so viel Gepäck ab, wie sie tragen konnten. Das Leben auf Norfolk Island werde ihnen gefallen, sagten sie, dort sei alles viel besser als in Port Jackson.

Da Richard sich vergewissern sollte, dass die Besatzung der *Surprize* nicht doch noch ein weiteres Boot ans Ufer schickte, verließ er Cascade einige Minuten nach Stephen und D'arcy. Vom Gipfel der Klippen aus ließ er den Blick noch einmal über die Küste wandern. Die Aussicht war ihm weniger vertraut als die auf die Sydney Bay mit ihren Sandstränden, der Lagune, dem Riff und den vorgelagerten Inseln, doch war er von der Schönheit der zerklüfteten Küste mit ihren vielen Wasserfällen tief beeindruckt.

Auch heute bin ich noch einmal davongekommen, dachte er und wandte sich zum Gehen. Alle Frauen haben einen Mann gefunden, der ihnen half, und Stephen, der Teufelskerl, hat sowieso allen am besten gefallen. Mit etwas Glück brauche ich überhaupt keine Frau aufzunehmen, auch wenn ich dann keine Sau bekomme.

Plötzlich miaute es. Richard runzelte die Stirn und blieb stehen. Mit der *Sirius* waren zwar einige Katzen mitgekommen, doch sie waren als Haustiere und Rattenfänger hoch geschätzt und kamen nicht zur Cascade Bay. Vielleicht hatte sich eine Katze hierher verirrt und war auf einen Baum geklettert, von dem sie nicht mehr herunterkam.

Er blickte sich lauschend um.

Das nächste Miauen klang weniger nach einer Katze. Mit klopfendem Herzen verließ Richard die Straße und betrat den Wald. Mit jedem Schritt wurde es finsterer um ihn. Er blieb stehen, bis seine Augen sich an die Dunkelheit gewöhnt hatten, dann ging er weiter. Plötzlich war er sich sicher, dass er eine menschliche Stimme gehört hatte. Schade. Er hätte Stephen zu gerne eine Katze mitgebracht – als Ersatz für seinen geliebten Rodney, der als Schiffskatze auf der *Alexander* geblieben war, als Stephen wegen Johnny Livingstone auf die *Sirius* übergewechselt war.

»Wo bist du?«, rief er. »Melde dich, damit ich dich finden kann.«

Doch es war nichts zu hören außer dem Knarren der Tannen, dem Heulen des Windes in den Wipfeln und aufflatternden Vögeln.

»Hab keine Angst, ich will dir nur helfen. Melde dich!«

Ein leises Miauen kam aus dem Dickicht vor ihm. Richard eilte auf das Geräusch zu.

»Sag mir, wo du bist«, rief er. »Hilfe!«

Die Frau kauerte in einem Loch, das Generationen von Insekten in den Stamm einer gewaltigen Tanne genagt hatten. Vielleicht hatte ein entflohener Sträfling das Loch als Unterschlupf genutzt. Auf der Insel kursierten Gerüchte, dass ab und zu ein Sträfling in die Wildnis flüchtete, freilich nur um Wochen später völlig ausgehungert wieder in Sydney Town aufzutauchen.

Ein kleines Mädchen, dachte Richard zuerst. Dann sah er, dass aus einem Riss in ihrem Kleid die Brust einer Frau heraussah. Er ging in die Hocke, lächelte sie an und streckte ihr eine Hand entgegen. »Komm raus, hab keine Angst, ich tu dir nichts. Wir müssen hier weg, bevor es so dunkel wird, dass wir nicht mehr zur Straße zurückfinden. Komm, gib mir deine Hand.«

Zitternd vor Angst und Kälte legte die Frau die Finger in seine Hand und ließ sich herausziehen.

»Wo sind deine Sachen?«, fragte er, bemüht, nicht mehr von ihr zu berühren als ihre zitternden Finger.

»Der Mann hat sie mitgenommen«, flüsterte sie.

Richard führte sie zur Straße und betrachtete sie im schwindenden Tageslicht. Sie reichte ihm nur bis zu den Schultern, war sehr dünn und schien blonde Haare zu haben – sie waren so verdreckt, dass ihre Farbe nur schwer zu bestimmen war. Ihre Augen dagegen waren… waren… Richard stockte der Atem. Nein, unmöglich! Im Sonnenlicht würde sich zeigen, dass es nicht stimmte. Niemand auf der Welt hatte Augen wie William Henry!

»Kannst du noch laufen?«, fragte er. Er hätte ihr gerne sein Hemd gegeben, wollte sie jedoch nicht erschrecken.

»Ich glaube schon.«

»Sobald ich einen Ast finde, mache ich uns eine Fackel. Dann können wir uns Zeit lassen.«

Sie zuckte zusammen.

»Keine Angst! Dir geschieht nichts. Wir brauchen das Licht für den Heimweg. Es sind noch drei Meilen.« Er nahm sie bei der Hand. »Ich bin Richard Morgan, ein freier Mann.« Es war ein großartiges Gefühl, das sagen zu können! »Ich bin der Aufseher der Säger.«

Sie sagte nichts, ging jedoch neben ihm her, bis sie das Lager der Matrosen der *Sirius* erreichten. Die Matrosen wohnten in Zelten, bis die Schreiner ihnen Barracken und Hütten bauen konnten. An dem großen Feuer, das in der Nähe der Straße brannte, saß niemand. Wahrscheinlich waren alle betrunken. Deshalb merkte auch niemand, wie Richard einen Ast am Feuer anzündete, und niemand sah die schmächtige, verwahrloste Gestalt, die seine Hand umklammerte, als hinge ihr Leben davon ab.

»Wie heißt du?«, fragte Richard im Weitergehen. Der Wind war stärker geworden, und die Tannen ächzten.

»Catherine Clark. Kitty.«

»Bist du mit der *Lady Juliana* gekommen?«

»Ja.«

Er merkte, dass sie kaum noch die Füße heben konnte, wagte es aber nicht, sie zu tragen, weil er sie nicht erschrecken wollte – wer war der Schweinehund, der sie überfallen hatte? »Wir können später reden, Kitty. Jetzt ist das Wichtigste, dich schnell nach Hause zu bringen.«

Nach Hause! Das schönste Wort der Welt. Er sprach es aus, als bedeute es ihm wirklich etwas, als verspreche er ihr all die Dinge, die sie schon so lange vermisste, denn seit ihrer Verurteilung waren schon Jahre vergangen. Nach einem kurzen Aufenthalt im London Newgate war sie auf die *Lady Juliana* gekommen, die jedoch noch monatelang auf der Themse gelegen hatte, bevor sie schließlich allein zur Botany Bay segelte. Die Zeit auf dem Schiff war nicht schlimm gewesen. Kein Matrose war hinter ihr her gewesen. Die dreißig Männer der Besatzung hatten schließlich 204 Frauen zur Auswahl, darunter dralle Mädchen mit Hüften und Brüsten und hübsch gerundeten Bäuchen. Einige Matrosen waren Schürzenjäger, die sich nicht mit einer Eroberung zufrieden gaben, aber Mr Nicol hatte dafür gesorgt, dass keine Frau vergewaltigt wurde. Die meisten Seeleute verhielten sich wie Käufer auf einem Pferdemarkt. Sie suchten sich eine Frau aus, bei der sie dann blieben. Catherine Clark zog nie die Aufmerksamkeit der Männer auf sich. In Port Jackson blieben die weiblichen Sträflinge zunächst auf der *Lady Juliana*, dann wurden 157 von ihnen zum Weitertransport nach Norfolk Island auf die *Surprize* gebracht. Catherine hatte noch nie etwas von Port Jackson oder Norfolk Island gehört.

Auf der *Surprize* war alles viel schlimmer gewesen als auf der *Lady Juliana*. Catherine hatte sich schon auf der *Lady Juliana* die meiste Zeit übergeben müssen, selbst als das Schiff noch auf der Themse lag, doch die Reise nach Norfolk Island mit der *Surprize* war ein solcher Albtraum, dass sie verrückt geworden wäre, hätte ihre Seekrankheit sich nicht so verschlimmert, dass sie vor lauter Übelkeit kaum etwas anderes wahrnahm. Die weiblichen Sträflinge waren in einem nassen, unbelüfteten Raum untergebracht, in dem es vor Ungeziefer wimmelte und unerträglich stank. Überall standen große Lachen einer widerlichen Brühe, die bei jeder Bewegung des Schiffes hin und her schwappten und über deren Zusammensetzung niemand nachzudenken wagte. Die Sträflinge durften nicht an Deck, um frische Luft zu schnappen und sich etwas Bewegung zu verschaffen.

Catherine hatte Angst, als sie in einem schwankenden Boot ans Ufer gerudert und wie eine Puppe auf den Landungsfelsen geworfen wurde, doch ein schöner Mann mit einem strahlenden Lächeln und den blauesten Augen, die sie je gesehen hatte, fing sie auf, sprach ihr Mut zu, legte ihr die Hand auf die Schulter und fragte, ob sie es schaffen würde, den schrecklichen Steilhang hinaufzuklettern. Da sie ihm gefallen wollte, nickte sie tapfer und kämpfte sich mit ihrem Gepäck mühsam die Schlucht hinauf. Oben angelangt, musste sie erst einmal eine Verschnaufpause einlegen. Dann begann sie die Straße durch den Wald entlangzugehen, ohne zu wissen, wohin sie führte und wie lang es bis dorthin war. Sie spürte bald, dass die Seekrankheit sie so geschwächt hatte, dass der Marsch über ihre Kräfte ging. Einige Männer eilten an ihr vorbei, ohne sie zu beachten.

Bald trugen ihre Beine sie nicht mehr weiter. Keuchend setzte sie sich auf ihr Bündel und ließ den Kopf auf die Knie sinken.

»Na, wen haben wir denn da?«, fragte eine Stimme.

Sie hob den Kopf und sah, dass ein strohblonder Bursche, bekleidet nur mit ausgefransten Segeltuchhosen, sie neugierig musterte. Der Bursche grinste, und sie sah, dass ihm oben und unten je zwei Schneidezähne fehlten. Sie war so müde, dass sie die Hand ergriff, die er ihr entgegenstreckte, weil sie dachte, er wolle ihr auf die Beine helfen. Stattdessen zog er sie in seine Arme und versuchte, seinen zahnlosen Mund auf ihre Lippen zu pressen. Sie wehrte sich mit letzter Kraft und spürte, wie ihr dünner Sträflingskittel zerriss, als er grob nach ihren Brüsten griff.

Plötzlich war in einiger Entfernung eine Stimme zu hören. Der Griff des Burschen lockerte sich sofort, und Catherine riss sich los und rannte in den Wald. Der Bursche schien zu überlegen, ob er ihr folgen sollte, doch dann waren noch mehr Stimmen zu hören. Achselzuckend griff er nach dem Bündel der Frau und marschierte auf der Straße weiter. Die Stimmen kamen immer näher. In ihrer Panik lief Catherine so tief in den Wald hinein, dass sie nicht mehr wusste, wo die Straße war. Etwas flog ihr ins Gesicht, aber sie schrie nicht. Sie wurde ohnmächtig und schlug mit dem Kopf auf einer Wurzel auf.

Als sie stöhnend und würgend wieder zu sich kam, war es so dunkel, dass sie nichts mehr sehen konnte. Im Unterholz raschelte und knackte es, Vögel kreischten und die hohen Tannen knarrten im Wind. Auf Händen und Füßen tastete sie sich vorwärts, kam zu dem hohlen Baum und verkroch sich darin. Erst im Morgengrauen sah sie, dass ihr Versteck sich in einem Baum befand. In der Umgebung standen weitere gewaltige Bäume, und über dem Eingang des Lochs hing eine Schlingpflanze, deren Ranken so dick waren wie ihre Taille.

Den ganzen Tag über hörte sie in der Ferne menschliche Stimmen, doch sie rief nicht um Hilfe, weil sie Angst hatte, der Mann mit den Zahnlücken könnte in der Nähe lauern. Erst als die Dämmerung hereinbrach, begann sie zu rufen, und als dann jemand antwortete, dachte sie an den schönen Mann, der sie an Land gezogen hatte.

Der Mann, der sie fand, sah dem schönen Mann vom Landeplatz zwar ähnlich, aber er war es nicht. Er hatte kurze Haare und graue Augen. Doch auch er lächelte freundlich. Seine Zähne waren weiß wie Schnee und keiner fehlte. Es war zu dämmerig, um mehr zu erkennen, aber als er ihr die Hand hinstreckte, ergriff Catherine sie und hielt sie fest, weil er sie an den schönen Mann erinnerte, der ihr so freundlich ans Ufer geholfen hatte. Auf der Straße sah sie ihn dann besser. Er war älter als ihr Held vom Landeplatz, doch seine Haut war genauso braun und seine Haare genauso dunkel. Die beiden hätten Brüder sein können. Diese Feststellung bewog sie dazu, ihm zu vertrauen und mit ihm mitzugehen.

»Dir ist kalt«, sagte der Mann. »Bitte nimm mein Hemd. Ich will nichts von dir, Kitty, aber ich muss dich anfassen, um es dir anzuziehen.«

Selbst wenn er etwas anderes von ihr gewollt hätte, wäre sie zu erschöpft gewesen, um sich zu wehren. So stand sie einfach nur da, während er sein Hemd auszog und ihr die Ärmel über die Arme streifte. Die Hemdzipfel ließ er sie selbst vor dem Bauch zusammenknoten.

»Ist dir jetzt wärmer?«

»Ja.«

Irgendwie schaffte Catherine es, sich auf den Beinen zu halten, bis sie den letzten Abschnitt der Straße erreichten. Nun ging es steil bergab in eine andere Dunkelheit hinein, in der flackernde Feuer und, weiter draußen, weiße Wirbel leuchteten. Catherine stolperte und stürzte schwer.

»Jetzt geht es nicht mehr anders«, sagte Richard, löschte die

Fackel und warf sie weg. Dann hob er Catherine hoch, legte sie sich um die Schultern, hielt mit der einen Hand ihre Handgelenke und mit der anderen ihre Beine fest und marschierte sicheren Schrittes los, als wäre es Tag. Am Fuß des Berges stand ein Haus. Er schritt darauf zu und klopfte an die Tür.

»Stephen!«, rief er.

Der Mann vom Landeplatz öffnete. »Na so was«, sagte er mit freundlichem Spott in den Augen. »Entführst du jetzt Frauen, Richard?«

»Das arme Kind hat die letzte Nacht im Wald von Cascade verbracht. Irgendein Strolch ist über sie hergefallen und hat ihre Sachen gestohlen. Bitte begleite mich mit einer Fackel nach Hause.«

»Lass mich die Kleine tragen, Richard«, sagte Stephen. »Du bist doch vollkommen erschöpft.«

Oh ja, bitte trag mich!, flehte Catherine lautlos. Aber Richard Morgan schüttelte den Kopf.

»Nein, ich hab sie nur das letzte Stück getragen. Sie hat Läuse. Es reicht, wenn du mich heimbegleitest.«

»Was macht es schon, wenn sie Läuse hat. Bring sie rein!«, sagte Stephen energisch und hielt die Tür weit auf. »Bei dir ist kein Feuer an, und da du bei mir essen wolltest, hast du nichts zu essen vorbereitet. Bring sie rein!« Sein Herz krampfte sich zusammen, als er Richards Gesicht sah. Es schien wie verwandelt. Wer weiß schon, warum jemand sich verliebt und in wen? Richard ist seinem Schicksal begegnet wie ich auf der *Alexander*. »Ich habe Fischsuppe. Die wird sie vertragen.«

»Zuerst die Läuse, sonst wird sie krank. Am nötigsten hat sie ein Bad und saubere Kleider. Hast du genug warmes Wasser? Brauchst du kaltes? Ich laufe schnell zu Olivia Lucas rüber und hole, was fehlt.«

»Ich habe genug Wasser, aber keinen Badezuber und keinen Läusekamm. Sieh nach, ob Olivia uns aushelfen kann.«

Richard ging und ließ Stephen mit Catherine allein. Die Frau hatte sich schon etwas erholt und blickte Stephen voller Bewunderung an – mit den außergewöhnlichsten Augen, die dieser je gesehen hatte. Sie waren honigfarben mit dunkelbraunen Pünktchen und von dichten Wimpern umgeben, die so hell waren, dass nur ihr kristallener Schimmer im Kerzenlicht verriet, dass es sie überhaupt gab. Die Frau war viel dünner, als es Gottes Wille sein konnte, und hatte ein ovales Gesicht und wie viele Engländerinnen eine große Nase und ein vorspringendes Kinn. Ihr Gesicht war nicht schön, mit Ausnahme der Augen.

Stephen stellte einen Stuhl mitten ins Zimmer und setzte sie darauf.

»Ich heiße Stephen Donovan«, sagte er, schöpfte Fischsuppe in eine Schale und stellte sie zum Abkühlen auf die Seite.

»Catherine Clark. Kitty«, erwiderte sie und zeigte lächelnd regelmäßige, aber verfärbte Zähne. Für den erfahrenen Seemann ein untrügliches Zeichen langwieriger Seekrankheit und schlechter Ernährung.

»Sie haben mir auf den Felsen geholfen«, sagte Catherine.

»Wie fünfzig anderen auch, ja. Jetzt erzähl mir von dem Mann und deiner Nacht im Wald, Kitty.«

Sie gehorchte; und während sie erzählte, sah sie sich, mit jeder Minute ruhiger werdend, in der sauberen Wohnküche um. Ein Tisch, mehrere hübsche Stühle, eine Arbeitsbank, ein zweiter Tisch, der offensichtlich als Schreibtisch diente, geschmirgelte Wände.

»Ein blonder Mann, dem vier Schneidezähne fehlten?«

»Ja.«

»Tom Jones der Zweite, kein Zweifel.« Er reichte ihr die Schale. »Trink.«

Sie kostete vorsichtig von der Suppe, und ein Ausdruck höchster Wonne ging über ihr Gesicht. Gierig schlürfte sie weiter und hielt ihm dann die leere Schüssel hin.

»Kann ich noch etwas haben, Mr Donovan?«

»Stephen. Später bekommst du mehr, Kitty. Es soll sich erst mal setzen. Bist du häufig seekrank gewesen?«

»Fortwährend«, sagte sie nur.

»Gut, ab morgen putzt du dir jeden Tag mit Asche die Zähne. Sonst fallen sie dir aus. Wenn einem monatelang die Galle hochkommt, werden die Zähne zerfressen, bis nichts mehr von ihnen übrig ist.«

»Es tut mir Leid, wenn ich Ihnen Läuse ins Haus trage.«

»Papperlapapp, Kindchen. Richard besorgt dir neue Kleider. Die hier verbrennen wir. Du solltest dir aber die Haare abschneiden. Nicht ganz, nur stutzen.«

Sie zuckte zusammen, nickte aber gehorsam.

Richard kam zurück, unterm Arm einen kleinen Badezuber aus Zinn mit Kleidern darin. »Olivia Lucas ist ein Schatz«, sagte er, setzte den Zuber ab und nahm die Kleider heraus. »Hat Kitty dir erzählt, was ihr passiert ist?«

»Ja. Es war Tom Jones der Zweite. Irrtum ausgeschlossen.«

Die beiden Männer füllten die Kinderwanne mit heißem und kaltem Wasser, und Kitty sah ihnen verwirrt dabei zu. Sie kamen ihr wie Brüder vor.

»Badest du öfter, Kitty?«, fragte Richard. Eine taktvollere Formulierung war ihm nicht eingefallen. Nach ihrem Äußeren zu urteilen, hatte sie sich womöglich überhaupt noch nie gewaschen.

»Oh ja. Ich weiß nicht, wie ich Ihnen danken soll, Mr Morgan. Seit ich die *Lady Juliana* verlassen habe, konnte ich mich nicht mehr richtig waschen. An Bord haben wir uns regelmäßig gewaschen und bekamen keine Läuse. Wenn Sie mir eine Schere geben, schneide ich mir die Haare ab.«

Richard sah sie entsetzt an. »Nicht so schnell! Ich habe einen Kamm mit feinen Zähnen. Damit kämmst du dich so lange, bis du die Läuse los bist. Ich heiße übrigens Richard, nicht Mr Morgan. Woher stammst du, Kitty?«

»Aus Eltham in Kent. Später war ich im Arbeitshaus für Mädchen in Canterbury, und dann als Küchenhilfe auf dem Gut von St. Paul Deptford. In Maidstone kam ich vor Gericht und wurde zu sieben Jahren Deportation verurteilt. Ich hatte in einem Laden Musselin gestohlen.«

»Wie alt bist du?«, fragte Stephen.

»Zwanzig, seit letztem Monat.«

»Zeit zum Baden.« Richard bückte sich und hob den Zuber in die Höhe, als sei er federleicht. »Drüben im Schlafzimmer. Ich gebe dir eine Kerze. Und schrubb dich ab. Gib mir deine Schuhe und wirf deine schmutzigen Kleider aus dem Fenster. Stephen, bring ihr die frischen Sachen, Seife und eine Bürste – los, keine Müdigkeit vorschützen. Wasch dir die Haare, mein Kind, bürste dir die Kopfhaut und dann kämm dich, als hinge dein Leben davon ab.« Er kicherte. »Das Schicksal deiner Haare tut es jedenfalls.«

»Jetzt zu Tom Jones dem Zweiten«, sagte Richard, als sie Kitty sich selbst überlassen hatten. »Was machen wir mit ihm?«

»Überlass ihn mir.« Stephen zündete eine Kerze am Feuer an, dann schöpfte er Fischsuppe in zwei Schalen und brach einen Laib Brot in zwei Teile. »Ich halte es nicht für ratsam, den Major damit zu behelligen, solange Mrs Morgan seine Wirtschafterin ist. Sie erfährt noch früh genug, dass du eine streunende Katze aufgenommen hast. Ein Glück, dass Kitty mit Nachnamen Clark heißt! Ich gehe zu unserem lieben Leutnant Clark und erzähle ihm die Geschichte. Ich mache ihm klar, dass Kitty ein anständiges Mädchen ist. Da sie Clark heißt, wird er mir gerne glauben. Außerdem kann er Tom Jones den Zweiten nicht ausstehen. In dieser Hinsicht beweist er guten Geschmack. Doch ich fürchte, Kittys Habseligkeiten werden wir nicht wieder sehen – Jones hat sie bestimmt schon einer Hure als Gegenleistung für ihre Gefälligkeiten verehrt.«

Richard hob Kittys Schuhe auf und rümpfte die Nase. »Die stinken ja schlimmer als die Bilgen der *Alexander*.« Er warf sie ins Feuer und wusch sich auf Stephens Arbeitsbank sorgfältig die Hände. »Sieh zu, dass du Leutnant Clark ein Paar neue Schuhe für sie abschwatzt. In den Vorratslagern gibt es zurzeit welche.«

Er setzte sich und aß gierig seine Suppe. »Ich habe sie für eine Katze gehalten«, sagte er unvermittelt.

»Bitte?«

»Kitty. Sie hat im Wald miaut. Es klang nach einer Katze. Ich sah nach, weil ich hoffte, einen neuen Rodney für dich zu finden.«

Stephen sah ihn über den Tisch hinweg an. Das war wieder typisch für Richard! Dachte er eigentlich nie zuerst an sich selbst? Und jetzt dieses arme Mädchen, das ebenso wenig eine Verbrecherin war wie die Jungfrau Maria. Eine Landpomeranze aus dem Arbeitshaus. Was war nur in ihn gefahren? Wieso hatte er sich in sie verliebt? Warum gerade in sie? Er hatte dutzenden von Mädchen und Frauen an Land geholfen, einige davon bildschön, temperamentvoll, geistreich, sogar kultiviert. Nicht jeder weibliche Sträfling war eine Hure. Warum also ausgerechnet Catherine Clark? Verhärmt und reizlos, eine blonde Unschuld vom Land, eine graue Maus ohne Anmut und Witz.

»Nett von dir, dass du daran gedacht hast«, sagte Stephen, »aber Olivia hat mir eins von ihren Kätzchen versprochen, einen orangefarbenen Kater ohne den kleinsten weißen Fleck. Er hat auch schon einen Namen – Tobias.« Seine Schale war leer, und so stand er auf und ging zum Topf, um nachzusehen, ob noch genug für sie beide und Kitty da war. »Hast du jemals solche Augen gesehen?«, fragte er auf dem Weg zum Kamin.

Er hatte sich abgewandt und konnte deshalb nicht sehen, wie Richard zusammenzuckte, doch als er sich wieder umdrehte, lag so viel Leid in den Zügen des Freundes, dass er erschrak.

»Ja«, sagte Richard fest, »ich habe solche Augen schon mal gesehen. Bei meinem Sohn, William Henry.«

»Du hattest einen Sohn, Richard?«

»William Henry, ja. Seine Schwester starb an den Pocken, bevor er auf die Welt kam. Seine Mutter starb völlig unerwartet, als er acht war. Er ... er verschwand kurz vor seinem zehnten Geburtstag. Die Leute glaubten, er sei im Avon ertrunken, aber ich glaubte es nicht. Vielleicht sollte ich auch sagen, ich wollte es nicht glauben. Er war mit einem Lehrer seiner Schule zusammen. Der Lehrer erschoss sich später und hinterließ einen Abschiedsbrief, in dem er sich die Schuld an William Henrys Tod gab, was die Verwirrung nur noch größer machte. Ganz Bristol suchte eine Woche lang nach William Henrys Leichnam, aber er wurde nie gefunden. Ich setzte die Suche alleine fort. Am schlimmsten war die Ungewissheit – war er tot, und wenn ja, wie war er gestorben? Der Einzige, der es mir vielleicht hätte sagen können, hatte sich das Leben genommen.«

Umso erstaunlicher, dachte Stephen, dass er mich, eine schamlose Schwuchtel, wie einen Bruder behandelt. Der Lehrer – was für ein Beruf für einen Kinderschänder! – hat sich an ihm vergangen.

Da gehe ich jede Wette ein, und Richard weiß es auch. Trotzdem hat er mich mit diesem Kerl nie in einen Topf geworfen. »Erzähl weiter, Richard«, sagte er leise.

»Danach lag mir nichts mehr am Leben. Du kennst ja die Geschichte von dem Steuerbetrug und den Schwindlern, die mich in Gloucester vor Gericht gebracht haben, um mich loszuwerden.« Richard senkte den Kopf und starrte nachdenklich auf den Tisch. »Aber jetzt weiß ich, dass William Henry tot ist. Kittys Augen sind ein Zeichen des Himmels. Sie sind die Antwort auf viele Fragen.«

Stephen weinte. Aus Mitleid mit Richard, aber auch vor Kummer über seinen eigenen Verlust. Auch wenn er sich nie wirklich Hoffnungen auf Richards Liebe gemacht hatte, so hatte er sich doch stets damit trösten können, dass Richard keinem anderen gehöre. Doch das stimmte nicht. Richard gehörte seinen toten Angehörigen, vor allem seinem Sohn, den er für immer verloren glaubte. Bis Gott ihm Catherine Clark sandte, die ihn mit den Augen seines Sohnes ansah. Eine Gunst des Himmels. So schnell konnte es gehen. Ein Blick, ein Lachen, ein Wort, eine Geste, ohne Bedeutung für andere, da die Bedeutung im Einmaligen und Individuellen lag.

»Es freut mich, wenn es dir jetzt leichter ums Herz ist«, sagte Stephen.

Die Schlafzimmertür ging auf, die beiden Männer drehten sich um.

Kitty lächelte feierlich wie ein Kind beim ersten selbstständigen Botengang. In Richards Augen war sie wunderschön, frisch gewaschen vom seidigen Haar bis zu den perlenfarbigen Zehennägeln. Reizend, liebenswert, seine kleine Kitty, für die er bis zu seinem Tod sorgen würde.

Für Stephen war sie nur etwas ansehnlicher als das schmutzige Ding von vorhin – verhärmt und reizlos. Das Lächeln? Gewöhnlich, ein wenig rührselig. Wie verschlungen waren doch die Wege des Schicksals! Ausgerechnet diese graue Maus hatte das Schicksal mit dem einzigen Vorzug auf dieser Welt ausgestattet, der Richard Morgan zu betören vermochte.

»Du brauchst ein Hemd, bevor wir uns dem Augustwind in Sydney Town aussetzen«, sagte Stephen und warf Richard eins zu. »Kitty, deine Schuhe waren so schmutzig, dass wir sie verbrennen mussten. Ich besorge dir so schnell wie möglich neue, aber du musst dich von uns zu Richards Haus tragen lassen.«

»Könnte ich nicht hier bleiben?«

»In einem Haus, in dem es bloß Hängematten gibt? Außerdem erwarte ich später noch Besuch. Fertig?«

Draußen fassten sich Stephen und Richard an der Hand. Kitty hüpfte auf die so gebildete Trage, legte Richard den einen, Stephen den anderen Arm um den Hals, und die beiden Männer trugen sie, jeder eine Fackel in der freien Hand, durch das Tal bis zum Saum des Waldes, an dem Richards Haus stand.

Sie machten Feuer und stapelten Holz neben dem Kamin, dann verabschiedete sich Stephen von Richard, machte eine tiefe Verbeugung vor Kitty und überließ die beiden sich selbst. Er hatte noch zu tun, und morgen früh begann wieder die Arbeit mit den Sträflingen. Ach nein! Morgen war ja Sonntag.

Aus Sorge, Kitty könnte sich auf dem Weg die nackten Füße verletzen, trug Richard sie zum Abtritt und hinterher wieder ins Haus. »Weck mich, falls du in der Nacht noch mal raus musst«, sagte er und legte sie in sein Federbett.

»Und wo schlafen Sie?«, fragte sie.

»Auf dem Fußboden.«

Sie öffnete den Mund, um etwas zu sagen, doch der Schlaf überwältigte sie, ehe ihr ein Wort über die Lippen kam. Richard wusste, dass kein Geräusch der Welt sie jetzt noch wecken konnte. Er schlüpfte aus seinen Kleidern, legte sie in einen Kübel und trug sie hinaus, dann ging er zu seinem Teich und nahm ein Bad, um sich von etwaigen Läusen zu befreien. Bibbernd vor Kälte kehrte er zum Kamin zurück, zog eine alte Hose an, baute sich aus Segeltuch von der *Sirius* auf dem Fußboden ein Lager und legte sich hin. Zufrieden schloss er die Augen und schlief augenblicklich ein.

John Lawrells Hahn weckte ihn vor dem Morgengrauen. Das Feuer im Kamin glomm noch unter der Asche. Richard blies in die Glut, legte Holz nach und inspizierte seinen Speiseschrank, der nicht besser bestückt war als jeder andere auf Norfolk Island. Ein

Großteil der Lebensmittel war noch nicht an Land gebracht worden. Wie üblich hatte man zuerst den Teil der Fracht gelöscht, der in Richards Augen am entbehrlichsten war, Rum und Kleidung. Aber er hatte noch einen Laib Maisbrot, dem der Bäcker gerade so viel wertvolles Weizenmehl beigemischt hatte, dass es genießbar war, und der Garten lieferte Kohl, Blumenkohl, Kresse, dicke Bohnen und das ganze Jahr über Petersilie und Kopfsalat.

Der Morgen dämmerte, die Sonne ging auf. Richard trat ans Bett und sah auf Kitty hinunter. Sie lag noch genauso da wie am Vorabend, und da sie die Lider geschlossen hatte, konnte er sie ruhiger betrachten, als wenn er in William Henrys Augen geblickt hätte. Sie hatte dünne und glatte blonde Haare, hübsche Brauen und Wimpern, eine helle Haut, die nur ein schwaches Rot überglänzte, was vermuten ließ, dass sie nicht oft an Deck gegangen war, eine recht große und knubbelige Nase, einen süßen, rosigen Mund, der ihn an Mary erinnerte, ein vorspringendes Kinn über einem langen, schmalen Hals und zierliche Hände mit spitz zulaufenden Fingern.

Major Ross hielt um acht seinen Gottesdienst ab, und wie King duldete er kein unentschuldigtes Fehlen. Richard musste hingehen, aber Kitty würde niemand vermissen, da sie ja noch nicht im Inselregister eingetragen war. Hätte er sie unvorbereitet mit Lizzie Lock konfrontieren sollen? Keinesfalls! Also ging er zu seinem Bad am Bach, zog seine einzigen, sorgsam geschonten Breeches und Strümpfe an, dazu Rock, Überzieher, Dreispitz und eins seiner beiden verbliebenen Paar Schuhe. Er überlegte hin und her, ob er Kitty eine Nachricht hinterlassen sollte, dann sagte er sich, dass sie wahrscheinlich ohnehin nicht lesen konnte, und so ging er schließlich in der Hoffnung, dass sie nicht vor seiner Rückkehr aufwachte.

»Wie geht's Kitty?«, fragte ihn Stephen anderthalb Stunden später auf dem Nachhauseweg.

»Schläft.«

»Johnny bringt dir heute Nachmittag ein zweites Bett. Ich fürchte allerdings, dass du Matratze und Kissen mit Stroh ausstopfen musst.«

»Das ist sehr nett von dir.« Richard pfiff MacTavish, der sich vor dem fremden Gast im Haus ins Freie zurückgezogen hatte.

»Ich will versuchen, noch ein paar Lebensmittel zu besorgen, aber vor morgen Mittag wird nichts zu machen sein.«

»Das reicht vollkommen. Jetzt muss ich weiter.«

Stephen klopfte ihm freundschaftlich auf die Schulter. »Richard, du bist eine richtige Glucke.«

»Ich habe ein Küken«, grinste Richard. »Komm, MacTavish.«

Inzwischen hatte sich bei dem Hund offenbar ein Sinneswandel vollzogen. Mit einem Satz war er durch die Tür, hüpfte auf Richards Bett und leckte Kittys Arm, der quer über dem Kissen lag. Kitty fuhr erschrocken hoch, erblickte die haarige Hundeschnauze und lächelte.

»Das ist MacTavish«, sagte Richard und nahm den Hut ab. »Hast du gut geschlafen, Kitty?«

»Sehr gut.« Sie setzte sich auf. »Ist es schon so spät? Sie waren schon aus.«

»Im Gottesdienst. Steh auf, dann zeige ich dir mein Bad. Du kannst barfuß gehen, der Boden ist ziemlich weich. Morgen bekommst du wahrscheinlich Schuhe.«

Kitty ging auf den Abtritt, dann folgte sie Richard zu dem kleinen Teich im Wald, an dessen Ufer er Handtuch und Seife bereitgelegt hatte.

»Das Wasser ist kalt, tut aber gut, wenn du erst mal drin bist. Wie ein römisches Bad, tief genug, um unterzutauchen, aber nicht so tief, dass man ertrinken kann. Hinterher gibt es Frühstück. Später wird Mrs Lucas vorbeischauen und fragen, was du brauchst. Aber du wirst wohl mit Sträflingskleidern und derben Schuhen ohne Absätze und Schnallen vorlieb nehmen müssen. Hattest du in deinem Bündel etwas Hübsches zum Anziehen?«

»Nur Sträflingssachen.« Kitty zögerte. »Ich habe doch erst gestern Abend gebadet. Muss ich heute Morgen schon wieder?«

Es wurde Zeit, dass er gewisse Dinge klarstellte. Er setzte eine strenge Miene auf. »Wir sind hier nicht in England. Das Klima ist anders. Du musst im Garten arbeiten und ein Schwein versorgen,

Futter suchen oder Maiskolben aus dem Speicher holen. Du wirst ebenso schwitzen wie ich. Deshalb wirst du jeden Abend nach der Arbeit baden. Heute darfst du zweimal baden – einmal genügt nicht, um den Dreck von der *Surprize* abzuwaschen. Wenn du bei mir wohnen willst, musst du ebenso sauber sein wie ich und mein Haus. Darauf bestehe ich.«

Kitty erbleichte. »Aber hier im Freien kann mich ja jeder sehen.«

»Dieses Land gehört mir, und niemand wagt sich auf mein Land. Gegen einen Mann wie mich nimmt man sich keine Freiheiten heraus.«

Damit ließ er sie allein. Es tat ihm Leid, dass er so streng mit ihr sein musste, aber er war fest entschlossen, ihr einige Grundregeln beizubringen.

Kitty befand sich nun am anderen Ende der Welt, doch sie hatte keine Ahnung, wohin genau es sie verschlagen hatte. Nach ihrer Ankunft in Port Jackson war die träge *Lady Juliana* von Langbooten in Schlepp genommen und weit draußen vor der Küste vertäut werden. Ein eigenartiger, beklemmender Ort! Kaum hatte sie sich an Deck gewagt, kamen nackte Schwarze in einem Rindenkanu längsseits gepaddelt, schwatzten laut durcheinander, fuchtelten mit den Armen und schwangen Speere, sodass sie vor Schreck gleich wieder unter Deck flüchtete und kaum noch die Nase ins Freie steckte.

Und auch Norfolk Island begann wie ein Albtraum. Ein Albtraum, der nur enden würde, wenn sie es sich mit Richard Morgan und Stephen Donovan nicht verdarb. Die beiden erinnerten sie ein wenig an Mr Nicol, den Steward von der *Lady Juliana*, der ein gutes Herz hatte. Beide waren Freie, wie sie sagten, und beide waren Aufseher. Doch während Richard ihr Furcht einflößte, fühlte sie sich zu Stephen hingezogen. Kitty hatte nicht die leiseste Ahnung, was sie auf der Insel erwartete, doch irgendwie spürte sie, dass die Entscheidung über ihr künftiges Schicksal nicht bei Stephen lag, sondern bei Richard.

Die gewaltigen Tannen am Teich machten ihr Angst, sie konnte nichts Schönes an ihnen finden, und so machte sie sich mit einem tiefen Seufzer auf den Rückweg zum Haus. Im hinteren Teil des Gartens erblickte sie Richard. Nur mit einer Segeltuchhose bekleidet, verband er gerade eine Reihe von Steinen im Boden mit Mörtel. Er hatte kräftige Schultern und Arme, und die glatte Haut auf seinem Rücken wogte wie ein Fluss.

Sein Anblick weckte bei Kitty keinerlei zärtliche Gefühle oder weibliches Verlangen. Im Gegenteil, er schüchterte sie ein, und sie fühlte sich in ihrem ersten Eindruck bestätigt, dass Richard eine Respektsperson war, der man Gehorsam schuldete. Außerdem war er alt. Nicht runzlig oder grämlich, nur eben alt. Obwohl er ein starker, schöner Mann war. Aber sie hatte Stephen Donovan zuerst gesehen, und weiter vermochte sie nicht zu sehen.

Stephen! Er war ein Bild von einem Mann – stark und gut gewachsen, dazu jugendlich und unbeschwert, mit leuchtenden Augen und einem strahlenden Lächeln. Und er war sich seiner Wirkung auf Frauen bewusst. Bei ihrer Landung hatte er mit einigen keckeren Frauen gescherzt, über ihre Anspielungen und Anzüglichkeiten aber hinweggesehen, ohne sie zu kränken. Kitty wäre nie in den Sinn gekommen, dass diese erfahrenen Frauen auf den ersten Blick erkannt hatten, woran sie mit ihm waren. Kitty wusste nicht, dass es Menschen gab, die eine Schwäche für das eigene Geschlecht hatten. Arbeitshäuser der anglikanischen Kirche weihten nicht in die Geheimnisse des Lebens ein. Sie bläuten den Kindern Gehorsam ein, nutzten sie nach Kräften aus, solange sie jung waren, und entließen sie dann ins Leben, damit sie als kümmerlich entlohnte Dienstboten und Analphabeten ihr Dasein fristeten, überzeugt vom eigenen Unwert und in völliger Unkenntnis dessen, was in der großen weiten Welt vorging. Natürlich hatte Kitty im Gefängnis Ausdrücke wie warmer Bruder oder Hinterlader gehört, doch sie hatten ihr nichts gesagt. Und dass es auch Frauen gab, die sich zum eigenen Geschlecht hingezogen fühlten, und solche Frauen neben ihr auf der *Lady Juliana* gelebt hatten, war ihr gleichfalls entgangen …

Stephen, Stephen, Stephen … Ach, warum hatte nicht er sie gefunden? Warum durfte sie nicht in seinem Haus wohnen? Und was wollte Richard von ihr?

Richard richtete sich auf und streifte ein Hemd über. »War es sehr schlimm?« Er hielt ihr augenzwinkernd die Tür auf.

»Nein, Sir, das Bad hat gut getan.«

»Richard. Nenn mich einfach nur Richard.«

»Das wäre ungehörig«, sagte Kitty. »Sie könnten mein Vater sein.«

Zum ersten Mal bemerkte sie einen Zug an ihm, der ihr später noch häufig auffallen sollte. Er blieb äußerlich völlig ungerührt, verzog keine Miene, machte keine unpassende Geste, und doch ging etwas in ihm vor, etwas Geheimnisvolles, das sich den Blicken entzog.

»Ich bin in der Tat alt genug, um dein Vater zu sein. Trotzdem bin ich für dich einfach nur Richard. Auf Förmlichkeiten legen wir hier keinen Wert, wir haben Wichtigeres zu tun. Ich bin keiner von deinen Wärtern, Kitty. Ich bin ein freier Mann, gewiss, aber bis vor kurzem war ich Sträfling wie du. Nur guter Arbeit und einem glücklichen Geschick habe ich es zu verdanken, dass ich begnadigt wurde.« Er führte sie zum Tisch und gab ihr Maisbrot, Salat, Kresse und Wasser.

»War Stephen auch Sträfling?«, fragte sie, gierig essend.

»Nein, nie. Stephen ist Schiffsmaat.«

»Sind Sie schon lange befreundet?«

»Eine kleine Ewigkeit.« Richard stopfte sich das Hemd in die Hose, nahm Platz und fuhr sich nervös durch das kurz geschnittene Haar. »Weißt du eigentlich, warum du hier bist?«

»Was gibt es da zu wissen?«, fragte sie verdutzt. »Ich bin hier, um zu arbeiten, bis ich meine Strafe abgebüßt habe. Zumindest hat das der Richter bei meiner Verhandlung gesagt.«

»Hast du dich nie gefragt, warum man dich und die zweihundert anderen Frauen auf Schiffe verfrachtet und hierher gebracht hat? Und warum ihr hier, sechzehntausend Meilen von England entfernt, eure Strafe abbüßen sollt? Findest du das nicht merkwürdig? Hier gibt es weder Arbeitshäuser noch Fabriken.«

Kittys Hand, die eben nach einem Stück Brot greifen wollte, fiel schlaff in ihren Schoß. Ihre Augen weiteten sich. »Natürlich«, sagte sie langsam. »Aber natürlich. Wie konnte ich nur so blöd sein! Am anderen Ende der Welt gibt es keine Arbeitshäuser und keine Fabriken. Und keine Herrenwesten zum Besticken … Das musste ich nämlich im Arbeitshaus in Canterbury tun. Wollen Sie sagen, dass man uns als Ehefrauen für die Sträflinge hierher geschickt hat?«

Richard kniff die Lippen zusammen. »Sagen wir, um den Sträflingen das Leben etwas annehmlicher zu gestalten. Das kommt der Sache näher. Ich behaupte nicht, die offiziellen Gründe zu kennen. Ich weiß nur, dass man sehr viele Männer hierher gebracht hat, die sonst vielleicht zu einer öffentlichen Gefahr geworden wären. In England hat es Meutereien gegeben. Männer, die nichts zu verlieren haben, sind aufs Land geflüchtet. Wenn sie hier, am anderen Ende der Welt, rebellieren oder flüchten, kann das England egal sein. Hier stellen sie keine Bedrohung dar. Die einzigen Menschen, die es zu schützen gilt, sind die Wärter und ihre Familien.« Er hielt inne und sah ihr in die Augen. »Ohne Frauen sinken Männer auf die Stufe von Tieren herab. Deshalb sind Frauen bei diesem Experiment unverzichtbar, und ich für mein Teil bin davon überzeugt, dass der Sinn dieses Experiments darin besteht, das andere Ende der Welt in ein riesiges englisches Gefängnis zu verwandeln.«

Kitty hatte ihm mit gerunzelter Stirn gelauscht und versuchte, das Gehörte zu verdauen. Wenn sie ihn richtig verstand, hatte man sie nur hierher gebracht, um die Männer zu bändigen. »Wir sind die Huren der Männer«, sagte sie. »Haben uns die Seeleute der *Lady Juliana* deshalb als Huren beschimpft? Und nicht weil sie glaubten, wir seien wegen Prostitution verurteilt worden? Das hätte mich auch gewundert. Die meisten von uns sind nämlich wegen Diebstahls verurteilt worden. Und Prostitution ist kein Verbrechen. Sagen jedenfalls ein paar von den Frauen. Sie wurden immer böse, wenn die Seeleute sie Huren nannten. Aber die Männer meinten es anders. Sie meinten, dass wir Huren werden, habe ich Recht?«

Richard verdrehte die Augen und seufzte. »Nun ja«, sagte er schließlich und lächelte müde, »würde meine Tochter noch leben, wäre sie ungefähr in deinem Alter. Und genauso unschuldig – als guter Vater hätte ich dafür gesorgt. Aus was für Verhältnissen kommst du, Kitty? Was waren deine Eltern?«

»Mein Vater war Gutspächter in Eltham«, sagte sie stolz mit erhobenem Kinn. »Meine Mutter starb, als ich zwei war, und mein Vater stellte eine Frau ein, die sich um mich kümmerte. Er starb, als ich fünf war. Da er keinen Erben hatte, fiel die Farm an den Gutsherrn zurück. Ich kam in die Obhut der Gemeinde, und die schickte mich nach Canterbury.«

»Warst du das einzige Kind?«

»Ja. Wäre Papa nicht gestorben, hätte ich lesen und schreiben gelernt und später wohl einen Farmer geheiratet.«

»Stattdessen bist du ins Armenhaus gekommen und hast nie lesen und schreiben gelernt«, sagte Richard sanft.

»So ist es. Ich hatte geschickte Finger und scharfe Augen, also musste ich sticken. Aber das kann man nicht ewig machen. Für Erwachsenenhände ist die Arbeit zu fein. Sie behielten mich, bis ich siebzehn war, doch dann begann ich plötzlich zu wachsen, und so schickten sie mich als Küchenhilfe nach St. Paul Deptford.«

»Wie lange warst du dort?«

»Bis zu meiner Verhaftung. Drei Monate.«

»Wie kam es zu deiner Verhaftung?«

»Das Gut hatte vier Dienstmädchen – Betty, Annie, Mary und mich. Mary und ich waren gleich alt, Annie war sechzehn, Betty fünfundzwanzig. Die Herrschaften wurden ganz plötzlich nach London gerufen, und die Köchin schloss sich in der Mansarde ein. Betty hatte Geburtstag, und so schlug sie vor, gemeinsam einen Bummel durch die Geschäfte zu machen. Ich war noch nie in einem Geschäft gewesen.«

Oh, wie schrecklich! Richard saß da wie der Aufseher im Arbeitshaus und lauschte ohne erkennbare Regung ihrer albernen Geschichte. Und albern war sie allemal – zu albern, um sie dem Gericht in Kent zu erzählen. Aber das Gericht hatte sie ohnehin nicht hören wollen.

»Bist du während deiner Zeit im Arbeitshaus nie ausgegangen?«

»Nein, nie.«

»Aber in St. Paul Deptford hattest du doch sicherlich hin und wieder einen freien Tag?«

»Einmal in der Woche einen halben Tag, aber nie mit den anderen Mädchen zusammen, deshalb ging ich allein über die Felder spazieren. Das hätte ich wohl auch an Bettys Geburtstag getan, aber sie hat mich ausgelacht und ein Bauerntrampel genannt, weil ich noch nie in einem Geschäft war, also bin ich mitgegangen.«

»Und dann? Bist du in einem Geschäft in Versuchung geraten?«

»So muss es wohl gewesen sein«, antwortete Kitty unsicher. »Betty nahm eine Flasche Gin mit, und wir tranken im Gehen. Ich erinnere mich nicht mehr an die Geschäfte, oder dass ich in einem drin war – nur an Männer, die uns anbrüllten und einsperrten.«

»Was hast du gestohlen?«

»Musselin, hieß es vor Gericht, und in einem zweiten Geschäft kariertes Leinen. Ich weiß nicht, warum wir das gestohlen haben – die Kleider, die wir anhatten, waren aus dem gleichen Stoff. Zehn Meter Musselin im Wert von vier Shilling und sechs Pennys, meinte das Gericht, obwohl der Ladenbesitzer ständig brüllte, der Stoff sei drei Guineen wert. Wegen des Leinens wurde keine Anklage erhoben.«

»Hast du öfter Gin getrunken?«

»Nein, es war das erste Mal. Für Mary und Annie auch.« Kitty schauderte. »Ich trinke nie wieder Gin, so viel steht fest.«

»Seid ihr alle verurteilt worden?«

»Ja, zu sieben Jahren Deportation. Gleich nach der Verhandlung brachte man uns auf die *Lady Juliana*. Ich nehme an, dass auch die anderen hier irgendwo sind. Es ist nur so, dass ich ständig seekrank war. Die anderen konnten mich nicht mehr ertragen und haben deshalb nicht auf mich gewartet. Und auf der *Surprize* war es dunkel.«

Richard stand abrupt auf, kam um den Tisch herum und legte Kitty die Hand auf die Schulter. »Ist schon in Ordnung, Kitty, wir sprechen nie wieder darüber. Nur die englische Gemeindefürsorge kann aus einer jungen Frau ein Kind machen, wie du es bist.«

MacTavish, der zum Frühstück zwei Ratten verspeist hatte, kam ins Zimmer gesprungen. Richard tätschelte Kitty, dann den Hund und nahm wieder Platz. »Es wird Zeit, dass du erwachsen wirst, Catherine Clark. Nicht damit du deine Unschuld verlierst, sondern damit du sie behältst. Wie du weißt, gibt es hier keine

Landgüter oder Arbeitshäuser. In Port Jackson wärst du ins Frauenlager gekommen, aber Major Robert Ross, der Kommandant auf Norfolk Island, lehnt es ab, die Frauen abzusondern. Und aus gutem Grund. Das würde alles nur noch schlimmer machen. Jeder Mann, der ein Haus oder eine Hütte besitzt, soll eine Frau von der *Surprize* bei sich aufnehmen. Einige kommen allerdings auch zu Frauen wie Mrs Lucas, um ihnen im Haushalt zu helfen, andere sollen sich um das leibliche Wohl der Offiziere und Mannschaften kümmern, wieder andere werden den Leuten von der *Sirius* zugeteilt.«

Kitty erbleichte. »Und ich gehöre Ihnen.«

Richard lächelte beschwichtigend. »Ich bin kein Unhold, Kitty, und ich habe auch nicht die Absicht, dich mit Liebeswerbungen zu bedrängen. Ich will dich als Hausgehilfin behalten. Und ich werde so bald wie möglich ein Zimmer anbauen, damit jeder von uns ungestört sein kann. Dafür erwarte ich, dass du willig mitarbeitest. Ich baue gerade einen Stall für das Schwein, das ich von Major Ross bekommen werde, und es wird zu deinen Pflichten gehören, es zu versorgen. Außerdem kümmerst du dich um das Haus, die Hühner, wenn sie endlich da sind, und den Gemüsegarten. Ein Mann namens John Lawrell bestellt das Getreidefeld und nimmt dir die schweren Arbeiten ab. Die anderen Leute betrachten dich als mein Eigentum, mehr Schutz brauchst du nicht.«

»Und ich darf mir nicht aussuchen, zu wem ich will?«, fragte sie.

»Wenn du es könntest, zu wem wolltest du denn?«

»Zu Stephen«, antwortete sie einfach.

Seine Miene und sein Blick blieben unverändert, doch sie spürte, dass etwas in ihm vorging. In unverändertem Ton sagte er: »Unmöglich, Kitty. Schlag dir Stephen aus dem Kopf.«

Noch am selben Tag bekam Richard ein eigenes Bett, das wie das von Kitty aus einem Holzgestell mit quer gespannten Seilen bestand. Kurz nach Einbruch der Dunkelheit schickte er Kitty schlafen, dann setzte er sich mit einer Kerze an den Tisch, legte ein Buch auf das Lesepult und begann zu lesen. Welches Verbrechen er auch begangen haben mochte, dachte Kitty schläfrig, er hatte eine gute Erziehung genossen. Nicht einmal der Herr auf St. Paul Deptford hatte so feine Manieren.

Am Montagmittag sah sie Richard nur kurz. Er war gleich nach Tagesanbruch zur Arbeit in die Sägegruben gegangen. Später kam er mit einem Paar Schuhe für sie nach Hause, schlang hastig ein kaltes Mittagessen hinunter und arbeitete dann am Schweinestall weiter, der rasch Gestalt annahm. Der Stall war etwa zwanzig auf zwanzig Fuß groß und bestand aus Holzpfählen, die Richard auf das Steinfundament setzte.

»Schweine wühlen gern«, erklärte er ihr. »Mit einem einfachen Zaun wie bei Schafen oder Rindern ist es deshalb nicht getan. Außerdem brauchen sie Schatten, denn in der prallen Sonne gehen sie ein. Ihre Exkremente stinken, aber Schweine sind saubere Tiere und machen ihr Geschäft immer in dieselbe Ecke. Ein guter Dung, der sich leicht einsammeln lässt.«

»Muss ich den Stall ausmisten?«, fragte Kitty.

»Ja.« Er sah auf und grinste sie an. »Du wirst noch froh sein, dass du hier baden kannst.«

Am Abend kam er nicht nach Hause. Mit ihrer Lebensmittelzuteilung könne sie tun, was ihr beliebe, hatte er gesagt. Er sei es gewohnt, selbst für sich zu sorgen, und er esse hin und wieder bei Stephen, der ein eingefleischter Junggeselle sei und keine Frauen in seinem Haus wünsche. Nach dem Essen spiele er mit ihm Schach. Sie solle also nicht auf ihn warten und ins Bett gehen, wenn es dunkel werde.

Kitty mochte naiv sein, aber das fand sie doch merkwürdig. Stephen kam ihr überhaupt nicht wie ein eingefleischter Junggeselle vor. Obwohl, wenn sie es recht bedachte, hatte sie eigentlich keine Ahnung, wie sich ein eingefleischter Junggeselle benahm. Sie wusste nur, dass Männer die Gesellschaft anderer Männer genossen und sich durch die Anwesenheit von Frauen gestört fühlten.

Am Dienstag erschien ein Seesoldat und brachte sie nach Sydney Town, wo sie den Mann identifizieren sollte, der sie belästigt und ausgeraubt hatte. Richards Haus bot nur einen begrenzten Ausblick auf die Umgebung, und so staunte Kitty auf dem Weg durch Arthur's Vale nicht wenig, als sich eine weite Landschaft vor ihnen auftat. Im Grund des Tales und an den Hängen zu beiden Seiten wogten grüne Weizen- und Maisfelder, an deren Raine sich vereinzelte Häuser, Scheunen und Schuppen schmiegten. Dann, ganz plötzlich, endete das Tal, und sie betrat eine größere Siedlung mit sauberen, von Holzhäusern und Hütten gesäumten baumlosen Straßen, begrenzt durch einen leuchtend grünen Sumpf, hinter dem, am Fuß der Hügel, einige größere Gebäude aufragten. Sie kamen auch an Stephen Donovans Haus vorbei, doch Kitty erkannte es nicht wieder.

Zwei Offiziere – Kitty konnte Seesoldaten von Landsoldaten nicht unterscheiden – erwarteten sie vor einem großen, zweistöckigen Gebäude, der Kaserne der Marineinfanterie, wie sie später erfuhr. Eine Gruppe männlicher Sträflinge stand in einer Reihe davor. Sie waren mit Hemden bekleidet, während die Offiziere vorschriftsgemäß Perücke, Säbel und Dreispitz trugen.

»Miss Clark?«, fragte der ältere Offizier und durchbohrte sie mit seinen hellgrauen Augen.

»Ja, Sir«, wisperte sie.

»Sie wurden am dreizehnten August auf der Straße von Cascade von einem Mann angesprochen?«

»Ja, Sir.«

»Er versuchte, Ihnen Gewalt anzutun, und zerriss Ihr Kleid?«

»Ja, Sir.«

»Sie flüchteten in den Wald?«

»Ja, Sir.«

»Was tat der Mann dann?«

Mit glühenden Wangen und großen Augen antwortete sie: »Zuerst hatte es den Anschein, als wollte er mich verfolgen, dann hörten wir Stimmen. Er packte mein Bündel und rannte davon.«

»Sie verbrachten die Nacht im Wald, richtig?«

»Ja, Sir.«

Major Ross wandte sich an Leutnant Ralph Clark, der, seit er die Geschichte von Stephen Donovan gehört und sich von Richard Morgan hatte bestätigen lassen, darauf brannte, seine Namensvetterin kennen zu lernen, und nun mit Erleichterung feststellte, dass sie keine Hure war. Kitty war ein ebenso unschuldiges Ding wie Miss Mary Branham, die, auf der *Lady Penrhyn* von einem Matrosen geschändet, in Port Jackson einen Jungen zur Welt gebracht hatte und anschließend mit der *Sirius* nach Norfolk Island geschickt worden war, um in der Offiziersmesse zu arbeiten. Dort war er auf sie aufmerksam geworden. Sie war anbetungswürdig schön, fast wie seine geliebte Betsy. Und nun, da er Betsy und den kleinen Ralphie wohlbehalten in England wusste und obendrein ein bequemes Haus ganz für sich allein hatte, überlegte er, ob er Mary nicht zu sich nehmen sollte. Bei ihm hätte sie gewiss weniger Arbeit als in der Offiziersmesse. Marys Sohn lernte jetzt laufen und fiel ihr ziemlich zur Last. Ja, er würde Mary einen großen Gefallen tun, wenn er sie zu sich holte. Natürlich würde er dieses Arrangement in dem Tagebuch, das er für die geliebte Betsy schrieb, nicht erwähnen. Es durfte nichts enthalten, was sie schockieren oder beunruhigen könnte. Abfällige Bemerkungen über Huren mochten noch hingehen, doch Teilnahme an einem weiblichen Sträfling war definitiv nicht erlaubt.

Gut, gut. Zu einer gemeinsamen Zukunft mit Mary Branham entschlossen, sah er den Major an.

»Leutnant Clark, würden Sie mit Miss Clark bitte die Reihe abschreiten, um festzustellen, ob der Schurke darunter ist«, sagte Ross. Er hatte alle Sträflinge, die schon einmal bestraft worden waren, antreten lassen.

Leutnant Clark führte Kitty unter beruhigenden Worten die Reihe entlang und wieder zu seinem Vorgesetzten zurück.

»Ist er dabei?«, bellte Ross.

»Ja, Sir.«

»Welcher ist es?«

Sie deutete auf den Mann mit den Zahnlücken. Beide Offiziere nickten.

»Haben Sie vielen Dank, Miss Clark. Der Seesoldat wird Sie nach Hause begleiten.«

Das war alles. Kitty eilte davon.

»Tom Jones der Zweite«, sagte der Soldat, der sie begleitete. »Das hat Mr Donovan auch gesagt.«

»Mr Donovan kennt sie alle.«

»Er ist sehr nett«, sagte Kitty traurig.

»Ja, nicht übel für einen warmen Bruder. Nicht so ein Weichling. Ich habe gesehen, wie er mit den bloßen Fäusten einen Mann auseinander genommen hat, der größer war als er. Kann ziemlich unangenehm werden, wenn man ihn reizt, unser Mr Donovan.«

»Ziemlich«, stimmte Kitty bereitwillig zu. Tom Jones hatte sie über dem Gedanken an Stephen Donovan schon bald vergessen.

Richard ging auch weiterhin abends aus, und nicht nur, um mit Stephen Schach zu spielen. Er besuchte Freunde wie die Familie Lucas, einen Mann namens George Guest oder den Seesoldaten Daniel Stanfield. Am meisten kränkte Kitty, dass diese Freunde niemals auch sie einluden. Offenbar war sie auch in ihren Augen lediglich Richards Hausgehilfin. Sie sehnte sich nach einer Freundin, doch von Netty und Mary hatte sie keine Nachricht, und Annie war tatsächlich bei der Familie Lucas untergekommen. Die erste Begegnung mit John Lawrell, Richards anderem Gehilfen, war sehr unerfreulich verlaufen. Lawrell hatte sie wütend angefunkelt und ihr befohlen, die Finger vom Geflügel und Getreide zu lassen.

So kam es, dass Kitty, als sie eine weibliche Gestalt den Weg zwischen den Gemüsebeeten herauftrippeln sah, nur allzu gern bereit war, die Besucherin mit ihrem freundlichsten Lächeln und einem Knicks zu begrüßen. Die Frau war eine höchst imposante Erscheinung, wenn auch auf eine etwas vulgäre Art. Sie trug ein rotschwarz gestreiftes Kleid, ein rotes Umhängetuch aus Seide mit langen Fransen, hochhackige Schuhe mit funkelnden Schnallen und einen ausladenden schwarzen Samthut mit wippenden roten Straußenfedern.

»Guten Tag, Madam«, grüßte Kitty.

»Auch Ihnen einen guten Tag, Miss Clark, denn so heißen Sie doch wohl«, sagte die Besucherin, rauschte ins Haus und sah sich nicht ohne Bewunderung um. »Er hat treffliche Arbeit geleistet, was? Und mehr Bücher denn je. Lesen, lesen, lesen! Typisch Richard.«

»Aber nehmen Sie doch Platz«, sagte Kitty und deutete auf einen Stuhl.

»So wohnlich wie beim Major«, sagte die rot-schwarz gestreifte Person. »Ich staune. Richard hat das Glück gepachtet. Er ist wie eine Katze. Fällt immer auf die Füße.« Sie musterte Kitty mit kleinen dunklen Augen unverhohlen von Kopf bis Fuß und kräuselte die schwarzen Brauen. »Ich habe mir nie eingebildet, besonders gut auszusehen«, meinte sie nach der Inspektion, »aber ich verstehe mich wenigstens anzuziehen. Sie sind dürr wie ein Besenstiel, Kindchen.«

Kitty fiel die Kinnlade herunter. »Wie bitte?«

»Sie haben genau verstanden. Dürr wie ein Besenstiel.«

»Wer sind Sie?«

»Ich bin Mrs Richard Morgan. Was sagen Sie dazu?«

»Was soll ich dazu sagen?«, erwiderte Kitty, als sie wieder zu Atem gekommen war. »Ich freue mich, Ihre Bekanntschaft zu machen, Mrs Morgana.«

»Herrje!«, rief Mrs Morgan. »Was ist bloß mit Richard los!«

Kitty wusste nicht, was mit Richard los war, deshalb schwieg sie.

»Sind Sie nicht seine Geliebte?«

»Ach so!« Kitty schüttelte empört den Kopf. »Wie dumm von mir. Ich hätte nie gedacht…«

»Ja, dumm trifft den Nagel auf den Kopf. Sie sind also nicht seine Geliebte?«

Kitty reckte das Kinn. »Ich bin seine Bedienstete.«

»Oho! Auch noch stolz!«

»Wenn Sie Mrs Richard Morgan sind«, erwiderte Kitty, die sich über den Spott der Besucherin ärgerte und deshalb mutiger wurde, »warum wohnen Sie dann nicht hier? Wenn Sie im Haus wären, bräuchte er kein Mädchen.«

»Ich wohne nicht hier, weil ich es nicht will«, erwiderte Mrs. Morgan hochmütig. »Ich arbeite als Wirtschafterin bei Major Ross.«

»Dann will ich Sie nicht länger aufhalten. Sie haben sicher viel zu tun.«

Die Besucherin fuhr in die Höhe. »Dürr wie ein Besenstiel!«, rief sie und trippelte zur Tür.

»Ich mag hässlich sein, Mrs Morgan, aber wenigstens bin ich keine alte Schachtel. Oder sind Sie die Geliebte des Majors?«

»Kleine Schlampe!«

Mit wippenden Federn trippelte sie den Weg hinunter.

Als Kitty sich vom ersten Schrecken erholt hatte – mehr über ihre eigene Kühnheit als über Mrs Morgans Benehmen und Ausdrucksweise –, dachte sie noch einmal in Ruhe über die Begegnung nach. Die Frau war weit über dreißig und trotz ihrer Aufmachung ziemlich hässlich, wie sie ja selber zugegeben hatte. Wenn Kitty Major Ross nach ihrer ersten und einzigen Begegnung richtig einschätzte, war diese Frau nie und nimmer seine Geliebte. Der Mann war sehr wählerisch. Aber warum war sie überhaupt gekommen? Oder, noch wichtiger, warum wohnte sie nicht bei ihrem Mann? Kitty schloss die Augen und vergegenwärtigte sich noch einmal das Gesicht der Frau, und mit einem Mal sah sie Dinge, die sie in ihrer Verblüffung vorhin nicht bemerkt hatte. Schmerz, Trauer, Wut. Mrs Richard Morgan hatte ihr, der vermeintlichen Rivalin, etwas vorgespielt. Sie hatte sie von oben herab behandelt und beleidigt, um ihren Kummer darüber zu verbergen, dass sie verlassen worden war. Woher willst du das wissen, Kitty? Doch, ich weiß es, ich weiß es … Sie hat ihn nicht verlassen. *Er* hat sie verlassen! Alles andere ergibt keinen Sinn. Ach, die arme Frau!

Zufrieden mit dem Ergebnis ihrer Kombinationen setzte sie sich aufs Bett und wartete im Schein des verglimmenden Feuers auf Richards Heimkehr. Wo steckte er nur?

Zwei Stunden nach Einbruch der Dunkelheit sah sie seine Fackel flackernd den Weg heraufkommen. Richard hatte wie an den meisten Abenden in der Sägegrube gegessen und war dann in die Brennerei geeilt, um dort nach dem Rechten zu sehen, persönlich festzustellen, wie viel Rum produziert worden war, und die Menge in sein Buch einzutragen. In Bälde würde man die Anlage stilllegen müssen, denn Fässer und Zucker wurden knapp. Bis dahin dürfte die Anlage insgesamt 5000 Gallonen produziert haben.

»Warum bist du noch wach?«, fragte er. Er schloss die Tür hinter sich, trat zum Kamin und legte Scheite aufs Feuer. »Und wieso stand die Tür offen?«

»Ich hatte Besuch«, sagte sie in bedeutungsvollem Ton.

»Ach ja?«

Aber er wollte nicht wissen, wer sie besucht hatte, der Spielverderber.

»Von Mrs Richard Morgan«, sagte sie wie ein trotziges Kind.

»Ich habe mich schon gefragt, wann sie endlich aufkreuzen würde.«

»Wollen Sie denn nicht wissen, was vorgefallen ist?«

»Nein. Und jetzt leg dich hin und schlaf.«

Kitty sank nach hinten, und kaum lag sie ausgestreckt da, befiel sie eine bleierne Schwere. »Sie haben sie verlassen, ich weiß es«, sagte sie schläfrig. »Die arme Frau.«

Richard wartete, bis sie eingeschlafen war, dann schlüpfte er in sein Nachthemd. Das Holz für den Anbau lag schon bereit, und am Samstag wollte er mit dem Schlitten Steine für das Fundament holen. Ein Monat noch, dann hatte er endlich seine Ruhe vor ihr, wenigstens in dem Zimmer, in dem er schlief. Er trug sich sogar mit der Absicht, ihr eine eigene Haustür zu zimmern und sich für seine Seite der Verbindungstür einen Riegel zu besorgen. Dann konnte er sich wieder wie sein eigener Herr fühlen und nackt schlafen, wie er es gewohnt war. Kitty. Jahrgang 1770, genau wie die kleine Mary. Ich bin ein alter Narr, und sie eine junge Närrin. Das Letzte, was er vor dem Einschlafen sah, war die Wölbung ihres Körpers, der reglos und still in seinem Bett lag. Kitty schnarchte nicht.

»Was ist ein warmer Bruder?«, fragte sie ihn am nächsten Tag, als er zum Mittagessen nach Hause kam.

Der Bissen Brot blieb ihm im Hals stecken. Er würgte, hustete und musste sich auf den Rücken klopfen und Wasser bringen lassen. »Entschuldigung«, keuchte er mit tränenden Augen. »Wie war das?«

»Was ist ein warmer Bruder?«

»Wieso fragst du das? Hast du das von Lizzie Lock?« Seine Miene ließ nichts Gutes ahnen.

»Lizzie Lock?«

»Mrs Richard Morgan.«

»Heißt sie so? Ein merkwürdiger Name. Lizzie Lock. Sie haben sie verlassen, stimmt's?«

»Ich war überhaupt nie mit ihr zusammen«, sagte er, um von ihrer Frage abzulenken.

Neugier blitzte in ihren Augen auf. »Aber Sie haben sie doch geheiratet.«

»Ja, in Port Jackson. In einem Anfall von Ritterlichkeit, den ich heute bitter bereue.«

»Verstehe«, sagte Kitty, als hätte sie tatsächlich verstanden. »Sie haben wohl öfter solche Anfälle, die Sie später bereuen. Wie bei mir.«

»Wie kommst du denn darauf, Kitty?«

»Ich bin Ihnen lästig. Ich glaube nicht, dass Sie eine Hausgehilfin wollten. Sie mussten eine von uns aufnehmen, weil Major Ross darauf bestand. Und da ich zufällig da war, haben Sie eben mich genommen.« Etwas in Richards Augen ließ Kitty innehalten. Sie neigte den Kopf zur Seite und sah ihn nachdenklich an. »Sie brauchen mich im Haus nicht«, fügte sie hinzu. Ihre Stimme zitterte leicht. »Sie waren mit Ihrem Leben vollkommen zufrieden, so wie es war.«

Richard stand auf und stellte Schale und Löffel auf die Bank neben dem Kamin. »Nein«, sagte er und drehte sich mit einem Lächeln zu ihr um, das sie tief berührte, »man ist nie vollkommen zufrieden. Und wenn Gott mir ein Geschenk macht, weise ich es nicht zurück.«

Er ging zur Tür. »Ich muss wieder zur Arbeit.«

»Wann kommen Sie nach Hause?«, rief sie ihm nach, als er ins Freie trat.

»Früh«, antwortete er. »Ich werde Stephen mitbringen. Grab ein paar Kartoffeln aus.«

Das war ihr Leben: Kartoffeln ausgraben.

Als Richard und Stephen kamen, hatte Kitty aus gekochten Kartoffeln und Pökelfleisch eine Mahlzeit zubereitet, die zusammen mit einem Laib Weißbrot zum Auftragen bereitstand.

Die Männer schleppten Töpfe und Pakete herein.

»Captain Anstis hatte am Strand einen Verkaufsstand«, berichtete Richard, »und er hatte alles da, was ich wollte. Große und kleine Töpfe, einen Teekessel zum Wasserkochen, Bratpfannen, Zinnteller und Zinnbecher, Messer und Löffel, ungebleichten Kattun, ja sogar Schmirgel, als ich ihn danach fragte. Sieh doch, Kitty! Ich habe ein Pfund Pfefferkörner aus Malabar gekauft, und einen Mörser mit Stößel zum Zerkleinern.« Er stellte eine kleine Holzkiste auf den Tisch. »Und Hyson-Tee, nur für dich.«

Sie schlug die Hände vors Gesicht und sah ihn zu Tränen gerührt an. »Oh! Sie haben an mich gedacht?«

»Wieso denn nicht?«, fragte er überrascht. »Ich weiß doch, wie sehr du dich nach einer Tasse Tee sehnst. Ich habe auch eine Teekanne mitgebracht. Süßen ist kein Problem. Ich schneide dir Zuckerrohr und hacke es in kleine Stücke. Dann brauchst du es nur noch zu zerstampfen und Sirup daraus zu kochen.«

»Aber das hat doch viel Geld gekostet!«, rief Kitty entsetzt.

»Richard ist eben ein Wohltäter, Kindchen«, sagte Stephen und nahm die Einkäufe entgegen, die sein Freund vom Schlitten lud. »Ich muss sagen, du hast dich beim Feilschen wacker geschlagen. Nick Anstis verteilt keine Almosen.«

»Ich habe ein Goldstück auf den Tisch geknallt«, sagte Richard, als er wieder hereinkam. »Wenn Anstis gegen Schuldschein verkauft, muss er auf sein Geld warten. Gold dagegen ist Gold. Für klingende Münze verlangt er nur ein Viertel des Preises.«

Sie aßen, dann lehnten sie sich zurück, während Kitty glücklich das Geschirr spülte – nicht im Eimer, sondern in einer neuen Wanne aus Zinn!

»Ich nehme an, du warst heute den ganzen Tag in Charlotte Field und hast noch nicht gehört, was der Kerl getan hat, der Kitty überfallen hat«, sagte Stephen zu Richard.

»Nein, keine Ahnung. Erzähl.«

»Tommy der Zweite wollte offenbar nicht länger an einen Mühlstein gekettet sein, und so hat er letzte Nacht die Schlösser an seinen Eisen geknackt und ist in den Wald getürmt. Bestimmt zu Gray.«

»Jetzt im Winter werden sie dort verhungern.«

»Du sagst es. Früher oder später landen sie wieder am Mühlstein.« Richard stand auf, und Stephen folgte seinem Beispiel. Richard fasste den Freund an der Schulter und zog ihn zur Tür, wo sie außer Hörweite waren. »Vielleicht richtest du dem Major aus, dass eine kleine Verschwörung im Gang ist«, raunte er ihm zu. »Wie es aussieht, haben Dyer, Francis, Peck und Pickett Zuckerrohr entwendet. Zu viert haben sie sich am Stand von Captain Anstis herumgedrückt und nach Kupferkesseln und Kupferrohren gefragt.«

Kittys Welt beschränkte sich noch immer auf Richards Parzelle, und sie war zu beschäftigt, um auf Entdeckungsreise zu gehen. Bei ihrem bislang einzigen Ausflug nach Sydney Town hatte sie den Mann identifizieren müssen, der sie angegriffen hatte, und daher kaum Gelegenheit gehabt, sich umzusehen. Doch die bäuerliche Arbeit lag ihr im Blut. Für das Leben, das sie hier führen sollte, hätte Richard keine geeignetere Frau finden können.

Sie hatte schon viel von den Raupen gehört, und am 18. Oktober bekam sie sie erstmals zu Gesicht. Der Weizen auf Richards Acker stand hoch und gedieh prächtig, während die starken Seewinde auf den Feldern der Regierung weiter unten im Tal große Schäden anrichteten und einen beträchtlichen Teil der Ernte vernichteten. Es war ein trockenes Jahr, und nur den gelegentlichen Regengüssen in der Nacht war es zu verdanken, dass die Frucht nicht verdorrte. Vielleicht war die Trockenheit der Grund, warum die Raupen den Winter über ausgeblieben waren. Dann aber waren sie plötzlich da, hellgrüne gefräßige Tiere, etwa ein Zoll lang und dünn, und überzogen jede Pflanze mit einer wogenden grünen Decke. Doch das Glück blieb Richard treu, denn Kitty ekelte sich nicht vor Würmern und Käfern. Ohne Scheu zupfte sie die Schädlinge mit bloßer Hand ab, obgleich eine Lösung aus Tabak und Seife weitaus wirkungsvoller war. Alle weiblichen Inselbewohner bis auf jene, welche die Seesoldaten zu verwöhnen hatten, und die, die in den Sägegruben arbeiteten, wurden zum Einsammeln oder Sprühen abkommandiert. Innerhalb von drei Wochen waren die Raupen verschwunden und die Ernte gesichert.

Nach Major Ross' neuester Verfügung durften die freien Männer alles, was sie ernteten, als ihr Eigentum betrachten, und so war Richard sehr darauf erpicht, Überschüsse an die staatlichen Vorratshäuser abzuführen und dafür weitere Schuldscheine zu kassieren.

Einige Frauen, die Kitty von der *Lady Juliana* kannte, waren Richards Freunden zugeteilt worden. Aaron Davis, der Bäcker, hatte Mary Walker und ihr Kind zu sich genommen, George Guest die achtzehnjährige Mary Bareman. Kitty kannte Mary sehr gut und mochte sie, obgleich sie ihr etwas wunderlich vorkam. Edward Risby und Ann Gibson waren glücklich vereint und wollten heiraten, sobald jemand auf die Insel kam, der befugt war, die Trauung vorzunehmen. Diese Frauen und Olivia Lucas besuchten Kitty nun – und wie herrlich war es, dass sie ihnen Tee mit Zucker anbieten konnte! Mary Bareman und Ann Gibson waren schwanger, und Mary Walker, deren Tochter Sarah Lee gerade laufen lernte, erwartete ihr erstes Kind von George Guest. Kitty Clark war die Einzige, die nicht in anderen Umständen war.

Richard befahl John Lawrell, einen Teil der Hühner und Enten an Kitty abzutreten, damit sie zu besonderen Anlässen Eierspeisen auftischen konnte. Die Sau Augusta warf zwölf Ferkel und quetschte nur vier von ihnen zu Tode, wobei sie umsichtigerweise alle sechs weiblichen verschonte. Die beiden männlichen Überlebenden wollte Richard an Weihnachten als Spanferkel braten. Über die Schweineproduktion konnten sie frei verfügen. Wollte ein erfolgreicher Züchter der Regierung ein Schwein verkaufen, so wurde er dafür bezahlt. Wollte er Fleisch einpökeln, erhielt er Salz und ein Fass. Major Ross verfolgte damit das erklärte Ziel, möglichst viele Sträflinge von den Zuteilungen der Regierung unabhängig zu machen. Und Männer wie Aaron Davis, Dick Phillimore, Nat Lucas, George Guest, John Mortimer, Ed Risby und Richard Morgan bewiesen, dass dem Vorhaben auf lange Sicht Erfolg beschieden sein könnte.

Der erste Weihnachtsfeiertag war ein schöner und klarer Tag, obwohl ein kräftiger Südwind blies und hohe Wellen in die Sydney Bay brandeten. Richard schlachtete die beiden Ferkel, Nat Lucas zwei Gänse, George Guest drei fette Enten, Ed Risby vier Hühner und Aaron Davis buk richtiges Weißbrot. Zusammen mit Stephen Donovan, Johnny Livingstone und D'arcy Wentworth und seiner Familie veranstalteten sie im Schatten der Tannen am Point Hunter ein Picknick. Damit sie die Ferkel und Vögel am Feuer braten konnten, hatte D'arcy in der Schmiede Spieße in Auftrag gegeben. Und damit niemand verdursten musste, hatten Stephen und Johnny zehn Flaschen Portwein beigesteuert, sodass auf jeden Mann und jede Frau ein halbes Pint kam.

Der Major hatte angeordnet, dass die Sträflinge zu Weihnachten nur Dünnbier erhalten sollten, und zudem den Seesoldaten befohlen, ihr halbes Pint Rum nicht im Beisein von Gefangenen zu trinken. King hatte an Festtagen stets Rum an die Sträflinge ausgeben lassen, doch Ross hatte beschlossen, mit dieser Tradition zu brechen, nachdem ihm zu Ohren gekommen war, was Dyer, Francis und Konsorten mit ihrem Zuckerrohr beabsichtigten.

Für Kitty war es der glücklichste Tag seit dem Tod ihres Vaters. Für die Frauen wurde Segeltuch von der *Sirius* im Gras ausgebreitet, und die Schwangeren erhielten zusätzlich Kissen, die ihnen das Sitzen erleichterten. Die Väter gingen mit den Kindern an den Strand, plantschten und bauten Sandburgen, und die Mütter hielten einen gemütlichen Plausch und tranken Tee, den Kitty für sie gekocht hatte. Als die Männer später vom Strand zurückkehrten, setzten sie sich etwas abseits ins Gras und unterhielten sich, während die Frauen die Bratspieße drehten, Schüsseln mit Kopfsalat, Sellerie, rohen Zwiebeln und Bohnen anrichteten und Kartoffeln in der Glut rösteten. Gegen zwei Uhr nachmittags war das Essen fertig. Die Männer gesellten sich zu den Frauen, brachten einen Toast auf Seine Britannische Majestät aus und hielten nach dem Festschmaus mit den Kindern ein Verdauungsnickerchen.

Wie ungezwungen sie miteinander auskamen, dachte Kitty. Sie hatten alle dasselbe durchgemacht. Sie waren ein neuer Schlag von Engländern, und was sie aus ihrem Leben machten, würde immer davon beeinflusst bleiben, dass sie von den besseren Leuten als unerwünscht hierher geschickt worden waren. Aber die so genannten »besseren Leute« waren gar nicht besser, sondern Menschen mit einem beschränkten Horizont. Und wie aus heiterem Himmel hatte Kitty plötzlich das Gefühl, dass keiner dieser Sträflinge jemals nach England zurückkehren würde. Diese Menschen hatten die Achtung vor England verloren und hier eine neue Heimat gefunden.

Und sie selbst? Sie hatte die Arme um die Knie geschlungen und das Kinn darauf gelegt und ließ nun den Blick über das Riff wandern, das unter schäumenden Brechern und wirbelnder Gischt verschwand. Seine Schönheit ließ sie keineswegs kalt, vermochte sie aber nicht wirklich zu rühren. Die wahre Schönheit war Eltham, das sie nun vor ihrem geistigen Auge sah, ein großes solides Steinhaus mit Flügelfenstern und blühenden Rosensträuchern, mit Levkojen, Akeleien, Löwenmaul, Stiefmütterchen, Fingerhut, Schneeglöckchen und Narzissen, Apfelbäumen, Eiben und Eichen, saftigen grünen Wiesen, zottigen weißen Schafen, Birken und Buchen. Oh, wie der Blumengarten ihres Vaters geduftet hatte! Die friedliche Beschaulichkeit, die über allem menschlichen Tun und Streben lag. Die Schönheit von Norfolk Island war ihr zu fremd, zu wild. Sie duckte den Menschen und machte ihn klein. Die Schönheit von Eltham erhöhte ihn.

Sie schaute auf und bemerkte, dass Stephens Augen auf ihr ruhten. Sie errötete. Erschrocken sah er weg und blickte aufs Riff hinaus. Ach, Stephen! Warum liebst du mich nicht? Richard würde mich bestimmt gehen lassen – ich weiß es. Ich bin nicht der Mittelpunkt seines Lebens. Er schickt mich in mein Zimmer und verriegelt die Tür zwischen uns. Aber nicht weil ich ihn in Versuchung führe. Dann wäre der Riegel auf meiner Seite der Tür. Er sperrt mich aus. Tut so, als sei ich überhaupt nicht da. Stephen, warum willst du mich nicht lieben, wo ich dich doch so liebe? Ich möchte dein liebes Gesicht mit Küssen bedecken, es in meine Hände nehmen und dir in die Augen blicken und in ihrem Blau meine Liebe leuchten sehen wie die Sonne am Himmel von Norfolk Island. Warum willst du mich nicht lieben?

Als die Sonnenstrahlen ihre Kraft verloren und die Kinder müde wurden, packte die Gesellschaft zusammen und machte sich gemeinsam auf den Nachhauseweg. Eine Familie nach der anderen verabschiedete sich unterwegs von Richard und Kitty, als Letzte Nat und Olivia. Olivia hatte erst kürzlich ihren Sohn William zur Welt gebracht. Er war der ganze Stolz ihrer beiden Zwillingstöchter. Was für nette Leute!

»Hat dir dein erstes Antipodenweihnachten gefallen?«, fragte Richard.

»Was für ein Weihnachten? Aber ja, natürlich.«

»Antipoden. Das ist das korrekte Wort für das andere Ende der Welt – Antipoden. Es kommt aus dem Griechischen und bedeutet so viel wie ›Gegenfüßler‹.«

Die Sonne versank hinter den Hügeln im Westen und tauchte Richards Land in kühlen Schatten.

»Soll ich Feuer machen?«

»Nein, ich gehe bald zu Bett«, sagte Kitty traurig, mit ihren Gedanken bei Stephen. Natürlich wusste sie, warum er weggesehen hatte. Sie war hässlich, dürr wie ein Besenstiel. Und obwohl sie froh war, dass sie wieder zunahm, bildete sie sich ein, dass ihre Brüste nicht so schön, ihre Taille nicht so schmal, ihre Hüften nicht so breit wie die anderer Frauen waren.

»Schließ die Augen und streck die Hände aus, Kitty.«

Sie gehorchte und fühlte, wie er ihr einen kleinen viereckigen Gegenstand in die Hände legte. Sie öffnete die Augen wieder. Eine Schachtel. Mit zitternden Fingern hob sie den Deckel ab. Darunter lag ein goldenes Kettchen. »Richard!«

»Frohe Weihnachten«, sagte er lächelnd.

Sie flog ihm an den Hals, drückte ihm die Wange ans Gesicht und küsste ihn auf den Mund. Einen Augenblick lang stand er ganz still, dann fasste er sie an den Hüften und erwiderte ihren Kuss. Sie wich nicht zurück und erhob keinen Protest, sondern schmiegte sich an ihn und ließ ihn gewähren. Eine prickelnde Wärme durchströmte sie. Sie vergaß sich selbst und Stephen, bereit, diesem Mund zu folgen, wohin er sie auch führen mochte, nur noch zu dem einen Gedanken fähig, dass dieser erste richtige Kuss in ihrem Leben etwas sehr Schönes und Aufregendes war – und Richard Morgan ein bei weitem interessanterer Mann, als sie bisher geahnt hatte.

Richard ließ sie abrupt los und ging hinaus. Gleich darauf hörte sie ihn Holz hacken. Kitty stand da, noch ganz benommen, dann fiel ihr Stephen ein, und sie bekam ein schlechtes Gewissen. Wie konnte sie Gefallen daran finden, Richard zu küssen, wo sie doch Stephen liebte? Tränen traten ihr in die Augen. Sie lief in ihr Zimmer, sank auf die Bettkante und weinte leise.

Sie hielt noch die Schachtel in der Hand. Als ihre Tränen versiegt waren, nahm sie die Kette heraus und legte sie sich um den Hals. Beim nächsten Bad würde sie im Teich ihr Spiegelbild betrachten. Wie lieb von ihm! Und warum wünschte sie sich insgeheim, Richard wäre geblieben?

Am 6. Februar 1791 lief die *Supply* die Reede an und brachte einen Brief von Gouverneur Phillip mit, in dem er alle Personen von der *Sirius* aufforderte, an Bord zu gehen und mit ihr nach Port Jackson zu fahren. Allerdings verbunden mit dem Versprechen, dass alle, die sich auf Norfolk Island niederlassen wollten, dreißig Hektar Land erhalten und von der *Supply* bei nächster Gelegenheit zurückgebracht werden sollten. Captain John Hunters elfmonatiges Exil war vorüber, und keinen Tag zu früh. Er empfand eine große Abneigung gegen Norfolk Island, das ihn nie wieder verlassen und seinen beruflichen Werdegang nachhaltig beeinflussen sollte. Außerdem hasste er Major Robert Ross und jeden verwünschten Seesoldaten auf der Welt. Mit ihm verließ Johnny Livingstone die Insel.

Die *Supply* hatte es eilig, nach Port Jackson zurückzukehren, und stach am 11. Februar in See. Bereits am 15. April ankerte sie wieder vor Norfolk Island, und eine Abteilung des Neusüdwales-Korps kam an Land, von London mit der Aufgabe betraut, das Experiment zu überwachen und die Seesoldaten abzulösen, damit sie nach England zurückkehren konnten, obgleich es jedem Seesoldaten nach Ablauf der dreijährigen Dienstzeit freigestellt war, auf die Heimkehr zu verzichten und stattdessen dem Neusüdwales-Korps beizutreten. Von der alten Brigade blieben nur Major Ross, Oberleutnant Clark und Leutnant Faddy. Und natürlich Ross' kleiner Sohn, Leutnant John Ross.

Seltsamerweise brachte die *Supply* zwei weitere Ärzte mit: Thomas Jamison, der in Port Jackson Urlaub gemacht hatte, und James Callam von der *Sirius*. Da bereits D'arcy Wentworth und Denis Considen auf der Insel praktizierten, standen der Bevölkerung nun vier Ärzte zur Verfügung, obwohl sie um siebzig Personen geschrumpft war.

»Daraus schließe ich«, sagte Major Ross grimmig zu Richard Morgan, »dass wir größeren Zuwachs bekommen, sobald die nächsten Sträflingstransporte aus England eintreffen. Seine Exzellenz hat überdies die Absicht durchblicken lassen, uns einige Wiederholungstäter zu schicken, die in Port Jackson immer wieder entfliehen, Eingeborene meucheln, abgelegene Siedlungen plündern und Frauen vergewaltigen. Er glaubt, dass man sie hier besser unter Kontrolle hat. Das zwingt mich, anstelle des alten Wachhauses ein stabileres Gefängnis zu bauen, und ich muss mich sputen. Niemand weiß, wann die nächsten Transporte eintreffen. Aber kommen werden sie auf jeden Fall. London will die Verbrecher möglichst schnell loswerden, anscheinend ohne einen Gedanken daran zu verschwenden, ob sie hier überleben können. Also sägen Sie weiter, Morgan, so viel und so schnell Sie können, und schließen Sie mir ja keine Grube.«

»Welchen Eindruck haben Sie von den Leuten vom Neusüdwales-Korps?«, fragte Richard.

»Ich sehe kaum einen Unterschied zwischen ihnen und meinen Männern – Galgenvögel, die nur durch Zufall den gestrengen Augen der englischen Justiz entgangen sind. Die Offiziere haben zwar einiges mehr auf dem Kasten, aber ihre Fähigkeiten sind wahrlich kein Anlass, ins Schwärmen zu geraten. Ich gäbe viel darum, wenn ich einen anständigen Landvermesser bekommen könnte. Bradley war zu nichts zu gebrauchen, Altree noch schlimmer.« Ross' Augen blitzten. »Ich darf wohl nicht annehmen, dass zu Ihren vielen schlummernden Talenten auch die Landmesserei gehört, Morgan?«

Richard lachte. »Nein, Sir, nein!«

In Charlotte Field freute man sich über eine reiche Maisernte, und dutzende von weiblichen Sträflingen waren damit beschäftigt, die vielen tausend Kolben zu schälen und die Körner abzulösen. Auch die Weizenernte war erheblich besser ausgefallen, als die salzigen Winde und der Raupenfraß hatten befürchten lassen. Doch da Port Jackson die Rationen wieder um ein Drittel hatte kürzen müssen, erging an Norfolk Island der Befehl, dem Beispiel zu folgen. Als die *Supply* am 9. Mai auslief, drängten sich so viele Heimkehrwillige an Bord, dass für Getreide kein Platz war. Also behielt Norfolk Island seine Ernteerträge, zumindest bis auf weiteres. Für D'arcy Wentworth und seine Familie, die in Sydney Town sehr vermisst wurden, hatte man in Charlotte Field aus jungen Tannen ein geräumiges Haus gebaut. Am 30. April, einem Samstag, gab Major Ross offiziell bekannt, dass das Dorf künftig den Namen Queensborough tragen und Phillipburgh in Phillipsburgh umbenannt werden sollte.

Seit der Ankunft der *Surprize* war viel Zeit verstrichen und die rund siebenhundert Bewohner von Norfolk Island hatten ausgiebig Gelegenheit gehabt, einander kennen zu lernen. Überall auf der Insel blühte der Klatsch. Mrs Richard Morgan war eifrig darum bemüht, interessante Neuigkeiten, die sie im Haus des Vizegouverneurs aufgeschnappt hatte, unter die Leute zu tragen, und auch Miss Mary Branham in Leutnant Clarks Haus trug ihr Scherflein bei. Das Tun jedes Inselbewohners, ob hoch oder niedrig, wurde beleuchtet, hinterfragt und beurteilt. Wenn ein Sträfling seine Frau von der *Lady Penrhyn* sitzen ließ und sich eine jüngere von der *Lady Juliana* nahm, sprach sich das herum. Wenn ein Seesoldat mit der Frau eines Sträflings anbandelte, sprach sich das herum. Als die gemeinen Soldaten Escott, Mee, Bailey und Fishburn aus Inselgerste Bier brauten, sprach sich das herum. Wenn der kleine John Ross kränkelte, sprach sich das herum. Und jeder wusste, wer der dritte Mann war, der zusammen mit John Gault und dem Sträfling Charles Strong im Lagerhaus eingebrochen hatte, um verkäufliche Waren zu stehlen. Gault und Strong wurden zu jeweils dreihundert Hieben mit der neunschwänzigen Katze verurteilt, die in drei Portionen verabreicht werden sollten: die ersten hundert in Sydney Town, die zweiten, sowie die beiden sich erholt hatten, in Queensborough, die dritten in Phillipsburgh. Trotz dieser harten Strafe, die einen Menschen fürs Leben zeichnete, gaben die Diebe den Namen des dritten Mannes nicht preis. Aber jeder kannte ihn.

Natürlich sorgte die Abreise Johnny Livingstones für Aufsehen. Alle Augen waren auf Stephen Donovan gerichtet, denn jeder war neugierig, wer Johnnys Nachfolge antreten würde. Von den Siedlern und den Sträflingen war es jedenfalls keiner, und da Donovan so fröhlich wie immer seiner Arbeit nachging, gelangte man zu dem Schluss, dass Johnny ihm nicht sehr viel bedeutet haben konnte.

Ebenfalls von Interesse war das Verhältnis zwischen Richard Morgan und seinem Hausmädchen, Kitty Clark, die der Sonderling aus seinem Schlafzimmer aussperrte. Jawohl, aussperrte!

Richard war, wie jeder wusste, mit Stephen Donovan befreundet, aber wer ihn von der *Ceres* und der *Alexander* kannte, legte seine Hand dafür ins Feuer, dass er keine abseitigen Neigungen hatte. Will Connelly und Neddy Perrott ächteten ihn zwar weiterhin, ließen sich aber nicht dazu bewegen, ihm etwas anzuhängen. Wenn ein besonders Neugieriger heimlich in Donovans Fenster spähte, erblickte er nur zwei Männer, die über dem Schachbrett brüteten, nebeneinander vor dem Kamin hockten oder am Tisch aßen. Kitty Clark war nie dabei. Sie blieb stets zu Hause in der Obhut von Lawrell und MacTavish.

Stephen wusste nicht, was er tun sollte, seit er Kitty beim Weihnachtspicknick 1790 hatte erröten sehen. Zwar hatte er den Eindruck, dass sie seit damals etwas weniger Angst vor Richard hatte, was sicherlich mit dem Goldkettchen zusammenhing, das sie niemals ablegte – wie Frauen für solchen Flitterkram schwärmten! Aber der Mann ihrer Träume war leider nicht Richard, sondern er, Stephen, das war unverkennbar. Und er hatte dafür keine Erklärung, obwohl er um seine Wirkung auf Frauen wusste. Wahrscheinlich, so sagte er sich, umgibt mich eine Aura des Unerreichbaren. Frauen wollen immer das, was sie nicht kriegen können.

Kitty hat noch nicht begriffen, dass sie nur mit dem Finger zu schnipsen braucht, und Richard gehört ihr.

Was sollte er tun? Wie konnte er sie dazu bringen, Richard zu lieben?

Tobias, der zusammengerollt in seinem Schoß lag, erhob sich, streckte die Glieder und legte sich wieder hin. Ein orangefarbenes Knäuel mit großen Tatzen, das eines Tages ein Löwe zu werden versprach. Was für einen Kater hatte ihm Olivia da geschenkt! Ungemein klug, raffiniert, zäh, störrisch und unwiderstehlich charmant, wenn er verhätschelt und gestreichelt werden wollte. Was für Nachkommen hätte er zeugen können! Doch Stephen wollte lieber einen Kater, der neben ihm in der Hängematte döste, statt auf der Suche nach sexuellen Eroberungen draußen herumzustreunen, und so hatte er ihn ohne Bedenken kastrieren lassen.

Die Antwort auf sein Dilemma fand er erst, als die *Supply* im Mai nach Sydney segelte. Mai 1791! Wie die Zeit verging! Fünf Jahre kannte er Richard Morgan nun schon.

Stephen war zum Landvermessen eingeteilt worden, da er über Grundkenntnisse auf diesem Gebiet verfügte. Diejenigen, die mit der *Supply* nach Norfolk Island zurückgekehrt waren, brannten darauf, ihr Land in Besitz zu nehmen, und Major Ross wollte sie schnellstens aus der Stadt haben. Den Seeleuten von der *Sirius* traute Stephen zu, alle Schwierigkeiten zu meistern, doch der Eifer der Seesoldaten hielt sich in Grenzen. Männer wie Elias Bishop und Joseph McCaldren, notorische Unruhestifter, verfolgten nur das eine Ziel, Land zu ergattern, um es später zu verkaufen. Und wenn sie aus Norfolk Island alles herausgeholt hatten, was herauszuholen war, würden sie nach Port Jackson zurückkehren, dort eine Parzelle beantragen und abermals verkaufen. Sie wollten hartes Geld, keine harte Arbeit. Und in der Zwischenzeit lümmelten sie in Sydney Town herum und säten Zwietracht unter jenen Seesoldaten, deren Dienstzeit noch nicht zu Ende war. Armer Major Ross! In Port Jackson und England ließ man keine Gelegenheit aus, ihm das Leben schwer zu machen. Denunzianten wie George Johnston und John Hunter, von dem übergeschnappten Bradley ganz zu schweigen, würden bei Gouverneur Phillip ein offenes Ohr finden und dafür Sorge tragen, dass Ross für seine Arbeit wenig Dank erntete. Stephen achtete ihn ebenso wie Richard, und aus denselben Gründen. Ross stand vor einer nahezu unlösbaren Aufgabe, doch ging er beherzt zu Werke, ohne jemand zu bevorzugen. So jemand machte sich immer Feinde.

»Das Dumme ist«, sagte Stephen zu Richard bei Brathuhn mit Reis, den Kitty mit Salbei, Zwiebeln und Pfeffer gewürzt hatte, »dass man beim Landvermessen Sichtverbindung braucht, aber Norfolk Island besteht fast nur aus dichtem Wald. Ein Baum sieht wie der andere aus. In offenem Gelände kann ich vermessen, aber viele Parzellen sind bewaldet.«

Kitty unterbrach ihn. »Schmeckt's?«, fragte sie besorgt.

»Köstlich«, antwortete Stephen, der sie lieber gekränkt als gelobt hätte, es aus Anstand aber nicht über sich brachte. »Eine willkommene Abwechslung zu den ewigen Vögeln vom Mount Pitt! Zugegeben, sie helfen uns Pökelfleisch sparen, und zugegeben, der Pessimismus des Majors ist begründet – wir werden in Zukunft viele Mäuler zu stopfen haben. Aber ich muss gestehen, dass mir fast übel wurde, als ich hörte, die Vögel seien in unverminderter Zahl zum Nisten auf die Insel zurückgekehrt. Andererseits«, fügte er ausdruckslos hinzu, »hat Tobias eine Schwäche für die Vögel.«

»Meine Güte, ich dachte, es sei verboten, sie an Haustiere zu verfüttern«, rief Kitty erschrocken. »Bringen Sie sich bitte nicht in Schwierigkeiten, Stephen!«

Richard schlüpfte wieder in seine Übervaterrolle. »Wie man mit den Vögeln umgeht, ist eine Schande«, sagte er gewichtig, »Stephen braucht gar keine zu fangen, um Tobias zu füttern, Kitty. Er braucht nur die Kadaver einzusammeln, die überall am Wegrand liegen. Gewisse Leute rauben den armen Vogelmüttern die Eier und werfen den Rest weg.«

»Ach ja, gewiss!«, quiekste Kitty und zog sich verstört zurück.

»Richard«, sagte Stephen, nachdem sie mit einem Eimer zur Tür hinaus war, um, wie sie stammelnd erklärte, Wasser am Bach zu holen, »manchmal bist du ein richtiger Dummkopf.«

»Wie bitte?«, fragte Richard verdutzt.

»Wenn das arme Ding mal etwas zu sagen wagt, stopfst du ihr

mit Vernunft und Logik den Mund! Sie kocht uns ein köstliches Mahl, und wie dankst du es ihr? Indem du dich wie Gottvater persönlich aufführst!«

Richard sperrte fassungslos den Mund auf. »Gottvater?«

»So kommst du mir in letzter Zeit vor. Du weißt doch – Gottvater, Sohn und Heiliger Geist. Gott sitzt auf seinem Thron und verteilt nach Gutdünken Lob und Tadel, obwohl mir scheint, dass er ebenso mit Blindheit geschlagen ist wie jeder andere Richter innerhalb oder außerhalb der Christenheit. Kitty ist das harmloseste seiner Geschöpfe – für einen verliebten Mann benimmst du dich wie ein Tollpatsch, Richard! Wenn du sie begehrst, warum, in Dreiteufelsnamen, handelst du dann nicht entsprechend?«

Richard lauschte den Vorhaltungen mit einem Gesicht, das Stephen unter anderen Umständen zum Lachen gebracht hätte, doch dann entgegnete er entschieden: »Ich bin zu alt, du hast Recht – sie sieht in mir einen Vater, und das ist durchaus nicht abwegig. Meine Tochter wäre heute in ihrem Alter.«

»Dann bring sie davon ab, du Narr«, rief Stephen aufgebracht. »Zum Donnerwetter, Richard, du bist einer der schönsten Männer, die ich je gesehen habe! Du hast keinen Makel – ich muss es wissen, denn ich habe lange nach welchen gesucht. Ich habe dich geliebt, bevor ich auf die Welt kam, und ich werde dich noch lieben, wenn ich lange tot bin. Dass ich schwul bin und du nicht, ist ohne Belang – man kann sich nicht aussuchen, in wen man sich verliebt. Es geschieht einfach. Irgendwie ist es uns gelungen, mit unseren unterschiedlichen Neigungen zurechtzukommen und eine Freundschaft zu schmieden, die allen Stürmen standhalten wird. Ja, ich weiß, das dumme Ding glaubt, es sei in mich verliebt. Tu etwas dagegen!«

»Aber du sagst doch selbst, dass man sich nicht aussuchen kann, in wen man sich verliebt. Es geschieht einfach. Und sie hat sich in dich verliebt, nicht in mich.«

»Nein, verstehst du denn nicht? Herrgott noch mal, Richard, manchmal bist du wirklich ein Esel. Kitty ist noch ein halbes Kind, ich bin ihre erste Liebe, und die erste Liebe bleibt immer unerfüllt. Eine kindliche Schwärmerei. Mensch, sie ist eine reife Pflaume, die man nur zu pflücken braucht. Ich habe sie neulich ins Tal gehen sehen, mit einem leeren Korb in der Hand. Der Wind hat ihr direkt ins Gesicht geblasen und die unförmigen Kleider an den Leib gedrückt – würde ich mir etwas aus Frauen machen, hätte ich die Gelegenheit beim Schopf gepackt. Und glaub ja nicht, dass andere Männer das nicht bemerken. Bis auf die Augen mag ihr Gesicht wenig Vorzüge haben, aber sie hat den Körper einer Venus. Lange wohlgeformte Beine, pralle Hüften, eine schmale Taille und prachtvolle Brüste – eine Venus! Wenn du keinen Anspruch auf sie erhebst, dann tut es ein anderer, auch auf die Gefahr hin, dass du ihm sämtliche Knochen brichst.«

Stephen sprang auf. »Ich gehe jetzt nach Hause zu Tobias, bevor sie zurückkommt. Sag ihr, mir sei eingefallen, dass ich noch etwas Dringendes zu erledigen hätte.« Er ging zur Tür. »Du bist zu geduldig, Richard. Das ist eine bewundernswerte Tugend, aber wenn die Katze eine Stunde lang die Maus belauert, stößt vielleicht ein Habicht vom Himmel herab und schnappt sie ihr vor der Nase weg.«

Kitty drückte sich in den Schatten unter dem Fenster, aber Stephen ging, ohne nach links und rechts zu schauen, mit schnellen Schritten den Weg zwischen den Gemüsebeeten hinunter und verschwand in der Dunkelheit. Kaum war er fort, schlich Kitty zum Bach. Warum war er nicht so tief, dass man sich darin ertränken konnte? Sie war stehen geblieben, als sie hörte, wie Stephen Richard einen Dummkopf nannte. Neugierig geworden und alle Redensarten über heimliche Lauscher vergessend, war sie zum Fenster geeilt und hatte lange Ohren gemacht.

Wie war das möglich? Wie konnte Stephen sagen, dass er in Richard verliebt sei? Ihr schwirrte der Kopf, sie konnte es nicht begreifen. Stephen war doch ein Mann! Und trotzdem liebte – und begehrte – er einen anderen Mann. Richard. Und ihre Liebe tat er als kindliche Schwärmerei ab. Er nannte sie ein Kind. Sprach von ihr mit Sympathie, aber nicht mit Liebe. Beschrieb ihre Figur mit derselben distanzierten Bewunderung, die sie selbst für Richard empfand. Der sie angeblich liebte, wie Stephen behauptet hatte. Aber Richard könnte ihr Vater sein! Er hatte es selbst gesagt. Kitty sank auf die Knie, aber sie weinte nicht. Sie wollte sterben, nur noch sterben …

Richard kniete sich neben sie. »Hast du gelauscht?«

»Ja.«

»Nun ja, besser, du erfährst es auf diese Weise als von meiner Frau.« Er legte ihr den Arm um die Schulter und half ihr auf. »Früher oder später musstest du es erfahren. Komm rein. Hier draußen ist es kalt.«

Sie ließ sich ins Haus führen, dann sah sie ihn mit William Henrys Augen an. Sie war aschfahl.

»Geh zu Bett«, sagte er mit unbewegter Miene.

Wortlos wandte sie sich um und ging in ihr Zimmer. Er hatte Recht, es war kalt. Zitternd zog sie ihr Nachthemd an und kroch unter die warme Decke.

Sie hatte nicht mehr den Wunsch zu sterben. Und wie sie feststellte, war sie auch nicht so erschüttert, dass keine Aussicht auf Trost bestanden hätte. Dass Stephen sie nicht liebte, tat weh, aber sie hatte sich ohnehin nie ernste Hoffnungen gemacht. Die Enttäuschung war also nicht neu. Ihr Kummer verflüchtigte sich und machte weiteren Fragen Platz. Vielleicht, so sagte sie sich, bin ich ja klug genug, um eine Lehre daraus zu ziehen, auch wenn ich nicht recht weiß, worin sie bestehen soll. Ich weiß nur, dass ich mich mein Leben lang versteckt habe, und ich kann mich nicht länger verstecken. Wer sich versteckt, wird nicht wahrgenommen. Mit dieser Erkenntnis schlief sie ein.

Als sie am nächsten Morgen erwachte, war Richard fort. Das Geschirr war abgespült, die Kochstelle blitzsauber. Der Wasserkessel dampfte, im Kamin glomm ein Feuer, und auf dem Tisch stand ein Teller mit kaltem Huhn und Reis.

Sie brühte Tee auf, setzte sich an den Tisch und dachte, während sie im Essen stocherte, über den gestrigen Abend nach. Sie erinnerte sich noch genau an jedes Wort, doch ihre Erregung war verflogen.

Richard trat ein und lächelte sie unbefangen an. Wie immer. Als sei nichts geschehen. »Schönes Wetter draußen«, sagte er.

Die Bemerkung war ein Wink, dessen Bedeutung sie erriet. Er

wünschte keine Unterhaltung über den gestrigen Abend. Und so erwiderte sie mit matter Stimme: »Keine Arbeit?«

»Heute ist Samstag.«

»Ach ja, natürlich. Tee?«

»Gern.«

Sie goss ihm einen Becher voll und kühlte den Tee mit kaltem Sirup, dann nahm sie wieder Platz und stocherte weiter im Essen. Schließlich knallte sie den Löffel auf den Zinnteller und funkelte ihn an. »Wenn ich mit Ihnen nicht sprechen kann«, platzte sie heraus, »mit wem dann?«

»Vielleicht mit Stephen«, sagte er und schlürfte genüsslich. »Der kann einem ein Ohr abschwätzen.«

»Ich verstehe Sie nicht!«

»Doch, Kitty. Dich selber verstehst du nicht, und ist das ein Wunder? Du bist noch so jung.«

Sie sah ihm über den Tisch hinweg direkt in die Augen, was sie nie zuvor gewagt hatte. Es waren große Augen, blau wie das Meer hinter der Lagune an einem stürmischen Tag und tief genug, um darin zu ertrinken. Mühelos, wie es schien, zog er sie in sich hinein und trug sie fort auf einer Welle der … der … Nach Luft schnappend sprang sie auf, die Hände vor der Brust. »Wo ist Stephen?«

»Angeln, glaube ich, am Point Hunter.«

Sie stürzte zur Tür hinaus und rannte ins Tal, als seien Höllenhunde hinter ihr her. Erst als sie sah, dass Richard ihr nicht folgte, verlangsamte sie ihre Schritte.

Sie wusste mittlerweile, wie man als Frau ohne Begleitung durch Sydney Town gehen konnte, ohne belästigt zu werden – man musste nur von einer Gruppe von Frauen zur nächsten rennen –, und so hatte sie sich wieder etwas gefasst und konnte sogar lächeln und winken, als sie Stephen entdeckte, der sofort seine Angelschnur einholte und ihr entgegenkam. Anscheinend wusste er noch nicht, dass sie das Gespräch zwischen ihm und Richard mitbekommen hatte. Mit dieser Möglichkeit hatte sie überhaupt nicht gerechnet. Sie hatte wie selbstverständlich angenommen, dass Richard ihm alles erzählt hatte. Sprach Richard eigentlich nie mit jemand?

»Sie wollen heute nicht beißen«, sagte Stephen aufgeräumt. »Was führt dich zu mir? Kein Richard im Kielwasser?«

»Ich habe gehört, was ihr gestern Abend gesprochen habt.« Kitty schluckte vernehmlich. »Ich weiß, ich hätte nicht lauschen dürfen, aber es ist nun mal geschehen. Es tut mir Leid.«

»Böses Mädchen. Komm, setzen wir uns auf den Felsen dort drüben und genießen die Aussicht auf die Inseln. Der Wind wird unsere Worte verwehen.«

»Ich bin wirklich ein Kind«, sagte sie traurig.

»Ja, und das erstaunt mich am meisten«, sagte Stephen. »Du warst im London Newgate, auf der *Lady Juliana* und auf der *Surprize*, aber alles scheint spurlos an dir vorübergegangen zu sein. Und das kann nicht sein, Kitty.«

»Natürlich nicht. Aber es gab andere wie mich, müssen Sie wissen. Wenn wir nicht vor Scham gestorben sind, dann nur, weil wir uns versteckt haben. Unter so vielen Menschen ist das gar nicht so schwer, wie Sie vielleicht meinen. Die Männer stritten, spuckten, brüllten, jagten Frauen. Sie stiegen über uns hinweg, als seien wir überhaupt nicht vorhanden. Alle waren betrunken oder hinter jemand her, den sie bestehlen, ficken oder verprügeln konnten. Wir waren abgemagert, hässlich, und wir besaßen nichts. Uns nachzustellen lohnte sich nicht.«

»Also hast du dich wie ein Igel zusammengerollt.« Stephen sah zu den Tannen auf Nepean Island hinüber. »Und das einzige Wort, das du für den Liebesakt kennst, ist ›ficken‹. Das ist das Traurigste von allem. Hast du Leute dabei gesehen?«

»Nicht richtig. Nur Rammeleien in Kleidern. Wir machten immer die Augen zu, wenn wir begriffen, was neben uns vorging.«

»Das ist auch eine Möglichkeit, die Welt von sich fern zu halten.

Wie war es auf der *Lady Juliana*? Gab es da keine gemeinen Frauen, die euch piesacken wollten?«

»Doch, aber Mr Nicol war sehr gut zu uns, und ein paar ältere Frauen auch. Sie ließen es nicht zu. Außerdem war ich ständig seekrank.«

»Ein Wunder, dass du noch lebst. Aber du hast alles überstanden und bist hier gelandet, und ausgerechnet bei Richard Morgan. Das ist das Bemerkenswerteste von allem. Ich kenne nicht wenige, die dich darum beneiden.« Stephen wandte den Kopf und lachte sie an.

Wie seltsam. Seine Augen waren noch blauer als Richards Augen, so blau, dass sich der Himmel darin spiegelte. Sie waren nicht wie Wasser, das einen verschlang, sondern wie eine Mauer, gegen die man stieß.

»Ich bin nicht mehr in Sie verliebt«, sagte Kitty verwundert.

»Aber in Richard.«

»Nein, ich glaube nicht. Da ist etwas, aber Liebe ist es nicht. Ich weiß nur, dass es etwas anderes ist. Bitte, erzählen Sie mir von ihm.«

»Nein, das werde ich nicht tun. Du musst schon bei ihm bleiben und selbst herausfinden, was du wissen willst. Bei einem wortkargen Mann wie Richard kein leichtes Unterfangen, aber du bist eine Frau, und du bist neugierig.« Er half ihr auf. »Ich bin mir sicher, dass du dir alle Mühe geben wirst.« Er beugte sich vor und flüsterte ihr ins Ohr: »Wenn du etwas herausgefunden hast, sag es mir auch.«

Tränen traten ihr in die Augen, und sie wusste nicht, warum, nur dass sie mit einem Mal sehr traurig war. Nicht seinetwegen, nicht weil sie ihn nicht mehr liebte. Ach, dachte sie, warum ist das Leben so kompliziert. Ich liebe diesen Mann nicht, aber ich habe ihn von Herzen gern.

»Tobias und ich«, sagte Stephen, ergriff ihre Hand und schwang sie im Gehen, »werden großartige Onkel abgeben.«

Als sie das Ende von Arthur's Vale erreichten, ließ er ihre Hand los und blieb stehen. »Weiter komme ich nicht mit.«

»Bitte begleiten Sie mich.«

»Nein. Du musst allein gehen.«

Das Haus war leer. Richard war ausgegangen, doch im Kamin stapelten sich frische Scheite, die Wassereimer waren gefüllt, und vier der sechs Stühle standen ordentlich am Tisch. Kitty war enttäuscht und verwirrt. Warum hatte er nicht gewartet? War er denn nicht neugierig, was Stephen zu ihr gesagt hatte? Sie irrte durchs Haus, dann ging sie hinaus in den Garten und begann in der Hoffnung, irgendwann Blumen ziehen zu können, ein Beet umzugraben. Zeit verstrich. John Lawrell kam mit sechs Mount-Pitt-Vögeln, alle bereits gerupft und ausgenommen. Nun, da der Winter nahte, nahmen sie mittags die Hauptmahlzeit ein.

Kitty briet die Vögel in der Pfanne an, und als Richard zurückkehrte, schmurgelten sie, mit Kräuterbrot gefüllt, nebst Kartoffeln und Zwiebeln in einem geschlossenen Topf.

»Was«, fragte sie, nur um etwas zu sagen, »sind das eigentlich für kleine grüne Bäume an der sonnigen Stelle vor dem Abtritt?«

»Sie sind dir aufgefallen?«

»Schon längst, ich habe nur vergessen zu fragen.«

»Orangen und Zitronen. Ich habe die Samen aus Rio de Janeiro mitgebracht. In zwei, drei Jahren werden sie Früchte tragen. Viele von meinen Samen sind aufgegangen, deshalb habe ich etliche Pflanzen verschenkt, an Nat Lucas, Major Ross, Stephen und ein paar andere. Das hiesige Klima dürfte für Zitrusfrüchte ideal sein. Es gibt keinen Frost.« Er hob fragend eine Augenbraue. »Hast du Stephen gefunden?«

»Ja.« Sie stach mit einem Messer in eine Kartoffel, um festzustellen, ob sie gar war.

»Und hat er alle deine Fragen beantwortet?«

Sie hielt überrascht inne. »Ich bin gar nicht zum Fragen gekommen. Er hat *mir* Löcher in den Bauch gefragt.«

»Wonach hat er gefragt?«

»Hauptsächlich nach dem Gefängnis und der Überfahrt.« Sie verteilte Fleisch, Zwiebeln und Kartoffeln auf zwei Teller und löffelte Soße darüber. »Dazu gibt es Kopfsalat mit Schnittlauch und Petersilie.«

»Du bist eine hervorragende Köchin, Kitty«, sagte er und langte zu.

»Ich gebe mir Mühe. Wir können uns fast selbst versorgen, nicht wahr? Alles, was wir essen, haben wir selbst angebaut oder gesammelt.«

»Ja. Der Boden ist gut, und meist regnet es auch genug, damit alles wachsen kann. Im ersten Jahr war es sehr feucht, dann wurde es trocken. Aber der Bach führt immer Wasser, und das bedeutet, dass er aus einer Quelle entspringt. Ich möchte sie finden.«

»Wozu?«

»Neben einer Quelle wäre ein guter Platz für ein Haus.«

»Aber Sie haben doch schon ein Haus.«

»Zu nah an Sydney Town.« Er träufelte Soße über seine letzte Kartoffel.

»Mehr?«, fragte sie und stand auf.

»Gern, wenn noch etwas da ist.«

»Das Haus liegt nah an Sydney Town«, sagte sie, als sie wieder Platz nahm, »andererseits leben wir hier ziemlich abgeschieden.«

»Ich fürchte, damit ist es vorbei, wenn die nächsten Sträflingstransporte eintreffen. Major Ross glaubt, das Seine Exzellenz die Zahl der Inselbewohner auf über tausend erhöhen will.«

»Tausend? Wie viel ist das?«

»Ich vergaß, dass du nicht zählen kannst. Erinnerst du dich an den Gottesdienst letzten Sonntag, Kitty?«

»Natürlich.«

»Da waren siebenhundert Leute. Nimm die Hälfte davon und zähle sie zu denen, die dort waren, hinzu. Dann hast du ungefähr tausend.«

»So viele!«, stieß Kitty ehrfürchtig hervor. »Wo werden sie wohnen?«

»In Queensborough, in Phillipsburgh, und einige auch dort, wo die Seeleute von der *Sirius* wohnten, obwohl ich mir vorstellen könnte, dass der Major die Soldaten vom Neusüdwales-Korps dort unterbringen wird.«

»Sie vertragen sich nicht mit seinen Seesoldaten«, sagte Kitty nickend.

»So ist es. Aber hier bei uns, wo der Boden nicht von der Regierung bestellt wird, werden die Häuser nur so aus dem Boden schießen. Deshalb möchte ich weiter wegziehen.« Er lehnte sich in seinem Stuhl zurück und tätschelte sich grinsend den Bauch. »Wenn du mich weiter so mästest, muss ich härter arbeiten, sonst werde ich zu dick.«

Kitty nahm die leeren Teller und trug sie zu dem Tisch neben dem Kamin. »Ich weiß, Sie legen keinen großen Wert auf Gesellschaft«, sagte sie, während sie Schüssel und Spülbürste hervorholte, »und in gewisser Weise kann ich das verstehen. Aber wenn Sie umziehen, müssen Sie wieder ganz von vorn anfangen. Was für eine Plackerei!«

»Wenn es um das Wohl meiner Kinder geht«, sagte er entschieden, »ist mir keine Mühe zu groß. Ich will sie vor verderblichen Einflüssen schützen, und in unmittelbarer Nähe von Sydney Town ist das nicht möglich. Hier leben viele anständige Menschen, aber auch viele schlechte. Warum, glaubst du, zermartert sich der Major das Hirn und denkt sich Strafen aus, die abschrecken sollen? Wenn Menschen so eng zusammenleben, folgen Gewalt, Trunksucht, Raub und all die anderen Laster auf dem Fuß. Meinst du, Major Ross macht es Spaß, Männer wie Willy Dring mit einer Zweiwochenration für sechs Wochen nach Nepean Island zu schicken? Wenn dem so wäre, hätte ich keine Achtung vor ihm.«

Kitty schwirrte der Kopf vom ersten Teil der für Richard ungewöhnlich langen Rede, und so zog sie es vor, auf den zweiten zu antworten. »Wenn wir die Menschen besser verstehen könnten, ließe sich vielleicht ein anderer Weg finden. An vielem ist nur der Alkohol schuld. Sehen Sie mich an.«

»Ja, ich sehe dich an. Du hast dich prächtig gemacht.«

»Ich würde mich noch besser machen, wenn ich lesen, schreiben und rechnen könnte.«

»Wenn du willst, bringe ich es dir bei.«

»Das würden Sie tun? Richard, wie schön!« Kitty stand reglos da, die Spülbürste in der Hand und denselben Ausdruck in den Augen wie William Henry nach seinem ersten Schultag. »Gottvater! Jetzt weiß ich, was Stephen meinte. Sie brauchen Menschen, die Sie brauchen wie ein Kind seinen Vater. Sie sind sehr stark und sehr klug. Stephen ist das auch, aber er fühlt sich nicht wie ein Vater. Ich werde immer Ihr Kind sein.«

»Ja, in gewisser Weise. Andererseits möchte ich Kinder mit dir haben. Ich bin kein Gott – Stephen wollte keine Gotteslästerung begehen, er hat es scherzhaft gemeint.«

»Aber Sie haben doch schon eine Frau«, erwiderte Kitty. »Ich kann nicht Ihre Frau werden.«

»Lizzie Lock ist in Reverend Johnsons Register als meine Frau eingetragen, aber sie ist nie meine Frau gewesen. In England hätte ich die Ehe annullieren lassen können, aber hier gibt es keine Bischöfe und geistlichen Gerichte. Du bist meine Frau, Kitty, und ich zweifle keine Sekunde daran, dass Gott mich versteht. Du bist für mich ein Gottesgeschenk. Ich wusste es in dem Augenblick, als ich dir in die Augen sah. Ich werde dich allen Leuten als meine Frau vorstellen und dich meine Frau nennen. Du bist mein anderes Ich.«

Schweigen trat ein. Keiner rührte sich. Kitty sah ihn unverwandt an.

»Und was geschieht jetzt?«, fragte sie ein wenig atemlos.

»Bis zum Abendläuten nichts«, antwortete er und erhob sich. »Ich habe nicht die Absicht, mich von Besuchern stören zu lassen, Frau. Grab weiter den Garten um, aber denk daran, dass viele Sämlinge später umgepflanzt werden müssen. Ich gehe den Bach hinauf und suche die Quelle. Du warst zum Skelett abgemagert, aber die Sonne, die Luft und das Essen auf Norfolk Island haben innerhalb von neun Monaten eine neue Frau aus dir gemacht. Und diese Frau will ich so nahe bei Sydney Town nicht allein im Garten arbeiten lassen.«

Er glaubte nicht, dass sie ihn liebte, aber darauf hatte er ohnehin nie gehofft. Er war beinahe dreiundzwanzig Jahre älter als sie, und Jugend drängte zu Jugend. Doch als sie ihn an diesem Morgen über den Tisch hinweg angesehen hatte, fühlte er, wie sein Körper in Aufruhr geriet und ihr sein Innerstes offenbarte. Sie war zu Stephen geflüchtet, aber nicht unbewegt oder aus Angst. Er hatte sich ihr zu erkennen gegeben und dadurch Gefühle bei ihr geweckt, die völlig neu für sie waren und nur ihm galten. Dass er so viel Macht besaß, hatte ihn in Hochstimmung versetzt. Er war nie ein Mann gewesen, der seine Mußestunden dazu nutzte, in sein Inneres zu blicken, und erst als er seine Macht an Kitty erprobte, verstand er, warum er so war, wie er war. Warum er eine Art Übervater war. Alle Männer und Frauen brauchten einen Menschen, zu dem sie aufblicken konnten. Einen König, einen Premierminister, einen Anführer. Er hatte sich anderer Menschen angenommen, aber zunächst nur widerstrebend, weil ihm keine andere Wahl geblieben war. Er hatte gesehen, wie sie sich abstrampelten, und er hätte es nicht ertragen, wenn sie untergegangen wären. Und langsam war ihm diese Haltung zur zweiten Natur geworden. Hatte er anfangs nur mit einem resignierten Seufzer Verantwortung übernommen, so tat er es jetzt unwillkürlich. Er hatte den Samen schon immer in sich getragen, doch er hätte nie aufgehen können, wenn er in Bristol geblieben wäre. Der Mensch wurde mit vielen Anlagen geboren, doch einige blieben ihm zeitlebens verborgen. Alles hing davon ab, wohin Gott seine Schritte lenkte.

Nachdem Richard zwanzig Minuten lang mit nackten Beinen auf dem schlammigen Grund des Baches stromaufwärts gestapft war, gelangte er an den ersten Zufluss, der von den Hügeln im Nordwesten herunterrauschte. Ein enges, dicht bewachsenes Tal führte ihn in Versuchung, doch es lag zu nahe an Arthur's Vale, und so folgte er weiter dem Hauptarm, der sich durch ein Dickicht aus Baumfarnen, Palmen und Bananenstauden schlängelte. Schließlich gelangte er auf eine ebene, ausgedehnte Fläche, auf der der Bach sich abermals verzweigte. Der westliche Arm, dem Richard zuerst folgte, war zu kurz. Der andere, der aus Südwesten kam, war mit seinem tiefen Bett und der starken Strömung eindeutig der Hauptarm. Er musste in der tiefen Spalte da oben entspringen. Richard stieg immer höher und höher, bis er knapp unter dem Kamm die Quelle entdeckte, die zwischen mit Moos und Flechten bewachsenen Felsen hervorsprudelte. Hier oben wuchs eine Vielfalt von Farnen, die er nie für möglich gehalten hätte – gekräuselte, gefiederte, flaumige, fischschwanzartige.

Richard blinzelte, um sich zu orientieren, in die Sonne. Sie hatte bereits den Zenit überschritten. Er drang in den Tannenwald auf dem Kamm vor. Das Gelände war, wie er bald feststellte, ziemlich eben. Zu seinem Erstaunen stieß er nach kurzer Zeit auf die Straße nach Queensborough. Direkt dahinter musste der Pfad sein, der zu Destille führte. Ah, das war interessant! Richard hatte eine Idee. Er ging zur Quelle zurück und spähte in die Felsspalte hinab. Ein

Stück unterhalb der Quelle, auf der Westseite des Hangs, entdeckte er einen Felsvorsprung, der genug Platz für ein geräumiges Haus und einige Obstbäume bot. Und darunter war eine geeignete Stelle für einen Gemüsegarten.

Sein nächster Gang führte ihn zu Stephen Donovan, der seit dem Gespräch mit Kitty die Zeit damit totschlug, Schach gegen sich selbst zu spielen.

»Warum«, fragte Stephen, als Richard durch die Tür trat, »gewinnt meine rechte Hand eigentlich jede Partie?«

»Vielleicht weil du Rechtshänder bist?« Seufzend sank Richard auf einen Stuhl.

»Du siehst nicht wie ein frisch gebackener Bräutigam aus. Eher wie ein Mann, der versucht hat, übers Wasser zu gehen.«

»Ich habe versucht, übers Wasser zu gehen. Und dabei ist mir eine Idee gekommen.«

»Lass hören.«

»Wir wissen doch beide, dass Joe McCaldren eine Parzelle an der Straße nach Queensborough will, aber nicht zu weit draußen. Und wir wissen beide, dass Joe McCaldren die Absicht hat, sein Land zu verkaufen sowie es vermessen und überschrieben ist. Habe ich Recht?«

»Absolut. Trink ein Glas Portwein und erzähl weiter.«

»Du könntest mir einen großen Gefallen tun. Vermesse als Nächstes McCaldrens Land. Ich habe das ideale Grundstück für ihn gefunden.« Richard nahm das Glas entgegen.

»Verstehe. Du willst Kitty von den Sträflingen fern halten. Aber hast du denn genug Geld, um dreißig Hektar zu kaufen?« Stephen runzelte die Stirn. »Joe McCaldren wird mindestens zwanzig Shilling für den Hektar verlangen.«

»Ich besitze dreißig Pfund in Schuldscheinen, aber er will bestimmt klingende Münze. Doch ich will und brauche keine dreißig Hektar. So viel Land kann ich allein nicht bestellen. Stimmt es, was du gesagt hast? Dass jede Dreißighektarparzelle an einen Wasserlauf angrenzen soll?«

»Ja, es war mein eigener Vorschlag und der Major hat zugestimmt.«

»Hat der Major etwas dagegen, wenn die dreißig Hektar nach der Überschreibung aufgeteilt werden?«

»Sind sie erst mal zugeteilt, ist es dem Major gleichgültig, was damit geschieht. Aber Männer wie du, die begnadigt worden sind oder ihre Strafe verbüßt haben, sollen nur fünf oder zehn Hektar erhalten. Warum sparst du nicht dein Geld und lässt dir das Land einfach schenken?«

»Weil freie Siedler zuerst bedacht werden sollen, und ich dann noch ein Jahr warten müsste. Und bis dahin kommen weit über tausend Leute auf die Insel, und einige von ihnen hält Seine Exzellenz für so gefährlich, dass er sie in Port Jackson nicht haben will.«

»Verstehe.«

»Ich habe eine geeignete Stelle gefunden. Sie liegt am Hauptarm des Baches, der durch Arthur's Vale fließt. Der Bach entspringt aus einer Quelle am Ende eines engen Tals. Das dahinter liegende Gelände ist eben und grenzt an die Straße nach Queensborough. Ganz in der Nähe verläuft auch der Pfad, der zur Destille des Majors führt. Nach Sydney Town braucht man zu Fuß knapp dreißig Minuten. Das dürfte McCaldren gefallen. Und es gibt gutes Wasser. Ich will aber, dass du das Land auf beiden Seiten des Baches vermisst, denn der beste Bauplatz befindet sich am Westhang.«

Stephen sah Richard bewundernd an. »Du hast alle deine Probleme gelöst, was?« Er zuckte die Schultern und schlug sich auf die Schenkel. »Na schön, dann mach ich eben dort weiter, wenn ich in Cascade fertig bin. In Cascade habe ich abwechselnd Parzellen mit dreißig und zehn Hektar vermessen. Karger Boden, große Parzelle, guter Boden, kleine Parzelle. Das gleicht den Verkaufspreis einigermaßen aus. Im Moment bin ich bei den Parzellen für James Proctor und Peter Hibbs. Nicht sehr weit weg. Also werde ich an der Queensborough Road weitermachen und mich von dort nach Norden vorarbeiten, ehe ich zu Proctor und Hibbs zurückkehre. Und ich werde darauf achten, das McCaldrens dreißig Hektar dein Grundstück so umschließen, dass du den Oberlauf des Baches ganz für dich allein hast.«

»Nur sechs Hektar, Stephen, das genügt. Beide Seiten am Ende des Tals bis zur Straße nach Queensborough. Was McCaldren mit den restlichen vierundzwanzig Hektar anstellt, ist mir gleich.« Richard grinste. »Ich kann fünfundzwanzig Pfund in Gold bezahlen.«

»Ich könnte dir das Geld für die gesamten dreißig Hektar leihen, Richard.«

»Nein, das geht nicht.«

»Unter Brüdern geht alles.«

»Mal sehen.« Mehr ließ er sich nicht abringen. Er stellte sein Weinglas ab, bückte sich und hob Tobias auf, der zu seinen Füßen herzzerreißend miaute. »Du bist ein Schwindler, Tobias. Du jammerst wie das traurigste Waisenkind auf der Welt, aber zufällig weiß ich, dass du lebst wie ein Fürst.«

Er wandte sich zum Gehen.

»Gute Nacht!«, sagte Stephen und nahm ihm die Katze ab.

Die Nacht kroch das Tal herauf, als Richard sich dem Haus näherte. MacTavish kam ihm entgegen und begrüßte ihn mit Freudensprüngen.

Er trat ein. Kitty stand im Dämmerlicht an der Kochstelle, offensichtlich mit der Zubereitung des Abendessens beschäftigt. Sie benutzte nie eine seiner kostbaren Kerzen, obwohl er es ihr ausdrücklich erlaubt hatte. Lächelnd wandte sie den Kopf. Er ging zu ihr und küsste sie auf die Lippen, als sei sie schon immer seine Frau gewesen.

»Ich muss noch baden«, sagte er und verschwand wieder.

Er blieb lange fort. Als er wiederkam, schielte er zum Kamin. »Ist noch heißes Wasser da?«

»Natürlich.«

»Schön. Damit rasiert es sich besser.«

Mit Interesse sah sie zu, wie er das Rasiermesser flink und geschickt aus dem Elfenbeingriff klappte. Er hatte schöne Hände, männlich und doch geschmeidig, Hände, die Vertrauen einflößten. »Ich verstehe nicht, wie du dich ohne Spiegel rasieren kannst. Du schneidest dich nie.«

»Langjährige Übung«, murmelte er mit schiefem Mund. »Mit

warmem Wasser und Seife ist das ein Kinderspiel. Auf der *Alexander* musste ich mich trocken rasieren.«

Als er fertig war, reinigte er das Rasiermesser, klappte es zusammen und legte es in das Etui zurück, dann spritzte er sich Wasser ins Gesicht und trocknete sich ab. Unschlüssig sah er sich um, warf einen Blick in den Kamin und beschloss, ein angekohltes Scheit weiter hineinzuschieben. Nein, immer noch zu gefährlich. Er legte ein Scheit nach, um dem anderen Halt zu geben, trat zurück, rückte das Scheit noch einmal zurecht. Er hob den Deckel des Teekessels, schien enttäuscht, weil kein Wasser nachgefüllt werden musste, ging hinüber zu seinen Büchern.

»Richard«, sagte Kitty sanft, »wenn du unbedingt etwas tun willst, können wir ja essen. Das verschafft dir noch ein paar Minuten Zeit, um deinen Mut zusammenzunehmen, ehe du anfängst, mir Kinder zu schenken.«

Er sah sie verdutzt an, dann warf er den Kopf zurück und lachte, bis ihm die Tränen kamen. »Nein, Frau«, sagte er zärtlich. »Mir ist auf einmal gar nicht mehr nach essen.«

Sie lächelte ihn von der Seite an und ging durch ihre Tür. »Schließ die Fensterläden.« Ihre Stimme drang aus der Dunkelheit. »Und setz MacTavish vor die Tür.«

Sie führen uns immer, dachte Richard, wenn sie nur wollen. Unsere Macht ist Illusion, ihre ist so alt wie die Schöpfung.

Er trat entkleidet in ihr Zimmer und blieb stehen, bis er ihren Schatten im Dunkeln ausmachen konnte, den vagen Umriss ihres Körpers, der aufrecht auf dem Bett saß.

»Nein, nicht hier, wo ich dich nicht sehen kann. Vor dem Kamin, und so, wie Gott dich geschaffen hat. Komm.« Er streckte die Hand aus.

Ein Rascheln, als sie ihr Nachthemd auszog, dann die Berührung warmer und vertrauensvoller Hände. Er führte sie zurück, ließ sie neben dem Kamin stehen, zog die Strohmatratze von seinem Bett, warf sie auf den Boden zwischen ihnen und sah Kitty an. Wie schön sie war! Eine Venus, wie geschaffen für die Liebe. Und sie würden von Anfang an nackt sein, denn was jetzt kam, sollte keinerlei Ähnlichkeit mit den hastigen Kopulationen und

Zuckungen auf den Steinplatten im London Newgate haben. Es war ein heiliger Akt, der Gott geweiht sein sollte, denn Gott hatte ihn möglich gemacht. Dafür leiden wir. Ein göttlicher Funke verwandelt die finstere Hölle in eine leuchtende Sonne. Darin liegt wahre Unsterblichkeit. Darin liegt unsere Freiheit.

Er schlang die Arme um sie und ließ sie seine samtige Haut spüren, das Spiel der Muskeln, die Kraft und die Zärtlichkeit, all die Liebe, die er in den vielen Jahren aufgespart hatte. Und sie schien in ihrer stummen Verschmelzung das zeitlose Muster zu spüren, das Wie und Wo und Warum zu kennen. Wenn er ihr wehtat, dann nur einen kurzen Augenblick, und danach gab es kein Morgen mehr, nur noch sie bis in alle Ewigkeit. Schütte deine Liebe aus, Richard Morgan, halte nichts zurück. Gib ihr alles, was du bist und berechne nicht die Kosten. Hierin liegt der einzige Sinn der Liebe, und sie, dein Gottesgeschenk, weiß es und fühlt es und versteht deinen Schmerz.

# Teil Sieben

Juni 1791 bis Februar 1793

Peg war meine erste Liebe«, sagte Richard, der sonst nicht über solche Dinge sprach. »Annemarie Latour war nur eine körperliche Leidenschaft. Kitty ist meine letzte Liebe.«

Stephen Donovan betrachtete ihn mit funkelnden Augen. Wie schaffte Richard es, eine Verliebtheit in eine ganz offensichtlich dauerhafte Leidenschaft zu verwandeln? Waren es vielleicht die extremen Erfahrungen der Vergangenheit, die seine Gefühle tausendfach vergrößerten?

»Du bist der lebende Beweis für die Redensart, dass Alter nicht vor Torheit schützt. Aber in einem täuschst du dich, Richard. Kitty ist für dich Liebe und körperliche Leidenschaft zugleich. Für mich war das körperliche Verlangen früher, na ja, nicht die wichtigste, aber doch die dringendste Sache, das, was unbedingt befriedigt werden musste. Aber du hast mir eine Menge Dinge beigebracht, und eines davon ist die Kunst, ohne Sex auszukommen.« Er grinste. »Bis mir jemand begegnet, den ich unbedingt haben muss. Aber das geht dann auch wieder vorbei.«

»Du brauchst beides, wie jeder Mensch.«

»Ich habe auch jemanden für beides, leider nicht dieselbe Person. Was aber, wie ich inzwischen weiß, gar nicht schlecht ist. Ich habe keinen Grund, mich zu beklagen.« Stephen sprang auf. »Ich bin fest entschlossen, bald Offizier der Königlichen Marine zu werden. Dann werde ich in weiß-gold-blauer Uniform und mit einem Fernglas unter dem Arm auf dem Achterdeck herumspazieren und das Kommando über vierundvierzig Kanonen führen.«

Sie waren dabei, das Fundament für Richards neues Haus auszuheben, und machten gerade eine kurze Pause, um Wasser zu trinken. Der Seesoldat Joseph McCaldren hatte 30 Hektar zugeteilt bekommen und die besten sechs davon für stolze 24 Pfund verkauft. Vor ihm hatte bereits Elias Bishop einen Teil seiner 30 Hektar in Queensborough an D'arcy Wentworth verkauft. Major Ross hatte beide Transaktionen gutgeheißen.

»Ich bin froh darüber, dass Sie jetzt McCaldrens Land bewirtschaften«, sagte er zu Richard. »Sie haben es bald gerodet, und dann wächst dort auch etwas. Das ist es, was diese Insel braucht. Mehr Weizen, mehr Mais.«

Die Sägegruben ließen Richard unglücklicherweise nur wenig Zeit für den Bau des eigenen Hauses. In Sydney Town musste eine Kaserne gebaut werden, die Soldaten des Neusüdwales-Korps brauchten eine Bleibe, das Gefängnis war noch nicht fertig, und es fehlten auch noch einige Häuser für die Verwaltungsbeamten. Major Ross' Liste schien endlos zu sein. Nat Lucas verzweifelte schier, obwohl ihm über fünfzig Zimmerleute unterstanden.

»Ich kann keine gute Arbeit mehr garantieren«, sagte er eines Sonntags zu Richard. Sie saßen beim Mittagessen in Richards alter Hütte. »Einige Gebäude sind Pfuscharbeit, sie sind ohne die geringste Sorgfalt zusammengenagelt. Ich kann auch nicht alle Baustellen gleichzeitig beaufsichtigen, obwohl ich schon pausenlos unterwegs bin. Ganz im Ernst, Richard, ich bin mit meiner Weisheit am Ende.«

»Du kannst eben nicht mehr als den ganzen Tag arbeiten, Nat. Hat sich der Major beschwert?«

»Nein, dafür ist er zu sehr Realist.« Nat sah auf einmal besorgt aus. »Heute Morgen hörte ich, Leutnant Clark werde den Gottesdienst abhalten, weil der Major krank sei. Ziemlich krank sogar, meint Lizzie Lock.«

Das Essen war ausgezeichnet gewesen. Kitty hatte zwei fette Enten geschlachtet und in ihrem großen Schmortopf gebraten und mit Kartoffeln, Kürbisstücken und Zwiebeln serviert. Dann war sie mit Olivia und den Zwillingen hinausgegangen, um Augusta und ihrem rasch heranwachsenden weiblichen Nachwuchs zuzusehen. Bald würden die Ferkel entweder geschlachtet und an das Lagerhaus der Inselverwaltung verkauft oder zusammen mit der

Mutter zu einem anderen Zuchteber gebracht werden. Gott sei Dank hatte Richard einen großen Schweinestall gebaut!

Nat wechselte das Thema. »Sieh zu, dass dein Fundament fertig wird, Richard«, sagte er. »George und ich haben dir eine Mannschaft für zwei aufeinander folgende Wochenenden besorgt, um den Rohbau fertig zu stellen. Außerdem hat uns der Major von der Teilnahme am Gottesdienst befreit. Mit ein bisschen Glück schaffst du es also, von hier wegzuziehen, bevor der nächste Transport eintrifft. Viel mehr als das Dach und die Wände werden dann zwar noch nicht stehen, aber den Rest schaffst du ohne fremde Hilfe. Hast du genügend Bauholz?«

»Ja, von meinem eigenen Land, das ich ja sowieso roden muss. Ich habe dort eine Sägegrube ausgehoben, und Billy Wigfall hilft mir beim Zusägen. Harry Humphreys und Sam Hussey kommen manchmal samstags vorbei und helfen ebenfalls, Joey Long entrindet die Stämme.«

Die Frauen kamen herein. Sie lachten und unterhielten sich angeregt. Kitty hielt den kleinen William auf dem Arm. Ihre Augen leuchteten. Nat wunderte sich über sich selbst. Wie hatte er Kitty je für unscheinbar und gewöhnlich halten können? Wenig später verabschiedete er sich mit seiner Frau und ging.

»Ich mag deine Freunde wirklich sehr, Richard, aber Lucas und seine Familie mag ich am liebsten«, sagte Kitty, nachdem die Gäste gegangen waren. Sie stand hinter Richards Stuhl und zog seinen Kopf an ihren Bauch. Richard schloss die Augen.

Für Kitty hatte sich eine neue Welt aufgetan. Ihre erste Liebesnacht war wie ein wunderbarer Traum gewesen, wenigstens für Kitty, die Träume viel schöner fand als das wirkliche Leben. In Träumen passierten lauter wunderbare, unmögliche Dinge. Dabei war diese Nacht Wirklichkeit gewesen, eine Wirklichkeit, die sich in der folgenden Nacht fortsetzte und in allen Nächten danach. Die Hände, die ihr so gut gefielen, wanderten sanft über ihren Körper.

»Warum sind deine Hände nicht hart und schwielig?«, hatte Kitty Richard einmal gefragt.

»Ich bin von Beruf Büchsenmacher und gebe auf meine Hände Acht«, hatte dieser erwidert. »Jede kleine Schwiele, jede Narbe beeinträchtigt das Gefühl, das ich für meine Arbeit brauche. Für grobe Arbeiten ziehe ich Handschuhe an oder wickle mir Lappen um die Hände.«

Auf die meisten Fragen gab Richard allerdings keine Antwort. Wie hatte er in Bristol gelebt? Warum war er verurteilt worden? Wie viele Frauen hatte er gehabt? Hatte er in Bristol Kinder zurücklassen müssen? An was war seine Tochter gestorben, die jetzt in Kittys Alter wäre? Richard lächelte bei solchen Fragen immer nur und überging sie freundlich, aber bestimmt. Schließlich gab Kitty es auf, ihn damit zu bedrängen. Wenn er so weit war, würde er ihr alles erzählen. Vielleicht eines Tages, vielleicht aber auch nie.

Dafür war er ein toller Liebhaber! Andere Frauen redeten meist von der sexuellen Zudringlichkeit ihrer Männer, von der lästigen Pflicht, ihnen zu Willen zu sein. Kitty dagegen freute sich auf die Nächte. Noch nie zuvor hatte sie so etwas Schönes erlebt. Wenn sie mitten in der Nacht spürte, dass seine Hand nach ihr tastete, wandte sie sich ihm voller Freude zu, erregt von einem Kuss auf ihre Brust oder ihren Nacken.

Trotzdem glaubte sie nicht, dass sie ihn wirklich liebte. Sie schlief mit ihm, zugegeben, und sein reifes Alter machte ihn ihrer Meinung nach zu einem besseren Liebhaber und Gefährten. Aber sein Anblick weckte keine Begierde in ihr. Ihr Puls begann nicht zu rasen, wenn sie ihn sah. Nur wenn er sie berührte oder sie ihn, überkam sie das Verlangen. Zwar sagte er ihr täglich, dass er sie liebe, dass sie ihm alles bedeute, und sie fühlte sich dann auch geschmeichelt, doch innerlich blieb sie unbewegt.

Dieser Tag jedoch war ein ganz besonderer Tag. Diesmal ergriff Kitty die Initiative und drückte Richards Kopf an ihren Bauch. »Richard?«, sagte sie und sah auf seine kurz geschnittenen, dunklen Haare hinunter. Was für schöne Locken er hätte, wenn er die Haare wachsen ließe.

»Hm?«

»Ich bekomme ein Kind.«

Im ersten Moment war er ganz still. Dann blickte er zu ihr hoch, das Gesicht vor Freude wie verwandelt. Er sprang auf, hob sie hoch und bedeckte ihr Gesicht mit Küssen. »Kitty! Mein Liebling, mein Engel!« Er wurde plötzlich ernst. »Bist du ganz sicher?«

»Olivia sagt auch, dass ich schwanger bin, aber ich war mir schon vorher sicher.«

»Seit wann?«

»Ende Februar oder Anfang März, glauben wir. Olivia meint, es habe gleich beim ersten Mal geklappt, wie damals bei ihr und Nat. Sie meint, wir seien fruchtbar und könnten wahrscheinlich so viele Kinder haben, wie wir wollen.«

Richard nahm Kittys Hand und küsste sie ehrfürchtig. »Geht es dir gut?«

»Sehr gut sogar. Seit du mich zu dir genommen hast, habe ich keine Regel mehr gehabt. Manchmal ist mir ein bisschen übel, aber nicht so, als ob ich seekrank wäre.«

»Freust du dich, Kitty? Das kommt sehr früh.«

»Nein, Richard, es ist wie ein Traum! Ich bin …« Sie suchte nach Worten. »Ich bin überglücklich! Ein eigenes Kind!«

Am Montag hörte Richard wieder, dass Major Robert Ross ernstlich krank sei. Am Dienstag wurde er in aller Frühe zum Major bestellt. Ross lag in dem großen Zimmer im ersten Stock, das er normalerweise als Arbeitszimmer benutzte, denn dort oben war er vor lästigen Besuchern sicher. Richard folgte Lizzie Lock die Treppe hinauf. Er war unruhig und besorgt, und als er das Zimmer betrat, entsetzt. Das Gesicht des Majors war grauer als seine glasigen, tief eingefallenen Augen. Steif wie ein Brett lag er da, die Arme neben sich ausgestreckt. Nur seine Hände wirkten seltsam erwartungsvoll.

»Sir?«

»Morgan? Gut. Stellen Sie sich so hin, dass ich Sie sehen kann. Sie können gehen, Lizzie. Doktor Callam wird bald hier sein.« Plötzlich krampfte sein Körper sich zusammen. Der Major riss den Mund auf und entblößte seine Zähne. Obwohl er sich alle Mühe gab, die Schmerzen zu unterdrücken, stöhnte er leise. Ein anderer hätte geschrien, dachte Richard. Ross litt stumm, und seine Hände verkrallten sich in die Decke.

Richard wartete ruhig. Er wusste, Ross wollte weder Mitgefühl noch Hilfe. Schließlich ließen die Schmerzen nach. Das Gesicht des Kranken war schweißnass.

»Jetzt ist es besser«, sagte Ross schließlich. »Callam meint, es sei ein Nierenstein. Wentworth stimmt ihm zu, Considen und Jamison nicht.«

»Ich würde Callam und Wentworth glauben, Sir.«

»Das tue ich auch. Jamison kann nicht einmal eine Katze kastrieren, und Considen ist ein lausiger Zahnarzt.«

»Was kann ich für Sie tun, Sir?«

»Seien Sie darauf gefasst, dass ich sterbe. Callam gibt mir ein Mittel, das den Gang zwischen Niere und Blase erweitern soll. Er hofft, dass ich so den Stein loswerde. Das ist die einzige Rettung.«

»Ich werde für Sie beten, Sir«, sagte Richard bewegt.

»Das hilft wahrscheinlich mehr als Callams Medikamente.«

Wieder kam ein Anfall.

»Wenn ich sterbe, bevor das nächste Schiff kommt, wird auf der Insel das Chaos ausbrechen«, sagte Ross, als er wieder sprechen konnte. »Hauptmann Hill ist ein verdammter Narr, und Ralph Clark ist in seiner geistigen Entwicklung etwa so weit wie mein Sohn. Faddy ist ein Einfaltspinsel und zugleich ein Kind. Zwischen meinen Seesoldaten und den Soldaten des Neusüdwales-Korps wird es Krieg geben. Alle Verbrecher von Francis bis Peck werden sich Hill anschließen. Es wird ein Blutbad geben, und deshalb will ich diesen verdammten Stein loswerden, egal wie.«

»Sie werden es schaffen, Sir; den Nierenstein, der Sie umbringen könnte, gibt es noch nicht«, sagte Richard lächelnd. »Kann ich noch etwas für Sie tun?«

»Ja. Ich habe bereits mit Mr Donovan und einigen anderen gesprochen und angeordnet, dass Musketen ausgegeben werden. Sie bekommen auch eine, Morgan. Dank Ihrer Arbeit funktionieren zumindest die Musketen der Seesoldaten. Das Neusüdwales-Korps pflegt seine Waffen nicht, und Hill habe ich Ihre Dienste niemals angeboten. Arbeiten Sie mit Donovan zusammen und halten Sie sich von Andrew Hume fern. Hume steckt mit Hill unter einer Decke und ist an seinen Verbrechen beteiligt. Er ist ein Betrüger,

Morgan. Er versteht von Flachsverarbeitung genauso wenig wie ich, aber er sitzt in Phillipsburgh wie die Spinne im Netz und glaubt, mit Hill zusammen gehöre ihm die Hälfte der Insel.«

»Konzentrieren Sie sich darauf, den Stein loszuwerden, Sir. Wir werden nicht zulassen, dass Hill und das Neusüdwales-Korps die Macht übernehmen.«

»Oh, die Schmerzen fangen schon wieder an. Gehen Sie, Morgan, und seien Sie wachsam.«

Draußen auf dem Treppenabsatz blieb Richard stehen. Seine Gedanken rasten. Er versuchte sich Norfolk Island ohne Major Ross vorzustellen. Auf der Insel brodelte es, dafür hatte der Seesoldat Henry Wright gesorgt. Wright war dabei erwischt worden, wie er Elizabeth Gregory, ein zehnjähriges Mädchen aus Queensborough, vergewaltigte. Es war bereits sein zweites Vergehen. Vor zwei Jahren war er in Port Jackson zum Tod verurteilt worden, weil er ein neunjähriges Mädchen vergewaltigt hatte. Der Gouverneur hatte ihn begnadigt, aber für den Rest seines Lebens nach Norfolk Island verbannt und das Problem damit an Major Ross weitergegeben. Wright war mit seiner Frau und seiner kleinen Tochter auf die Insel gekommen. Nach dem Verbrechen an Elizabeth Gregory hatte seine Frau beantragt, mit ihrer Tochter auf dem nächsten Schiff nach Port Jackson zurückkehren zu dürfen. Ross hatte den Antrag genehmigt. Zuvor hatte er Wright zu dreimaligem Spießrutenlaufen verurteilt: einmal in Sydney Town, dann in Queensborough und dann noch einmal in Port Jackson. Der erste Teil der Strafe wurde an dem Tag vollzogen, an dem Major Ross erkrankte. Mit nacktem Oberkörper wurde Wright zwischen zwei Reihen von Menschen hindurchgetrieben, die alle sein Blut sehen wollten und mit Äxten, Hacken, Knüppeln und Peitschen bewaffnet waren.

Die Vergewaltigung des Kindes hatte auch bei vielen Sträflingen das Ansehen der Seesoldaten zerstört. Die Einwohner von Norfolk Island ärgerten sich allerdings genauso über die immer auffälligere Neigung von Gouverneur Phillip, Problemfälle auf ihre Insel abzuschieben.

Ross hat Recht, dachte Richard. Wenn er stirbt, gibt es Krieg.

Doch Ross war zäh, und er starb nicht. Eine Woche lang hing sein Leben an einem seidenen Faden. In dieser Zeit gingen Richard, Stephen und ihre Männer regelmäßig auf Streife. Dann ließen Ross' Schmerzen nach. Doktor Callam wusste nicht zu sagen, ob der Major den Stein ausgeschieden hatte oder ob er in die Niere zurückgewandert war. Die Schmerzen hörten nicht schlagartig auf, sie verschwanden nach und nach. Zwei Wochen nach dem ersten Anfall konnte Ross wieder die Treppe hinuntergehen, nach einer weiteren Woche war er wieder ganz der Alte – energisch, schlecht gelaunt und bissig, wie ihn alle kannten und entweder liebten oder fürchteten.

Die Waagschale neigte sich weiter zu Gunsten des Neusüdwales-Korps, als Mitte August 1791 die *Mary Ann* eintraf, das erste Schiff seit der *Supply* im April und der erste Häftlingstransport seit einem Jahr. Mit der *Mary Ann* kamen elf Soldaten des Neusüdwales-Korps mit drei Frauen und neun Kindern und 133 Häftlinge, darunter 131 Männer, eine Frau und ein Kind. Die Inselbevölkerung wuchs damit auf 875 an. Die *Mary Ann* hätte zur Versorgung ihrer Passagiere auf der Insel auch gleich noch Vorräte für neun Monate mitbringen sollen, aber wie üblich hatte man sich in der Berechnung des Bedarfs der Neuankömmlinge grob vertan. Die Lieferung reichte höchstens für fünf Monate.

Unter den Sträflingen waren 32 Unbelehrbare, die Gouverneur Phillip schon lange Kopfzerbrechen bereitet hatten, und 99 kranke, halb verhungerte Jammergestalten. Sie kamen direkt von der *Matilda*, einem Schiff, das kurz zuvor in Port Jackson eingetroffen war. Die *Matilda* und die *Mary Ann* waren die ersten von zehn Schiffen, die England Ende März verlassen hatten. Die *Matilda* hatte unterwegs keinen einzigen Hafen angelaufen und für die Reise nur vier Monate und fünf Tage gebraucht, die *Mary Ann* war nur wenig langsamer gewesen. Die schnelle Fahrt hatte den Häftlingen auf den Schiffen das Leben gerettet, denn die Schiffe waren von denselben Sklavenhändlern ausgerüstet worden wie bisher. Nur die *Gorgon*, ein Versorgungsschiff, würde wegen eines längeren Zwischenaufenthalts in Kapstadt später eintreffen. Sie sollte in Kapstadt so viele Tiere wie möglich an Bord nehmen. Leider war auch der größte Teil der Post und der Pakete an Bord der *Gorgon*. Die Bewohner von Norfolk Island machten sich also seufzend darauf gefasst, noch ein paar Monate auf Nachrichten aus dem Rest der Welt warten zu müssen. Zu ihrer Enttäuschung trug auch Mark Monroe bei, der Kapitän der *Mary Ann*. Er wusste überhaupt nichts vom aktuellen Weltgeschehen, und von ihm war deshalb auch nichts Neues zu erfahren.

Doch ließ er am Strand einen Stand aufbauen, an dem Waren verkauft wurden, die das Schiff mitgebracht hatte.

»Stephen«, sagte Richard bei einem Besuch des Freundes in dessen Haus, »ich komme heute auf ein Versprechen zurück, das du mir einmal gegeben hast. Kannst du mir etwas Geld leihen? Ich gebe dir dafür Schuldscheine plus Zinsen.«

»Ich leihe dir gerne was, aber ich warte auf die Rückzahlung, bis du mir Geld geben kannst«, sagte Stephen. »Wie viel brauchst du?«

»Zwanzig Pfund.«

»Kleinigkeit!«

»Sicher?«

»Ich habe wie du ein großes Guthaben beim Staat. Inzwischen müssten es zweihundert bis dreihundert Pfund sein. Meine Bedürfnisse sind einfach und im Allgemeinen nicht durch Geld oder Schuldscheine zu befriedigen. Aber du hast für deine Frau und Familie zu sorgen, von deinem neuen, zweistöckigen Haus ganz zu schweigen.« Stephen schloss die Läden und trat zu einem an der Wand aufgehängten Haifischrachen, den er von der *Alexander* mitgebracht hatte. Er griff zwischen die Zähne, hantierte ein bisschen herum, dann sprang ein Verschluss auf, und man sah ein kleines Türchen in der Wand. Stephen holte eine pralle Geldbörse heraus.

»Zwanzig Pfund«, sagte er und ließ das Geld in Richards Hand fallen. »Wie du siehst, bin ich nach dieser Leihgabe nicht pleite.«

»Hoffentlich interessiert sich nie ein Dieb für deinen Haifisch.«

»Ich glaube nicht, dass so ein paar Knochen einen Dieb interessieren.« Stephen schloss das Türchen und rückte die Trophäe wieder zurecht. »Lass uns gehen, bevor uns jemand anders die besten Angebote wegschnappt.«

Richard kaufte einige Längen gemusterten Musselin, außerdem billigen Kattun für Arbeitskleider, Nähfaden, Nadeln, eine Schere und für sich selbst einige Zollstöcke und Maurerkellen. Schließlich erstand er noch einen eisernen Küchenherd. Der Herd hatte einen Feuerrost mit Aschekübel, darüber lagen der Backofen und der Anschluss fürs Ofenrohr, obenauf die ebene Kochfläche. Kapitän Monroe verkaufte auch dünne Ofenrohre von der Art, wie sie auf Schiffen benutzt wurden. Die Rohre kosteten mehr als der ganze Herd. Das restliche Geld gab Richard für dicken Baumwollstoff aus, der hervorragende Windeln abgeben würde, und für dunkelroten, wollenen Serge. Aus ihm sollten Kitty und das Baby Wintermäntel bekommen.

»Du hast jetzt fast so viel ausgegeben wie für sechs Hektar gutes Ackerland«, sagte Stephen. Er prüfte das Seil, mit dem sie die Sachen auf den Schlitten gebunden hatten. »Monroe ist ein Halsabschneider.«

»Ich will meiner Frau und meinen Kindern das Leben auf Norfolk Island so bequem wie möglich machen«, sagte Richard. »Kleider aus Wolle oder Leinen sind für das Klima hier nicht geeignet. Die Kleider, die man hier fertig kaufen kann, fallen beim ersten Waschen auseinander. Wir werden von den Lieferanten in London immer wieder betrogen. Kitty näht noch besser, als sie kocht, und sie wird uns haltbare Sachen machen.« Er schlüpfte mit den Schultern in das Schlittengeschirr und schnallte es vor der Brust zu. Der Schlitten ließ sich mühelos ziehen, obwohl seine Ladung fast drei Zentner wog.

Richard wollte zuerst den Herd im Rohbau seines neuen Hauses abladen, deshalb zog er seine Last auf der Straße nach Queensborough den steilen Hang des Mount George hinauf. Es war eine Schinderei von einer Meile, aber Richard war daran gewöhnt. Er hatte den mit Kalksteinen beladenen Schlitten unzählige Male den Hügel hochgezogen. Mit Räderfahrzeugen wäre die Arbeit noch mühsamer gewesen. Der Schlitten dagegen ließ sich gut in der Spur ziehen, die seine Kufen bei nassem Wetter in den aufgeweichten Boden gegraben hatten.

Nach der langen, steilen Strecke fiel das Ziehen leichter. Oben ging es abwechselnd hinauf und hinunter, aber nicht mehr so steil wie auf dem ersten Stück. Richards Parzelle kam in Sicht. Er bog von der Straße ab und folgte einem Weg durch die Bäume, von denen er viele bereits gefällt hatte. Ein fünfzehn Meter breiter Saum von Tannen sollte um die Felder stehen bleiben, den Rest wollte Richard roden, um Weizen anzubauen. Die Tannen sollten die empfindliche Pflanze vor den salzigen Winden schützen, die aus allen Himmelsrichtungen wehten. Die weniger steilen Stücke der kleinen Schlucht, in der der Wasserlauf entsprang, würde er mit Mais bepflanzen, dem Futter für seine Schweine, die sich schnell vermehrten.

Am oberen Ende der Schlucht legte er das Geschirr ab. Er hatte zwar einen guten Weg zu der Felsplatte hinunter angelegt, auf der sein Haus emporwuchs, doch er wusste, dass er den Schlitten mit der schweren Last bergab nicht halten konnte. Er lud alles bis auf den Herd ab. Dann befestigte er das Geschirr am hinteren Ende des Schlittens, schlüpfte wieder hinein, schob den Schlitten an und stemmte die Absätze in den Boden, um die Fahrt nach unten abzubremsen. Der Schlitten rutschte hinunter und riss Richard hinter sich her. Drunten kam er mit einem dumpfen Schlag zum Stehen. Im Nu war Kitty aus dem Garten herbeigerannt.

»Richard!«, schrie sie. »Du bist verrückt!«

Richard saß keuchend auf dem Boden. Für eine Antwort war er zu sehr außer Atem. Kitty brachte einen Becher mit kaltem Wasser und setzte sich neben ihn. Sie hatte Angst, er könnte sich verletzt haben.

»Hast du dir wehgetan?«

Er trank gierig, schüttelte den Kopf und lächelte. »Ich habe einen Herd für dich gekauft, samt Backofen. Captain Monroe hatte heute seinen Verkaufstag!«

Kitty stand auf und besah sich den Herd genau. »Jetzt kann ich selber Brot backen, Richard! Und Kuchen, wenn ich genug Streusel und Eiweiß habe. Und wir können Fleisch richtig braten. Ach, das ist wunderbar! Ich danke dir!«

An einem der Dachbalken war eine Seilwinde befestigt, mit der sie den großen Herd vom Schlitten hoben. Dann ging Richard mit Kitty noch einmal hinauf, um die anderen Einkäufe zu holen.

»Richard, du bist viel zu gut zu mir.«

»Nein, das bin ich nicht. Du trägst mein Kind unter dem Herzen.« Nacheinander schafften sie die Einkäufe nach unten. Dann kehrten sie mit dem Schlitten zur Straße zurück und machten sich auf den Heimweg zu ihrem alten Haus. Richards Schlitten war sehr viel leichter geworden.

Am Wochenende des 27. und 28. August 1791 zogen Richard und Kitty in das neue Haus ein. Mithilfe ihrer Freunde hatten sie alles rechtzeitig geschafft. Das Dach war mit Schindeln gedeckt, ein Weg führte von der Haustür zur Quelle hinunter. Fürs Erste würden sie nur das Erdgeschoss einrichten, das obere Stockwerk konnte noch warten. Es würde zwar noch eine Weile dauern, bis das neue Haus so schön war wie das alte, aber das kümmerte Richard nicht.

Sie hatten mehrere Tische, eine Sitzbank für die Küche, sechs schöne Stühle, zwei gute Betten, eines davon mit Federmatratze und -kissen, und Regale für all die Dinge, die sich bei Richard im Lauf der Zeit angesammelt hatten. Der eiserne Herd stand vor dem offenen Kamin, das Ofenrohr verschwand im Schornstein. Ab sofort gab es kein offenes Feuer mehr. Im Haus war es jetzt nach Einbruch der Nacht zwar dunkler, aber auch sehr viel sicherer.

Zum offiziellen Einzug erhielten Richard und Kitty viele Geschenke, meist Pflanzen oder Hühner. Nat und Olivia Lucas brachten eine kleine Schildpattkatze, Joey Long schenkte ihnen einen zweiten Hund. Zwei wohlhabendere Mitglieder von Richards Freundeskreis waren gewohnt großzügig: Stephen verehrte ihnen eine eichene Anrichte, die er Doktor Jamison abgekauft hatte, die Wentworth' kamen mit einer Wiege. Die Katze bekam den Namen Tibby, die neue Hündin wurde zu Charlotte. MacTavish freundete sich mit beiden an. Er blieb das einzige männliche Haustier.

Einen geeigneten Ort für den Schweinestall und die Toilette zu finden, erwies sich als schwierig. Dazu musste zuerst der Verlauf der unterirdischen Wasseradern lokalisiert werden, die die Quelle speiste, denn das Trinkwasser musste sauber bleiben. Richard schnitt sich aus einem in vollem Saft stehenden, grünen Busch einen gegabelten Zweig, fasste ihn an den Zinken und versuchte sich als Rutengänger. Es war ein komisches Gefühl. Das Holz schien plötzlich zum Leben zu erwachen; es zitterte und wehrte sich sanft gegen Richards Griff. Bei Kitty und Stephen dagegen rührte es sich nicht.

»Wahrscheinlich liegt es an der Haut«, sagte Stephen und betrachtete wehmütig seine Hände. »Meine ist hart, trocken und schwielig. Deine ist weich und feucht, Richard. Mit der Haut des Rutengängers schließt sich der Kreis des Wassers.«

Was auch immer die Ursache des komischen Gefühls war, Richard musste jedenfalls sowohl den Schweinestall als auch die Toilette auf der Nordseite des Hauses bauen. Auf der Südseite verliefen überall unterirdische Wasseradern.

Die traurigste Folge des Umzugs hätte niemand vorhersagen können. Richard machte sich dennoch Vorwürfe. Am selben Sonntag, an dem die Morgans sich ohne Bedauern von ihrem Stück Land im Arthur's Vale verabschiedeten, ertappte ein Unteroffizier der Seesoldaten John Lawrell in dessen Hütte beim Kartenspiel mit William Robinson. Major Ross hatte dem Unteroffizier gesagt, er könne für die letzten Monate seiner Dienstzeit mit seiner Familie in das Haus ziehen, das Richard soeben geräumt hatte. Sofort war der Unteroffizier zur Besichtigung vor Ort geeilt. Der tief religiöse Mann war empört von dem Anblick, der sich ihm bot, als er durch die Tür von Lawrells Hütte spähte. *Ein Kartenspiel am Sonntag!* Lawrell und Robinson wurden dafür zu je hundert Peitschenhieben verurteilt.

»Das ist viel zu hart!«, beklagte sich Richard bei Stephen. »Es war doch nur ein harmloses Spiel, das mit Gott und den Menschen nichts zu tun hatte. Mir wäre nie in den Sinn gekommen, dass daran etwas Unrechtes sein könnte. Wenn ich mit dem Major spreche …«

»Nein, das wirst du nicht«, sagte Stephen fest. »Der Major hat seit seiner Krankheit einen religiösen Tick. Er hält die vielen Verbrechen, die auf der Insel begangen werden, für eine Folge der hier herrschenden Gottlosigkeit und der mangelhaften Einhaltung der Sonntagsruhe. Nicht umsonst ist er ein von den Presbyterianern geprägter Schotte. Du kannst sagen, was du willst, der Major wird seine Entscheidung doch nicht ändern. Vielleicht sieht er sogar einen Zusammenhang mit dir: Du ziehst weg, Lawrell sündigt.«

»Manchmal hasse ich Gott«, sagte Richard bitter.

»Es ist nicht Gott, den du hasst, Richard. Du hasst nur die Narren, die sich als Diener Gottes bezeichnen.«

Die *Salamander* traf am 16. September ein. An Bord waren 200 männliche Sträflinge und eine weitere Verstärkung für das Neusüdwales-Korps. Die Zahl der Bewohner von Norfolk Island stieg damit auf 1115. Todesfälle wie öffentliche Auspeitschungen hatten seit der Ankunft der *Mary Ann* enorm zugenommen. Den ersten Toten überhaupt hatte es erst Ende 1790 gegeben: John Price, ein Sträfling von der *Surprize*, war an den Folgen der furchtbaren Reise gestorben.

Die Unruhen in Sydney Town, Queensborough und Phillipsburgh rissen nicht ab. Fleißige Sträflingsbauern stritten sich mit arbeitsunwilligen Seesoldaten und den Soldaten des Neusüdwales-Korps. Inzwischen gab es auch viele kranke und arbeitsunfähige Sträflinge auf der Insel. Einige von ihnen starben, andere vegetierten dahin wie zuvor schon in Port Jackson. Die Starken bestahlen die Schwachen und nahmen ihnen Lebensmittel und Kleider weg. Unter denen, die die mittellosen Kranken durchfüttern mussten, wurde die Stimmung immer schlechter. Das galt besonders für die Sträflinge, die ihre Strafe noch nicht verbüßt hatten oder noch nicht begnadigt worden waren. Sie durften nicht behalten, was sie anbauten, und auch nichts an die staatlichen Vorratshäuser verkaufen.

Die Kluft zwischen denen, die gute Ernten und reichlich zu essen hatten, und denen, die nichts anbauten, wurde immer größer. In Phillipsburgh herrschte Hunger. Es lag zwar nur drei Meilen von Sydney Town entfernt, aber man hätte meinen können, es sei so weit weg wie Port Jackson, so isoliert war es. In Phillipsburgh wurde vor allem Flachs angebaut, Getreide oder Gemüse dagegen kaum. Für den Bezug der Lebensmittel von der Südseite der Insel war Mr Andrew Hume zuständig. Er betrieb einen schwunghaften Handel mit Sträflingskleidung und zog regelmäßig Major Ross' Zorn auf sich, weil er die Rationen seiner Arbeiter kürzte und das Eingesparte an die Soldaten des Neusüdwales-Korps verschob. Da der Großteil der Ordnungsmacht der Insel mittlerweile aus den Soldaten des Neusüdwales-Korps bestand, war Ross dagegen machtlos.

Der unermüdliche Leutnant Clark stieg in der Gunst von Major Ross noch höher, als er einen Brief entdeckte, den Francis Folks, der Schreiber des Majors, an Captain David Collins geschrieben hatte, Phillips Beisitzer im Kriegsgericht in Port Jackson. Folks beschuldigte Ross unter anderem der äußersten Grausamkeit und der willkürlichen Einbehaltung von Lebensmitteln für Freie und Sträflinge gleichermaßen. Dem Brief waren einige Dokumente beigefügt, außerdem persönliche Stellungnahmen, die den Vizegouverneur als Kreuzung aus Iwan dem Schrecklichen und dem Großinquisitor Thomás de Torquemada beschrieben. Ross ließ Folks daraufhin in Eisen legen, beschlagnahmte den Brief, die Dokumente und Kommentare als Beweisstücke und ordnete an, dass Folks beim Adressaten des Briefes in Port Jackson vors Kriegsgericht gestellt werden sollte.

Am 2. November kam die *Atlantic* mit Neuigkeiten, die alle Inselbewohner bis auf Major Ross wie ein Blitz aus heiterem Himmel trafen. Das Schiff brachte Briefe und Pakete der *Gorgon* aus Portsmouth mit, die endlich in Port Jackson eingetroffen war. An Bord befand sich außerdem Kommandant Philip Gidley King, der neue Vizegouverneur von Norfolk Island! Er war mit der *Gorgon* aus England zurückgekehrt und hatte seine hochschwangere neue Frau Anna Josepha mitgebracht. Der junge William Neate Chapman, Kings Protegé und offiziell sein Landvermesser, scharwenzelte ständig um sie herum und verwöhnte sie. Die Inselgemeinde tat sich schwer damit zu entscheiden, wer denn nun dümmer sei, Chapman oder Anna Josepha. Die beiden nannten einander »Bruder« und »Schwester«, kicherten pausenlos und warfen sich schelmische Blicke zu. Sie waren einander auch verblüffend ähnlich. Die beiden Söhne Kings aus der Verbindung mit Ann Innet waren nicht mitgekommen. Gerüchteweise war zu hören, Norfolk, der Ältere der beiden, sei in der Obhut von Kings Schwiegereltern in England geblieben.

Mit der *Atlantic* kamen außerdem noch Hauptmann William Paterson vom Neusüdwales-Korps und seine Frau sowie Reverend Johnson, der unter anderem einunddreißig auf Norfolk Island geborene Babys taufen musste. Einige der Besucher blieben nur kurze Zeit.

Die *Queen*, soeben in Port Jackson eingetroffen, sollte weitere Sträflinge auf die Insel bringen, diesmal vor allem irischer Herkunft. Damit war das Ende der Seesoldaten auf Norfolk Island gekommen. Major Ross und die Leutnants Clark, Faddy und Ross jr. sowie die restlichen Unteroffiziere und Mannschaften sollten die Insel mit der *Queen* verlassen und anschließend in Port Jackson die Rückkehr der *Gorgon* abwarten. Die *Gorgon* war nach Kalkutta weitergefahren. Von dort sollte sie Rinder mitbringen.

Kommandant King war entsetzt über das, was er auf seinem geliebten Norfolk Island zu sehen bekam. Sydney Town schien geradezu eine hölzerne Kopie der Lasterhöhle Port Jackson! Und was seinen Amtssitz anging … Er konnte seiner Frau unmöglich zumuten, in dem baufälligen, lächerlich kleinen Haus zu wohnen, noch dazu mit einer Haushälterin wie Lizzie Lock, einer ganz gewöhnlichen Schlampe. Sie musste verschwinden, je früher, desto besser.

Zu Kings schlechter Laune trug auch bei, dass nur wenige der vielen Tiere, die er in Kapstadt gekauft hatte, die Reise auf der *Gorgon* überlebt hatten. Nur ein kläglicher Rest war auf der *Atlantic* mitgekommen: einige kränkliche Schafe, Ziegen und Truthähne. Keine einzige Kuh hatte überlebt.

Alles war heruntergekommen und verlottert! Wie hatte Major Ross dieses Juwel von Insel nur so herunterwirtschaften können? Aber was konnte man von einem schottischen Seesoldaten anderes erwarten? King verspürte den Drang, große Dinge zu vollbringen. Gleichzeitig verzweifelte er an dem Gedanken, dass ihm Norfolk Island keine Gelegenheit dazu geben würde. Als Romantiker hatte er erwartet, eine Ansiedlung mit 1200 Bewohnern würde genauso aussehen wie eine Siedlung von 149 Menschen. Erfreulich war nur – von seiner süßen Anna Josepha einmal abgesehen –, dass er genügend Portwein mitgebracht hatte.

Einige Tage lang musste er noch mit Major Ross auskommen. Die beiden beäugten einander wachsam und umkreisten sich wie rauflustige Hunde. Der Major machte keinerlei Anstalten, sich für den jammervollen Zustand der Insel zu entschuldigen oder zu rechtfertigen. Er beschränkte sich auf kurze Zusammenfassungen zu Themen, über die aus seinen Akten und Aufzeichnungen sehr viel mehr zu erfahren war. Drohte während des Mittagessens in der schrecklich engen Residenz Streit, wurde er stets rechtzeitig entschärft – dank des taktvollen Reverend Johnson, der »Zwillinge« Anna Josepha und Willy Chapman, des köstlichen, von Lizzie Lock servierten Essens sowie einiger Flaschen Portwein.

Hauptmann William Hill vom Neusüdwales-Korps tat sein Möglichstes, um mithilfe von Andrew Hume das Ansehen des scheidenden Major Ross zu ruinieren. Der Major seinerseits hielt kräftig dagegen. Dann freilich mussten die Koffer gepackt werden. Der Streit würde in Port Jackson weitergehen.

Richard vermied jede Parteinahme. Er bedauerte die Ablösung von Major Ross und war sich keineswegs sicher, ob er King an dessen Stelle sehen wollte. Wie auch immer das Urteil über Ross ausfallen mochte, er war wenigstens Realist gewesen.

Die offizielle Amtsübergabe erfolgte am Sonntag, dem 13. November, nach Reverend Johnsons Gottesdienst. Die ganze Inselgemeinde war vor der Residenz versammelt. Kings Ernennungsurkunde wurde öffentlich verlesen, dann bat Major Ross den neuen Vizegouverneur um eine Amnestie für alle inhaftierten oder zu Peitschenhieben verurteilten Sträflinge, und King willigte gnädig ein.

»Wir haben nichts ausgelassen, nur geküsst haben wir uns nicht«, sagte der Major danach zu Richard. »Gehen Sie ein Stück mit mir, Morgan, aber schicken Sie Ihre Frau zusammen mit Long voraus.«

Richard gab Kitty ein Zeichen, dass sie mit Joey ohne ihn vorgehen solle. Er hatte vor kurzem vertraglich mit Ross vereinbart, dass der zu vierzehn Jahren verurteilte Joey Long ihm für zehn Pfund jährlich als Arbeitskraft zur Verfügung stehen sollte. Richard hatte zuerst noch andere Männer in Erwägung gezogen, sich dann aber doch für Joey Long entschieden, die treue Seele mit dem schlichten Gemüt. Unter den Neuankömmlingen waren einige Schuster gewesen, deshalb hatte Major Ross Joey ziehen lassen.

»Ich freue mich über die Gelegenheit, Ihnen alles Gute zu wünschen, Sir«, sagte Richard. »Ich werde Sie sehr vermissen.«

»Und ich sage Ihnen, dass ich Sie immer gern gesehen und Ihnen immer gern zugehört habe, Morgan. Ich hasse diese Insel genauso wie Port Jackson oder Sydney, wie der Ort inzwischen offenbar heißt. Ich hasse Sträflinge, ich hasse die Seesoldaten, und ich hasse die ganze verdammte Königliche Marine. Ich bin Ihnen verpflichtet wegen der Dienste, die Ihre Frau Lizzie Lock mir geleistet hat. Es war genauso, wie Sie es vorausgesagt haben: Sie war eine ausgezeichnete Haushälterin, aber keine Verführerin. Und ich danke Ihnen für das Holz und den Rum.« Er hielt einen kurzen Augenblick inne. »Ich hasse auch das verdammte Neusüdwales-Korps. Der Tag der Abrechnung wird noch kommen, seien Sie dessen sicher. Die weltfremden Narren von der Marine werden ein Rudel Wölfe auf diesen Teil der Welt loslassen, Wölfe, die sich als Soldaten des Neusüdwales-Korps verkleidet haben. Die Sträflinge und die Strafkolonien bedeuten ihnen genauso wenig wie mir, aber während ich als armer Mann nach England zurückkehre, werden diese Leute von jedem Leichnam, den sie zerfleischen können, fetter. Und der Rum wird eine verhängnisvolle Rolle spielen. Bereicherung auf Kosten von Pflichtgefühl, Ehre, König und Vaterland. *Merken Sie sich meine Worte, Morgan!* So wird es kommen.«

»Sie haben bestimmt Recht, Sir.«

»Ihre Frau erwartet ein Kind?«

»Ja, Sir.«

»Gut, dass Sie aus Arthur's Vale weggezogen sind, aber Sie waren ja klug genug, das selbst zu erkennen. Mit Mr King werden Sie keinen Ärger haben. Er hat keine andere Wahl, als alle Verträge anzuerkennen, die ich als rechtmäßiger Vizegouverneur Seiner

Majestät geschlossen habe. Ihre Begnadigung muss natürlich noch vom Gouverneur bestätigt werden, aber in ein paar Monaten ist Ihre Strafe ohnehin abgebüßt, und ich wüsste keinen Grund, warum Sie nicht vollständig begnadigt werden sollten.« Ross hielt inne. »Wenn aus dieser hoffnungslosen Insel jemals etwas wird, dann nur, weil es hier Männer wie Sie und Nat Lucas gibt.« Er streckte Richard die Hand hin. »Auf Wiedersehen, Morgan.«

Richard waren Tränen in die Augen gestiegen. Er ergriff die Hand und drückte sie. »Auf Wiedersehen, Major Ross. Ich wünsche Ihnen alles Gute.«

Die *Queen* löschte ihre Ladung, und die neuen Sträflinge wurden an Land gebracht. Richard sägte mit einem neuen Partner, denn Billy Wigfall verließ die Insel. Er war so damit beschäftigt, den neuen Mann in die Arbeit einzuweisen, dass er die Gestalt in der goldbetressten Uniform der Königlichen Marine erst nach einer Weile bemerkte. Eilig wickelte er die Lappen von den Händen und ging um die Grube, um Kommandant King zu begrüßen.

»Ist es wirklich gut, wenn der Aufseher der Säger selbst sägt?«, fragte King und musterte Richards Oberkörper mit einigem Respekt.

»Ich lege gern Hand an, Sir, und so zeige ich meinen Männern, dass ich das Handwerk immer noch besser beherrsche als sie. Die Gruben sind alle ausgelastet, und jede wird von einem guten Mann geführt.«

»Sie sind in einer viel besseren körperlichen Verfassung als bei meiner Abreise. Ich habe gehört, Sie sind begnadigt worden und jetzt ein freier Mann?«

»Ja, Sir.«

King schob die Lippen vor. »Die Säger sind für den miserablen Zustand der Gebäude natürlich nicht verantwortlich.«

Richard blickte King fest an. »Ich hoffe, Sir, dass Sie die Schuld auch nicht Nat Lucas geben.«

»Aber nein, Morgan, natürlich nicht!«, sagte King erschrocken. »Den habe ich doch selbst noch zum Aufseher der Zimmerleute gemacht. Nein, ich mache Major Ross dafür verantwortlich.«

»Auch das dürfen Sie nicht, Sir«, sagte Richard. »Sie sind vor zwanzig Monaten von hier weggegangen. Während Ihrer Abwesenheit ist die Bevölkerung der Insel auf über 1200 gestiegen. Die Insel hat sich verändert, Kommandant King. Damals waren wir gesund. Das Leben war hart, aber wir haben es gemeistert. Jetzt sind mindestens ein Drittel der Menschen krank, außerdem hat man uns noch die schlimmsten Verbrecher aus Port Jackson geschickt. Sie haben in Port Jackson bestimmt mit dem Gouverneur über die großen Schwierigkeiten gesprochen, mit denen er zu kämpfen hat. Nun, hier ist das nicht anders gewesen. Meine Sägegruben haben in den letzten zwanzig Monaten ununterbrochen Bauholz produziert. Das Holz hätte besser abgelagert werden müssen, aber es mussten ja ständig neue Unterkünfte für die Neuankömmlinge gebaut werden. Man könnte sagen, Major Ross, Nat Lucas, ich und noch viele andere hier haben gepfuscht. Aber niemand war schuld an diesem Pfusch. Zumindest nicht in diesem Teil der Welt.«

Die Augen fest auf King gerichtet, wartete Richard. In seinem Blick war keine Unterwürfigkeit, aber auch keine Unverschämtheit oder Anmaßung. Wenn King hier überleben will, dachte er, dann muss er zur Kenntnis nehmen, was ich ihm gesagt habe. Sonst wird er scheitern, und das Neusüdwales-Korps wird Norfolk Island beherrschen. King schien einem Wechselbad der Gefühle ausgesetzt, doch dann sagte er: »Ich verstehe ganz genau, was Sie meinen. Ich wollte nur sagen, so kann es nicht weitergehen. Neue Häuser müssen sorgfältig gebaut werden. Auch wenn das bedeutet, dass einige Leute auf unbestimmte Zeit in Zelten leben müssen.« Seine Miene hellte sich auf. »Major Ross berichtete mir, es werde eine hervorragende Ernte geben, hier und auch in Queensborough. Ich gebe zu, das ist eine große Leistung. Andererseits wird der Mühlstein weiter von Hand betrieben.« Er starrte auf den Staudamm, der nach wie vor gut hielt. »Wir brauchen ein Wasserrad. Nat Lucas sagt, dass er eines bauen kann.«

»Das kann er ganz bestimmt. Sein Problem sind nur der Mangel an Zeit und das Material. Geben Sie ihm Material, und die nötige Zeit wird sich finden.«

»Das glaube ich auch.« King zog Richard beiseite und senkte die Stimme verschwörerisch. »Major Ross sagte mir auch, Sie hätten Rum für ihn gebrannt, als der hier knapp wurde. Dieser Rum hätte zwischen März und August diesen Jahres, als die Versorgungsschiffe ausblieben, auch Port Jackson vor einer Meuterei bewahrt.«

»Das stimmt, Sir.«

»Haben Sie die Anlage noch?«

»Ja, Sir, und sie ist gut versteckt. Sie gehört der Krone, nicht mir. Ich bewache sie, weil Major Ross mir vertraute.«

»Bedauerlich ist nur, dass die Kapitäne der Versorgungsschiffe, diese Halunken, Brennereien an Privatleute verkauft haben. Wie ich höre, brennen die Soldaten vom Neusüdwales-Korps und einige der übelsten Sträflinge heimlich Schnaps. In Port Jackson gedeiht kein Zuckerrohr, aber hier wächst es wie Unkraut. Norfolk Island ist ein potenzieller Rumlieferant. Der Gouverneur von Neusüdwales muss sich entscheiden, ob er weiterhin unter großen Unkosten und über tausende von Seemeilen Rum importieren oder stattdessen hier eine Brennerei aufbauen will.«

»Ich bezweifle, dass Seine Exzellenz Gouverneur Phillip eine Brennerei auf Norfolk Island genehmigen wird.«

»Ja, aber er wird nicht ewig Gouverneur sein.« King sah besorgt aus. »Er ist krank.«

»Es hat keinen Sinn, sich um Dinge Sorgen zu machen, die noch in ferner Zukunft liegen, Sir«, sagte Richard. Seine Spannung hatte sich gelöst. Zwischen ihm und King würde es keine Probleme geben. »Wie wahr, wie wahr«, erwiderte der neue Vizegouverneur. Er verabschiedete sich und eilte für eine oder zwei Stunden in sein Büro zurück. Vielleicht würde ihm ein kleiner Schluck Portwein das langweilige Aktenstudium versüßen.

»In Sydney Town steht eine Kiste für dich«, sagte Stephen, als er wenig später bei Richard vorbeikam. »Was ist los, Richard? Für einen Mann, dem es nichts ausmacht, ein Dutzend riesiger Baumstämme zu zerlegen, siehst du ziemlich erschöpft aus.«

»Gerade eben habe ich Kommandant King meine Meinung gesagt.«

»Oha! Na ja, du bist ein freier Mann. Ohne Gerichtsverfahren und Schuldspruch kann er dich nicht auspeitschen lassen.«

»Ich habe es überlebt. Das scheint bei mir immer so auszugehen.«

»Fordere das Schicksal nicht heraus!«

Richard bückte sich und klopfte auf ein Stück Holz. »Diesmal war King jedenfalls vernünftig und hat begriffen, dass ich nur die Wahrheit gesagt habe.«

»Dann gibt es noch Hoffnung für ihn. Hast du gehört, was ich vorhin gesagt habe?«

»Nein, was denn?«

»Im Lager in Sydney Town steht eine Kiste für dich. Sie kam mit der *Queen*. Zum Tragen ist sie zu schwer, am besten holst du sie mit dem Schlitten.«

»Kommst du heute zum Abendessen? Dann kannst du mir beim Auspacken helfen.«

»Ich werde da sein.«

Gegen Mittag holte Richard seinen Schlitten. Kings Sekretär Tom Crowder zeigte ihm die Kiste. Jemand hat sie aufgebrochen, dachte Richard sofort, allerdings nicht hier, sondern wahrscheinlich auf der *Queen* oder in Port Jackson. Doch wer immer in der Kiste herumgestöbert hatte, hatte wenigstens den Deckel wieder zugenagelt. Die Kiste war immer noch sehr schwer, deshalb konnte nur wenig gestohlen worden sein. Ihr Inhalt bestand vermutlich aus Büchern, aus sehr vielen Büchern, denn sie war größer als eine Teekiste und aus stabilerem Holz. Richard bückte sich, um sie anzuheben.

»Das schaffst du nicht allein, Richard!«, rief Crowder. »Ich lasse einen Mann kommen, der dir hilft.«

»Ich bin selbst ein Mann, Tommy, aber danke für das Angebot.« Richard hievte die Kiste auf den Schlitten.

Auf den Seiten der Kiste stand in Großbuchstaben RICHARD MORGAN – STRÄFLING DER ALEXANDER. Ein Absender war nicht angegeben.

Am Nachmittag zog Richard den Schlitten nach Hause. Es war zwar noch hell, aber als Freier konnte er mit der Arbeit hin und wieder früher aufhören.

Kitty kam ihm auf der Treppe entgegen. »Jedes Mal, wenn ich dich sehe, bist du noch schöner«, sagte er zu ihr.

Sie küssten sich innig, und Richard freute sich schon auf die Nacht. Er wusste, dass Kitty ihn körperlich attraktiv fand. Er hatte nicht mehr mit ihr schlafen wollen, aus Angst, dem Baby zu schaden, aber sie hatte ihn nur verwundert angesehen. »Wie kann etwas so Schönes unserem Baby schaden?«

»Was ist da drin?«, fragte sie jetzt, als er die Kiste vom Schlitten hob.

»Das weiß ich selbst noch nicht.«

»Du musst sie gleich aufmachen! Ich sterbe vor Neugier!«

»Die Kiste kam mit der *Gorgon* aus England. In Port Jackson blieb sie dann eine Weile liegen. Vielleicht wollte jemand den Namen des Absenders wissen.« Richard öffnete den Deckel mit einem Zimmermannshammer.

Die Kiste enthielt Bücher, wie er vermutet hatte. Auf den Büchern lag lose eine Hutschachtel. Das Füllmaterial, in das sie eingebettet gewesen war – Kleider vermutlich –, war verschwunden. Jem Thistlethwaite! Richard löste die Verschnürung und nahm den schönsten aller Hüte heraus, einen mit scharlachroter Seide verkleideten Strohhut mit einer riesigen, geschwungenen Krempe und einer grandiosen, schwarz-weiß gestreiften Satinschleife, in der ein üppiger Straußenfederbusch in Schwarz, Weiß und Scharlachrot steckte. An dem Hut hingen ebenfalls gestreifte Satinbänder, die man unter dem Kinn zubinden konnte.

»Oooh!«, entfuhr es Kitty. Sie machte eine Grimasse.

»Leider ist er nicht für dich«, sagte Richard, bevor sie auf falsche Gedanken kam. »Er ist für Lizzie Lock.«

»Dann bin ich aber froh! Er ist zwar prächtig, aber ich bin zu klein für ihn, und ich habe auch nicht das richtige Gesicht und die passenden Kleider dafür. Außerdem glaube ich, dass Mrs King und Mrs Paterson ihn für schrecklich vulgär halten würden.«

»Ich liebe dich, Kitty. Ich liebe dich mehr als alles.«

Kitty schwieg, wie immer, wenn er das sagte.

Richard unterdrückte einen Seufzer, dann entdeckte er in der Hutschachtel noch einige kleinere, in Papiertütchen gewickelte

Dinge. Die Tütchen waren alle geöffnet und wieder verschlossen worden. Merkwürdig! Wer hatte die Kiste aufgemacht? Was hatte er gesucht? Der Hut hätte dem hässlichsten Mann von Port Jackson die Gunst der schönsten Hure für ein ganzes Jahr sichern können, und trotzdem war er nicht gestohlen worden. Auch nicht die diversen Kleinigkeiten wie ein Messingsiegel mit einem kurzen Holzgriff. Er betrachtete das Siegel und versuchte es spiegelbildlich zu sehen. Es bestand aus den Initialen RM, verbunden durch Fesseln, wie er sie getragen hatte. Die anderen sechs Tütchen enthielten karminrotes Siegelwachs.

Ganz unten in der Hutschachtel lag ein dicker Brief. Das Siegel mit den Initialen JT und einer Schreibfeder war unbeschädigt, Fingerabdrücke zeigten aber, dass der Brief gründlich befühlt und abgetastet worden war. Auf einmal begriff Richard, wer die Kiste geöffnet hatte und warum. Ein hoher Beamter hatte sie in Port Jackson nach Goldmünzen durchsucht. Hätte er etwas gefunden, wäre es in die Kassen der Regierung gewandert, in denen chronischer Geldmangel herrschte. Richard wusste, dass Geld in der Kiste war, aber es war offenbar nicht gefunden worden. Hohe Beamte hatten nicht viel Phantasie.

Die Kiste enthielt ein Exemplar der zweiten Auflage der *Encyclopaedia Britannica*, außerdem jede Menge Romane, eine vollständige Sammlung von Felix Farleys *Bristol Journal* und verschiedene Londoner Zeitungen, Werke von John Donne, Robert Herrick, Alexander Pope, Richard Dryden und Oliver Goldsmith, die Fortsetzung von Edward Gibbons Meisterwerk über das alte Rom, Parlamentsberichte, 500 Bogen feinstes Schreibpapier, Schreibfedern aus Stahl, Tintenflaschen, Laudanum, verschiedene Stärkungsmittel, Tinkturen, Abführmittel und sogar ein Brechmittel. Dazu kamen noch verschiedene Gefäße mit Salben und Balsamen und ein Dutzend Formen zum Kerzengießen.

Kitty hüpfte von einem Fuß auf den anderen. Sie war zwar ein wenig enttäuscht, weil die Kiste nur Bücher enthielt und nicht etwa ein Essensservice von Josiah Wedgwood, aber sie freute sich, weil Richard sich freute. »Wer hat das geschickt?«

»Ein guter alter Freund, Jem Thistlethwaite. Einige Sachen sind auch von meiner Familie in Bristol.« Richard nahm den Brief in die Hand. »Bitte entschuldige mich jetzt, Kitty. Ich setze mich auf die Türschwelle und lese Jems Brief. Stephen kommt zum Abendessen, dann erfahrt ihr, was Jem schreibt.«

Kitty hatte für das Abendessen Brot und Salat vorgesehen, aber weil Stephen kam, änderte sie den Speiseplan zu Schmorbraten aus gepökeltem Schweinefleisch mit Pfefferklößen. Das Fleisch war ausgezeichnet und frisch, es kam von einem ihrer eigenen Schweine.

Als Stephen den Hut sah, bekam er einen Lachanfall. Kitty musste ihn aufsetzen und die Bänder unter dem Kinn verknoten. »Es sieht so aus, als trage der Hut dich und nicht du den Hut«, sagte Stephen immer noch kichernd.

»Das weiß ich schon«, sagte sie etwas gekränkt.

Stephen nahm Kitty den Hut wieder ab. »Wie geht es deiner Familie?«, fragte er dann, an Richard gewandt.

»Alle sind gesund, bis auf Vetter James, den Apotheker«, sagte Richard traurig. »Vetter James ist fast völlig erblindet, deshalb haben seine Söhne die Firma übernommen. Er selbst hat sich mit seiner Frau und seinen beiden unverheirateten Töchtern auf einen schönen Landsitz in der Nähe von Bath zurückgezogen. Mein Vater ist Wirt in der Bell Tavern, denn bei der Stadtverwaltung ist wieder einmal die Bauwut ausgebrochen und das Cooper's Arms wurde abgerissen. Der älteste Sohn meines Bruders lebt und arbeitet bei meinen Eltern und ist ihnen Trost und Hilfe. Und Vetter James, der Kirchenmann, ist jetzt zu seiner großen Freude Chorherr mit eigenem Sitz in der Kathedrale. Meinen Schwestern geht es auch gut.« Ein Schatten flog über sein Gesicht. »Gestorben ist von denen, die ich kenne, nur einer – Ceely Trevillian. Er ist an einer Überdosis von irgendwas gestorben, Genaueres ist nicht bekannt.«

»Wahrscheinlich an einem Aufputschmittel«, sagte Stephen, der von Richard wusste, wer Ceely war. »Traurig bin ich darüber nicht.«

»Dann gibt es natürlich auch viele allgemeine Neuigkeiten. In Frankreich hat es tatsächlich eine Revolution gegeben. Die Monarchie ist abgeschafft, aber der König und die Königin leben noch. Sehr zu Jems Überraschung sind die Vereinigten Staaten von Amerika immer noch nicht auseinander gefallen. Dort arbeitet man zur Zeit an einer radikalen Verfassung und saniert zügig die Staatsfinanzen.« Richard grinste. »Nach Jems Ansicht ist Benjamin Franklins Pelzmütze der einzige Grund für die Revolte der Franzmänner. Was schreibt er noch?« Richard überflog die Briefseiten. »Ach ja, der König war 1788 schwer krank, und bestimmte Elemente versuchten, den Prinzen von Wales als Regenten zu installieren. Aber der König genas, und der Prinz schaffte es nicht, sich aus seinem Schuldensumpf zu befreien. Außerdem verweigert er nach wie vor eine standesgemäße Heirat. Seine große Liebe ist Mrs Maria Fitzherbert, eine Katholikin.«

»Die Religion und religiöse Meinungsverschiedenheiten«, sagte Stephen mit einem Seufzer, »sind die größten Geißeln der Menschheit. Warum können wir nicht leben und leben lassen? Nimm zum Beispiel Reverend Johnson. Er will unbedingt, dass die Sträflinge heiraten, aber er verweigert ihnen die Möglichkeit, sich vorher kennen zu lernen, denn unverheiratet dürfen sie ja nichts miteinander haben. Nein!« Stephen wechselte das Thema. »Was gibt's Neues aus England?«

»Mr Pitt regiert unangefochten. Die Steuern sind in die Höhe geschnellt. Es gibt jetzt sogar eine Steuer auf Nachrichtenblätter, Zeitungen und Zeitschriften. Wer in einem dieser Blätter inseriert, muss eine Steuer von zwei Schillingen und sechs Pennys bezahlen, egal, wie groß die Anzeige ist. Jem sagt, dass diese Steuer es kleinen Läden und Betrieben unmöglich macht, für ihre Waren zu werben. Große Unternehmen werden begünstigt.«

»Weiß Jem etwas über die Meuterei auf der *Bounty*?«, fragte Stephen. »Der Erste Offizier und einige Besatzungsmitglieder haben Leutnant Bligh in einem Beiboot ausgesetzt. Hier redet alles über die Meuterei auf der *Bounty*, nicht über die Französische Revolution.«

»Ich glaube, das Interesse an der *Bounty* hat vor allem damit zu tun, dass die Schiffsbesatzung die hübschen Mädchen von Tahiti den Brotfruchtbäumen vorzog. Dabei war doch die Beschaffung von Brotfruchtpflanzen der eigentliche Zweck der Reise, vermutlich, weil man ein billiges Nahrungsmittel für die Sklaven in Westindien suchte.«

»Zweifellos. Was schreibt Jem sonst noch?«

»Nimm den Brief und lies selbst«, sagte Richard. »Obwohl es da noch eine Passage gibt, die es wert wäre, laut vorgelesen zu werden. Jem glaubt, Mr Pitt und das Parlament befürchten, der amerikanischen und Französischen könnte jetzt auch eine englische Revolution folgen. Deshalb ist ein Ort wie die Botany Bay für sie plötzlich so wichtig. In Irland brodelt es gewaltig, und auch die Waliser und die Schotten sind unzufrieden. Vielleicht setzt Pitt demnächst auch noch Rebellen und Demagogen auf die Deportationsliste.«

Von Mr Thistlethwaites privaten Erfolgen sagte Richard nichts. Jem, der Verfasser von Romanen für literarisch interessierte Damen, hatte in seinem Metier eine solche Kunstfertigkeit entwickelt, dass er pro Jahr zwei Romane schrieb. Das Geld floss reichlich. Jem besaß jetzt ein großes Haus in der Wimpole Street, beschäftigte zwölf Dienstboten, fuhr in einer vierspännigen Kutsche und hatte eine Herzogin zur Geliebten.

Als Stephen ging, nahm er Mr Thistlethwaites Brief mit. Kitty wusch das Geschirr ab, dann trat sie zu Richard.

»Jem muss ein sehr vornehmer Mann sein«, sagte sie.

»Jem? Vornehm?« Richard lachte. Er sah Jems stämmige Gestalt mit den blutunterlaufenen, blassblauen Augen vor sich – und die Sattelpistolen, deren Griffe aus den Taschen des schweren Mantels lugten. »Nein, Kitty, Jem ist ein Mann, der mit beiden Beinen fest auf dem Boden der Tatsachen steht. Er trinkt viel und war in seiner Bristoler Zeit einer der treuesten Gäste meines Vaters. Jetzt lebt er in London und hat ein Vermögen verdient. Er hat verhindert, dass ich an Bord der *Ceres* wahnsinnig wurde, und dafür werde ich ihm bis an mein Lebensende dankbar sein.«

»Dann bin ich das auch. Denn wenn du nicht gewesen wärst, Richard, ginge es mir jetzt viel schlechter.« Kitty hatte eigentlich etwas Nettes sagen wollen.

Richard sah sie traurig an. »Hast du mich denn überhaupt nicht gern?«

Sie sah ernst zu ihm auf. Ihre Augen waren nicht mehr die von William Henry, sondern ihre eigenen, aber sie bedeuteten ihm genauso viel, nein, *mehr.*

»Hast du mich denn überhaupt nicht gern, Kitty?«, wiederholte er.

»Aber doch, Richard. Ich hatte dich von Anfang an gern. Ich glaube nur nicht, dass es Liebe ist.«

»Du meinst, dass ich nicht das Zentrum deines Lebens bin.«

»Doch, das bist du. Ich habe ja kein anderes Leben.« Ihre Gesten, ihre Mimik und die Art, wie sie ihn ansah, drückten viel besser aus, was sie meinte, als ihre Worte. »Ich weiß, das klingt undankbar, aber ich bin nicht undankbar, bestimmt nicht. Manchmal frage ich mich nur, was aus mir geworden wäre, wenn ich nicht verurteilt und auf diese Insel gebracht worden wäre, so weit von der Heimat entfernt. Ob es nicht in England jemanden für mich gegeben hätte, den ich jetzt nie kennen lernen werde, jemanden, der meine wahre Liebe gewesen wäre.« Sie sah seine Miene und redete hastig weiter. »Ich bin hier sehr glücklich und ich arbeite gerne im Haus und im Garten. Und es ist wunderbar, schwanger zu sein. Nur... Ich wüsste zu gern, was ich versäumt habe!«

Was sollte er darauf antworten? »Du hast keine Sehnsucht nach Stephen mehr?«

»Nein.« Es klang entschieden. »Stephen hatte Recht, das war nur eine mädchenhafte Schwärmerei. Wenn ich ihn jetzt sehe, wundere ich mich über mich selbst.«

»Und was siehst du, wenn du mich ansiehst?«

Sie krümmte und wand sich wie ein Kind mit schlechtem Gewissen. Er kannte diese Zeichen und wünschte, er hätte nicht gefragt. Womöglich sah sie sich jetzt gezwungen zu lügen. Es war, als ob er ihre Gedanken lesen könnte. Er wusste genau, dass sie verzweifelt nach einer Antwort suchte, die ihn zufrieden stellte, ohne dass sie sich selbst preisgab. Geduldig, sogar leicht belustigt wartete er auf das Ergebnis. Echte Liebe war doch, den anderen trotz seiner Fehler und Schwächen mit aller Hingabe zu lieben. Die Liebe, wie Kitty sie sich vorstellte, war dagegen ein Phantom. Kitty träumte von einem Ritter in schimmernder Rüstung, der sie zu sich aufs Pferd holte. Würde sie die Liebe je als das erkennen, was sie wirklich war? Richard bezweifelte es. Vielleicht war es aber auch besser so. Zwei abgeklärte Weise in der Familie waren zu viel. Seine Liebe reichte für sie beide.

Kitty gab ihm eine ehrliche Antwort. Sie lernte. »Ich weiß es wirklich nicht, Richard. Du bist überhaupt nicht wie mein Vater. Ich freue mich immer, wenn ich dich sehe … Dass ich ein Kind von dir bekomme, ist noch viel toller, denn du wirst ein wunderbarer Vater sein.«

Ihm fiel eine Frage ein, die er ihr noch nie gestellt hatte. »Wünschst du dir ein Mädchen oder einen Jungen?«

»Einen Jungen«, sagte sie, ohne zu zögern. »Keine Frau wünscht sich ein Mädchen.«

»Und wenn es doch ein Mädchen wird?«

»Ich werde sie sehr lieben, aber ohne Hoffnung für ihre Zukunft.«

»Du meinst, weil die Welt von Männern beherrscht wird?«

»Ja.«

»Du wärst aber nicht allzu enttäuscht, wenn es ein Mädchen würde?«

»Nein! Wir werden ja noch mehr Kinder haben, und einige davon werden Jungen sein.«

»Ich verrate dir jetzt ein Geheimnis«, flüsterte er.

Sie lehnte sich an ihn. »Was für ein Geheimnis?«

»Es ist besser, wenn das erste Kind ein Mädchen ist. Mädchen werden schneller erwachsen als Jungen. Wenn dann ein Junge kommt, hat er zwei Mütter, eine davon nicht viel älter als er selbst. Die packt ihn am Ohr, zerrt ihn an einen verschwiegenen Ort und verdrischt ihn dort fürchterlich. Seine wirkliche Mutter wird nicht so grausam sein.«

Kitty kicherte. »Das klingt nach Lebenserfahrung.«

»So ist es. Ich habe zwei ältere Schwestern.« Richard streckte sich wie eine Katze. »Ich bin froh darüber, dass in Bristol alle gesund sind, auch wenn mir das nachlassende Augenlicht von Vetter James Kummer bereitet. Vetter James und Jem Thistlethwaite, diese beiden haben mich gerettet. Ich war nie krank wie die anderen Sträflinge, weder im Gefängnis noch auf dem Schiff. Deshalb kann ich mit dreiundvierzig Jahren noch arbeiten wie ein sehr viel jüngerer Mann. Und mit dir schlafen wie ein jüngerer Mann. Ich habe mir meine Kraft und Stärke bewahrt.«

»Aber du hast bestimmt genauso gehungert wie die anderen.«

»Schon, aber der Hunger ist nicht schlimm, solange er die Muskeln nicht dauerhaft schädigt. Meine Konstitution war vielleicht von vornherein besser als bei den anderen. Außerdem hielt der Hunger nie allzu lange an. In Rio gab es Orangen und frisches Fleisch. Auch auf dem Baggerboot auf der Themse gab es immer zu essen. Und von Stephen Donovan bekam ich frische Brötchen mit Butter, belegt mit Captain Hunters Kresse. So etwas nennt man Glück, Kitty.« Richard lächelte mit halb geschlossenen Augen. Heute schien der Tag der Erinnerungen zu sein.

»Nicht Glück«, sagte Kitty. »Es ist mehr eine bestimmte Eigenschaft, die viele Männer nicht besitzen, wohl aber du und Stephen. Und Major Ross, so weit ich ihn aus deinen Erzählungen kenne. Auch Nat und Olivia Lucas gehören zu diesen Menschen. Ich nicht. Deshalb bin ich froh, dass du der Vater meiner Kinder bist. So können sie mehr erben, als ich ihnen bieten kann.«

Er nahm ihre Hand und küsste sie. »Das ist ein sehr schönes Kompliment. Vielleicht liebst du mich ja doch ein wenig.«

Kitty schnaubte ärgerlich und drehte sich um. Auf den Tischen und Stühlen lagen lauter Bücher. Auf einem Stuhl lag die Hutschachtel. »Wann bringst du Lizzie den Hut?«

»Bring du ihn ihr und versöhne dich mit ihr.«

»Das kann ich nicht.«

»Ich bringe ihn ihr nicht.«

Das Hutproblem war immer noch nicht gelöst, als sie zu Bett gingen. Kitty war so müde, dass sie einschlief, bevor es zu Zärtlichkeiten kam.

Richard döste zwei Stunden lang vor sich hin. Zwischen Träumen und Wachen erschien ihm eine Reihe altbekannter Gesichter, die sich im Lauf der vergangenen Jahre allerdings verändert hatten. Schließlich wachte er ganz auf. Er glitt aus dem Bett, zog seine Hose an und verließ leise das Haus.

Am Sonntag, nach dem Gottesdienst, würde er seinem Vater schreiben und auch den beiden Vettern James und Jem Thistlethwaite. Er würde ihnen berichten, dass er im fernen Süden eine neue Heimat gefunden hatte. Sie hatten ihm mit ihrem Geld dabei geholfen, und dafür schuldete er ihnen Dank. Doch dass er jetzt hier zu Hause war, verdankte er seiner eigenen Hände Arbeit und seiner Willenskraft.

Zuvor musste er aber noch die Kiste genau untersuchen, bevor Kitty und Joey Long Brennholz daraus machten oder sie als Mulchbehälter für den Garten benutzten. Joeys winziges Häuschen lag direkt an der Grenze von Richards Parzelle zur Queensborough Road, neben dem Fußweg, der zum Haupthaus hinunterführte. Joey und MacGregor waren seine Wachen gegen Diebe. Nicht, dass er bisher mit Dieben gerechnet hätte. Aber wer konnte schon wissen, wie viele und vor allem was für Sträflinge der Gouverneur ihnen noch schicken würde?

Auf einem kleinen Platz im Mondlicht blieb Richard stehen und machte sich mit einem Meißel und einem kleinen Hammer über die Kiste her. Er arbeitete leise. Und siehe da, sobald er den schweren Rahmen entfernt hatte, sah er, dass der Hohlraum zwischen innerer und äußerer Wand mit Baumwolllappen ausgestopft war. Nur wenige Minuten später war die Kiste zerlegt und Richard im Besitz von hundert Goldstücken. Richard zog die Hose aus, wickelte die Münzen hinein und legte das Holz der Kiste auf einen Haufen und die Hose obendrauf. Dann kehrte er mit dem Haufen zum Haus zurück. Kitty hatte gemeint, Glück sei bei ihm nicht im Spiel gewesen. Er selbst war sich nicht sicher, ob er nur Glück gehabt oder Gott ihn behütet hatte. Gab es da überhaupt einen Unterschied?

Beim Bau des Hauses hatte er bereits an ein Versteck für Wertsachen gedacht. Auf der Rückseite, dem Abhang im Westen zugewandt, hatte er in den steinernen Unterbau einen Hohlraum eingebaut. Niemand wusste etwas davon, und niemand würde je davon erfahren. Richard behielt zwanzig Münzen zurück, die restlichen achtzig legte er in das Versteck. Er schlich leise wieder ins Haus und legte sich ins Bett. Kitty murmelte etwas im Schlaf, Mac-

Tavishs Schwanz klopfte gegen die Decke. Richard tätschelte den Hund, dann schmiegte er sich an Kitty. Er ließ eine Hand sanft über ihren Körper gleiten und schloss die Augen.

Die Hutschachtel lag immer noch auf dem Stuhl, als Richard am nächsten Morgen zur Arbeit ging, und sah Kitty vorwurfsvoll an, während diese ihre Hausarbeit versah, Staub wischte, Wäsche wusch, Bücher abstaubte und ein kaltes Mittagessen vorbereitete. Für eine warme Mahlzeit war es zu heiß.

Wie umsichtig Richard war! Die Überreste der Kiste waren beim anderen Brennholz neben der Tür säuberlich aufgestapelt. Richard hatte Kienspäne daraus gemacht, genau in der richtigen Größe für das Herdfeuer. Jetzt war es freilich noch zu heiß, um den Herd anzuzünden. Sie würde bis zum Nachmittag warten und erst dann Brot backen. Kitty kehrte noch einmal ins Haus zurück und betrachtete die Hutschachtel. Dann nahm sie sie mit einem Seufzer an sich und machte sich auf den Weg zur Queensborough Road. Joey fällte Tannen. Richard war fest entschlossen, so viel Land zu roden, dass er im kommenden Juni einige Hektar Weizen und Mais anbauen konnte. Joey konnte zwar nicht sägen, war aber ein guter Holzfäller. MacGregor meldete ihm bellend Kittys Ankunft.

»Joey, willst du mich nach Sydney Town begleiten?«

Der getreue Joey sah sie nur voller Verehrung an und nickte stumm. Er zog sein Hemd von einem Ast und schlüpfte hastig hinein, dann machten sie sich auf den Weg in Richtung Mount George. MacGregor und MacTavish hüpften um sie herum.

»Ich muss noch etwas beim Vizegouverneur erledigen«, sagte Kitty. »Suche in der Zwischenzeit Mr Donovan, Joey, und bitte ihn, zum Abendessen zu uns zu kommen. Wir treffen uns hier wieder. Trödle bitte nicht!«

Der Amtssitz des Inselkommandanten wurde vergrößert und vollständig umgebaut. Es wimmelte nur so von Bauarbeitern. Nat Lucas brüllte Befehle, und seine Arbeiter beeilten sich, sie zu erfüllen. Nur dumme Sträflinge faulenzten bei Arbeiten für den Kommandanten persönlich, und die wenigsten Sträflinge waren dumm. Die Arbeiten hatten allerdings einen provisorischen Charakter. Kommandant King war immer noch unschlüssig, ob das Gebäude an seinem jetzigen Standort bleiben oder dorthin verlegt werden sollte, wo nach Richards Auskunft früher der Garten gewesen war. Kitty hatte das Haus noch nie von innen gesehen. Deshalb wusste sie auch nicht, ob sie als Sträfling nach dem Hintereingang suchen musste oder ob aller Besucherverkehr durch den Haupteingang zum Meer hin abgewickelt wurde.

»Wen suchst du, Kitty?«, fragte Nat Lucas.

»Lizzie Lock.«

»Die ist im Küchenhaus. Da lang.« Er zeigte Kitty den Weg und zwinkerte ihr aufmunternd zu.

Sie ging am Haupthaus vorbei und zu dem Nebengebäude, in dem die Küche untergebracht war.

Über den Herd gebeugt stand eine dunkel gekleidete Gestalt.

»Mrs Morgan?«

Die Gestalt wandte sich um, und ihre dunklen Augen weiteten sich. Ein junges Mädchen sah vom Kartoffelschälen auf, legte das Messer auf den Tisch und riss den Mund auf. Lizzie trat zu ihr und gab ihr einen Schubs. »Mach draußen weiter!«, sagte sie barsch. Dann, zu Kitty gewandt: »Was wollen Sie, Madame?«

»Ich bringe Ihnen einen Hut.«

»Einen Hut?«

»Ja. Wollen Sie ihn nicht sehen? Er ist wirklich prachtvoll.«

Kitty sah wie das blühende Leben aus. Ihr Bauch wölbte sich bereits ein wenig. Sie trug einen breitkrempigen, aus einem zähen Gras geflochtenen Sonnenhut. Mit den Sträflingstransporten waren viel mehr Hutmacher als Bauern angekommen. Unter der Krempe standen ein paar hübsche blonde Strähnen hervor. Kittys blonde Wimpern und Augenbrauen ließen ihr Gesicht zwar etwas kahl erscheinen, doch störte das irgendwie nicht. Ihr Körper hatte keine Ähnlichkeit mehr mit der klapperdürren Gestalt von einst. Lizzie hatte schon davon gehört und jetzt sah sie es selbst, aber das tröstete sie keineswegs, ebenso wenig wie Kittys dicker Bauch. Bitterkeit stieg in ihr auf. Wo stand nur ihre Arzneiflasche?

»Setzen Sie sich«, sagte sie kurz, dann trank sie so gierig von ihrer Arznei, dass sie kaum mehr Luft bekam.

Kitty hielt ihr lächelnd die Hutschachtel hin. »Bitte nehmen Sie sie.«

Lizzie nahm die Schachtel, setzte sich auf einen Stuhl, löste die Bänder und nahm den Deckel ab. »Oooh!«, seufzte sie wie zuvor schon Kitty. »Oooh!«

Sie holte den Hut heraus, hielt ihn von sich weg und betrachtete ihn gedankenverloren. Dann heulte sie plötzlich los, so plötzlich und heftig, dass Kitty zusammenzuckte.

Auf dem Kaminsims stand ein kleiner Wasserkessel, auf dem Tisch eine alte Teekanne aus Porzellan. Eine Tasse Tee, das konnte Lizzie jetzt gebrauchen. Nach kurzer Suche fand Kitty auch Teeblätter und einen Zuckerhut nebst einem Hammer. Kitty bereitete den Tee zu, ließ ihn ziehen, schlug von dem Zuckerhut etwas Zucker ab und goss die dampfende Flüssigkeit in eine Porzellantasse. Sogar Untertassen gab es. Wie gut der Amtssitz des Inselkommandanten ausgestattet war! Tassen und Untertassen sogar in der Küche und auch noch vom selben Service! Das hatte Kitty seit ihrer Verhaftung nicht mehr erlebt. Welche Schätze wohl erst das Haupthaus barg? Wie viele Bedienstete hatten Mr und Mrs King eigentlich? Gab es Tee nach Belieben, ohne Sorge, der Vorrat könnte zur Neige gehen? Hatten sie Schüsseln, Teller und Terrinen aus Porzellan? Gemälde an der Wand? Nachtgeschirr?

»Mr King hat mir soeben gekündigt«, brachte Lizzie schließlich schluchzend heraus.

»Jetzt trink erst mal den Tee, der tut dir bestimmt gut«, tröstete Kitty sie und strich ihr über die schwarzen Haare.

Lizzie trocknete sich die Tränen mit ihrem Schurz ab und sah Kitty traurig an. »Du bist wirklich ein nettes Mädchen«, sagte sie. Der Tee verbreitete in ihrem Magen eine angenehme Wärme.

»Das hoffe ich doch.« Kitty nippte geziert an ihrem Tee. Warum schmeckte Tee eigentlich so gut, wenn man ihn aus einer Porzellantasse trank? »Gefällt dir der Hut?«

»Wie du gesagt hast: Er ist prachtvoll. Major Ross hätte gesagt, ich sehe damit aus wie eine Königin. Mrs King würde das nie sagen. Dabei ist sie sehr höflich, und sie hat sicher keine Schuld an meiner Entlassung. Dafür ist Kommandant King verantwortlich.

Und Chapman, dieser gerissene Kerl. Der überlegt schon, wie er hier einen Haufen Geld machen kann. Auf Mrs King hat er auch einen schlechten Einfluss, und der Kommandant merkt das auch allmählich. Willy Chapman kommt bald nach Queensborough oder Phillipsburgh, das sage ich dir. Aber Kommandant King mag mich nicht, Kitty, das steht nun mal fest. Er hält mich für zu vulgär für seine Frau. Vulgär! Ich! Der weiß doch gar nicht, was vulgär ist! Sagt, er will nicht, dass mich seine Kinder reden hören. Gut, manchmal vergesse ich mich und sage schon mal ›Scheiße‹, vielleicht auch zweimal. Aber ›Möse‹ gibt's bei mir nicht, Kitty, ›Möse‹ sage ich nie, das schwöre ich! Ich habe solche Wörter auch erst im Gefängnis gelernt. Früher habe ich nie geflucht oder Schimpfwörter gebraucht.«

»Ich verstehe genau, was du meinst«,sagte Kitty voller Anteilnahme.

»So oder so, er kann mich nicht einfach rauswerfen. Da muss er sich schon noch was einfallen lassen.« Lizzie reckte trotzig das Kinn. »Ich bin eine freie Frau, kein Sträfling. Und weißt du, wer meine Nachfolgerin werden soll?«

»Nein, wer denn?«

»Mary Rolt. *Mary Rolt!* Die gebraucht doch andauernd Schimpfwörter! Die bekommt die Stelle nur, weil sie mit dem Seesoldaten Sam King schläft, und der lässt sich hier jetzt als Siedler nieder. King, derselbe Name, verstehst du. Das macht ihn dem Kommandanten schon mal angenehmer. Ha!« Lizzie nahm einen Schluck Tee und starrte den Hut an. »Wenn ich doch nur einen Spiegel hätte.«

»Mrs King hat bestimmt einen.«

»Natürlich, einen ganz großen sogar, im Schlafzimmer.«

»Dann frag sie doch, ob du ihn benutzen darfst. Wenn sie höflich ist und auch noch freundlich, erlaubt sie es sicher.«

»Das ist doch wirklich ein schöner Hut, nicht wahr?«

»Der schönste, den ich je gesehen habe. Mr Thistlethwaite schreibt in seinem Brief, dass zur Zeit vor allem Herzoginnen und vornehme Damen solche Hüte tragen.« Sie machte eine Pause. »Vielleicht beschäftigen dich die Kings ja als Köchin weiter?

Richard erzählte mir, Major Ross habe deine Kochkunst gelobt. Er habe noch nie so gut gegessen.«

»Danke, nein«, sagte Lizzie hochmütig. »Ich habe schon andere Pläne.«

»Was denn für welche?«, fragte Kitty.

»Ich habe nichts mehr gegen dich, weil du mir Richard weggenommen hast.« Lizzie stand auf, füllte die Kanne nach, hackte etwas Zucker klein und goss Tee ein.

»Ich habe ihn dir wirklich nicht weggenommen.«

»Das weiß ich! Eher hat er dich genommen. Schon ein bisschen merkwürdig, oder? Ich meine die Männer. Befriedige ihre körperlichen Bedürfnisse, und schon sind sie glücklich. Richard war immer anders, schon damals, als er ins Gefängnis von Gloucester spazierte wie ein Prinz. Er blieb immer ruhig, wurde nie laut. Er hat es sogar mit Ike Rogers aufgenommen, der noch stärker war als er, und ist mit ihm fertig geworden. Und später waren die beiden dann gute Freunde. So ist Richard. Ich liebe ihn, aber er hat mich nie geliebt. Keine Chance für mich. Keine Chance.« Lizzie konnte nicht weitersprechen. Sie stand auf und schüttete den Rest aus der Arzneiflasche in ihren Tee. »Das verbessert den Geschmack. Willst du auch was?«

»Nein, danke. Was willst du tun, Lizzie?« Lizzie musste schon eine ganze Weile von dem Zeug getrunken haben, das jetzt auch im Tee gelandet war, vielleicht seit ihrer Kündigung durch Mr King.

»Ich denke an Thomas Sculley, einen Seesoldaten. Er ist eben erst auf die Insel zurückgekehrt, um hier Land zu kaufen, ganz in der Nähe von euch. Er ist ein ruhiger Mann, ähnlich wie Richard, aber er will keine Kinder. Er hat keine Frau und hat mir, als er meine Bananenbeignets mit Rum probiert hat, einen Antrag gemacht. Ich habe abgelehnt, aber wenn der Kommandant mich jetzt rauswirft, kann ich genauso gut bei Sculley einziehen.«

»Es wäre schön, dich zur Nachbarin zu haben.« Kitty stand auf. »Wann kommt das Kind?«

»In etwa zweieinhalb Monaten.«

»Danke für den Hut. Mr Thistlethwaite hat ihn geschickt, sagtest du?«

»Ja, Mr James Thistlethwaite.«

Sehr viel ruhiger als bei ihrer Ankunft machte Kitty sich auf den Rückweg. Unterhalb des Mount George traf sie Joey, der mit den beiden Hunden schon auf sie wartete.

»Du hattest völlig Recht, als du darauf bestanden hast, dass ich ihr den Hut bringe«, sagte sie abends zu Richard. Sie schnitt das hausgemachte gepökelte Schweinefleisch in dünne Scheiben, goss mit dem Löffel Soße darüber, die sie mit reichlich Zwiebeln zubereitet hatte, dann häufte sie Kartoffeln und frische Bohnen auf die Zinnteller. »Lizzie und ich werden Freundinnen sein. Die beiden Mrs Morgans.« Sie kicherte und stellte zwei Teller vor Stephen und Richard. Dann trug sie ihren eigenen Teller zum Esstisch und setzte sich. »Kommandant King hat der armen Lizzie heute Morgen gekündigt.«

»Ich habe es befürchtet«, sagte Stephen. »Lizzie ist King nicht gut genug für seine Frau. Die arme Lizzie.«

»Ich habe dort Tee aus einer Porzellantasse getrunken«, sagte Kitty kauend. Sie aß in dieser Zeit für zwei. »Wenn es sogar in der Küche Porzellangeschirr gibt, dann ist Mrs King wirklich eine sehr vornehme Frau.«

»Ich würde dir liebend gern auch Porzellangeschirr kaufen, Kitty«, sagte Richard. »Aber das ist nicht nur eine Frage des Geldes.«

Stephen sah von seinem Teller auf. »Stimmt«, sagte er. »Ich fürchte, dass wir auf Norfolk Island noch lange keinen richtigen Laden haben werden, nur ab und zu einen Verkaufsstand, den ein Kapitän am Strand aufbaut. Leider gibt es an solchen Ständen keine Teetassen aus Porzellan oder silberne Gabeln. Dort gibt es immer nur dasselbe: Wasserkessel, Herde, Kattun, billiges Papier, Tinte.«

»Diese Dinge sind natürlich wichtiger als ein Teeservice«, sagte Richard. »Manchmal gibt es ja auch Kleider.«

»Die den Frauen aber nie gefallen«, entgegnete Stephen.

»Weil immer nur Männer die Auswahl treffen«, sagte Kitty lächelnd. »Die Männer glauben, dass Frauen lieber Kleider kaufen als Porzellan oder Vorhänge für die Fenster, und dann suchen sie auch noch die falschen aus.«

»Vorhänge wären dir lieber?«, fragte Stephen. Er wunderte sich immer noch, dass es Kitty nichts auszumachen schien, dass sie Richard nicht heiraten konnte. »Die beiden Mrs Morgans«, hatte sie ganz unbekümmert gesagt.

»Auf jeden Fall.« Kitty legte ihren Löffel auf den Tisch und sah sich im Wohnzimmer um, dessen Einrichtung große Fortschritte gemacht hatte. Die Innenwände waren fertig und die meisten Flächen bereits blank poliert. Die Bücher standen in Regalen säuberlich aufgereiht, in einem zum Blumentopf umfunktionierten Krug blühte eine Pflanze. »Zu Hause fühle ich mich am wohlsten. Teppiche und Vorhänge zu haben, das wäre wunderbar. Und Blumenvasen und Bilder an den Wänden. Wenn ich seidene Fäden hätte, könnte ich auch Wandbehänge und Sitzkissen für die Stühle sticken.«

»Eines Tages wirst du das alles haben«, versprach Richard. »Wir können nur hoffen, dass eines Tages ein Schiff kommt, das Lampen und das Öl dazu verkauft, Stickereiseide, Teegeschirr und Vasen. In den staatlichen Warenlagern gibt es wirklich immer nur dasselbe: billige Kleider, Schuhe, Holzschüsseln, Zinnlöffel und -becher, Schöpflöffel und Talgkerzen.«

Nach dem Essen unterhielten sich die Männer über Dinge, die sie in den Zeitungen gelesen hatten, dann wechselten sie zu wichtigeren Themen und sprachen über Weizen, noch zu rodende Flächen, die Arbeit in den Sägegruben und die Veränderungen, die Kommandant King ins Werk setzte.

»Es wird trotz all seiner schönen Reden nicht weniger bestraft«, sagte Richard. »*Achthundert* Peitschenhiebe, um Himmels willen! Es wäre humaner, den betreffenden Menschen zu hängen. Bei Major Ross waren es nie mehr als fünfhundert Hiebe, und davon wurde das meiste erlassen. Außerdem fällt mir auf, dass die Ärzte nicht mehr so oft eingreifen dürfen wie früher.«

»Sei gerecht, Richard. Schuld daran ist nur das Neusüdwales-Korps. Das sind Bestien, die von Bestien befehligt werden. Ich wünschte mir nur, sie würden sich nicht immer die armen Iren als Opfer aussuchen.«

»Na ja, die Iren kommen alle vom Land und die meisten sprechen nur Irisch, kein Englisch. Sie behaupten es zwar, aber das stimmt nicht. Wie sollen sie gehorchen, wenn sie die Befehle nicht verstehen? Ich kenne aber einen Iren, mit dem das Sägen ein Vergnügen ist. Er ist mein bester Partner seit Billy Wigfall und stets gut gelaunt und höflich. Zwar versteht er kein Wort von dem, was ich sage, und ich verstehe ihn nicht. Aber mit der Säge zwischen uns verstehen wir uns glänzend.«

Kitty klatschte in die Hände. »Richard, rede nicht immer über deine Sägegruben! Stephen hat große Neuigkeiten.«

»Ich bitte tausendmal um Entschuldigung. Stephen, du hast das Wort!«

»King bestellte mich heute Morgen zu sich und sagte, ich solle zum amtlichen Lotsen für Norfolk Island ernannt werden. Er und Major Ross haben sich wohl über die vielen Unfälle vor der Küste unterhalten. Jollen und Beiboote sind immer wieder auf dem Riff gestrandet, weil sie Warnsignale ignoriert und eine Landung versucht haben. Ab sofort entscheide also nur noch ich, wann und wo ein Boot anlegt. Mein Wort ist Gesetz und es gilt auch für Schiffe auf der Reede. Wäre ich Lotse gewesen, als die *Sirius* hier ankerte, wäre sie nicht an dem Riff hängen geblieben.«

»Das ist wirklich wunderbar, Stephen!«, rief Kitty.

»Aber es ist noch nicht alles, oder?«, fragte Richard.

»Da ist noch etwas, zugegeben.« Stephens Gesicht wirkte wie von innen erleuchtet. »Sobald Kommandant King die Zustimmung des Gouverneurs erhält, bekomme ich mein Leutnantspatent. Irgendwann werde ich auf einem Schiff Dienst tun müssen, aber zunächst bleibe ich hier. Kein Grund zur Panik also. Ich arbeite also als Lotse, aber bald werdet ihr mich Leutnant Donovan nennen müssen. Wenn ich nicht als Lotse gebraucht werde, beaufsichtige ich eine Gruppe von Waldarbeitern, die am Mount George rodet. Aus dem elenden Steinbruch bin ich zum Glück raus.«

»Das muss gefeiert werden.« Richard stand auf, griff hinter eine Reihe von Büchern und zog eine Flasche heraus. »Das ist mein eigener Rum, Morgans Spezialverschnitt. Major Ross hat mir zum Abschied einige Flaschen geschenkt, ich habe sie allerdings noch nicht probiert. Jetzt werden wir beide gleich schmecken, wie einheimischer Rum schmeckt, der eine Zeit lang im Fass gelagert und mit gutem Bristoler Schnaps veredelt wurde.«

»Auf dein Wohl, Richard.« Stephen hob seinen Becher und nippte daran, auf das Schlimmste gefasst. Dann nahm er überrascht einen richtigen Schluck. »Der ist gar nicht übel, Richard!« Der Becher wurde in Kittys Richtung geneigt. »Auf dein Wohl, Kitty, und auf das des Babys. Ich will sein Pate werden. Hoffentlich wird es ein Mädchen, und hoffentlich nennt ihr sie Kate.«

»Kate?«, fragte Kitty.

»Nach der widerspenstigen Kate in Shakespeares *Der Widerspenstigen Zähmung*. Auf einer Insel wie dieser können sich die Widerspenstigen besser behaupten als die grauen Mäuse.« Stephen grinste. »Jetzt werd nicht gleich so blass, junge Mutter! Irgendein Mann wird sie schon zähmen.«

»Und wenn es ein Junge wird?«, fragte die künftige Mutter.

»Mein erster Sohn wird William Henry heißen, und niemand darf den Namen abkürzen«, sagte Richard.

»William Henry … der Name gefällt mir«, sagte Kitty.

Stephen senkte den Kopf und unterdrückte ein Seufzen. Also wusste Kitty nichts von Richards Sohn. Würde sie es jemals erfahren? Du musst es ihr sagen, Richard! Bitte erkenne sie als gleichberechtigtes Wesen an!

»Auch ich habe Neuigkeiten, Herr Leutnant«, sagte Richard. »Mr King hat Tommy Crowder befohlen, ein Kataster der Insel und ein Verzeichnis der Landbesitzer anzulegen. Dort werde ich eingetragen als Richard Morgan, Freier, Inhaber von sechs Hektar, die mir und nicht der Krone gehören. Außerdem erhalte ich kommenden Juni als Geschenk der Krone weitere fünf Hektar in Queensborough. Ich werde auf meinem Land Weizen anbauen und in Queensborough Mais für Schweinefutter.« Er hob seinen Becher. »Ich trinke auf dein Wohl, Leutnant Donovan, auf deine Freundschaft, die du mir in diesen Jahren bewiesen hast. Mögest du ein Schiff mit hundert Kanonen in einer großen Seeschlacht gegen die Franzosen befehligen und dann Flottenadmiral werden. Kitty, dreh dich jetzt bitte um und schau nicht heimlich her.«

Zwanzig Goldstücke glitten geräuschlos in Stephens Hand. Der zog zunächst die Brauen hoch, dann steckte er das Geld in die Tasche seiner Segeltuchjacke. Als Kitty wieder hersehen durfte, lachten die beiden laut. Kitty wusste nicht, worüber.

Das Jahr 1792 begann mit einer Trockenperiode. Um Weihnachten hatte es dagegen wie üblich geregnet, zum Glück erst, nachdem die Ernte abgeschlossen war. Kittys Bauch wuchs, blieb aber eher klein, und sie konnte arbeiten, ohne sich übermäßig anstrengen zu müssen.

»Eigentlich solltest du das Kind bekommen!«, sagte sie zu Richard. »Du machst so ein Theater und bist eine richtige Glucke!«

»Ich finde, du solltest in der Zeit unmittelbar vor der Geburt bei Olivia Lucas im Arthur's Vale wohnen.« Richard war besorgt. »Das Haus hier ist viel zu abgelegen.«

»Ich werde nicht bei Olivia Lucas wohnen!«

»Und wenn das Baby früher kommt als erwartet?«

»Richard, ich habe mich lange mit Olivia Lucas unterhalten. Glaub mir, ich werde genug Zeit haben, um Joey und dich und Olivia zu benachrichtigen. Es ist mein erstes Kind, und die ersten kommen nicht so schnell.«

»Bist du sicher?«

»Ganz sicher.« Sie ging zu einem Stuhl, setzte sich und sah Richard ernst an. »Ich muss dich etwas fragen, Richard, und ich bestehe auf einer Antwort.«

Fasziniert sah Richard sie an. Eine große Autorität ging von ihr aus. »Frage«, sagte er und setzte sich ihr gegenüber.

»Ich bringe bald dein Kind zur Welt, Richard, aber ich weiß so gut wie nichts über dein Leben. Das wenige, das ich weiß, habe ich von Lizzie Lock, aber auch sie wusste nicht viel und ich glaube, ich habe ein Recht darauf, mehr zu wissen als sie. Erzähle mir von deiner Tochter, die jetzt in meinem Alter wäre.«

»Sie hieß Mary, und sie liegt neben ihrer Mutter auf dem Friedhof der St.-James-Kirche in Bristol begraben. Mary starb mit drei Jahren an Pocken. Schon deshalb ist es mir recht, wenn meine Kinder hier aufwachsen. Die schlimmste Krankheit hier ist Durchfall.«

»Hattest du noch mehr Kinder?«

»Einen Sohn, William Henry. Er ist ertrunken.«

Kitty stiegen Tränen in die Augen. »Ach Richard!«

»Sei nicht traurig, Kitty. Das ist alles lange her und weit weg. Hier gibt es diese Gefahren nicht.«

»Aber auch hier kann viel passieren. Man kann vor allem ertrinken.«

»Glaube mir, hier wäre mein Sohn nicht ertrunken. Sein Schicksal war nur in einer Stadt möglich, nicht auf einer kleinen Insel, auf der jeder jeden kennt. Hier leben auch schlechte Menschen, aber wenn einmal eine Schule eingerichtet wird, werden wir Eltern viel mehr über die Lehrer wissen als die Eltern in einer Stadt wie Bristol. An William Henrys Tod war ein Lehrer schuld.« Er sah sie lächelnd an, den Kopf zur Seite gelegt. »Noch weitere Fragen?«

»An was starb deine Frau?«

»An einem Gehirnschlag, zum Glück vor William Henry. Sie hat nicht gelitten.«

»Ach Richard!«

»Es gibt keinen Grund, traurig zu sein, Liebling. Denn ich bin überzeugt, das alles musste passieren, damit wir uns begegnen konnten. In Bristol habe ich die Freuden eines richtigen Familienlebens nie erfahren, auch nicht das Glück, im eigenen Haus zu wohnen. Alles, worum ich dich bitte, ist, dass du mir als Vater deiner Kinder einen kleinen Platz in deinem Herzen gewährst. Das und die Kinder genügen mir.«

Sie öffnete den Mund und wollte schon sagen, er habe mehr als nur einen kleinen Platz in ihrem Herzen. Doch sie schwieg. So etwas zu sagen war wie ein Versprechen, wie eine Verpflichtung, die sie vielleicht nicht einhalten konnte. Sie hatte Richard sehr gern, aber eben deshalb wollte sie ihm nichts vormachen, das sie nicht wirklich empfand. Er brachte ihr Herz nicht zum Klingen, verlieh ihrer Seele keine Flügel. Sonst wäre alles anders gewesen. Dann hätte sie von Liebe sprechen können.

Im Februar brausten stürmische Winde über die Insel. Doch die Ernte war unter Dach und Fach, und sie würde reichen, um die Inselbewohner zu ernähren. Für Neusüdwales blieb allerdings nichts übrig außer Kalk und etwas Bauholz.

Richard war auf dem Nachhauseweg. Man schrieb den 15. Februar, und er war spät dran und sehr nervös. Der Vizegouverneur hatte ihn aufgehalten und ihm mehr Fragen gestellt, als Kitty sich in einer ganzen Woche ausdenken konnte. Zwar sollte das Baby erst in einigen Tagen kommen, aber Olivia Lucas hatte gesagt, es sei bereits in Geburtslage, und niemand konnte sich Joey Long als Hebamme vorstellen. Beruhigend wirkten auf Richard nur Olivias und Kittys Versicherungen, Erstgeburten ließen sich stets Zeit. Er ging den Weg zum Haus hinunter. Aus dem hohen Schornstein kam kein Rauch. Er beschleunigte seine Schritte. Kitty bestand auch im neunten Monat noch darauf, selbst Brot zu backen.

Kein Laut war zu hören.

»Kitty«, rief er und nahm die drei Stufen zur Tür auf einmal.

»Hier«, rief eine schwache Stimme.

Richards Herz raste. Er riss die Tür auf und erfasste das Wohnzimmer mit einem Blick. Kitty war nicht hier. Im Schlafzimmer – mein Gott! Die Geburt hatte schon angefangen!

Kitty saß aufrecht im Bett, im Rücken zwei Kissen. Mit einem seligen Lächeln sah sie ihm entgegen. »Richard, darf ich dir deine Tochter Kate vorstellen? Sag ihr Guten Abend.«

Seine Knie wurden weich. Er sank auf die Bettkante. »Kitty!«

»Sieh sie dir an, Richard. Ist sie nicht schön?«

Kittys von der Arbeit rauen Hände reichten ihm ein fest gewickeltes Bündel. Es war ungerecht, dass seine Hände viel gepflegter waren als ihre! Er nahm das Bündel und schob das Tuch vorsichtig aus dem winzigen, runzligen Gesicht. Der Mund ein rundes O, die verquollenen Augenlider geschlossen, die Haut dunkel. Auf dem Kopf saß ein dicker Schopf schwarzer Haare. Wieder versank er in einem Meer voller Liebe. Er beugte sich vor, um das kleine Wesen auf die Stirn zu küssen, und spürte, wie ihm Tränen über das Gesicht liefen.

»Ich verstehe das nicht! Heute Mittag ging es dir noch so gut. Du hast überhaupt nichts gesagt.«

»Es gab nichts zu sagen. Mir ging es wirklich gut. Es kam ganz plötzlich, ohne Vorwarnung. Die Fruchtblase platzte, ich spürte einen stechenden Schmerz, dann fühlte ich schon ihren Kopf zwischen den Beinen. Ich legte schnell ein sauberes Tuch auf den Boden, hockte mich hin, und da war sie auch schon. Das Ganze dauerte nicht länger als eine Viertelstunde. Sobald die Nachgeburt da war, nahm ich einen Faden, band die Nabelschnur ab und schnitt sie mit der Schere durch. Sie schrie, oh, was für eine kräftige Stimme sie hat! Ich wusch sie, wischte den Fußboden, weichte das Tuch ein und wusch mich selbst.« Kitty platzte fast vor Stolz. »Ich weiß wirklich nicht, warum alle Welt so ein Theater darum macht.« Sie schob ihr Kattunhemd zur Seite und entblößte eine pralle Brust. Aus der dunkelroten Brustwarze quoll eine weiße Perle. »Ich habe auch schon Milch, aber Olivia riet mir, noch ein wenig zu warten, bevor ich Kate anlege. Habe ich nicht alles richtig gemacht, Richard?«

Richard beugte sich vor und küsste sie auf den Mund, ganz vorsichtig, um das Bündel auf seinen Armen nicht zu drücken. Er sah Kitty mit leuchtenden Augen an, dann wischte er sich die Tränen aus dem Gesicht und lächelte unsicher. »Du hast alles richtig gemacht, Kitty. Als ob du so etwas schon zwanzigmal erlebt hättest.«

»Ich habe keine Waage und kann Kate deshalb nicht wiegen, aber sie ist, glaube ich, ziemlich schwer und auch recht groß. Sie sieht wie eine Morgan aus, nicht wie eine Clark.«

Richard betrachtete Kate, hätte Kittys Aussage aber nicht bestätigen können. »Sie ist sehr schön, das ist alles, was ich sehe.« Danach sah er Kitty genauer an. Sie wirkte müde, strahlte aber so viel Freude aus, dass er sich nicht vorstellen konnte, sie könnte in Gefahr sein. »Dir fehlt wirklich nichts?«

»Ganz bestimmt nicht. Ich bin nur müde. Es ging alles so schnell. Olivia riet mir, mich hinzuhocken. Das sei die natürlichste Art, ein Kind zu bekommen.« Kitty nahm Kate wieder und sah sie noch einmal genau an. »Sie ist dir wie aus dem Gesicht geschnitten, Richard. Wie kannst du das nicht sehen?«

»Sollen wir sie also Catherine nennen wie ihre Mutter?«

»Ja. Dann sind wir zwei Catherines: eine Kitty und eine Kate. Das nächste Mädchen heißt dann Mary.«

Wieder strömten ihm die Tränen über das Gesicht und er weinte, bis Kitty das Baby ablegte und ihn in die Arme schloss.

»Ich liebe dich, Kitty. Ich liebe dich mehr als das Leben.«

Wieder öffnete sie den Mund, um etwas zu sagen, doch da brüllte Kate aus vollem Hals los, und sie sagte stattdessen: »Hör dir das an! Ich glaube, Stephen hat Recht. Wir haben jetzt eine widerspenstige Kate im Haus. Ich stille sie jetzt.«

Kitty schlüpfte mit den Armen aus dem Hemd, wickelte das kleine Wesen aus und hielt es nackt an ihren eigenen Körper. Richard sah fasziniert zu. Das kleinen Mündchen schloss sich um die Brustwarze, und Kitty seufzte lustvoll. »Ja, Kate, jetzt gehörst du ganz und gar mir.«

Kitty hatte keinen Augenblick daran gezweifelt, dass Richard ein wunderbarer Vater sein würde. Trotzdem war sie überrascht, wie vollkommen er in seiner Vaterschaft aufging. So viele ihrer Freundinnen und Bekannten klagten, ihre Männer wollten sich nicht zu sehr um Kinder oder häusliche Pflichten kümmern, um nicht unmännlich zu wirken. Ein müdes Kind zu tragen ging noch, ein Baby zu küssen und mit ihm zu schmusen ebenfalls, aber man durfte nicht übertreiben. Richard dagegen war völlig gleichgültig, was seine Freunde von ihm hielten. Wenn einer von ihnen zu Besuch kam, wechselte er dennoch Kates schmutzige Windeln. Es machte ihm auch nichts aus, dabei gesehen zu werden, wie er Windeln wusch oder zum Trocknen an die Leine hängte. Seine Freunde schienen ihn deshalb auch nicht für einen Weichling zu halten, was sicher dadurch begünstigt wurde, dass er nicht wie einer aussah.

Richard arbeitete viel und so schnell wie möglich, immer im Bestreben, so früh wie möglich nach Hause zu kommen, um Zeit mit Kitty und Kate zu verbringen. Als Kitty vorsichtig andeutete, er könnte ja weniger sägen und dafür mehr auf dem Feld arbeiten, reagierte er entsetzt. Nein, niemals! Die Arbeit als Aufseher über die Säger war gut bezahlt, und jeder Schuldschein, der zu seinen

Gunsten in die Bücher der Verwaltung eingetragen wurde, sicherte die Zukunft seiner Kinder. Er würde beides schaffen, das Sägen *und* die Feldarbeit. Dazu war er noch nicht zu alt.

Kate war sechs Monate alt, als Tommy Crowder eines Tages zu Richards Sägegrube kam und Richard fragte, wann er die kleine Kate auf die Versorgungsliste der Regierung setzen lassen wolle.

»Ich kann selbst für meine Frau und mein Kind sorgen«, sagte Richard stolz.

»Kommandant King besteht aber darauf, sie auf die Liste zu setzen«, erwiderte Crowder. »Kommen Sie in mein Büro mit und lassen Sie es uns gleich erledigen.« Crowder ging los, ohne darauf zu achten, ob Richard ihm folgte.

»Ich sehe keinen Grund dafür, meine Frau und mein Kind auf die Liste der Regierung zu setzen«, beharrte Richard in Crowders kleinem Büro. »Ich bin das Familienoberhaupt.«

»Genau darum geht es, Richard. Das sind Sie eben nicht. Kitty ist ein Sträfling und ledig. Deshalb steht sie noch auf der Liste, und deshalb muss auch ihr Baby dort eingetragen werden. Ich brauche Sie nur als Zeugen.«

Richard sah ihn finster an. »Kitty ist meine Frau und Kate meine Tochter.«

»Catherine Clark, ledig … jawohl, hier steht sie«, murmelte Crowder, als er Kitty in dem großen Verzeichnis gefunden hatte. Er nahm eine Schreibfeder, tauchte sie in ein Tintenfass und fügte einen Eintrag hinzu, den er laut vorlas: »Catherine Clark, Kind.« Er sah erleichtert auf. »So, das wäre erledigt, und Sie haben gesehen, dass ich sie eingetragen habe. Ich danke Ihnen, Richard.« Er legte die Feder weg.

»Das Kind heißt Catherine *Morgan*. Ich erkenne sie als meine Tochter an.«

»Sie heißt Clark.«

»Morgan.«

Tommy Crowder war kein besonders sensibler Mensch. Sein ganzes Streben war darauf gerichtet, sich Leuten unentbehrlich zu machen, die seine Karriere befördern konnten. Doch als er jetzt Richards blitzende Augen auf sich gerichtet sah, erbleichte er. »Ich kann nichts dafür, Richard«, stammelte er. »Ich tue doch nur, was man mir sagt. Kommandant King will Ordnung in den Akten. Das Kind muss hier eingetragen sein, und Sie müssen bezeugen, dass dies geschehen ist. Das Mädchen heißt Clark.«

»Das ist ungerecht!«, sagte Richard später zu Stephen und ballte dabei die Fäuste. »Dieser dressierte Affe hat meine Tochter unter dem Namen Catherine Clark in seine blöde Liste eingetragen und ich musste auch noch als Zeuge dabei sein.«

Stephen lief es unwillkürlich kalt den Rücken hinunter, als er Richards Muskeln spielen sah. »Richard, um Himmels willen, reiß dich zusammen! Crowder kann nichts dafür, auch der König nicht. Ich bin ganz deiner Meinung, es ist ungerecht, aber du kannst daran nichts ändern. Kitty ist nicht deine Frau und kann es auch gar nicht sein. Es dauert noch ein paar Jahre, bis sie ihre Strafe verbüßt hat, und bis dahin können die Behörden nach Belieben mit ihr verfahren. Und Kates offizieller Familienname ist Clark.«

»Aber eines kann ich tun«, sagte Richard heftig. »Ich kann Lizzie Lock umbringen.«

»Dazu bist du nicht fähig, also rede auch nicht davon.«

»Solange Lizzie lebt, ist meine Tochter ein Bastard, wie die anderen Kinder, die ich mit Kitty haben werde.«

»Das muss nicht immer so sein. Schau mal. Tom Sculley, mit dem Lizzie jetzt lebt, hat schnell begriffen, dass er vom Ackerbau nichts versteht, deshalb hat er vom Getreideanbau auf die Geflügelzucht umgestellt. Früher oder später wird er alles verkaufen und die Insel verlassen. Aus dem Klatsch der freien Siedler und ehemaligen Seesoldaten weiß ich, dass er China und Bengalen bereisen will, bevor er zu alt dafür ist. Da nimmt er Lizzie natürlich mit.«

Richard sah ihn niedergeschlagen an. »Ich gebe mir Mühe, deinen Gedanken zu folgen. Du meinst, wenn Lizzie in den Orient fährt, muss ich nur noch ein Weilchen warten, und dann kann ich so tun, als sei ich ledig?«

»Genau. Notfalls bezahle ich einen Londoner Fälscher dafür, dass er ein entsprechendes Dokument ausstellt. Zum Beispiel einen rührenden Brief aus der Feder eines Kaufmanns aus Wampoa an die Behörden in Gloucester. In diesem Brief steht dann, Mrs Richard Morgan, geborene Elizabeth Lock, sei in Macao gestorben. Ob man in Gloucester von irgendwelchen Verwandten wisse? Das bezeugt ihren Tod, und dann kannst du Kitty heiraten.«

»Manchmal bist du ganz schön durchtrieben, Stephen.« Richard brachte so etwas wie ein Lachen zu Stande. »Bedeuten deine tröstenden Worte mit der Anspielung auf London, dass du uns demnächst verlassen wirst?«

»Bis jetzt weiß ich noch nichts. Aber eines Tages wird es so weit sein.«

»Ich werde dich schrecklich vermissen.«

»Ich dich auch.« Stephen legte den Arm um Richards Schulter und schob den Freund ganz sanft in Richtung nach Hause. Wie schön, dachte er, sein Zorn ist verraucht. Zumindest an der Oberfläche. Reverend Johnson soll in der Hölle schmoren!

»Er leidet darunter viel mehr als ich«, sagte Kitty, als Stephen ihr berichtete, was vorgefallen war. Richard war zu dem kleinen Badeteich gegangen, den er in der Nähe des Hauses angelegt hatte, und wusch die Sägespäne und den Mief von Crowders Büro ab. »Schade, dass Kate nicht Morgan heißen kann, aber deshalb ist sie trotzdem unbestreitbar eine Morgan. Für was ist eine offizielle Trauung überhaupt gut? Mindestens die Hälfte von uns Sträflingsfrauen ist nicht kirchlich getraut, aber deshalb sind wir trotzdem Ehefrauen. Ich beklage mich nicht, Stephen, ganz bestimmt nicht.«

»Richard glaubt an Gott und die Kirche, Kitty. Deshalb kann er sich nur schwer damit abfinden, dass seine Nachkommen in den Augen der anglikanischen Kirche Bastarde sind.«

»Nach Lizzies Tod sind sie das nicht mehr«, erwiderte Kitty ruhig. »Und Lizzie ist nicht mehr die Jüngste.«

Wie sollte er ihr erklären, dass eine nachträgliche Heirat den Makel nicht beseitigte? Stephen beschloss, es gar nicht erst zu versuchen. Stattdessen nahm er Kate auf den Arm. »Hallo, meine Süße! Mein süßer kleiner Engel!«

»Kate ist kein Engel, sie ist genau das, was du sie genannt hast: ein widerspenstiges Mädchen mit einem eigenen Willen! Meine

Güte, Stephen, sie ist erst sechs Monate alt, aber sie herrscht hier bereits mit eiserner Faust!«

Stephen lächelte den kleinen Wurm an, der ihn ernst ansah, und küsste ihn auf die dicken Backen. »Nein, Kate braucht keine eiserne Faust, um über Richard zu herrschen. Nicht wahr, meine kleine Kate? Wo ist dein Petruchio? In welcher Verkleidung wird er kommen?« Er gab Kate ihrer Mutter zurück.

»Petruchio?«

»Das ist der, der in Shakespeares Stück die widerspenstige Kate zähmt. Denk nicht drüber nach, es war nur so ein Einfall.«

Eine Weile sagte keiner der beiden etwas. Dann fragte Stephen unvermittelt: »Liebst du Richard?«

Die braunen, schwarz gesprenkelten Augen sahen ihn traurig an. »Ich weiß nicht, Stephen, ich weiß es wirklich nicht. Woher weiß man eigentlich, dass man jemanden liebt?«

»Man weiß es einfach. Man ist von dem anderen vollkommen ausgefüllt.«

»Das ist bei mir nicht so.«

»Tu ihm bitte nicht weh, Kitty.«

»Nein, auf keinen Fall.« Kitty ließ Kate auf ihren Knien reiten, dann lächelte sie und tätschelte Stephens Hand. »Ich gehe mit Richard durch dick und dünn, Stephen, das bin ich ihm schuldig. Und zu bezahlen, was man schuldig ist, das lernt man als Sträfling ja sowieso, und ich habe all meine Lektionen gelernt. Nur Lesen und Schreiben nicht, irgendwie habe ich dazu nie Zeit. Die Hausarbeit und die Kinder gehen vor.«

Richard erschrak, als Kitty ihm sagte, sie sei schon wieder schwanger. »Das kann nicht sein! Es ist zu früh!«

»Nicht unbedingt«, sagte sie ruhig. »Zwischen den beiden Geburten liegen dann vierzehn Monate. Und die Kinder fangen mehr miteinander an, wenn der Altersunterschied gering ist.«

»Aber die Anstrengung, Kitty! Du wirst vor der Zeit altern!«

Kitty musste lachen. »Unsinn, Richard! Mir geht es ausgezeichnet, ich bin jung und ich freue mich auf William Henry.«

»Ich hätte gerne noch gewartet, Kitty, wirklich.«

»Sei nicht böse. Olivia sagte, ich würde nicht schwanger werden, solange ich Kate stille.«

»Ein Ammenmärchen! Ich hätte warten sollen.«

»Warum?«

»Weil ein zweites Kind zu viel für dich ist.«

»Und *ich* sage, ein zweites Kind ist nicht zu viel.« Sie drückte Kate Richard in die Arme und nahm einen leeren Eimer in die Hand. »Ich gehe Wasser holen.«

»Lass mich das tun.«

Sie funkelte ihn zornig an. »Zum hundertsten Mal, Richard Morgan, hör auf, mich zu bemuttern. Behandle mich nicht wie ein Kind, sondern wie eine Erwachsene. Ich bekomme die Kinder! Und ich bestimme, wann! Ich führe diesen Haushalt, deshalb entscheide ich, was zu viel für mich ist und was nicht! Entscheide du nicht immer für mich! Sag nicht immer: Das ist zu anstrengend für dich, das ist zu viel, lass dir doch helfen. Du bist nicht mein Herr und Gebieter. Das ist nur Seine Majestät der König!«

Wutentbrannt marschierte sie davon.

Richard setzte sich auf die oberste Stufe vor der Eingangstür, Kate saß auf seinen Knien, und beide schwiegen.

»Tja, mein Töchterchen, sieht so aus, als hätte mich gerade jemand in die Schranken gewiesen.«

Kate saß ohne seine Hilfe kerzengerade da und sah den Vater an. Ihre weit geöffneten Augen glichen nicht denen von William Henry und Kitty. Sie waren grau-braun. Die dunklen Punkte, mit denen sie gesprenkelt waren, sah man kaum. Wer sie entdecken wollte, musste ganz genau hinsehen. Kate war ein schönes Kind. Sie hatte üppige schwarze Locken, fein gezeichnete schwarze Augenbrauen und dichte schwarze Wimpern, einen ausdrucksvollen roten Mund und Richards makellose braune Haut. Kitty hatte Recht, Kate war ganz entschieden eine Morgan. Eine Morgan namens Clark.

Er haderte mit seinem Schicksal. Er war gedankenlos gewesen, als er Lizzie Lock geheiratet hatte, oder, besser gesagt, er hatte nicht an sich und seine Zukunft gedacht. Ich hatte Mitleid mit ihr, ich dachte, ich sei ihr etwas schuldig. Stephen warnte mich, das weiß ich noch genau, aber ich hörte nicht auf ihn. Mit den Folgen müssen meine Kinder leben und der Mensch, den ich von ganzem Herzen liebe. Kitty hat in den Augen der anderen keine eigene Identität, keinerlei gesellschaftliches Ansehen. Ich kann sie, wie es manche Männer schon tun, jederzeit und ohne jede Entschädigung verlassen. Die meisten Sträflinge haben ihre Haftzeit verbüßt, und wer genug Geld beisammen hat, kauft sich eine Schiffspassage nach England oder nach China oder in irgendein anderes Land. Alte Bekannte wie Joe Robinson verschwinden jetzt. Viele von ihnen gehen einfach und lassen ihre Frauen hier im Stich. Wenigstens überlässt Kommandant King wie zuvor auch Major Ross allein stehenden Frauen genauso bereitwillig ein eigenes Stück Land wie einem allein stehenden Mann. Dann müssen diese traurigen Gestalten ihre Gunst nicht in der Kaserne des Neusüdwales-Korps feilbieten. Was wir den Frauen antun, ist unverzeihlich. Sie werden nicht als Huren geboren. Wir machen sie dazu.

Kate flirtete mit ihm, lächelte ihn an und zeigte, dass sie zahnte. Meine Erstgeborene, meine Tochter. Mein uneheliches Kind. Richard drückte Kate an seine Brust, liebkoste mit den Lippen ihre weiche Haut und atmete ihren frischen, reinen Geruch ein.

»Kate«, sagte er, »meine Kate, was wird wohl aus dir werden? Was muss ich tun, damit du es einmal besser hast als deine Mutter, der Gott ein schweres Schicksal auferlegt hat? Wie kann ich aus dir, einem Bastard mit Sträflingseltern, eine gebildete junge Dame machen, die jeden Mann um den Finger wickelt?« Er küsste die kleine Hand und fühlte, wie die Finger sich fest um einen seiner Finger schlossen. Kate lehnte den Kopf an seine Brust, und Richard blickte über ihren Kopf in die Ferne. Was würde aus seiner Tochter werden?

Kitty ließ sich viel Zeit, um einen Eimer Wasser zu holen, der eigentlich nicht gebraucht wurde. Zunächst setzte sie sich neben die Quelle und grollte eine Zeit lang. Dann hielt sie den Eimer in den Wasserstrahl und wartete. Den vollen Eimer stellte sie ab, dann setzte sie sich wieder hin. Sie war selbst überrascht von der Heftigkeit ihrer Gefühle. Ihre mit Arbeit ausgefüllten Tage ließen ihr nicht viel Zeit zum Nachdenken über sich selbst. Richard wollte mit dem zweiten Kind also warten – wenn er überhaupt noch eins wollte. Aber das war nicht seine Angelegenheit! Gott hatte ihr Fruchtbarkeit verliehen, und sie wollte fruchtbar sein. Die Bibelworte und Predigten aus der Zeit im Armenhaus, damals abgespult, während die Finger fleißig stickten, hatten jetzt eine wirkliche Bedeutung gewonnen. Adam mochte der erste Mensch auf Erden gewesen sein, aber bevor Eva erschien, war er nur … nur eine Art Dekoration gewesen! Eva war wichtiger als Adam. Eva bekam die Kinder und machte aus einem Haus ein Zuhause.

Richard konnte nicht über alles bestimmen, nur weil er das Brot verdiente. Sie *buk* das Brot! In Zukunft, schwor sie sich, würde er ihre Wünsche beachten müssen. Sie stand auf und nahm den knapp zehn Kilogramm schweren Eimer mühelos auf. Ich bin keine graue Maus und auch nicht seine Dienerin. Ich bin ein Mensch mit eigenen Bedürfnissen.

Der Anblick, den Richard bot, als sie den Weg zwischen den Gemüsebeeten heraufkam, besänftigte sie. Ihr wurde warm ums Herz. Richard bemerkte sie nicht, und sie blieb stehen, um ihm und dem Baby zuzusehen. Sie sah, wie er Kate so drehte, damit sie ihn anschauen konnte, wie er ernst mit ihr sprach, ihre Hand küsste und sie dann liebevoll und zugleich staunend betrachtete. Wie er sie an sich drückte und über ihren Kopf in die Ferne sah.

In dieser Stellung verharrte er. Kitty blieb stehen und wollte, dass er sich bewegte, aber er bewegte sich nicht. Die Sonne war bereits hinter dem Haus verschwunden, doch es war noch hell, und Vater und Kind saßen da wie versteinert. Eine alte Erinnerung tauchte aus ihrem Gedächtnis auf, eine Szene mit dem Leiter des Armenhauses, der auch dem sonntäglichen Gottesdienst vorstand. Er saß auf seinem Stuhl und stierte ins Leere, während der Geistliche eine unverständliche Predigt über das sündige Fleisch hielt. Der Anstaltsleiter saß immer noch mit leeren Augen da, als der Geistliche seinen Vortrag beendet hatte, und die Waisen wagten nicht sich zu rühren. Die strengen Aufseherinnen ließen die Augen wachsam durch die Reihen streifen und passten genau auf, dass es niemand am gebührenden Ernst mangelte. Und der Anstaltsleiter saß da und starrte in die Ferne, als hätte er eine Vision von unbestimmter Bedeutung. Er bewegte sich erst, als ihn der Geistliche zaghaft an der Schulter fasste, und fiel einfach nach vorne auf die Steinplatten der Kapelle. Dort blieb er liegen, eine formlose Masse wie die mit Sand gefüllten Strümpfe, mit denen die Insassen geschlagen wurden, damit man keine Wunden sah.

Bewege dich, Richard, bitte! Doch Richard bewegte sich nicht. Die Zeit verrann, und das Kind in seinem Arm schlief selig. Plötzlich durchzuckte sie ein Gedanke: Er war tot. Die Wucht des Gedankens zwang sie in die Knie. Scheppernd fiel der Eimer zu Boden, und das Wasser lief aus. Dann war wieder alles still. Und Richard rührte sich immer noch nicht. Er war tot!

»Richard!«, schrie sie. Sie sprang auf und stürzte zu ihm.

Ihr Schrei riss ihn aus seiner Versenkung. Im selben Augenblick war sie schon bei ihm, rüttelte weinend an seinen Schultern und fasste nach seiner Brust:

»Kitty, was ist denn los?«

Kitty weinte hemmungslos. Wahre Sturzbäche liefen ihr über die Wangen, sie war völlig außer sich. Kate schloss sich ihrer Mutter sofort an und begann laut zu brüllen. Richard war völlig durcheinander. Zwei offenbar verrückt gewordene weibliche Wesen klammerten sich an ihn. Er stand auf und legte Kate in ihre Wiege, wo sie empört weiterbrüllte. Kitty setzte er in den Lehnstuhl am Ofen. Sie schluchzte, als sei ihr Herz gebrochen. Jetzt half nur noch Rum. Behutsam hielt Richard Kitty den Becher an die Lippen.

»Ach Richard, ich dachte, du seist tot!« Sie hustete, und Wasser lief ihr aus Augen und Nase. »Ich dachte, du seist tot! Tot!« Sie schlang die Arme um ihn, drückte das Gesicht an ihn und weinte erneut.

»Ich bin doch nicht tot, Kitty.« Er löste sich aus ihren Armen, half ihr auf, setzte sich selbst auf den Stuhl und nahm Kitty auf den Schoß. Dann wischte er ihr mit dem Saum ihres Kleides, dem einzigen verfügbaren Taschentuch, über Augen, Nase, Wangen, Kinn und Hals. Der Tränenstrom hatte den oberen Teil des Kleides völlig durchnässt. »Meine liebe Kitty, siehst du jetzt, dass ich nicht tot bin?« Er lächelte zärtlich. »Sonst hätte ich dich jetzt nicht auf den Schoß nehmen können. Aber es ist natürlich schön zu wissen, dass man so vermisst wird. Hier, nimm noch einen Schluck.«

Kate brüllte in ihrer Wiege immer lauter, aber sie würde über den Schrecken schneller hinwegkommen als Kitty. Deshalb wandte Richard nur den Kopf und rief streng: »Hör auf zu schreien, Kate! Schlaf jetzt!« Sehr zu seiner Überraschung verstummte das Geheul seiner Tochter augenblicklich. Eine wohl tuende Stille kehrte ein.

»Richard, ich dachte wirklich, du seist tot wie damals der Leiter des Armenhauses, und ich konnte den Gedanken nicht ertragen! Du warst tot, dabei hattest du mich so sehr geliebt, und ich habe dich immer nur verletzt und zurückgewiesen, und dann war es zu spät, um dir zu sagen, dass ich dich liebe. Ich liebe dich, wie du mich liebst, mehr als das eigene Leben. Ich dachte, du seist tot, und ich wusste nicht, wie ich ohne dich leben sollte! Ich liebe dich, Richard. Ich liebe dich!« Richard schob ihr die Haare aus der Stirn und trocknete noch einmal die Tränen ab. »Das macht mich sehr glücklich«, sagte er leise. Nach einer Weile fügte er hinzu: »Ich weiß, du hast viel geweint, aber warum bist du so nass?«

»Ich habe den Wassereimer fallen lassen. Küss mich, Richard! Zeig mir, dass du mich liebst, und ich zeige dir, dass ich dich liebe!«

Liebe, die erwidert wird, das entdeckten sie jetzt, verwandelte die Lippen in die zarteste denkbare Trennwand zwischen Körper und Geist. Ab jetzt, dachte Richard, brauche ich nichts mehr vor ihr geheim zu halten. Ich kann ihr alles sagen. Kitty hat erfahren, wie das ist, wenn das Herz zu klingen beginnt und die Seele Flügel bekommt.

An Kates erstem Geburtstag, dem 15. Februar 1793, kam Stephen zu Besuch. In der Hand hielt er ein Paket.

Doch es war nicht das Geschenk, das Richard, Kitty und das Kind staunen ließ, sondern die imposante Uniform des frisch gebackenen Leutnants. Stephen trug schwarze Schuhe, weiße Strümpfe, weiße Hose und Weste, ein Rüschenhemd und den frackartig geschnittenen Marinemantel mit goldenen Tressen. An seiner Seite hing der Säbel, über den Kopf hatte er eine Perücke gestülpt, den Hut hatte er unter den Arm geklemmt.

»Du gehst!«, sagte Kitty, und ihre Augen wurden feucht.

»Was für ein prächtiger Anblick!«, sagte Richard. Er verbarg seine Trauer unter einem Lachen.

»Die Uniform kam aus Port Jackson«, sagte Stephen stolz. »Sie passt ganz ordentlich. Nur am Mantel muss noch ein bisschen gearbeitet werden, wegen der Schultern. Meine sind zu breit.«

»Ein Offizier braucht breite Schultern. Herzlichen Glückwunsch.« Richard streckte ihm die Hand hin. »Das Schiff, das neulich eingelaufen ist, heißt *Kitty*. Ich dachte mir gleich, dass das etwas bedeutet.«

»Ja. Aber heute trage ich die Uniform nur zu Ehren der kleinen Kate. Ich verlasse die Insel nicht sofort. Die *Kitty* fährt frühestens in einer Woche, also bleibt uns noch etwas Zeit.« Stephen nahm die Perücke ab, und es zeigte sich, dass er sich wie Richard die Haare abgeschnitten hatte. »Mein Gott, wird es einem unter diesen Dingern heiß! Die sind für den Ärmelkanal gemacht, nicht für Norfolk Island im schwülen Februar.«

»Stephen, deine schönen Haare!«, sagte Kitty vorwurfsvoll. Sie kämpfte schon wieder mit den Tränen. »Sie haben mir so gut gefallen! Ich versuche immer noch, Richard zu überreden, dass er seine wieder wachsen lässt, aber er sagt, lange Haare seien ihm lästig.«

»Er hat völlig Recht. Mit kurzen Haaren fühle ich mich frei wie ein Vogel – außer wenn ich die Perücke aufsetzen muss.« Stephen trat zu Kate, die in dem Hochstuhl saß, den Richard für sie gezimmert hatte, und stellte das Paket auf die Ablage vor sie. »Alles Gute zum Geburtstag, mein allerliebstes Patenkind.«

Kate lächelte und streckte die Hand aus, um sein Gesicht zu berühren. »Stevie.« Dann sah sie Richard an und strahlte. »Papa!«

Stephen küsste sie und nahm das Paket wieder an sich. Kate schien das nicht zu stören. Solange ihr Vater da war, gehörte ihre ganze Aufmerksamkeit ihm.

»Bewahrt es für sie auf«, sagte Stephen und gab Kitty das Paket. »Es wird noch einige Jahre dauern, bis sie etwas damit anfangen kann.«

Kitty packte das Geschenk neugierig aus. »Stephen!«, rief sie hingerissen. »Die ist ja wunderschön!«

»Ich habe sie dem Kapitän der *Kitty* abgekauft. Sie heißt Stephanie.«

Stephanie war eine Puppe mit einem fein bemalten Gesicht aus Porzellan und gelben Haaren aus Seidenfäden. Sie trug einen Reifrock und ein rosa Seidenkleid wie eine Dame vor dreißig Jahren.

»Du fährst mit der *Kitty* wohl nach Port Jackson?«, fragte Richard.

»Ja, und im Juni dann mit demselben Schiff weiter nach Portsmouth.«

Sie aßen gebratenes Schweinefleisch und zum Nachtisch einen Geburtstagskuchen. Das Eiweiß für den Teig hatte Kitty mithilfe eines Schneebesens schaumig geschlagen, den Richard ihr aus Kupferdraht gebastelt hatte. Richard war so geschickt. Wann immer sie ihn um etwas bat, baute er es ihr zusammen.

Gelegentlich eintreffende Schiffe hatten Tee mitgebracht, echten Zucker, außerdem verschiedene kleinere Luxusgegenstände, darunter Kittys ganzen Stolz, ein Teeservice aus feinem Porzellan. Vor den unverglasten Fenstern hingen Vorhänge aus grüner bengalischer Baumwolle, nur Bilder an den Wänden und Gabeln fehlten noch. Doch das war egal, das konnte warten.

William Henry würde in etwa drei Monaten zur Welt kommen. Kitty wusste, dass es ein Junge war. Mary musste bis zum nächsten Mal warten. Sie wollte viele Kinder. Kinder waren alles, was sie Richard geben konnte. Es konnten niemals zu viele sein. Auch auf Norfolk Island war das Leben gefährlich. Letztes Jahr hatte der arme Nat Lucas entsetzt mit ansehen müssen, wie eine Tanne, die er gefällt hatte, mit einem fürchterlichen Krachen in Olivias Richtung fiel. Olivia hatte den kleinen William auf dem Arm, die Zwillingsmädchen hingen an ihren Rockschößen. Olivia und William blieben unverletzt, Mary und Sarah dagegen waren auf der Stelle tot. Ja, man musste viele Kinder haben. Wenn eines davon starb, war man traurig und dankte Gott zugleich für die, die noch am Leben waren.

Kitty war glücklich, und der Grund dafür war, dass sie liebte und geliebt wurde. Ihre Tochter strotzte vor Gesundheit, und der Sohn, der in ihrem Bauch heranwuchs, machte sie mit seinem vielen

Strampeln ganz verrückt. Sie würde Stephen vermissen. Doch Richard verlor noch viel mehr. Aber so war das Leben. Nichts blieb, wie es war, alles veränderte sich, und nie wusste man im Voraus, was sein würde. Dass Stephen auf einem Schiff namens *Kitty* fuhr, bedeutete ihr viel. Die *Kitty* würde ihn sicher ans Ziel bringen.

»Kannst du uns Tobias hier lassen?«, fragte sie.

Die lebhaften Brauen gingen nach oben, die leuchtend blauen Augen funkelten.

»Ich soll mich von Tobias trennen? Ausgeschlossen, Kitty. Tobias gehört zur Marine, er begleitet mich auf allen meinen Reisen. Ich habe ihn so abgerichtet, dass er immer da sein will, wo ich bin.«

»Wirst du Major Ross besuchen?«

»Ganz bestimmt.«

Richard hatte noch eine Bitte, aber er wartete damit, bis er mit Stephen die Schlucht zur Straße nach Queensborough hinaufstieg. »Würdest du mir einen Gefallen tun, Stephen?«

»Jeden, das weißt du. Soll ich deinen Vater besuchen oder Vetter James, den Apotheker?«

»Nur wenn du dazu Zeit hast, sonst nicht. Aber ich möchte dir einen Brief an Jem Thistlethwaite in der Wimpole Street in London mitgeben, und ich bitte dich, ihn persönlich zu überbringen. Ich werde Jem nicht mehr sehen, aber ich wünsche mir, dass ihm jemand berichtet, wer ich jetzt bin.«

»Das mache ich gern.« Am weißen Grenzstein setzte Stephen mit einem grimmigen Blick auf den verschmitzt lächelnden Richard die Perücke auf. »Du hast eine Woche Zeit für deinen Brief. Ich gebe dir Bescheid, wenn wir fahren.«

Vorsichtig nahm Richard die Öllampe vom Regal. Er hatte sie am selben Stand gekauft wie das Teeservice. Die Lampe hatte allerdings mehr gekostet, weil zu ihr ein Fünfziggallonenfass mit Walfischtran gehörte. Er machte von der Lampe nur sparsam Gebrauch – nach der Arbeit war er sowieso zu müde, um noch lange zu lesen –, aber ihr Besitz ermöglichte es ihm, sich auch nachts noch in die Bücher zu vertiefen, die Jem Thistlethwaite ihm geschickt hatte. Das Lesen war die einzige Freizeitbeschäftigung, die er sich neben der Familie erlaubte. Kitty, das hatte er inzwischen begriffen, würde niemals Lesen und Schreiben lernen, weil es ihr nicht wichtig genug war. Die einzige Wissensquelle im Haus war er, und deshalb musste er lesen.

Das Papier schimmerte im Licht der Lampe golden. Richard tauchte eine Stahlfeder in das Tintenfass und schrieb, ohne zu zögern. Das, was er jetzt sagen wollte, war er zuvor schon viele Male in Gedanken durchgegangen.

Lieber Jem, der Überbringer dieses Briefes ist mein bester Freund. Der einzige Trost, der mir bleibt, wenn ich ihn verliere, ist das Bewusstsein, dass du ihn kennen lernen und genauso lieben wirst wie ich. Seit die *Alexander* auf der Themse ankerte, sind wir beide auf irgendeine Weise stets dem gleichen Weg gefolgt: von Schiff zu Schiff und von Ort zu Ort. Er als freier Mann, ich als Sträfling, aber als Freunde von Anfang an. Wenn ich nicht Kitty und die Kinder hätte, würde ich über seinen Weggang nicht hinwegkommen.

Was ich dir auf diesen Seiten schreibe, unterscheidet sich von dem, was ich geschrieben habe, nachdem deine Kiste angekommen war. Jener Brief ging durch die Hände zahlloser Beamten und war neugierigen Schnüffelnasen und Zensoren ausgeliefert. Diesen Brief dagegen wird Stephen nicht aus den Händen geben. Ich kann also alles sagen, was ich will.

Ich werde in diesem Jahr, 1793, fünfundvierzig Jahre alt. Von meiner äußeren Erscheinung und meinem körperlichen Zustand kann dir Stephen besser berichten als ich. Wir haben keine Spiegel hier auf Norfolk Island. Ich sage nur so viel: Ich bin kerngesund und kann heute vermutlich länger und härter arbeiten als damals als junger Mann in England.

Während ich hier am späten Abend sitze und schreibe, höre ich nur das Rauschen der gewaltigen Bäume im Wind und ich rieche ihr Harz und den Regen, der vor einigen Stunden hier gefallen ist. Wie ich Stephen kenne, wird er dich diesen Brief in aller Ruhe zu Ende lesen lassen, bevor er etwas sagt. Auch dieser Gedanke befreit mich beim Schreiben.

Ich werde nicht mehr nach England zurückkehren. Meine Heimat ist jetzt Norfolk Island, und so wird es immer bleiben. Die einfache Wahrheit ist: Ich will mit dem Land nichts mehr zu tun haben, das mich auf einem Sklavenschiff in die Botany Bay geschickt hat. Über zwölf Monate war ich unter Deck mit vielen anderen in unsäglichem Elend zusammengepfercht. Diese Zeit verfolgt mich immer noch in meinen Träumen.

Dass nicht alles schrecklich war, verdanken wir nicht jenen Leuten, die uns auf die Reise schickten – gierigen Lieferanten, gleichgültigen Beamten, Portwein trinkenden Baronen und Admiralen. Und uns, die mit der ersten Flotte zur Botany Bay fuhren, ging es noch gut verglichen mit dem, was unsere Nachfolger zu erdulden hatten. Lass dir von Stephen erzählen, wie es an Bord der *Neptune* aussah, als sie in Port Jackson Anker warf.

Als Erste in der Botany Bay anzukommen, war Segen und Fluch zugleich. Niemand wusste, was zu tun war, nicht einmal der hilflose kleine Gouverneur Phillip. Die Expedition war weder vernünftig geplant noch anständig ausgerüstet. In Whitehall hat sich niemand um die Versorgung gekümmert, und die Lieferanten haben betrogen, wo sie nur konnten. Sie haben weniger und schlechtere Kleider geliefert, als vereinbart, und dasselbe gilt für Werkzeuge und andere lebenswichtige Dinge, die uns auf die Reise mitgegeben wurden. Was wohl ein Julius Cäsar dazu gesagt hätte?

Irgendwie haben wir die ersten fünf Jahre dieses miserabel geplanten, monströsen Experiments trotzdem überstanden. Ich weiß zwar nicht genau, wie, aber vielleicht sind Menschen einfach zäher, als man sich gemeinhin vorstellt. Man kann allerdings nicht sagen, dass England uns hier eine zweite Chance gegeben hätte. Wir bekamen keine Chance, weder eine erste noch eine zweite. Wir mussten aus uns selbst schöpfen. Einige überlebten mit eisernem Willen, und nachdem ihnen das gelungen war, machten sie sich sofort auf den Weg »nach Hause«. Andere sind hier geblieben, fest entschlossen, mit den uns zur Verfügung stehenden Mitteln noch einmal von vorne anzufangen. Zu ihnen gehöre ich. Nach der Begnadigung oder Entlassung aus der Haft haben wir Land gekauft und uns mit dem neuen Beruf des Bauern vertraut gemacht.

Wie viele begabte Menschen hat England einfach weggeworfen! Menschen mit Intelligenz, Erfindungsgabe, Talent und Durchhaltevermögen. Ich könnte mit einer Liste ihrer guten Eigenschaften einige Seiten füllen. Diese Menschen haben völlig sinnlose Strafen in englischen Gefängnissen und auf Gefangenenschiffen abgesessen. Was stimmt mit einem Land nicht, das solche Menschen wegwirft wie wertlosen Kehricht?

Man muss sagen, dass nur die wenigsten von uns wussten, was in ihnen steckt. Auch ich wusste es nicht. Den ruhigen und geduldigen Richard Morgan von einst, der sich nicht einmal über den Verlust von 3000 Pfund empörte, gibt es nicht mehr, Jem. Er war passiv, zufrieden, ohne Ehrgeiz und *klein*. In nichts unterschied er sich von anderen Menschen – dasselbe freute ihn, dasselbe machte ihn traurig, und er liebte wie sie Gott und Vaterland.

Ein neuer Richard Morgan wurde unter Schmerzen geboren. Das Leid anderer Menschen ist für ihn schlimmer als sein eigenes. Er nimmt nichts mehr als selbstverständlich hin, meldet sich zu Wort, wenn es nötig ist, und schützt seine Lieben und sein Hab und Gut mit seinem Leben. Er vertraut nur wenigen Menschen und verlässt sich nur auf einen einzigen Menschen – sich selbst. Das Tragische ist, dass wir bei allem Neubeginn auch sehr schlechte Eigenschaften aus England mitgebracht haben, Jem. Die Menschen, die über uns herrschen, sind arrogant und kalt. Gesellschaftlicher Rang oder Reichtum erheben einige Menschen über andere, Armut und niedere Herkunft gelten als Schande. Auch hier glauben die Menschen, Krone und Kirche könnten nicht irren. Und die uneheliche Geburt ist ein schrecklicher Makel.

Deshalb mache ich mir Sorgen um meine Kinder, die sowohl die Last meiner Sünden als auch die Bürde ihrer eigenen Verfehlungen tragen müssen. Doch habe ich auch Hoffnung für sie, auf eine Art, wie das bei meinen Kindern in Bristol nie möglich gewesen wäre. Hier können sie sich frei entfalten, Jem, hier sind sie wichtig. Um was mehr könnte ich Gott bitten?

Ich wollte dir eigentlich noch viel mehr schreiben. Doch jetzt habe ich das Gefühl, dass alles gesagt ist, was ich zu sagen habe. Pass auf dich auf, auch auf Stephen, über den ich dich mit aller

Liebe grüße, und schreib mir bald. Schiffe aus England bewältigen die Reise inzwischen in weniger als sechs Monaten, und Norfolk Island ist eine Zwischenstation für Schiffe auf dem Weg nach China, Tahiti oder Nootka auf Vancouver Island. Mit etwas Glück werde ich es schaffen, auf deinen Brief zu antworten, bevor allzu viele Kinder durch dieses Haus toben. Ich kann Kitty nicht von weiteren Schwangerschaften abhalten, und ich bin zu schwach, um Nein zu sagen, wenn sie sich mir im Bett zuwendet. Durch Gottes Gnade und die Güte einiger Menschen habe ich meinen Weg gefunden.

Richard faltete den Brief zweimal so, dass sich der obere und der untere Rand der Seiten in der Mitte trafen. Dann schmolz er etwas Wachs und drückte sein Siegel auf. RM in Ketten. Den versiegelten Brief ließ er auf dem Tisch liegen. Er beugte sich vor, blies die Lampe aus und ging zu Kitty.

# Nachwort der Autorin

Die Saga von Richard Morgan ist noch nicht zu Ende. Er lebte noch viele Jahre ein an Abenteuern, Katastrophen und Umwälzungen reiches Leben. Ich hoffe, eines Tages noch mehr von seiner Geschichte erzählen zu können.

Der amerikanische Unabhängigkeitskrieg erschütterte die europäische Politik in ihren Grundfesten und machte sie mit ganz neuen, unerhörten Gedanken bekannt. Bis dahin war man davon ausgegangen, dass sich die Verfassung eines Staates in seinen Gesetzen ausdrückte. Dass ein Volk ohne einen König an der Spitze existieren könnte, war schlechterdings undenkbar. Menschen der unteren Schichten hatten nicht dieselben Rechte wie die Reichen der Oberschicht.

Eine weniger bekannte Folge der Unabhängigkeit Amerikas war die Errichtung der britischen Kolonie Neusüdwales und – fast gleichzeitig – ihres Ablegers Norfolk Island. Was die britische Krone veranlasst hat, einen derart abgelegenen, geografisch kaum erschlossenen Winkel des Globus zu kolonisieren, ist unter modernen Historikern umstritten. Einige glauben, einziger Zweck der Kolonie sei gewesen, die unglücklichen Opfer der brutalsten Strafjustiz Westeuropas loszuwerden. Andere sagen, auch höhere Ideale seien im Spiel gewesen.

Ich maße mir nicht an, diese Debatte entscheiden zu können. Nur so viel sei gesagt: Da britische Sträflinge nicht mehr als Zwangsarbeiter in die amerikanischen Kolonien deportiert werden konnten, musste ein anderes Land gefunden werden, ein Land, das durch mindestens ein Meer von England getrennt war. Die

Französische Revolution und wachsende Unruhen in Irland, Schottland und Wales machten die Suche nach einer geeigneten Kolonie noch dringender. Sie wurde in Neusüdwales und Norfolk Island gefunden. Wirtschaftlich war die neue Kolonie in den ersten Jahrzehnten ihres Bestehens kein Erfolg, doch war sie hervorragend dafür geeignet, Sträflinge, Rebellen, politische Demagogen und Taugenichtse aller Art unter Quarantäne zu halten. Diese Menschen konnten dort leben, ohne für die »Heimat« eine Gefahr darzustellen.

Am meisten faszinieren mich an diesem ungeheueren Experiment die Versuchskaninchen, die Sträflinge – und die unbekümmerte Annahme der britischen Behörden, man müsse sie nur losschicken, dann werde schon alles klappen. Mehr als irgendein anderer Faktor trugen die Versuchskaninchen, die Sträflinge, dazu bei, dass das Experiment glückte. Ich habe deshalb beschlossen, diesen Roman über die Entstehung des späteren Commonwealth of Australia (gegründet 1901) aus der Perspektive der Sträflinge zu schreiben.

Warum wurden diese Menschen überhaupt verurteilt? Unter welchen Umständen begingen sie ihre Verbrechen? Wie arbeitete die englische Justiz? Welche Rechte hatte ein Angeklagter? Aus welchem sozialen Umfeld kamen diese Menschen? Wie kamen sie miteinander aus? Wie konnten sie in einem ihnen völlig fremden, kargen Land überleben? Warum kehrten nur so wenige von ihnen in die »Heimat« zurück, nachdem ihre Haftzeit abgelaufen war und viele genug Geld hatten, um eine Schiffspassage zu kaufen? Woher schöpften sie die geistige Kraft zum Überleben? Wie ertrugen sie den brutalen, seelenlosen Strafvollzug dieser Zeit? Und was gefiel ihnen an ihrer neuen Heimat?

Das letzte Drittel des Buches spielt in Norfolk Island. Dieses einzigartige Fleckchen Erde mitten im Pazifik hat eine vielfältige, abwechslungsreiche und ganz eigene Geschichte.

Es gab drei voneinander unabhängige Versuche der britischen Krone, die Insel zu kolonisieren. Die ersten beiden wurden abgebrochen, die Insel evakuiert. Mit der zweiten Besiedlung

(1825–1855) ist die Erinnerung an unvorstellbare Grausamkeiten verbunden. Die erste Besiedlung (1788–1813) verlief trotz aller Schrecken sehr viel humaner.

Auch dem dritten Versuch einer Besiedlung liegt eine Deportation zu Grunde. 1856 wurden die Nachfahren der *Bounty*-Meuterer und ihre tahitianischen Frauen von Pitcairn auf das größere und fruchtbarere Norfolk Island umgesiedelt. Einige kehrten später nach Pitcairn zurück. Auf sie geht die heutige kleine Bevölkerung dieser Insel zurück.

Die so genannte dritte Besiedlung war meiner Meinung nach deshalb erfolgreich, weil die Pitcairner bereits ein Inselvolk waren. Das Leben auf der begrenzten Fläche einer Insel erfordert einen ganz anderen Lebens- und Verwaltungsstil als das Leben auf dem Festland. Obwohl Norfolk Island seit 1979 über eine – freilich stark beschränkte – Selbstverwaltung verfügt, ist es nach wie vor einem Kolonialherrn in Übersee ausgeliefert. 1914 wechselte die Insel den Herrn. Auf die britische Krone folgte das Commonwealth of Australia. Der australische Staat und seine nicht von der Inselbevölkerung gewählten Vertreter zeigen dieselbe Arroganz und Ignoranz gegenüber der Inselbevölkerung und den besonderen auf Norfolk Island herrschenden Bedingungen wie zuvor die Briten. Die Bewohner der von Australien abhängigen Inseln im Indischen Ozean haben darunter noch mehr zu leiden. Man fragt sich, was Australien aus der langen Zeit, in der es selbst Opfer des Kolonialismus war, gelernt hat.

An Archivmaterial ist kein Mangel, es ist aber – wie im Nationalarchiv im Londoner Stadtteil Kew – auf Grund unentschuldbar schlechter finanzieller Ausstattung oft in großer Unordnung und einem miserablen Zustand. Wie bei meinen Studien zum alten Rom stütze ich mich in vorliegendem Buch sehr viel mehr auf Originalquellen als auf moderne Abhandlungen und wissenschaftliches Schrifttum. Wer sich mit Geschichte beschäftigt, muss sich den Quellen zuwenden, um sich eine eigene Meinung bilden zu können.

Ich habe dem Buch keine Bibliografie angefügt, aus dem einfachen Grund, dass sie viele Seiten umfassen und ebenso viele Originaldokumente wie Bücher enthalten würde.

Ich habe vielen Menschen für ihre Hilfe und Auskunft zu danken.

Mein besonderer Dank gilt meiner Stieftochter Melinda, die in Kew, Bristol, Gloucester, Portsmouth und an anderen Orten Englands recherchiert hat und auch in Sydney, Canberra und Hobart fündig wurde. Die Materialien, die sie sammelte, waren von unschätzbarem Wert.

Außerdem danke ich Helen Reddy, ebenfalls einer Nachfahrin Richard Morgans. Wenn sie nicht gerade als Sängerin oder Schauspielerin arbeitete, suchte sie unermüdlich nach Zeugnissen für das Leben Richard Morgans. Sie konnte einige ganz erstaunliche Dokumente auftreiben.

Nicht zuletzt danke ich Les Brown. Keiner weiß über die Geschichte der Insel und ihrer Besiedlung mehr als er. Seine überragenden Verdienste als Historiker wurden bislang nicht gewürdigt. Dies sei hier ganz entschieden nachgeholt.

Longitude West from London
ARCTIC LANDS
Thomas Smith's Sound
BAFFINS BAY
GREENLAND
HUDSONS BAY
NEW WALES
LABRADOR
CANADA
NORTH AMERICA
LOUISIANA
New Albion
Gulf of Mexico
WESTERN OR ATLANTIC OCEAN
Tropic of Cancer
THE GREAT SOUTH SEA
West from Ferro
EQUINOCTIAL LINE
SOUTH AMERICA
PERU
BRASIL
PARAGUAY
CHILI
SOUTHERN
PACIFIC OCEAN
New Zeland
Sea of Anadir
Russian Discoveries
Byrons Track 1765
Bougainvilles Track 1768
ICY SEA
Cape Horn
Str. of Magellan
Falkland Is.
Gerards Land 1599
Antipodes of London
NORTH S
British and French Sea Leagues 20 to a Degree
XII
XI
X
IX
VIII
VII
VI
V
IV
III
II
I
hours
Longitude West from London